DORIS CRAMER
Das Leuchten der Purpurinseln

Buch

Mirijam und ihre schöne Schwester Lucia werden jäh aus ihrer unbeschwerten Kindheit als Töchter eines reichen Antwerpener Kaufmanns herausgerissen: Nicht nur ihr Vater stirbt unerwartet, auf ihrer Reise zu spanischen Verwandten wird ihr Schiff von Korsaren überfallen, und die beiden jungen Mädchen geraten in maurische Gefangenschaft und Sklaverei. Wurden die reichen Erbinnen Opfer eines grausamen Verräters? Es gibt nur einen, der von ihrem Tod profitiert, der aber gehört zur Familie ...
Eine farbenprächtige Familiensaga: In die Welt der Berber Marokkos und durch alle Höhen und Tiefen menschlichen Schicksals führt Mirijams atemberaubende Reise vor den grandiosen Panoramen des Mittelmeers und der Sahara.

Autorin

Doris Cramer ist gelernte Buchhändlerin und leitete zuletzt siebenundzwanzig Jahre lang als Bibliothekarin eine Gemeindebibliothek. Sie ist ein Bücherwurm durch und durch. Allein oder zu zweit unternimmt sie seit 1984 regelmäßige und ausgedehnte Reisen in Nordafrika und darüber hinaus, von Marokko bis nach Syrien, davon allein siebzehn Touren im äußersten Süden Marokkos. Landschaft, die Berberkultur und das alltägliche Leben in den Wüstenregionen Südmarokkos haben ihr ein spannendes Gegenkonzept zum Leben im übererschlossenen und -regulierten Deutschland gezeigt.

Das Leuchten der Purpurinseln ist der erste Teil einer Marokko-Saga.

Weitere Romane der Autorin sind bereits bei Blanvalet in Planung.

Doris Cramer

Das Leuchten der Purpurinseln

Roman

blanvalet

Verlagsgruppe Random House FSC-DEU-0100
Das FSC®-zertifizierte Papier *Holmen Book Cream*
für dieses Buch liefert Holmen Paper, Hallstavik, Schweden.

1. Auflage
Deutsche Erstausgabe Juni 2012 bei Blanvalet,
einem Unternehmen der
Verlagsgruppe Random House GmbH, München.
Copyright © by Blanvalet Verlag,
in der Verlagsgruppe Random House GmbH, München
Dieses Werk wurde vermittelt durch die Literarische Agentur
Thomas Schlück, Garbsen.
Umschlaggestaltung: bürosüd°, München
Redaktion: Andrea Stumpf
ED · Herstellung: sam
Satz: Buch-Werkstatt GmbH, Bad Aibling
Druck und Einband: GGP Media GmbH, Pößneck
Printed in Germany
ISBN: 978-3-442-37874-6

www.blanvalet.de

*Für meinen lieben Richard.
Und für Dörte und Sabine
und den ganzen geliebten Anhang.*

PROLOG

MOGADOR 1525

Alî el-Mansour war in die nahtlosen, weißen Tücher eines Mekka-Pilgers gehüllt, aller Körperhaare ledig und barhäuptig. Er saß auf einem Hocker in der Mitte des Raums, umgeben von großen Öllampen. Sie waren allerdings noch nicht entzündet, denn durch das Fenster fielen jetzt, am Spätnachmittag, die Strahlen der untergehenden Sonne in breiten Bahnen und tauchten den Raum in goldenes Licht.

Für gewöhnlich schmückten dieses Zimmer farbige Wandbehänge und dichte Teppiche, die Tische waren unter Stößen von Büchern begraben, und vor Tür und Fenstern hingen gewebte Vorhänge aus Kamelhaar, die Wind und Zugluft abhielten. Heute jedoch war er leer, kahl und weiß, kalkweiß.

»*Salâm u aleikum**, meine Tochter«, sagte der Alte. »Friede sei mit dir. Wir müssen reden.«

»*Aleikum as salâm*«, antwortete Azîza und ließ ihre Augen umherwandern, »auch mit dir sei Friede.« Sie war beunruhigt. Warum hatte er den Raum ausräumen lassen? Was ging hier vor? Dann aber küsste sie ehrerbietig seine Hände, legte sie an Stirn und Herz und setzte sich vor dem alten Arzt auf den Boden. Geduld und das Gefühl für den richtigen Moment waren wichtige Tugenden, hatte der *Hakim* ihr beigebracht.

---

* Für Erläuterungen zu den einzelnen Fremdwörtern und Redewendungen siehe Glossar am Ende des Romans

»Jeden Tag danke ich Allah für seine große Güte«, begann der Alte, und sein freundliches Gesicht erstrahlte. »Für die Güte, die er mir erwies, indem er mir dich als Tochter schenkte. Mit Freude unterrichtete und schützte ich dich und sorgte all die Jahre für dein Wohlergehen. Heute jedoch bedarf ich deiner Hilfe.« Mit beiden Händen umfasste er Azîzas Gesicht und küsste sie auf die Stirn. »Ich erbitte von dir eine Hilfe, die nur du allein mir erweisen kannst.« Seine Stimme zitterte.

Dann wandte er sein Gesicht den schrägen Strahlen der Sonne zu und forderte: »Schau in meine Augen. Schau genau hin, damit du mir sagen kannst, was du siehst.«

Azîza tat, wie ihr geheißen, und obwohl sie um die Schwere seiner Augenerkrankung wusste, erkannte sie erst bei der genauen Betrachtung im hellen Sonnenlicht, wie weit seine Erblindung fortgeschritten war. »Oh *Abu,* Vater!«, stöhnte sie.

»Nur ruhig, du bist eine Heilerin!«, mahnte der alte Hakim. »Was siehst du? Beschreibe es mir genau, so wie ich es dich gelehrt habe.«

Die junge Frau jedoch wandte das Gesicht ab.

»Azîza, ich bitte dich! Sieh hin!«

Und Azîza sah hin. »Dieses Auge ...« Sie stockte und wandte erneut den Blick ab. Dann aber zwang sie sich zur Ruhe. Behutsam legte sie ihren Finger unter das linke Auge des Mannes und untersuchte es sorgfältig. »Es sieht aus, als sei es mit Milch gefüllt, mit geronnener Milch«, meinte sie, um Sachlichkeit bemüht. »Das andere ebenfalls. Doch nein, das rechte ist nicht ganz gefüllt, nur ein Teil scheint milchig zu sein.«

»Gut«, nickte der Alte zufrieden. »Nun sag mir, wie nennen wir diese Krankheit, und welche Therapie kennst du bei einem derartigen Befund?«

»Es ist die Cataracta, der Schleier, mein Vater. Und es gibt nur einen Weg, diesen Schleier zu beseitigen und den starren Blick zu verhindern. Das ist die Operation, welche wir ›den Star stechen‹ nennen.«

»Sehr gut! So ist es.« Die nüchterne Art des Hakim half Azîza, ihre Fassung wiederzugewinnen. Dennoch zitterte sie, als er ihre Hand ergriff. »Und nun beantworte mir folgende Frage: Wie oft hast du mir schon bei dieser Operation zugesehen, und wie oft hast du mir dabei geholfen?«

»Oft, Vater, sehr oft sogar.«

Azîza erriet, was kommen würde, und sie versteifte sich. »Nein, verlange das nicht von mir, das kann ich nicht tun!« Sie umklammerte die Knie des Alten. »Ich flehe dich an, bitte mich nicht darum!«, beschwor sie ihn unter Tränen.

Der Vater ließ sie weinen. Seine Hand ruhte leicht auf ihrem Kopf, die Finger streichelten den weichen Flaum am Ansatz ihrer Locken und strichen sanft über ihren verspannten Nacken. Er wartete geduldig.

»Du weißt, wir haben keine Zeit zu verlieren«, sagte er leise, als sie sich endlich gefangen hatte. »Außerdem habe ich die Sterne befragt. Sie stehen zurzeit günstig, und das sollten wir nutzen. Nun ruh dich einen Moment aus, mein Kind, bevor wir mit der Operation beginnen.«

Er entnahm einer Silberschale zwei der von ihm selbst gefertigten Betäubungspillen und schluckte sie hinunter. Wie Alî el-Mansour kannte auch seine Tochter die Zusammensetzung dieser Pillen auswendig, zu der man Tropfen aus Mohnkapseln, Weihrauch und Wolfskraut mit Kräutern aus der Wüste und gemahlener Muskatnuss aufkochen musste. Danach zog alles vierzig Tage in Wein, bevor man die Flüssigkeit in die Sonne stellte, bis sie verflogen und nur noch eine breiige Masse übrig war, aus der man kleine Kugeln drehen konnte. Sie besaßen immer einen ausreichenden Vorrat dieser Arznei, die in getrocknetem Zustand lange wirksam blieb.

Es half ihr, sich die Rezeptur in Erinnerung zu rufen und damit die Gewissheit, dass sie keineswegs unfähig war. Im Gegenteil, im Laufe der Jahre hatte ihr Abu sie gründlich unterrichtet und so viel seines Wissens an sie weitergegeben, dass sie selbst eine gute Heilerin geworden war. Sie verdankte ihm viel, genau genommen alles. Wo wäre sie, wenn er sie nicht auf dem Sklavenmarkt entdeckt und zu sich genommen hätte? Man hätte sie misshandelt, getreten und geschlagen und am Schluss irgendwo im Sand der Wüste verscharrt.

Von draußen ertönten plötzlich Trommelschläge, dumpfe, dunkle, rhythmisch pulsierende Schläge, die Azîza erzittern ließen.

Der Alte nickte zufrieden. »*Sîdi* Bilals *gnaoua*-Musiker werden uns begleiten und helfen, die bösen *Dschinn* zu vertreiben. Alles wird gut, mit Allahs Hilfe.«

Er hatte eine *lila* bestellt? Für diese Zeremonie also wurden in der Küche Milch und Datteln, die heiligen Speisen, sowie einige Hühnchen vorbereitet. Den schwarzen Musikern, die in der Tradition des verehrten Mystikers Sîdi Bilal ihre Musik zur Heilung von Kranken einsetzten, wurden magische Kräfte nachgesagt. Familien, die sich um eine kranke oder verwirrte Person sorgten, baten sie in ihr Haus, um sich betend in eine heilende Trance zu tanzen. Schon setzte die Laute ein, dann ertönten Kastagnetten und Tamburine.

Der Hakim zog seine Arztkiste zu sich heran. »*Bismillah*, im Namen Gottes«, murmelte er, als er aus einem weißen Baumwolltuch ein schmales, frisch geschliffenes spitzes Instrument wickelte und in Azîzas Hände legte. »Dieses Messer wurde im Feuer gehärtet und gereinigt, es ist ein gutes Werkzeug. Rufe nun unsere Helfer herein. Und fürchte dich nicht, mein liebes Kind.« Er streichelte ihr über die Finger. »Ich werde dich leiten, du aber wirst meine Hand sein.«

Ruhig gab der alte Heiler den beiden Helfern, die sich ein wenig bang im Raum umsahen, seine Anweisungen. »Halte meinen Kopf gut fest«, trug er dem schwarzen Hünen auf, der gemeinsam mit der Dienerin näher trat. »Die Operation dauert lediglich wenige Minuten. Es wird nicht wehtun, aber ich darf meinen Kopf keinesfalls bewegen.«

Der Diener blickte ängstlich in die Runde. Ihm war keine Arbeit zu schwer, aber was nun von ihm verlangt wurde, beunruhigte ihn. Umständlich wischte er sich die Hände an seiner weiten, hemdartigen *gandourah* ab, bevor er nickte.

»Stell dich hinter mich, leg deine Hand an meine Stirn, und press meinen Hinterkopf fest an deine Brust. Genau so, das machst du gut. Und du«, fuhr Abu Alî an die Frau gewandt fort, »wirst für das Licht verantwortlich sein, es soll direkt auf die Augen fallen. Entzünde gleich jetzt die Lampen. Von Zeit zu Zeit musst du außerdem Tränen fortwischen. Nimm dazu jenes saubere Tuch dort.« Er hatte alles genau vorbereitet. Nun schwieg er und schaute Azîza an.

Äußerlich hatte die junge Frau ihre Ruhe inzwischen wiedergefunden. Sie holte ein Tischchen herbei und legte reine Tücher und den glänzenden Starstecher bereit. Auf einem zweiten Tisch warteten frische Weidenrinde und schmale Streifen von Kürbisschalen neben dem Verbandmaterial.

Im Garten begann die *tabal* zu dröhnen, erst langsam, dann immer drängender, bis die große Trommel in einen steten Rhythmus fiel. Die dunklen Schläge vibrierten in Azîzas Körpermitte. Andere, hellere Trommeln setzten ein, Tamburine kamen hinzu und nahmen den Takt auf, ebenso die klatschenden Hände der Menschen im Garten. Die Musik wurde drängender. In die anschwellenden und wieder abflauenden Trommelwirbel mischten sich Flötentöne und Gesänge mit halblaut gemurmelten Beschwörungen und Gebeten. Azîzas Gedanken ordneten sich, ihr Atem wurde ruhig, und die Monotonie der Musik verlangsamte ihren Herzschlag. Sie hob den Kopf. Sie war bereit.

Alî el-Mansour sprach die erste Sure des Korans: »Bismillah, Lob sei Allah, dem Weltenherrn, dem Erbarmer, dem Barmherzigen, dem König am Tag des Gerichts: Dir dienen wir, und zu Dir rufen wir um Hilfe. Leite uns den rechten Pfad, den Pfad derer, denen Du gnädig bist.«

»Ich beginne. Halt ihn gut fest«, sagte die junge Frau zu dem Schwarzen, der den Hinterkopf des Hakim an seine Brust presste.

Mit der linken Hand hielt sie das Auge geöffnet, mit der rechten fasste sie das schlanke Starstichmesser. Sie atmete tief aus und fixierte das Auge. Behutsam senkte sie die Nadel in die getrübte Linse. Sie musste auf den Boden des Augapfels gedrückt und dort eine Weile gehalten werden, um zu verhindern, dass sie wieder aufstieg. Wenn das geschah, wäre alles umsonst gewesen.

Eine blutige Träne quoll aus dem Auge und rann über Abu Alîs Wange. »Mehr Licht auf das Auge!«, befahl Azîza. »Und die Tränen abwischen.«

Vorsichtig tupfte die Dienerin über das Gesicht des Alten.

Dann zog Azîza behutsam die Nadel zurück. Es blieb bei dem einen Blutstropfen, und auch die Linse verharrte an ihrem Platz. Geschafft!

»*Baraka Allah u fiq!* Gott segne dich.« Alî el-Mansour seufzte erleichtert. »Du hast getan, was ich von dir verlangte. Sei ganz ruhig, alles wird gut.«

»Schließe die Augen, Vater, und leg den Kopf in den Nacken. Ich will dich verbinden.«

Die Tochter tupfte über sein Gesicht, dann legte sie frische Weidenrinde zusammen mit feinen Kürbisschalen über das Auge und wickelte aus reinen, weißen Baumwolltüchern einen Verband.

»Deine Hände haben nicht gezögert«, sagte der Alte, und man hörte den Stolz in seiner Stimme, »sie blieben ruhig. In einigen Wochen, wenn dieses Auge geheilt sein wird, werden wir, so Gott will, das rechte ebenfalls von seinem Schleier befreien, *Insha'allah*.«

Erst später, als alles längst vorüber war und Abu Alî auf seinem Lager zwischen angewärmten Decken lag und sein gleichmäßiger Atem sie eigentlich hätte beruhigen müssen, begann Azîza zu zittern. Tränen liefen ihr über die Wangen. Sie schlug die Hände vors Gesicht und kauerte sich in den Schatten, wo niemand sie sehen konnte.

In diesem Moment musste sie an die Qualen und den langen, mühevollen Weg denken, den die kleine Mirijam aus Antwerpen hinter sich gebracht hatte, bis *Lâlla* Azîza dem Vater durch ihre Heilkunst endlich so etwas wie einen Gegendienst erweisen konnte. Dabei war ihr klar, sie würde niemals ihre Dankesschuld abtragen können, nicht einmal dadurch, dass sie ihm das Augenlicht erhielt.

1. TEIL

SCHRECKENSREISE 1520

1

ANTWERPEN

Am Tag vor seinem Tod tat Andrees van de Meulen endlich alles Nötige, um die Zukunft seiner Töchter Lucia und Mirijam zu sichern. Allzu lange hatte er die Augen vor dem Kommenden verschlossen, jetzt eilte es.

»Keine Widerrede, Lucia, es ist mein Wille«, verkündete er mit gewohnter Autorität. »Du reist zu deinem Oheim nach Granada und heiratest seinen jüngsten Sohn Fernando. Das Schiff sticht noch heute Abend in See. Mirijam begleitet dich. Sie wird bei dir bleiben, bis Juan, dein Oheim, auch für sie einen guten Ehemann gefunden hat. Nun packt eure Sachen, danach kommt wieder zu mir, damit ich euch meinen Segen geben kann.« Der Kaufmann winkte den Mädchen, sich zu entfernen.

Lucia lief schluchzend und mit fliegenden Röcken in ihre Kammer, während Mirijam auf den Treppenabsatz sank. Was sie am Bett des Vaters gespürt hatte, ließ sie frösteln. Etwas Fremdes war um den armen kranken Vater gewesen. Außerdem hatte sie die fahle Blässe im Gesicht des Vaters gesehen und die dunklen Schatten um seine Augen, und sie ahnte, was das bedeutete. Offensichtlich wusste auch er selbst, wie es um ihn stand. Aber er durfte nicht sterben und sie verlassen! Tief in ihrem Inneren spürte sie jedoch, niemand konnte sich dem Tod in den Weg stellen, weder

Arzt noch Priester. Er würde sterben. Deshalb schickte er sie zu fremden Leuten. Aber ausgerechnet nach Andalusien?

Mirijam lehnte sich an das Geländer. Blicklos starrte sie auf ihre verkrampften Hände. Wenn, dann war jetzt wohl der richtige Zeitpunkt, um zu beten, dachte sie. Muhme Gesa behauptete, bis auf den einen oder anderen Unterschied seien der jüdische und der christliche Gott im Grunde gleich. Sie sagte auch, ein Gebet zur rechten Zeit sei immer nützlich.

Als Kind einer jüdischen Mutter kannte Mirijam keine christlichen Gebete, dennoch faltete sie jetzt die Hände. Sie kniete auf dem Dielenboden, verschränkte die Finger so fest ineinander, dass die Knöchel weiß hervortraten, und flehte inbrünstig: »Allmächtiger Gott, Herr und Gebieter über alle Stämme Abrahams und Israels, Vater des Herrn Jesus, ich bitte dich, mach, dass unser Vater bei uns bleiben kann. Ich flehe dich an, lass uns unseren Vater! Du hast doch bereits unsere Mütter zu dir geholt. Wir können nicht allein in Antwerpen bleiben.« Sie überlegte, bevor sie entschlossen fortfuhr: »Als Dank werde ich mich taufen lassen und in deine Kirche eintreten, sogar gegen Vaters Rat. Das gelobe ich. In Ewigkeit, Amen.« Mehr fiel ihr nicht ein.

Ein Wort aber drängte sich in ihrem Kopf mehr und mehr in den Vordergrund: Allein! Nach Vaters Tod würden sie ganz allein sein, Lucia und sie. Wenn sie doch bloß ein Junge wäre! Dann könnte sie auch ohne Vater hierbleiben. Bei einem der Kaufherren würde sie Vaters Geschäft erlernen und gar nicht lange, dann könnte sie allein ... Mirijams Gedanken kamen ins Stocken. Allein nicht, überlegte sie, aber vielleicht mit Hilfe von Advocat Cohn? Der würde doch sicher auch ihr helfen, wie er jetzt dem Vater zur Seite stand?

Im Scherz, in dem auch ein bisschen Ernst steckte, hatten

Lucia und sie diese Erbteilung längst beschlossen. Lucia interessierte sich nicht für den Handel, sie hingegen schon. Sie hätte sogar Talent dafür, ein gutes Gespür, hatte der Vater kürzlich erst gesagt, als sie eine fehlerhafte Abrechnung gefunden und berichtigt hatte.

Das Licht fiel durch eine der bunten Fensterscheiben und malte farbige Flecken auf den hellen Boden. Sie konnte kaum den Blick von den verschwimmenden Farben abwenden, während sie mit den Tränen kämpfte. Sie liebte die bunten Fenster hier oben, ebenso die schimmernde Holzvertäfelung und die geschnitzten Türen. Auch den feinen Duft nach Bienenwachs liebte sie, mit dem Muhme Gesa die Treppe einreiben ließ, und den sanften Glanz, wenn danach die Stufen mit einem weichen Tuch poliert worden waren. »Ich will nicht fort«, murmelte sie halblaut. »Hier bin ich doch zu Hause!«

Spanien war furchtbar weit entfernt von allem, was ihr Leben bisher ausgemacht hatte. Dort lebten die de Molinas, entfernte Verwandte, die keiner von ihnen von Angesicht kannte. Wenn sie nur daran dachte, bekam sie Bauchweh. Lucia sollte mit dem Sohn verheiratet werden, und auch für sie wurde ein Ehemann gesucht. Eines Tages würde sie heiraten, natürlich, vielleicht sogar Cornelisz. Sie spürte, wie ihr die Röte ins Gesicht schoss, und sprang schnell zum nächsten Gedanken. Jedenfalls würde sie irgendwann in der Zukunft gemeinsam mit ihrem Gemahl das Handelshaus van de Meulen führen und nicht irgendwo in Spanien leben. So klar hatte bis heute ihre Zukunft ausgesehen. Und nun Spanien?

Wusste Vater denn nicht, dass sie als Jüdin dort nicht in Sicherheit würde leben können? Anderseits, in welchem Land der Erde konnte sie schon Sicherheit für sich erhoffen? Überall wurden Juden höchstens geduldet. Mutter war noch ein Kind gewesen, als ihre Familie Granada verlassen musste. Ihre Flucht vor der Inquisition war eine Geschichte, über die im Haus nicht gesprochen wurde. Nicht aus Gleichgültigkeit, eher weil Mutters Jüdischsein etwas ganz Normales zu sein schien. Vielleicht vergaß Mirjam es ja deshalb oft selbst? Dabei würde sie liebend gern ebenfalls irgendwo dazugehören, sogar zu einer jüdischen Gemeinde, wo doch Vater und Lucia Christen waren! Schon immer hatte sie es als Ungerechtigkeit empfunden, nicht mit zu den festlichen Messen zu Ostern oder Weihnachten in die Kathedrale gehen zu dürfen. Auch aus diesem Grund hatte sie schon ein paar Mal daran gedacht, sich taufen zu lassen. Sie hatte mit Vater darüber gesprochen, der jedoch gar nichts davon hielt.

»Die Menschen behaupten zwar, dass die Taufe das Wichtigste am Christentum sei, aber leider leben sie nicht danach«, hatte er gesagt. »Konvertierte Juden werden keinen Deut höher geachtet oder besser behandelt als bekennende Juden, vielleicht sogar weniger, jedenfalls ist das hier in Antwerpen so. Du tätest dir keinen Gefallen, mein Kind. Es ist besser, du bleibst bei der Religion deiner Mutter und ihrer Vorfahren. Zu gegebener Zeit werde ich dich zum Rabbi bringen, damit du die herrschenden Regeln und Gebote erlernst.«

Dazu war es allerdings bis heute nicht gekommen. Wäre sie ein Junge, hätte sich Vater sicher anders verhalten. Einen Sohn würde er nicht wie einen Tuchballen behandeln, den man nach Belieben überallhin verfrachten konnte, selbst über das Meer nach Spanien. Nein, rief sie sich gleich darauf zur Ordnung, das war nicht gerecht. Vater meinte es gut, und er hatte kaum eine andere Wahl. Schließlich hatten sie außer dieser merkwürdigen spanischen Verwandtschaft keine Angehörigen mehr.

Mirijam schlug die Hände vors Gesicht. Sie konnte weiterhin versuchen, sich mit allen möglichen Überlegungen abzulenken, der eigentliche Schrecken würde dadurch jedoch nicht vergehen. Der Tod stand vor der Tür! Was immer für sie und Lucia auch vorgesehen war, wo immer man sie beide auch hinschickte, bei aller Ungewissheit war doch eines sicher: Sie lebten und sahen einer Zukunft entgegen. Der arme Vater indessen ...

Kaum hatten die Mädchen den Raum verlassen, ballte van de Meulen die Fäuste, er hustete und keuchte und krümmte sich vor Schmerzen. Der vergangene nasskalte Sommer hatte ihm schwer zugesetzt, mehr als manch ein Winter, und er hatte immer wieder den Arzt rufen lassen müssen. Seit Wochen kam dieser nun täglich und untersuchte die Beschaffenheit von Urin und Blut. Er verbrachte viel Zeit am Bett des Kranken, hielt auch Rat mit seinen Kollegen und fertigte die verschiedensten Arzneien für ihn an. Doch weder warme Umschläge mit Kampfer, Kräutern oder zerstoßenen Samen noch Tinkturen, Tees oder Salben hatten bis jetzt geholfen. Ebenso wenig hatten Aderlasse gefruchtet oder die Messen, die van de Meulen lesen ließ. Seine Pein wurde von Tag zu Tag eher größer. Seit einigen Tagen nun hustete er Blut. Er wusste, dass keine Heilung mehr zu erwarten war und sein Ende nahte. In der vergangenen Nacht hatte er viele Stunden gebetet, und jetzt fügte er sich in sein Schicksal, wie es einem guten Christenmenschen anstand. Allerdings gab es noch wichtige Dinge zu regeln, vor allem, was mit seinen Töchtern geschehen sollte.

Wohl zum hundertsten Male ging der Kaufmann im Geiste die bisher gefassten Entschlüsse durch. Er war der Letzte seines Hauses, und da die Mädchen nach seinem Tod hierzulande keine Verwandtschaft mehr hatten, musste er sie entweder in ein Kloster einkaufen, in das Haus von Freunden geben oder aber nach Andalusien senden.

In ein Kloster könnte allerdings nur Lucia allein eintreten, denn Mirijam hatte er niemals taufen lassen. Einerseits hatte ihn der tiefe Respekt vor ihrer früh verstorbenen Mutter und deren altehrwürdiger Religion daran gehindert. Andererseits aber wusste er nur zu gut um die unsichere gesellschaftliche Stellung von Konvertiten, die auch in Antwerpen niemals als wahre Christen angesehen wurden.

Dann waren da die Freunde. Bei ehrlicher Betrachtung musste er sich jedoch fragen: Hatte er überhaupt Freunde, echte Freunde? Natürlich war er viel herumgekommen im Leben, und natürlich kannte er eine Menge Kaufherren, Kommissionäre und Bankiers, nicht nur hier in der Antwerpener Kaufmannscompanie. Aber befand sich unter ihnen einer, der geeignet wäre, sich seiner Töchter anzunehmen? War unter ihnen auch nur einer, der nicht hauptsächlich nach dem verlockenden Erbe der Mädchen schielen würde? Nein, dachte er zum wiederholten Male, letztlich würde dieses Erbe wohl bei jedem den Ausschlag geben.

Mirijam und Lucia konnten aber keinesfalls allein bleiben, sie mussten zu den Verwandten nach Spanien, es blieb kein anderer Ausweg. Dabei war es nicht einmal gesichert, dass sein Vetter einer Hochzeit zwischen Lucia und seinem Sohn zustimmen würde. Die Verhandlungen liefen zwar seit einiger Zeit, und es waren mehrere Briefe gewechselt worden, allerdings war man noch zu keinem befriedigenden Ergebnis gekommen. Natürlich spielten dabei Erbteil und Höhe der Mitgift eine zentrale Rolle. Auch die geschäftliche Beziehung ihrer beider Kontore war von Bedeutung, Vetter Juan wünschte schon länger eine Zusammenlegung beider Häuser.

Wie dem auch sei, dachte er müde, und welche Maßnahmen oder Konstellationen man sich sonst noch hätte ausdenken können, um den Fortbestand des Handelshauses zu sichern, ihm blieb keine Zeit mehr. Er konnte nichts weiter tun, als auf Juan de Molinas Ehre, auf sein Pflichtgefühl und den Familienzusammenhalt zu vertrauen.

Die schweren Vorhänge seines Lagers im Alkoven waren weit geöffnet, damit er leichter Luft bekam. Helle Bienenwachskerzen brannten im Raum, da ihm die billigeren Talglichter Übelkeit bereiteten. Sie beleuchteten die geschnitzte Holzvertäfelung, einige Truhen, lederbespannte Sessel und den schweren Arbeitstisch, auf dem seine aufgeschlagene Bibel lag. Er ließ seinen Blick über Regale voll ziselierter Silberkannen, venezianischer Gläser und italienischer Majolika-Teller wandern. Die bleigefassten Gläser der Fenster leuchteten fröhlich und fast so bunt wie die der Kathedrale! Nicht mehr lange und er würde diese Schönheit nicht mehr genießen können. Wehmut und Trauer beschwerten sein Herz, und er seufzte tief auf.

Doch schnell fasste er sich wieder. Sein Leben war wahrhaft gut gewesen, und er hatte viel erreicht, am Lauf der Dinge aber konnte niemand etwas ändern. Zu oft schon war ihm der Tod begegnet, er gehörte zum Leben wie die Geburt und der Atem, der ihn nun allmählich verließ. Und wäre da nicht seine bohrende Sorge um die Zukunft der Mädchen gewesen, er wäre gern in Gottes Frieden heimgegangen.

Damit er dazu aber wirklich bereit war, mussten sie unbedingt noch heute lossegeln. Erst dann würde er Ruhe finden. Es war nicht nur der letzte Konvoi vor den gefährlichen Herbststürmen, es waren vor allem die letzten Schiffe, die in seinem Auftrag segelten. Erneut seufzte er.

Einen Großteil seines Kodizills hatte er glücklicherweise

bereits damals schriftlich niedergelegt, als er mit dem wachsenden Erfolg seiner Unternehmungen nach und nach mehrere Grundstücke in der Stadt gekauft hatte. »Da nichts gewisser ist als der Tod, nichts hingegen ungewisser als die Stunde desselben ...«, hatte er jenen Teil seiner letztwilligen Verfügung überschrieben, in dem er die Grundstücke Lucia und Mirijam als gemeinschaftliches Erbe übertrug.

»Der Tod soll nicht ohne Verordnungen eintreten«, so hieß es seit alters her unter den Antwerpener Kaufleuten. Eine kluge Regel, die er befolgen würde, denn allzu oft schon hatte man unrühmliche Streitigkeiten zwischen Familien und Geschäftspartnern miterleben müssen. Das sollte es in seinem Hause nicht geben. Er war immer ein besonnener und nach Möglichkeit ehrlicher Kaufmann gewesen, der über das Tagesgeschäft hinaus zu denken pflegte. Wohl auch deshalb hatte Gottes Segen auf seiner Arbeit gelegen.

Er horchte auf Geräusche von draußen, doch alles, was er vernahm, waren das leise Knacken eines der großen Holzbalken und der rasche Tritt der guten Muhme Gesa auf der Treppe. Diesem Haus am Koornmarkt gehörte seine ganze Liebe. Es war vier Stockwerke hoch und lag fast im Zentrum von Antwerpen, so dass die Lagerhäuser gut erreichbar waren. Sein Vater, der als junger Mann aus Granada an die Schelde gekommen war, hatte es einst erbaut. Er war ein gewitzter Kaufmann gewesen und ahnte wohl schon frühzeitig, wie sich die Stadt entwickeln würde.

Mit kundiger Hand und zunehmendem Erfolg hatte der Vater einen Strom von Schätzen aus aller Welt durch sein Haus gelenkt, Gewürze und Edelsteine waren ebenso darunter gewesen wie Getreide und Tuche. Im Laufe der Zeit hatte er allerdings den Handel mit Gewürzen anderen überlassen und sich auf edle Metalle und Stoffe spezialisiert. Brüsseler

Spitzen, flämisches Leinen, Tuche aus Florenz und schwere Wollstoffe aus England gingen nach Süden, Seide, Baumwolle und meisterhafte Schmiedewaren nach Norden – zwei Flüsse, die im selben Bett, aber in verschiedene Richtungen flossen. Und bei aller Bescheidenheit, er selbst war ein würdiger Nachfolger seines Vaters gewesen, hatte er doch das Vermögen nicht nur klug verwaltet, sondern auch üppig vermehrt.

Und nun? Gott, der Herr, hatte ihm männliche Nachkommen verwehrt, obwohl er oft und lange auf den Knien gelegen und um einen Sohn gebetet hatte. Jetzt blieb ihm nichts als die Hoffnung auf Lucias Söhne. Söhne, die sie mit Fernando de Molina haben und die er in dieser Welt niemals zu Gesicht bekommen würde, die aber einmal für den Erhalt seines Handelshauses sorgen könnten.

Lucia war noch etwas kindlich im Wesen, mit ihren bald siebzehn Jahren jedoch längst im heiratsfähigen Alter. In Spanien, so wusste er, wurden die Töchter im Übrigen viel früher als hier im Norden verheiratet. Und Mirijam? Über sie und ihre Zukunft oder gar ihre Bedeutung für sein Handelshaus hatte er sich bisher noch nie Gedanken gemacht, fiel ihm jetzt auf. Sie war ja auch noch ein halbes Kind, nicht einmal vierzehn Jahre alt, ein schwieriges und eigensinniges Kind dazu. Sie war freiheitsliebend wie ein Knabe, ganz und gar loyal und mit einem eigenen Kopf versehen. Hatte sie sich jemandem zum Freund erwählt, so hielt sie ihm zuverlässig die Treue. Zudem war sie wissensdurstig und klug, dabei nachdenklich und zurückhaltend. Wie ihre Mutter konnte auch sie nicht um eines Vorteils willen taktieren. Wer konnte vorhersagen, wie sie sich entwickeln würde? Was hätte er also für sie planen und vorbereiten können? Für eine angemessene Mitgift war jedenfalls gesorgt, darüber hinaus musste er ihr Schicksal in Gottes Hände legen und auf seinen Vetter im fernen Spanien vertrauen. Wenigstens würde sie in das Land ihrer Mutter und Vorväter zurückkehren. Über diesen Gedanken schlief er ermattet ein.

Ein Knarren weckte ihn nach kurzem Schlummer. Sein Notar und Ratgeber öffnete leise die Tür. Andrees schlug die Augen auf und winkte ihn mit müder Hand zu sich.

»Jakob, komm nur herein. Ach, wärest du wie ich ein Vater, so wüsstest du, welch schwere Last auf meinem Herzen liegt! Wie sehr sorge ich mich um die Mädchen, Jakob. Ich muss sie der Hand des gnädigen Gottes anvertrauen, denn ich fühle, meine Stunde naht. Zünde mehr Kerzen an, ich sehe dich nicht gut, und es gibt noch viel zu regeln.«

2

Jakob Cohn entstammte der vornehmen, aber völlig verarmten jüdischen Familie der verstorbenen zweiten Frau van de Meulens, und schon aus diesem Grunde genoss er bei dem Kaufmann höchstes Ansehen. Daneben hatte er es in den letzten beiden Jahren verstanden, sich als Rechtsberater und Notar des Kaufherrn unentbehrlich zu machen.

Jakob Cohn, so hatte er seinerzeit Andrees van de Meulen erzählt, hatte sich vor nunmehr bald dreißig Jahren nicht wie so viele andere seines Volkes der trügerischen Hoffnung hingegeben, die allerchristlichsten kastilischen Könige Ferdinand und Isabella würden Wort halten und ihren Schutz tatsächlich auch auf die konvertierten Juden ausdehnen. Klugerweise, so musste man aus heutiger Sicht wohl sagen. Denn nicht nur die Mauren, sondern vielleicht noch mehr die Juden, besonders aber die konvertierten *neofiti* hatten unter den grausamen Verfolgungen Schreckliches zu erleiden gehabt.

Cohn jedenfalls hatte sich damals einer Gruppe sephardischer Kaufleute angeschlossen, war mit ihnen den katholischen Truppen und den Scheiterhaufen der Inquisition über die Berge nach Norden entkommen und hatte schließlich Zuflucht in den Handelszentren Englands, Brabants und der Hanse gefunden.

In London, so hatte er weiter berichtet, habe er zunächst ein Studium der Rechte absolviert und später dann für verschiedene namhafte Häuser von Bergen bis Krakau und von

London bis Brügge gewirkt. Und zwar erfolgreich und durchaus gewinnbringend, wie es schien.

Vor zwei Jahren stand Cohn plötzlich vor der Tür, um bei seiner Verwandten, Andrees' Ehefrau Lea, vorzusprechen. Leider weilte sie damals schon nicht mehr unter den Lebenden. Andrees van de Meulen aber war gleich überzeugt, dass er die Kenntnisse im Vertragswesen und die kaufmännische Erfahrung des Mannes gut für sich nutzen konnte. Noch dazu gehörte er praktisch zur Familie, war also sozusagen von Natur aus loyal.

Der Notar räusperte sich mahnend.

»Du hast recht, mein Freund«, unterbrach van de Meulen seine Erinnerungen, »machen wir uns an die Arbeit. Die Zeit drängt.«

Doch seine Gedanken wollten ihm heute nicht recht gehorchen und schweiften erneut in die Vergangenheit. Jakob Cohn beaufsichtigte mittlerweile das Kontor, arbeitete Verträge aus, führte sogar Verhandlungen und fungierte ganz allgemein als Ratgeber. Darüber hinaus unterrichtete er Lucia und Mirijam in Philosophie, Spanisch und Latein, was der älteren Kaufmannstochter allerdings nicht eben leichtfiel. Dabei war Lucia nicht dumm, sie hatte nur keine Lust, sich anzustrengen.

Der Vater seufzte. Besuche, Möbel, Schmuck und schöne Stoffe sowie die neuesten Gerüchte, die in der Stadt die Runde machten, all das fesselte die ältere Tochter. Außerdem liebte sie jede Art von Plauderei und fröhliche Spiele mit ihren Gefährtinnen. Seit Neuestem interessierte sie sich sogar für deren ältere Brüder, und von Gesprächen über das merkwürdige Verhalten junger Männer konnte sie nie genug bekommen. Nun, sie war noch jung und sorglos, manchmal fast ein wenig oberflächlich, im Grunde jedoch ein liebes Kind. Aber es wurde Zeit, sie zu verheiraten.

Mirijam hingegen sog im Unterricht alles mit geradezu spielerischer Leichtigkeit auf, wie ihm der Advocat berichtete. Sie fragte nach, wenn sie etwas nicht gleich verstanden hatte, las, was ihr unter die Augen kam, und wollte am liebsten alles auf einmal wissen. Besonders Zahlen faszinierten sie. Allein durch Beobachtung im Kontor hatte sie gelernt, mit ihnen zu spielen und zu jonglieren wie ein Jahrmarktsgaukler, und manches Mal war sie entzückt, wenn sich ihre langen Zahlenkolonnen zu sinnvollen Ergebnissen formiert hatten. Auch sie würde nun schnell heranreifen müssen.

Andrees van de Meulen seufzte, bevor er sich erneut seinem Notar zuwandte. »Sind die Schiffsanteile bereits überschrieben? Vorzüglich, sehr gut. Und wird Kaufmann Lange, wie besprochen, an van de Beurse zahlen?«

Advocat Cohn hob den Blick von seinen Papieren und nickte. »Er wird sich hüten, nicht zu zahlen.«

Van de Meulen entspannte sich ein wenig. Der befreundete Kaufmann Lange war zwar bekannt für mancherlei waghalsige Geschäfte, doch trotz seines Gespürs für gute Gelegenheiten, wie er es nannte, blieb er ein Ehrenmann und handelte auch so. Ein guter Name war Gold wert, war pures Kapital. Der vereinbarte Kaufpreis würde also dem eigenen *conto* beim seriösen Brügger Bankier zugerechnet und von jenem zu treuen Händen für Lucias und Mirijams Erbe verwaltet werden.

Seine Augen irrten erneut zum Fenster. Die Sonne hatte bereits ihren Zenit überschritten. Bald schon würde die Dämmerung einsetzen, und damit käme die Stunde des Abschieds. Erst nach dem Auslaufen der Schiffe sollte Pater Lucas kommen und ihm die heiligen Sterbesakramente spenden, so hatte er es um der Mädchen willen gewünscht.

»Der Schreiber wartet bereits, Ihr müsst nur noch festlegen, wie Ihr mit dem Haus sowie mit einigen Legaten zu verfahren wünscht. Ich würde vorschlagen, Muhme Gesa und die anderen langjährigen Diener mit festen Leibrenten zu bedenken, die zu Ostern und Pfingsten, dem Sankt-Martins-Fest und zu Weihnachten ausgezahlt werden. So ist es Sitte in Antwerpen. Muhme Gesa wolltet Ihr darüber hinaus Wohnrecht auf Lebenszeit in diesem Hause einräumen.« Der Advocat schaute fragend von seinen Papieren auf.

Van de Meulen nickte. »Und nicht zu vergessen, die Stiftungen«, erinnerte er Cohn.

»Richtig, die Verfügungen zu ›Gottes Ehr und guten Sachen‹, wie Ihr gesagt hattet. Ich habe bereits alles nach Eurem Wunsch vorbereitet. Hier habe ich übrigens die Inventare der Waren in den Lagern und Magazinen. Wollt Ihr einen Blick darauf werfen?«

Van de Meulen winkte ab. »Sage mir nur, ob du alles für rechtens befunden hast.«

»Durchaus«, bestätigte der Advocat. »Ihr habt wahrlich treue Diener: Die Listen sind allesamt vollständig und stimmen mit den Büchern überein.« Er legte den einen Stapel Papier zur Seite und griff nach einem neuen. »Ich werde jetzt verlesen, was Ihr bereits niedergelegt habt. Danach rufe ich den Schreiber und die Zeugen, damit Ihr unterzeichnen könnt und Euer letzter Wille in Kraft tritt. Schließlich soll alles seine Ordnung haben.«

Damit zog er einen der Kerzenleuchter näher zu sich heran und begann vom obersten Blatt an zu lesen: »Also, wir begannen mit ›Im Namen der Heiligen Dreifaltigkeit: Ich, Andrees van de Meulen, verwitwet und Bürger der Stadt Antwerpen, gottlob noch aller meiner Sinne und Gedanken mächtig, verfüge hiermit im Jahre des Herrn 1520 im Folgenden über all mein festes und bewegliches Hab und Gut, als da ist ...‹«

3

»Wir müssen ihm gehorchen«, schluchzte Lucia. »Doch wie kann er uns einfach fortschicken? Sollen wir den eigenen Vater zurücklassen, krank und allein?« Lucia lag auf dem Bett, tränenüberströmt und mit wirren Haaren, und klagte laut.

So ist es immer, dachte Mirijam und betrachtete die Schwester. Kaum geschah etwas Unerwartetes oder Besonderes, egal wie schön oder unangenehm es auch sein mochte, gab sich Lucia hemmungslos ihren Gefühlen hin. Sie selbst konnte das nicht. Je elender sie sich fühlte, desto tiefer zog sie sich in ihr Schneckenhaus zurück. Wie es sich wohl anfühlen mochte, wie Lucia zu weinen, zu stöhnen und allen Kummer in die Welt hinauszujammern? Wurden die Dinge dadurch wirklich leichter?

Das Kohlebecken richtete kaum etwas aus gegen die Kälte in der Kammer, in ihrem Inneren jedoch, so kam es ihr wenigstens vor, in ihrem Herzen war es noch um einiges kälter als im Zimmer. Das machte die Angst um den Vater und die Sorge um die eigene Lage. Dennoch ließ sie sich nicht gehen, vielmehr nahm sie die Hände der Schwester und rieb sie kräftig zwischen ihren eigenen. Das beruhigte und wärmte und nicht nur Lucias Hände. »Was können wir schon anderes tun?«, murmelte sie halblaut vor sich hin. »Sollen wir denn in den Wald?«

Lucias Gejammer zerrte an ihren Nerven. Die Schwester mochte ihr zwar an Jahren überlegen sein, aber heute benahm sie sich wieder launischer als ein kleines Kind. Muhme Gesa erklärte Lucias schwankende Stimmungen gern mit einer schweren, fiebrigen Erkrankung in ihren frühesten Jahren, die zu schwachen Nerven und einer gesteigerten Empfindsamkeit geführt hätte. Insgeheim war Mirijam jedoch davon überzeugt, dass Lucia diese Erklärung hervorragend in den Kram passte. Oder stimmte es etwa nicht, dass sie furchtbar gern im Mittelpunkt stand und es liebte, andere nach ihrer Pfeife tanzen zu lassen? Selbst Cornelisz hatte Lucia längst durchschaut. »Unsere Prinzessin«, so nannte er Lucia, manchmal auch »Ihre Hoheit«. Irgendwann würde sie es ihr ins Gesicht sagen, dass sie sich dieses Getue sparen konnte, sie jedenfalls ließ sich nicht davon beeindrucken.

Andererseits liebte sie Lucia natürlich, wie sollte sie auch nicht? Oft genug hatte die Schwester sie in die Arme genommen, mit ihr gespielt, getanzt, gelacht. Und immer wieder hatte sie zu ihr gestanden und ihr geholfen. Als Mirijam zum Beispiel einen der kostbaren chinesischen Teller zerschlagen hatte oder als sie abends zu spät ins Haus gekommen war, weil sie unbedingt im Stall hatte bleiben wollen, bis die helle Stute ihr Fohlen auf die Welt gebracht hatte. Oder damals, als ihr in der Vorratskammer der Topf mit dem frischen Pflaumenmus heruntergefallen war und sie diese tiefe Schnittwunde davon getragen hatte ... Mirijam atmete tief ein. In ihrer Brust drückte etwas, so dass sie nur schlecht Luft bekam. Es tat scheußlich weh, und sie musste Acht geben. Auch sie hatte heute nah am Wasser gebaut, wie man so sagt. Doch sie riss sich zusammen.

»Ich mache mich jetzt jedenfalls ans Packen.« Energisch öffnete sie den Schrank und begann, ihre Sachen in die ledernen Reisetruhen mit dem gewölbten Deckel zu legen. Neben einigen Erinnerungsstücken, die von ihrer Mutter stammten und ganz nach unten in die Truhe kamen, besaß sie nicht viel. Schuhe und etwas Wäsche, darunter ein zweites Mieder, das ihr noch etwas zu groß war, legte sie ebenfalls nach unten.

Seit ein paar Monaten bestand Muhme Gesa darauf, dass sie sich anständig kleidete, oder was sie sich darunter vorstellte, und seitdem musste sie täglich das lästige Ding tragen. Jetzt konnte sie nicht einmal mehr ohne Hilfe aufs Pferd steigen! Und auf einen Baum klettern? Kein Gedanke daran, wenn sie nicht vorher das Mieder auszog. Ein Mädchen hatte es schwer, als Junge wäre sie eindeutig besser dran, dachte sie wieder einmal.

Ihre wenigen Schmuckstücke, einige Bücher sowie ihre Kleider und Umhänge waren schnell gepackt. Sie war der Antwerpener Gesellschaft noch nicht offiziell vorgestellt worden, deshalb bestand ihre Garderobe aus schlichten Stoffen und bescheidenen Gewändern. Ihr war das nur recht, im Gegensatz zur Schwester, die ihre schönen Kleider über alles liebte.

Endlich sprang auch Lucia wieder auf die Füße. Sie stemmte die Arme in die Seiten. »Also gut, da es nun einmal sein Wille ist.« Ungeduldig riss sie Unterröcke, Hemden und andere Weißwäsche aus dem geschnitzten Schrank und stopfte die Sachen wahllos in ihre beiden Reisetruhen. »Ich bin also jetzt verlobt und reise zu meinem zukünftigen Ehemann. Wer hätte das gedacht?« Sie lachte ein wenig gekünstelt.

»Hörst du, Gesa?«, rief sie der Muhme entgegen, die soeben die Kammer betrat. »Ich werde heiraten. Und in der Sonne leben, wie herrlich! Endlich Sonne, das ganze Jahr über, und nicht wie hier andauernd Regen, Nebel und Sturm. Bald werde ich unter Granatapfelbäumen spazieren gehen,

Pomeranzen und frische Zitronen von meinen eigenen Bäumen pflücken und jeden Tag üppige Sträuße duftender Rosen schneiden! Also weine ich nicht länger, sondern freue mich lieber.«

Lucia war groß, größer als Mirijam oder Muhme Gesa, und hatte bereits die Figur einer Frau, ihr Verhalten aber war immer noch das eines Mädchens, das daran gewöhnt war, jeden Wunsch erfüllt zu bekommen. »Hole mir sogleich Mutters Perlenkappe, Gesa. Und auch die anderen Sachen: ihre Granatkette, den seidengefütterten Umhang, die Haarbürsten sowie die silbernen Haarnadeln und natürlich ihren venezianischen Handspiegel. Du hättest das alles schon längst in meine Brauttruhe legen können!«

Die alte Gesa ertrug Lucias herrisches Gehabe kommentarlos, dabei litt sie sichtlich unter der bevorstehenden Trennung. Sie war blass vor Kummer, und die Falten in ihrem Gesicht hatten sich noch ein wenig tiefer eingegraben.

Sie sorgte sich sehr um Lucia, deren Amme sie wurde, als Lucias Mutter, Andrees' erste Frau, im Kindbett starb. Seit damals kümmerte sie sich um das Mädchen und stand zugleich dem Hauswesen vor. Man hatte den Kindern, kaum dass sie verständig genug waren, erklärt, sie sei ihre Muhme, und irgendwann nannten alle sie so, obwohl sie keine Blutsverwandte war. Mirijams Mutter Lea wiederum, Andrees van de Meulens zweite Frau, starb an den Pocken, als Mirijam knapp zwei Jahre alt war. Damals hatte sich Gesa ebenfalls vorbildlich und liebevoll um das zweite Töchterchen des Witwers gekümmert. Niemand, nicht einmal eine leibliche Mutter, hätte besser für die kleinen Mädchen sorgen können, das sagten alle in der Stadt. Lange war Lucia ihr erklärter Liebling gewesen, doch mit den Jahren hatte sich auch die eigensinnige Mirijam tief in ihrem Herzen eingenistet.

Die Schwestern hätten nicht unterschiedlicher sein können. War an Lucia alles weich und hell und rund, so war dasselbe bei Mirijam dunkel, dünn und eckig. Lucia plauderte und lachte gern, während Mirijam lieber zuhörte, beobachtete und sich ihre Gedanken machte. Lucias Haut schimmerte wie Sahne, ihre blonden Flechten leuchteten, und ihre Augen hatten die sanfte Farbe des Himmels über der Schelde. Mirijams bernsteinfarbene Augen hingegen konnten brennen und Blitze versenden, wenn sie sich ärgerte oder ungerecht behandelt fühlte. Sie konnten sich sogar verdunkeln und vor Angst oder Aufregung weiten wie die einer Katze. Ihre wilden Locken mussten in feste Zöpfe gezwungen werden, dennoch stahlen sich immer wieder einige widerspenstige, tiefschwarze Strähnen hervor. Zu ihrem Leidwesen hatte Mirijam nicht nur die Haare, sondern auch die Haut ihrer mütterlichen Vorfahren geerbt, die rasch bräunte wie die eines Bauernmädchens. Bei einem Jungen hätte das vielleicht ganz gut ausgesehen, dachte sie manchmal, Lucias vornehme Blässe gefiel ihr jedoch besser.

Die alte Gesa schob eine von Mirijams vorwitzigen Locken wieder unter die weiße Kappe, ein Handgriff, den sie sicher schon tausendmal oder öfter getan hatte. Dann nahm sie das nächste Kleidungsstück zur Hand, faltete es und legte es sorgfältig in Lucias Truhe.

»Ach, wenn doch wenigstens du mit uns reisen könntest, gute alte Gesa!«, rief Lucia in diesem Moment und sprach damit aus, was alle drei dachten.

Wortlos nahm Gesa beide Mädchen in ihre Arme und drückte sie einen Moment fest an sich. Ihr Atem ging schwer, und als sie einen Kuss auf Lucias Haar drückte, schnaufte sie hörbar. Sie würde hierbleiben. Mirijam drängte sich näher an Gesa und sog ihren Duft ein.

Alle würden hierbleiben, nicht nur Muhme Gesa. Auch die Diener und Lagerarbeiter, die Kontoristen, alle Vertrauten und Freunde blieben, selbst Cornelisz. Cornelisz, ihr Freund seit Kindesbeinen, der demnächst bei Vater Andrees das Handwerk des Kaufmanns lernen sollte, obwohl er sich viel lieber mit Farben und Malerei beschäftigt hätte. Cornelisz, der nachdenkliche Grübler mit seinem Goldhaar und seinem Grübchen am Kinn, Cornelisz, ihr Prinz …

»Schon fertig mit Packen?«, fragte Lucia und riss sie aus ihren Gedanken.

»Ich will nicht! Ich will nicht weg!«, murmelte Mirijam. Nur mit größter Mühe hielt sie die Tränen zurück. Stattdessen ballte sie die Fäuste, dass die Nägel sich ins Fleisch bohrten.

Plötzlich kam ihr ein Gedanke. Rasch setzte sie sich an den Tisch, öffnete das Tintenfass und griff nach einem Blatt Papier. Diese vertrauten Handgriffe milderten ein wenig den Druck, der auf ihrer Brust lastete und das Atmen beinahe unmöglich machte.

»Es ist ja nicht für immer. Irgendwann, vermutlich schon bald, werdet ihr mit euren Ehemännern wiederkommen und mir eure eigenen Kinder vorstellen«, tröstete Muhme Gesa. »Mit Gottes Hilfe dauert es nicht lange.«

Doch Mirijam hörte nur mit halbem Ohr zu, denn beim Stichwort Ehemänner war ihr siedend heiß eingefallen, dass Cornelisz keine Ahnung von ihrer Abreise hatte. Wo hatte sie nur ihren Kopf? Sie musste ihn dringend von dem bevorstehenden Aufbruch verständigen! Die Zeit, bis die Schiffe ausliefen, war knapp, aber ohne Abschied konnte sie nicht von ihm fort. Hastig warf sie ein paar Zeilen hin, beschrieb mit wenigen Worten die Lage, setzte ihren Namen darunter und faltete das Papier. Dann rannte sie die Treppe hinunter, um sofort einen Boten mit dem Brief loszuschicken.

Als sie in die Kammer zurückkam, hielt Gesa ein schmales Päckchen in den Händen. Es war sorgfältig in mehrere Lagen feines Kalbsleder eingeschlagen und mit einer festen Seidenkordel umwickelt. »Dies ist das Vermächtnis deiner Mutter, Mirijam«, sagte Gesa leise und ein bisschen feierlich. »Sie wollte eigentlich, dass du diese Briefe an deinem Hochzeitstag bekommst, doch nun händige ich sie dir schon heute aus. Sie schickt sie dir mit ihrem Segen.«

Gesa wandte sich ab und stopfte das schmale Päckchen zuunterst in Mirijams Truhe. Dann ließ sie sich auf den Bettrand fallen und presste kurz die Hände gegen ihre Schläfen. Sie sammelte sich. All das ging ihr sichtlich nahe.

»In den Wochen vor deiner Geburt fühlte sie sich nicht wohl, sie lag viel und ruhte sich aus. Damals hat sie die, wie sie sie nannte, Briefe an ihr Kind geschrieben. Sie haben etwas mit ihrer Familie zu tun, mit ihrer Mutter und ihrer Heimatstadt Granada, glaube ich. Genau weiß ich es leider nicht. Als sie mir später das Bündel anvertraute, konnte sie im Fieber schon nicht mehr klar sprechen«, erklärte sie und streichelte Mirijams Hand. »Wenn ich sie damals recht verstanden habe, darfst du sie erst als Braut öffnen oder falls du schwer erkrankst oder sonstwie in Not geraten solltest. ›Sag meiner geliebten Mirijam, sie muss sie hüten. Sie sind mir sehr wichtig.‹ Das waren ihre Worte.«

Gesa erhob sich, beugte sich erneut über die Truhe und legte einen weiteren Umhang hinein, dann schloss sie den Deckel. Als sie sich wieder aufrichtete und Mirijam anschaute, glitzerten Tränen in ihren Augen.

Jetzt konnte auch Mirijam nicht länger an sich halten. Schluchzend umklammerte sie die Haushälterin. »Ach, Gesa, Vater soll nicht sterben! Ich will, dass alles so bleibt, wie es ist!«

Die alte Gesa hielt das Mädchen in den Armen und streichelte seine zuckenden Schultern. »Ich weiß, mein Kind, und mir ergeht es nicht anders. Aber es ist nun einmal, wie es ist auf der Welt: Der Mensch denkt, und Gott lenkt. Wir müssen uns fügen.«

Lucia saß auf ihrem Lager und starrte auf die gepackten Reisetruhen. Sie knetete ihre Finger. Schwer lastete das Schweigen auf den dreien.

»Denkt immer daran, was euer Vater und ich euch gelehrt haben, dann habt ihr eine Richtschnur im Leben«, mahnte Gesa. »Und jetzt wollen wir uns freuen, dass ihr in das schöne Spanien reisen dürft. Ihr werdet sehen, erst einmal in Granada angekommen, wird es euch gefallen. Wie Lucia vorhin ganz richtig sagte, die Sonne und die vielen schönen Blumen, all das werdet ihr von Herzen genießen und schon bald nicht mehr missen wollen. Und eines Tages werdet ihr wiederkommen und mir erzählen, wie es euch ergangen ist ...« Die Tränen in ihren Augen straften ihre Worte Lügen, und sie musste sich abwenden.

Lucias Blick verlor sich in unbestimmter Ferne, und Mirijam nickte tapfer, als glaube sie jedes von Gesas Worten.

Dann öffnete Mirijam einen Fensterflügel und starrte auf den Hafen hinunter. Einige der Masten da draußen gehörten zu den drei Schiffen, die noch heute Abend Richtung Spanien aufbrechen würden: die Palomina, die Sacré Cœur und die Santa Katarina. Plötzlich wirkte das Wasser fremd und bedrohlich und die Masten der Schiffe wie gen Himmel gerichtete Lanzen.

4

Mirijam zitterte unter ihrem warmen Umhang, als sie durch die frühe Dämmerung zum Hafen gingen. Lucia stolperte mit tränenblinden Augen neben ihr, gestützt von Muhme Gesa, die ihre Tränen ebenfalls kaum zurückhalten konnte. Begleitet wurden sie von Advocat Cohn sowie einigen Hausbediensteten und Lagerarbeitern, die den Weg mit Fackeln beleuchteten. Einige trugen die Reisetruhen, andere den Weidenkorb, in dem sich der Reiseproviant aus Gesas Vorratskammer befand. Außerdem folgte ihnen eine Menge neugieriger Jungen und alter Tunichtgute, wie bei jedem Auslaufen eines Schiffes. In Mirijams Ohr klangen die Worte des Vaters nach. Als er ihnen zum Abschied seinen Segen gab, hatte seine Stimme brüchig geklungen. »Seid stark, meine lieben Kinder. Steht zusammen, wie ihr es in eurem Vaterhaus gelernt habt, und helft einander. Darin werdet ihr stets Kraft finden.« Lucia und Mirijam knieten an seinem Lager und küssten seine Hände. Weinend umklammerte Lucia die Hand des Vater, und auch Mirijam kämpfte mit den Tränen, doch sie wollte seine Sorge nicht noch vergrößern, indem sie die Fassung verlor. Furcht, Beklemmung und die Anstrengung schnürten ihr allerdings die Kehle zu, so dass sie kaum atmen konnte. »Du bist wie deine Mutter, mein Kind«, sagte der Vater zu ihr. »Du hast den gleichen starken Willen wie sie, der wird dir helfen. Geht nun mit meiner Liebe und mit meinem Segen. Gott der Herr möge seine Hand allezeit schützend über euch halten.« Noch niemals zuvor hatte er etwas so Zärtliches zu ihr gesagt.

Kalter Nieselregen fiel aus tiefhängenden Wolken, als sie den Hafen erreichten und sich durch das Geschiebe und Gedränge von Menschen, Karren und Warenballen ihren Weg zur Kaimauer bahnten.

Die Sacré Cœur und die Santa Katarina, zwei Handelsschiffe der Van-de-Meulen-Companie, legten bereits vom Kai ab, schwer mit Waren für Granada beladen. Ihre Ruder hoben und senkten sich ins Wasser, und zum Schlag der Trommeln nahmen die beiden Galeeren allmählich Fahrt auf. Einige Leute verließen den Kai, während die Schiffe hinter der Biegung des Flusses verschwanden. Andere standen mit eingezogenem Kopf im Regen und stampften hin und wieder fest mit ihren Holzschuhen auf, um die Füße zu wärmen, und warteten. Von Cornelisz keine Spur. Hatte er ihren Brief etwa nicht erhalten?

Lucia hing an Gesas Hals und weinte bitterlich, während Mirijam mit hängenden Armen danebenstand. Sie sah und hörte zwar alles, gleichzeitig aber war ihr, als träume sie oder schliefe mit offenen Augen.

Advocat Cohn sorgte dafür, dass ihr Gepäck über die breite Bohle an Bord der Palomina gebracht und verstaut wurde. »Nun ist es wohl an der Zeit«, befand er sodann, umfasste Lucias Arm, und gemeinsam mit Gesa geleitete er die Mädchen über die Laufplanke an Deck.

Kapitän Nieuwer, ein schmallippiger Mann mit grauen Locken, der ein rotes Wams und elegante Schuhe aus feinstem Leder trug, verneigte sich zur Begrüßung. Dann nahm er Advocat Cohn am Arm und zog ihn eilig beiseite.

»Wo bleibt Ihr denn? Ich ließ doch ausrichten, dass ich

Euch dringend sprechen muss! Immerhin ist es die letzte Gelegenheit, und es steht einiges auf dem Spiel, deswegen frage ich Euch noch einmal: Seid Ihr Euch sicher? Ihr habt Euch nicht umentschieden?« Seine Blicke gingen unruhig umher, und er sprach mit gesenkter Stimme. Dennoch konnte Mirijam jedes seiner Worte verstehen. »Bedenkt das Risiko, und vor allem die Konsequenzen. Bei einem Fehlschlag... Ihr wisst schon...« Der Kapitän wirkte höchst besorgt.

Der Notar trat unauffällig einen Schritt zurück, wohl um dem Weindunst, der den Kapitän umgab, auszuweichen. Er musterte ihn scharf. »Was soll das? Natürlich bleibt es dabei.«

Dem Kapitän schien das jedoch nicht zu genügen. Er packte erneut den Ärmel des Notars und flüsterte: »Aber das Gerede!« Schnell wanderte sein Blick zu den beiden Mädchen, und er lächelte gequält, als er Mirijams Augen auf sich ruhen sah.

»Nun, Kapitän, Ihr werdet doch wohl nicht vergessen haben, in wessen Händen sich gewisse Unterlagen befinden? Und auch an den Schuldturm denken?« Diese Worte des Advocaten trafen den Kapitän wie ein Schlag, obwohl sie leise und ganz beiläufig gesprochen waren. Kurz darauf stand er am langen Ruder der Palomina und sprach mit dem Steuermann.

Eine seltsame Unterhaltung, überlegte Mirijam, doch weiter kam sie nicht, denn plötzlich entstand Unruhe am Kai. Ein sehr junger Mann mit blondem Schopf bahnte sich seinen Weg durch die Menge und rief schon von weitem: »Mirijam! Mirijam, wo bist du? Hörst du mich?«

Mirijam trat an die Reling. »Cornelisz? Hier, ich bin hier!«

»Ich habe deinen Brief soeben erst erhalten! Ich konnte nicht schneller... Wirst du mir schreiben aus Granada?«

»Gleich nach unserer Ankunft«, rief sie, »ich versprech's. Die Palomina wird bereits bei ihrer Rückkehr einen Brief an Bord haben!«

»Hört, hört!«, lachte einer der Umstehenden auf der Kaimauer. »Und was ist mit mir? Bekomme ich etwa keinen Brief?« Andere fielen in das Gelächter ein, sie grölten und riefen durcheinander und verlangten ebenfalls nach einem Brief.

Mirijam schoss die Röte ins Gesicht. Sie stand an der Reling und klammerte sich am obersten Holm der Bordwand fest. Das zuckende Licht der Fackeln spielte auf den Locken des Jungen, der gefährlich nah am Rand des Hafenbeckens stand. Cornelisz keuchte noch vom schnellen Laufen, und auch seine Wangen waren gerötet.

»Du wirst mir fehlen, Cornelisz«, flüsterte Mirijam. Dann hob sie rasch die Hand zum Gruß und wandte sich ab. Dies war zwar nicht der Abschied, den sie sich gewünscht hatte, aber Cornelisz würde sie schon verstehen, wie er sie immer verstand.

Kapitän Nieuwer trat hinzu. »Es wird Zeit«, mahnte er an Advocat Cohn und die alte Gesa gewandt. »Ihr solltet das Schiff nun verlassen.«

Gesas vertrautes Gesicht war von Kummerfalten durchzogen, und die Haube saß ihr schief auf dem Kopf. Sie segnete beide Mädchen mit dem Kreuzzeichen. »Gott sei mit euch«, flüsterte die alte Frau, bevor sie sich umdrehte und mit geschürzten Röcken die Planke hinunterhastete.

»Gehabt Euch wohl«, sagte Advocat Cohn. »Der Zahlmeister und Kapitän Nieuwer werden sich um alles Weitere kümmern.« Er zog seinen Hut und verneigte sich vor Mirijam und Lucia. Dann verließ auch er das Schiff und gesellte sich zu den Wartenden am Kai.

Kaum war die Bohle eingezogen und das umlaufende Schiffsgeländer geschlossen, erteilte der Kapitän seine Befehle. Sogleich wurden Kommandos über das Deck gebrüllt, vermischt mit derben Flüchen und den ersten Trommelschlägen aus dem Ruderdeck. Die Ruderblätter hoben sich, als wollten sie der Stadt salutieren, dann senkten sie sich ins Wasser. Das Schiff drehte, und mit langsamer Schlagzahl schob sich die Galeere aus dem Hafenbecken.

5

Mirijam und Lucia standen noch an der Reling, als die Männer bereits über das Deck rannten, um Laternen an Bug und Achterdeck zu entzünden und die Luken zu schließen. Einige Matrosen verstauten steinerne Kugeln und Pulver im vorderen Kielraum, andere schlugen die Segel an den Rahen an. Sie bereiteten die Takelage zum Segelsetzen vor, indem sie dicke Seile zu großen Bündeln, Garndocken gleich, zusammenfassten und am Mast befestigten. Wieder andere begaben sich in den Laderaum hinunter, um in der Proviantkammer die Fässer mit Wein, Mehl, Wasser und gepökeltem Fleisch sicher zu deponieren und zu vertäuen.

»Aus dem Weg, Mädchen! Ich sag's ja, Frauen und Schiffe, das passt einfach nicht zusammen!« Beinahe hätte sie einer der Männer mit einem rollenden Fass umgerannt. Hastig brachten sie sich am Mast in Sicherheit.

Aus dem höheren Wellengang und dem veränderten Klang des Windes schloss Mirijam einige Zeit später darauf, dass sie das offene Meer erreicht hatten. Vor ihnen lag das Unbekannte, ein fremdes Land, eine unklare Zukunft, und hinter ihnen lag alles, was ihr Leben bisher ausgemacht hatte. Sie zitterte, nicht nur wegen der Kälte und Nässe.

Starke Arme legten sich um ihre und um Lucias Schultern, und unwillkürlich überließ sich Mirijam für einen Moment ihrer Schwäche.

»Guten Abend, *jonge dames,* und herzlich willkommen an

Bord der Palomina«, sagte ein älterer, sonnenverbrannter Mann. Er betrachtete die beiden Mädchen, als wolle er sich ein möglichst genaues Bild von ihnen machen, und deutete eine Verbeugung an. »Mein Name ist Vancleef, Joost Vancleef, zu Euren Diensten. Ich bin der *argousin,* der Zahlmeister, Lademeister und Schutzmann. Oder auch Mädchen für alles auf unserer schönen Palomina.« Er lächelte, dass sich ein Kranz tiefer Falten um seine Augen bildete, und zwinkerte freundlich. »Möchtet Ihr Euer Quartier sehen? Ich denke, heute wollt Ihr in Eurer Kajüte speisen. Der Koch wird Euch in ungefähr einer Stunde einen Eintopf servieren, seine Spezialität.«

Während der leutselige Mann die beiden Mädchen über eine enge Treppe hinunter in den Bauch des Schiffes führte, erklärte er ihnen, wo sich der Abtritt befand und überlegte laut, was es voraussichtlich während der Reise zu essen geben würde. Weiter behauptete er, dass der Koch ihnen jederzeit Tee zubereiten könnte, bedauerte, dass es keinen *medicus* an Bord gab, wohl aber einen Schiffsprediger, der sich auch auf Aderlässe, das Schneiden von Furunkeln und Amputationen verstünde, und dergleichen mehr. Er öffnete die Tür zu einer niedrigen Kajüte.

»Mijnheer Vancleef«, unterbrach Lucia, »bitte sagt mir, wann werden wir in Spanien ankommen?«

»Das ist nicht so leicht zu beantworten, Mejuffrouw«, erklärte der *argousin* und blickte sich suchend in der Kajüte um. »Ah, hier ist sie ja«, murmelte er, nahm eine Zunderbüchse von einem schmalen Regal und entzündete die Öllaterne an der Decke. »So, nun sieht es doch gleich freundlicher aus, nicht wahr? Also, meistens wird nachts in Küstennähe nicht gefahren, nur in Ausnahmefällen, zum Beispiel wenn man die Flut ausnutzen muss, so wie wir heute.«

»Und das heißt …?«

»Am Tage jedoch«, fuhr der Mann fort, »am Tage und natürlich bei günstigen Winden werden die Segel gesetzt. Dazwischen muss gerudert werden. Nun, und davon hängt es schließlich ab, nicht wahr? Vom Wind, meine ich, dem Wetter allgemein, sowie von der Route und von den sonstigen Umständen. Wir kommen unterschiedlich schnell voran, will ich damit sagen. Versteht Ihr? Habt Ihr Euch schon für eine Koje entschieden?««

Der enge Raum war mit schlichtem Holz getäfelt und verfügte über zwei Kojen, einen schmalen Tisch und eine kleine, hochliegende Luke. Die Laterne schwankte an ihrer Aufhängung, und ihr Lichtkegel erfasste mal diese, mal die gegenüberliegende Wand der Kajüte.

Mirijam fiel auf, dass Lucia plötzlich außergewöhnlich blass aussah, die Kante des kleinen Tisches in der Mitte der Kajüte umklammerte und immer wieder für kurze Momente die Augen schloss.

»Man kann wohl davon ausgehen«, sagte der *argousin* und trat einen Schritt näher zu Lucia, »dass eine normale Reise ohne Störungen annähernd zwei Wochen dauert. Einstweilen solltet Ihr, mein Fräulein, Euch schnellstens niederlegen. Die See bekommt Euch offenbar schlecht.«

Kaum hatte er das gesagt, versagten Lucias Beine. Er konnte sie gerade noch auffangen und auf eines der Betten legen.

»Lucia, was ist?«, fuhr Mirijam erschreckt auf.

»Macht Euch keine Sorgen«, beruhigte sie der Zahlmeister, »nur die Aufregung und ein bisschen Seekrankheit. Hier, das bringt sie wieder zu sich.« Damit reichte er Mirijam eine kleine Porzellandose. Als Mirijam den Deckel anhob, fuhr sie entsetzt zurück. »Was für ein Gestank!«

Vancleef lachte dröhnend. »Das weckt Tote auf, stimmt's?

Ein besonders wirksames Mittel gegen Übelkeit und Ohnmacht.« Er hielt Lucia die geöffnete Dose unter die Nase. Sogleich schlug sie die Augen auf, aber nur, um sie sofort wieder zu schließen. Sie stöhnte leise.

»Ihr seid ein wenig seekrank, junge Dame, doch das vergeht. Bleibt ruhig liegen, ich besorge Euch gleich etwas Tee.«

Lucia lag unter ihrer wollenen Decke und seufzte bei jedem Heben und Senken des Schiffes. Ihre Augenlider zuckten. Mirijam zog der Schwester Schuhe und Umhang aus, lockerte ihr Mieder und stopfte die Decke rundherum fest.

Vancleef brachte einen Becher Tee. »Vorsicht, heiß!«, mahnte er. »Ich muss jetzt wieder nach oben. Kommt Ihr zurecht bis morgen früh?«

Mirijam nickte und reichte den Becher an Lucia weiter.

»Dann wünsche ich gute Träume. Und keine Sorge, Ihr seid hier in Sicherheit.«

»Jetzt geht es also wirklich los«, flüsterte Lucia und blies in den Becher. Sie sah blass und müde aus, aber vielleicht lag das auch am Licht der schwankenden Laterne.

Während Lucia bereits nach einigen Schlucken heißen Tees in einen unruhigen Schlaf sank, konnte sich Mirijam nur schwer beruhigen. Lucias Ohnmacht hatte sie zutiefst erschreckt. Von einem auf den anderen Moment fühlte sie sich plötzlich von allem Vertrauten verlassen und abgeschnitten. Das war ein scheußliches Gefühl, als sei sie plötzlich ausgesetzt. Hoffentlich ging es Lucia bald besser. Die Reise war lang und ohne die große Schwester ... Mirijam hob den Kopf. Zum Glück atmete Lucia jetzt gleichmäßig, ein beruhigendes Geräusch in der kleinen Kajüte.

Bei gutem Wind, aber begleitet von viel Regen und zumeist hohem Wellengang, segelten sie zunächst die französische, danach die westspanische und noch später die portugiesische Küste entlang. Sie steuerten auf die Meerenge zwischen Afrika und Spanien zu, auf jenen schmalen Durchlass, der den Weg ins milde Klima des Südens darstellte. Das Meer dort sei wütend und voller Gefahren, hatte Vancleef gesagt. Hätten sie die gefürchteten Strömungen und widrigen Winde an dieser Stelle aber erst einmal hinter sich gebracht, so lägen die prachtvollen Städte Andalusiens zum Greifen nahe.

Tagsüber konnte Mirijam die Sacré Cœur und die Santa Katarina, die beiden vollbeladenen, plumpen Frachtschiffe der Van-de-Meulen-Companie, sehen, nachts jedoch schien die weite Wasserfläche völlig leer zu sein. Das unheimliche Gefühl, sie könnten womöglich die einzigen lebenden Seelen unter dem weiten Himmel sein, verging jedoch schnell, wenn die Seeleute der Freiwache, um einen Feuerkorb an Deck versammelt, Karten spielten oder Lieder sangen.

Ihre Palomina war eine schlanke Zweimastgaleere, fünfzig Schritt lang, und zum Schutz des kleinen Konvois mit zwei Kanonen ausgestattet. Mittschiffs lagen Mannschaftsraum und Kombüse, während im Vorderkastell, noch vor dem Fockmast und hoch über der vergoldeten Rammnase, sowie im Achterkastell die Kajüten der Soldaten untergebracht waren. Neben den beiden Lateinersegeln sorgten Ruderer an armdicken Riemen für schnelles Fortkommen. Aus den Ruderdecks drangen Flüche und verpestete Luft, hin und wieder ertönte aber auch ein Lied von dort unten.

Manchmal, wenn das Heimweh besonders heftig war und ihre innere Unruhe nach Bewegung verlangte, ging Mirijam über die glänzenden Bohlen des Mitteldecks bis ganz nach vorn zum Bug. Wenn sie sich weit über das Schanzkleid beugte, konnte sie sehen, wie das glitzernde Wasser wie mit einer Klinge vom schlanken Schiffsrumpf zerteilt wurde. Manchmal hatte sie Glück, dann umspielten Tümmler die Bugwellen, und es schien ihr, als zögen die Tiere die Palomina wie Kutschpferde voran.

Die wenige Bewegung, die stickige Kajüte mit der schmalen, hochgelegenen Luke und die Langeweile machten ihr zu schaffen. Sie fühlte sich beengt, besonders seitdem Lucia ihre Truhen ausgepackt und den gesamten Inhalt um sich herum ausgebreitet hatte. Andauernd suchte die Schwester nun etwas in dem Durcheinander, das sie selbst angerichtet hatte, und verschlimmerte die Unordnung noch dadurch, dass sie überall herumkramte. Oder sie bildete sich ein, an einem Kleid etwas ändern zu müssen, weshalb sie es zunächst anprobieren musste, und dann verließ Mirijam lieber die enge Kajüte und ging an Deck. Lucia hingegen blieb gern für sich. »Lass mich«, sagte sie meistens, wenn Mirijam die Schwester an die frische Luft locken wollte. »Mir gefällt der schwankende Horizont nicht. Man sieht nie, wo die Wellen aufhören, das ist nichts für mich. Außerdem muss ich diese Rüsche hier festnähen.« Wenn Lucia aber gerade nicht kramte oder stichelte, lag sie auf ihrem Lager und träumte vor sich hin.

Zwischen all den Umhängen, Tüchern und Gewändern aus Lucias Gepäck war Mirijams Reisekiste inzwischen kaum noch zu finden. Dennoch vergewisserte sie sich täglich, dass das geheimnisvolle Bündel ihrer Mutter unversehrt am Boden der Truhe lag. Kurz strich sie über das weiche Leder und die glänzende Kordel und dachte an die Mutter, an die sie sich nicht erinnern konnte. Auch jetzt hatte sie die Truhe gerade wieder geschlossen und an das Fußende ihrer Bettstatt geschoben. Bis zum Mittagessen gab es nichts mehr für sie zu tun.

Mirijam verließ die Kajüte und erkletterte das Achterkastell.

»Guten Morgen, Mejuffrouw, immer feste auf den Beinen, was? Habt wohl mehr Seewasser als Blut in Euren Adern!«

»Auch Euch einen guten Morgen, Mijnheer Vancleef. Wer weiß, vielleicht waren unter meinen Vorfahren einige Piraten?«

»Na, das wollen wir mal nicht hoffen! Gesindel, sage ich, heidnisches Lumpenpack, das sich in den Gewässern des Mittelmeeres herumtreibt. Besonders schlimm sind die *Barbaresken*. Das sind die Seeräuber der nordafrikanischen Berbervölker, kriegerische Leute, die sogar bis hoch in den Norden fahren, um in der isländischen See ihr Unwesen zu treiben. Und weder Kaiser noch Papst legen diesen gottverdammten Piraten das Handwerk.« Vancleef spuckte in hohem Bogen über die Reling.

Mirijam mochte den Zahlmeister, der immer ein gutes Wort für sie hatte. Den Kapitän hingegen sah sie selten. Der ließ sich nur einmal am Tag an Deck blicken. Wenn er auf dem Achterdeck erschien, prüfte er Segelstellung, Wind und Wogen und ließ sich vom Steuermann über die Ergebnisse der aktuellen Navigation informieren, bevor er wieder in seiner Kajüte verschwand. Während der gesamten Reise hatte er noch kein Wort mit Mirijam oder Lucia gewechselt, nur hin und wieder gab es ein knappes Kopfnicken in ihre Richtung. Zufällig hatte aber Mirijam vor einigen Tagen beobachtet, wie zwei kleine Branntweinfässer in seine Kajüte getragen wurden. Ob der Kapitän mehr als nur die täglichen zwei Gläschen zur Stärkung des Herzens trank?

Als sie die widrigen Strömungen vor Gibraltar an der spanischen Südküste endlich hinter sich gelassen hatten und in ruhigere Gewässer kamen, klarte das Wetter auf. Gelegentlich tauchte am Horizont Land auf, Berge, die zu kleineren Inseln gehörten, wie der *argousin* erklärte. Die Sonne wärmte das Achterdeck, und unter einem Sonnensegel richtete Vancleef ein Ruhelager aus bunten Kissen für die beiden jungen Mädchen her. Hier lag Mirijam oft und blickte in das endlose Blau, das sich über dem Meer spannte. Morgens färbte sich der Horizont zuerst unmerklich, dann immer kräftiger, bis die goldene Sonne erschien und alles, die Wogen wie die zarten Wolken am Himmel, erstrahlte und glänzte. Wenn die Nacht heraufzog, wiederholte sich dieses Geschehen in umgekehrter Folge. Das gefiel ihr ausnehmend gut. Ebenso mochte sie es, dass es an Bord nach Teer, nach Sonne, nach Salz und Fisch roch. Es war der Duft der Heimat.

Mirijam lag in den weichen Kissen und beobachtete die Flugkünste einiger Möwen, während Lucia einen Spitzenkragen an den Ausschnitt ihres blauen Seidenkleides nähte. Sie war der Meinung, das würde ihren Busen besser zur Geltung bringen.

»Ich bin sicher, Fernando schenkt mir einen kleinen Mohren, wenn ich ihn darum bitte«, überlegte sie gerade und blickte träumerisch in die Wolken. »Er muss natürlich eine hübsche, bunte Livree tragen, mit einem niedlichen Seidenturban. Stell dir nur vor, wie er hinter mir geht, meinen Fächer oder mein Tüchlein trägt und mich überallhin begleitet. Das wird sicher großen Eindruck machen. Aber was erzähle ich, davon verstehst du ja doch nichts.«

Neuerdings redete Lucia beinahe ununterbrochen von ihrer baldigen Hochzeit, ihrem zukünftigen Ehemann und dem eleganten Leben, das vor ihr lag. Manchmal tat sie sogar, als könne sie es kaum noch erwarten, in die Arme dieses Fernando zu sinken. Glaubte sie etwa selbst daran?

»Natürlich verstehe ich das! Ist ja nicht schwer.« Lucia war wirklich unerträglich, ärgerte sich Mirijam, sie war schließlich kein Kleinkind mehr. Im Gegenteil, es war doch Lucia, die sich fast wie ein Kind verhielt und jedem ernsthaften Gespräch auswich. Stattdessen nichts als ein Krägelchen hier und ein paar Biesen dort, als ob es darum ginge! Oder hatte sie auch nur ein einziges Mal das Thema Vater angesprochen oder es wenigstens zugelassen, dass sie, Mirijam, davon sprach? Als hätte sie Angst, drehte Lucia den Kopf zur Seite und wischte mit der Hand durch die Luft, als wolle sie Spinnweben beiseiteschieben, sobald Mirijam darauf zu sprechen kam. Lucia wollte nichts hören, nichts von Antwerpen und schon gar nicht vom Tod des Vaters, dabei hätten sie sich doch gegenseitig trösten können! »Ich kann nicht«, behauptete sie, »es macht mich schwermütig. Ich muss nach vorn schauen.« Als sie die Tränen in ihren schönen blauen Augen sah, hatte Mirijam natürlich nachgegeben, Heimweh und Trauer aber blieben. Inzwischen hielt sie manchmal, wenn sie vorn im Bug stand und ihr Blick sich zwischen den Wellen des Meeres und dem Himmelsblau verlor, eine Art Zwiesprache mit Vater. Das war zwar nicht dasselbe, als wenn sie mit Lucia sprechen könnte, aber ein wenig tröstete es doch.

»Na ja, du bist eben noch keine Braut, deshalb.« Lucia schlug einen sanfteren Ton an, aber Mirijam ärgerte sich dennoch. Seit gestern fühlte sie sich nicht gut, sie hatte Bauchweh. Außerdem plagte sie Heimweh!

Auf dem Achterkastell disputierten der Kapitän und der *argousin* lauthals über Routenwahl und Navigation. Mirijam setzte sich auf, um besser lauschen zu können.

»Verehrter Vancleef, ich denke, das müsst Ihr schon mir überlassen!«, lärmte der Kapitän gerade. »Es geht nicht darum, welche Route wir immer nehmen, sondern darum, welche von Fall zu Fall die beste ist. Und darum, welche Notwendigkeiten sich jeweils aus dem Wind und den anderen Faktoren ergeben.«

»Aber bedenkt doch, Kapitän, wie nah die Inseln sind.«

»Das bedenke ich, Vancleef, das bedenke ich. Vor allem aber bedenke ich, wer hier an Bord der Kapitän ist! Und auch Ihr solltet das nicht vergessen. Oder gelüstet es Euch vielleicht nach den Eisenketten, die wir für etwaige Meuterer an Bord haben?«

Das Geschrei der beiden Männer übertönte sogar das Quietschen der Riemen in den Dollen und den Klang der Schlagtrommel, wobei die Stimme des Kapitäns ungewohnt schrill klang. Während der Steuermann unbeteiligt geradeaus schaute und das lange Ruder mit beiden Fäusten fest gepackt hielt, traten einige Matrosen neugierig näher. Ein lauthals ausgetragener Streit, das war mal etwas Neues, eine Abwechslung in dem täglichen Einerlei.

»Natürlich nicht, das wisst Ihr ebenso gut wie ich. Ich dachte nur ...«

»Denkt einfach nicht, ja? Schickt lieber die Männer wieder an die Arbeit, anstatt mir mit unsinnigem Larifari die Laune zu verderben. Ein Eintrag ins Logbuch ist Euch jedenfalls sicher!«

Wutschnaubend verließ der Kapitän das Achterdeck, während Vancleef die Seeleute anherrschte, ob sie etwa glaubten, fürs Maulaffenfeilhalten bezahlt zu werden.

Wieder einmal schweiften Mirjams Augen müßig über den Horizont – diesmal aber entdeckten sie hinter den Segeln der Sacré Cœur und der Santa Katarina ein fremdes Schiff. Da erscholl auch schon der Ruf eines Matrosen: »Schiff achteraus an Steuerbord!«

Mirijam trat an die Reling. Bei dem Fremden handelte es sich offensichtlich um ein wendiges Schiff, dessen Länge und eleganter Bug selbst die Palomina ein wenig plump erscheinen ließen. Der Zahlmeister trat an ihre Seite und bemerkte nach einem kurzen Blick: »Ein Venezianer, schätze ich. Man erkennt es am Wimpel.«

Das Schiff kam mit hoher Geschwindigkeit aus östlicher Richtung, wo eine der Inseln lag, auf die van-de-Meulen-Schiffe zu. Es funkelte im Sonnenlicht, anscheinend war es verschwenderisch mit goldenen Verzierungen geschmückt. »Solche Schiffe kommen oft nach Antwerpen«, erwiderte Mirijam gleichmütig. Ein Schiff aus Venedig beeindruckte sie nicht sonderlich, mochte es auch prächtig verziert sein, zu Hause sah man dergleichen häufig.

Es war Vancleefs lauter Schreckensruf, der sie wenig später genauer hinschauen ließ. Wo eben noch ein einzelnes elegantes Schiff aus Venedig auf den Wellen zu reiten schien, schwammen nun plötzlich vier! Drei weitere Galeeren hatten sich hinter der ersten hervorgeschoben und steuerten nun geradewegs auf die beiden leicht zurückliegenden Handelsschiffe zu. Doch nicht das erschreckte Mirijam, sondern das plötzliche wütende Geheul und Gebrüll an Deck. Soldaten und Seeleute standen an der Reling, reckten die Fäuste und brüllten, außer sich vor Zorn: »Korsaren! Es sind Piraten! Verfluchte Barbaresken, diese Ausgeburten der Hölle! Der Herr und alle seine Heiligen mögen uns beistehen, wenn es Chair-ed-Din ist, dieser verfluchte Grieche, des Sultans Korsar!«

Jetzt erkannte es auch Mirijam: Wo noch vor einem Augenblick der Löwe von San Marco an den Masten geflattert hatte, leuchtete auf einmal der islamische Halbmond über den Schiffen.

6

Die Matrosen brüllten und reckten ihre Fäuste. Auch Lucia, die an Deck gekommen war, schaute zu den fremden Galeeren hinüber, dann, verwirrt über die Aufregung an Bord, fragte sie: »Warum schreien die Leute? Was sind denn das für Schiffe?«

Mirijam griff nach der Hand der Schwester. »Ich glaube«, sagte sie, und ihre Stimme zitterte, »ich glaube, es sind Piraten.«

»Red keinen Unsinn!« Lucia befreite sich aus Mirijams Griff und beschirmte ihre Augen mit der Hand, um besser sehen zu können. Die Sacré Cœur und Santa Katarina hatten alle Segel gesetzt, um sich so schnell wie möglich unter den Schutz der bewaffneten Palomina zu flüchten.

»Das schaffen die unsrigen nie!«, schrie einer der Matrosen, während er nach vorn zum Bug rannte. »Sind viel zu schwer, außerdem liegen sie in unserem Windschatten, während die Korsaren von Luv kommen. Die können viel besser manövrieren.« Er stöhnte.

»Schlagzahl erhöhen!«, brüllte der Kapitän. »Und wenden!«

Einen Wimpernschlag später änderte die Trommel im Unterdeck ihren Rhythmus, und die Ruder hoben und senkten sich im schnellen Takt. Die Palomina fuhr einen Bogen, bis ihr Bug in die Richtung wies, aus der sie gekommen waren.

»Segel setzen, ihr faulen Hunde, los, los, Beeilung!« Die

nackten Füße der Matrosen klatschten über das Deck. »Packt an. Alle zugleich. Und hoch damit!« Die Segel stiegen am Mast empor, flatterten und schlugen, doch schließlich füllten sie sich mit Wind, und die Palomina nahm Fahrt auf.

»Bugkanonen feuerbereit machen.« Die Stimme des Kapitäns übertönte mühelos den Lärm an Bord. Er stand neben dem Rudermaat und beobachtete aus zusammengekniffenen Augen die Schiffe der Korsaren. »Haltet euch bereit zum Segelreffen.«

Das ganze Schiff vibrierte unter den Schritten der herumrennenden Männer, die eilig die Befehle ausführten. Die Soldaten griffen nach ihren Pulverflaschen und Ladestöcken, andere mussten ihre Waffen erst umständlich aus Kisten hervorholen und von ihren schützenden Tüchern befreien. Ein Kanonier hantierte im Bug. Er lud seine Feldschlange, justierte den schlanken Lauf der kleinen Kanone und nahm die goldglänzende Galeere, offensichtlich das Kommandoschiff der Piraten, ins Visier. An einer Öllampe entzündete er einen Kienspan, dann hob er den Arm. Die Lunte brannte. Er war bereit.

Der Abstand zu den feindlichen Schiffen war trotz des erhöhten Tempos der Palomina noch viel zu groß für einen sicheren Schuss, zugleich aber kamen die Piraten den schweren Handelsschiffen der van-de-Meulen-Companie immer näher. Schon wurden auf den Piratenschiffen die Rahen nach vorn ausgerichtet, um eine Brücke zu schaffen, über die die Piraten beim Entern leichter auf die Decks der bedrängten Schiffe gelangen konnten.

Fassungslos und unfähig, sich auch nur einen Schritt zu bewegen, starrte Mirjam hinüber. Langsam nur begriff sie, was dort draußen wirklich geschah, was sich vor ihren Augen abspielte: Seeräuber überfielen die Schiffe des Vaters!

Immer wieder waren in den letzten Jahren Antwerpener Kauffahrer den Piraten zum Opfer gefallen. »Was für Verluste!«, hatte sie den Vater eines Tages sagen hören, als man ein Schiff endgültig verloren geben musste. »Nicht nur an Schiffen, das natürlich auch. Aber was für Verluste vor allem an Menschen, und an Waren!« Und weiter: »Wer als Christ muslimischen Korsaren in die Hände fällt, egal, ob einfacher Soldat, Matrose oder reicher Kaufmann, kommt nur selten wieder frei.« Als er diese Worte sprach, hatten sich seine Augen verdunkelt. Am gleichen Tag hörte sie die Schreiber, für die es kein anderes Thema gab, sagen: »Und wenn doch, so muss ein horrendes Lösegeld gezahlt werden. Das hat schon manche Familie in den Ruin getrieben.«

Die meisten Gefangenen, so erzählte man sich im Hafen, wurden als Arbeitssklaven verkauft, wobei die Männer in der Regel unter Qualen auf den Feldern der Muselmanen schuften mussten. Oder sie wurden an die Ruder von Galeeren gekettet, wo sie wegen der unsäglichen Lebensbedingungen binnen kurzem elendig zugrunde gingen. Gefangene Frauen hingegen, besonders wenn sie jung waren, verschwanden in den Harems reicher Osmanenfürsten. Niemand hatte ihr erklärt, was das genau bedeutete. Es musste allerdings ein schreckliches Schicksal ein. Von den meisten Gefangenen hörte man niemals wieder etwas, hatten die Leute erzählt. Woher aber wussten die Schwätzer im Hafen dann all diese Dinge?

Man redete auch von diesem Piratenhauptmann, einem ehemaligen christlichen Sklaven aus Griechenland. Er wurde Chair-ed-Din genannt, was angeblich Rotbart bedeutete, und stand im Dienst des osmanischen Sultans. Von ihm hieß es, sein Geschäft sei das Eintreiben von Lösegeld, angeblich beschäftigte er sogar eigens einen Gesandten für die Verhandlungen und zum Überbringen seiner Forderungen.

Lucia presste sich an den Großmast und schluchzte: »Warum gibt der Kapitän nicht endlich das Kommando davonzusegeln? Warum will er kämpfen? Wir müssen doch fliehen! Schnell!« Ihre Angst war mit Händen zu greifen.

Auch die zweite Kanone wurde in Stellung gebracht und geladen, und kurz darauf hob ihr Kanonier seinen Arm.

»Segel nieder! Ruder auf!«

Augenblicklich fielen die Segel der Palomina, und die Ruderer hielten still, um dem Schiff mehr Ruhe zu geben und so das Zielen zu erleichtern. Alle hielten den Atem an. Ein scharfer Knall ertönte, eine Wolke von Pulverdampf erhob sich im Vorschiff, dann hörte man ein lang gezogenes Pfeifen, als die Kugel auf das feindliche Schiff zuflog. Endlich! Mirijam hielt die Luft an.

Das Geschoss verfehlte das gegnerische Schiff und schlug weit vor dessen Bug ins Wasser. Auch die zweite Kanonenkugel schoss am Ziel vorbei, wie sie an der hohen Gischtfontäne hinter dem Piratenschiff erkennen konnte. Aus dem Deck der Ruderer erklang Triumphgeheul, augenblicklich gefolgt vom Klatschen einer Peitsche auf nackter Haut.

»Na, wenn ihr euch mal nicht täuscht!« Knurrend kommentierte der Zahlmeister den Jubel der Galeerenruderer. Er stand zwischen Lucia und Mirijam, hatte die Arme um die Mädchen gelegt und sie schützend an sich gezogen.

»Da unten, die Ruderer, das sind muslimische Gefangene«, erklärte er ihnen. Seine ruhige Stimme war Balsam für Mirijam. »Die hoffen jetzt natürlich, von ihren Glaubensgenossen befreit zu werden. Aber das ist längst nicht ausgemacht! Oh nein, noch lange nicht, Ihr werdet sehen, Mejuffrouwes, Ihr werdet schon sehen. Die Palomina ist schließlich nicht irgendein Kahn. Sie ist schnell und wendig, und wenn wir wollten, wären wir im Handumdrehen auf und davon.«

Doch auch der nächste Schuss ging fehl. »Haltet mehr Backbord, zum Henker!«, schnauzte der Kapitän den Steuermaat an.

»Aber sollten wir nicht doch besser umkehren? So schnell wie möglich?« Lucia barg ihr Gesicht an der Brust des Zahlmeisters und krallte sich in seinem Gewand fest. Auch Mirijam fühlte sich nicht gerade sicher.

»Und die beiden vollbeladenen Schiffe den verdammten Korsaren überlassen? Oh nein! Noch sind wir nicht in echter Gefahr, und die Palomina ist sowieso nicht einzuholen.«

Mit gerunzelten Brauen prüfte Vancleef die Entfernung zu den Piratenschiffen. Er war offenbar nicht halb so ruhig, wie er tat. »Weiß der Teufel.« Mirijam hörte ihn halblaut vor sich hin knurren. »Weiß der Teufel, was ihn geritten hat, ausgerechnet auf dieser Reise die Route unter den Inseln zu nehmen. Jeder Schiffsjunge kennt sie als die reinsten Piratennester!«

Mirijam lauschte mit großen Augen. Schon wieder kam die Rede auf eine falsche Route. Was bedeutete das? Piraten und alles, was mit ihnen zu tun hatte, klangen nach lustigen Abenteuern, jedenfalls, solange man ein neugieriges Kind war und sich derlei Gruselgeschichten daheim in der warmen Stube erzählen lassen konnte. Jetzt hingegen, wenn sogar der *argousin* nervös wurde …?

Als er ihre Unruhe bemerkte, tätschelte der Zahlmeister ihre Hand, die sich an seinem Ärmel festklammerte. »Kein Grund zur Sorge. So, aber nun ist es genug für junge Damen. Ihr beide begebt Euch am besten in Eure Kajüte und wartet, bis hier oben alles wieder ruhig ist.«

Nach unten? Bloß das nicht, dachte Mirijam.

Plötzlich ließ das Flaggschiff der Piraten von den Handelsschiffen ab und nahm Kurs auf die Palomina. Schon rauschte es unter gebauschten Segeln und mit enterbereitem Rammbock heran. In voller Fahrt feuerten seine Kanonen. Die Schüsse waren allerdings ebenfalls zu kurz oder zu lang und peitschten lediglich das Wasser.

Höhnisch lachten und johlten die Männer auf der Palomina, und einige Matrosen sangen: »Der Schuss fällt weit vom Mast ins Meer, Johoo, hebt auf! Das bringt dem Kapitän kein' Ehr, Johoo, hebt auf!«

Eine der Kugeln schien geradewegs auf Mirijam zuzukommen, so dass sie instinktiv den Kopf einzog. Das Geschoss traf jedoch nicht sie, sondern krachte unter ihr in das Ruderdeck auf der Backbordseite der Palomina. Der Einschlag erschütterte das gesamte Schiff, und die Palomina neigte sich unter der Wucht zur Seite. Pulverdampf lag in der Luft. Schreie drangen aus dem Unterdeck, dazu das wütende Gebrüll der Soldaten und Matrosen von allen Seiten. Doch schon kurz darauf lag die Palomina wieder aufrecht im Wasser, allerdings mit schlaffen, flatternden Segeln. Die Salve hatte ein Loch ins Ruderdeck geschlagen und das Segelzeug in Fetzen geschossen.

Vorsichtig hob Mirijam den Kopf. Der beißende Gestank des verbrannten Pulvers hatte sich verzogen, und bis auf die Reste des Segels wirkte an Deck beinahe alles wieder normal. Durch eine zerstörte Bohle im Decksboden beobachtete sie, wie Wasser ins Ruderdeck drang und dass einem der Ruderer die Unterarme abgetrennt worden waren. Helles Blut sprang aus seinen Armstümpfen hervor. Der Mann starrte ungläubig auf seine Arme, bevor er zusammenbrach. Kurz darauf schrie Lucia schrill auf. Als sich Mirijam umdrehte, stand die Schwester an der Reling und deutete auf das Wasser. Dort trieb ein zersplitterter Riemen vorüber, immer noch umklammert von zwei bleichen Händen.

»Heilige Mutter Gottes, wir werden alle untergehen. Weg hier, nur weg!« Lucias Stimme überschlug sich, während sie immer weiterschrie. Sie hörte auch dann nicht auf zu schreien, als sie wie von Furien gehetzt über das Deck rannte, den Niedergang hinunter und in ihre Kajüte floh. Mirijam hingegen kauerte immer noch hinter dem Schanzkleid. Das alles konnte nicht wahr sein! Eben noch nichts als Sonne und Langeweile, und jetzt?

»Kanonen nachladen! Feuerbereit halten!« Kapitän Nieuwer brüllte seine Befehle. Er wollte offenbar kämpfen. Die Segel flatterten nutzlos im Wind, und die Palomina dümpelte auf der Stelle, während bei den Bugkanonen hektische Betriebsamkeit herrschte. Sollten sie denn nicht wirklich besser flüchten?

Die Korsaren kamen immer näher. Drei der feindlichen Galeeren waren der hinter ihnen segelnden Sacré Cœur bedrohlich nahe gekommen, und erste Pfeile, deren Spitzen mit brennenden Lappen umwickelt waren, schlugen auf deren Deck auf. Irgendwo auf dem Hauptdeck brüllte der Zahlmeister etwas. Mirijam verstand nur: » ... haben griechisches Feuer ...!«

Alle Männer stockten. In ihren Augen war die nackte Angst zu lesen. Griechisches Feuer schien eine furchtbare Waffe zu sein, wenn selbst die Soldaten vor Schreck erstarrten. Sie blickten auf den Kapitän, der unschlüssig wirkte und wie in Trance die Korsarenschiffe beobachtete.

Doch endlich, als seien diese Worte des Zahlmeisters das Signal gewesen, besann sich Kapitän Nieuwer. »Wenden! Los, los, ihr faulen Säcke!«, donnerte er. »In die Takelage und an die Seile! Wir verschwinden. Los, schlagt neue Segel an! Ich will jeden verdammten Fetzen Tuch sehen!«

In Windeseile erkletterten die Matrosen die Wanten. Die

Ruder hoben und senkten sich in hohem Tempo und zogen in exaktem Rhythmus durch das Wasser. Sie pflügten und peitschten die Wellen, bis die Galeere endlich gewendet hatte und neue Segel angeschlagen waren, die sich alsbald mit Wind füllen würden.

Schneller, feuerte Mirijam die Mannschaft in Gedanken an und ballte die Fäuste, schneller, noch schneller! Ihr Schiff war flink und wendig, hatte Mijnheer Vancleef gesagt, also würden sie schon bald außer Reichweite der Feinde sein. Kurz darauf entfaltete sich endlich knatternd das Tuch, und die Segel blähten sich im Wind. Die Riemen wurden eingezogen, und die Palomina ging härter an den Wind, bis sie immer schneller lief und die Gischt über das Schanzkleid spritzte.

Mittlerweile lag auch die Santa Katarina unter Beschuss. Feuerpfeile zischten durch die Luft und trafen Segel, Tauwerk, das Deck und die Männer, die sich nicht in Sicherheit gebracht hatten. Einige der von den brennenden Lappen getroffenen Seeleute sprangen ins Wasser und tauchten unter. Kaum aber kamen sie wieder an die Luft, begannen die schon erloschenen, mit dem unheimlichen Feuer getränkten Kleider abermals zu brennen. Schreiend gingen die Männer erneut unter, bis sie zum Atemholen wieder an die Wasseroberfläche mussten und die Feuer aufs Neue zu brennen begannen. Haare brannten, Arme, Kleider. Verzweifelt schlugen die Männer um sich, gingen unter, kamen wieder hoch. Sobald sie an die Luft kamen, brannten sie. Irgendwann tauchten sie nicht mehr auf.

Mit geweiteten Augen starrte Mirijam auf das Grauen. So musste es in der Hölle aussehen!

7

Mast und Segel der Sacré Cœur und der Santa Katarina loderten, an Deck beider Schiffe wimmelte es von rot gekleideten Piraten, die Äxte und Krummsäbel schwangen und unter Triumphgeheul die reiche Beute in Besitz nahmen. Zugleich kam das Kommandoschiff der Piraten auf einer schäumenden Bugwelle und mit stoßbereitem Rammbock der Palomina näher. Schon konnte Mirijam das üppige, goldglänzende Schnitzwerk des Vorschiffs erkennen und wie über dem verzierten Schanzkleid die Turbane der Piraten hervorlugten. Was war denn nun mit der viel gerühmten Wendigkeit und Schnelligkeit der Palomina? Warum fuhr sie nicht schneller und segelte allen davon?

»Seid Ihr noch bei Trost?« Der Zahlmeister packte Mirijam am Arm und zog sie hinter einen der Aufbauten. »Runter mit Euch, sofort!« Seine Augen funkelten. »Habt Ihr denn keinen Verstand, Mädchen?«

»Werden wir entkommen?« Nur mit Mühe brachte sie die Worte heraus. Ihre Zähne klapperten.

Vancleef legte seinen Arm um Mirijam. »Wie alt seid Ihr?«, fragte er.

»Letzte Ostern wurde ich dreizehn«, antwortete Mirijam.

»Ist es denn die Möglichkeit, schon dreizehn?« Er zwinkerte ihr zu. Doch sogleich wurde er wieder ernst. »Ihr werdet schnell erwachsen werden müssen«, meinte er. »Von Eurer Schwester habt Ihr nicht viel Hilfe zu erwarten, sie hat schwache Nerven. Die sind für schwere Zeiten wie diese nicht gemacht. Ihr hingegen, Mädchen, Ihr seid wie eine Birke, fest verwurzelt, stark im Stamm und doch biegsam im Sturm. Ihr werdet es schaffen, Euch wirft so schnell nichts um.« Behutsam strich er ihr das Haar aus dem Gesicht, und einen Augenblick lang hatte sie beinahe das Gefühl, als sei der Vater bei ihr.

»Kann sein, dass wir ihnen entwischen, vielleicht aber auch nicht«, beantwortete er endlich ihre Frage. Seine Stimme klang tonlos. »Es ist besser, mein Kind, Ihr geht nun hinunter in Eure Kajüte. Wie ich schon sagte, Eure Schwester wird Euch brauchen. Vergesst nicht, Ihr seid stärker als sie, Ihr werdet nicht untergehen. Der Herr sei mit Euch.« Er drückte Mirijam, dann eilte er davon.

In diesem Augenblick spuckte das Buggeschütz der Piraten Feuer. Singend flog die Kugel heran. Sie traf das Steuer der Palomina und mit ihm den Steuermann, der zu Boden stürzte und sich schreiend auf den Planken wälzte. Die Palomina war manövrierunfähig, durch einen einzigen Schuss!

Auch die anderen Schiffe nahmen nun Kurs auf die Palomina und feuerten dabei ihre Kanonen ab. Das Wasser rund um das Schiff schäumte wie in einem riesigen Hexenkessel. Rauch stieg auf, Pulverdampf lag in der Luft, Holz splitterte, Männer brüllten, die Ruder peitschten das Wasser. Aus dem Deck der Ruderer, das zuerst getroffen worden war, stank es nach Blut, Erbrochenem und Fäkalien. Eine weitere Kanonenkugel schlug ganz in ihrer Nähe auf dem Deck ein und traf den hinteren Mast. Das Holz schien zu kreischen, bevor der Mast krachend barst und quer zum Deck aufschlug. Mehrere Matrosen wurden dabei über Bord geschleudert. Ihre Schreie übertönten das Gebrüll der Korsaren.

Endlich kam Mirijam zur Besinnung und rannte die Treppe hinunter zu ihrer Kajüte. Doch die Tür war verschlossen. Mirijam schlug mit den Fäusten dagegen. »Mach auf, Lucia!«

Lucia reagierte nicht. Mirijam legte das Ohr an die Tür. Nichts, kein Ton. »Aufmachen! Lucia, ich bin's, Mirijam!« Wieder hämmerte sie gegen das Holz. Jetzt schien es, als würde innen etwas über den Boden geschoben, etwas Schweres. Hatte Lucia sich verbarrikadiert?

»Öffne doch! Schnell!«, rief Mirijam, als sie aus den Augenwinkeln eine Bewegung wahrnahm. Sie blickte nach oben.

Rote Gewänder flatterten im Wind, eine blutige Axt knallte gegen ein Krummschwert. Metall, das gegen Metall schlug, Schreie und Flüche, Kampfgetöse, etwas krachte, Stiefel polterten. Die Korsaren waren an Bord! Und doch, wieso kam es ihr bei all dem Lärm plötzlich so still vor? Mirijam lauschte.

Es war die Trommel, sie schwieg. Die Palomina hatte ihre Flucht aufgegeben. Mirijam starrte nach oben, woher die Kampfgeräusche kamen, und wollte ihren Augen nicht trauen. Dort, in dem engen Durchgang zur Stiege, kämpfte Vancleef und versperrte den Angreifern den Weg nach unten. Sie beobachtete, wie sein Arm vorschoss, wie er wieder und wieder zustieß, in weitem Bogen um sich hieb und mit seinem Säbel die Piraten abwehrte.

Plötzlich jedoch sah sie ein Schwert aufblitzen, es sauste hernieder und traf ihn am Hals. Langsam sank Vancleef auf die Knie. Jemand stieß ihm den Fuß vor die Brust, so dass er rücklings die enge Treppe hinunterstürzte. Vor ihren Füßen blieb er liegen.

»Mijnheer!«, schrie Mirijam entsetzt. Sie kniete neben dem Mann und nahm seinen Kopf in den Schoß. Der Zahlmeister stöhnte. »Bitte, bitte, Ihr dürft nicht sterben!«

Vancleef öffnete mühsam die Augen und flüsterte etwas. Hatte er Verräter gesagt?

»Bleibt bei uns, lasst uns nicht allein!«

Eine dünne Blutspur floss aus seinem Mundwinkel. Mirijam verstand seine Worte nicht und beugte sich zu ihm hinab.

»Was?«, fragte sie. »Mijnheer Vancleef, was sagt Ihr?«

Aus der Wunde am Hals schoss Blut hervor. Es spritzte über ihre Hände und sickerte in ihr Kleid, doch das kümmerte sie nicht. Offenbar wollte er etwas sagen, es schien wichtig zu sein. Mirijam hielt ihr Ohr an seinen Mund. Aber sie hörte nichts, spürte nicht einmal mehr den Hauch seines Atems. Als sie sich aufrichtete, fiel sein Kopf zur Seite. Tot! Mijnheer Vancleef war tot.

Ein bärtiger Pirat mit roter Wollmütze und gezücktem Schwert kam die Treppe herunter. Mit einem Satz sprang er über Mirijam und den Toten hinweg. »Ah!«, brüllte er und trat mit voller Wucht gegen die Kajütentür.

Mirijams Truhe hinter der Tür fiel polternd um, und der Inhalt ergoss sich über den Boden. Lucia flüchtete ans andere Ende der Kajüte und presste sich in die Ecke. Ihren Rosenkranz hielt sie fest mit beiden Händen umklammert, während sie laut schluchzte und betete: »Heilige Mutter Gottes, beschütze mich vor dem Bösen. Beschütze mich, ich flehe zu dir! Errette und beschütze mich ...«

Der Pirat packte Mirijam am Arm, riss sie mit einem Ruck auf die Füße, so dass der Kopf des Zahlmeisters hart auf dem Boden aufschlug, und stieß sie in die Kajüte. Dann brüllte er etwas und deutete auf Lucia. Die hob schreiend die Hände und verbarg ihr Gesicht dahinter. Ihr Rosenkranz fiel herunter und verschwand in einer Ritze im Boden. Mirijam stolperte über ihre Reisetruhe und fiel auf die Knie. Mutters Briefe! Im Durcheinander ihres Reisegepäcks lag das schmale Lederbündel, ordentlich verschnürt, wie Gesa es ihr übergeben hatte. Hastig schnappte sie danach und schob es in ihr Mieder. Dann wurde sie schon weitergedrängt, neben Lucia.

»An Deck wird gekämpft«, flüsterte Mirjam ihr atemlos zu. »Sie haben das Schiff gekapert!«

Blitzschnell holte der Bärtige aus und schlug ihr mit der flachen Hand ins Gesicht. Seine schwarzen Augen funkelten böse. Er schaute sich in der Kammer um. Dass sich außer den beiden Mädchen niemand hier befand, schien ihn zufrieden zu stimmen. Er steckte sein Schwert in den Gürtel zurück, rieb sich die Hände und grinste, dass seine Zähne zwischen dem krausen Bartgestrüpp weiß blitzten. Er brüllte etwas, aber Mirjam konnte kein Wort verstehen. Lucias Lippen bewegten sich im tonlosen Gebet, und sie hielt die Augen geschlossen. Als die Mädchen auf seine Befehle nicht reagierten, zog der Pirat erneut das Schwert und trieb sie mit der flachen Klinge vor sich her aus der Kajüte heraus. Er dirigierte sie über den Gang, wo sie über den toten Zahlmeister steigen mussten, in einen Raum, in dem Proviantfässer lagerten. Dort hinein stieß er sie, schlug mit lautem Knall die Türe zu und legte den Riegel vor.

In völliger Finsternis standen sie nahe beieinander und lauschten. Oben an Deck schien der Kampf weiterzugehen. Mirjam tastete nach der Schwester.

»Mijnheer Vancleef«, wimmerte Lucia und drückte Mirjams Hand. »Hast du gesehen? Er liegt draußen im Gang. Ist er tot?«

Mirjam nickte, dann flüsterte sie »ja«, als ihr einfiel, dass Lucia nichts sehen konnte. Ihre Knie zitterten. Vorsichtig löste sie ihre Hand aus Lucias schmerzhaftem Griff und ließ sich auf dem Boden nieder. »Er wollte uns verteidigen, doch dann hat ihn ein Schwerthieb getroffen«, erklärte sie. »Er hat etwas gesagt, bevor er starb, aber ich konnte es nicht verstehen.« Sie umschloss ihre Beine mit den Armen und senkte den Kopf auf die Knie. Seine letzten Worte, sie hatte seine letzten Worte nicht verstanden ... Sie konnte an kaum etwas anderes denken. Die letzten Worte eines Sterbenden nicht zu verstehen kam ihr wie die schlimmste Achtlosigkeit vor, die man sich nur denken konnte. Erneut tastete sie nach der Schwester.

Lucia stieß sie jedoch beiseite. »Ich muss zur Heiligen Jungfrau beten und um Rettung flehen. Hundertmal, man muss hundertmal beten, sonst gilt es nicht. Aber mein Rosenkranz ist fort. Hoffentlich wirkt es auch so. Mutter Gottes, Maria voller Gnaden, die du den Herrn geboren hast, beschütze mich. Heilige Mutter Gottes, erhöre mein Gebet ...« Lucias Worte verebbten in einem gleichförmigen Singsang.

Mirijam umfing erneut ihre Knie. Sie schaukelte vor und zurück, vor und zurück, vor und zurück, immer weiter. Gleichzeitig hörte sie auf das Gebrüll von oben und auf das Gepolter, auf die Kampfgeräusche, das Klatschen, wenn etwas ins Wasser fiel, und das Klirren der Schwerter. Und sie lauschte Lucias halblautem Gemurmel, mit dem die Schwester um Beistand flehte. Vielleicht sollte sie ebenfalls beten? Sie befühlte das Bündel in ihrem Mieder. Dort konnte es nicht verloren gehen. Zum ersten Mal war sie dankbar für dieses unbequeme Wäschestück. Nebenbei registrierte sie, dass ihr Kleid nach dem Blut des armen Zahlmeisters roch, das allmählich eintrocknete und hart wurde. Wenn sie doch nie einen Fuß auf dieses Schiff gesetzt hätten!

8

In der warmen und sternenklaren Nacht gingen die Schiffe in einer geschützten Bucht vor Anker. Über Strickleitern und Taue mussten sie von Bord und an Land waten. Für die Seeleute stellte dies keine Schwierigkeit dar, die Soldaten aber kamen mit den schaukelnden Jakobsleitern nur schwer zurecht. Immer wieder geschah es, dass einer von ihnen ins Meer stürzte, andere hingen hilflos an den nassen Seilen und wurden schmerzhaft gegen den Schiffsrumpf geschleudert. Lucia weigerte sich, über die Bordwand zu klettern. Der bärtige Pirat mit der Wollmütze, der sie vor Stunden gefangen gesetzt hatte, überlegte nur einen Moment. Dann brüllte er einem seiner Komplizen unten im Wasser einen Befehl zu und stieß Lucia kurzerhand über Bord.

»Hilfe!« Lucia versuchte verzweifelt, die Reling mit der Hand zu erwischen. Sie konnte sich jedoch nicht halten und stürzte hinab in die Tiefe. »Hilfe!« Im Fallen prallte ihr Kopf gegen die Planken des Schiffskörpers, und der Schrei erstarb. Während sich ihr Kleid aufblähte und die Arme leblos zur Seite fielen, versank sie im Wasser.

»Nein!« Mirijam beobachtete entsetzt, was sich da vor ihren Augen abspielte. Rasch schwang sie sich über die Bordwand, packte die Stricke der Leiter und hangelte sich Hand über Hand und Sprosse für Sprosse abwärts. Die Hände krallten sich in die dicken Taue. Leiter und Schiff schaukelten. Als sie abwärtsschaute, um die Entfernung zur Wasseroberfläche einzuschätzen, sah sie, wie einer der Männer nach Lucia griff und ihren Kopf hochhielt. Sie kam zu sich, strampelte, hustete und spuckte.

Hastig kletterte Mirijam vollends hinab, sprang ins Wasser und watete mit ausholenden Armbewegungen zu Lucia. »Du lebst!« Zwischen Lachen und Weinen tastete sie das Gesicht der Schwester ab. »Lass sehen, wo hast du dich verletzt?«

Lucia schwankte. Mit weit geöffneten Augen stand sie im brusthohen Wasser und schien nicht recht zu wissen, was mit ihr geschehen war.

»Sag, fehlt dir etwas?«

Langsam drehte Lucia den Kopf und sah Mirijam an. »Mein Kopf«, sagte sie schließlich und legte die Hand an die Schläfe. »Mein Kopf tut weh.«

»Aber du lebst, und das ist das Wichtigste. Als du ins Wasser gefallen bist, dachte ich schon ... Ach, ich bin so froh!«

Riesenhaft ragte der Bug der Palomina neben ihnen auf. Das Schiff zerrte an seiner Ankerkette und drehte sich, es kam ihnen bedrohlich nahe. Mirijam spürte, wie der Sand unter ihren Füßen in Bewegung geriet, wie er nachgab und sie immer tiefer in den Boden einsank. Dabei ging ihr das Wasser sowieso schon bis zum Kinn. Jede Woge könnte sie fortspülen! Das Schiff bot keinen Schutz mehr, im Gegenteil, es wurde selbst zur Gefahr.

»Komm, wir gehen an Land, dort kannst du dich hinlegen. Ich führe dich.« Mirijam griff nach Lucias Hand. Nur fort von dem Schiff und auf festen Boden!

Neben ihnen trieb man die anderen Gefangenen durch ein Spalier von Piraten mit blakenden Fackeln ans Ufer. »Wollt ihr wohl gehen, ihr verfaulten *nasrani,* ihr Christenhunde und stinkenden Flussschiffer? Da geht's lang!« Die Piraten schoben und prügelten die Gefangenen vorwärts. »Macht schon, ihr Feiglinge, ungläubiges Pack.« Im Strom der anderen quälten sich die beiden Mädchen durch das hohe Wasser. Mit einer Hand vor der Brust schützte Mirijam das Päckchen der Mutter, mit der anderen umklammerte sie Lucias Arm.

Mühsam durchfurchten sie das hohe Wasser, behindert von den langen Röcken, die sich um ihre Beine wickelten. Endlich jedoch wurde das Wasser flacher und das Vorwärtskommen leichter.

Überall, vor ihnen, hinter und neben ihnen strebten Männer dem Strand entgegen. Einige der Piraten schleppten Beutestücke mit sich, andere stützten ihre im Kampf verletzten Kumpane. Die gefangenen Matrosen und Soldaten der drei van-de-Meulen-Schiffe hatte man gefesselt, nachdem sie das Schiff verlassen hatten, und sie dabei so eng aneinandergebunden, dass, wenn einer stürzte, er unweigerlich seine Nachbarn mit unter Wasser riss. Immer wieder kam der Zug deshalb zum Stehen, doch die Korsaren zerrten die Männer wieder auf die Beine und jagten sie mit Gebrüll und Faustschlägen weiter voran durch die Wellen.

Auch die befreiten Ruderslaven wateten an Land. Es waren ausgemergelte Gestalten, soweit man das in dem flackernden Licht ausmachen konnte, und manche von ihnen waren derart geschwächt, dass sie gestützt werden mussten. Dennoch trugen alle ein Lachen auf dem Gesicht. Kein Wunder, dachte Mirijam, für sie war heute ein Freudentag, ihnen winkte die Freiheit.

Trotz ihrer Sorge um Lucia war Mirijam von dem wüsten Durcheinander wie gebannt. Einige der Piraten verhöhnten die gefangenen Soldaten und Seeleute und suchten sich dabei gegenseitig mit groben Flüchen und lautem Geschrei zu übertreffen. »Bei Allah, ihr feigen Säcke, habt wohl die Hosen voll? Los, oder sollen wir eure Mütter rufen, dass sie euch den Hintern putzen?« »Edle Herren, wollt Euch an Land bemühen. Dort erwartet Euch ein weiches Lager, ganz so eines, wie Ihr es uns bereitet habt.« »Jawohl«, grölte ein anderer, »und statt der gelbhaarigen Bettgenossinnen kriegt ihr Gesellschaft von Sandflöhen, die sind auch recht zutraulich!« Brüllendes Gelächter belohnte besonders originelle Beschimpfungen.

Andere schleppten Ballen und Kisten von der Santa Katarina an Land, zum Teil per Boot, der Großteil jedoch wurde auf dem Kopf durch das Wasser geschafft. Bereits auf See hatte man Teile der Ladung auf die ramponierte Palomina umgeladen, so dass das schwere Handelsschiff nun deutlich weniger Tiefgang als zuvor hatte und auch im Flachwasser ankern konnte.

Endlich war der Strand erreicht, und die Gefangenen wurden bis an den Fuß einer hohen Dünenkette getrieben. Mirijam zog die Schwester zu einer abseits gelegenen Stelle, von der aus sie alles überblicken konnten.

»Hier sind wir den Männern nicht im Weg«, sagte sie. Vor allem aber sollte niemand sie überrumpeln können oder Lucia erneut etwas antun. Vorsichtig tastete sie deren Kopf ab. Soweit sie sagen konnte, gab es nirgendwo eine offene Wunde, nur eine dicke Beule konnte sie fühlen.

»Willst du dich nicht hinlegen?« Als hätte sie Mirijams Worte nicht gehört, starrte Lucia schweigend und mit hängenden Schultern vor sich hin. Unvermittelt hob sie auf einmal ihr Gewand an, spreizte die Beine, und sofort bildete sich zu ihren Füßen ein dunkler Fleck im Sand.

Mirijam wurde puterrot. Was tat die Schwester denn da? Schon seit Stunden hatte sich Lucia wunderlich verhalten, allein dieses unaufhörliche Beten war merkwürdig. Früher ging Lucia nur zu Festtagen in die Kirche oder wenn sie sich in neuen Kleidern zeigen wollte. Und nun betete sie nicht nur unentwegt, sondern pinkelte auch noch vor aller Augen! Zum Glück achtete jedoch niemand auf sie.

Mirijam blickte an sich herunter. Ihre nassen Röcke waren schwer und klebten an den Beinen, aber wenigstens hatten die Wellen das Blut des Zahlmeisters aus dem Stoff gewaschen.

»Ob wir hier die Nacht verbringen müssen, was meinst du?«

Lucia gab keine Antwort, obwohl sich ihre Lippen bewegten. Betete sie schon wieder?

»Was sagst du? Ich verstehe nicht. Los, sag etwas, sprich mit mir. Hörst du mich? Ich bin es, deine Schwester!«

Lucia schwieg, sie hatte die Augen geschlossen. Bereits in dem dunklen Loch unter Deck, mit dem toten Mijnheer Vancleef vor der Tür, hatte sie kaum auf Mirijams Worte reagiert. Nun setzte sie sich mit geschlossenen Augen in den Sand und streckte die Beine von sich. Um ihr wenigstens irgendetwas Gutes zu tun, ordnete sie Lucias Haarflechten. Wie sie selbst trug auch Lucia keine Schuhe mehr, und an ihrem Kleid fehlte ein Ärmel. Der Stoff war zerfetzt und nicht mehr zu reparieren. Alles war voller Sand, ihr Haar, das Kleid, die Hände ...

»Wir haben festen Boden unter den Füßen«, sagte Lucia plötzlich erstaunt. Ihre Stimme klang rau. »Das ist besser als das Schiff.«

»Ja, oh ja, du hast recht, viel besser«, antwortete Mirijam erleichtert. Endlich, Lucia sprach wieder! »Und schau, dort drüben wird Feuer gemacht.« Sie deutete nach vorn.

Am Strand loderten mehrere Feuer auf, um die die Gefangenen versammelt wurden. In der Glut der Feuer lagen Eisenstangen, die erhitzt wurden. »Wozu sie die Stangen wohl brauchen? Denkst du eigentlich auch, dass wir hier auf einer Insel sind? Oder ist das Festland?«

Lucia antwortete nicht. Aber wenigstens schien sie Mirijams Worte vernommen zu haben, denn sie hob den Kopf und blickte sich um. Links von ihnen lag das Wasser, während in ihrem Rücken und rechter Hand Sanddünen eine von den Feuern beleuchtete sandige Bucht begrenzten. Nahe der Wasserkante stapelten sich die Ballen, Fässer, Truhen und Kisten, die eigentlich für Granada bestimmt waren.

Lucia kratzte und rieb ihre Beine, wo das Salzwasser zu Krusten trocknete, als sei das das Wichtigste auf der Welt. Augenscheinlich hatte sie sich erneut in sich zurückgezogen. Mirijam fröstelte, und das nicht allein, weil ihr kalt war.

Die ehemaligen Rudersklaven ließen sich die Eisenketten abnehmen und die von den Fesseln aufgescheuerten und vereiterten Fußgelenke verbinden. Die kräftigsten unter ihnen tanzten schon bald an den Feuern. Wie Gespenster sahen sie aus, hohlwangig und mit wilden Bärten, die abgezehrten Körper bekleidet mit schmutzigen Fetzen, die kaum ihre Blöße bedeckten. Aber immer wieder umarmten sie einander, küssten ihren Befreiern die Hände und riefen »*Allah u aqbar*«. In der arabischen Sprache bedeutete das Gott ist groß, wie Mirijam wusste.

Etliche der christlichen Soldaten und Seeleute hatten ebenfalls Wunden von dem Gefecht davongetragen, und auch sie wurden versorgt. Ein alter, sehr dünner Maure in langem Gewand und hellem Turban stützte sich auf einen Stock, hinkte von einem zum anderen und versorgte die Wunden. Männer mit schwereren Verletzungen gab es anscheinend nicht. Ob sie sich noch an Bord befanden und erst später an Land gebracht werden sollten?

Plötzlich jedoch wusste sie, was das laute Aufklatschen auf dem Wasser, das sie in ihrem dunklen Verlies unter Deck gehört hatte, bedeutet hatte. Die schwer Verletzten hatte man schon auf See ins Meer geworfen! Sie erschauerte. Neben ihr kratzte sich Lucia immer noch die Beine. Warum tat sie das, es musste doch wehtun? Man konnte schon blutige Striemen sehen. Mirijam kroch dicht an Lucia heran und schlang ihre Arme um deren Leib. »Wärme mich, bitte, mir ist kalt.«

Lucia ließ zwar die Arme sinken und hörte auf, sich zu kratzen, aber weiter reagierte sie nicht. Sie schien nicht sie selbst zu sein. Zu Hause hätte sie sich aufgeregt, hätte getobt oder sogar mit Sachen geworfen, und jetzt? Sie sagte nichts, sie tat nichts. Ihr leerer Blick wirkte, als wäre sie nicht hier, sondern sehr weit weg.

Einmal, in Antwerpen, hatte Mirijam die Irren aus dem Tollhaus der Barmherzigen Schwestern gesehen. Sie hatten ihre Seelen verloren, hatte man ihr erklärt. Jene jammervollen Gestalten hatten den gleichen leeren Blick gehabt wie jetzt Lucia. Was für ein Gedanke! Entsetzt schlug Mirijam die Hände vor den Mund. Sicher waren es nur Lucias schwache Nerven, wie der *argousin* sich ausgedrückt hatte. Mirijam schloss die Schwester fester in die Arme. Trost und Wärme und das Gefühl, nicht allein zu sein, war alles, was sie ihr geben konnte. Hatte der Zahlmeister eine Situation wie diese gemeint, als er sagte, Mirijam müsse schnell erwachsen werden?

Die gefesselten Matrosen der Palomina kauerten mit hängenden Köpfen an den Feuern. Kapitän Nieuwer hingegen stand an einer abseits gelegenen Feuerstelle, wo er seine

Kleider einem der Piraten reichte, der sie für ihn ausschüttelte und in der Nähe der Flammen zum Trocknen ausbreitete. Ein Pirat als Diener eines feindlichen Kapitäns, welcher zudem keine Fesseln trug?

Mirijam wollte ihren Augen nicht trauen. Das konnte doch nur eines bedeuten! Aufgeregt packte sie Lucia am Arm. »Schau, dort, Kapitän Nieuwer, siehst du ihn? Er bewegt sich ungehindert zwischen den Seeräubern. Also ist er nicht zufällig oder wegen einer günstigeren Route unter den berüchtigten Inseln gesegelt, oh nein. Verstehst du, was das bedeutet? Er macht mit den Korsaren gemeinsame Sache!« Fast hätte sie ihre Erkenntnis laut herausgeschrien.

Als hätte er ihre Worte vernommen, schaute der Kapitän in diesem Augenblick zu den Mädchen hinüber. Wie ertappt senkte er jedoch sogleich wieder die Augen.

Mirijam ballte die Fäuste. Ihre Augen funkelten vor Empörung. Der Kapitän, vom Vater persönlich für diese Fahrt ausgewählt, war ein Spießgeselle der Seeräuber! Oh, wäre sie doch bloß ein Mann! Dann würde er ihre Wut zu spüren bekommen, und sie würde ihm seine Heimtücke vergelten, würde es ihm heimzahlen, diesem Verräter! Ihre Blicke saugten sich an dem Kapitän fest. Er sollte wissen, dass sie, Mirijam van de Meulen, Tochter seines Brotherrn, ihn durchschaut hatte.

Schon früher hatte sie hin und wieder von unfähigen und auch von gewissenlosen Kapitänen erzählen gehört, doch niemals hätte sie geglaubt, dass so jemand in Vaters Diensten stehen könnte! Wie hoch mochte wohl seine Entlohnung für diesen Verrat sein? Immerhin gehörten zwei Handelsschiffe zu der Beute, beide bis obenhin vollgestopft mit kostbarer Fracht. Vermutlich würde sein Anteil aus dem Kapitän einen reichen Mann machen. In ohnmächtigem Zorn ballte sie die Fäuste.

Aus den Dünen erklangen Rufe, die von den Wachposten erwidert wurden, und bald darauf tauchten Männer in Kapuzenmänteln aus dem Dunkel auf. Sie kamen einen Pfad herunter und brachten auf Packpferden Brot, Trockenfleisch und mit Trinkwasser gefüllte Tonkrüge zum Strand.

»Möchtest du etwas essen?«, fragte Mirijam, als sie sah, dass anscheinend alle, die Gefangenen wie die Piraten, eine Ration bekamen. Lucia hob nicht einmal den Kopf. Bekam sie denn überhaupt nichts von dem mit, was hier vorging?

Ein bärtiger Mann in roter Weste und mit einem schmierigen roten Tuch als Turban trat zu ihnen und reichte ihnen ein Stück Brot und eine Schale mit Wasser. Als er sich die beiden Mädchen genauer besah, schnalzte er mit der Zunge und knurrte etwas in seinen Bart. Dann teilte er ihnen die doppelte Ration zu.

Mitleid, von einem wie dem? Bildete sich der Kerl etwa ein, mit einem Stück Brot ihre Vergebung erkaufen zu können? Ha, da konnte er lange warten! Mirijam schaute auf das Brot in ihren zitternden Händen, und plötzlich liefen ihr Tränen über das Gesicht. Sie barg den Kopf in der Armbeuge. Alles tat ihr weh, und sie fürchtete sich so sehr, dass sie am liebsten laut geschrien hätte. Wenn sie den Kopf hob, fiel ihr Blick auf Kapitän Nieuwer. Das Blut der eigenen Leute klebte an seinen Händen, dennoch biss er herzhaft in sein Brot. Ihr hingegen war elend zumute, und schon der Gedanke an Essen widerte sie an. Der gute Vancleef hatte sich gründlich geirrt, sie fühlte sich ganz und gar nicht stark!

Ausnahmslos alle Piraten trugen etwas Rotes an ihrer Kleidung. Neben faltenreichen Pluderhosen aus dunkelrotem Stoff gab es rote Westen mit allerlei glänzenden Borten, während andere sich rote Tücher um den Kopf gewickelt hatten. Einer der Männer trug gar rote Lederstiefel an den Füßen. Wem er die wohl gestohlen hatte? An den Gürteln hingen Waffen, die im Feuerschein schimmerten, lange Messer, breite Dolche mit Blutrinnen oder funkelnde Krummschwerter mit scharfen Schneiden.

Sechs von ihnen näherten sich soeben mit gezückten Messern den gefangenen Seeleuten. Während zwei Männer einen Gefangenen festhielten, schor ihm der Dritte die Haare. Nur ein schmaler Streifen in der Mitte des Kopfes blieb stehen. Natürlich versuchten einige Matrosen, sich zu wehren. Durch die Fesseln behindert, mussten sie die erniedrigende Schur aber über sich ergehen lassen. Danach packten die Piraten zu fünft einen Mann, drückten ihn in den Sand und hielten seine Füße fest. Einer von ihnen trug dicke Lederhandschuhe. Der nahm die mittlerweile rot glühende Eisenstange aus dem Feuer und zog deren Spitze zweimal über die Fußsohle des Gefangenen. Der schrie und stöhnte vor Schmerzen, während die Seeräuber schon nach dem Nächsten griffen. Ein widerlicher Gestank von verbranntem Fleisch wehte über den Strand, als die Korsaren einem nach dem anderen die Füße markierten.

Mirijam schlug die Hände vors Gesicht. Die Schreie der Matrosen, die sich im Sand wanden, die verpestete Luft, die grausamen Piraten, das triumphierende Gelächter, ihre eigene Angst, das alles war zu viel. Übelkeit überkam sie, aber dann musste sie doch zwischen den gespreizten Fingern hindurchspähen. Im Licht der Feuer konnte sie erkennen, welches Zeichen den Männern auf den Fußsohlen eingebrannt worden war: ein Kreuz, das unauslöschliche Zeichen dafür, dass es sich bei diesem Mann um einen der verhassten Christen handelte.

Lucia schien von dem grässlichen Schauspiel nichts mitzubekommen. Unentwegt murmelte sie leise, unverständliche Worte vor sich hin, knetete die Hände und rupfte an ihren Haaren. Dann wieder kratzte sie sich an den Beinen und drehte dazu manchmal ruckartig ihren Kopf. Sie verhielt sich wie eine Puppe, deren Fäden von einer fernen Kraft gezogen wurden.

9

Die Marionetten schlenkerten ihre Arme und Beine herum und tanzten zu einer lautlosen Musik. Nur halblautes Gemurmel drang durch Mirijams Träume. Hatte sie geschlafen? Sie fuhr hoch, und sofort stand ihr der gestrige Tag wieder vor Augen. Piraten und Gefangenschaft! Und Verrat. Und Lucia? Sie lag zusammengerollt neben ihr, eine Hand unter der Wange, und schlief. Sicher hatten sich über Nacht ihre schwachen Nerven erholt. Wie gut, wenn sie erst wieder die Alte war. Gemeinsam würden sie sich stützen und helfen und alles überstehen.

In Reihen standen die Korsaren am Strand und hielten die Hände zu Schalen geformt, als wollten sie das Licht der gerade aufgehenden Sonne darin auffangen. Sie verneigten sich, sanken auf die Knie und berührten mit der Stirn den Boden. Das alles sah so friedlich und feierlich aus. Ob sie miteinander beteten? Beten solche Banditen denn überhaupt? Mirijam lauschte gebannt.

Plötzlich kam ihr der Gedanke zu fliehen. Vielleicht war dies die richtige Gelegenheit? Keiner von den Piraten beachtete sie, es könnte also klappen, wenn sie leise und vorsichtig genug vorgingen. Sie rüttelte Lucia wach. Noch während Mirijam überlegte, wohin sie flüchten und wo sie sich verstecken könnten, setzte sich Lucia neben ihr mit einem Ruck auf. Ihre Augen flackerten, als sie suchend umherblickte. Dann hatte sie die Betenden entdeckt, und ihr Gesicht verzerrte sich.

Mit einem Schrei sprang sie auf die Füße. Eine Hand verkrampft über dem Bauch, die andere am Hals schrie sie: »Ahh, Teufel! Heilige Mutter Gottes, alles Teufel, das ist die Hölle! Oh geliebter Jesus, Maria und Heiliger Geist, lieber Gott, steht mir bei! *Ave Maria gratia plena, pater noster qui es ...*«

»Pst, sei leise!« Mirjam legte Lucia die Hand über den Mund, doch in ihrer Rage schlug diese sie beiseite. Wie eine Tollwütige stand Lucia da, am ganzen Körper zitternd, mit geweiteten Augen und Speichelbläschen in den Mundwinkeln. »Fass mich nicht an!«, keifte sie. »Siehst du es denn nicht? Teufel, überall Teufel, alles voller Teufel!«

Die Piraten hatten sich umgewandt und starrten herüber. Zwei der Männer kamen angelaufen und packten Lucia. Einer drehte ihr den Arm auf den Rücken, der andere griff nach ihrer Taille. Lucia wehrte sich nach Kräften. Sie trat um sich, spuckte und kreischte.

»Lucia! Beruhige dich, um Himmels willen!«

Einer der Männer, der hinter Lucia stand und mit seinen Pranken ihre Brüste umfasst hielt, presste seinen Unterleib an ihren Körper und rieb sich daran. Er lachte. Lucia versuchte, ihre Überwältiger zu treten und zu beißen. Die verfilzten Haare hingen über ihr verzerrtes Gesicht, und die Augen funkelten vor Angst, Hass oder Wahnsinn. Oder vor alledem zugleich.

Eilig hinkte der alte maurische Heiler herbei. Er lehnte sich auf seinen Stock, entnahm seinem Gewand ein Fläschchen, tränkte ein Tuch mit der grünlichen Flüssigkeit daraus und drückte das Tuch kurzerhand auf Lucias Gesicht. Beinahe im gleichen Augenblick wurde das Mädchen ruhig. Die Gesichtszüge entkrampften sich, ihre Augen fielen zu, und sie sank in sich zusammen. Leblos hing sie im festen Griff der beiden Piraten, bis sie sie auf einen Wink des alten Heilers auf den Boden legten.

Mirijam fiel neben der Schwester auf die Knie. »Lucia!«, flehte sie. »Bitte, lass mich nicht allein!«

Doch ihr Betteln blieb ungehört, Lucia rührte sich nicht. »Oh bitte nicht, komm zurück, bitte, bleib bei mir!« Keine Reaktion.

Der Heilkundige stieß Mirijam mit seinem Stock an. Sie fuhr auf. »Was hast du mit ihr gemacht? Warum hast du sie getötet? Sie hat niemandem etwas zuleide getan!«

Durch den Schleier ihrer Tränen erkannte sie, dass der Alte den Kopf schüttelte. Er bückte sich, griff nach Mirijams Hand und legte sie auf Lucias Brust. Das Herz der Schwester schlug, zwar hastig und unregelmäßig, aber immerhin, es schlug.

»Sie ist krank. Sie war in Gefahr, den Verstand zu verlieren, verstehst du?«, erklärte der alte Maure und richtete sich stöhnend wieder auf. »Es ist die *hystera,* eine Gemütskrankheit, von der schon die Alten sprachen. Ich habe ihr einen heilenden Schlaf geschenkt, der ihr guttun wird«, ergänzte er, bevor er sich umwandte und langsam durch den Sand zu den Betenden zurückhumpelte.

Mirijam aber klammerte sich an diese Worte wie an eine Rettungsleine, während sie Lucias Kopf auf den Schoß zog und sich immer wieder vergewisserte, dass die Schwester tatsächlich atmete. Nur ein Schlaf, sagte sie sich, ein heilsamer Schlaf, und fuhr fort, Lucias Gesicht und Haare zu streicheln.

Während das am Strand gestapelte Frachtgut auf die Lasttiere verteilt wurde und der Tross schon bald über den gleichen

Weg verschwand, der ihn gestern Abend hierhergeführt hatte, begab sich der Kommandant an Bord der Palomina. Kurz darauf wurden die Gefangenen unter Peitschenhieben zurück zum Schiff getrieben. Einer der Korsaren trat zu den beiden Mädchen. Sein Blick ging von Mirijam zu Lucia und zurück, als überlege er sein weiteres Vorgehen. Dann griff er kurzentschlossen nach Mirijam, hob sie hoch und legte sie wie einen Sack über seine Schulter.

»Lass mich runter«, rief sie. Sie schlug mit den Fäusten und strampelte. »Lass mich zu Lucia!«

Doch der Bärtige lachte nur. Er packte ein wenig fester zu und trug Mirijam durch das Wasser in ein Boot. Danach holte er auf die gleiche Weise die immer noch bewusstlose Lucia und ruderte mit beiden zum Schiff. Dort hievte er die Mädchen über die Strickleiter an Bord der Palomina und ließ sie auf das Deck fallen.

Reglos lag Lucia neben Mirijam auf den Schiffsplanken, mit zerwühlten Haaren und roten Striemen an Armen und Beinen von den rohen Griffen des Piraten. Ihre Brust hob und senkte sich regelmäßig. Mit Mühe zog Mirijam Lucias schlaffen Körper in den Schutz der Aufbauten, wo sie sich sicherer fühlte. Sie lehnte den Rücken ans Holz, zog Lucias Kopf in den Schoß und wischte sanft die verklebten Haare aus ihrem Gesicht. Sie zitterte. Die Beine zitterten und auch die Hände, die Lucias Herzschlag nachspürten und ihre Wangen streichelten. Es musste jetzt ein Ende haben, mehr Schrecken hielt sie nicht aus.

Mast und Steuer waren inzwischen provisorisch repariert worden, denn die Reise sollte auf der Palomina fortgesetzt werden. Zuvor aber mussten sich alle an Deck versammeln. Hoch aufgerichtet stand der Kommandant der Korsaren auf dem Achterkastell, die Arme in die Seiten gestemmt, und hielt eine Ansprache. Seine Worte wurden von einem der ehemaligen Galeerensklaven übersetzt, der diese Aufgabe voller Genugtuung ausführte. »Ihr Christenschweine«, begann der frühere Sklave, und man konnte sehen, mit welchem Genuss er diese Worte aussprach, »ihr ungläubigen Christenschweine werdet ab heute für unseren geliebten Sultan Süleyman, Allah gebe ihm ein langes Leben, und zum Ruhme Allahs, sein Name sei gepriesen auf allen Meeren und unter allen Himmeln, arbeiten.«

Der Kommandant ließ diese Worte einen Moment lang wirken. Dann fuhr er fort: »Ich mache es kurz: Die Jungen und Starken unter euch kommen an die Ruderbänke oder werden zum Decksdienst beordert. Und wehe, jemand verrichtet seine Arbeit nicht in der gewünschten Art und Weise! Die anderen Ungläubigen werden an Land als Arbeitssklaven verkauft. Über ihre Eignung und Verwendung werde ich bestimmen.« Damit verließ er den Platz auf dem Achterkastell. Er schritt über das Deck, ließ seinen Blick über die Gefangenen schweifen und taxierte deren körperliche Verfassung. Hier drückte er einen Arm, dort prüfte er die Beinmuskeln, einem anderen Mann strich er über Nacken und Rücken, und bei allen untersuchte er die Zähne. Der Kommandant war größer, als Mirijam gedacht hatte. Als er an ihr vorbeischritt, schlug sie die Augen nieder, damit er darin nicht ihre Angst entdeckte.

Plötzlich sah sie Kapitän Nieuwer neben dem Kommandanten stehen, breitbeinig und selbstbewusst, als sei dies sein angestammter Platz. Am liebsten hätte sie ihm mit aller Verachtung, derer sie mächtig war, vor die Füße gespuckt.

»Kapitän, wenn es jemand Vermögenden unter diesen

Leuten gibt, so nennt uns seinen Namen«, wandte sich der Kommandant an den Kapitän. »Er soll gut behandelt werden, und es wird ihm an nichts fehlen, bis das Lösegeld für ihn eingetroffen ist. Danach soll er frei sein.«

Mirijam konnte jedes Wort verstehen. Aber wieso sprach der Korsar auf einmal Französisch, wenn er eben noch einen Übersetzer gebraucht hatte? Doch das war nebensächlich, das wesentliche Stichwort lautete »Lösegeld«!

Natürlich, das war der Schlüssel! Warum hatte sie nicht sofort daran gedacht? Was für ein Glück, dass Lucia und sie aus reichem Hause stammten. Nur wenn die Familien kein Lösegeld aufbringen konnten, endete man in der Sklaverei, das hatten die Männer im heimischen Hafen oft erzählt. Sie hob den Kopf. Jetzt würde Kapitän Nieuwer gleich auf sie beide deuten und ihren Namen nennen, denn sicher war dieser Verräter ebenso am Lösegeld interessiert wie der Kommandant. Erwartungsvoll blickte sie den Kapitän an.

Der warf aus den Augenwinkeln einen raschen Blick auf Mirijam und Lucia. Unauffällig trat er ein paar Schritte näher und schüttelte dabei unmerklich seinen Kopf.

»Großer Chair-ed-Din, wie gern wäre ich Euch gefällig! Doch ich bedaure unendlich, Euch enttäuschen zu müssen«, sagte er an den Kommandanten gewandt und hob beide Hände bedauernd in die Höhe. »Leider befindet sich unter den Gefangenen niemand mit Vermögen.« Er sprach zwar den Piraten an, aber es schien Mirijam, als seien seine Worte eigentlich für sie bestimmt.

Hatte sie richtig gehört? Was sollte das heißen? Sie besaßen doch Geld, sogar viel Geld! Vater gehörten Häuser, Schiffe, Waren aller Art und sonstiges Vermögen. Und das wusste dieser Verbrecher ganz genau. Glaubte er etwa, als Sklavinnen könnten sie ihm mehr einbringen? Mirijam machte Anstalten aufzustehen, wobei sie die Augen nicht vom Kapitän löste.

Der starrte zurück. Seine Augen glänzten, als stünde Wasser darin. Tränen? Bei einem Verräter? »Schweig still, um Christi willen! Wenn dir dein Leben und das deiner Schwester lieb ist, so schweig!«, zischte er ihr plötzlich halblaut zu. »Dies ist vielleicht der einzige Weg für euch zu überleben.«

Verschreckt sank Mirjam zurück. Der einzige Weg zu überleben, was bedeutete das? Und warum diese Warnung? Wenn es denn überhaupt eine Warnung sein sollte, diesem Verräter musste man wohl das Schlimmste unterstellen. Ihre Gedanken rasten.

Der Piratenkommandant kam heran und blieb vor ihnen stehen. »Und was ist mit den beiden Mädchen?«

»Die Mädchen? Ach, nur unnütze Esser, edler Chair-ed-Din. Sie sollten als Vorleserin und als Dienstmagd nach Al-Andalus gehen.«

»Was hat sie?«, wandte sich der Pirat an Mirjam und deutete auf die bewusstlose Lucia.

Jetzt, dachte sie, jetzt konnte sie ihm sagen, dass der Kapitän log. Oder lieber nicht? Hilflos starrte sie von dem Piraten zu Kapitän Nieuwer. Der schüttelte erneut kaum merklich den Kopf. Mirjams Augen füllten sich mit Tränen. Alles hing davon ab, dass sie jetzt das Richtige tat, doch was war das Richtige?

»Wieder so eine dumme Gans, die wahrscheinlich nur die Sprache der Hiebe versteht.«, murmelte der Übersetzer voll Verachtung.

Chair-ed-Din beugte sich herunter und lüftete mit der Spitze seines Krummschwertes Lucias Hemd. Er grinste, als sein Blick auf die üppigen Brüste des blonden Mädchens fiel, und machte eine launige Bemerkung, die die Piraten mit lüsternem Grölen beantworteten. Sie johlten, schlugen sich gegenseitig auf die Schultern, und manche griffen sich bereits voller Vorfreude an den Hosensack.

Plötzlich stand der heilkundige Maure an der Seite seines Herrn und hob die Hand. Er kniete sich neben Lucia auf das Deck, befühlte ihre Stirn und prüfte ihren Atem. Dann erhob er sich unter Mühen, und wandte sich an den Kommandanten. Er machte eine kleine Verbeugung, bevor er mit ruhiger Stimme sagte: »Vergeudet nicht Euren Reichtum, denn Allah liebt die Verständigen, heißt es. Verzeiht, Herr, doch ich weiß, Ihr wäret mir gram, wenn ich Euch meinen Rat vorenthielte.«

Nach einem kurzen Blickwechsel mit dem Korsaren wandte er sich den umstehenden Piraten zu. Auf seinen Stock gestützt, hob er die Hand, wartete, bis Ruhe einkehrte, und rief laut, damit ihn alle verstehen konnten: »Bedenkt, ihr kühnen und mutigen Kämpfer zum Ruhme Allahs: Diese Goldhaarige wird euch sehr viel Gold und Ehre einbringen, wenn ihr sie jungfräulich einem reichen Herrn verkauft. Überlegt gut, ob der kurze Rausch, den nur einer von euch erleben kann, es wirklich wert ist, auf Ruhm und Ansehen für euch alle zu verzichten. Ihr wisst, Allah der Gerechte liebt die Klugen unter seinen Kindern besonders!«

Chair-ed-Din beugte sich erneut zu Lucia hinunter und befühlte eine ihrer Haarsträhnen. Mit den Fingern öffnete er ihren Mund und besah die Zähne. Dann richtete er sich wieder auf, schürzte die Lippen, strich über seinen Bart und überlegte. Schließlich nickte er und erklärte der Mannschaft, wie viele Florin oder Golddukaten sie für eine jungfräuliche Blondhaarige wie dieses Mädchen erzielen würden.

»Unser Hakim hat recht, sie wird uns ein Vermögen einbringen, wenn sie unberührt ist. Von dem Geld kann sich jeder von euch eine eigene Jungfrau leisten.«, grinste er.

Wie zufällig legte er bei diesen Worten die Hände auf die beiden Krummschwerter, die in seinem Gürtel steckten. Die Geste war eindeutig, niemand konnte sie missverstehen.

10

Zwei Piraten in roten Pluderhosen trugen Lucia nach unten und legten sie auf die Koje. Einer von ihnen, kaum älter als Lucia, machte große Augen, als der Ältere unter dem Vorwand, das Mädchen bequemer betten zu wollen, Lucias Kleid über der Brust zurechtzupfte und mit der anderen Hand wie zufällig ihre Beine entlangstrich.

»Lass die Finger von ihr!« Mirijam drängte sich dazwischen. Sie loderte vor Empörung. »Ich warne dich, du hast gehört, was der Kommandant gesagt hat!«

Der Mann hob entschuldigend die Hände und trat einen Schritt zurück. Wahrscheinlich hatten beide außer »Kommandant« kein Wort verstanden, doch das schien ausgereicht zu haben. Hastig zog Mirijam Lucias arg malträtiertes Gewand wieder herunter, legte eine Decke über sie und stellte sich als Verteidigung vor die Bettstatt.

Der Ältere lachte, dann grummelte er etwas und schob den Jungen vor sich her nach draußen.

In der Kajüte sah es wüst aus. Die wenigen Möbel lagen in Trümmern, ihre Reisetruhen waren durchwühlt und die Kleider und Schuhe sowie Schmuck, Spiegel und alle sonstigen wertvollen Sachen verschwunden. Selbst die Vertäfelung war teilweise von den Wänden gerissen. Die Tür hing schief in den Angeln und ließ sich nicht schließen, also richtete Mirijam ihre Reisetruhe auf und schob sie vor die lädierte Tür. Wenigstens würde jetzt niemand unbemerkt ihre

Kammer betreten können. In einer stinkenden Urinlache entdeckte sie Lucias Bibel. Anscheinend hatten die Piraten ihre Verachtung für das heilige Buch der Christen auf drastische Art kundgetan. Ob man die Seiten trocknen konnte? Die Bibel gehörte zu dem wenigen, was sie überhaupt noch besaßen. Also stellte Mirijam das Buch aufgeblättert auf den Tisch, damit Luft an die Seiten gelangen konnte. Sie stöberte weiter, fand aber nichts als ein wenig Leinenzeug und Unterwäsche.

Sie sank zu Boden und schlug die Hände vors Gesicht. Seit dem Auftauchen der Barbareskenschiffe hatte sie das Gefühl, ins Bodenlose zu fallen, Lucia würde vermutlich sagen, sie fuhren in Richtung Hölle. Mirijam stöhnte. Sie wusste nicht mehr ein noch aus. Lucia und sie waren machtlos, Opfer der entsetzlichen Wendung, die diese Schreckensreise genommen hatte. Konnte es wahr sein, dass mit Vaters Tod alles Gute aus ihrer beider Leben entschwunden war? Wenn sie sich nur nicht derart schutzlos und einsam fühlen würde! Hilfe oder Zuspruch aber konnte sie von niemandem erwarten, nicht einmal von Lucia.

Hätte sie Lucia und sich doch als Töchter von Andrees van de Meulen, als Kinder aus reichem Hause zu erkennen geben sollen? Und was hatte es zu bedeuten, wenn ausgerechnet der Kapitän sie warnte, ihre wahre Herkunft preiszugeben? Welchen Nutzen hatte er davon? Doch auch diese Überlegungen brachten sie keinen Schritt weiter, sie musste warten, bis Lucia erwachte. Eine geraume Zeit saß sie so, still, aufgewühlt und erschöpft.

Selbst während Lucia schlief, bereitete sie ihr Sorgen, denn sie schien sich unwohl zu fühlen, obwohl ihr Puls regelmäßig schlug. Manchmal stöhnte sie in ihrer Bewusstlosigkeit oder knirschte mit den Zähnen. Dann wieder schien sie zu frieren, und kurz darauf standen ihr Schweißperlen auf der Stirn. Was hatte ihr der Alte nur gegeben? Es musste ein starkes Mittel sein, denn sie konnte die Schwester noch so viel rütteln und rufen, sie erwachte nicht. Also setzte sich Mirijam neben Lucia aufs Bett, deckte sie zu, wenn sie vor Kälte zitterte, nur um sie kurz darauf wieder freizulegen und das heiße Gesicht zu trocknen. Wenn sie wenigstens ein wenig Wasser zur Hand hätte, und wenn die Schwester doch nicht immerzu schlafen würde! Sie mussten dringend beratschlagen, was sie unternehmen konnten und wie sie sich verhalten sollten. Allein konnte sie das nicht schaffen. Andererseits, solange Lucia schlief, musste sie sich zumindest nicht um sie ängstigen, das wüste Geschrei über die Teufel war wirklich furchterregend gewesen. Wie hatte der alte Maure das genannt, *hystera?*

Am Abend erschien der heilkundige Mann und untersuchte die immer noch apathisch daliegende Schwester. Er fühlte ihren Puls, hob ihre Augenlider an und öffnete den Mund, um die Zunge zu besehen. Danach legte er das Ohr auf Lucias Brust und lauschte ihren Atemzügen.

»Man nennt mich Hakim Mohammed, und ich sage dir, diese junge Frau ist ernsthaft krank«, wandte er sich schließlich an Mirijam. »Wie heißt sie? Ihr seid beide auf dem Weg nach Al-Andalus, hörte ich, sie als Vorleserin und du als Magd?«

An Deck hatte er sich zwar für sie beide eingesetzt, dennoch durfte sie sich nicht verleiten lassen, ihm zu vertrauen. Er hatte Lucia betäubt, und er gehörte zu den Korsaren. Also schwieg Mirijam.

»Nun ja, wie auch immer. Verstehst du wenigstens, was ich sage? Sie fiebert. Das kommt von den schwarzen Säften, die aus dem Unterleib aufsteigen und sich im Gehirn breitmachen, denn das ist das schlimme Wesen der *hystera,* verstehst du? Sie will den Geist verwirren.«

Statt einer Antwort senkte Mirijam den Kopf. Aufsteigende schwarze Säfte, die sich im Gehirn breitmachten? So etwas Grauenhaftes wollte sie nicht hören.

Der Alte wandte sich wieder der Kranken zu. Was er nun tat, entsetzte Mirijam zutiefst. Zunächst entkleidete er den Unterleib der reglosen Lucia, dann schob er ihr ein Kissen unter das Becken und öffnete ihre Beine.

»Nein!« Mit beiden Fäusten schlug Mirijam auf den Alten ein. »Nein, das darfst du nicht tun! Den anderen sagst du, sie müsse rein bleiben, und jetzt tust du es selbst!«

Der Arzt hob die Hand, als wolle er sie schlagen. »Geh beiseite, dummes Ding! Das hier muss getan werden, wenn ihr Leben gerettet werden soll.«

»Aber es ist nicht recht!«, heulte Mirijam auf.

»Unsinn. Ich bin Arzt und muss sie untersuchen. Nun geh mir aus dem Weg.« Damit fuhr er mit dem Finger in Lucias geheimste Öffnung. Die Schwester wimmerte leise, und ihre Augenlider flackerten, sie erwachte jedoch nicht.

Nachdem der Alte eine Weile behutsam in Lucias Innerem herumgetastet hatte, zog er die Hand zurück und nickte zufrieden. »Wie ich's mir dachte, sie ist Jungfrau.« Er deckte Lucia mit einem Leintuch zu und winkte Mirijam an seine Seite. »Jetzt wirst du mir helfen. Sie bekommt eine Medizin, die das Fieber senkt und ihrem Geist Ruhe gibt.«

Mirijam verschränkte die Hände vor der Brust.

»Wirst du jetzt tun, was ich sage!«, fuhr er sie an. »Oder soll ich einen der Matrosen rufen? Du wirst ihren Kopf anheben, damit ich ihr die Arznei in den Mund geben kann.«

»Aber ... Ist es denn wirklich unbedingt notwendig, dass

sie immerzu schläft?« Zögernd trat Mirijam an das Kopfende und streichelte über Lucias Haare.

Der maurische Arzt nickte. Er zog ein gläsernes Fläschchen aus einer verborgenen Tasche seines Gewandes. »Hör zu«, sagte er, »ich werde es dir erklären. Ich weiß zwar nicht, warum, aber ich tue es. Wahrscheinlich sind es deine bernsteinfarbenen Augen ... Also, deine Freundin ist krank im Gemüt, verstehst du das? So etwas habe ich schon häufiger bei den Frauen der Christen erlebt. Manchmal geht es vorüber, manchmal auch nicht, das weiß man vorher nie. Aber wenn sie schläft, kann sie nicht schreien und toben und kann sich selbst oder andere nicht verletzen und in Gefahr bringen, richtig?«

Aber wenn Lucia ständig schlief, konnten sie nicht miteinander reden und sich keinen Plan zu ihrer Rettung ausdenken. »Von mir aus könnte sie ruhig schreien und toben«, fasste Mirijam ihre Gedanken in Worte. »Ich bin ja bei ihr und passe auf, dass sie sich nicht verletzt.«

»Ich freue mich, deine Meinung zu diesem Fall zu hören«, sagte der Piratenarzt sarkastisch und grinste. »Du hast jedoch nicht an die Dschinn gedacht«, fuhr er ernst fort. »Die Männer könnten glauben, wer so außer sich gerät wie deine Freundin heute Morgen, in den sei ein böser Geist gefahren. Vor denen aber haben selbst die stärksten Männer Angst. Und aus lauter Furcht könnten sie ihr etwas antun, sie bei Nacht über Bord werfen, zum Beispiel. Bis der Kommandant oder ich einschreiten können, wäre es vielleicht zu spät.«

Über Bord werfen? Den Piraten wäre das durchaus zuzutrauen. Also hob Mirijam Lucias Kopf an, und der Alte träufelte einige Tropfen aus dem Fläschchen auf Lucias Zunge. »Diese Arznei gibt ihr die nötige Ruhe, sie wird nun weiterschlafen«, erklärte er.

Mirijam jedoch hatte deutlich das Abbild einer Alraune auf dem Fläschchen erkannt und erschrak. Diese Zauberwurzel mit der Gestalt eines Menschen konnte Gutes, ebenso aber auch viel Böses anrichten, sie konnte heilen oder vernichten. Bestimmt wollte dieser so genannte Arzt Lucia vergiften. Oder wollte er sie vielleicht sogar verhexen? War er etwa nicht nur Arzt, sondern auch Magier? Was sonst sollte das Gerede von den Dschinn bedeuten? Damit waren ja wohl irgendwelche Zauberwesen oder Dämonen gemeint.

Kaum hatte der maurische Hexenmeister die Kammer verlassen, riss Mirijam ein Stück vom Saum ihres Kleides ab und versuchte, Lucias Mund zu öffnen.

»Los, mach den Mund auf!« Mit dem Stofffetzen wischte sie über Lucias Lippen. »Oh, dieser furchtbare Mann, was er dir alles angetan hat! Ich konnte es nicht verhindern, weißt du? Bitte, Lucia, bitte verzeih mir. Und mach endlich den Mund auf!« Tränen liefen ihr über das Gesicht, als sie ihre Finger in Lucias Mund zwang und mit dem Kleiderfetzen über deren Zunge fuhr. Das Gift musste weg, bevor es in ihren Körper gelangen konnte. Sie fühlte sich schuldig. Das Gift der Alraune!

Irgendwann gab sie auf. Ob ihre Bemühungen Erfolg hatten, würde sich zeigen, wenn Lucia erwachte. Falls sie jemals wieder erwachte.

11

ANTWERPEN 1521

Schlafen, nichts als schlafen. Am liebsten würde sie für immer einschlafen. Diese Schmach! »Kannst gleich ins Wasser gehen, ist gar nicht weit zum Fluss. Mach einfach allem ein Ende, es ist sowieso alles sinnlos...« Gesa war, als befände sich in ihrem Kopf neben ihrer eigenen plötzlich eine weitere Stimme. Eine, die ihr zusetzte und sie mit Angst und dunklen Gedanken quälte. Sie spürte, dass sie ihr am liebsten nachgegeben hätte.

Müde irrte die alte Frau mit ihrem Bündel, in dem sich neben ein paar Kleidern und sauberen Schürzen auch ein Beutel Erspartes befand, durch die Straßen Antwerpens. Die Haube saß verrutscht auf ihrem grauen Schopf, und aus dem festen Haarknoten hatten sich einzelne Strähnen gelöst. Den Kragen ihres schweren, durchnässten Umhangs hatte sie hochgeschlagen. Nicht allein wegen der Feuchtigkeit oder der Kälte, sondern auch, um ihr Gesicht zu verbergen. Sie hätte schwören können, hinter jedem Fenster der umliegenden Häuser am Koornmarkt hatte jemand gestanden und ihren Auszug beobachtet. Wie man sich jetzt überall das Maul über sie zerreißen würde.

Zuerst Antonis Laurens, dann Geert Achterveld und Claas Deken und nun auch sie selbst: vor die Tür gesetzt! Alle vier, ungeachtet der Jahre, in denen sie ihrem Herrn treu gedient hatten, und ohne Rücksicht auf ihr Alter. Laurens und Achterveld hatten wenigstens Verwandte, die sie, wenn auch widerwillig, aufnehmen konnten, aber Deken und sie selbst? Deken war krank, er hatte Husten und schon seit Jahren ein schlimmes Reißen. Der alte Herr hatte ihm zuletzt nur noch leichte Arbeiten gegeben, und damit war er gut zurechtgekommen. Aber in diesem zugigen Loch am Hafen, in das er sich mitsamt seiner armseligen Habe verkrochen hatte, machte er es bestimmt nicht mehr lange.

Und jetzt auch sie! Heute früh hatte ihr der Advocat die Tür gewiesen. »Geh, such dir was anderes. Ich brauche dich nicht mehr. Bis zum Mittag bist du fort.«

Kaum war der Herr unter der Erde, dachte sie, und noch bevor die letzte Messe zu seinem Seelenheil gelesen war. Sie war mit dem Advocaten nie warm geworden, doch das hätte sie nicht von ihm gedacht, Gott war ihr Zeuge. Dabei hatte der alte Herr vor seinem Tod gute Vorsorge für sie getroffen. Sie und die anderen aus der Dienerschaft, die fast ihr gesamtes Leben für die Familie van de Meulen gearbeitet hatten, sollten nach seinem Willen doch für immer ein Dach über dem Kopf und ausreichend zu essen haben. Sie hörte noch die Stimme des Advocaten, als er am Sterbebett des Herrn dessen Testament verlesen hatte, in dem von lebenslangem Wohnrecht die Rede war. Sie selbst hatte das mit ihrem Kreuzchen bezeugt. Ein gültiges Zeichen, dachte sie, schließlich hatte sie niemals lesen und schreiben gelernt. Galt ein solches Kreuz denn plötzlich nicht mehr? Oder hatte er nachträglich etwas an dem Letzten Willen des alten van de Meulen geändert, womöglich gar gefälscht? »Unrecht«, sagte die Stimme in ihr und »schlechter Mensch«.

Das Leben hatte sie gelehrt, auf der Hut zu sein und nicht

jedem immer nur gute Absichten zu unterstellen, aber auch nicht das Schlechteste. Bei diesem Mann jedoch wusste sie nie, woran sie war. Jedenfalls war das so bis vor ein paar Stunden, denn nun wusste sie es. Eigentlich war er ihr von der ersten Begegnung an unheimlich gewesen, und nach Möglichkeit hatte sie seine Nähe gemieden. Nie konnte man sicher sein, ob er das, was er sagte, auch wirklich meinte. Er sprach allerdings nicht viel und über sich selbst schon gar nicht. Er hatte kein reines Herz. Wenn er einen Raum betrat, wurde es darin dunkler, als ob er das Licht aufsaugte, so jedenfalls war es ihr oft vorgekommen. Sie war nicht gern mit ihm zusammen in einem Zimmer. Doch Strenge und Ernsthaftigkeit waren etwas, wogegen in Antwerpen niemand etwas einzuwenden hatte, und das hatte auch der alte Herr so gesehen, als er Cohns Fleiß gelobt hatte, seine Klugheit und Züchtigkeit. Er hatte ihm blind vertraut, wegen der Familienloyalität, so hatte er das genannt. Familie! Sie jedenfalls hatte nie bemerkt, dass er sich für Mirijam interessierte. Dabei war das Kind doch sein Fleisch und Blut, die einzige Verwandte sogar, wie er behauptete. Davon abgesehen, wie konnte jemand dieses mutterlose Geschöpf nicht gernhaben? Nein, sie blieb dabei, er war kein guter Mensch. Was er getan hatte, dieser Rauswurf entgegen dem Letzten Willen des alten Herrn, war schlecht und böse. »Unrecht«, tönte es erneut in ihr. Oh ja, das war es gewiss, ein himmelschreiendes Unrecht.

Wie ein Gespenst schleppte sie ihr Bündel durch Straßen und enge Gassen, ziellos und ohne Mut. Sie sah nicht nach vorn oder zur Seite, starrte nur auf den nächsten Schritt. Plötzlich fand sie sich im Inneren der Kathedrale wieder. Wie kam sie hierher? Ihre Füße mussten sie von allein an diesen Ort getragen haben.

Gesa schlug das Kreuz vor der Brust. Bis auf das ewige Licht und dem Schein einiger Kerzen am Altar, die das Bildnis der Mutter Gottes erhellten, war es dunkel in der großen Kirche. Unsere liebe Frau Maria, Mutter Gottes, Trösterin in der Not, zu dir bin ich gekommen. Weihrauchduft hüllte sie ein, und wie immer, wenn sie eine Kirche betrat, faltete sie die Hände. Langsam wurde es ruhiger in ihr.

Gesa saß im Dunkel der Kirche. Sie betete ein bisschen, vergoss ein paar Tränen und dachte nach, über ihr Leben und den Tod, über Freude und Dank, und über Undank und Verrat. Und sie dachte an Lucia, ihr schönes Mädchen, das sie oft in diese große Kirche zum Gottesdienst begleitet hatte. Sie sah Mirijam vor sich, und ihr Herz schmerzte vor Sehnsucht nach den beiden, wie Tag für Tag seit ihrer Abreise. Vor allem sorgte sie sich um Lucia, das liebe Kind. Sie wirkte stabil und gesund, dabei konnte schon ein Windhauch sie zum Erzittern bringen. Sie hatte häufig schlimme Träume ... Wie sollte sie sich auch nicht um dieses Mädchen sorgen? Hatte sie es nicht in den Armen gehalten, an ihre eigene übervolle Brust gelegt, als die Mutter im Kindbett starb? Ihr leibliches Kind, einen Jungen, der bei seiner Geburt nicht hatte atmen wollen, hatte sie über ihrer Liebe zu diesem mutterlosen Wesen inzwischen fast vergessen. Ebenso wie ihren Ehemann, einen friesischen Fischer, den sich bei einem Sturm die See geholt hatte. Gott sei ihrer Seelen gnädig, betete sie.

Auch das zweite Kind im Haus hatte sie aufgezogen. Pflichtbewusst und fürsorglich, wie es christliches Gebot war, hatte sie sich um das kleine Mädchen gekümmert und es an nichts fehlen lassen. Und auch dieses Kind hatte sie lieben gelernt. Wie flink und mutig die Kleine war, und wie weich und zärtlich Lucia. Aber wie garstig sie manchmal auch sein konnte! »Gesa, hol mir dies, bring mir das. Ich brauche Mutters Straußenfedern. Wo sind meine Haarbürsten und Armreifen? Näh das fest! Gesa, wo bleibst du? Gesa, das hättest du längst erledigen sollen!«

Mirijam dagegen half sich selbst oder äußerte höchstens mal eine Bitte. Lucia hingegen ... War sie zu nachsichtig mit ihr gewesen? Während Lucia viel Zeit mit Träumereien, mit Kleidern, Puppen und Freundinnen zugebracht hatte, hatte sich die kleine Mirijam häufig in den unteren Räumen und im Hof aufgehalten, eigentlich war sie dort sogar großgeworden. In der Küche hatte sie ihre ersten Schritte getan, direkt in die Arme des alten Claas, und bereits mit drei musste dieser sie auf den Rücken einer Stute setzen, weil sie unbedingt reiten lernen wollte ...

Wo sie jetzt sein mochten? Beim Abschied hatte Lucia außergewöhnlich blass ausgesehen, und in Mirijams Augen hatten Tränen geglänzt. Heilige Mutter Maria, beschütze und behüte sie, Amen. Sie kniete auf dem Boden, senkte den Kopf und betete lange. Als sie sich schließlich wieder erhob und die steifen Knie rieb, war das Herzrasen vorüber, und keine Stimme schrie in ihrem Kopf mehr »Unrecht!« oder »Schande!«. Die Dunkelheit und Stille und der Trost des Gebets in der großen Kirche hatten nicht nur den Schmerz der Erinnerung gemildert, sie wusste jetzt auch ihren nächsten Schritt. Und der würde sie nicht ins Wasser führen, oh nein. Stattdessen waren ihr die Beginen in den Sinn gekommen. Bei ihnen würde sie um Obdach nachsuchen.

Zum Glück hatte sie ein wenig Geld gespart. Und sie konnte arbeiten, weiß Gott, das konnte sie. Außerdem waren die Beginen nicht nur fromme Frauen. Die meisten waren klug und gebildet, viele von ihnen stammten sogar aus einflussreichen Familien. Vielleicht fand sich unter ihnen eine, der sie von dem unrechten Verhalten des Advocaten erzählen und die ihr einen Rat geben konnte. Gesa richtete ihre Haare, rückte die Haube gerade und griff nach ihrem Bündel.

12

Warum stand Muhme Gesa mit einer Kerze vor dem Bett? War es etwa schon Zeit aufzustehen? In diesem Moment schrie Mirijam auf. Sie kroch ans Kopfende ihres Lagers und zog die Beine dicht an den Leib. Nicht die gute Gesa, sondern einer der rot gewandeten Piraten stand vor ihr und grinste sie aus seinem bärtigen Gesicht an. Hinter ihm lugte das Gesicht des Jungen hervor. Er sagte etwas in seiner Sprache, vermutlich sollte es beruhigend klingen. Mirijam jedoch schrie weiter. Sie konnte nicht anders. Sie schrie und schluchzte, konnte die Gewalt über sich nicht wiedererlangen.

Eilig stellte der junge Pirat Wasser und Brot auf den Boden ab und griff nach ihrer Hand. »*La!*«, sagte er und schüttelte dazu vehement den Kopf. »*La*, nein!« Eindringlich sprach er auf sie ein mit Worten, die sie nicht verstand. Doch halt, hatte er nicht gerade Hakim gesagt? So nannte sich der maurische Arzt.

»Hakim?«, fragte sie mit zitternder Stimme nach.

Der Junge nickte, begeistert, dass wenigstens dieses Wort zu ihr durchgedrungen war, und lächelte. Dazu hielt er ihre Hand fest. Seine Hände, die rau und schwielig waren und zu einem ihrer Feinde gehörten, wollten ihr offensichtlich nichts als Trost spenden. Ein Pirat mit einem weichen Herzen?

»Hakim Mohammed?«, fragte sie noch einmal, um ganz sicherzugehen. Wieder nickte der junge Pirat. Langsam gelang es Mirijam, sich zu beruhigen. Der Junge redete weiter, doch sie verstand nichts mehr. Daher reichte er ihr den Wasserkrug, deutete auf das Brot und nickte ihr aufmunternd zu, bevor beide Männer die Kajüte wieder verließen. Zitternd nahm sie einen Schluck von dem wohlschmeckenden Wasser und benetzte auch die Lippen und Stirn der schlafenden Lucia. Dann legte sie sich neben sie, mit dem Kopf auf Lucias Schulter.

Als sie das nächste Mal erwachte, hatte der Wind aufgefrischt, und das Schiff rollte von einer Seite auf die andere. Die Böen waren stärker als zuvor, und Brecher krachten gegen die Bordwände.

Kam nun das Ende? Herz und Kopf waren wie gelähmt, sie konnte weder denken noch fühlen. »Keine Angst, Lucia, ich bin hier, nahe bei dir«, flüsterte sie der Schwester ins Ohr. »Ich halte dich. Soll ich dir ein Lied singen? Welches möchtest du hören? Das von den Lämmchen auf der Wiese?«

Mit einer Hand hielt sie Lucia, mit der anderen suchte sie Halt an der Koje. Die Laterne schwankte hin und her und schlug gegen die Decke der Kajüte, bis sie irgendwann erlosch. Mirijam aber sang. Sie sang von den weißen Lämmchen auf der Frühlingswiese voller Butterblumen, wie sie munter umhersprangen, Fangen spielten und die milde Sonne genossen. Sie sang von den Lerchen, wie sie in den hellen Himmel aufstiegen und sich mit dem schönsten Lied im Schnabel wieder zu Boden fallen ließen. Zuerst leise, doch irgendwann dachte sie weder an die Piraten noch daran, dass sie vielleicht bald sterben mussten, und ihre Stimme wurde stärker. Ihre Lieder trugen sie nach Hause.

Solch wunderbare Tage wie in den Liedern hatte es auch für sie gegeben. Einmal war Cornelisz dabei gewesen, und seine Locken hatten wie Gold geglänzt. Damals stand die

Sonne an einem wolkenlosen Himmel, und in den Apfelbäumen summten die Bienen. Heute hielt sie ihre arme Schwester in den Armen und sang allein für sie. Zur Sicherheit hatte sie sich quer in Lucias Koje gelegt, damit sie bei dem starken Seegang nicht herausfielen. So sang und summte sie vor sich hin, dachte dabei an Gesa und Vater, an Cornelisz und die Kontorschreiber, an den Hafen und die grünen Deichwiesen der Schelde. Sie sang und wiegte die schlafende Lucia, bis ihr die Kehle wehtat. Langsam drang das erste Morgenlicht durch das kleine Fenster in die Kammer. Rollte das Schiff wirklich nicht mehr so sehr von einer Seite zur anderen, oder bildete sie sich das ein? Ließ der Wind nach?

Einer der Piraten stieß die Tür auf. Er brüllte etwas und warf ihnen formlose Gewänder und Tücher hin. Prompt erwachte Lucia und setzte sich auf.

»Endlich!«, rief Mirijam lachend und sprang überglücklich auf die Füße. »Du bist wach, und du hast das Gift überlebt!« Sie fasste Lucias Hände. »Lucia, liebste, beste Lucia, sag, wie fühlst du dich? Wie geht es dir?« Lucias Blick irrte durch die Kajüte. Sie schien noch vom Schlaf umfangen zu sein.

»Hörst du mich? Ich bin es, Mirijam. Ich bitte dich, sag etwas. Sprich mit mir.«

Lucia schwankte, sie leckte sich die Lippen. »Wasser«, flüsterte sie. Eilig gab Mirijam ihr zu trinken. »Warum wackelt das Zimmer, und warum bist du so schlampig gekleidet?«

Ach, das war ihre Lucia! Am liebsten hätte Mirijam vor Freude gejubelt. Stattdessen sprudelte es aus ihr heraus: »Weißt du nicht mehr? Wir sind doch auf dem Schiff, deshalb schwankt unsere Kajüte. Die Piraten haben die Palomina gekapert, und wir mussten an Land gehen, dabei ist mein Kleid schmutzig geworden. Und dann habe ich etwas vom Saum abgerissen, damit ich dir das Gift aus dem Mund wischen konnte. Man hat dir nämlich eine Alraunentinktur eingeflößt, und du hast lange geschlafen, aber nun wird alles wieder gut.«

Dann berichtete sie ihr schnell noch von Kapitän Nieuwers Verrat, das brannte ihr auf der Zunge. »Verstehst du? Außerdem müssen wir entscheiden, ob wir uns jetzt nicht als Vaters Töchter und damit als Kandidaten für eine Lösegeldforderung zu erkennen geben sollen, was meinst du? Bisher habe ich das noch nicht getan.« Wie gut, dass sie nun endlich wieder zu zweit waren und sie nicht länger alles allein bedenken musste.

Lucia aber hatte entweder nicht zugehört, oder sie hatte nichts verstanden. Immer noch schaute sie sich ratlos in der Kajüte um. »Wie das hier aussieht!«, sagte sie und deutete auf das Durcheinander. Wirklich wach war sie anscheinend immer noch nicht.

Der Korsar wartete unter der Tür. Unvermittelt fuhr er sie an, so dass beide Mädchen zusammenzuckten. Wenn Mirijam seine Gesten richtig deutete, sollten sie an Deck gehen und sich damit gefälligst beeilen. Er würde sie hinaufbringen.

Lucia dachte gar nicht daran aufzustehen. Mirijam zerrte jedoch so lange an ihr, bis sie schließlich auf den Füßen stand. Schwankend lehnte sie an der Wand, bemüht, das Gleichgewicht zu halten und nicht umzufallen, während Mirijam versuchte, ihr das kittelartige Gewand überzuwerfen. Wegen des Seegangs gelang es nicht gleich. Als daraufhin der Mann näher trat, um die Sache selbst in die Hand zu nehmen, bellte sie ihn wütend an: »Finger weg! Wehe, du fasst Lucia an, dann kannst du was erleben!« Verblüfft über das unerwartete Fauchen trat der Mann einen Schritt zurück. Schließlich hatte sie das sackartige Hemd über Lucias Kopf gestreift und glatt gezogen. Schnell schlüpfte sie selbst in das andere Gewand über. Befand sich das Päckchen mit den Briefen immer noch an Ort und Stelle? Ein unauffälliger Griff beruhigte Mirijam.

Der Pirat zeigte auf die langen Stoffbahnen, danach auf seinen Turban und bedeutete ihnen, sie sollten ihre Köpfe in ähnlicher Manier bedecken. Das mit den Hemden konnte sie verstehen, immerhin waren ihre eigenen Kleider zerrissen und schmutzig, aber ein Turban? Andererseits, Lucias goldene Haare hatten schon einmal für Aufruhr gesorgt. Kurzerhand faltete sie die Tücher, band eines davon Lucia in der Art von Bauersfrauen um den Kopf und das zweite um ihren eigenen. Zu jeder anderen Zeit hätten sie beide über diesen Aufzug sicher herzlich gelacht.

»Komm, Lucia, ich führe dich«, drängte Mirijam mit einem nervösen Seitenblick auf den finsteren Seeräuber und bugsierte die Schwester zur Tür. »Denk nur, wir werden den Himmel sehen«, lockte sie, »und frische Luft atmen. Nun komm schon, es sind ja nur ein paar Schritte.«

Vor der Kajütentür wurden ihre Augen von einem dunklen Fleck aus getrocknetem Blut angezogen. Hier, genau an dieser Stelle war der Zahlmeister in ihren Armen gestorben. Mirijam schluckte und wandte hastig den Blick ab.

An Deck stach das grelle Licht in ihre Augen und blendete sie wie frischer, glitzernder Schnee. Trotz der strahlenden Sonne war die Luft kühl. Mirijam fasste Lucias Hand. Doch diese stieß sie beiseite und taumelte über das Deck. Ihr Kopftuch verrutschte. Sie sah entsetzlich aus mit den strähnigen Haaren und dem unsteten Blick. Aber wahrscheinlich sehe ich selbst nicht viel besser aus, dachte Mirijam müde und folgte Lucia.

Zum Glück akzeptierte die Schwester den Platz an der Reling. Dort hielt sie sich am obersten Holm fest, wandte dem Treiben an Deck den Rücken und schaute über das Wasser zum Land hinüber, das allmählich aus dem Meer aufstieg. Sie war blass, hatte Schatten unter den Augen und presste die Lippen fest aufeinander.

»Schön, die Sonne und die frische Luft, nicht wahr?«

Lucia sagte nichts darauf, sie nickte nur.

Trotz der Erleichterung, ausgelöst durch Lucias Erwachen, fühlte sich Mirijam unsicher. Lucia war verändert, als fehle ihr etwas. Allerdings hätte sie nicht benennen können, was das sein mochte, das ihr abhandengekommen war. Jedenfalls benahm sich die große Schwester anders als gewohnt, fremd, fast als sei sie eine andere, eine unbekannte Person.

Sie unternahm einen weiteren Versuch, Lucias Anteilnahme zu wecken. »Wo wir hier wohl sein mögen? Vielleicht kommen wir heute sogar noch an Land, denkst du nicht auch? Wo wir wohl anlanden werden?«

»Natürlich in Spanien, was hast du denn gedacht?«

Mirijam blieb der Mund offen stehen. Spanien? Glaubte Lucia tatsächlich, sie würden in Spanien landen?

Die Segel standen gut im Wind, als sie langsam in eine von Hügeln umkränzte Bucht einliefen. Aus den freudigen Mienen der Seeräuber, die sich nach und nach an Deck einfanden, schloss Mirijam, dass sie sich dem Ziel ihrer Reise näherten.

Vor ihnen lag unter einem tiefblauen Himmel eine weite Bucht, von einer Landzunge und mehreren Inseln gegen die See geschützt. Hinter der Bucht zog sich eine schimmernde Stadt mit vielstöckigen Häusern einen lang gestreckten Hügel hinauf. Im Blau hinter der weißen Stadt lagen ferne Berge mit weißen Kuppen.

»Schau doch, Lucia, was für eine schöne Stadt! Sieh nur die Türme mit den goldenen Spitzen und die schimmernden Kuppeln. Aber die Häuser sehen seltsam aus, findest du nicht? Sie sind oben ganz flach, als hätten sie keine Dächer.«

Lucia betrachtete ebenfalls die weiße Stadt auf den Hügeln und nickte. Sie strich die Haare aus dem Gesicht und meinte ein wenig herablassend: »So sind die Häuser in Andalusien nun einmal, das wusstest du wohl nicht.«

»Dies ist eine andalusische Stadt? Bist du dir sicher?«

»Selbstverständlich. Ich bin gespannt, ob man uns bereits erwartet.« Und sie legte die Hand über die Augen, um Ausschau zu halten, obwohl noch längst keine Einzelheiten zu erkennen waren.

Irgendetwas sagte Mirjam, dass Lucia sich irrte. Sollte dies eine andalusische Stadt sein, wäre es natürlich wunderbar, aber auf Mirjam wirkte der Anblick der würfelförmigen Häuser befremdlich. Nirgendwo konnte sie Giebel oder Kamine erkennen, wobei sie natürlich nicht wusste, ob spanische Häuser über derlei verfügten. Hier ragten stattdessen schlanke Türme aus dem Meer flacher Häuser empor, und an vielen Stellen unterbrachen hohe Bäume und Flecken von üppig leuchtendem Grün die strahlend weiße Kulisse.

»*Al-Djesaïr*«, sagte plötzlich jemand. Es war der Piratenjunge, der neben ihnen stand und stolz auf die Stadt wies. »Afrika, Al-Djesaïr, Heimat!« Dazu presste er beide Hände auf sein Herz, dann küsste er seine Fingerspitzen. Offensichtlich liebte er diesen Ort.

Afrika also, nicht Andalusien. Mirjam hatte schon von den Städten *Wahran* und Tunis gehört, von Tripolis und anderen fremden Orten an der nordafrikanischen Küste, aber noch nie von Al-Djesaïr.

13

Vom Hafen näherten sich kleine offene Boote. Sie waren besetzt mit Männern, die wie Brüder der Piraten aussahen. Sie waren in dicke Wollumhänge gehüllt und trugen warme Mützen, dabei war es angenehm mild, trotz des Windes, der von den schneebedeckten Bergen zu kommen schien. Die Boote kamen längsseits. Unter der Aufsicht der Seeräuber kletterten die ersten Gefangenen über Bord und wurden in den offenen Booten an Land gerudert. Eines dieser Boote trug einen geschwungenen Schriftzug am hohen Bug. So sahen arabische Schriftzeichen aus. Also befanden sie sich tatsächlich in einem arabischen Land. Sie hatte es geahnt.
»Das ist nicht Andalusien, Lucia!«, rief sie. »Hörst du? Nicht Spanien.«

Doch Lucia hatte sich bereits von der Reling entfernt und reihte sich ein in die Schlange derer, die als Nächstes aufs Boot sollten.

»Warte, Lucia.« Mirijam drängte sich an den Männern vorbei nach vorn, als sie jemand am Ärmel festhielt.

»Spanien, wie kommst du denn darauf? Du siehst hier unsere schöne Stadt Algier vor dir, Sitz des Paschas, des Statthalters unseres gnädigen Sultans von Konstantinopel, Allah schenke ihm ein langes Leben.« Es war Hakim Mohammed, der maurische Heiler, der sie mit seinen Erklärungen aufhielt. »Wir sind in Afrika«, fuhr er fort. »Deiner Freundin geht es besser?«

»Es sieht so aus«, nickte Mirijam. »Sie hat geschlafen und nicht mehr getobt oder geschrien.« Sie wand sich aus dem Griff des Arztes und schaute sich nach Lucia um. Diese sprang soeben in eines der Boote.

Eilig schob sich Mirijam durch die Reihe der Gefangenen, um ihr zu folgen, als das Boot mit der Schwester an Bord bereits ablegte. Jemand rempelte sie an, so dass sie zu Boden stürzte. Vor ihren Augen trampelten Füße herum, Stiefel, Schuhe, nackte Füße, so viele und so gefährlich nahe, dass sie die Arme schützend über den Kopf legte. Endlich hatte sie sich wieder aufgerappelt. Doch Lucias Boot war inzwischen nur noch ein auf- und abhüpfender Punkt in der weiten Bucht, und als auch Mirijam schließlich in eines der Boote verfrachtet wurde, war von ihm längst nichts mehr zu sehen.

Am Hafen herrschte lebhaftes Treiben. Unzählige schwarze und dunkelhäutige Männer, die meisten in wehenden Gewändern unter warmen Umhängen und mit farbenprächtigen Turbanen, säumten den Kai und bildeten eine Gasse. Eng standen sie, Mann neben Mann, und in einer langen Reihe mussten die Gefangenen an ihnen vorüberziehen. Die Zuschauer lachten, applaudierten und riefen den Piraten Glückwünsche zu.

Mirijam schlüpfte zwischen den Männern hindurch, um weiter nach vorn zu gelangen. Sie musste unbedingt Lucia wiederfinden. Plötzlich traf sie ein Peitschenhieb. Unter dem jähen Schmerz zuckte sie zusammen. Die Gefangenen rundherum duckten sich ebenfalls und schützten ihre Köpfe mit den Händen, denn plötzlich hagelte es von allen Seiten Hiebe. Willkürlich prügelten die Bewacher auf die Häftlinge ein und trieben sie voran, als wollten sie vor dem Publikum ihre Überlegenheit demonstrieren. Der Zug führte aus dem Hafengelände durch ein Tor in der mächtigen Stadtmauer und eine enge Gasse in die Stadt hinein. Wo steckte Lucia? Mirijam hüpfte in die Höhe, um besser sehen zu können, und plötzlich entdeckte sie die leuchtenden hellen Haare ganz in der Nähe.

»Lucia! Warte auf mich.« Hoffentlich hatte Lucia sie gehört. Mirijam jedenfalls kannte jetzt nur ein Ziel: durch die Menge zu Lucia. Sie duckte sich und schlüpfte durch jede Lücke, die sich zwischen den Menschenleibern auftat. Doch es waren einfach zu viele Menschen, die sich Schulter an Schulter durch die Gasse quetschten. Zum Glück bewegte sich der gesamte Zug in die gleiche Richtung, früher oder später musste sie also wieder mit Lucia zusammentreffen.

Plötzlich lagen die Schatten und die Enge hinter ihnen, und geblendet von der strahlenden Wintersonne stolperten die Gefangenen auf einen weiten Platz. Auch Mirijam blinzelte in dem gleißenden Licht, als wie durch ein Wunder auf einmal Lucia neben ihr stand.

»Sie sind noch nicht gekommen«, sagte ihre Schwester und schaute suchend umher. »Wir werden warten müssen.«

»Gekommen? Wer denn?«

»Wer? Don Fernando, mein Bräutigam natürlich.« Lucia schüttelte den Kopf, als könne sie Mirijams Begriffsstutzigkeit kaum fassen.

Ein Schauer lief über Mirijams Rücken. Arme Lucia, sie hatte es immer noch nicht verstanden. Mirijam nahm ihre Hand, drückte und streichelte sie und sagte: »Hör mir zu, Lucia: Dies ist nicht Spanien.« Von hinten drängten weitere Gefangene auf den Platz. Die Mädchen wurden angerempelt und beiseitegeschubst, doch um nichts hätte Mirijam Lucias Hand losgelassen. Sie musste endlich begreifen, in welcher Klemme sie steckten.

»Niemand wird uns abholen, verstehst du? Wir sind Gefangene! Die Piraten haben unsere Schiffe überfallen und uns gefangen genommen.« Damit deutete sie auf die Fesseln der Männer rundherum. »Sieh, alles Gefangene.«

Erstaunt, als bemerke sie die vielen Menschen erst jetzt, blickte sich Lucia um. Dann wandte sie sich dem Nächststehenden zu. »Seid Ihr Fernando?«, fragte sie ihn freundlich lächelnd.

Der Mann starrte sie an. »Nein, mein Name ist Frans, zu Euren Diensten.«

Suchend prüfte Lucia die Gesichter der anderen. Bevor sie jedoch einen weiteren Mann ansprechen konnte, schlang Mirijam den Arm fest um Lucias Taille. Sie zog sie beiseite und sagte mit zitternder Stimme: »Lass gut sein, Lucia, wir werden deinen Fernando bald finden.«

Im Schatten einer mit üppigem Grün umkränzten Laube wartete auf einem Berg von weichen Polstern ein prächtig gekleideter, nahezu weißhäutiger Mann. Sein purpurfarbener, seidener Turban war mit einem Diamanten, groß wie ein Wachtelei, geschmückt. Das musste der Herrscher dieser Stadt sein, dachte Mirijam, der Pascha, von dem der maurische Arzt gesprochen hatte. Zahlreiche Decken wärmten ihn, doch darunter erkannte man einen goldbestickten Mantel und weite Hosen. Mehrere Feuerpfannen rund um sein Polsterlager schenkten ihm Wärme, dabei war es nicht besonders kalt.

Von einer riesigen, goldverzierten Schale naschte er kandierte Früchte und kleine Kekse, wobei die Hand mit den vielen Ringen zunächst eine Weile unschlüssig über den Süßigkeiten schwebte, bevor er schließlich mit spitzen Fingern seine Wahl traf. Seine Augen blickten schläfrig, als langweile er sich und könne seinen Überdruss nur mühsam zügeln. Etwas Harmloseres als einen Mann, der Zuckerzeug naschte, konnte sich Mirijam kaum vorstellen. Dennoch strahlte der Pascha Autorität aus. Vielleicht lag das an dem Wall bärtiger Männer, die mit glänzenden Krummschwertern in ihren Gürteln hinter ihm Aufstellung genommen hatten und deren wachsame Blicke jeden Einzelnen musterten. Mirijam konnte die Augen nicht von dem Mann und seiner Leibwache wenden.

Alle Gefangenen mussten einzeln vortreten. Der Pascha hob kurz den Blick und wies mit dem Daumen nach rechts oder nach links, woraufhin die Gefangenen in die jeweils angegebene Richtung abgeführt wurden. Als die Reihe schließlich an den Mädchen war, zogen zwei der Piraten die Schwestern nach vorn und stellten sie vor dem Pascha auf. Dann verneigten sie sich und traten hinter die Mädchen zurück. Mirijam drängte sich näher an Lucia. Sie waren die einzigen weiblichen Gefangenen dieses Raubzuges.

Der Pascha musterte zuerst Lucia und dann Mirijam, und schließlich lächelte er wohlwollend. Er sprach einige Worte, die die Piraten hinter ihnen mit einer Verbeugung beantworteten. Danach winkte der Pascha Lucia nach rechts, Mirijam hingegen wedelte er mit seiner Hand nach links fort, als sei sie nichts als eine lästige Fliege. Mirijam klammerte sich an Lucias Hand, die Piraten jedoch rissen die Schwestern auseinander und schoben Lucia weiter. Sie trat zu den Gefangenen auf der rechten Seite und blickte leicht irritiert zu Mirijam hinüber. Dann aber wandte sie sich um und ordnete sich gelassen, als habe alles seine Richtigkeit, in ihre Häftlingsreihe ein.

Mirijam wurde von den Piraten in die entgegengesetzte Richtung geschoben. Als sie zurückblickte, stand Lucia gleichmütig in der anderen Reihe, die Augen auf den Nacken des Vordermanns gerichtet, mit strähnigen Haaren, die ihr ins Gesicht fielen, und Händen, die wie nicht zu ihr gehörend an den Seiten herunterhingen.

»Lucia!«, schrie sie, doch die Schwester schien sie nicht zu hören.

Plötzlich traf Mirijam ein Peitschenhieb am Ohr, der sie ins Taumeln brachte. Einer der Mitgefangenen packte ihren Arm und zog sie wieder auf die Füße. Er sagte etwas, doch in ihrer Benommenheit konnte sie ihn nicht verstehen. Ihr war, als stecke ihr Kopf unter einer dichten Haube. Ehe sie sich's versah, wurden allen Gefangenen eiserne Fußfesseln angelegt, durch die man Ketten zog. Immer sechs oder acht wurden auf diese Weise zusammengeschmiedet, je nach Länge der Kette. Auch Mirijam erhielt einen Ring um das Fußgelenk und kam an die Kette. Ein Kommando ertönte, und einer hinter dem anderen gehend, setzte sich der Zug in Bewegung.

»Wo ist Lucia?«, fragte Mirijam, als das taube Gefühl allmählich von ihr wich, und schaute sich suchend um. Sie stolperte, als sie versuchte, in die Höhe zu hüpfen, um über die Köpfe hinwegsehen zu können. Doch die schwere Fußkette hielt sie am Boden.

»Die Blonde? Dort, sie geht den Hügel hinauf. Wahrscheinlich ist sie für den Harem bestimmt«, sagte einer der Männer hinter ihr und wies auf eine bergan führende Gasse.

Als sich Mirijam umdrehte, sah sie gerade noch, wie Lucia, von mehreren Piraten flankiert, im Schatten der Häuser verschwand. Entsetzt schrie sie auf: »Lucia!« Die Schwester aber konnte sie schon längst nicht mehr hören.

Harem, hatte der Mann gesagt. Vor Schreck konnte Mirijam ihre Füße nicht mehr rühren. Der Zug kam ins Stocken.

Die Kette zum Vordermann spannte sich, die Männer stolperten, von hinten wurde sie angerempelt, und alle gerieten ins Straucheln. »Los, weitergehen. Oder willst du noch einmal die Peitsche spüren?« Mirijam taumelte einen halben Schritt vorwärts, dann blieb sie erneut stehen.

»Nicht stehen bleiben, zum Henker! Los, weiter!« Von rückwärts drängten die Männer, die sich unter den Peitschenhieben der Gefangenenwärter duckten, und schoben Mirijam weiter. Sie stolperte, dann hatte sie sich gefangen, und der Zug kam langsam wieder in Bewegung.

Es ging steil bergan durch enge Gassen. Wie betäubt und blind für ihre Umgebung stolperte Mirijam voran, hauptsächlich damit beschäftigt, nicht über ihre eiserne Fußkette zu stürzen. Wo war dieser Harem, in den man die Schwester brachte, und wohin würde man sie selbst bringen?

14

In einer Festung aus grob behauenen Steinquadern wurden die Ketten gelöst und die Gefangenen durch ein Labyrinth dunkler Gänge getrieben. »*Bagno*«, hörte sie die Leute sagen, »Kerker«.

Mirijam landete in einer stinkenden Zelle, ließ sich auf das schimmelige Stroh fallen und vergrub das Gesicht in den Händen. Ihr Kopf schmerzte, und das Ohr brannte, ebenso die Füße. Sie hatte barfuß laufen müssen und sich an den Steinen verletzt. Doch das war es nicht allein. Vor allem hatte sie keinen Funken Kraft mehr. Sie konnte nicht mehr denken, und was sie sah, entsetzte sie. Umsonst versuchte sie, Ordnung in ihren Kopf zu bekommen. Sie fühlte lediglich, wie ohnmächtig und hilflos sie war. Mirijam vergrub das Gesicht noch ein wenig tiefer in ihren Armen. Wenn sie doch endlich aus diesem bösen Traum erwachen und die letzten Tage auslöschen könnte! Noch nie hatte sie eine solch tiefe Verzweiflung erlebt. Lucia war fort, ebenso Gesa und Vater, selbst Cornelisz – alle waren sie fort. Allein, dachte sie, sie war mutterseelenallein. Mirijam begann zu zittern – und endlich konnte sie weinen.

Wie lange sie sich der Angst und dem Schmerz überlassen hatte, wusste Mirijam nicht. Seltsamerweise fühlte sie sich aber gestärkt, als irgendwann die Tränen versiegten. Erneut begann sich das Karussell ihrer Gedanken zu drehen. Es musste einen Weg zu Lucia geben, und den galt es zu finden. Zugleich ahnte sie, dass diese Mauern, Gänge und Treppen, durch die sie gekommen war, dass diese eisernen Gitter und Absperrungen unüberwindlich waren.

Am nächsten Tag erschien der Übersetzer von der Palomina in Begleitung eines fetten Schreibers. Während der Schreiber Tinte und Feder bereitlegte, betrachtete der sprachkundige ehemalige Sklave angewidert Mirijams Zelle. Er rümpfte die Nase, bevor er einen vorsichtigen Schritt machte, wobei er sorgfältig darauf achtete, sein Gewand nicht mit dem Dreck dort in Berührung zu bringen.

»Name?«, fragte er kurz angebunden auf Französisch. »Wo bist du geboren? Wie heißt dein Vater?«

Als das Mädchen nicht antwortete, verdrehte er gelangweilt die Augen zur Decke und wiederholte seine Fragen auf Spanisch. Was für ein abscheulicher Kerl! Er hatte selbst als Sklave gelebt, wohl deshalb bereitete es ihm sichtlich Genugtuung, sie in ihrem Unglück zu sehen.

Mirijam kauerte in der hintersten Ecke. Sie schwieg, verzweifelt vor Ratlosigkeit. Sollte, musste sie nicht jetzt endlich ihren wahren Stand nennen, ihren Namen und den von Lucia? Doch was, wenn Kapitän Nieuwers Warnung zu Recht bestand? »Wenn dir dein Leben lieb ist, so schweig«, hatte er gesagt. Ob er das ehrlich gemeint hatte? Das war mehr als fraglich, wenn sie sein schändliches Verhalten bedachte. Andererseits wäre er an einem Lösegeld für Lucia und sie doch vermutlich beteiligt, mit seiner eindringlichen Ermahnung beraubte er sich also selbst. Darauf konnte sie sich einfach keinen Reim machen. Und wenn seine Warnung lediglich für die Zeit an Bord der Galeere gegolten hatte, hier an Land aber in diesem Verlies nicht mehr? Oder wenn sie das alles missverstanden hatte? Vielleicht … Mirijam wusste nicht, was sie denken sollte, und schwieg.

In mehreren Sprachen fragte der Übersetzer: »Warum warst du an Bord der Palomina? Wie ist der Name deiner Freundin? Was war euer Ziel?« Mirijam aber beantwortete keine seiner Fragen und zeigte keinerlei Reaktion. Allerdings hätte sie auch kein vernünftiges Wort herausbringen können. Sie wusste, hätte sie den Mund geöffnet, so wäre sie unweigerlich in Tränen ausgebrochen. Diesen Triumph aber wollte sie dem Mann nicht gönnen.

Schließlich stellte der Übersetzer fest, dass sie selbst die einfachsten Fragen nicht beantworten konnte. Für ihn bedeutete das, dass die Gefangene geistig zurückgeblieben sein musste, und er beendete das Verhör. Zum Schreiber gewandt machte er eine eindeutige Geste, woraufhin der fette Mensch wiehernd auflachte und dabei seine schlechten Zähne zeigte.

Als der Übersetzer die Zelle verließ, trat der Schreiber rasch einen Schritt näher und riss ihren Kopf an den Haaren nach hinten. Er grinste boshaft, als er in Mirijams schreckgeweitete Augen sah, und leckte sich die dicken Lippen.

Kurz darauf wurde sie mit einer Decke, einem trockenen Brotlaib und einer Schüssel Wasser in eine größere Zelle gesteckt, in der bereits etliche Frauen hockten. Mirijam wehrte sich nicht, als man sie an die Wand schob und ihr erneut einen Eisenring um den Knöchel legte – sie hatte nicht einmal mehr ausreichend Kraft, um sich fürchten zu können.

In der Nacht kam der Schreiber zurück. Mirijam schreckte aus dem unruhigen Schlummer auf, in den sie irgendwann gefallen war. Das Licht einer Laterne wanderte hierhin und dorthin, tanzte über die Frauen und beleuchtete ihre Gesichter. Manche von ihnen grunzten nur und drehten sich auf ihrem Strohlager zur Seite, andere fuhren hoch. Eine schrie auf und bekam von ihrer Nachbarin einen Tritt in die Seite. Der flackernde Lichtschein näherte sich, bis er auf Mirijams Gesicht zum Stehen kam. Der Mann schnaufte zufrieden. Dann bückte er sich, um ihre Fessel zu lösen. Ohne ein Wort riss er Mirijam von ihrem Lager hoch und stieß sie vor sich her.

Wohin ging es? Ergab sich jetzt womöglich eine Gelegenheit zur Flucht? Sie blickte zurück. Einige der Frauen hatten die Köpfe gehoben und schauten ihr nach, doch keine sagte ein Wort. Dann versanken ihre Gesichter wieder im Dunkeln.

Die düsteren Gänge wurden von wenigen Öllampen in Wandhalterungen hier und da beleuchtet. Riesige Schatten zuckten an den Wänden, sie schienen ihnen gleichzeitig vorauszueilen und sie zu verfolgen. Der Schreiber stieß Mirijam in eine leere Zelle. Deren einzige Einrichtung bestand aus einem hölzernen Bock, der mitten im Raum stand, einem Wasserkrug und einem Hocker.

Mirijam schlang die Arme um sich. Der Übersetzer war noch nicht gekommen. Vielleicht sollte sie ihm endlich die Wahrheit gestehen? Womöglich, mit etwas Glück, konnte sie ihn dann sogar dazu bewegen, sie zu Lucia zu bringen? Das war der einzige Weg, der ihr offenstand, überlegte sie und beschloss, gleich wenn der Übersetzer die Zelle betrat, würde sie reden.

Der Schreiber stellte seine Öllampe auf den Hocker und ging prüfend um das Mädchen herum. Irgendetwas sagte ihr, dass es ihm vielleicht nicht um eine weitere Befragung zu tun war. Was aber wollte er dann von ihr, mitten in der Nacht?

Plötzlich packte der Schreiber zu und zerriss mit einem Ruck ihren Kittel und das dünne, schmutzige Kleid darunter.

»Nein!«

Entsetzt griff Mirijam nach den Fetzen und presste sie an sich. Abgrundtiefe Angst breitete sich in ihrer Brust aus. Der Magen hob sich, und sie versuchte zu schlucken. Vergeblich. Sie erbrach sich vor den Füßen des Schreibers, bis nur noch Galle kam. Der Mann grinste. Dann holte er aus und schlug Mirijam mit der flachen Hand ins Gesicht, so dass sie taumelte und zu Boden stürzte. Sie wimmerte. In ihren Ohren sang und summte es. Blut tropfte aus ihrer Nase auf den Boden. Sie hatte das Hemd fallen lassen und hielt die Hände vors Gesicht. Sie zitterte. Was wollte dieser Mann von ihr? Warum schlug er sie?

Breitbeinig stand der Schreiber vor ihr. Er schien ihre Furcht zu genießen. Seine Augen ließen sich keiner ihrer Regungen entgehen, sein Mund stand ein wenig offen, und er atmete schnell. Mirijam versuchte, in eine Ecke des Raums zu kriechen, aber der Mann stellte sich rasch auf ihre Hand. Sie schrie vor Schmerzen. Er hob den Fuß und gab ihre Hand frei. Mirijam war wie gelähmt. Er sagte etwas zu ihr, und als sie nicht reagierte, schlug er erneut zu. Den ersten Schlag sah sie kommen und drehte sich gerade noch rechtzeitig weg, doch dem zweiten Schlag konnte sie nicht mehr ausweichen. Der Mann kniete über ihr. Er riss sie an den Haaren zu sich herum und betrachtete ihren entblößten Unterleib. Zufrieden grinsend betastete er ihren Bauch, den nackten Rücken und die Hinterbacken. Mirijam trat mit den Beinen nach ihm und versuchte, auf die Füße zu kommen, er hielt sie jedoch fest. Sie war wie in einem Schraubstock gefangen.

»Hilfe!« Mit aller Kraft trat sie nach ihm. »Hilfe, Hilfe!«

Ihre Schreie brachen sich an den alten Mauern und schienen sich zu vervielfachen. Sie hallten durch die dunklen Gänge und drangen in die Zellen hinein. Jemand musste sie doch hören!

»Hilfe!« Mirijam schrie in höchster Not.

Es kam niemand. Sie trat mit den Beinen, schlug mit den Armen um sich, sie weinte und schluchzte, doch je mehr sie sich wehrte, desto besser schien dem Schreiber das Ganze zu gefallen. Seine rot unterlaufenen Augen funkelten, er grinste und leckte sich die Lippen. Nicht ein einziger ihrer Fußtritte, nicht ein einziger ihrer Schläge traf sein Ziel.

Der fette Mann drückte seine dicke, große Hand auf ihr Gesicht, bis sie keine Luft mehr bekam. In ihrem Kopf dröhnte es. So war das also, wenn man erstickte. Sie würde sterben.

Er lockerte seine Hand und zischte etwas, aber das Blut in ihren Ohren rauschte so laut, dass sie kein Wort verstand. Hastig sog sie die Luft ein, bis die Schmerzen in der Brust nachließen. Reglos lag sie auf dem Boden, ausschließlich damit beschäftigt zu atmen.

Plötzlich packte er sie, legte sie bäuchlings über den Holzbock, drückte sie herunter und band Arme und Beine an den Stützen des Bockes fest. Während er mit seinen dicken Knien ihre Beine spreizte, öffnete er mit einer Hand sein Beinkleid. Wieder und wieder stieß er sein geschwollenes Glied zwischen ihre Hinterbacken. Todesangst erfasste Mirijam.

»Nein!«

Der Schreiber jedoch presste erneut die Hand über ihre Nase und ihren Mund und erstickte das Gewimmer. Dann stieß er in sie hinein. Einmal noch heulte Mirijam auf wie ein verwundetes Tier, bevor ihr die Sinne schwanden.

2. TEIL

KASBAH TADAKILT 1520 – 1521

15

Lodernde Schmerzen, die wie ein glühendes Eisenband um ihren Körper lagen. Aufgerissen, zerschlagen, geschunden trieb Mirijam in einem Meer aus Qual und Pein. Sie hatte keine Kraft und ergab sich widerstandslos ihrer Schwäche. Unerreichbar fern kam ihr die erlösende Oberfläche vor, der Sog abwärts zog sie immer weiter hinunter, hinab in eine Tiefe aus wirren Träumen, Dunkelheit und Schreien, aus Pulverdampf, Krummschwertern und Blut. Da war eine Lache, nein, ein Meer aus Blut, aus dem sich Lucias Körper erhob. Sie trug ein Totenhemd und rief Mirijams Namen. Auf ihren Augen lagen Münzen. Wenn die Münzen herunterfielen, würde sie Lucias Augen sehen müssen, tote Augen. Lucia war tot, das war gewiss! Und sicher würde auch sie bald sterben. Oder war sie bereits tot?

Langsam driftete sie an die Oberfläche. Menschen sprachen, jemand lachte, sie hörte es genau. Nein, sie war wohl noch nicht gestorben. Sie biss sich auf die Lippen, man gab ihr zu trinken. Unter ihren geschlossenen Augenlidern quollen Tränen hervor. Jemand sprach zu ihr und wusch sie, Hände machten sich an ihr zu schaffen, reinigten ihre Wunden, wickelten sie in eine kratzige Decke – willenlos ließ Mirijam alles mit sich geschehen. Am liebsten wäre sie gestorben. Erneut versank sie in einem diffusen Dämmer voll Schmerzen.

»So, ja, so ist es gut«, hörte sie plötzlich von ferne eine heisere Stimme. »Alles wird wieder gut.« Erneut machte sich jemand an ihrem Rücken zu schaffen, und diesmal fuhr Mirijam entsetzt in die Höhe. Eine kräftige Hand drückte sie jedoch ins Stroh zurück. »Ruhig, Mädchen! Dir passiert nichts. War schwer genug, die Salbe zu beschaffen.«

Augenblicklich gab Mirijam nach, als fiele sie wieder in den ohnmächtigen Schlaf. Die Salbe duftete nach Arnika, ein wohltuender und vertrauter Duft. Dazu kamen behutsame, tröstliche Berührungen und leise, beruhigende Worte. Wie gut die Salbe tat, sie kühlte und linderte die Schmerzen. Aber wohltuender noch wirkte die raue, gleichzeitig aber seltsam zärtliche Stimme. Es war, als könnte die Stimme ihre Qualen eindämmen. Und noch während die unsichtbaren Hände Verbände auf ihre Wunden auflegten, entspannte sie sich und schlief tatsächlich ein.

Als Mirijam das nächste Mal erwachte, bemerkte sie als Erstes einen entsetzlichen Gestank aus menschlichem Unrat, verfaultem Stroh und Rattendreck. Sie hatte Durst. Mühsam richtete sie sich auf. Sie befand sich gemeinsam mit ein paar anderen Frauen in einem finsteren Loch. Ein buckliger Zwerg mit riesigem Kopf, in dem sie erst auf den zweiten Blick eine runzlige, alte Frau in zerlumpten Röcken erkannte, schlurfte zu ihr herüber. Sie reichte ihr einen Kanten Brot und einen Becher trübes Wasser. Mit einem schmutzigen Finger fischte sie einen Strohhalm heraus, bevor sie Mirijam zunickte.

»Trink, aber langsam. Nicht, dass du dich übergeben musst. Ist schon genug Dreck hier drinnen.«

Folgsam hob Mirijam den Becher an den Mund und nahm einen kleinen Schluck. Ob dies die Frau war, die sich um sie gekümmert hatte? Oder hatte sie nur geträumt?

»Na, Kleine, das Gröbste ist nun wohl überstanden, he?« Die Zwergin stemmte die Arme in die breiten Hüften und verzog ihre Falten zu einem zahnlosen Lächeln.

Mirijam öffnete den Mund, um sich für das Wasser zu bedanken, doch ihre Stimme gehorchte ihr nicht. Sie schluckte und räusperte sich, dann probierte sie es erneut. Immer noch nichts. Hilflos schaute sie umher und zuckte mit den Schultern.

»Tja, Mutter Rosario mit dem weichen Herzen, so dankt's dir das kleine Hürchen! Vielleicht wollte sie anstatt Salbe ganz was anderes hintendrauf?«

Die anderen Frauen in der Zelle gackerten und stießen sich gegenseitig in die Seite. Sie beobachteten sie und schienen auf jede ihrer Regungen zu lauern. Mirijam schwieg. Unsicher sah sie zu den Frauen hinüber, die auf dem halb verrotteten Stroh am Boden hockten. Alle hatten sie strähnige, verfilzte Haare und dreckige Gesichter, und alle trugen schmutzstarrende Lumpen. Soweit Mirijam sehen konnte, verfügte keine der Frauen mehr über ein vollständiges Gebiss.

»Hast du Hunger?«, fragte die Zwergin.

Und wieder öffnete sie den Mund zu einer Antwort, doch wie zuvor kam auch diesmal kein Wort heraus. Sie strich über ihren Hals, dann räusperte sie sich, schluckte und versuchte es erneut. Nichts. Plötzlich fiel ihr ein, was geschehen war, und ihr Herzschlag setzte aus. Was hatte dieser widerliche Mann ihr angetan? Hatte er ihr auch die Zunge herausgerissen? Sie öffnete den Mund. Mit den Fingern beider Hände zugleich untersuchte sie Mund, Gaumen und Zähne, doch das war alles heil und ganz. Warum konnte sie dann nicht sprechen? Mirijam schlug die Hände vors Gesicht. Könnte sie nur wieder in ihren Traum eintauchen!

»Wahrscheinlich möchte sie statt trocken Brot lieber kandierte Veilchen«, tönte es von den anderen Frauen herüber.

Mirijam ließ die Hände sinken. Die vor ihr kauernde Zwergenfrau nickte ihr zu, und Mirijam biss von dem Brot ab.

»Aber immer schön langsam, hörst du? Mehr gibt's nämlich nicht.« Dann wandte sich die Alte zu den Frauen um. »Entweder versteht sie mich nicht, was ja sein kann, oder, na ja, oder sie schwatzt eben nicht ständig wie gewisse andere Weiber.« Meckerndes Gelächter war die Antwort. Einige der Frauen kamen heran und scharten sich um Mirijam. Auch die Zwergin rückte ein Stück näher.

»Mich nennt man Mutter Rosario. Und du? Sag mir, wer du bist. Woher kommst du?«

Wieder öffnete Mirijam den Mund und versuchte zu sprechen. Aber auch dieses Mal kam kein Laut aus ihrer Kehle, noch nicht einmal ein Krächzen.

»Kannst du mich hören?«, fragte die Alte und forschte in Mirijams Gesicht. Mirijam zögerte, dann nickte sie. Warum nur konnte sie nicht sprechen?

»Mach den Mund auf«, befahl die Zwergin. Gehorsam öffnete Mirijam den Mund und ließ sich von der Frau, die sich Mutter Rosario nannte, untersuchen.

»Hm, man sieht reinweg gar nichts. Ist alles so weit heil und intakt.« Mutter Rosario tastete Mirijams Hals und Kehle ab, dann sah sie sie eine Weile nachdenklich an. Schließlich zuckte sie mit den Schultern. »Weiß auch nicht. Na, dann wirst du uns wenigstens nicht die Ohren volljammern.« Die anderen Frauen johlten.

»Es ist noch Salbe übrig. Dreh dich um. Zeig mir dein Ärschlein und spreiz die Beine«, befahl die Alte. Ohne auf die feixenden Frauen zu achten, zogen ihre runzeligen, schmutzigen Hände mit den eingerissenen Nägeln eine gelbliche Tierblase aus einer verborgenen Rocktasche.

Mirijam spürte, dieser alten, verwachsenen Frau konnte sie trauen, sie war wahrscheinlich die Einzige hier, die es gut mit ihr meinte. Und während eine der anderen Frauen in einer Ecke der Zelle ihre Röcke hob und sich im Stroh erleichterte, tat Mirijam, wie ihr geheißen. Sie musste würgen, doch trotz Scham und Ekel reckte sie der Alten ihr Hinterteil entgegen und ließ ihre Wunden versorgen.

Es tat weh, es brannte sogar wie Feuer. Doch das machte ihr nichts aus, dachte sie und biss die Zähne zusammen. Gar nichts machte ihr mehr etwas aus, noch nicht einmal, nicht sprechen zu können. Sie durfte bloß nicht darüber nachdenken. Und war es nicht auch irgendwie richtig, dass sie verstummt war? Es gab sowieso keine Worte für das, was der Mann ihr angetan hatte.

Am nächsten Morgen erschien ein Kerkermeister mit zwei seiner Wärter in der Zelle. Ihre Fackeln flackerten über die im Stroh kauernden Frauen. Nein, nicht, nicht noch einmal! Entsetzt kroch Mirijam aus dem Lichtkreis ins Dunkel. Wenn sie dasselbe noch einmal durchleiden müsste, würde sie sterben. Sie duckte sich hinter den Frauen. Der Kerkermeister entdeckte sie dennoch.

»Du da!«, rief er. »Komm her, Mädchen, du gehst zum *Souq.*« Er warf eine sackähnliche Kutte ins Stroh und ein Tuch dazu. »Zieh das an und komm!«, befahl er und wandte sich zum Gehen. Souq? Dieses Wort hatte sie schon irgendwo gehört, bedeutete es nicht Markt?

»Du Glückliche!«, sagte die alte Zwergin. »Überall ist es besser als hier drin! Ich rate dir, nutze die Gelegenheit. Hier, deine Sachen.« Blitzschnell steckte sie Mirijam ein kleines Bündel zu.

Wie aus dem Nichts war es plötzlich wieder da! Staunend betrachtete Mirijam das schmale Päckchen ihrer Mutter. Niemand hatte es gestohlen, und anscheinend hatte es auch keiner geöffnet. Zu gern hätte sie der Alten gedankt, doch immer noch konnte sie kein Wort herausbringen.

»Schon gut«, sagte die alte Frau, die sie beobachtet hatte, und schob sie Richtung Zellentür. »Lass nur. Du kannst auch die Decke behalten. Wer weiß, ob du sie nicht dringender brauchst als wir.«

Hastig warf Mirijam die Kutte über, wickelte das Päckchen in die Decke und klemmte sie sich unter den Arm. Die Beine wollten ihr kaum gehorchen. Unbeholfen, mit wie Feuer brennendem Unterleib stolperte sie durch das dunkle Labyrinth der stinkenden Gänge und Treppen den Wärtern hinterher.

Draußen ging ein kalter Nieselregen nieder. Tief sog Mirijam die saubere Luft ein, bevor sie die Decke über Kopf und Schultern legte.

Eine Handvoll Gefangener wurde gerade zusammengescheucht, Männer, Frauen und Kinder, die man mit Stricken aneinanderband. Sie mussten von früheren Raubzügen stammen. Mirijam wurde zu den Frauen getrieben und musste sich fesseln lassen, doch wenn das bedeutete, diesem Schreckensort zu entkommen, war es ihr recht. Das Tor der Festung spie weitere armselige Kreaturen aus, Menschen unterschiedlichen Alters und Hautfarbe. Einige der Gesichter kamen ihr bekannt vor. Es schienen Männer von der Palomina zu sein. Mit dem einen oder anderen hatte sie sogar gesprochen, meinte sie sich zu erinnern.

Einige der Frauen weinten, andere trugen ihr Los mit versteinerter Miene. Manche waren verletzt und hinkten, andere so schwach, dass sie gestützt werden mussten. Ausnahmslos alle aber starrten sie vor Schmutz. Viele von ihnen schienen bereits eine lange Zeit im Dämmer des Kerkers verbracht zu haben, denn selbst bei dem an diesem Tag herrschenden fahlen Licht wurden sie geblendet und mussten ihre Augen schützen. Die Frauen in ihrer Reihe schlurften mit gesenkten Köpfen, ohne den Blick zu heben, durch die Gassen. Sicher hatten sie Schlimmes erlebt, überlegte Mirijam. Irgendwie schien es ihr, als sei ihre eigene Qual angesichts dieser vielen Verzweifelten ein wenig leichter zu tragen. Außerdem fühlte sie sich besser, je weiter das schreckliche Verlies hinter ihr lag.

Der Strom der Gefangenen wurde durch überdachte Marktstraßen getrieben, durch einen Wald von Zeltstangen, an denen Segeltuchplanen zum Schutz vor Sonne und Regen befestigt waren. Manche Straßen waren mit glatten Steinen gepflastert, andere bestanden lediglich aus festgetretener Erde, die sich im Regen in Matsch verwandelte.

Verschleierte arabische Frauen, von deren Gesichtern man höchstens die Augen sehen konnte, huschten an ihnen vorüber, und barfüßige Kinder tapsten durch die Pfützen. Rechts und links vom Weg reihten sich kleine Läden aneinander, in denen alles Mögliche – von Messingwaren über Zaumzeug und Packtaschen bis hin zu Früchten, Linsen und anderen Esswaren – feilgeboten wurde. Scharf roch es, nach Pfeffer, Schweiß und Ziegendung. Die Säcke mit Gewürzen und die Ballen bunter Stoffe erinnerten Mirijam an die Lagerhäuser zu Hause. Rasch wandte sie den Blick, sie wollte nicht daran denken.

Der Zug kam an Männern vorüber, die im Regenschatten einer Mauer hockten, um das Geschehen zu betrachten. Einer rief auf Spanisch: »Unserem Pascha gebührt Dank: Er hat es wieder einmal Sklaven regnen lassen!« Schallendes Gelächter belohnte seinen Witz.

Auf einem belebten Platz zwischen hohen Häusern kam der Zug zum Stehen. Vornehm gekleidete Händler mit weißen Turbanen trieben gefesselte Menschen vor sich her, Schwarze ebenso wie solche mit heller Haut. Andere priesen bereits lautstark ihre menschliche Ware an und bemühten sich gestenreich um die Aufmerksamkeit der Kauflustigen.

Eben erst war Mirijam bewusst geworden, welches Wort der Mann an der Mauer benutzt hatte: Sklaven, hatte er gesagt, der Pascha habe Sklaven regnen lassen. Dies war also ein Sklavenmarkt? Ach, hätte sie doch nur nie auf den Kapitän gehört! Was für schreckliche Folgen seine warnenden Worte hatten: Lucia war im Harem verschwunden, und sie sollte offenbar als Sklavin verkauft werden.

Ob es nicht doch eine Möglichkeit zur Flucht gab? Vielleicht, wenn sie die Frauen neben sich anstiften könnte, mit ihr davonzulaufen? Nach einem flüchtigen Blick auf deren Gesichter, die von nichts als Leid und Furcht sprachen, verwarf sie diesen Gedanken jedoch. Außerdem konnte sie selbst kaum gehen, an laufen war gar nicht zu denken.

Während die Wächter damit begannen, die Gefangenen inmitten der lärmenden Menschenmasse auf erhöhten Podesten aufzustellen, Männer und Frauen gesondert, begann sich vor Mirijams Augen plötzlich der Platz zu drehen, und die Gesichter verschwammen ineinander. Die Rufe der Sklavenhändler mischten sich mit dem Gelächter der Zuschauer, den Kaufgeboten und Klagerufen. Ihr war schwindlig. Nicht umfallen, befahl sie sich selbst, bloß kein Aufsehen erregen. Sie rieb sich die Stirn. Der Vater hatte das oft getan, wenn er vorzeitig ermüdete, bei ihr jedoch wirkte es nicht. Sie legte den Kopf in den Nacken und streckte ihr Gesicht den sanften, kalten Regentropfen entgegen. Vielleicht half das gegen die Benommenheit?

Plötzlich stand ein älterer Mann in feinem Gewand vor

Mirijam, der ihr von oben bis unten über den Rücken strich. Vor Schreck schwankte sie ein wenig, rührte sich aber nicht.

»Edler Herr, dieses Kind ist tatsächlich ein Mädchen, ob Ihr es nun glauben mögt oder nicht, nur ein wenig dünn.« Wie von ferne hörte sie die Stimme des Sklavenhändlers. Er sprach Französisch, deshalb verstand sie jedes Wort.

»Und selbstverständlich ist sie noch Jungfrau, darauf könnt Ihr Euch verlassen, Sîdi. Nur hat der Allgewaltige in seiner Weisheit beschlossen, sie nicht bloß mit einer knabenhaften Statur zu versehen, er hat sie auch mit recht geringen Geistesgaben ausgestattet, wie mir erklärt wurde.«

Mirijam starrte auf ihre Füße.

»Ich mache Euch nichts vor, denn ich bin, Allah sei Dank, ein ehrlicher Händler. Deshalb sage ich Euch, wie es ist, Herr: Dieses Kind ist stumm. Aber ist das nicht eine Gnade? Macht nicht gerade dies sie zu einer besonders angenehmen Sklavin? Bedenkt, *Sherif,* bedenkt, edler Herr, von ihr werdet Ihr niemals Widerworte oder lautes Geplapper hören. Zudem isst sie nur wie ein Spatz.« Damit grinste er den Kaufinteressenten an und nannte dienernd seinen Preis.

Der Mann nickte, trat näher heran und strich Mirijam noch einmal prüfend über Rücken und Bauch. Er legte ihr die Hand unter das Kinn, hob ihr Gesicht an und ließ den Sklavenhändler ihren Mund öffnen. Mirijam hielt die Augen geschlossen, während die Männer ihre Zähne untersuchten. Immer noch hatte sie das Gefühl, alles wie durch einen Nebel zu sehen.

Der Mann hob ihren Kittel hoch. Er versuchte, ihre Knie auseinanderzudrängen und seine Hand zwischen ihre Beine zu schieben. Seine Finger tasteten sich an den Innenseiten der Oberschenkel nach oben.

Mit einem Schlag riss der Nebel auf, und Mirijam kam zu

sich. Und bevor sie überlegen oder gar irgendetwas beschließen konnte, stieß sie den Mann heftig gegen die Brust, so dass er rücklings in den Staub fiel.

Einen Wimpernschlag später hatte ein Faustschlag des Sklavenhändlers sie ebenfalls zu Boden gestreckt. Sie lag vor dem Podest auf dem Boden. Auf der Zunge schmeckte sie neben dem Dreck den rostigen Geschmack von Blut. Der Sklavenhändler bemühte sich um den Käufer, der laut schimpfte und sich die Brust rieb. Gerade fragte sie sich, ob sie noch alle Zähne im Mund hatte, als ihr ein alter Mann auf die Füße half.

»Aber, aber, Kleines, diese Herren schätzen eine derartige Entschlossenheit bei einem Mädchen nicht gerade.« Der Alte trug ein wollenes, sandfarbenes Gewand und einen grünen Turban. Er schüttelte den Kopf, und seine Stimme klang tadelnd, doch seine blauen Augen glitzerten amüsiert. Er klopfte Mirijam den Schmutz ab, reichte ihr ihre Decke und betrachtete dabei aufmerksam ihr Gesicht.

In diesem Moment trat der Sklavenhändler näher und hob die Peitsche, um Mirijam damit Gehorsam beizubringen.

»Halt!«, fiel ihm der Alte in den Arm. »Halt ein, mein Freund. Ich werde dir zu Hilfe kommen und sie dir abnehmen. Bei mir in der Küche wird sie schon Gehorsam lernen«, sagte er. Aus den Tiefen seines Gewandes zog er eine Börse hervor. »Nimm diese fünf Dinar, und ich erlöse dich auf der Stelle von deiner ungebärdigen Sklavin.«

Und im Handumdrehen, bevor der verhinderte Käufer oder der Sklavenhändler Einwände erheben konnten und bevor auch Mirijam wusste, wie ihr geschah, packte der Alte sie fest an der Hand und verließ mit ihr den Sklavenmarkt.

16

Mit wehendem Umhang und langen Schritten eilte der Alte mit Mirijam an der Hand durch die Straßen. Ihr Kopf schmerzte vom Hieb des Sklavenhändlers und dem Sturz vom Podest. Dann taten ihr die Füße weh und der Rücken und der Unterleib und … Eigentlich tat ihr alles weh! Außerdem fror sie, und anstatt zu wärmen, lag die regennasse Decke schwer und kalt auf ihren Schultern. Am liebsten wäre sie keinen Schritt weitergegangen, hätte sich irgendwo verkrochen und geweint.

Wohin lief er eigentlich? Er erzählte etwas von sofortigem Aufbruch, und dann wieder fragte er, ob es dafür nicht bereits zu spät sei. Redete er mit sich selbst oder mit ihr? Auch er sprach Französisch, wie viele hier, jedenfalls die Händler, und wie selbstverständlich ging er davon aus, dass sie ihn verstehen würde. Mirijam jedoch verstand zwar die Sprache, den Sinn seiner Worte hingegen kaum. Was war *chekaoui*, und was bedeuteten *funduk, grand erg* oder *tadakilt?* Je mehr er sprach, desto weniger begriff sie und umso größer wurde ihre Verwirrung. Schließlich gab sie es auf.

Was wollte dieser Fremde von ihr? Er hatte so getan, als stelle er sich schützend vor sie, aber dann zahlte er dem Händler Geld für sie. War sie jetzt seine Sklavin? Er war schon ein alter Mann, vielleicht könnte sie ihm entwischen, sich irgendwo in diesem Durcheinander verstecken und dann nach Lucia suchen.

Als habe er ihre Gedanken gelesen, packte der Alte ihre Hand noch ein wenig fester. Er legte sogar den Arm um ihre Schultern, als sie auf ein prächtig verziertes Tor in der Stadtmauer zugingen, und ignorierte dabei ihr unwillkürliches Zurückweichen.

»So, da wären wir ja schon beim Bab-al-garb, Algiers westlichem Stadttor«, erläuterte er. »In der *Karawanserei* dort hinten warten mein Diener, die Packesel und mein Pferd. Dort, bei den Bäumen, du kannst die Mauern bereits sehen.«

Der Alte grüßte die Torwächter, die jeden, der das Tor passierte, einer genauen Prüfung unterzogen. »Allahs Segen auf deinen Weg, Sîdi«, rief ihm einer der Wächter zu, »und gute Geschäfte.« Dankend hob der Alte die freie Hand, ohne dabei den Griff um Mirijams Arm zu lockern, dann hastete er weiter.

Seine Finger zerquetschten ihr beinahe das Gelenk, an Flucht war nicht zu denken. Sie würde auf eine bessere Möglichkeit warten müssen. Noch mehrmals wandte Mirijam den Kopf und schaute sich nach der Stadt um, dieser Ansammlung hoher Häuser, diesem Gewirr von Straßen, Gassen, Plätzen, Kuppeln und Türmen. Irgendwo dort, in einem dieser Häuser, befand sich Lucia ...

Kaum in der Raststation angekommen, trat ein großer, schwarzer Mann mit Turban unter einem Baum hervor. »Ich grüße dich, Sîdi«, sagte er und schickte einen neugierigen Blick zu Mirijam hinüber. »Alles ist vorbereitet, wie du befohlen hast. Wir können aufbrechen.« Er deutete auf einige bepackte Esel, ein kräftiges Maultier und ein gesatteltes Pferd, die im Schutz einer Arkade warteten. Wieder blickte er zu Mirijam hinüber.

»Gut, Chekaoui, ausgezeichnet. Dies ist übrigens unsere neue Sklavin. Die Signora liegt mir schließlich schon seit

Wochen damit in den Ohren, dass sie Hilfe braucht. Die Kleine hier wird allerdings nicht den ganzen Weg laufen können. Pack also um, so dass sie auf einem der Esel reiten kann. Dann aber wollen wir uns schleunigst auf den Weg machen«, bestimmte der Alte.

Bald schon versank die Silhouette der Stadt hinter Hügeln und feinen Regenschleiern. Das Gelände wurde felsig, und man ahnte die nahen Berge. Der Diener auf seinem Maultier folgte einem holprigen, kaum erkennbaren Pfad. Hinter ihm ritt der alte Mann. Er hatte sich tief in sein wollenes Kapuzengewand vergraben und ließ das Pferd langsam gehen, dennoch blieb Mirijam immer weiter zurück. Der Weg war mühsam, und bei jedem Tritt ihres Esels fuhr ihr ein schmerzhafter Stich durch den Leib. Sie schwankte auf dem schmalen Rücken des Tieres, obwohl sie sich in dessen kurzer Mähne festkrallte.

»Du bist ernsthaft verletzt, nicht wahr?«, fragte der Alte mit besorgter Miene und stieg vom Pferd ab. »Hat man dich im Kerker gequält?« Mirijam nickte mit abgewandtem Blick. Der Alte nickte ebenfalls, seine freundlichen Augen aber hatten sich verdunkelt.

»Komm, ruh dich einen Moment aus«, befahl er. Er half ihr beim Absteigen, dann zog er einige Tücher aus seinen Gepäcktaschen und reichte sie Mirijam. »Nimm das und polstere damit deinen Sitz. Danach setzt du dich quer auf den Esel.«

Als er jedoch sah, wie ungeschickt Mirijam sich mit den Tüchern anstellte, wickelte er selbst ein weiches Polster daraus, das er auf dem Eselsrücken festband.

»So, nun wird es etwas besser gehen«, sagte er schließlich. »Wie heißt du, und woher kommst du?«

Als Mirijam schwieg, erklärte er: »Ich bin Alî el-Mansour, der Herr der *Kasbah* und Oase Tadakilt. Dort nennt man mich Sherif Hakim, den ehrenwerten Arzt, weil ich in der Heilkunde bewandert bin. Mit Allahs Hilfe konnte ich schon vielen Menschen helfen und sie von ihren Leiden befreien.« Mirijam schwieg weiter.

»Warum antwortest du nicht? Du verstehst mich doch?«, fragte Alî el-Mansour und lächelte zufrieden, als Mirijam nickte. »Ah, du sprichst tatsächlich nicht, wie der Sklavenhändler behauptet hatte. Hast du vielleicht ein Gelübde abgelegt?« Stumm schüttelte Mirijam den Kopf.

»Sprichst du denn sonst? Ich meine, hast du schon einmal gesprochen?«

Diesmal nickte sie heftig. Sie öffnete nun doch den Mund, brachte aber lediglich ein Krächzen hervor. Was für ein Elend! Mirijam wandte das Gesicht ab.

»Nun, das klären wir später. Jedenfalls werde ich versuchen, auch dir zu helfen. In meinen Bündeln befinden sich verschiedene Kräuter, Samen und Essenzen, aus denen ich dir heute Abend ein Heilmittel herstellen werde. Einstweilen aber nimm dieses hier.« Er reichte ihr eine kleine, braune Kugel. »Leg sie unter die Zunge, und lass sie im Mund zergehen. Du wirst sehen, die Schmerzen werden schnell vergehen.«

Das Zeug sollte sie einnehmen? Sie erinnerte sich nur zu gut an die Medizin des maurischen Hexenmeisters auf dem Schiff! Mirijam schüttelte den Kopf.

»Oh doch, du wirst diese Pille nehmen!«, bestimmte der Arzt. »Du musst nämlich schneller reiten«, fügte er erklärend hinzu, »sonst schaffen wir es vor dem Abendgebet nicht bis zur nächsten Herberge. Und hier draußen in der Wüste, wo wir Kälte, Regen und zu dieser Jahreszeit vielleicht sogar Schnee schutzlos ausgesetzt sind, werden wir keinesfalls die Nacht verbringen. Dazu bin ich zu alt.« Auffordernd hielt er ihr das kleine Kügelchen hin.

Sie wusste, es blieb ihr nichts anderes übrig. An Flucht, das war ihr inzwischen klar geworden, an Flucht war sowieso nicht zu denken. Bei ihrem Vorhaben hatte sie nämlich etwas Wesentliches außer Acht gelassen: Wo in der großen Stadt Algier mit ihren unzähligen Häusern sollte sie Lucia suchen, um mit ihr fliehen zu können? An wen konnte sie sich wenden, ohne Stimme und ohne Sprache? Natürlich würde sie sie suchen, und sie würde sie auch finden und gemeinsam mit ihr dieses Land verlassen, aber erst später, wenn sie sich erholt hatte und wieder sprechen konnte. Sie zwinkerte ihre Tränen fort und legte folgsam die braune Arzneikugel unter die Zunge.

Der Alte hatte sie beobachtet und versucht, ihre finstere Miene zu deuten. Als sie endlich die Pille in den Mund steckte, lächelte er zufrieden. Dann hob er sie auf den Esel, band den Führstrick am Sattel seines Pferdes fest, und sie setzten ihren Weg fort.

Sherif Hakim hing seinen Gedanken nach. Brutale Gewalt und schlimmste Gemeinheit waren in sämtlichen Kerkern verbreitet, sie machten noch nicht einmal vor einem so zarten Menschenwesen wie dieser Kleinen halt. Wie häufig hatte er schon Geschundenen geholfen, auch solchen, die im *bagno* von Al-Djesaïr malträtiert worden waren. Und oft hatte er dabei gespürt, dass Allah, der allwissende Gott, ihm nicht zufällig diesen Platz im Leben zugewiesen hatte, auf dem er nun schon seit langen Jahren stand. Menschen zu helfen und sie zu heilen war für ihn nicht allein Pflicht oder lobenswertes Handeln, es war Gesetz.

Er schaute nach hinten und sah, dass sich seine neue Sklavin halb betäubt an der Mähne des Esels festklammerte und bei jedem Schritt des Tieres hin- und herschaukelte. Aber sie schien recht zäh zu sein. Irgendwie erinnerte sie ihn an jemanden, es wollte ihm jedoch nicht einfallen, an wen. Ja, sinnierte er, alles war vorherbestimmt. Und alles hatte seinen Sinn, selbst wenn der sich nicht auf den ersten Blick erschloss.

In seinem früheren Leben, als er noch der Christ Giuseppe Ferruci gewesen war, hatte er nach dem Medizinstudium in Bologna die Heilkunst nicht allein in den Häusern der vornehmen Familien seiner Heimatstadt Genua ausgeübt. Auch in den Elendsvierteln und am Hafen hatte er Wunden und Seuchen aller Art behandelt. Viel, eigentlich das meiste seiner Profession hatte er damals bei den Ärmsten der Armen gelernt.

Wieder schaute er nach der neuen Sklavin. An wen erinnerte sie ihn nur? Ach, das würde ihm schon zur rechten Zeit einfallen. Vielleicht hatte er wegen ebendieser unklaren Erinnerung dem Impuls nachgegeben, das Kind zu kaufen, grübelte er, denn wirklich nötig war sie für seinen Haushalt nicht, egal wie seine Köchin das sah. Andererseits hatte er längst gelernt, deren Wünsche zu erfüllen, denn nicht umsonst nannte er sie »Signora«, seine Herrin. Er lächelte belustigt, als ihm ihr strenges Regiment über Diener, Burg und Haushalt einfiel.

Er versuchte, sich zu entsinnen, wie es ihm selbst seinerzeit ergangen war, als man ihn in die Sklaverei verschleppt hatte. Eines Tages war auf der Reise nach Sizilien sein Schiff überfallen und alle an Bord als Sklaven verkauft worden. Er hatte noch großes Glück gehabt. Dank seines Berufes entging er einem Schicksal als Galeerensklave, denn an guten Ärzten mangelte es dem Pascha von Al-Djesaïr, wie die Korsaren ihre Stadt, die ein berüchtigter Schlupfwinkel hier an der Barbareskenküste war, nannten. Heilkundige fehlten überall, sowohl auf den Schiffen wie auch an Land, und krank wurde Freund wie Feind. Viele Menschen verdankten ihm inzwischen das Leben, darunter auch der älteste Sohn des Paschas. Eine heftige Fieberattacke war das damals gewesen, erinnerte er sich, allerdings ziemlich leicht zu heilen, wenn man über die richtige Arznei verfügte und besonders wenn der Kranke so kräftig war wie der Junge. Und als er – wie viele andere Christen – zum Islam konvertiert und ein freier Mann geworden war, hatte ihm der Pascha, der oberste Herr der Barbaresken, als Dank für die Errettung seines Sohnes die Burg mitsamt der ertragreichen Oase von Tadakilt in der großen Wüste überschrieben.

Dort lebte es sich wirklich gut, dachte er wie schon einige hundert Male zuvor. Es war ein schönes und bequemes Refugium geworden, das er sich in der Kasbah Tadakilt geschaffen hatte. Dort fehlte es ihm an nichts. Was also sollte er in Genua oder überhaupt in Italien? Schon seit langer Zeit sehnte er sich nicht mehr nach der früheren Heimat zurück, irgendwann war die Sehnsucht nach den Orten seiner Kindheit und Jugend verschwunden. In der Kasbah gab es reichlich gutes Wasser, die Früchte der Oase ernährten ihn und seine Leute, und er konnte als geachteter Arzt und Gelehrter sein Leben in konzentrierter Abgeschiedenheit führen. Seine umfassende wissenschaftliche Bibliothek, die Erforschung der Gestirne sowie seine alchimistischen Studien erfüllten die Tage und die langen und häufig schlaflosen Nächte voll und ganz. Sicher, das eine oder andere hätte ihn auch jetzt noch zum Reisen verführen können, die Welt war schließlich voller ungelöster Rätsel, aber wirklich drängend waren diese Geheimnisse für ihn schon längst nicht mehr.

Am Abend fragte er, was man ihr im Kerker angetan habe. »Hat man dich geschlagen?«

Mirijam schüttelte abwehrend den Kopf. Sie würde nichts sagen, nichts erklären, sie würde noch nicht einmal daran denken, das hatte sie sich fest vorgenommen. Sie biss die Zähne zusammen und hielt die Augen gesenkt.

»Dann hat man dir also anderweitig Gewalt angetan? Dir deine Jungfräulichkeit geraubt?«

Sie kämpfte mit den Tränen. Warum quälte er sie? Unvermittelt kam das Entsetzen mit Wucht zurück. Sie rang nach Luft, als müsse sie ersticken, als legten sich die Hände des fetten Schreibers erneut über Mund und Nase und …

»Ganz ruhig, mein Kind, ganz ruhig. Ich sagte dir bereits, ich bin Arzt, ein Hakim, wie man hier sagt. Mir ist nichts fremd. Nicht die guten Gaben und edlen Taten, aber eben leider auch keine Grausamkeiten und Schlechtigkeiten, zu denen Menschen imstande sind.« Er nahm ihre Hände und streichelte sie. Seine feingliedrigen Finger fühlten sich warm, sanft und freundlich an. Langsam wurde sie ruhiger, und sie konnte wieder freier atmen.

»War es hier?«, fragte er leise und legte behutsam seine Hand auf ihren Bauch. Er lächelte traurig, als Mirijam einen Satz zurück machte.

Sie schüttelte den Kopf. Ob sie diesem freundlichen alten Arzt mit den blauen Augen nicht doch vertrauen konnte? Anders als der Heiler an Bord strahlte er Güte und Gelassenheit aus, als habe er tatsächlich schon alles Gute und Böse kennengelernt, wie er sagte. Bestimmt konnte er ihr helfen, vielleicht wusste er sogar, wohin man Lucia gebracht hatte?

Sie schlug die Augen nieder. Schließlich überwand sie sich. Schamrot und zögernd deutete sie auf ihre Rückseite.

17

Er hatte ihr eine Salbe bereitet, die kühlte und ein wenig die Schmerzen linderte. Außerdem hatte er ihr gezeigt, wie man ein Turbantuch so zu einem *chêche* wickelt, dass Kopf und Gesicht geschützt waren. Man musste sich unbedingt gut bedecken, hatte er gesagt, im Sommer gegen die Sonne, den unablässigen Wind und die gleißende Helligkeit der Salzebenen und jetzt, im Winter, natürlich gegen Regen und Kälte.

Er selbst litt sichtlich unter dem nasskalten, unfreundlichen Wetter und hatte sich in seinen dicken Kapuzenumhang gehüllt. Mirijam musste mit ihrer Decke zurechtkommen, die sie mit einem Strick über Schultern und Rücken gebunden hatte, so dass sie sich einigermaßen geschützt fühlte. An den nackten Füßen jedoch fror sie. Chekaoui, der gutmütige Schwarze mit den krausen Haaren und dem breiten Lachen, gab ihr ein paar Lumpen und fertigte aus einem Stück Leder einfache Sandalen für sie an.

»Wir müssen mit Schnee rechnen«, erklärte er. »Allah sei Dank müssen wir nicht über die hohen Berge. Aber schon morgen werden wir die Wüste erreichen, und dort kann es in der Nacht recht kalt werden. Wer nicht gut auf sich aufpasst und ohne Schutz ist, den holen die Dschinn. Also brauchst du Schuhe.«

Schon wieder diese Geister, dachte Mirijam. Sie bewohnten offenbar nicht nur das Meer, sondern auch die Wüste.

»Chekaoui hat recht, die Wüste ist mächtig und gefährlich.

Sie ist Allahs Garten, in dem er ungestört wandeln kann. Wir Menschen sind zu klein für die Wüste, deshalb müssen wir uns vor ihr schützen.«

Der Diener lachte mit großen weißen Zähnen und nickte lebhaft. Ein Lob aus dem Mund seines Herrn machte ihn stolz. Dieser Schwarze schien alles zu können und zu wissen. Mirijam beobachtete ihn oft. In Antwerpen hatte sie zwar schon dunkelhäutige Männer gesehen, jedoch nie aus solcher Nähe. Zunächst war ihr der Schwarze deshalb unheimlich gewesen, sein ansteckendes Lachen aber tat gut und tröstete.

Jeden Morgen bei Reiseantritt gab der Hakim Mirijam eine der dunklen Kugeln, die die Schmerzen tatsächlich erträglich und das Reiten überhaupt erst möglich machten. Abends brachte er ihr persönlich etwas zu essen und sorgte dafür, dass sie sich früh zum Schlafen niederlegte. Es kam ihr ein wenig so vor, als würde sie von einem Vater umsorgt.

Sie übernachteten in Karawansereien, jenen geschützten Rastplätzen für Handelskarawanen und andere Reisende. Hier gab es Brunnen mit frischem Wasser und Futter für die Tiere, die Menschen fanden abschließbare Lager für ihre Waren sowie geschützte Räume zum Übernachten, und man konnte ein reichliches Abendessen erwarten.

Obwohl man ihr einen Strohsack in einem Schlafraum für Frauen angeboten hatte, schlief Mirijam lieber draußen im Hof in der Nähe der Tiere, dort fühlte sie sich beinahe frei. Besonders die Eselin, auf deren Rücken sie ritt, hatte es ihr angetan. Sie war zwar struppig, und das Fell staubte, wenn man ihr den Hals klopfte, aber sie hatte wunderschöne, dunkle Augen und ein sanftes Wesen. Chekaoui fütterte das Tier und versorgte es mit Wasser, wie die anderen Tiere auch. Mirijam hingegen streichelte sein Fell und kraulte die Mähne zwischen den Ohren. Dann stand die kleine Stute immer ganz still, sie schien die Berührung zu genießen. Wenn sich Mirijam auf dem Lager dicht neben den kleinen Eselsfüßen ausstreckte, fühlte sie sich seltsam geborgen. Solange sie auf einem ordentlichen Haufen Stroh neben ihrem Eselchen liegen konnte, fror sie nicht und fühlte sich auch nicht allein. Noch nie zuvor hatte sie so viele und so große Sterne wie in diesen wolkenlosen Nächten gesehen. Immer wieder betrachtete sie die funkelnden und blinkenden Lichter hoch über sich, manche groß und nah, andere klein und weit entfernt. Es waren diese kurzen Momente, in denen sie sich wirklich wach fühlte, tagsüber hingegen bewegte sie sich in einer Art Dämmerzustand, was, wie der Hakim ihr jeden Morgen aufs Neue erklärte, von den kleinen braunen Arzneikügelchen herrührte.

Eines Morgens sagte Sherif Hakim: »Weißt du eigentlich, welcher Tag heute ist? Auf der ganzen Welt feiert man den Tag der Geburt des Propheten Isa mit Liedern und Gottesdiensten, mit Geschenken und viel gutem Essen.« Langsam begriff Mirijam, was der Alte meinte: Heute war Weihnachten, das große Fest der Christen. Für sie als Jüdin hatte dieses Fest allerdings eine andere Bedeutung, als Sherif Hakim annahm.

Sie hatte Weihnachten immer geliebt, obgleich sie nicht mit den anderen in die Kirche gehen durfte. Aber schon Tage vorher wurde das ganze Haus auf den Kopf gestellt und groß geputzt, gebacken und gekocht, weil Gesa zum Fest immer besonders feine Speisen zubereiten wollte. Dann gab es im Ofen gebackene Äpfel, dick mit Honig überzogen, und heißen Hagebuttentee. Das ganze Haus duftete wunderbar nach dem Bienenwachs, mit dem Gesa die Möbel polierte, nach Lebkuchen und Zuckerwerk ... Und überall in der Stadt läuteten die Glocken. Nach der Christmesse saßen die Freunde ihres Vaters in der Stube und tranken heißen Punsch.

Das Wichtigste aber war, dass jedes Jahr um Christi Geburt der Winter mit Frost und Eis nach Antwerpen kam. Er überzog alles mit glitzerndem Schnee, bedeckte die überfluteten Wiesen mit Eis, und die Kinder rutschten und schlitterten den lieben langen Tag draußen in der kalten Winterluft. Auch sie war über das Eis geglitten, mit Cornelisz an der Seite. Und sie waren schneller als der Wind gewesen! Er hatte ihr gezeigt, wie sie die Füße setzen und sich Schwung geben konnte, und an seiner Hand hatte sie sich sicher gefühlt. Seine Locken waren dann mit einer feinen Reifschicht bedeckt gewesen, und abends waren sie durchgefroren nach Hause gekommen. Mirijam seufzte tief auf, doch der Druck auf der Brust blieb. Heute war also das Weihnachtsfest.

Dann waren sie vor zwei Monaten von zu Hause abgefahren! Zwei Monate erst? Das war keine lange Zeit, gemessen daran, was inzwischen passiert war. Der Alte mochte es gut gemeint haben, als er von Weihnachten sprach, Mirijam aber fühlte das Verlorene deutlicher als an den Tagen zuvor.

Immer südlicher führte sie ihr Weg, und das kühle Winterwetter blieb zurück, je tiefer sie in die Wüste eindrangen. Zwischen Sanddünen und verstreuten Oasen, zwischen steinigen *oueds,* wie die trockenen Flußbetten genannt wurden, und dem einen oder anderen Nomadenzelt führte Chekaoui die kleine Karawane sicher durch die, wie Mirijam meinte, weglose Einöde. Seit Tagen sah es rundherum immer gleich aus.

Das änderte sich, je näher sie der Oase Tadakilt kamen. Plötzlich kreuzten Spuren von Herden und Karren ihren

Weg, sie stießen auf einen Brunnen, dann kamen sie an einer Lehmgrube vorüber, in der Ziegel geformt wurden, und immer mehr Vögel tauchten am Himmel auf. Und endlich entdeckte Mirijam in der Ferne die Burg.

Sherif Alî el-Mansours dreistöckige Kasbah aus Feldsteinen und Stampflehm lag oberhalb einer weiten, grünen Oase, in der Palmen und Obstbäume, Gemüse und Viehfutter gediehen. Ihre kantigen Türme trugen Zinnen, die schmalen Fenster waren mit Verzierungen aus gebrannten Ziegeln umrahmt, und über dem Tor befanden sich fremdartige Malereien, einer Hand nicht unähnlich.

Diener, Sklaven, Kinder und Bauern liefen herbei, als die kleine Karawane den Rand der Oase erreichte. Unter Freudenrufen und Trillern geleitete man sie in einer Art Festzug durch die schattigen Gärten bis zur Burg, wo eine dicke Köchin sowie ein Verwalter den Herrn und seine Begleiter strahlend und unter zahlreichen Dankesworten an Allah begrüßten und ins Innere geleiteten.

Die Burg bestand aus dicken Mauern mit vier mächtigen Ecktürmen und verfügte, ähnlich wie die Karawansereien unterwegs, über Innenhöfe mit Bäumen und leise plätschernden Springbrunnen. Einer dieser Innenhöfe gehörte zum Küchentrakt, wie man an den Feuerstellen erkennen konnte. Hier schlug offenbar das Herz der Burg, und hier sollte Mirijams neues Zuhause sein.

Sherif Hakim tätschelte ihr kurz die Wange, als er ihr beim Absteigen half. »Signora, endlich habe ich eine neue Helferin für dich«, sagte er zu der dicken Köchin. Die stand mit vor dem Bauch gefalteten Händen neben ihrem Herrn und beobachtete skeptisch, wie Mirijam unsicher von dem Esel kletterte.

»Lass sie ein paar Tage in Ruhe«, fuhr der Hakim fort, »und

füttere sie ordentlich. Sie ist noch ein Kind und hat Schweres durchgemacht. Ich kenne ihren Namen leider nicht, denn sie kann nicht sprechen. Aber du wirst das schon machen, du gute Seele, du kennst dich mit jungen Sklavinnen schließlich aus.«

Zu Mirijam gewandt erklärte er: »Du musst wissen, die Signora ist die eigentliche Herrin hier.« Dazu zwinkerte er ein wenig und lächelte. »Wie ich selbst stammt auch die Signora ursprünglich aus Italien. Vielleicht ist sie deshalb wie geschaffen dafür, über die Burg, über mich und die anderen zu herrschen. Jedenfalls muss alles so gemacht werden, wie sie es anordnet. Auch du wirst genau das tun, was die Signora dir aufträgt. In einigen Tagen werde ich dich rufen lassen, damit wir gemeinsam überlegen, was wir wegen deiner Stimme unternehmen wollen. Bis dahin folgst du der Signora.« Mit diesen Worten verschwand er in einem Durchgang, der zu seinem eigenen Innenhof führte.

Mirijam hielt ihr kleines Bündel an die Brust gedrückt und schaute ihm nach. Wie sollte sie ohne ihn zurechtkommen?

Die Frauen im Hof hatten zu tun. Ziegen, Lämmchen und Hühner mit Küken liefen herum, und in einer Ecke wurde gerade ein Tier geschlachtet. Hirse und Weizen wurden auf runden Steinmühlen gemahlen, Gemüse und Obst wurden geschnitten, und jemand füllte Säfte in bunte Krüge. Mehrere Feuerstellen waren entzündet worden, auf denen in großen Eisentöpfen Wasser erhitzt wurde, und neben den Kochstellen lagen Säcke mit Holzkohle.

Die Köchin ging um Mirijam herum. »Mager, schwach und klein, nichts als ein Kind! Spricht nichts, kann nichts, muss aber dennoch gefüttert werden. Na schön, wenn der Herr es so will«, schnaubte sie schließlich. »Jetzt geh mir aus dem Weg, ich werde mich später mit dir befassen. Das Festmahl muss zubereitet werden. Fatima, wo hast du deine Augen? Achte auf den *Couscous!* Ach, wenn man nicht alles selbst macht!« Sie sprach in einem seltsamen Sprachengemisch, doch Mirijam verstand einige ihrer Worte, so dass sie sich den Rest zusammenreimen konnte.

Sie wich neben einen Busch nahe der Mauer aus, nahm ihre alte Decke und wickelte sich darin ein. Als sich die Köchin später über die neue Sklavin beugte, um ihr eine würzige Suppe zu reichen, lag Mirijam in einem unruhigen Fieberschlaf.

Einige Tage verbrachte Mirijam im Hof unter den überhängenden Zweigen eines alten Feigenbaumes, träumte unruhig, fieberte und schlief. Jemand hatte eine dicke Decke über sie gebreitet, obwohl es hier im Süden nicht besonders kalt wurde. War sie wach, so empfand sie nichts als Leere und Trauer, doch meistens trieb sie zwischen Schlaf und Wachsein dahin. Einmal hörte sie, wie die Stimme des Hakim erklärte: »Ihre Seele hat sich zurückgezogen. Erst wenn sie zurückkommt, kann sie genesen.«

Fatima und Aisha, zwei Helferinnen der Köchin, brachten ihr mehrmals täglich Wasser und Essen sowie ein Pulver, das der Hakim speziell für sie angemischt hatte. Mit gesenkten Blicken stellten sie das Essen in der Nähe ab, dann verschwanden sie wieder. Noch nie, nicht einmal in dem Augenblick, als Lucia in jener Gasse verschwand, hatte sie sich derart einsam und verloren gefühlt wie in diesen Tagen.

Allmählich jedoch nahm Mirijam ihre Umgebung wahr. Statt Kirchenglocken rief hier der *Muezzin* zum Gebet. Statt feiner Kleider trug man lockere, wadenlange Hemden, und statt auf Stühlen am Tisch zu essen, hockten alle am Boden und griffen mit den Fingern in eine gemeinschaftliche

Schüssel. Dieses gemeinsame Essen ging ganz manierlich zu, zumal sich alle vorher in einer beinahe würdevollen Zeremonie die Hände wuschen. Sie beobachtete die anderen Sklavinnen, die schwere Wasserkrüge auf dem Kopf balancierten oder volle Körbe und schwere Säcke herbeischafften. Sie sog den Duft von Hammelfleisch und Gewürzen ein, lauschte den Schimpfkanonaden der Signora und den Gesprächen der anderen Sklaven und lernte so die neue Sprache, eine Mischung aus Französisch, Arabisch und Küchenlatein. Sie sah, dass man Zitronen in Holzfässern mit Salz einlegte, um sie haltbar zu machen. Datteln, Rosinen und Feigen hingegen wurden in der Sonne getrocknet, und die Holzkohle zum Befeuern der Kochstellen lagerte man in einer Ecke des Hofes. Nachts wurden die Tore geschlossen, und die Sklaven holten ihre warmen Decken und bereiteten sich auf dicken Strohmatten im Hof ihr Nachtlager. Nur die Köchin und die Haussklaven wohnten in kleinen Kammern, die rund um den Innenhof gelegen waren.

Das alles sah sie, und es kam ihr fremd und spannend zugleich vor. Manchmal wünschte sie sich weit fort von hier, manchmal aber hätte sie sich auch liebend gern dazugehörig gefühlt.

Eines Tages zeigte ihr die Signora, wie die großen Töpfe zu putzen, das Gemüse zu schneiden und Holzkohle herbeizuschaffen waren. Nie zuvor hatte sie derartige Arbeiten getan. Aber wenn sie arbeitete, musste sie weniger an Lucia denken, an Vater oder an die saftig grünen Wiesen an der Schelde ...

Anfangs stellte sie sich nicht besonders geschickt an. Hin und wieder spielten ihr auch die anderen Sklavinnen übel mit. Wer nichts von sich mitteilte und kein Wort redete, der war Außenseiter. Außerdem konnte sie ja auch nichts zu ihrer Verteidigung vorbringen. War also etwas misslungen, schoben die anderen ihr die Schuld zu, fehlte etwas, war angeblich sie es gewesen, die es verloren hatte, und ging etwas zu Bruch, konnte es natürlich nur die Stumme verschuldet haben. Das war so ungerecht, dass sich anfangs in Mirijam alles empörte. Doch wenn sie den Mund geöffnet hatte, um zu protestieren, war nichts herausgekommen. »Seht her, Azîza schnappt nach Luft wie ein Fisch im Sand«, hatten die anderen gelacht.

Man hatte ihr den Namen Azîza gegeben. Auch das würde sie ertragen lernen.

18

Während der großen Mittagshitze wurde sie in den Oasengarten geschickt, um frische Kräuter zu holen. Im duftenden Halbdunkel unter hohen Palmen sprang Mirijam über kaum fußbreite Wege und schmale Bewässerungsrinnen. Die Kräuter waren bald gepflückt und zu einem aromatischen Strauß zusammengefasst. Danach schöpfte sie Wasser aus dem Graben und löschte ihren Durst, wusch Gesicht und Hände und benetzte ihr Kräutersträußchen, damit es frisch blieb.

Aufmerksam schaute sie sich um und lauschte. Niemand zu sehen, dachte sie, Menschen und Tiere ruhten. In der Hitze breitete sich der Duft von Minze und Koriander aus, und im Sonnenlicht, gefiltert durch das Blätterdach der hohen Palmen, funkelten die winzigen Wassertropfen, die sie verspritzt hatte, wie Edelsteine. Und wenn sie jetzt, da sie unbeobachtet war, einmal so laut zu schreien versuchte, wie sie nur konnte? Vielleicht wurde sie dadurch den Kloß, der in ihrem Halse stecken musste, endlich los?

In der Kasbah hatte sie es ein paar Mal im Geheimen versucht, aber es waren nichts als hässliche Laute herausgekommen, eher wie das Knurren eines Tieres als menschliche Töne. Irgendetwas schien ihr die Kehle zu versperren, und das musste heraus. Deshalb sammelte sie dauernd ihre Spucke im Mund und schluckte. Auch trank sie häufig Wasser und strich sich, während sie schluckte, über den Hals.

Aber so viel sie auch trank und schluckte, nichts hatte bisher geholfen. Oft hatte sie Angst, niemals wieder sprechen zu können. An solchen Tagen, und zwar meistens kurz vor dem Einschlafen, fürchtete sie, verhext oder mit einem Fluch belegt worden zu sein. Hatte sie nicht dabei geholfen, Lucia den Schlaftrunk einzuflößen? Die Flasche mit der Alraune, dieser menschenähnlichen Wurzel, ging ihr nicht aus dem Sinn. Und war nicht sie es gewesen, die ihre Namen verschwiegen hatte, als es um das Lösegeld gegangen war? Sie hatte dem Kapitän vertraut, ausgerechnet dem Kapitän! Bei hellem Tageslicht rückten sich die Dinge meistens schnell wieder zurecht, dann wusste sie, schuldig war nur, wer absichtlich falsch handelte, wer jemandem schaden wollte. Dessen war sie sicher, jedenfalls tagsüber.

Wenn es aber kein Fluch war, der sie ihrer Stimme beraubt hatte, so hatte sie vielleicht doch nur einen Kloß im Hals?

Sie lief ein Stück die Bewässerungsrinne entlang und betrachtete die glitzernden Wassertropfen. Irgendwann hatte sie genug Kraft gesammelt. Sie bohrte die Fersen in die feuchte Erde und weitete die Brust. Tief atmete sie ein, so tief sie konnte, ballte die Fäuste und schloss die Augen.

Und dann schrie sie. Sie schrie mit aller Kraft, so laut und so lange, wie ihre Luft reichte.

Doch das, was aus ihrem Mund kam, war nur ein Krächzen, heiser und röchelnd, fast wie die Klage eines Esels, der die Stille im Garten störte. Mirijam fröstelte plötzlich. Also doch, dachte sie, sie war tatsächlich verflucht.

Am nächsten Tag versammelte die Signora die Frauen, um neue Seife zu sieden. Während sie die nötigen Anweisungen gab, maß sie eigenhändig die verschiedenen Öle ab und teilte die Ingredienzen aus.

Muhme Gesa hatte ihre Seife ebenfalls selbst hergestellt, erinnerte sich Mirijam. Damals durfte sie allerdings höchstens aus großem Abstand zusehen, wie es in den Siedetöpfen brodelte, kochende Seifenspritzer konnten Löcher in Kleider und Haut fressen. Heute hingegen sollte sie mit Hand anlegen. Nachdem die Frauen die gekochte und gründlich gereinigte Asche in heißes Öl eingerührt hatten, beaufsichtigte Mirijam die Töpfe. Sie rührte gleichmäßig und ließ das leise blubbernde Gemisch keinen Augenblick aus den Augen. Es tat gut, eine gewichtige Aufgabe zu haben. Als die fertige Seife in die Formen zum Abkühlen und Trocknen gegossen wurde, zeigte es sich, dass sie besonders feinporig und rein geworden war. Zur Belohnung schenkte ihr die Signora eine Handvoll Mandeln, und zwar von der guten Sorte, die sonst ausschließlich für den Herrn bestimmt war.

Mit diesem Tag änderte sich ihr Leben. Immer häufiger lobte die Köchin sie. Sie war mit ihrer Arbeit zufrieden, manchmal genug, um ihr zur Anerkennung eine Tasse frische Ziegenmilch zu geben, ein paar süße Datteln oder ein hart gekochtes Ei. Im Laufe der Wochen verzichteten auch die anderen Frauen auf ihre Anfeindungen. Sie gewöhnten sich allmählich daran, dass Mirijam fast alles verstand, als Antwort aber höchstens nickte oder mit den Händen gestikulierte.

Eines Abends fragte Fatima: »Willst du mit uns in den Hamam gehen, Azîza? Ich schwöre, hinterher wirst du dich wie eine Sultanin fühlen!« Mirijam kannte das Badehaus gut, oft genug schon hatte sie dort geputzt. Sollte sie es heute tatsächlich erstmals selbst benutzen dürfen?

Als die Sklavinnen sich bis auf ein kleines Tuch um die Hüften entkleideten, senkte Mirijam verlegen den Blick. So viel Haut, so viel Nacktheit! Hinter der Tür zum eigentlichen

Bad schlug ihnen heißer Dampf entgegen. In dem hohen Raum brannten lediglich zwei Öllampen, und kleine grüne Scheiben in der Dachkuppel ließen das letzte Tageslicht herein. Wasser rauschte, und die Stimmen der Frauen, die damit begannen, sich mit Handschuhen aus geflochtenen Gräsern am ganzen Körper einzuölen, hallten von den glatten Wänden wider. In mehreren gefliesten Becken gab es Wasser, heißes, lauwarmes und kaltes Wasser, und die Bodenplatten strahlten eine so angenehme Wärme ab, dass sich Mirijam kurzerhand auf die warmen Kacheln setzte und nachahmte, was Fatima und die anderen taten. Auch sie strich feines Öl über Beine und Arme, über Brust und Bauch und schabte es anschließend mit einer Klinge wieder von der Haut.

Anschließend wechselten alle in die nächste, heißere Kammer, in der man durch dichte Dampfschwaden watete. Schon beim ersten Schritt begann der Schweiß zu fließen, die Hitze brannte in der Nase, und sie konnte nur durch den offenen Mund atmen. Mitfühlend schnalzte Fatima mit der Zunge und reichte ihr einen Krug mit kühlem Wasser. Als Mirijam danach griff, zog Fatima jedoch den Krug zurück und goss stattdessen das Wasser in einem Schwall über Mirijams Kopf aus. War dies einer ihrer gemeinen Angriffe? Unwillkürlich duckte sich Mirijam. Doch Fatima lachte über das ganze Gesicht über den gelungenen Streich. Auch die anderen Frauen kamen herbei und begossen sie mit Wasser, bis sich Mirijam ihrerseits einen Krug schnappte und den Spieß umdrehte. Als hätten sie nur auf dieses Signal gewartet, begannen die Frauen unter Geschrei eine wüste Wasserschlacht, und der Hamam erbebte vom Gelächter und Gekreische. Jede gegen jede, hieß es! Die Frauen bespritzten sich, hüpften übermütig herum, und immer wieder schrie eine auf, wenn sie unverhofft von einem Guss getroffen worden war.

Später suchte sich Mirijam einen Platz abseits der Frauen, wusch sich mit feiner Ölseife und schäumte die Haare ein. Sie hatte Tränen in den Augen, allerdings nicht von der Seife.

Wann hatte sie das letzte Mal so herzlich gelacht? Wann zuletzt derart unbefangen und wild gespielt? Auch die anderen Frauen waren des Lachens und der Wasserspiele müde geworden, und eine zufriedene Ruhe kehrte in dem kleinen Badehaus ein. Sie kämmten und ölten gegenseitig ihre Haare, bis sie glatt und glänzend über den Rücken fielen, und zogen saubere Kleidung an, bevor sie Arm in Arm durch die Nacht zurück in die Burg gingen. Fatima klatschte einen Rhythmus und stimmte ein Lied an, und sofort fielen die anderen Frauen ein. Schon lange, sehr lange hatte sich Mirijam nicht mehr so glücklich gefühlt wie an diesem Abend.

Ab jetzt besuchte sie regelmäßig mit den anderen Dienerinnen den Hamam, um sich zu reinigen und danach frische Gewänder anzulegen. Die Kleider, die man ihr gegeben hatte, waren jedoch allesamt viel zu groß und zu weit, und nicht einmal ein Strick um die Taille konnte verhindern, das Mirijam immer wieder über die langen Hosenbeine stolperte. Eines Tages fasste sie sich ein Herz und bat die Köchin mit lebhaften Gesten um Nähzeug.

»Was willst du tun? Nähen? Kannst du so etwas denn?«, staunte die Signora. »Ein Schnitt mit der Schere täte es ja wahrscheinlich auch, aber nun gut, mir soll es recht sein.«

Während der Mittagszeit kürzte Mirijam die Hosenbeine und Ärmel, und da sie ein paar blaue Garnreste gefunden hatte, verzierte sie den Kragen der lockeren Bluse mit kleinen gestickten Blüten. Nähen und Sticken waren zwar nicht gerade ihre Stärke, das Ergebnis konnte sich aber dennoch sehen lassen. Als die Köchin Mirijams geändertes Gewand prüfte, zog sie überrascht die Stirn in Falten. Sie drehte und wendete die Hosenbeine, besah die Säume, untersuchte die Bluse und sah dann das Mädchen scharf an.

»Sehr hübsch! Eine solche Fertigkeit erwirbt man allein durch Übung. Ich weiß, wovon ich rede. Wer bist du wirklich, Azîza? Warst du etwa die Zofe einer feinen Dame? Besonders diese zarte Stickerei, das ist eine ausgezeichnete Arbeit«, lobte die Köchin. Dann überprüfte sie die Schachtel mit den Nähutensilien und nickte zufrieden, denn alles lag ordentlich an seinem Platz.

Mirjams Augen hatten sich verdunkelt. Zofe! Es war die brave Muhme Gesa gewesen, die ihr schon früh gezeigt hatte, wie man die Nadel führen musste. Manchmal war es ihr schwer angegangen, schließlich war Stillsitzen keine ihrer Stärken. Die weichen Stoffe aber, die glänzenden, bunten Seidenfäden und natürlich die hübschen Blumenbilder, die, wenn sie fleißig war, beim Sticken herauskamen, das hatte ihr immer sehr gefallen.

Die Signora überlegte. »Pass auf, Mädchen«, meinte sie schließlich, »wir werden es folgendermaßen machen: Von heute an wirst du kein Wasser und keine Kohle mehr holen, damit ruiniert man sich nur die Finger. Die Näherin aus dem Dorf hat schlechte Augen, also werde ich ab jetzt dir die zerrissenen Kleider und Kissen und was es sonst zum Flicken gibt, geben, denn Nähen kannst du besser. Dein Platz ist ab heute hier in der Küche. Ja, so wird's gemacht.«

Mirjam legte die zusammengelegten Hände an eine Wange und hob fragend die Brauen.

»Wo du schlafen wirst? Am besten hier in der Küche«, entschied die Signora.

Im Schutz der Dunkelheit holte Mirjam ihren kostbarsten Besitz aus dem Versteck unter der Holzkohle hervor. Bis jetzt hatte sie noch nicht den Mut gefunden, das Päckchen mit den Briefen zu öffnen. Die Anweisung ihrer Mutter lautete, sie solle sie als Braut lesen oder wenn sie in Not sei. War sie denn nicht in Not? Worauf wartete sie also? Das wusste sie selbst nicht. Sie wickelte es in ein sauberes Tuch, legte es unter ihre Schlafmatte in der Küche und bettete den Kopf darauf.

In dieser Nacht träumte sie von Vaters vollen Lagerhäusern und von den Säcken und Ballen mit den geheimnisvollen Aufschriften, die dort gestapelt waren.

19

ANTWERPEN 1521

Am Nachmittag hatten zwei vollbeladene *Galeonen,* Kauffahrer aus Livorno, am Kai festgemacht, und als die Nacht über Antwerpen hereinbrach, lief das Gerücht bereits im Hafen um. Schauerleute hatten die Neuigkeit von Bord der italienischen Schiffe getragen und sie mitsamt der Ladung an Land gebracht. Nach den Leuten in den Lagern erreichte sie die Hafenarbeiter, Schiffsausrüster und Disponenten, und nun rumorte es bereits in der halben Stadt.

Ein zäher Tag, angefüllt mit lästigen und unwichtigen Arbeiten und dem erneuten Abschreiben bereits kopierter Listen neigte sich dem Ende zu. Nicht nur für Cornelisz, den Lehrjungen, auch für die altgedienten Kanzleischreiber gab es seit langem keine wichtigen oder gar dringenden Aufgaben zu erledigen. An allen Pulten machte sich Langeweile breit. Schon seit Monaten war kein Schiff der van-de-Meulen-Handelscompanie mehr in den Hafen eingelaufen und hatte Waren herangeschafft, die von den Schreibern hätten begutachtet, verwaltet und auf den Weg zu Kunden oder Auftraggebern gebracht werden müssen. Es gab weder neue Konten oder Rechnungen anzulegen, noch musste eine Schiffsladung überprüft werden, selbst in den Lagerräumen herrschte Leere. Es war, als hielte das gesamte Handelshaus nach dem Tod des alten Andrees van de Meulen immer noch den Atem an.

Der neue Herr beschreite eigene Wege, hieß es, und er setze auf neue Ideen, um lukrative Geschäftsbeziehungen aufzubauen, die dem Haus van de Meulen schon bald eine Spitzenposition unter den Antwerpener Handelshäusern sichern würde. Davon merkte man bis jetzt allerdings nichts, und um welche Wege es sich dabei handeln mochte, hatte sich Cornelisz bisher auch nicht erschlossen. Vielleicht waren es geheime Geschäfte, von denen er in seiner untergeordneten Stellung als Lehrling ausgeschlossen blieb? Jedenfalls brachten sie derzeit weder Arbeit ins Kontor noch Waren in die Lagerschuppen.

Wenn Cornelisz den Kopf hob, konnte er Advocat Cohn, seinen eigenen Lehrherren, am Fenster des Kontors stehen sehen. Stundenlang starrte der hagere, leicht gebeugte Mann regungslos auf Markt und Hafen. Lediglich die unruhigen Hände, die an Ärmeln oder Wams zupften, verliehen der schwarz gekleideten Gestalt etwas Leben, vor allem wenn die farbigen Steine an seinem Ring im Licht aufblitzten.

Am Tag, nachdem man Andrees van de Meulen unter großer Anteilnahme der Antwerpener Bürger zu Grabe getragen hatte, hatte der jüdische Notar die Geschäfte des Hauses übernommen. Er hatte dem Rat der Stadt eine Fülle von Verfügungen vorgelegt, allesamt beglaubigt und mit den Zeichen der Zeugen versehen. Die Papiere kündeten vom Willen des Verstorbenen, der Advocat solle als Verwalter des Erbes fungieren, bis die Töchter verheiratet seien und ihre Ehemänner in ihrem Namen über das Vermögen verfügen könnten. Angesichts der Höhe dieses Vermögens handelte es sich um die umfassendste Prokura, die je in den Annalen der Stadt verzeichnet worden war.

Natürlich hatte es allerhand Geraune und Getratsche in der Stadt gegeben, der Advocat galt vielen nach wie vor als lästiger Fremdling und Außenseiter. Doch das sei nichts als missgünstiges Gerede von notorischen Neidern und Nörglern oder, schlimmer noch, von Anhängern der neuen Religion, meinte Cornelisz' Vater. Die Reformierten seien in Gelddingen besonders streng und nähmen alles auf Punkt und Komma genau, und schon aus diesem Grunde lehnten sie schnell etwas ab, das nicht ihren fest gefügten Vorstellungen entsprach.

Der Advocat hatte sich in dieser heiklen Situation klug verhalten, indem er schnellstens einige wohltätige Stiftungen im Namen des Verstorbenen auf den Weg gebracht und zugleich die Ausgaben des großen Haushaltes drastisch reduziert hatte. Das oberste Stockwerk des Hauses wurde geschlossen, die Dienerschaft auf zwei verkleinert, und der Advocat richtete sich in einer bescheidenen Kammer ein. Anhand dieser Maßnahmen konnte nun wirklich jeder sehen, hier agierte ein sparsamer, verantwortungsvoller Mann, der ein Auge auf das ihm anvertraute Erbe hatte, ein Mann von Ehre, trotz seiner jüdischen Herkunft. Kaufmann van Lange, Cornelisz' Vater, der sich wie andere Kaufleute der Stadt zunächst vorsichtig und abwartend gezeigt hatte, hatte seinen Sohn daraufhin demonstrativ dem Advocaten zur Lehre übergeben.

Als Cornelisz an diesem Abend sein Schreibpult schloss, um den Heimweg anzutreten, nahm er wie meistens den Weg durch den Hafen. Er liebte die Gerüche hier – von dem Brackwasser des Flusses, von Fisch und Teer und den fremdländischen Hölzern aus den Lagerschuppen. Die Nacht hatte bereits alle Farben aufgesogen, und schwarze Schatten breiteten sich in jedem Winkel aus. Während die Fenster der Bürgerhäuser vereinzelt von Kerzen erleuchtet wurden, flackerten in den Kneipen Talglichter und Ölfunzeln, die mit ihrem blakenden Licht durch offenstehende Türen Gäste von draußen hereinlocken sollten.

Cornelisz trat ein Bündel nasses Stroh aus dem Weg. Wieder lag ein unnützer, verlorener Tag hinter ihm, und er wusste, dass eine nicht enden wollende Folge weiterer solcher Tage auf ihn wartete. Tage, Wochen und Monate, in denen er lernen sollte, Fässer zu kontrollieren, Säcke und Ballen zu registrieren, auf Messen Waren zu präsentieren und über Preise zu feilschen, um schließlich Münzen zu zählen und den Gewinn auszurechnen, kurzum: Geschäfte zu machen. Das war es, was ein künftiger Handelsherr lernen musste. Angewidert wischte er seine Handflächen am Hosenboden ab, als hätten die imaginären Münzen aus seiner Zukunft bereits jetzt seine Hände beschmutzt. Bis vor wenigen Wochen hatte er sich in der Hoffnung gewiegt, den Vater von seinem Herzenswunsch, Maler zu werden, vielleicht doch noch überzeugen zu können. Der hatte jedoch lediglich ungläubig die Augenbrauen hochgezogen, als Cornelisz all seinen Mut zusammengenommen und sein Anliegen vorgetragen hatte. »Und der Fortbestand unseres Unternehmens? Hast du den Verstand verloren? Du bist mein einziger Sohn, das hast du wohl vergessen! Willst du etwa meinen guten Ruf als Kaufmann aufs Spiel setzen? Bei meiner Seel', statt weiterhin mit Farben herumzustümpern, wirst du endlich lernen, was ein Kaufmann heutzutage über den Fernhandel wissen muss. Du bist alt genug, und außerdem war das alles längst mit van de Meulen abgesprochen.«

Zunächst hatte Advocat Cohn Cornelisz nicht als Lehrling annehmen wollen und Ausflüchte gemacht, doch der Vater hatte auf der mit dem verstorbenen Kaufherren getroffenen Absprache bestanden.

»Nur vorübergehend«, hatte Cornelisz seinen Vater zu Jakob Cohn sagen hören. »Für ein paar Monate oder vielleicht für ein Jahr. Um ihm endgültig die Flausen aus dem Kopf zu treiben, versteht Ihr? Nehmt ihn nur recht hart ran, umso schneller wird er lernen, wie das wirkliche Leben aussieht.« Bereits am folgenden Tag saß er bei van de Meulen am Pult, wo ihn der alte Kontorvorsteher Antonis Laurens unter seine Fittiche genommen hatte.

Cornelisz zog die Schultern hoch. Die Tage im Kontor waren lang, viel länger als alle anderen Tage, und sie waren furchtbar langweilig. Und wären nicht die anderen Schreiber und Lagerarbeiter gewesen, die seit alters her im Handelshaus van de Meulen arbeiteten, ihn schon sein Leben lang kannten und ihn wie selbstverständlich in ihrer Mitte aufgenommen hatten, so wären sie vollends unerträglich gewesen. Er seufzte erneut. Seine wachen Stunden bestanden nun aus nichts als Zahlen. Stund' um Stund' Kolonnen von leblosen Zahlen, die er von einem Heft in ein anderes übertragen musste, bis sich die Feder sträubte und die Hand erlahmte. So sollte sein Leben aussehen? Aber gegen seinen Vater kam niemand an, er schon gar nicht.

Dennoch würde er niemals die Hoffnung aufgeben, eines Tages bei einem Maler in die Lehre zu gehen.

Neben der Langeweile, die mit dem nutzlosen Abschreiben alter Aufstellungen verbunden war, kam es ihm merkwürdig vor, jeden Morgen in dieses Haus zu gehen, das nach dem Tod des Hausherrn und vor allem ohne Lucia und Mirijam seltsam unbelebt, geradezu fremd wirkte. Sogar die alte Muhme Gesa, die ihn bis vor wenigen Tagen manchmal zu einer kleinen Handreichung in Haus und Garten ausgeliehen und damit für ein wenig Abwechslung gesorgt hatte, war plötzlich verschwunden. Sie habe sich in ein Häuschen am Stadtrand zurückgezogen, hatte der Advocat auf Nachfrage erklärt. Merkwürdig, dass sie ihm gegenüber nichts dergleichen angekündigt hatte. Aber das passierte ja nicht zum ersten Mal, überlegte er. Auch Mirijam hatte ihn ohne ein Wort verlassen.

Er vermisste seine kleine Freundin, die bei all ihrer Kindlichkeit immer zu ihm gehalten, gut zugehört und seine Liebe zur Malerei verstanden hatte. Seit dem Tod seiner Mutter hatte er nur Mirijam gehabt, wenn er mit jemandem über seine Malversuche hatte sprechen wollen. Natürlich hatte sie nicht wirklich verstanden, was genau ihn antrieb, aber sie hatte sich wenigstens bemüht, seinen Erklärungen zu folgen. Außerdem hatte sie ihn bewundert, geradezu angehimmelt, und wenn ihn das auch manchmal verlegen gemacht hatte, hatte es ihm im Grunde doch gutgetan. Niemand sonst lobte und unterstützte ihn!

Und während Lucia und Mirijam nun sicher längst im sonnigen Granada umherspazierten und sich ihres Lebens erfreuten, durfte er nicht einmal mehr malen. Wenn er nur wüsste, wie sich Vater umstimmen ließe.

Doch nicht nur wegen des Malverbotes war sein Dasein als Lehrjunge im van-de-Meulen-Kontor eine Qual. Bis vor kurzem hatte er den Advocaten für einen klugen, gebildeten Mann gehalten und zu ihm aufgesehen. Diese Bewunderung hatte sich in letzter Zeit allerdings mehr und mehr verflüchtigt. Advocat Cohn war nicht nur kühl und wortkarg, er hatte außerdem eine Art, ihn von oben herab anzuschauen, aus diesem hohlwangigen Gesicht mit den tief liegenden, schwarzen Augen, dass er sich unweigerlich fehl am Platze und überflüssig fühlte. Irgendwie schüchterte er ihn ein. Im Gegensatz zu anderen jüdischen Kaufleuten und Handwerkern nahm der Advocat nie an den Versammlungen in der Synagoge teil, wie man sich hinter vorgehaltener Hand erzählte. Cornelisz zuckte mit den Schultern. Dachte er etwa bereits wie die anderen Leute? Interessierte er sich schon wie sie für ödes Gerede und Klatsch? Dabei fürchtete er kaum etwas so sehr, wie selbst engstirnig zu werden.

Bewundernd schaute er auf die Kathedrale, deren zum Himmel strebende Türme vor dem Nachthimmel gerade noch zu erkennen waren. Wenn sich das wirkliche Leben tatsächlich ausschließlich um Geschäfte und Verträge, um Waren und Gewinne drehte, wo blieben dann die Schönheit und die Künste? Diese Kirche war das beste Beispiel dafür, welche Kunstwerke die Dombaumeister und Steinmetze erschaffen konnten. Waren ihre Werke denn nicht ebenfalls Wirklichkeit, sogar um einiges sichtbarer als die schweren, mit Bandeisen bewehrten Holzkassetten voller Florentiner und Dukaten und Taler, oder wie man das Geld auf der Welt noch nennen mochte?

Wenn seine Mutter noch am Leben wäre, würde sie ihn sicher verstehen. Er vermisste sie gerade jetzt, umso mehr, als er wusste, sie hätte sich beim Vater für ihn eingesetzt. Schließlich war sie es gewesen, die ihn schon frühzeitig unterwiesen und angeleitet hatte, die ihm die Werke der großen Maler gezeigt und ...

»He, Cornelisz, haste schon gehört?«, riss ihn einer der Schankburschen, der die Gasse vor einem Wirtshaus mit dem Reisigbesen kehrte, aus seinen Gedanken.

Es gehörte zu den Aufgaben der Schankburschen, in der Stunde, bevor durstige Seeleute, ledige Handwerker und der eine oder andere Bürger die Wirtsstuben aufsuchten, alles sauber zu machen. »Is es nicht eine Schweinerei? In der Hölle soll es braten, das gemeine Gesindel.«

Cornelisz nickte kurz und wollte vorübergehen, doch der Bursche hielt ihn auf.

»Weißt es wohl noch gar nicht, das mit den Töchtern vom seligen van de Meulen?« Er stützte sich auf seinen zerfressenen Besen, als richte er sich auf einen langen, gemütlichen Schwatz ein, und forschte in Cornelisz' Zügen.

»Was soll ich nicht wissen?«

»Na ja, dass die hin sind. Futsch, weg, ab in den Himmel, tot.« Nach dieser Aufzählung gönnte sich der Junge eine dramatische Pause und sog durch eine Zahnlücke zischend Luft ein. Als er Cornelisz' ungläubigen Blick sah, fuhr er eilig fort: »Korsaren, verstehste? Da unten ist ein Nest von Korsaren, weiß ja jeder, und die haben sich alle Schiffe geschnappt. Fette Beute, sag ich dir, war ja alles voll mit teurem Zeugs. Die Seeleute aus Livorno, drüben am Jordaenskaaj, die haben nämlich gesagt, unterwegs haben sie Wrackteile gefunden, Bretter und so. Und Leichen, die wo im Meer trieben. Alles vom letzten Konvoi, mit dem auch die *Meisjes* weg sind. Tja, ist nun wohl alles hin und kaputt und Matsch und Tod.«

Überbringer einer derartigen Sensationsnachricht zu sein war dem Schankjungen nicht oft vergönnt, umso enttäuschter war er, als der junge Kaufmannssohn nach einem Moment des Schreckens laut auflachte.

»Pah, und das glaubst du? Dann kannst du nicht gesehen haben, mit welcher Bewaffnung die Palomina als Eskorte für die Handelsschiffe ausgerüstet war! Korsaren, wer's glaubt!«

»Aber ...«

»Du solltest nicht alles glauben, was ein Seemann beim Schnaps erzählt!«, unterbrach ihn Cornelisz. »Falls sie tatsächlich in ein Gefecht verwickelt gewesen sein sollten, wohlgemerkt, ich sage: falls – also, selbst in einem solchen Fall wäre ihnen die Palomina doch einfach davongesegelt, das sag ich dir. Abgehauen, verstehst du? Und abgesehen davon hätten wir im Kontor ja wohl als Erste von einem derartigen Unglück hören müssen, und uns hat niemand etwas über ein Seegefecht oder einen Überfall berichtet. Du solltest dich wirklich nicht von jedem Großmaul auf den Arm nehmen lassen!«

Damit wandte er sich um und setzte seinen Weg fort. An der nächsten Ecke jedoch, als der Schankkellner ihn nicht mehr sehen konnte, nahm er die Beine in die Hand. Diese Schiffe aus Livorno und ihre ungeheuerliche Nachricht: Wenn irgendjemand etwas Genaues darüber wusste, so war es sein Vater.

20

In der Nacht war das Wetter umgeschlagen. An den Kais tanzten die Schiffe aus Livorno auf dem unruhigen Wasser und zerrten an den Seilen, mit denen man sie vertäut hatte. Sie neigten sich unter dem aus dicken Wolken trommelnden Eisregen, und auf den Hafenmauern, Kais und Plätzen bildeten sich Pfützen, die an den Rändern alsbald zu gefrieren begannen. Der kalte Nordwest kämpfte mit dem Frühling.

In einer der engen Gassen, die von den Lagerhäusern am Hafen in die Stadt führten, bewegte sich ein schwarze Gestalt. Das spärliche Licht, das zwischen den Wolken auf die Stadt fiel, wurde von den Schatten im Gassengewirr fast vollständig verschluckt. Der Mann im langen Reisemantel, den Kragen hochgeschlagen, schien sich allerdings auszukennen. Und obwohl er nicht den direkten Weg einschlug, sondern eher die engen Gässchen bevorzugte und zudem den Kopf gesenkt hielt, hastete Capitano Mario Natoli, Kommandant der kleinen Flotte aus Livorno, zielstrebig voran. Seine Sinne waren hellwach. Kurzzeitig war er angesichts des eisigen Regens versucht gewesen, seinen Bootsmann mit der heiklen Aufgabe zu betrauen, bei näherer Überlegung hatte er jedoch Abstand davon genommen. Kälte und Regen hin oder her, er musste sich selbst einen Eindruck verschaffen, es stand einfach zu viel auf dem Spiel.

Der Weg führte an halb verfallenen Schuppen und Lagerhäusern vorüber, die von rankenden Pflanzen beinahe zu

Boden gedrückt wurden. Diese und weitere baufällige Häuser, Ruinen und Buden würden bald, sehr bald sogar, verschwinden, dachte er, sein Agent hatte ihm glaubhaft versichert, sie würden demnächst der Hafenerweiterung Platz machen. Antwerpen blühte auf, das erzählte man sich an allen Küsten und in allen Häfen. Dabei handelte es sich keineswegs um irgendwelche unausgegorenen Träume, Produkt profitgieriger Spekulationen, oder gar um das übliche weinselige Gefasel der Matrosen. Madonna, er hatte Zahlen gesehen! Zunächst allerdings kam es darauf an, diesen neuen Handelsherrn einschätzen zu lernen, und darauf, dabei das eigene Gesicht nicht preiszugeben. Keinesfalls durfte er als Kapitän erkannt werden, *dio, no,* bloß das nicht. Besser, er vergaß keinen Augenblick, sich wie ein beliebiger Matrose zu verhalten, der Advocat stand in dem Ruf, äußerst vorsichtig und misstrauisch zu sein. Aber Chair-ed-Din, der schlaue Taktierer, sollte ihm nicht umsonst sein Vertrauen geschenkt haben. Schließlich hatte er sich die Zeit genommen, ihn persönlich auf dieses Treffen vorzubereiten. »Ich habe ihn zwar schon jetzt in der Hand, aber das soll er nicht merken, noch nicht. Ihr wisst, was seine Lieferungen für die Armee des Sultans bedeuten könnten? Es geht um viel! Seid also auf der Hut.«

Er würde ihm Ehre machen. Eigentlich konnte aber sowieso nichts schiefgehen. Und hatte er diesen so genannten Advocaten erst einmal in Sicherheit gewiegt, so konnten sie in aller Ruhe ihre Geschäfte machen und irgendwann, wann immer es ihnen gefiel, die Falle zuschnappen lassen. Einem solchen Teufel geschah es nur recht, wenn ihm jemand lange und geduldig auch noch den letzten Tropfen Blut aus dem Leib presste.

An jeder Ecke wartete Capitano Natoli einen Augenblick,

um sich umzusehen und zu lauschen, dann eilte er weiter durch die Nacht. Der Geruch nach Hafen und Fisch wurde allmählich schwächer und die Häuser größer und reicher.

Was für scheußliches Wetter sie hier im Norden doch hatten, dachte er, als ihn eine Regenböe mitten ins Gesicht traf, und er vergrub sich noch tiefer in seinen Umhang.

Eine halbe Stunde vor Mitternacht, als der Nachtwächter mit seiner gelb leuchtenden Laterne gerade den Grote Markt passiert hatte, huschte der Schatten an den gediegenen Häusern mit ihren hohen Giebeln entlang. Einen Moment blieb er stehen und lauschte, ob der Nachtwächter auch wirklich außer Reichweite war, dann überquerte er eilig den Platz und verschwand in einem schmalen Durchgang am Koornmarkt.

Wie ausgemacht war das hölzerne Tor nicht versperrt. In der Ferne verklang gerade der Ruf des Nachtwächters, als der Schatten hindurchschlüpfte und das Haus betrat. Drinnen flammte ein abgeblendetes Licht auf und erleuchtete eine schmale Kammer, in der sich außer einer Schlafstatt und einem Tisch offenbar keine weiteren Möbel befanden.

»Umdrehen! Gesicht zur Wand!«

Der halblaut gezischte Befehl kam von einem großen, hageren Mann am Ende des Raums, dessen dunkle Kleidung mit dem Dämmer verschmolz. Einzig eine schmale weiße Halskrause leuchtete auf, das Antlitz des Mannes jedoch blieb im Dunkeln. Folgsam, aber ohne erkennbare Eile, wandte der Besucher sein Gesicht zur Wand, während er zugleich seinen wollenen Umhang öffnete und umständlich die Nässe davon abschüttelte.

»Was willst du hier?«, fragte der Mann, der ihn eingelassen hatte, schließlich.

»Das Öl aus Livorno ist in diesem Jahr nicht bitter, lässt

Euch mein Kapitän bestellen.« Diese Worte waren die vereinbarte Losung.

»Du hast etwas für mich?«

»*Sì, Signore. Mi' capitano* konnte leider nicht selbst kommen, aber er dachte, Ihr wollt diese Nachricht sicher so schnell wie möglich erhalten, deshalb hat er mich geschickt. Ich soll Euch dieses Schreiben mit seinen alleruntertänigsten Komplimenten übergeben. Es wurde uns durch einen Boten überbracht, zusammen mit diesem Bündel hier. Madonna, was für eine unwirtliche Nacht!«

Der Mann aus dem sonnigen Livorno schauderte demonstrativ und fingerte etwas aus seinem Umhang. Er hob nicht den Kopf, als er einen versiegelten Brief und ein Knäuel Lumpen aus den verborgenen Innentaschen hervorholte und dem Mann reichte. Doch seine Augen sausten flink umher, um so viel wie möglich aufzunehmen.

»Wo hat man dieses Schreiben an Bord gebracht?«

»*Scusi, Signore?* Ich verstehe nicht.« Einfache Seeleute konnten nicht alles wissen, dachte der Kapitän und hielt seinen Kopf weiter gesenkt. Für seine Tarnung war es jedenfalls sicherer, einen etwas begriffsstutzigen Eindruck zu hinterlassen.

»In welchem Hafen, meine ich? Ach, unwichtig. Gib her.« Eine knotige, ringgeschmückte Hand mit überlangen Fingernägeln zuckte ins Licht der Kerze und griff nach dem Brief. Dann deutete sie auf das verschnürte Stoffbündel. »Und was soll das sein? Öffne es!«

»*Sì, Signore, bene.*« Zunächst widerstanden die Knoten den Bemühungen des Italieners, der auf dem Boden kniete und sich mit klammen Fingern ans Werk machte, doch schließlich fiel das Bündel auseinander. Im fahlen Licht glänzten ein ehemals weißer, feiner Spitzenkragen und ein Stück blauer

Seide auf, beides zerrissen und fleckig, aber immer noch eindeutig als Teile eines Frauengewandes erkennbar.

»Hah!«

Nur dieser eine kleine Laut entfuhr dem Mann, und doch hatte Kapitän Natoli selten eine unverhülltere Äußerung des Triumphes und der Genugtuung vernommen. Chair-ed-Din hatte bereits vorausgesagt, dass diese Stofffetzen das Geschriebene bestätigten. Unauffällig hob er seinen Kopf. Was er sah, waren ein Paar glänzend schwarzer Augen, die zufrieden den matt schimmernden Seidenstoff musterten, und eine schmale, scharfe Nase, die ihren Schatten über einen dünnlippigen Mund warf. Der Italiener beeilte sich, seinen Blick zu senken und wieder auf die Füße zu kommen.

»Hier, überbringe dies deinem Kapitän«, sagte der Mann schließlich und reichte dem Boten einen Beutel, in dem Goldstücke klimperten. »Sag ihm, ich bin außerordentlich zufrieden. Sag ihm außerdem, die Hafenerweiterung sei beschlossene Sache. Die Kaufleute der Hanse werden ihren Englandhandel mit Beginn des Frühjahrs von hier aus wahrnehmen, was für enormen Wirbel sorgen wird. Das kann unserem Plan nur nützen. Niemand wird sich um mich oder irgendwelche Bergbaugeschichten und Erzlieferungen scheren. Er soll diese Nachricht weitergeben, er weiß schon, an wen. Hast du verstanden?«

Mit dem dümmlichsten Gesicht, dessen er fähig war, schaute Natoli den Mann an. Er zuckte mit den Schultern.

»Warte, Dummkopf, ich schreibe es dir auf. Warum muss ausgerechnet ich es immer mit Idioten zu tun haben?«

Der Hagere warf einige Sätze auf ein Stück Papier, faltete und versiegelte es und übergab es dem Seemann. »Für deinen Kapitän. Pass auf, dass es nicht nass wird! Dieses Zeug da kannst du verbrennen.« Er deutete mit der Schuhspitze auf die Stofffetzen am Boden. »Und hier hast du etwas dafür, dass du vergisst, jemals hier gewesen zu sein, ist das klar?«

Die gichtigen Finger überreichten ihm einige Münzen, die blitzschnell im Gewand des Italieners verschwanden. »*Sì, naturalmente. Grazie, Signore, mille grazie.*«

Noch während er die Lumpen zusammenraffte, überlegte der Italiener, dass er mit so viel Glück gar nicht gerechnet hatte. Die Geschäftsbeziehungen zwischen Chair-ed-Din und diesem intriganten Juden hier weiteten sich offenbar aus, und das Wissen darum verschaffte auch ihm die allerbesten Aussichten. Zudem hatte er es nun schwarz auf weiß.

Capitano Natoli verneigte sich stumm vor dem Advocaten, wickelte sich in seinen Umhang und schlüpfte aus dem Haus. Auf dem Weg zum Hafen warf er das Bündel mit dem blauen Kleiderrest in ein dunkles Gebüsch.

21

KASBAH TADAKILT

Eines Abends, nachdem sie bereits etliche Wochen in der Burg lebte, wurde Mirijam losgeschickt, dem Herrn einen Krug *sherbet,* gekühlten, frischen Obstsaft, zu bringen. Die Räume des Arztes lagen an einem ruhigen Innenhof, in dem Rosen dufteten und Granatapfelbüsche wuchsen. Auf dem Wasser eines schmalen, fliesengefassten Bassins schwammen Blütenblätter. Unter den von Laternen erleuchteten Arkaden luden weiche Teppiche und Polster zur Erholung ein, und auf kleinen Tischen standen neben Öllämpchen Schalen mit Nüssen und Mandeln bereit.

Seitdem sie von den anderen Frauen in Ruhe gelassen wurde, fand sie sich Tag für Tag besser in das Leben in der Kasbah ein. Und solange sie ihre Gedanken und Erinnerungen zurückhielt, auch nicht zu viel über Lucias Schicksal nachdachte oder über die Motive des verräterischen Kapitäns Nieuwer grübelte und das unaussprechliche Geschehen im Kerker in den entferntesten Winkel ihrer Seele verbannte, solange ging es ihr gut. Über ihre Träume aber hatte sie keine Gewalt. Oft genug erwachte sie schweißgebadet auf einem tränennassen Kissen ...

Mirijam freute sich darauf, den alten Hakim wiederzusehen und trug die volle Kanne behutsam, um nur ja nichts zu verschütten, durch den beleuchteten Garten. Auf der

Schwelle streifte sie die Sandalen ab, wie man es sie gelehrt hatte, und betrat das Arbeitszimmer. Insgeheim hoffte sie, Sherif Hakim in Gesellschaft eines Dschinn zu finden. Vorsichtig, aber vor allem neugierig spähte sie umher.

Der Raum war schmal, dafür aber lang und hoch. Geschnitzte Zedernbalken stützten eine bemalte Decke, und der dunkle Holzboden bildete einen Kontrast zu den weißen Wänden. Sofern man von den Wänden überhaupt etwas erkennen konnte, denn sie waren bis zur Decke mit Regalen bedeckt. Bücher über Bücher, mehr, als sie je zuvor gesehen hatte! Und sie standen beileibe nicht nur ordentlich auf den Borden oder häuften sich auf den Tischen, nein, auch der Diwan verschwand fast unter Büchern, ebenso die Polster und Hocker, und sogar auf dem Boden lagen ein paar aufgeschlagene Bücher übereinander. Kurzum, sie belegten jeden freien Platz.

An einem Ende des Raums loderte ein laut knisterndes Feuer. Der helle Schein beleuchtete die in Nischen gemauerten Regale mit den verschieden großen Flaschen und Krügen, mit Kräuterbündeln, Steinbrocken und Knochenteilen, mit Tiegeln und Töpfen sowie Mörsern und Glaskolben. Auf einem Tisch lagen Sachen, als hätte sie dort jemand achtlos hingeworfen, selbst der Boden war übersät mit Papierfetzen, Pergamenten und Federkielen. Dazwischen befanden sich zusammengeknüllte, verfärbte Lappen und feuchte Tücher, mit denen man irgendwelche verschütteten Flüssigkeiten aufgenommen hatte. Seltsam scharfe Gerüche zogen durch den langen Raum. Ein Nachtwesen aber, oder etwas, das Mirijam für einen Geist hätte halten können, war nirgends zu entdecken.

»Was ist, wer ist da? Ach so, du bist es.« Der Arzt hatte

sie entdeckt und stieg von der Leiter vor einer Bücherwand herab.

Mirijam antwortete lediglich mit einem Nicken, während sie sich staunend umsah.

»Na, wie gefällt dir mein Reich?«, fragte der Hakim lächelnd.

Als er die Verblüffung bemerkte, mit der Mirijam das Durcheinander um sie herum besah, lachte er. »Unordentlich hier, nicht wahr?« Seine Arme beschrieben einen weiten Kreis. »Ich will dir etwas gestehen: So sieht es meistens aus, wenn ich in meiner Arbeit versinke. Das Problem ist, es wird immer schlimmer, da niemand aufräumen oder putzen darf. Der Signora gefällt das natürlich nicht, und deshalb schimpft sie oft mit mir.« Er überlegte einen Moment. »Wenn du schon einmal hier bist, könntest du eigentlich die Bücher dort abstauben. Dann stellst du sie ins Regal zurück, entweder dort, wo es Lücken gibt, oder du stapelst sie, wo du Platz findest, mit dem Rücken nach vorn. Die Schriften sind mir sehr kostbar, deshalb musst du pfleglich mit ihnen umgehen, hörst du?«

Mirijam stellte den Krug ab und machte sich sogleich an die Arbeit. Zunächst suchte sie sich ein leidlich sauberes Tuch, wischte damit sorgfältig ein Buch nach dem anderen ab und räumte sie in die Regale. Was für ein wunderbar vertrautes Gefühl, diese schönen Bücher in Händen zu halten. Behutsam strich sie über jeden der Lederbände, bevor sie ihn auf das Bord stellte und geraderückte.

In einem der aufgeschlagen unter einem Tisch liegenden Folianten entdeckte sie Bilder von Tieren. Es gab Zeichnungen von Schlangen und Spinnen, von Vögeln und Bären. Aufmerksam las sie die Erklärungen unter den Abbildungen. Als sie zu dem Bild der nächsten Seite umblätterte, erschrak sie unwillkürlich. Das musste das Bild eines Dschinn sein! Mit dem Finger fuhr sie die Zeile darunter entlang und formte mit den Lippen das Wort: ELEFANT. Sie hörte einen Laut und sah auf. Der Arzt stand neben ihr und starrte sie an.

»Gefällt dir das Buch?«, fragte er und räusperte sich.

Mirijam nickte, dann deutete sie auf das seltsame Tier in dem Buch und zog fragend ihre Augenbrauen hoch.

»Das ist ein Elefant, ein wundervolles Tier. Zwei Prisen pulverisiertes Elfenbein von seinem Stoßzahn wirken gut gegen Aussatz«, erklärte der Arzt, der Mirijam nicht aus den Augen ließ.

Er schlug die nächste Seite im Buch auf. »Und was ist dieses hier für ein Tier?«, fragte er, deutete auf das Bild eines riesigen Vogels und beobachtete genau, was sie tat.

Wieder fuhr Mirijam mit dem Finger die Zeile unter der Zeichnung entlang, und ihre Lippen formten das Wort: PHÖNIX.

Leise sagte Sherif Hakim: »Du kannst lesen.«

Mirijam nickte und stellte das Buch ins Regal zurück.

»Und schreiben etwa auch?«

Wieder nickte Mirijam. Natürlich konnte sie lesen und schreiben, Advocat Cohn hatte sie sogar oft für ihr schönes Schriftbild gelobt.

»Aber wie sieht es mit dem Rechnen aus?«

Nun nickte Mirijam heftig und mit leuchtenden Augen. Das Spielen mit Zahlen war ihr immer ein großes Vergnügen gewesen.

Sherif Hakim betrachtete sie nachdenklich. Dann legte er die Hände auf den Rücken und wanderte grübelnd im Raum hin und her. Schließlich reichte er ihr ein Stück Papier und deutete auf einen kleinen Tisch an der Seite. »Hol dir einen Hocker, Kleines, und setz dich. Ich geb dir Tinte und Feder.

Dann schreib auf, wie du heißt, wer du bist und wie dein Leben früher einmal war. Ich habe nur fünf Dinar für dich bezahlt, weil man dich für kränklich, von niedriger Geburt und sogar geistesschwach hielt. Aber du bist offensichtlich aus gutem Hause und keineswegs schwach im Kopf. Also, erzähl mir deine Geschichte.«

Als die Köchin, beunruhigt über ihr langes Ausbleiben, nach einer Weile in den Arbeitsraum schaute, bot sich ihr ein befremdlicher Anblick: Azîza, die stumme Küchensklavin, saß am Tisch und schrieb, während der Herr ihr eine Frage nach der anderen stellte. Das Mädchen lauschte seinen Worten, dachte einen Augenblick nach und schrieb dann offenbar die Antwort nieder. Der Herr las die Sätze und fragte etwas Neues.
   War hier Zauberei am Werk?

»Ich wundere mich, dass die Korsaren kein Lösegeld für dich gefordert haben.« Der Sherif ging gedankenvoll auf und ab. »Hätten sie gewusst, was ich nun weiß, nämlich, dass du aus gutem Hause stammst, so hätte ich dich niemals kaufen können. Dann wärst du im Kerker geblieben, und sie hätten Lösegeld gefordert. Vermutlich hätte man dich sogar einigermaßen gut behandelt, bis Nachricht aus Antwerpen gekommen wäre, denn mit diesem Hintergrund hättest du einen erheblich Wert für sie dargestellt.«
   Aber der Kapitän, dachte Mirijam, er hatte sie doch so eindringlich gewarnt, sich als Kandidatin für eine Lösegeldtransaktion zu erkennen zu geben. Aus welchem Grund? Diese Frage konnte sie immer noch nicht beantworten. Und Lucia, was konnte mit Lucia geschehen sein? Sie schauderte, wenn sie an ihren unheimlichen Traum mit den Münzen

auf Lucias Augen dachte. Oder – dieser Gedanke kam ihr eben in diesem Moment in den Sinn – war für die Schwester etwa doch Lösegeld gefordert und womöglich sogar gezahlt worden? War Lucia bereits auf dem Weg in die Heimat? Sie schrieb ihre Fragen nieder und reichte sie dem Alten.

»Du hast recht, das ist seltsam«, meinte der Arzt. »Fragen über Fragen, die ich dir leider nicht beantworten kann. Aber ich will sehen, was sich tun lässt. Wenn ich das nächste Mal nach Al-Djesaïr komme, werde ich mich umhören und Erkundigungen einziehen. Und bis dahin«, fuhr er fort und legte Mirijam die Hände auf die Schultern, so dass sie zu ihm aufschauen musste, »bis dahin wirst du für mich und alle anderen im Haus Azîza bleiben. Solange wir nämlich nicht wissen, was hinter all diesen merkwürdigen Dingen steckt, ist es besser, deinen wahren Namen nicht zu verraten. Außerdem«, überlegte er, »könntest du mir eigentlich bei meiner Arbeit helfen. Möchtest du das?«

Als Mirijam in den frühen Morgenstunden endlich ihr Lager aufsuchte, fühlte sie sich trotz ihrer Müdigkeit leicht und froh, und ein Lächeln lag auf ihrem Gesicht. Sie hatte zwar noch niemals Wein gekostet, aber ungefähr so, wie sie sich jetzt fühlte, musste man sich nach dem Genuss eines Glases davon fühlen, dachte sie.

Von nun an ging Mirijam in seinen Arbeitsräumen ein und aus. Sie räumte Gerätschaften und Bücher auf, hielt Ordnung auf seinen Tischen und schrieb, was immer er ihr diktierte, ob es sich um Rezepturen für Heiltränke oder um komplizierte Berechnungen zum Lauf der Gestirne handelte. Nebenbei unterrichtete der Sherif sie in Arabisch, Latein und Griechisch, er wies sie in die Lehre von den Elementen ein, und sie erfuhr vom Stein der Weisen, mit dem man gewöhnliches Metall in Gold verwandeln konnte. Sie liebte es, seinen Erklärungen zu lauschen, während es ihm gefiel, sie zu unterrichten.

Die geschwungenen Schriftzeichen des Arabischen gefielen Mirijam besonders gut. Arabisch schrieb man von rechts nach links, und zuerst sperrte sich ihre Feder, so dass es reichlich Kleckse gab, doch mit der Zeit wurde sie geschickter, und die fremden Zeichen gerieten immer leichter und geschmeidiger.

»Nur schade«, seufzte Sherif Hakim manchmal, »nur schade, dass du diese wohlklingenden Worte nicht aussprechen kannst.«

Immer wenn er ihre Sprachlosigkeit erwähnte, schnürte es ihr die Brust zusammen. Manchmal gelang es ihr nämlich beinahe, diesen Makel zu vergessen, und dann versetzten ihr seine Worte einen besonders schmerzhaften Stich. Natürlich wusste sie, das der alte Arzt ihr damit keine Vorwurf machte, im Gegenteil. Schließlich suchte er immerfort nach Wegen, wie er ihre Stimme wieder hervorlocken konnte. Auch wenn diese Suche bisher noch nicht erfolgreich gewesen war, schon allein durch sein Bemühen wuchs Mirijams Vertrauen zu ihm. Sie fühlte sich von ihm behütet und beschützt, und nach diesem Gefühl hatte sie sich lange gesehnt.

Inzwischen konnte sie hin und wieder mit etwas leichterem Herzen an Antwerpen denken, an ihren Vater oder an Muhme Gesa und all die anderen, und sie erkannte, wie selbstverständlich damals das Gefühl von Sicherheit für sie gewesen war. Und wenn sie besonders fröhlich gestimmt war, gestattete sie es sich manchmal sogar, an Cornelisz zu denken.

Einmal, und daran erinnerte sie sich immer noch mit

Herzklopfen, hatten sie an einem wunderschönen Frühlingstag gemeinsam mit Lucia und Gesa Holunderblüten gesammelt, um daraus besonders leckere Küchlein zu backen. Cornelisz hatte schon bald keine Lust mehr und flocht stattdessen einen Kranz aus Wiesenblumen, den er auf ihre dunklen Locken setzte. Er sah sie bewundernd an, zog sie ein wenig linkisch an die Brust und drückte ihr einen hastigen Kuss auf das Haar. Dann errötete er und rannte wie gejagt davon. Mit geschürzten Röcken lief Mirjam ihm nach.

»Cornelisz«, rief sie ein ums andere Mal, »wart auf mich!« Schließlich blieb er stehen. Mirjam sah, dass Gesa und Lucia ein Stück entfernt Kräuter pflückten, die sie im Winter brauchen würden. Sie konnten sie nicht hören. Deshalb nahm sie allen Mut zusammen, griff nach Cornelisz' Hand und flüsterte: »Bitte sei mein Freund, Cornelisz.« »Ich werde immer dein Freund sein, Mirjam«, antwortete Cornelisz ebenso leise. »Immer. Ich schwöre.« Dann hob er ihre Hand an die Lippen und küsste sie, als sei sie eine richtige Dame. Seit damals träumte sie von Cornelisz, insgeheim sogar von einem Leben an seiner Seite.

»Der Pascha wünscht, mich zu sehen«, erklärte der alte Arzt nach einigen Wochen. »Vermutlich ist jemand aus seinem Haushalt erkrankt, und in heiklen Fällen berät sich sein Leibarzt, ein äußerst vorsichtiger Mann, gern mit mir. Der lange Ritt nach Al-Djesaïr ist zwar unbequem für mich, aber nicht zu vermeiden.«

Zum Abschied strich er Mirjam das Haar aus dem Gesicht und lächelte angesichts ihrer fragenden Augen. »Nein, ich habe nicht vergessen, was wir wegen deiner Schwester oder in Sachen Lösegeld und Antwerpen in Erfahrung bringen wollen. Ich werde bei verschiedenen Leuten vorsprechen, und wer weiß, mit Allahs Hilfe lösen sich deine Sorgen vielleicht in Wohlgefallen auf.«

Kurz darauf beobachtete sie, wie seine kleine Karawane langsam, ein Tier hinter dem anderen, in das dichte Grün der Oase eintauchte und schließlich den Blicken entschwand.

Von nun an stieg sie jeden Tag am späteren Nachmittag auf die Terrasse des nördlichen Eckturms, spähte in die Ferne und beobachtete, wie am dunkler werdenden Himmel langsam die Sterne aufgingen. In ihnen lag die Zukunft der Menschen verborgen, sagte der Hakim, und sie strahlten nicht nur hier über der Wüste, sondern auch über Antwerpen. Ein tröstlicher Gedanke, und sie fühlte sich über Länder und Meere mit den Menschen zu Hause verbunden.

Während sie den Horizont absuchte und die Sterne betrachtete, während sie zusah, wie unten die Ziegen- und Schafsherden von der Weide zurückkamen und ringsum Fackeln und Feuer aufflammten, gelang es ihr immer häufiger, die Erinnerung an die verstörenden letzten Tage, die sie mit Lucia erlebt hatte, beiseitezuschieben. Bislang hatte sie dem Hakim nichts von dieser ominösen *hystera* erzählt, von der der maurische Heiler gesprochen hatte. Es war allzu gruselig, sich die Säfte vorzustellen, die aus dem Unterleib ins Gehirn aufstiegen und dabei ... Nein, daran wollte sie nicht denken! Lieber stellte sie sich vor, wie es wäre, wenn Lucia plötzlich hier wäre, wie sie miteinander sprechen und lachen würden, wenn sie sich gegenseitig von ihren Erlebnissen erzählten. Oder, noch besser, wie sie in Erinnerungen an zu Hause schwelgten ... So träumte sie Abend für Abend auf der Terrasse, während sie gleichzeitig Ausschau nach der Karawane des Hakim hielt.

Auch am Tag seiner Rückkehr stand sie dort oben. Der

Abendwind legte sich, langsam kühlte die Luft ab, und die Sterne erschienen einer nach dem anderen am östlichen Himmel. Erst im letzten Tageslicht entdeckte sie die Staubfahne der Karawane. Eilig rannte sie zum großen Tor und bedeutete dem Torwächter, dass der Herr zurückkehrte.

Augenblicklich kam Leben in die Burg. Sklaven und Bedienstete rannten herbei, Fackeln und Laternen wurden entzündet, und die Signora stürzte los, um Safranreis mit Mandeln, Rosinen und gebratene Hähnchenteile zuzubereiten, eines der Lieblingsgerichte des Herrn.

Als Alî el-Mansou, staubbedeckt mit tiefen Falten und müden Augen, auf Mirijam zutrat, schwankte sie zwischen Furcht und Hoffnung. Ein schneller Blick hatte sie bereits davon überzeugt, dass sich kein zusätzlicher Reisender in der Karawane befand, vor allem keine Lucia. Angstvoll forschte sie im Gesicht des Alten.

Er war müde und durstig, alle Knochen im Leib taten ihm von dem anstrengenden Ritt weh, und er wünschte sich nichts mehr als Ruhe. Doch da wartete dieses Kind mit den wirren Haaren, dem er Rede und Antwort stehen musste. Sie tat ihm leid. Die Kleine hatte viel Schlimmes hinter sich, und nun musste ausgerechnet er ihr erneut Schmerz zufügen. Bei Allah, sosehr er Azîzas Neugier und ihren Wissensdurst genoss und sosehr er sich über ihre Fortschritte freute, manchmal schmerzte ihn beinahe die väterliche Liebe, die er für sie empfand. Er seufzte.

»Komm in den Garten, Kleines«, sagte der Hakim leise und ging voraus. »Ich habe dir etwas zu sagen.«

Im Licht der Laternen glänzten die Wedel der Palmen. Sie warfen fedrige Schatten auf den Fliesenboden, und zu ihren Füßen murmelte leise der Springbrunnen. Hier, an diesem

Ort voll Ruhe und Harmonie, musste der alte Arzt sämtliche Hoffnungen zerstören, die in den letzten Wochen in Mirijams Herz herangewachsen waren.

»Allah, der Allwissende, oder, wenn dir das lieber ist, Gott der Herr, hat deine Schwester Lucia zu sich genommen.« Er räusperte sich. »Ich habe mich umgehört und aus zuverlässiger Quelle erfahren, dass sie seinerzeit tatsächlich in den Harem des Paschas verkauft wurde. Dort aber bekam sie alsbald ein schweres Fieber.«

Er hob Mirijams Gesicht an. »Weine ruhig, mein Kind«, sagte er mit vor Mitgefühl rauer Stimme, »weinen heilt die Seele. Viele vertragen die Hitze nicht, besonders die Menschen des Nordens, oder es quält sie das Heimweh. So war es wohl auch bei deiner Schwester. Man hat mir gesagt, ihr Ende kam schnell, sie musste nicht lange leiden.« Seine Stimme verklang.

Der alte Arzt versuchte nicht, Mirijam mit Versprechungen über das Leben nach dem Tode oder die Freuden des Himmels zu trösten, sei es des islamischen oder des christlichen Himmels. Stattdessen zog er sie an die Brust, wiegte sie in seinen Armen und strich über ihr Haar. »Außerdem erfuhr ich, dass es keinerlei Anfragen aus Antwerpen oder von sonst woher gab«, ergänzte er nach einer Weile. »Lass es mich klar und deutlich sagen, mein Kind: Niemand hat sich nach euch erkundigt, keiner eure Namen genannt, und niemand wollte wissen, ob eure Spuren, die deinen und die deiner Schwester, womöglich nach Algier führten.«

Er hielt sie immer noch an sich gedrückt und strich ihr weiter tröstend über den Kopf.

Von den verwirrenden Gerüchten über ihren Onkel, den jüdischen Advocaten, der in Mirijams Heimatstadt auf geradezu mysteriöse Weise zu immensem Reichtum gekommen sein sollte, sprach er nicht. Es gab keine konkreten Anhaltspunkte für ein unredliches Handeln von dessen Seite, lediglich Andeutungen und Vermutungen. Also war es besser zu schweigen.

Außerdem, hätte er ihr allen Ernstes ausgerechnet jetzt erklären sollen, dass ihr letzter Verwandter mit ziemlicher Sicherheit ein verbrecherisches Spiel spielte?

22

Nachdenklich, mit auf dem Rücken verschränkten Händen, spazierte der alte Arzt auf den verschlungenen Wegen des Gartens. Dieses Kind, das Allah ihm gesandt hatte, war mit seinen vierzehn Jahren vom Schicksal unverhältnismäßig hart angepackt worden, und doch gab die Kleine nicht auf. Sie war zäh, sie kämpfte und ließ sich nicht unterkriegen. Welche Bedeutung Azîza für ihn mittlerweile bekommen hatte, das war ihm während der Reise aufgegangen. Er hatte sie vermisst, denn immer wieder waren ihm unterwegs Dinge begegnet, auf die er sie gern hingewiesen und deren Besonderheiten er ihr gerne erklärt hätte. Sie bereitete ihm viel Freude.

Unter dem Feigenbaum blieb er stehen und sog dessen unvergleichlichen Duft in sich ein. Freude? Das war nicht ganz ehrlich. Genau genommen hatte er Azîza von ganzem Herzen lieb gewonnen, gerade so, als sei sie sein eigenes Kind! Verstohlen wischte er ein paar Tränen fort, die ihm vor Rührung in die Augen stiegen. Letztens erst war ihm klar geworden, wem die Kleine ähnelte: Elisabetta, seiner Kinderfreundin aus der Nachbarschaft in Genua. Lag es an den schwarzen Locken, der Lebhaftigkeit oder vielleicht doch eher am Wissensdurst? Jedenfalls hätten Elisabetta und seine kleine Azîza Schwestern sein können. Auch Elisabetta hatte ihn immer mit Fragen bestürmt. Wenn er zum Beispiel vom Unterricht bei den Patres heimkam, erwartete sie ihn schon und steckte die Nase in seine Bücher, anstatt ihrer Mutter zur Hand zu gehen. Sie lernte leicht, manche Dinge begriff sie schneller als er. Außerdem war sie immer fröhlich und zu Späßen aufgelegt. Aber er konnte mit ihr ebenso gut diskutieren, denn sie hatte durchaus ihren eigenen Kopf. Was wohl aus ihr geworden war? Ob ihr ein zufriedenes und erfülltes Leben, vielleicht an der Seite eines klugen Mannes und im Kreise einer großen Familie beschieden war? Oder hatte sie harte Schicksalsschläge wie die Kleine hier zu ertragen?

Wenn es ihm doch nur endlich gelänge, das Kind von seiner Sprachlosigkeit zu heilen, wenn ihm doch nur die richtige Tinktur, die richtige Therapie einfiele! Was hatte er nicht schon alles ausprobiert. Doch trotz seiner Kenntnisse hatte er bisher nicht das Geringste dagegen auszurichten vermocht.

In der ersten Zeit hatte er es nach der sanften Methode mit speziellen Tees und Heilsäften und in Kräutersud getränkten Tüchern, die sie um den Hals legen musste, versucht. Danach hatte er ihr ein Mittel zum Gurgeln gegeben, alles ohne Ergebnis. Sogar das kostbare Stück Elefantenhaut, das sie eine Zeitlang auf der Brust trug, hatte nichts bewirkt. Wieder und wieder hatte er die Schriften diverser Ärzte studiert, darunter die des berühmten Galen, und in deren Erfahrungsschatz nach einer Lösung gesucht. Doch leider ohne Erfolg, Azîza war und blieb stumm. Was für ein Jammer bei ihren Talenten!

Nie hätte er gedacht, dass ein junges Mädchen, fast noch ein Kind, derart logisch denken oder über solche Fähigkeiten und Interessen verfügen konnte. Schon nach kurzer Zeit wusste sie eine Menge über die verschiedenen Heilpflanzen und konnte wirksame Mineralien mitsamt ihren mannigfachen Verarbeitungsformen und Anwendungsmöglichkeiten unterscheiden. Vieles konnte er ihr lediglich auf Bildern in den Folianten zeigen, einiges aber lag auch in Form von Steinbrocken, Proben oder getrockneten Kräutern in den Regalen seiner Arbeitsräume.

Wie ihr Gesicht aufleuchtete, wenn er mit einem seiner Experimente die Wirksamkeit eines Stoffes vorführte und sie die Zusammenhänge verstanden hatte! Dann war es, als ginge die Sonne auf. Besonders liebte sie es, selbst Hand anzulegen. Unter seiner Anleitung verarbeitete sie mittlerweile bereits die Kräuter aus den Gärten zu Salben, Tees oder anderen Heilmitteln.

Manchmal aber, wenn sich ihre Augen verdunkelten und ihr Blick in die Ferne ging, spürte er ihre tiefe Einsamkeit. Wie hilflos er sich in derartigen Momenten fühlte! Aus diesem Grund hatte er ihr auch nichts von den Gerüchten über das Handelshaus van de Meulen erzählt. Wie es aussah, handelte dieser Advocat inzwischen nicht mehr mit Stoffen und Tuchen. Welchem Handelsgut er sich stattdessen widmete, hatte er jedoch nicht in Erfahrung bringen können. Und das war seltsam genug, denn in der Regel taten Kaufleute nichts lieber, als sich über andere Kaufleute das Maul zu zerreißen! Man kannte zwar in Al-Djesaïr das Haus van de Meulen durchaus, doch bei genaueren Erkundigungen war er auf undurchdringliches Schweigen gestoßen. Überall ausweichende Antworten, hochgezogene Augenbrauen und vielsagende Gesten, die darauf hindeuten sollten, dass man sich in diesem Fall gehörig die Finger verbrennen konnte, sonst nichts. Nach seiner Erfahrung konnte das eigentlich nur bedeuten, dass der Pascha mit im Spiel war. Selbst er in seiner abgelegenen Wüstenoase wusste um die engen Beziehungen, die der Pascha zu diversen Handelspartnern in Nordeuropa pflegte. Worum es in diesem speziellen Fall also auch immer ging, es war sicher klug, im Verborgenen weiterzuermitteln, seine Gedanken aber für sich zu behalten.

Durch die offene Tür warf er einen Blick in sein Arbeitszimmer. Azîza schrieb seine Notizen über das Verhalten von Nervenkranken ins Reine, wie immer hochkonzentriert und mit der Zungenspitze zwischen den Lippen. Nervenkrankheiten und ihre Heilungsmöglichkeiten fesselten sie ganz besonders, hatte er bemerkt. Vielleicht wegen ihrer Schwester? Oder weil sie möglicherweise auch ihre eigene Erkrankung betrafen?

Ihm waren Berichte zu Gesicht gekommen über die angeblich heilende Wirkung von Musik auf Menschen, die Allah mit einer Erkrankung der Seele oder Verwirrung des Geistes wie dem Veitstanz prüfte. Besonders die *gnaoua* aus dem fernen Sultanat *Al-Maghrebija* taten hierbei anscheinend viel Gutes. Diese Musiker stammten ursprünglich aus Ländern südlich des großen Sandmeeres, wo man neben Allah und dem christlichen Gott nach wie vor uralte Dämonen und Naturgottheiten verehrte. Einst waren ihre Vorfahren als Sklaven nach Norden verschleppt worden, sie hatten ihre geheimen Riten mitgebracht. Man sagte, ihre afrikanischen Ahnen verschafften ihnen auch jetzt noch einen intuitiven Zugang zu vielen Krankheiten. Gesetzt den Fall, es handelte sich bei Mirijam um keine körperliche, sondern um eine Störung des Inneren, also ihrer unsterblichen Seele, so könnten möglicherweise Musik und Tanz helfen. Man müsste einmal Gelegenheit bekommen, diese Therapie ...

Die Gedanken des Gelehrten wurden jäh unterbrochen. Plötzlich stand Azîza neben ihm im Garten, ein Schriftstück in der Hand, und deutete auf ein unleserliches Wort.

Immer wieder geschah es, dass sie unvermutet mit einem

Zettel auftauchte, um etwas zu fragen. Und was sie nicht alles wissen wollte! Oft genug musste er zunächst selbst erst überlegen, bevor er ihr antworten konnte, und manchmal sogar gründlich nachdenken oder in einem Buch nachschlagen. Dieses Mal allerdings hatte er die Erklärung parat. »Es muss *gnaoua* heißen«, buchstabierte er. »Das sind Musiker, die angeblich mit ihrer speziellen Musik und ihrem Tanz heilen können.« Das Mädchen nickte und lief zurück an seine Arbeit.

Sein Weg war für lange Jahre einsam gewesen. Hierzulande kannte niemand seine Wurzeln, durch die man ihn einer Familie oder einem Stamm hätte zuordnen können. Das aber brauchten die Menschen, um jemanden als einen der Ihren anzusehen. Sich selbst empfanden sie ebenfalls nur dann als ganze Menschen, wenn sie sich als Mitglied einer Sippe, eines Stamms bezeichnen konnten, in dem sie sich sicher eingebunden fühlten.

Mittlerweile aber fand er sich längst mit seinem Leben als Außenseiter zurecht. Statt Dorfleben und Nachbarschaft pflegte er regen schriftlichen Gedankenaustausch mit Gelehrten und Forschern aus *Al-Qairawan, Al-Qahira* oder *Dimaschq,* den ehrwürdigen Städten der Gelehrsamkeit, was seiner Natur ohnehin entsprach. Zugleich hatte er sich im Laufe der Jahre auch hierzulande Ansehen errungen, zunächst durch die Protektion des Paschas, später jedoch vor allem durch seine Heilerfolge. Aber nun hatte er plötzlich so etwas wie eine Tochter, dachte Alî el-Mansour, und das bedeutete, dass er zum ersten Mal im Leben sein Wissen unmittelbar an einen Menschen weitergab. Er schrieb es nicht länger ausschließlich auf Papier und archivierte es in dicken Büchern für irgendwelche Unbekannten, wie in früheren Jahren, sondern er unterrichtete und schulte jemanden, der vielleicht, mit Gottes Hilfe, eines Tages sein Werk fortsetzen würde.

Allah sei Dank für diesen aufgeweckten jungen Menschen, der ihm nichts als Freude bereitete!

23

ANTWERPEN 1521

»Ihr wisst ja selbst, wie es ist, zunächst spürt man nichts und denkt sich nichts, vor allem, wenn einem das Herz schwer ist. Und natürlich habe auch ich mir nichts dabei gedacht, damals!«

Es war Nachmittag, aber noch hell genug in der freundlichen Stube, um die Qualität des Garns beurteilen zu können. Drei Frauen saßen beisammen, zwei von ihnen verspannen den Rest ihres jährlichen Flachsvorrates, während Anna Brandhius, die derzeitige Vorsteherin des Beginenhofs, am Fenster vor ihrem Klöppelkissen saß.

Eine jede möge durch ihrer eigenen Hände Arbeit zum Erhalt der Gemeinschaft beitragen, lautete eine der wenigen Grundregeln, auf denen ihr Leben im Konvent aufgebaut war. Einige der Frauen spannen, manchmal Leinen, manchmal Wolle, wie es gerade kam. Sie hingegen hatte sich ganz dem Klöppeln verschrieben und einige ihrer Mitschwestern angeregt, es ihr gleichzutun. Zum Glück bekamen sie immer wieder lukrative Aufträge für die zarten Spitzen, für die sie inzwischen bekannt waren. Den Verdienst, den sie mit ihren Spitzen erzielten, konnten sie gut gebrauchen. Obwohl sie in diesem Haus im Gegensatz zu anderen Beginenhöfen nicht arm waren. Sie besaßen eigene Ländereien, zu denen Wiesen und Äcker und sogar ein großer Obstgarten gehörten. Hier in der Stadt verfügten sie über einen Kräutergarten, in dem sie hinter schützenden Mauern Gewürzkräuter für die Küche und Heilkräuter für die kleine Krankenstation anbauen konnten. Gern hätte Anna mehr für die Siechen getan, aber als Frau und Begine musste sie vorsichtig sein. Wer kein Medicus war, geriet leicht in üble Nachrede, egal ob er gute Heilerfolge erzielte oder ob seine Kunst nichts half. Sobald die Menschen sich etwas nicht erklären konnten, wurde einem schnell die Zusammenarbeit mit allerlei bösen Mächten unterstellt.

Anna war eine Meisterin in der Kunst des Klöppelns, ihre feinen Gespinste, die Kragen und Stulpen und kostbare Altartücher schmückten, wurden bis über die Grenzen Antwerpens gerühmt. Rosen im zarten Rankengewirr gehörten zu ihren Lieblingsmotiven, aber auch Vögel, Schmetterlinge und Sterne aller Art gelangen ihr ausgezeichnet. Im letzten Jahr hatte sie sogar damit begonnen, die Mädchen befreundeter Familien in dieser Fertigkeit zu unterweisen. Je beweglicher und flinker die Finger, desto filigraner wurde die Spitze, hatte sie herausgefunden. Offenbar eignete sie sich recht gut als Lehrerin, jedenfalls waren die Mädchen eifrig bei der Sache. Und für sie war es ebenfalls schön, die eigenen Kenntnisse an die Jugend weiterzugeben.

Sie war mit ihrem ruhigen Leben zufrieden. Die Beginen waren zwar nicht reich, aber doch unabhängig. Ab und zu konnte es sich ihr Konvent sogar leisten, eine Frau mit geringem oder sogar gänzlich ohne Vermögen bei sich aufzunehmen. Die Voraussetzungen dafür waren allerdings streng. Neben gutem Leumund und untadeligem Lebenswandel gehörte dazu, dass die Anwärterin unverschuldet in Not geraten war, denn als Beginen mussten sie unbedingt auf ihren Ruf achten.

Schicksale gab es! Unvorstellbar, welche Umstände dazu führen konnten, eine ehrbare Frau in Verzweiflung und Armut zu stürzen. Auch diese Gesa Beeke, die seit einigen Monaten bei ihnen lebte, hatte eine scheußliche Überraschung erleben müssen. Mit ihr hatten sie wirklich einen guten Griff getan. Pünktlich besuchte sie die Gottesdienste, war sich für keine Arbeit in Haus und Garten zu schade und verfügte sogar über einen kleinen Spargroschen. Über ihr Benehmen konnte man ebenfalls nichts Schlechtes sagen. Der einzige Punkt, der inzwischen die anderen Frauen sogar ein wenig gegen sie einnahm, war die Angelegenheit mit ihrem früheren Herrn, die sie immerzu zu beschäftigen schien. Dessen hartherziges – und womöglich rechtlich bedenkliches – Verhalten ließ sie einfach nicht los. Es beschäftigte sie vielmehr derart, dass sie kaum über etwas anderes sprechen konnte. Ein ums andere Mal, noch dazu mit den fast immer gleichen Worten, erzählte sie, wie es zugegangen war, dass sie eines Tages ohne Dach über dem Kopf auf der Straße stand.

»Was hätte ich mir auch denken sollen, als er die oberen Zimmer verschloss und sein Bett unten, in dem Raum neben dem Kontor, aufstellen ließ? Sparsamkeit, dachte ich natürlich, nichts weiter. Selbst als er die Mägde und Knechte entließ, fand niemand daran etwas Ungewöhnliches, auch ich nicht. Es fiel ja wirklich viel weniger Arbeit an, versteht ihr? Außer ihm war niemand mehr da, den wir zu versorgen hatten.«

Der helle Flachs lief ihr währenddessen geschwind durch die Finger, das Spinnrad surrte, und schon bald konnte Gesa die Spindel mit gleichmäßig gesponnenem Leinenfaden in ihren Korb legen.

»Ich bin sicher, der alte van de Meulen dreht sich im Grabe herum. Er hatte sich wirklich bemüht, uns alle gut zu versorgen. Nicht nur uns, vor allem natürlich die Töchter. Gott allein weiß, wie hart es ihn angekommen sein muss, seine Mädchen so weit fort, bis nach Andalusien zu schicken.« Gesa sah keinen Grund, dem Vater einen Fehler vorzuhalten.

Dem Advocaten, so hatte Anna Brandhius inzwischen von ihrem Schwager erfahren, den sie Gesa zuliebe befragt hatte, war allerdings ebenfalls kein Fehler oder Schlimmeres nachzuweisen. Man hatte die Verfügungen des alten van de Meulen mehrfach geprüft und für rechtmäßig befunden. Entweder irrte sich Gesa Beeke, oder dieser schlaue Advocat war noch gerissener, als ihr Schwager ohnehin annahm. Unter dem Siegel der Verschwiegenheit hatte er ihr von einem haarsträubenden Gerücht erzählt, das seit einiger Zeit in der Stadt kursierte. Demnach wären Schwester Gesas Ziehkinder Opfer eines Piratenüberfalls geworden! Man stelle sich das vor!

Doch daran mochte sie nicht wirklich glauben, und noch weniger würde sie Gesa davon erzählen. Sie wusste, dass die arme Frau bereits jetzt sehnsüchtig auf die Rückkehr der Mädchen wartete, eine Rückkehr zusammen mit ihren Ehemännern. Gebe Gott, dass an dem Gerücht nichts Wahres war!

Schwester Metje, die die Pforte betreute, betrat die Stube, in der Hand ein Bündel alter Lumpen. »Schwester Anna, dieses wurde soeben von der Frau des Seidenwebers Coenraad abgegeben. Sie hat es gefunden und bittet Euch, es sich einmal anzusehen. Sie fragt, ob man die Spitze reparieren kann und was das wohl kosten würde. Ihre Älteste soll bald heiraten, und sie würde ihr gern den Kragen auf das Kleid nähen.«

Anna nickte. Eine Abwechslung tat gut, und für heute musste sie sowieso Schluss machen. Mittlerweile hatte es zu dämmern begonnen, und sie konnte nicht mehr genug sehen.

»Wartet sie draußen? Hol sie doch herein.«

Schwester Metje schüttelte den Kopf. »Sie wollte vor dem Angelusläuten zu Hause sein. Aber sie kommt morgen wieder, hat sie gesagt.«

Anna erhob sich, streckte den Rücken und trat an den Tisch. Von Zeit zu Zeit ergab es sich, dass sie ein Spitzenstück reparieren musste, denn manchmal gingen die Leute allzu sorglos mit dem feinen Zeug um. Und ehe sich eine Weißnäherin oder ungeübte Zofe an den schönen Sachen vergriff und die Löcher mit wer weiß was stopfte, übernahm sie das lieber selbst.

Sie entzündete die Öllampe über dem Tisch und öffnete vorsichtig das zusammengewickelte Knäuel. Ein strenger, muffiger Geruch stieg ihr in die Nase. Stockig, dachte Anna, der Stoff war also unbrauchbar, aber betraf das auch die Spitze? Noch während sie mit vorsichtigen Fingern die fleckige, ehemals blaue Seide auseinanderschlug und den zerfransten Spitzenkragen, der daran hing, glatt strich, vernahm sie hinter sich einen Aufschrei.

»Lucia! Das ist Lucias Kleid, ich erkenne es genau! Aber wie ist das möglich? Oh, so sag mir doch einer, wieso ist dieses Kleid hier? Und warum ist es schmutzig und zerrissen? Wo ist Lucia? Was ist geschehen, um Himmels willen?«

24

KASBAH TADAKILT

Was Lucia wohl zu diesem kleinen Paradies mitten in der Wüste gesagt hätte? Ob sie die wie verzauberten Oasengärten, die wuchtigen Mauern der Burg und ihre freundlichen Bewohner gemocht hätte? Mirijam badete ihre Hand im Brunnenwasser. Sie schlug kleine Wellen, die über den Beckenrand schwappten und auf den blauen *zelliges* des unteren Beckens landeten, von wo sie in die schmalen Wasserrinnen liefen, die den Garten nach allen Seiten durchzogen.

Tief sog sie den süßen Duft der Pflanzen ein. Selbst dieser zarte Wohlgeruch kam ihr – ebenso wie der Flug der bunten Falter oder das flüchtige Wellenmuster des Wassers – greifbarer vor als die Nachricht von Lucias Tod. Natürlich hatte sie tief im Inneren längst verstanden, was der Traum mit Lucias geschlossenen Augen und den Münzen auf ihren Lidern, den sie damals im Kerker geträumt hatte, bedeutete. So gesehen stellte Abu Alîs Mitteilung eher eine Bestätigung dar. Trotzdem blieb Lucias Tod seltsam abstrakt für sie, vor ihrem inneren Auge saß die Schwester immer noch an Bord der Palomina und nähte an einem Kleid. Zugleich aber sah sie sie auch am Strand jener unbekannten Insel, schreiend und tobend, mit verwirrtem Geist und gelähmtem Gemüt. Und sie sah ihren letzten Blick, im Zug der Gefangenen, teilnahmslos und leer, wie der einer Puppe.

Bei dieser Erinnerung wurde es ihr um die Brust ganz eng. War sie also ganz allein auf der Welt, die Letzte ihrer Familie? Natürlich gab es da noch Advocat Cohn, doch der war ihr immer fremd geblieben. Hin und wieder hatte sie versucht, ihn nach Spanien und ihrer Mutter zu befragen, nach dem Leben, das sie dort geführt hatte, aber stets hatte er sie in unwirschem Ton abgefertigt. Mirijam begann zu frieren, obwohl die Hitze des Tages noch in den Mauern um den Patio steckte.

Als die Sonne wie eine glühende Messingscheibe am fahlen Himmel hing, erschien ein Reiter in der Burg. Er trug das rote Gewand und den Fëz der osmanischen Soldaten des Paschas von Al-Djesaïr, der dort als Stellvertreter des osmanischen Sultans in Konstantinopel residierte. Mirijam, vertieft in die Gartenarbeit, entdeckte den Fremden und erschrak. Wie dieser Mann den Wächtern im Kerker ähnelte! Rasch duckte sie sich unter tiefen Zweigen, zog den Schleier über Haar und Gesicht und rührte sich nicht mehr. Während der Soldat seinen schmerzenden Rücken rieb, kauerte Mirijam mit klopfendem Herzen nur wenige Schritte entfernt hinter Blättern und tiefhängendem Geäst.

Sîdi Alî begrüßte den Boten des Paschas mit aller gebotenen Höflichkeit. Dann nahm er das Schreiben, das ihm der Bote überreichte, in Empfang, erbrach das Siegel und las.

»Beim Leben des Propheten, gelobt sei sein Name, dies ist wahrlich ein überaus seltsames Ansinnen!«, rief er überrascht. »Warum nur, so frage ich Euch, tapferer Hassan al-Dey, warum nur könnte Euer Herr etwas über den Verbleib einer meiner nichtsnutzigen Sklavinnen wissen wollen? Er bietet mir hier sogar eine hohe Summe für sie an. Ist womöglich beim Kauf dieser Sklavin etwas nicht rechtens gewesen?«

Der mit Hassan angesprochene Soldat verhakte die Daumen in seiner roten Bauchbinde und antwortete betont würdevoll: »Ich frage den Herrn niemals nach dem Warum, Sherif, höchstens einmal nach dem Wie. Mir wurde beigebracht, zu gehorchen und meine Pflicht zu tun.«

»Selbstverständlich, natürlich, das verstehe ich sehr gut«, beeilte sich der Arzt zu sagen.

»Aber zufällig«, fuhr der Soldat fort und wippte ein wenig in seinen Reitstiefeln, »rein zufällig kann ich Eure Frage beantworten, Sherif Hakim, da ich anwesend war, als sich der Pascha mit seinem Schreiber in dieser Sache beriet.« Der Soldat strich über seinen Bart. Dann rückte er die breite Schärpe zurecht, wobei der reich verzierte Griff eines Krummdolches aufblitzte.

»Es handelt sich meines Wissens«, begann er seine Rede, »um eine nordländische Angelegenheit und geht zurück auf das Ansinnen eines Handelsmannes aus Flandern oder Burgund oder wie dieses Land im Norden auch heißen mag. Wie ich verstanden habe, machte mein Herr, der Prophet schenke ihm Gesundheit und ein langes Leben, in der Vergangenheit ganz ausgezeichnete Geschäfte mit ihm«, erklärte er. Er schien seine intimen Kenntnisse zu genießen. »Dabei ging es immerhin um ... Ach, nun komme ich tatsächlich noch ins Schwatzen!«

Der Gesandte unterbrach sich mit einem gekünstelten Lachen, doch nur, um sogleich mit neuem Schwung fortzufahren: »Natürlich hofft er auf weitere Geschäfte, das versteht sich. Dieser Handelsherr jedenfalls scheint nicht nur bewundernswerte Gewinne zu machen. Sein nicht geringer Einfluss verlagert sich derzeit bis in die Adria und ans östliche Mittelmeer, wo sich immer häufiger Überschneidungen mit den Interessensgebieten des Sultans ergeben. Unter anderem geht es um die Rückeroberung der venezianischen Kolonien entlang der griechischen Küste und um …« Er räusperte sich. »Nun, wie auch immer, dem Pascha ist jedenfalls daran gelegen, diesem Kaufherrn gefällig zu sein, schon um den Sultan zu unterstützen. Aber dies nur nebenbei, werter Hakim, und nur, weil ich zufälligerweise Euren Wissensdurst stillen kann.«

Der osmanische Soldat schaute sich um und fuhr mit etwas leiserer Stimme fort: »Kommen wir aber nun zu meinem Auftrag. Ich kann doch offen mit Euch reden?« Er redete weiter, ohne eine Antwort abzuwarten. »Um es kurz zu machen, aus einem mir unbekannten Grund ist diese Sklavin jenem Handelsherrn ein Dorn im Auge, er erbittet unsere Hilfe in dieser Sache. Der betreffende Brief erreichte uns leider erst kürzlich. Als wir daraufhin ihrer Spur nachgingen, stellten wir fest, dass Ihr das Mädchen wenige Tage nach seiner Ankunft in Al-Djesaïr gekauft habt. Das ist doch richtig? Man nennt sie offenbar Mirijam, was sie als Tochter des jüdischen Volkes ausweist. Der Pascha befiehlt, sie unverzüglich zu töten. Das mit der Schwester hat sich ja schon erledigt. Sie lebte für kurze Zeit im Palast, war aber untragbar.«

Der Soldat ließ seine Worte einen Moment wirken, dann fügte er hinzu: »Der Befehl meines Herrn lautet also in aller Klarheit: Beseitige die jüdische Sklavin. Ihr hingegen, verehrter Sherif Hakim, Ihr seid für Eure Unbill reichlich zu entschädigen. Seht her, das sendet Euch unser großzügiger Pascha, dem Allah ein langes Leben schenken möge!« Damit zog er eine prall gefüllte Börse aus seinem Gewand und streckte sie dem Hakim entgegen.

Hinter dem Blättervorhang beobachtete Mirijam die beiden Männer, die auf und ab gingen und sich angeregt austauschten. Es schien ihr beinahe, als plauderten sie höflich miteinander, als führten sie irgendein alltägliches, bedeutungsloses Gespräch und nicht eines, in dem es um ihr Leben ging! Längst schon konnte sie nicht mehr jedes Wort verstehen, allzu laut toste das Blut in ihren Ohren. Sie sollte getötet werden? Ermordet, wie zuvor Lucia, hatte sie das richtig verstanden? Demnach war Lucia also nicht am Fieber gestorben. Und zu Hause wusste man von ihrer Entführung? Statt sie jedoch freizukaufen plante man ihren Tod?

In diesem Moment hielten die beiden Männer in der Nähe ihres Verstecks inne. Der osmanische Soldat stand – breitbeinig und auf den Fußspitzen wippend – mit dem Rücken vor ihrem Schlupfwinkel. Ihm gegenüber erhob der Hakim seine geöffneten Hände zum Himmel und klagte laut: »Ach, und dabei ist sie schon lange tot! Fürwahr, das wäre ein ansehnlicher Gewinn gewesen, hat sie mich doch seinerzeit lediglich fünf Dinar gekostet! Welch ein Verlust!« Er rang die Hände und fuhr mit betrübter Miene fort: »Ich bedaure Allahs Ratschluss unendlich, mein teurer Freund, aber jene Sklavin ist kurz nach unserer Ankunft hier in der Kasbah Tadakilt gestorben, irgendjemand kann Euch sicher die Stelle zeigen, an der sie verscharrt wurde.«

Wieder und wieder schüttelte er seinen Kopf. »Ich weiß wirklich nicht zu sagen, warum ich sie damals überhaupt erstand, vermutlich werde ich allmählich alt. Sie war mager, kränklich und schwach, zu nichts zu gebrauchen. Und denkt Euch: Zu allem Überfluss hatte der Allmächtige sie auch noch mit Stummheit geschlagen! Ein echter Fehlkauf, bei Allah. Sicher könnt Ihr Euch vorstellen, wie sehr mich gerade in diesem Fall die Summe gefreut hätte, die der Pascha für sie zu geben bereit gewesen wäre. Das schöne Geld!« Er seufzte erneut.

Der Soldat hatte den alten Hakim aufmerksam beobachtet. Nun breitete er ebenfalls die Hände aus und schnalzte mitleidig mit der Zunge.

»Das Mädchen war stumm und ist verstorben? Das nenne ich wahrlich Pech! *La illah illalah!* Aber so ist das Leben, mal gewinnt man, mal verliert man, und Allahs, des Allwissenden, Beschlüsse sind undurchschaubar. Das Wichtigste allerdings, so will mir scheinen, das Wichtigste ist die Tatsache, dass das Mädchen nicht mehr auf Erden weilt. In diesem Punkt habe ich Euch doch richtig verstanden, Ihr seid sicher, dass sie tot ist?«

»Wie ich bereits sagte, verehrter Hassan al-Dey, sie starb kurz nach unserer Ankunft.«

Der Soldat nickte, verstaute die Börse wieder in einer versteckten Tasche seines Gewandes und wandte sich zum Gehen.

»Ich eile, um unserem Herrn mitzuteilen, dass seinen weiteren Geschäften nun nichts mehr im Wege steht. Und ich danke Euch in seinem Namen für diese gute Nachricht. Allahs Segen sei mit Euch, Sherif Hakim, und mit Eurem Hause.«

»Und mit Euch, Hassan al-Dey«, antwortete der alte Arzt. »Und mit Euch. Möge er Euch eine gute Reise und eine glückliche Heimkehr bereiten. Kommt, ich geleite Euch zum Tor.«

Damit entfernten sich die beiden Männer.

Mirijam kauerte immer noch unter dem Busch, als Alî el-Mansour ihren Namen rief. Sie zitterte, als sie aus ihrem Versteck hervorkroch.

Zutiefst beunruhigt umrundete der Sherif das Wasserbecken und sah sich mehrmals um, ob sie wirklich allein waren. Dann packte er Mirijam an den Schultern. »Du hast alles belauscht? Ja, das dachte ich mir. Dann hast du wohl auch gehört, wie ich deine Stummheit erwähnte? Dabei war ihm dieses Detail offenbar neu, er kannte es nicht. Oh, ist es denn zu glauben? Meine Geschwätzigkeit hat alles unendlich verschlimmert! Möge Allah meine Zunge verdorren lassen!«

Fragend blickte Mirijam ihn an.

Der Hakim seufzte und rang die Hände. »Lange wird das Geheimnis deiner Identität kaum noch gewahrt bleiben, nicht, nachdem ausgerechnet ich ihm verraten habe, wonach er suchen muss: nach einer stummen Sklavin. Oh Allah, wo hatte ich bloß meine Gedanken? Nun müssen wir schnellstens etwas unternehmen, sonst gibt es ein Unglück.« Verzweifelt schüttelte er seinen Kopf. »Was aber ist zu tun?«

Mirijam wusste, er erwartete keine Antwort von ihr, und sie wusste außerdem: Der Hakim ließ nicht zu, dass man ihr etwas antat. Allmählich beruhigte sich ihr Herzschlag wieder.

Der alte Arzt ließ den Blick durch den Innenhof wandern. Er betrachtete die Wege mit den schönen Fliesen, den Brunnen, die Granatapfelbäume, die bereits Frucht angesetzt hatten, und die Blumen, als sähe er dies zum ersten Mal. Erneut seufzte er. Dann hatte er sich gefasst.

»Hör mir jetzt genau zu, Azîza: Du bist allem Anschein nach in höchster Gefahr. In Kürze wird der Soldat des Paschas herausgefunden haben, dass eine stumme Sklavin unter dem Namen Azîza bei mir lebt, dazu muss er nur ein wenig von seinem Gold im Dorf verteilen.« Er stockte. »Ich bin sicher«, fuhr er schließlich fort, »er wird wiederkommen.«

Mirijams Augen weiteten sich vor Schreck. Was sollte sie tun? Fortlaufen und sich verstecken? Aber wo?

Der Hakim indes legte die Hände auf dem Rücken zusammen und umrundete das Wasserbecken. Dadurch, dass er von Azîzas Tod gesprochen und sie gleichzeitig versehentlich verraten hatte, hatte er auch sich selbst in allerhöchste Gefahr gebracht. Wenn der Pascha erfuhr, dass das Mädchen, das er tot sehen wollte, in betrügerischer Absicht vor seinem Häscher verborgen wurde, war er seines Lebens nicht sicher, mochte er sich in der Vergangenheit auch noch so viele Verdienste erworben haben. Azîza in Sicherheit zu bringen bedeutete also zugleich, sich selbst zu retten.

Es bedeutete darüber hinaus, alles, was sein bisheriges Leben als Gelehrter und Arzt ausmachte, aufzugeben. Der Hakim überlegte nicht lange.

»Keine Angst, Kleines, keine Angst, ich werde alles dransetzen, dich zu retten. Und damit auch mich selbst.« Erneut drehte er eine Runde um den Brunnen.

»Deshalb werden wir morgen schon in aller Frühe aufbrechen. Es wird eine lange Reise werden, eine sehr lange sogar. Zum Glück plane ich bereits seit einiger Zeit eine Studienreise, es wird also niemanden verwundern, wenn ich mein Vorhaben nun endlich in die Tat umsetze. Ebenso wird sich niemand wundern, wenn du mich begleitest. Jeder weiß, dass ich auf deine Dienste als Schreiberin nicht verzichten kann. Ja, so werden wir es machen. Doch wohin genau uns der Weg führen wird, das erfährst du erst unterwegs, hier haben die Wände Ohren. Nun geh und richte dein Bündel. Danach komm in mein Arbeitszimmer. Trotz der Eile gibt es Verschiedenes vorzubereiten.«

Hastig kritzelte Mirijam etwas in ihr kleines Heft.

»Nicht fort von hier«, stand da. »Zu Hause!«

Sherif Alî el-Mansour las die Worte. »Ich weiß, doch wir haben keine Wahl. Beeil dich, mein Kleines, die Zeit drängt. Geh und schick mir Chekaoui.«

25

In den beiden vergangenen Tagen hatte Chekaoui sie in anstrengenden Märschen zunächst durch die südlichen Sanddünen, dann in einem Bogen durch trockene, steinige Bachbetten geführt, um keine Spuren zu hinterlassen und eventuelle Verfolger abzuschütteln. Inzwischen ging es geradewegs nach Westen. In jeder Pause, aber auch während sie nebeneinanderritten, besprachen sich der alte Hakim und sein Diener. Währenddessen hatte Mirijam Mühe, nicht von ihrem Kamel zu fallen.

Steif kletterte sie auch an diesem Abend von der Stute, froh, den Tag hinter sich zu haben und sich ausstrecken zu können. Chekaoui hatte sie zu einem Lagerplatz im Schutz einer hohen Düne geführt und die Kamele versorgt. Ein Feuer gab es nicht. »Man riecht den Rauch über weite Entfernungen«, erklärte der Schwarze. Er lachte nicht mehr. Jetzt schlief er ein Stück abseits neben seinem Kamel. Schon vor Tagesanbruch würden sich ihre Wege trennen. Während er nach Tadakilt zurückritt, würden Mirijam und der Hakim allein weiterziehen. Niemand kannte das geheime Ziel des Arztes, nicht einmal Chekaoui.

Nach einem Blick auf die Kamele und den Umriss des schlafenden Chekaoui sammelte sich Alî el-Mansour. Mirijam saß dicht neben ihm, so dass er ganz leise sprechen konnte. Jeder Laut trug weit in der nächtlichen Wüste, das galt es nicht zu vergessen. Es fiel ihm nicht leicht, Mirijam gegenüber seinen Verdacht laut auszusprechen, andererseits konnte er sie aber auch nicht länger im Ungewissen lassen. Also unterrichtete er Mirijam in möglichst sachlichem Ton darüber, wer ihr nach seinen Erkenntnissen nach dem Leben trachtete: ein Kaufmann aus Antwerpen, der nach dem Tod des Vaters dessen Vermögen an sich gerissen hatte und beide Erbinnen ausgeschaltet wissen wollte.

Bis hierher hatte der Hakim seine Worte behutsam, aber doch klar gesetzt. Nun warf er Mirijam einen besorgten Blick zu. Das junge Mädchen schaute ihn mit unbewegter Miene an, als warte es darauf, dass er fortfuhr.

Entschlossen sprach er weiter: »Du ahnst es vielleicht schon. Hinter dem Überfall auf die Schiffe deines Vaters, womöglich auch hinter dem Tod deiner Schwester und auf jeden Fall hinter dem Mordkomplott gegen dich steckt ein und derselbe Kopf: dein einstiger Lehrer, dieser Advocat Jakob Cohn. Darauf könnte ich einen Eid schwören! Du hast gehört, was der Gesandte berichtete? Er bestätigte nur die Gerüchte, die ich schon vor einiger Zeit vernahm. Leider kennen wir nicht alle Hintergründe, doch sollten wir davon ausgehen, dass vieles von dem, was der Gesandte sagte, stimmt. Der Pascha handelt im Interesse des Advocaten, weil es seinen eigenen Interessen nützt. Ich vermute, es handelt sich um irgendwelche groß angelegten Geschäfte und um widergesetzliche und sicherlich einträgliche Machenschaften, für deren Durchführung man den Namen eines seriösen Handelshauses benötigt.«

Mirijam fühlte sich, als habe man ihr einen Schlag versetzt. Advocat Cohn, ihr Lehrer, ihr Onkel – ein Mörder? Aber was hatte er davon, wenn ihr etwas zustieß? Bis zu ihrer Volljährigkeit oder Heirat konnte er als Treuhänder mit ihrem Erbteil doch machen, was er wollte. Bestimmt war das alles nur ein Irrtum oder böswilliges Gerede ...

»Leg dich nun schlafen. Wir werden morgen weitersprechen. Dann sage ich dir auch, welches Ziel ich im Sinn habe, wo wir hoffentlich Sicherheit finden. Möge Allah dir eine ruhige Nacht schenken.«

Mirijam starrte in den Himmel und verfolgte den Weg der Sterne. Die Schlussfolgerungen des Hakim kamen ihr im einen Moment logisch und richtig vor, im nächsten völlig unglaubwürdig. Es wollte ihr nicht in den Kopf, dass die Schrecken, die Lucia und ihr in den vergangenen Monaten widerfahren waren, geplant gewesen sein sollten. Außerdem waren ihr länder- und sogar meeresüberschreitende Verbindungen und Kontrakte zwar nichts Neues, ein Plan jedoch, wie ihn der Hakim vermutete ... Ihr letzter Gedanke vor dem Einschlafen galt der Frage: Falls sich Sîdi Alîs Verdacht bestätigte, falls also der Advocat mächtige Verbündete wie den Pascha bemühte, um sie zu töten, wohin konnten sie dann überhaupt flüchten?

Als am frühen Morgen Chekaouis Silhouette am Horizont verschwand, vernahm sie das Ziel ihrer Flucht. Der Hakim wollte nach *Mogador,* einer Stadt am großen westlichen Ozean. Bis dorthin reiche der Arm des Paschas nicht, da dieses Gebiet der portugiesischen Krone unterstehe, erklärte Alî el-Mansour. Er für seinen Teil freue sich darauf, dort die Methoden der *gnaoua,* der heilkundigen Musiker des Sîdi Bilāl zu studieren. Für Mirijam war ein Ziel so gut wie jedes andere.

Rundherum dehnte sich eine trostlos öde Wüste grenzenlos aus. Mirijam schluckte. Würde der Sherif den Weg ohne Hilfe überhaupt finden? Wie sollte man sich in diesem Einerlei orientieren, wenn das Auge nirgendwo Halt fand? Sie hatte erwartet, durch ein Meer aus Sanddünen mit Inseln aus herrlich grünen Oasen zu reiten, ähnlich wie in der Gegend um Tadakilt, hierherum gab es jedoch nichts als Geröll. Von einer vor Hitze wabernden Kiesebene, die von Horizont zu Horizont reichte und in der alle Konturen ausgelöscht waren, hatte niemand etwas gesagt. Erst nach Stunden änderte sich allmählich das Bild, als sie auf Sandwehen trafen, die sich hinter Steinbrocken oder vereinzelten mageren Büschen als helle Häufchen gebildet hatten. Schon bald wurden daraus immer höhere Hügel, die sogar zu unüberwindlichen Dünenbergen aus mehlfeinem Sand heranwuchsen.

Sie ritten mit ihren drei Lastkamelen am Fuße dieser Dünen, dort, wo der unablässig wehende Wind den Sand davongeblasen hatte. Der harte Boden erweckte beinahe den Anschein von gepflasterten Straßen, und das Vorwärtskommen war ein Kinderspiel. Glücklicherweise führten diese »Straßen« in die gewünschte westliche Richtung. Der Sherif führte den kleinen Trupp an. Sie ritten hintereinander in einer Reihe, wie es seit altersher Karawanenbrauch war. Sein schmaler Rücken wirkte kraftlos, wie er im Takt der langen Schritte des Kamels durch die fahle Landschaft schwankte, und doch wusste er, was zu tun war. Hin und wieder wandte er sich um und nickte Mirijam, die die Reihe schloss, aufmunternd zu. Sie hatte alle Hände voll mit ihrem Kamel zu tun, das eine harte Hand brauchte, wie sie feststellte. Es klagte, grummelte und bockte, und wenn sie nicht aufpasste, versuchte es sogar, seine Reiterin zu beißen.

Sie gaben sicher ein merkwürdiges Bild ab, dachte der Sherif, zwei Menschen und fünf Kamele, davon drei schwer beladen mit Kisten und Bündeln. Hatte er zu viele von seinen

Büchern und Schriften mitgenommen? Dabei hatte er den allergrößten Teil seiner Bibliothek zurückgelassen und nur die kostbarsten und wichtigsten Stücke eingepackt. Die Kamele schienen jedoch zu schwer bepackt zu sein, oder warum trotteten sie mit derart schleppenden Schritten? Ihm ging es jedenfalls nicht schnell genug. Mirijam und er waren ungeübte Reiter, lahme Stümper, gemessen an den trainierten Soldaten des Paschas auf ihren *meharis,* den schnellen Rennkamelen. Er wusste, wenn die Soldaten nur gründlich genug suchten, konnten sie trotz aller Vorsichtsmaßnahmen auf ihre Spur stoßen. Zudem war ihr Vorsprung ziemlich knapp. Sie mussten unbedingt so rasch wie möglich Ksar El-Mania erreichen, dort endete das Herrschaftsgebiet des Sultans von Konstantinopel und damit auch das seines Vasallen, des Paschas von Al-Djesaïr. Bis dahin würden sie sich untertags keine Pausen leisten, außer den allernotwendigsten, die die Tiere benötigten.

Kurz vor Einbruch der Nacht, als der Wind zur Ruhe kam und die Luft besonders klar wurde, machten sie Rast. Während Mirijam die Kamele fütterte, suchte sich der Sherif eine möglichst hohe Erhebung, stieg hinauf und blickte zurück in die Richtung, aus der sie gekommen waren. War irgendwo eine Sandfahne zu entdecken? Stieg Rauch auf? War man ihnen bereits auf den Fersen? Doch wie sehr er sich auch anstrengte und wie gründlich er auch den Horizont absuchte, er entdeckte keinerlei Anzeichen, dass ihnen die Häscher folgten, Allah sei Dank. Sie aßen eine Handvoll Datteln und ritten weiter, bis der Mond aufgegangen war.

In diesem Rhythmus vergingen die Tage und Nächte: reiten, kurze Pausen, Kamele versorgen, reiten, reiten. Und nur wenige Stunden Schlaf. Obwohl der Alte keine Spur von etwaigen Verfolgern bemerkte und er Mirijams zunehmende Müdigkeit sehr wohl sah, hetzte er mit unvermindertem Tempo weiter. Jeden Morgen machte er sich aufs Neue daran, Mirijam auseinanderzusetzen, warum diese Eile notwendig war. »Ich habe dich in diese Lage gebracht, nun muss ich alles tun, dich zu retten. Du kennst den Pascha in seiner Unbarmherzigkeit nicht! Unsere Rettung liegt einzig in unserer Schnelligkeit.« Und in Allahs Hand, dachte er. Deshalb wandte er sich Abend für Abend gen Mekka, um Allahs Hilfe zu erbitten.

Mirijam hatte längst aufgehört, sich Gedanken über ihre Flucht zu machen. Sie verweigerte sich sogar jedem ernsthaften Gedanken an die ungeheuerlichen Vorwürfe gegen den Advocaten, die der Hakim erhoben hatte.

Abgesehen von der Müdigkeit und der Eile, die sie umso übertriebener fand, je weiter sie sich von Tadakilt entfernten, gefiel Mirijam zu ihrer eigenen Überraschung dieses Unterwegssein von Tag zu Tag mehr. Wenn sie in den ersten Morgenstunden nach kurzem Schlaf erneut aufbrachen, fühlte sie sich jedes Mal ein wenig leichter als am Tag zuvor, und es schien ihr, als könne sie ein schlimmes Erlebnis, einen Schrecken nach dem anderen wie Ballast abwerfen und der Wüste überlassen.

Mittags brachte der glutheiße Wüstenwind die hohen Dünen zum Singen. Heimtückisch war dieser Wind, mal überfiel er sie von vorn, dann wieder von der Seite, oder er trieb ihnen in Böen den Sand ins Gesicht. Zweimal stießen sie auf ausgedörrte Gerippe verendeter Kamele, halb vom Sand bedeckt. Dann wieder kamen sie an schwarzen Lavakegeln und roten Granitsäulen vorüber, oder an Riffen, die von der Hitze des Tages und der Kälte der Nacht buchstäblich in Stücke gerissen worden waren.

Sie lagerten im Windschatten einer Sanddüne und wärmten sich am Feuer. Stille umgab sie. Die Kamele ruhten am Rande des Lichtkreises. Das einzige Geräusch war das ihrer mahlenden Zähne und hin und wieder ein Gluckern aus ihren Mägen. Manchmal knisterten die trockenen Äste im Feuer, sonst gab es keinen Laut.

»In Ksar El-Mania, das wir mit Allahs Hilfe schon morgen erreichen werden, können wir uns ausruhen.« Um die Stille nicht zu stören, sprach der Alte mit leiser Stimme. Er klang müde. Mittlerweile schien ihm jeder Schritt Mühe zu bereiten. Er brauchte dringend eine Erholungspause, das verrieten der gebeugte Gang und die tief eingegrabenen Falten in seinem Gesicht.

Doch weder über seine Erschöpfung noch über das Ziel wollte er sprechen, ihn beschäftigte etwas anderes. Er räusperte sich, wie immer, wenn er ein wichtiges Thema anschnitt, und fuhr fort: »Wir müssen etwas besprechen, mein Kind. Der größte Teil unserer Reise nach Mogador liegt noch vor uns, denn erst in vielen Wochen werden wir den großen Ozean erreichen. Wir werden weitere Wüsten und einige hohe Gebirge durchqueren müssen, und das wird hart werden. Deshalb denke ich, wir sollten deinen Namen noch einmal ändern.«

Verblüfft hob Mirijam den Kopf. Bei sich selbst hatte sie ohnehin längst beschlossen, solange sie den fremden Namen nicht selbst verwendete, solange galt die Namensänderung nicht richtig. Und da sie nicht sprechen konnte, blieb sie Mirijam, wie immer die anderen sie auch riefen.

»Glaub mir, so lassen sich viele Dinge vereinfachen«, meinte der Hakim. »Wir werden bald wieder unter Menschen sein, und da wird es weniger auffallen, wenn du nicht als Mädchen, sondern als mein männlicher Begleiter mit mir reist, verstehst du? Wir sollten dich Azîz nennen, habe ich mir überlegt, Azîz Ben el-Mansour, der Sohn des el-Mansour. Hätte Allah mir einen Sohn geschenkt, diesen Namen hätte ich für ihn ausgewählt.«

Beinahe hätte Mirijam gelacht. Wie oft hatte sie sich nicht schon gewünscht, ein Junge zu sein und ohne die lästigen Einschränkungen für Mädchen leben zu können! Und ausgerechnet hier in der Wüste sollte dieser Wunsch in Erfüllung gehen? Zärtlich musterte sie den alten Mann. Wer ihretwegen derartige Strapazen auf sich nahm, der hatte sowieso das Recht, ihr jeden Namen der Welt zuzuteilen, entschied sie.

Daher nickte sie, schnitt lächelnd ihre Haare ab und zog die *gandourah*, das weite Hemdgewand, und die bequemen Hosen eines männlichen Reisenden an.

26

Unterhalb einer mächtigen Kasbah und hinter zinnenbewehrten Mauern lag das Dorf El-Mania. Stolz auf den Besuch des weit gereisten Heilkundigen lud der örtliche *caïd* sie in seine Burg und bewirtete sie mit den Früchten der Oase, mit safrangelbem Couscous und frisch geschlachtetem Hammel. Die Augen des Ortsvorstehers glänzten vor Freude über die seltene Abwechslung. Deshalb und wegen der neuen Geschichten, die er von den Gästen erwarten durfte, ließ er ihnen sein schönstes Terrassenzimmer anweisen und sorgte mit einigen zusätzlichen Kissen, die er ihnen persönlich überbrachte, für ihre Bequemlichkeit.

Mirijams Leben als Azîz, Sohn des Hakim, war nicht anders als zuvor, sie hatte die gleichen Pflichten und Aufgaben zu erledigen wie Azîza, das Mädchen. Überaus gut jedoch gefielen ihr die kurz geschnittenen Haare und auch die praktische Kleidung.

Nach zwei Tagen der Ruhe öffnete der alte Arzt seine Kiste mit Heilkräutern und Salben und nahm sich der Kranken des Dorfes an. »Allah hat mir mein Wissen und Können gegeben«, erklärte er Mirijam, die ihm zur Hand ging. »Und wenn irgend möglich wende ich diese Fähigkeiten zum Nutzen der Menschen auch an. Dennoch dürfen wir unser Ziel nicht aus den Augen verlieren. Der Pascha hat hier zwar keinen Einfluss mehr, doch erst in Al-Maghrebija, dem äußersten Westen, werden wir wirklich vor ihm sicher sein.«

Bei den Händlern und Handwerkern von El-Mania besorgten sie neue Ziegenbälge für Trinkwasser und kauften einen gepolsterten Sattel für den Hakim sowie geflochtene Packtaschen für die Vorräte. Außerdem erstanden sie zusätzliche Decken aus Ziegenhaar sowie reichlich Mehl, Tee und Zucker, einige Säcke Datteln und getrocknetes Fleisch. Alî el-Mansour verhandelte geschickt, zahlte aber aus einem wohlgefüllten Beutel, weshalb sich die Händler bald um seine Kundschaft rissen und sich mit verlockenden Angeboten zu übertreffen suchten.

Nach kurzer Zeit besaßen sie nicht nur weitere vier gute und starke Tiere, so dass ihre Karawane nunmehr aus neun Kamelen bestand, der Alte konnte auch zwei junge Kameltreiber vom Stamm der Beni Yenni anheuern, die bereit waren, den langen Weg mit ihnen zu gehen.

Mirijam packte sorgfältig die aus Tadakilt mitgebrachte Ausrüstung – neben Kleidung vorwiegend Bücher, aber auch Heilkräuter und Gerätschaften zur Bereitung von Salben und Tinkturen – in die neuen Packtaschen um, damit alles ohne Schaden transportiert werden konnte. »Nichts davon darf verloren gehen«, hatte der Hakim angeordnet. »Wir werden diese Dinge in Bereber Amogdul, wie das portugiesische Mogador auch genannt wird, dringend benötigen.« *Mogdura, Mogador, Bereber Amogdul:* diese Stadt hatte offenbar zahlreiche Namen. Sie klangen allesamt verheißungsvoll.

»Wo hast du dein Schreibzeug? Es gibt einiges zu bereden«, sagte der alte Arzt und ließ sich auf seinem Lager nieder. Nach der Gewalttour durch die Wüste genoss er nun die Annehmlichkeiten eines weichen und warmen Bettes und die regelmäßigen Mahlzeiten. Dennoch drängte es ihn bereits weiter.

Mirijam holte Feder und Papier aus der Kiste und rührte Tinte an. Es brach ihm jedes Mal fast das Herz, wenn er diese Handgriffe sah. Wie sie sich plagen musste! Und wie tapfer sie das alles ertrug! Dabei sollte sie doch eigentlich unbefangen reden, Fragen stellen, ihre Ansichten äußern, singen und lachen ...

Als endlich alles parat war, schrieb sie ihre Fragen nieder.

»Was gibt es in Mogador?«

»Elfenbein, Gewürze, Fische, Wolle, und noch vieles mehr. Es ist ein Umschlagplatz, verstehst du? Die Karawanen von jenseits des großen Sandmeers bringen Elfenbein, Straußenfedern und Gold dorthin«, antwortete der Alte.

»Was werden wir dort tun?«

»Allah wird uns einen Hinweis geben, auf jeden Fall werde ich aber wohl als Heiler praktizieren. Außerdem sind dort die Musiker der *gnaoua* heimisch, du erinnerst dich? Man sagt, sie könnten Kranke durch Musik und Tanz heilen. Das interessiert mich natürlich über alle Maßen, wie du dir denken kannst.«

Mirijam schaute ihn erwartungsvoll an.

»Außerdem sollen im Meer bei Mogador seltene Schneckentiere leben, *murex* oder Herkuleskeule genannt, die einen außergewöhnlichen Farbstoff produzieren. Vielleicht kann ich einige Experimente mit ihnen anstellen«, fuhr er fort. »Wir werden sehen. Aber, mein Kind, ich habe dir etwas anderes mitzuteilen. Hör gut zu und überlege sorgfältig.«

Der alte Hakim räusperte sich umständlich. »Wie du weißt, habe ich keine Nachkommen. Hab keine Angst, Kleines, ich will nicht von meinem Tod sprechen, noch ist meine Zeit nicht gekommen, und mit Allahs Hilfe liegt sie in weiter Ferne. Aber«, begann er und deutete mit einer ausholenden

Handbewegung auf die Kisten, Säcke und Packtaschen, die überall herumstanden und schon bald den Kamelen aufgeladen werden mussten, »aber dennoch stellt sich die Frage, wem soll ich eines Tages meinen Besitz hinterlassen, meine Bücher und Sammlungen, die Kasbah und das Dorf? Wer wird nach mir meine Forschungen weiterbetreiben?«

Über den Tisch hinweg umfasste er Mirijams Hände. In seinen Augen glänzten Tränen. »Du bist jung, du bist klug, vernünftig und gebildet, und bald wirst du meine Arbeit fortsetzen können. Vergiss deine Heimat, Kleines, vergiss alles, was bisher war, und sei mein Kind. Ja, das ist es, was ich mir wünsche: Sei mein Kind.«

Mirijam starrte ihn verständnislos an. Sein Kind? Was meinte er?

»Du musst bedenken, die Zeit ist auf deiner Seite, sie ist sozusagen dein mächtigster Verbündeter«, fuhr der Hakim fort. Er hatte alles gründlich durchdacht. »Eines Tages wird der derzeitige Pascha an den Hof des Sultans nach Konstantinopel zurückkehren, und spätestens dann wird dich niemand mehr mit dem Tod bedrohen. Verstehst du? Dieser Pascha stellt eine Gefahr für dich dar, aber ein anderer, der vielleicht keine Geschäfte mit dem Advocaten macht? Keine gemeinsamen Geschäfte bedeutet keine Gefahr für dich, so einfach ist das.« Er rieb sich die Hände, als er das allmähliche Verstehen in ihren Augen erkannte.

»Was immer zu diesem Zeitpunkt mit mir sein wird, liegt in Allahs Hand, denn ich bin nicht mehr jung«, fuhr er schließlich fort. »Du aber kannst dann nach Tadakilt zurückgehen, und zwar als meine Tochter und Erbin. Du wirst die Kasbah mitsamt der Oase übernehmen können, wirst dein Auskommen haben und in Sicherheit leben.«

Er fuhr sich über die Augen. Persönliches preiszugeben fiel

ihm schon immer schwer, und umso mehr, wenn ihm etwas derart naheging wie Mirijams Schicksal.

»Es werden noch Jahre vergehen, bis du gefahrlos nach Antwerpen zurückkehren kannst. Und was solltest du dort auf dich allein gestellt anfangen? Das Handelshaus deines Vaters übernehmen, gegen den Advocaten? Wie willst du deine Ansprüche durchsetzen? Um deine Sicherheit wäre mir sehr bange. Bedenke, nach allem, was wir wissen, kennt dieser Mann keine Skrupel! Oder willst du seinen Tod abwarten?« Diese Möglichkeit wischte er mit einer energischen Handbewegung beiseite und beendete eilig seine Rede, bevor ihn die Rührung übermannen konnte. »Denk über meine Worte nach. Die nötigen Verfügungen können schnell getroffen werden.«

Mit diesen Worten erhob sich der alte Arzt, und um seine Bewegtheit zu verbergen begann er in einer der Kisten zu kramen.

Auch Mirijam hatte mit den Tränen zu kämpfen. Sîdi Alî wollte sie an Kindes statt annehmen, er wünschte sich sie, das Waisenkind, als Tochter! Sie musste schlucken. Ihr war, als sähe sie den Hakim heute zum ersten Mal. Sie sah einen alten, gebeugten Mann mit sonnenverbranntem, faltigem Gesicht, feinfühligen, ein wenig knotigen Händen und hellen Augen, die leuchten konnten wie die eines Jungen. Sie beobachtete ihn, wie er in der Truhe mit den Salben und Kräuterbeuteln wühlte. Er war angespannt, das erkannte sie an den hochgezogenen Schultern.

Plötzlich kam ihr ein Gedanke: Ob auch er sich manchmal einsam fühlte? Dann konnte sie gut verstehen, warum er sie zu seiner Tochter erwählen wollte.

Langsam, mit einem Lächeln, das tiefe Grübchen in ihre Wangen zauberte, trat sie an seine Seite. Schmal und dunkel gebrannt von der Sonne stand sie neben ihm und sah zu, wie er mit zittrigen Fingern wahllos ein Teil nach dem anderen aus der Kiste holte und beiseitelegte. Schließlich griff sie nach seiner Hand und küsste sie voller Ehrerbietung, bevor sie sie an die Brust drückte, dorthin, wo ihr Herz schlug.

»Ja, Abu, Vater«, formten lautlos ihre Lippen, als er sie anschaute. »Ich will gerne dein Kind sein.«

Der alte Arzt zog sie in die Arme und strich über die weiße Baumwollkappe, die sie wie jeder Junge über den kurzen Haaren trug.

»*Al-hamdullillah!* Gott sei Dank, so wirst du in unserem neuen Leben in Mogador also künftig Azîza Bint el-Mansour, Azîza, Tochter des el-Mansour, heißen!«

27

»Höre, Tochter, von jetzt an steht nicht mehr die Schnelligkeit der Flucht im Vordergrund, sondern unsere körperliche Unversehrtheit«, verkündete Sîdi Alî am Vorabend ihres erneuten Aufbruchs. »Und natürlich das Ziel. Mit Sicherheit liegen gefährliche Pfade und beschwerliche Strecken vor uns, die Natur kann unbarmherzig und feindlich sein. Doch mit Allahs Hilfe werden wir unseren Weg finden.« Seine Worte klangen wie eine Beschwörung gegen Unheil und Gefahr.

Schon bald versanken die Mauern von Ksar El-Mania hinter Dünen und schartigen Felsen. Sie folgten einer alten Karawanenroute, die wichtige Handelszentren und heilige Stätten miteinander verband. Hier würden sie in regelmäßigen Abständen Wasserstellen und Oasen oder gar Dörfer finden, in denen sie rasten konnten.

Mirijam ritt eine der neuen Kamelstuten, ein hübsches Tier mit hellem Fell und großen, dunklen Augen, das jedoch noch eigensinniger war als das vorige. Diese Stute verabscheute es zutiefst, in der Reihe zu gehen. Brachte man sie dennoch dazu, so machte sie einen langen Hals, schlug aus, sprang sogar mit allen vieren gleichzeitig in die Höhe oder biss nach den anderen Kamelen. Es blieb einem nichts anderes übrig, als sie sich ihren eigenen Weg suchen zu lassen.

Längst hatte sich der kühle Morgenwind gelegt, und die Sonne brannte vom Himmel. Mirijam zügelte ihr Kamel und trocknete die Stirn. In diesem Moment wehte ihr eine scharfe Böe ins Gesicht, einer jener seltsamen Winde, die wie aus dem Nichts kamen und wie eine Erfrischung wirkten, wie ein Gruß oder eine Botschaft, jedenfalls etwas, dass aufmerken ließ. Ebenso rasch, wie die kühle Brise aufgekommen war, flaute sie auch wieder ab. In der nun erst recht als glühend empfundenen Hitze dachte Mirijams Kamel anscheinend nicht daran, sich wieder in Bewegung zu setzen.

Harun, der jüngere der beiden Kameltreiber, zeigte ihr, wie sie ihren Kommandos mit einem Pfiff aus gespitzten Lippen und gerollter Zunge Nachdruck verleihen konnte. Für ihn war es befremdlich, dass jemand nicht sprechen konnte, deshalb redete er stets besonders laut, als könne sie nicht gut hören.

»Du weißt wirklich nicht gerade viel über Kamele, Azîz«, brüllte er schon am ersten Tag der Reise. »Jeder Junge muss doch sein Kamel auf einen bestimmten Pfiff abrichten, damit es am Morgen kommt, wenn es über Nacht auf Futtersuche gewesen ist«, erklärte er kopfschüttelnd. »Du musst die Stute darauf trainieren. Außerdem solltest du sie bestechen. Gib ihr jeden Tag ein paar Datteln, und du wirst sehen, schon bald folgt sie dir wie ein Lämmchen seiner Mutter. Sie liebt Datteln.«

Folgsam fütterte Mirijam das Reittier von nun an mit Datteln, und sie rollte ihre Zunge und spitzte die Lippen. Das sah bestimmt albern aus, Harun jedoch konnte auf diese Weise einen schrillen, weithin hörbaren Pfiff zustande bringen. Also übte sie, und mit Haruns Hilfe wurden ihre Pfiffe von Tag zu Tag besser. Mittlerweile erzeugte sie ein Geräusch, auf das ihre Kamelstute zu hören schien, jedenfalls tat sie immer öfter, was Mirijam von ihr verlangte.

Omar, dem zweiten der neuen Begleiter, war ihre Sprachlosigkeit offensichtlich unheimlich. Er kümmerte sich zwar um die Kamele, zu ihr aber hielt er Abstand und schlug sogar die Augen vor ihr nieder. Und wenn er glaubte, sie sähe es nicht, streckte er ihr unauffällig die offene Hand entgegen, als Schutzzeichen gegen den bösen Blick. Hielt er sie etwa für einen Dschinn?

Zunächst würden sie eine lange Wegstrecke in einem Meer von Sanddünen zurücklegen müssen, mit heißen Tagen und kalten Nächten, und allein mit den Sternen als Wegzeichen, hatte Abu Alî erklärt. Erst danach würden sie auf Berge treffen, die sich wie ein Schutzwall zwischen die fruchtbaren Gegenden und die Wüste legten.

Die Tage vergingen in einem ruhigen Gleichmaß. Es war der Rhythmus der Karawanen, wie die beiden jungen Beni Yenni erklärten, ein ruhiger Takt aus Aufbruch und Rast, aus dem Wechsel von Reiten und Zufußgehen. Abends mussten die Tiere versorgt werden, danach lockte die schützende Feuerstelle am Nachtlager und der Schlaf unter dem unendlichen Sternenhimmel.

Meistens saß Mirijam entspannt auf dem Reittier, die nackten Füße auf dessen Hals gekreuzt, und überließ sich der Monotonie der Kamelschritte. Während des Reitens wurde nicht viel gesprochen, und so fiel auch ihr Schweigen kaum auf. Trotz der Hitze fühlte sie sich wohl. Die Muskeln schmerzten nicht mehr, wie noch zu Beginn ihrer Reise, und seitdem sich Harun und Omar um die Kamele kümmerten, hatte sie endlich Zeit, sich in der Wüste genauer umzuschauen. Am meisten faszinierten sie die weiten Gerölltäler mit den auf der Oberseite wie schwarz gelackten Steinen, die auf der Unterseite aber hell leuchteten. An ihnen konnte man genau erkennen, wo jemand gegangen war und das

Geröll bewegt hatte. Dünen und Sandwehen gab es reichlich, in unterschiedlichen Farben, mal ziegelrot, mal purpurn, dann wieder nahezu weiß oder hellbraun. Ihre liebste Stunde war die letzte der Tagesetappe, bevor sie das Nachtlager aufschlugen. Die Sonne war dann bereits abgetaucht, hatte Wind, Sand und Tageshitze mit sich genommen, und endlich konnte man die Lunge tief mit reiner, kühler Luft füllen.

Vor dem Einschlafen, während die anderen am Feuer saßen, wanderten ihre Augen so lange über den unendlichen Sternenhimmel, bis sie schwer wurden. Oft tauchten in den letzten Momenten des Wachseins Bilder von früher auf, Kaleidoskopsplitter aus Antwerpen, von Muhme Gesa und ihrem Vater und auch von Cornelisz. Gleich darauf sank sie in tiefen Schlaf. So bekam sie nicht mit, dass der Sherif jeden Abend an ihr Lager trat, sich vergewisserte, dass es ihr gut ging und die Decken fest um sie stopfte. Erst danach begab er sich selbst zur Ruhe.

Hin und wieder streifte sie beim Aufwachen eine Ahnung, dass sie des Nachts eine weite Reise gemacht und von der alten Heimat geträumt hatte. Sie konnte sich zwar nie an den genauen Inhalt dieser Träume erinnern, aber das war nicht wichtig. Es ging um dieses Gefühl von Sicherheit aus der Kindheit, das sie aus den Träumen in den Tag mit hinübernahm und das ihr guttat. Außerdem war Abu Alî, der sie zu seiner Tochter erwählt hatte, bei ihr. Selten hatte sie sich so beschützt gefühlt wie in diesen Momenten.

Manchmal, wenn sie mittags wegen der Hitze rasteten, setzte der Hakim Mirijams Unterricht fort. Meistens aber ruhte er, um bei Kräften zu bleiben. In solchen Stunden suchte sie sich einen Platz abseits des Lagers. Hier, allein zwischen den Dünen, fand sie die nötige Muße für die Stimmübungen, die ihr der Hakim aufgegeben hatte. Schon seit einiger Zeit spürte sie ein Brummen in Brust und Kehle, etwas, das beinahe greifbar war und sich anfühlte, als ließe es sich irgendwann formen. Natürlich konnte sie nicht sprechen, das nicht, aber eine winzige Hoffnung schlich sich allmählich in ihr Herz. Schaden konnten die seltsamen Verrenkungen und Turnereien jedenfalls nicht.

So lockerte sie zunächst Rücken und Nacken, breitete die Arme aus und ließ die Luft langsam durch die Kehle ein- und ausströmen. Eine langweilige Übung, fand sie, aber sie achtete trotzdem darauf, keine der angeordneten zwanzig Wiederholungen zu vergessen. Danach boxte sie mit geballten Fäusten in die Luft, zunächst aufwärts, dann nach unten, Richtung Boden, und presste dabei die Atemluft durch die geschlossenen Lippen. »Pa«, tönte es leise, und wieder »Pa!«, wie der Hakim es ihr gezeigt hatte. Diese Übung gefiel ihr schon besser. Dennoch hoffte sie inständig, dass ihr niemand dabei zusah. Manchmal hüpfte und tanzte sie aber auch durch den Sand, und das war das Beste. Dabei schnitt sie Grimassen und bewegte Mund und Zunge, und irgendwann gelang es ihr tatsächlich, ein kurzes, aber immerhin hörbares »Dada« oder »Dodo« zu erzeugen. Obwohl sie nur leise Geräusche hervorbrachte, klangen sie im Kopf doch bereits ein wenig wie früher, als sie ihre eigene Stimme ganz selbstverständlich gehört und gespürt hatte. Vielleicht, dachte sie, und das Herz klopfte ihr dabei bis zum Hals, vielleicht hatte Abu doch recht. Er glaubte nämlich unbeirrt an ihre Heilung, und er war immerhin ein Heiler, einer, der alles wusste.

Die heiße Luft brannte in ihrer Lunge, und sie war geblendet vom gleißenden Sand. In endlosen Wellen breitete er sich wie ein Meer nach allen Seiten aus. Bereits seit dem frühen

Morgen kündigte der Himmel mit Hitze und schweren, gelbgrauen Wolken einen Sandsturm an. Der Hakim spürte sein Näherkommen, und auch Harun und Omar blickten besorgt zu den Wolken hinauf.

»Schneller, Azîz, mein Sohn, wir müssen schneller reiten! Ein *samum* zieht herauf. Ein solcher Sandsturm kennt keine Gnade.«

Alî el-Mansour holte seine *gerba* hervor, nahm rasch einen Schluck Wasser und ließ dabei den Blick über die vor Hitze flirrenden Dünen schweifen. Dann zog er das Tuch über Mund und Nase und trieb sein Kamel zur Eile an. Auch Mirijam hob die Zügel, drückte die Fersen tiefer in den langen Hals der Stute und schnalzte mehrmals. Sie riss sich den dichten Gesichtsschleier herunter, den sie als Schutz vor Sonne und Sand bis zu den Augen hochgezogen hatte, und pfiff laut, während sie mit den Füßen stieß und trat. Vergeblich, die Stute blieb stehen. Angeblich ahnten Wüstentiere eine nahende Gefahr, zumindest hatte Harun das behauptet, warum also verhielt sich dieses sture Kamel dann nicht entsprechend?

Harun und Omar überholten sie im Laufschritt mit den Lasttieren. Normalerweise geizte Harun nicht mit Spott und guten Ratschlägen, heute jedoch hetzten beide Treiber die Tiere voran, und niemand hielt sich mit launigem Gerede auf. Als habe es sich plötzlich eines Besseren besonnen, bequemte sich endlich auch ihr Kamel und folgte den anderen.

Böiger Wind kam auf, der Sand und Pflanzenteile mit sich riss und vor sich her trieb. Ihr Kamel schien auf dem fliegenden Sand zu schwimmen, der Sandschleier reichte ihm bereits bis zum Bauch. Hinter ihnen erhoben sich drohende Wolken vom Boden bis in den Himmel. Sie walzten heran, hefteten sich an ihre Fersen und türmten sich zu einer Wand auf, die jeden Moment über ihnen zusammenstürzen konnte. Das dumpfe, anschwellende Grollen und Brüllen war beinahe schlimmer als Wind und Sand zusammen. Der Hakim wartete, bis Mirijam aufgeschlossen hatte und warf ihr ein Seil zu.

»Bind es gut fest«, schrie er durch das Heulen und Lärmen. »Die *Sebkha*-Oasen können nicht mehr fern sein. Mit Allahs Hilfe werden wir es schaffen. Hast du genug Wasser?«

Mirijam nickte und hob die Hand. Das Seil saß fest am Halfter der Stute. Der alte Hakim befestigte das andere Ende an seinem Sattel, dann hob auch er die Hand und ritt los. Diesmal lief Mirijams Stute ohne Mucken hinter dem Kamel des Alten her, als hätte sie nie etwas anderes getan oder gewollt.

Die Sandwalze erreichte sie, als sie eine der hohen Dünen in Angriff nahmen. Vom Gipfel der Düne peitschte der Wind Salven scharfkantiger Sandkörner herunter. Bei jedem Schritt gab der weiche Sand nach, oder er kam ihnen in breiten Bahnen entgegen und ließ sie zurückgleiten. Immer heftiger stürmte der Wind über den Dünenkamm. Er peitschte den Sand, versuchte, sie mit seiner Kraft umzuwerfen und am Weiterkommen zu hindern. Im fahlgelben Dämmerlicht verloren sich die Konturen. Selbst Harun und Omar, die die vollbepackten Lastenkamele antrieben, konnte Mirijam nur noch als Schemen erkennen, die in ihren vom Sturm geblähten *gandourahs* über dem Sand schwebten und eher Geistern glichen denn Menschen.

Aus heulenden Böen wurde schrilles Dröhnen. Der Sand geißelte sie wie mit Messern, prasselte gegen Gesicht, Hände und Füße. Mirijam zog ihren *chêche* über die Augen und beugte sich so weit vornüber, dass sie auf Schultern und Hals ihrer Stute lag. Sie überließ sich ganz und gar der Führung durch den Hakim, der das Kamel am Strick hinter sich her zog, und klammerte sich an den Sattel. Irgendwann spürte sie jedoch, dass ihr Kamel die Richtung geändert hatte. Jetzt drohte sie nicht mehr, vom Rücken des Tieres nach hinten abzurutschen, sondern über den Hals des Kamels nach vorn zu gleiten, so dass sie sich mit beiden Armen abstützen musste. Hatte der Hakim den Aufstieg abgebrochen? Jedenfalls hatte sie nun den Sturm im Rücken, was angenehmer war. Vorsichtig öffnete sie im eigenen Windschatten die Augen, doch erkennen konnte sie nicht das Geringste, noch nicht einmal, wo oben und unten war.

Die Stute ging mit gesenktem Kopf und kurzen, regelmäßigen Schritten langsam, aber stetig vorwärts. Hin und wieder rutschte das Tier weg oder stolperte, fand aber jedes Mal das Gleichgewicht wieder und ging weiter. Irgendwann begann es zu humpeln. Nach wenigen Schritten blieb es abrupt stehen, und seine Beine knickten in einer solchen Plötzlichkeit ein, dass Mirijam in hohem Bogen in den Sand flog. Instinktiv griff sie nach einem Halt und erwischte ein Seilende.

Ein Seil, fragte sie sich benommen. Wieso hatte sie auf einmal ein loses Seil in der Hand? Gab es denn einen zweiten Strick am Sattelzeug? Ein heißer Schreck fuhr ihr in die Glieder. Handelte es sich etwa um das Seil, mit dem Sherif Hakim das Kamel geführt hatte? Das aber konnte nur bedeuten, dass sie sich nicht länger hinter ihm befand. Und zwar schon seit einiger Zeit nicht mehr, wie ihr schlagartig klar wurde. Wahrscheinlich, nein, sogar sicher hatte sich irgendwann das Seil gelöst, und die Stute hatte sich selbstständig gemacht, die Karawane verlassen und eine andere Richtung eingeschlagen. Den Strick fest in der Faust kroch sie zu dem Kamel, das sie als dunklen Schatten in der Sandwolke ausmachen konnte.

Wo waren die anderen? Sie versuchte, sich aufzurichten, um nach dem Hakim und den beiden Treibern zu schauen, doch der Wind fegte sie von den Füßen. Jeder Versuch, die anderen zu finden, würde sie gefährden, sie musste ausharren, bis der Sturm nachließ. Irgendwann musste der Sandsturm ja abflauen, beruhigte sie sich, sie musste nur Geduld haben. Zum Glück hatte sie ja ihren eigenen Wasservorrat. Geduckt und mit zusammengekniffenen Augen kroch sie um das Kamel herum, tastete nach Zaumzeug und Sattel und durchsuchte das daran hängende Gepäck. Weder der Ziegenbalg mit dem Wasser noch ein zweites Seil waren zu finden. Der Sand geißelte ihr Gesicht. Trotzdem schob sie sich ein weiteres Mal an der Stute entlang, betastete die Seiten des Tieres und jedes einzelne Stück, das am Sattel befestigt war. Sie strich über das Fell des Kamels, befühlte und untersuchte alles.

Nichts.

Nichts?

Kein Wasserbalg.

Wie lange konnte ein Mensch ohne Wasser auskommen?

Mirijam bekam keine Luft. Sie barg den Kopf in der Armbeuge und hustete und spuckte. Überall Sand, in den Augen, in der Nase, im Mund. Rasch kroch sie an die Flanke des Kamels und duckte sich. Sie wickelte sich fest in ihren *burnus,* den wollenen Umhang, und zog die Kapuze über Kopf und Gesicht. Jetzt war es zwar noch heißer, aber wenigstens konnte sie atmen, ohne Sand in die Lunge zu bekommen. Geschützt durch *chêche* und Kapuze senkte sie den Kopf auf die Knie. Sie musste ruhiger werden, langsamer atmen, Geduld haben. Das war schwer, denn alles in ihr wollte aufspringen und dieser Hölle entkommen. Ein Rest von Vernunft jedoch sagte ihr, sie müsse ausharren und alles tun, um ihrer quälenden Furcht Herr zu werden. Ihr Leben hing davon ab.

Seitdem sie wusste, dass sie keinen Tropfen zu trinken hatte, konnte sie nur noch an Wasser denken, an viel Wasser, an frisches, kühles, perlendes Wasser, das sie in sich hineinschüttete. Ohne Wasser musste sie sterben.

Unwillkürlich spannten sich immer wieder ihre Muskeln an, bereit aufzuspringen, und nur mit Mühe konnte sie diesen Impuls bezwingen. Von Zeit zu Zeit gelang es ihr, etwas Speichel im Mund zu sammeln und hinunterzuschlucken. Dicht presste sie sich an den großen Körper des Kamels, das reglos neben ihr lag, Augen und Nüstern geschlossen, und ruhig atmete. Ausgerechnet dieses störrische, hochmütig blickende Tier, das sie erst in diese schreckliche Lage gebracht hatte, war nun ihr einziger Schutz!

Sie verharrte neben der Stute und konzentrierte sich darauf, im gleichen Rhythmus wie das Kamel zu atmen, während der Sturm um sie herum tobte und brüllte und den Sand noch durch die kleinste Undichtigkeit des Stoffes presste. Von Zeit zu Zeit, wenn sie das Gefühl hatte, das Gewicht laste allzu schwer auf Kopf und Nacken und der Sand könne sie mit der Zeit erdrücken, ruckelte Mirijam hin und her, so dass er von ihr rutschte und der Druck geringer wurde. Dann saß sie erneut still. Sie atmete und wartete. Auch das Kamel rührte sich nicht. War es tot? Doch unter ihrer Hand spürte Mirijam, wie sich sein Leib bei jedem Atemzug hob und senkte.

Jetzt einen Schluck Wasser, dachte sie vielleicht an die tausendmal, während der Mund langsam austrocknete und die Lippen aufsprangen. Die Zunge schwoll an und füllte den Mund aus. Oder bildete sie sich das nur ein, weil sie gehört hatte, dass so etwas geschah, bevor man verdurstete? Einen einzigen, winzigen Tropfen Wasser nur ... Das Atmen wurde schwerer, um jeden einzelnen Atemzug musste sie ringen. Vor ihrem inneren Auge tauchten die von Sonne und Wind gebleichten und geschliffenen Kamelknochen auf, an denen sie unterwegs vorübergekommen waren. Würde man auch ihre Knochen eines Tages hier finden, bleich und unkenntlich? Und wenn sie jetzt sterben musste, würde sie dann Lucia wiedersehen, ihren Vater und Lea, ihre Mutter? Bei diesen Gedanken war es vorbei mit der mühsam errungenen Ruhe. Das Herz begann zu rasen, Hände und Bauch verkrampften sich, und nur mit äußerster Anstrengung zwang sie sich, am Platz zu bleiben.

Genauso unvermittelt, wie der Sturm begonnen hatte, hörte er auf. Drehte der Wind vielleicht und kam danach in derselben Unbarmherzigkeit aus einer anderen Richtung? Doch das Singen wurde wahrhaftig leiser, und im nächsten Augenblick endete auch das Dröhnen. Auf einmal war es totenstill. Mirijam hob den Kopf und lauschte. Wie viel Zeit mochte wohl vergangen sein? Ihr kam es wie eine Ewigkeit vor. Sie schüttelte den Sand ab, schälte sich aus dem *burnus* und erhob sich.

Hohe Staubwolken verdeckten die Sonne und löschten alle Farben und Konturen aus. Neben ihr rührte sich das Kamel. Es lebte, sie hatten beide überlebt!

Eines wusste Mirijam: Egal wie, sie musste unbedingt den Kamm der Düne erreichen. Jenseits der Düne, so viel glaubte sie vorhin verstanden zu haben, begannen die rettenden Oasen. Dort würde sie Wasser finden.

Mit Pfiffen und Tritten brachte sie das Tier dazu, sich zu erheben. Zunächst drehte die Stute nur den langen Hals und versuchte, nach Mirijam zu schnappen, endlich aber stand das störrische Biest auf den Beinen. Es tat allerdings keinen Schritt, sosehr Mirijam auch am Halfter zerrte und zog.

»Komm, los jetzt, vorwärts, du dummes Tier! *Yallah!*«, schrie sie schließlich verzweifelt und zog erneut am Zügel.

Plötzlich blieb sie wie angewurzelt stehen und ließ die Arme sinken. Da war eine Stimme gewesen. Irgendjemand hatte geschrien, das hatte sie deutlich gehört. Hatte ihr der Sandsturm derart zugesetzt, dass sie nun in der Windstille plötzlich Geisterstimmen vernahm? Denn vernommen hatte sie zweifellos etwas, jemand hatte *yallah* gerufen, ziemlich laut sogar.

So angestrengt sie sich auch umsah, sie war allein. Sie warf einen Blick auf ihre Stute, die stand jedoch mit hängendem Kopf an ihrem Platz und rührte sich nicht.

Eine unmögliche Hoffnung flammte in ihr auf.

Mirijam wagte nicht, den Gedanken, der sich in ihr ausbreiten wollte, zu Ende zu denken. Ihr Herz raste, als wolle es ihr aus der Brust springen. Mein Gott, flehte sie stumm, wie immer du heißt und wo immer du bist, steh mir bei!

Sie schloss die Augen und holte Luft. Sie räusperte sich mehrmals, sie öffnete sogar den Mund, nur um ihn gleich darauf wieder zu schließen. Sollte sie es wirklich wagen? Endlich aber fasste sie sich ein Herz.

»*Yallah*«, kam es leise, rau und unsicher aus ihrer Kehle. Dann noch einmal, immer noch verhalten, aber schon etwas lauter: »*Yallah.*«

Es war ihre Stimme, tatsächlich ihre eigene Stimme! Ungläubig riss sie die Augen auf. Nach wie vor war sie allein mit ihrem Kamel, und auch sonst schien um sie herum alles unverändert. Es gab keine Himmelserscheinung und auch kein Glockengeläut, es gab nichts als Sand, so weit das Auge reichte. Und dennoch war das Unglaubliche geschehen: Sie konnte wieder sprechen!

»*Yallah*«, sagte sie gleich noch einmal mit einem strahlenden Lächeln und lauschte dem Klang ihrer eigenen Stimme. Sie musste husten, zwischen den Zähnen knirschte Sand, und ihre Zunge klebte am Gaumen. Aufgeregt bemühte sie sich, so viel Speichel wie möglich im Mund zu sammeln und die Lippen anzufeuchten. Dann aber schrie sie, so laut sie konnte: »*Yallah,* du Biest, *yallah!*«, und lachte dabei aus vollem Hals, während ihr gleichzeitig die Tränen über die Wangen liefen. »*Yallah!* Auf, los! Jetzt komm schon, du dummes Tier!«, befahl sie mit neuem Mut, packte das Seil und zog das Kamel bergauf.

Der Sand der steilen Düne kam ihr loser vor als vor dem Sturm, sie rutschte, die Stute bockte, aber das half nichts, sie mussten hinauf. Schließlich hatte sie die Schrecken der letzten Stunden nicht ertragen, um nun an der Sturheit eines Kamels zu scheitern und womöglich doch noch als bleiches Gerippe im Sand zu enden. Schimpfend zog sie am Seil. Dann wieder rannte sie hinter die Stute, um ihr mit flachen Händen auf die Hinterbacken zu schlagen, in die Kniekehlen zu treten und sie zu schieben. Wenn es sein musste, würde sie das Tier in den Hintern und in die Beine beißen.

»Hinauf mit dir!«, keuchte sie. »Los! Nun mach schon, hinauf, sage ich!«

Sie konnte ihre Stimme hören! Ein wenig fremd kam sie ihr zwar vor, rau und belegt, doch es war ihre Stimme. »Komm schon,« knurrte sie, »du willst doch auch trinken.«

Die Stute tat einen Schritt, dann noch einen, plötzlich drei – es ging aufwärts! »Nun wird alles gut«, hörte sie sich sagen. »Ganz sicher wird jetzt alles gut.« Sie redete und redete, immerzu, Ermutigendes und Sinnloses, irgendetwas, nur damit sie ihre Stimme hören konnte.

Während sie sich weiter durch den schwimmenden Sand quälte, wuchs ihre Zuversicht mit jedem Schritt. Schließlich war sie nicht nur mit dem Leben davongekommen, sie hatte sogar ihre Stimme wiedergefunden – das konnte nicht umsonst gewesen sein!

Immer noch ging es viel zu steil im weichen Sand bergan, als dass sie hätte aufsteigen und reiten können, und immer wieder rutschten entweder sie oder das Kamel ein Stück abwärts und mussten überwunden geglaubtes Terrain erneut erobern. Langsam aber kamen sie doch höher.

Plötzlich hörte sie Stimmen.

»*Allah u aqbar,* der Herr ist wahrhaft groß! Seht doch, Sîdi, dort! Er hat überlebt. Azîz! Azîz, warte, wir holen dich!« Omar und Harun!

Mirijam riss beide Arme empor und winkte. »Hierher!«, brüllte sie, so laut sie konnte. Dabei lachte sie, winkte und sprang hoch, und immer wieder rief sie: »Harun, Omar! Hierher, hier bin ich!«

Wie zwei Engel kamen ihr die beiden jungen Männer vor, die mit weit gespreizten Armen und wehenden Gewändern die Flanke der Düne herabschlitterten und durch den aufstaubenden Sand angerannt kamen.

»Wie hatten dich auf einmal verloren, Azîz! Aber, oh, welch ein Wunder, du lebst. Und du sprichst! Die guten Dschinn der Wüste haben dir die Stimme wiedergegeben, *Al-hamdullillah!*«

Harun schwenkte schon von weitem seinen Wasserbalg. Endlich war er bei ihr, kam in einer Staubwolke zum Stehen und reichte ihr die *gerba*.

Hastig spülte Mirijam den Sand aus dem Mund, dann trank sie. Immer wieder setzte sie die *gerba* an den Mund und trank von dem warmen, muffigen Wasser. Natürlich war es abgestanden und schal, und doch kam es ihr vor, als habe sie noch niemals etwas Köstlicheres getrunken.

»*Shukran!*«, rief sie endlich und lachte ein wenig atemlos. »*Alf shukran,* tausend Dank!«

Harun schlug ihr kräftig auf den Rücken. »*La shukran,* Azîz, nichts zu danken, Allah gibt das Wasser und das Leben. Ich jedenfalls wusste immer, irgendwann redest du mit mir.«

Mit Hilfe der beiden Kameltreiber gelang der weitere Aufstieg beinahe mühelos. Abu Alî saß zu Füßen seines Kamels im Sand und blickte ihnen entgegen. Seine Beine wollten ihn nicht mehr tragen, aber die Tränen, die ihm über die staubigen Wangen rannen und helle Spuren hinterließen, waren Tränen des Glücks.

»Azîz, mein Kind!«, rief er ihr entgegen. »Sieh nur, dort unten! Ist es nicht ein Wunder?«

Die erste der paradiesisch grünen, wasserreichen Sebkha-Oasen mit ihrem Palmenhain lag direkt unter ihnen.

»*Ouacha,* Abu, ja, ich sehe«, sagte Mirijam, kniete sich zu dem alten Arzt in den Sand und nahm seine Hände. »Und es ist sogar mehr als nur ein Wunder geschehen: Meine Stimme ist zurückgekehrt. Ich spreche.«

Ein Staunen gleich dem Sonnenaufgang ging bei ihren Worten über das Gesicht des Alten, und er zog sie in seine Arme.

Jetzt endlich lösten sich der Druck und die ungeheure Spannung in ihrer Brust. Sie senkte den Kopf und begann zu weinen. Am liebsten aber hätte sie gleichzeitig in den höchsten Tönen gejubelt und gelacht.

3. TEIL

MIGUEL UND CORNELISZ 1523

28

Ausgerechnet jetzt, mit Beginn der Herbststürme hatten sie die Reise angetreten. Aber hatte er eine Wahl gehabt? Miguel de Alvaréz, der Steuermann der San Pietro, kniff die Augen zusammen und sah sich rasch um. Dass ausgerechnet Kapitän da Palha das Kommando hatte, war allerdings Pech, Riesenpech. Wäre da nicht die wutschnaubende Familie der süßen Aurelia gewesen, mit der er in den vergangenen Wochen näher bekannt geworden war, sogar sehr nah, hätte er ein Schiff unter Felipe da Palhas Führung niemals betreten. Aber zwei Brüder mitsamt dem rachsüchtigen Vater, und alle drei ihm auf den Fersen? Unter diesen Umständen hatte er sogar Glück gehabt! Nicht nur, dass die San Pietro zum Auslaufen bereitlag, offenbar hatte sich auch der ursprünglich angeheuerte Steuermann auf Nimmerwiedersehen verdrückt und ihm damit seinen Platz sozusagen auf dem Silbertablett dargeboten. Ja, dachte er, man musste es wohl eine glückliche Fügung nennen, dass er auf diese Weise noch einmal vor der sicheren Fahrt in den Hafen der Ehe davongekommen war. *Graças a Deus,* Gott sei Dank!

Miguel hob die Nase und witterte wie ein Hund in alle Richtungen, doch da war nichts, kein Land, keine Insel, keine Küste. Schon seit Tagen blies der Passat aus Nordost. Schwere Wolken verdeckten die Gestirne, und immer wieder gingen Regengüsse über dem Schiff nieder. Mittlerweile war er fest davon überzeugt, dass die Strömungen sie weit nach Westen verdriftet hatten. Die fixen Navigationspunkte entlang der Küsten waren längst außer Sicht, die angepeilten Inseln hatte der Regen verschluckt, und weder mit dem *Quadranten* noch dem *Astrolab* konnte man die Sterne oder die Sonne orten. Wenn das so weiterging, trieben sie noch weit über den gesamten Ozean, bis hin zu den neuen spanischen Besitzungen, die dieser großmäulige Seefahrer Cristóvão Colombo entdeckt hatte.

Trotz gereffter Segel rollte und stampfte die Brigantine heftig. Zum Glück verstand wenigstens die Mannschaft ihr Handwerk, dachte Miguel und umklammerte das Ruder mit beiden Händen. Der Kapitän jedoch trug seinen Ruf als Schönwettersegler weiß Gott zurecht. Wenn sich da Palha herablassen würde, Miguels Karten zu befragen, könnte er ihm beweisen, dass sie den falschen Kurs angelegt hatten! Miguel selbst benötigte die Karten des osmanischen Karthographen Piri Reis, von denen er sich schon vor einiger Zeit heimlich Kopien hatte anfertigen lassen, nicht einmal unbedingt. Auch navigatorische Geräte dienten ihm meistens nur zur Bestätigung dessen, was er ohnehin wusste. Schon immer hatte er dieses Wissen über die Bewegungen der See und den Verlauf der Küsten im Blut gehabt. Er roch Land, wenn welches in Reichweite war.

Und, konnte er jetzt etwa welches riechen? Natürlich nicht, deshalb wusste er ja auch mit Sicherheit, dass da Palha mit seinem Westkurs falschlag. Allein die Drift verfrachtete sie viel zu schnell, als dass sie noch in Landnähe sein konnten. Das konnte ihr sicheres Verderben werden, denn für Monate auf See waren sie nicht ausgerüstet. Die paar Ziegen und Hühner an Bord reichten vielleicht für ein paar Wochen, aber niemals für länger, und das Wasser würde ebenfalls knapp werden.

Aber für Felipe da Palha in seinem italienischen Faltenhemd und der eleganten Schaube, diesem modischen, offenen Umhang mit Pelzbesatz, mit seinem affektierten Spazierstock und den bestickten Handschuhen, war es unter seiner Kapitänswürde, einmal getroffene Entscheidungen mit einem simplen Steuermann zu diskutieren. Stattdessen hielt er ihn nun bereits seit geschlagenen zwei Tagen mit irgendwelchem Kinderkram auf Trab, den jeder Hanswurst genauso gut hätte erledigen können.

In diesem Moment kam ein Brecher über Bord und riss Miguel fast von den Füßen. Er konnte sich jedoch halten, und auch die San Pietro, dieses kreuzbrave Schiff, tanzte kurz darauf bereits wieder wie ein Korken auf der schweren See.

Auch Cornelisz van Lange trotzte dem Wind. Mit beiden Händen hielt er sich an den Leinen fest, die wegen des Sturms an Deck gespannt worden waren, und blickte über das aufgewühlte Meer. Es hob und senkte sich wie ein riesiger Leib, und das Toben und Rollen der Wellen, ihre Kraft und die sprühende Gischt ängstigten und faszinierten ihn zugleich. War es denn wirklich notwendig gewesen, ausgerechnet jetzt, da die Herbststürme begannen, die Reise anzutreten? Aber Vater hatte darauf bestanden, noch in diesem Jahr auszulaufen, trotz des nahenden Winters, und von einmal gefassten Beschlüssen wich Willem van Lange ungern ab. Bestes Beispiel dafür war seine Haltung gegenüber dem Wunsch seines Sohnes, die Malkunst von Grund auf zu erlernen. Sein Sohn und Nachfolger – ein Maler? Unsinn, das kam nicht in Frage, punktum.

Obwohl es für Cornelisz nichts Wichtigeres gab als seine Malerei und obwohl ihn Fragen von Handel und Geschäft furchtbar langweilten, fand er es schwierig, Einwände gegen die Vorhaben seines Vaters zu finden oder gar sich gegen ihn durchzusetzen. Hier zeigte sich sein großes Problem: seine mangelnde Entschlusskraft. Wo andere Argumente sammeln, eine Überzeugung entwickeln und sich klar festlegen konnten, zögerte er. Für ihn existierten Gegensätze und Widersprüche nebeneinander, als handele es sich um gleichberechtigte Paare. Liebe und Angst, Sicherheit und Verletzlichkeit, Zuversicht und Zweifel – meistens schwankte er zwischen Unvereinbarem. Für seinen Vater war diese Zerrissenheit ein Zeichen von Schwäche, zumal er selbst sich immer rasch entscheiden konnte und seiner sicher war. Wie sollte er den Sohn verstehen? Und doch, trotz dessen Strenge und ihrer gegensätzlichen Lebensauffassung liebte Cornelisz den Vater und wollte ihm gefallen, das war schließlich ganz natürlich. Nur, warum hatte er dann immer auch ein wenig Angst vor ihm? Und lag es wirklich allein an seiner Jugend, wie der Vater behauptete, wenn er unsicher war? Er war doch längst kein Kind mehr, das hatte sogar sein Vater angemerkt, als er ihn vor kurzem in das eigene Kontor geholt hatte.

»Du bist nun erwachsen. Es wird Zeit, tiefer und gründlicher als bisher die Verbindungen unseres Handelshauses kennenzulernen. Auf dich warten weit verzweigte Bündnisse, Partnerschaften und Handelsbeziehungen, deren Zusammenhänge du kennen und verstehen musst«, hatte er seine Entscheidung begründet. Cornelisz zaghaft vorgetragene Bitte, er möge ihn wenigstens vorübergehend, für ein paar Monate, in eine der großen Malerwerkstätten zur Ausbildung geben, hatte er mit einer wegwerfenden Handbewegung abgelehnt.

Nicht, dass ihn diese Entscheidung überrascht hatte, aber warum hatte es sein Vater plötzlich derart eilig gehabt, ihn von Cohn weg und ins eigene Kontor zu holen? Vielleicht, weil Advocat Cohn ihn von allem Wichtigen ferngehalten hatte? Hatte der Vater seinerzeit etwa darauf spekuliert, der Sohn würde die Gelegenheit nutzen und die Geschäfte des Advocaten ausspionieren können? Dabei hatte man ihm, dem Lehrjungen, natürlich nichts von Bedeutung anvertraut. Den lieben langen Tag hatte er Listen kopieren müssen, und die einzigen Informationen, die ihm zugänglich waren, bezogen sich auf Nebensächlichkeiten! Dennoch hatte er aushalten und mehr als zwei Jahre mit sinnloser, stupider Tätigkeit vergeuden müssen.

Der Tuchhandel, einst das wichtigste Standbein des Hauses van de Meulen, war dort inzwischen gänzlich zum Erliegen gekommen, da der Advocat seinen Schwerpunkt auf den Bergbau verlegt hatte. Zumindest das hatte Cornelisz mitbekommen. Den Advocaten interessierten Silber und andere Erze, deren Abbau im fernen Deutschland er von einer Vereinigung verschiedener Geschäftsleute abwickeln ließ. Niemand wusste Genaues über diese Unternehmungen, schon gar nicht, wer die Abnehmer waren, welche Handelsherren sich daran beteiligten oder wer mit wem welche Absprachen getroffen hatte. Geschäfte dieser Art waren neu in Antwerpen, und niemand sah es gern, wenn ein Neuling die Nase vorn hatte. Doch nicht das allein kreidete man dem Advocaten an. Zweierlei nahm man ihm übel: einmal natürlich die Geheimniskrämerei, vor allem aber, dass er seine Geschäfte unter Mitarbeit von Londoner Partnern tätigte und nicht der hiesiger Companien. Keiner der Antwerpener Kaufleute wurde einbezogen. Fremde Agenten und Handelshäuser aber, die mitten unter ihnen agierten, sie jedoch weder an den Unternehmungen partizipieren noch sich in die Bücher schauen ließen, waren das Letzte, was die Antwerpener in ihren Mauern dulden wollten. So schnitten und übergingen sie Cohn, wo sie nur konnten. Dennoch füllten sich die Kassen des Advocaten, wenn man den Andeutungen aus Bankierskreisen glauben durfte. Cornelisz hatte allerdings nie etwas Genaues in Erfahrung bringen können. Weder konnte er von irgendwelchen ungewöhnlichen oder besonders lukrativen Geschäften berichten, noch konnte er Zahlen oder Namen nennen.

Wie die anderen Antwerpener Kaufherren störte sich auch Willem van Lange mit der Zeit an den undurchsichtigen Geschäftspraktiken des Advocaten. Deshalb hatte er die Konsequenzen gezogen und seinen Sohn und Erben von dort weggeholt und in sein eigenes Haus beordert. Cornelisz solle den Schreibkram den Schreiberlingen überlassen, hatte er bereits am ersten Tag befohlen, als sein Nachfolger würde er nicht länger mit tintenverschmierten Fingern hinter einem Pult sitzen. Stattdessen waren sie zur Sitzung gegangen, wie die vertraulichen Treffen mit anderen Kaufmännern und Ratsherren genannt wurden. Offiziell ging es dabei um die Vorbereitung von Entscheidungen der Ratsversammlung, aber im Grunde standen auch hier die eigenen Geschäfte im Mittelpunkt.

Wie er diese Treffen hasste, bei denen er mit niemandem über ein Thema sprechen konnte, das ihn interessiert hätte, so dass er sich stets überflüssig und fehl am Platze fühlte. Schon früher waren sie für ihn ein Spießrutenlauf gewesen. Vaters Freunde klopften ihm zwar wohlwollend auf die Schulter und plauderten freundlich mit ihm, fragten auch nach seinen Vorlieben und Fortschritten, lachten und scherzten sogar, bis dann irgendwann der Moment kam, wo er regelrecht examiniert wurde. Und der kam unweigerlich! So auch dieses Mal: Ratsherr Schulte hatte ihn über die hessischen Maße und Gewichte ausgefragt, und es endete, wie es enden musste. Als er dann mit hochrotem Kopf und stotternd den Blick des Vaters suchte, wandte der sich ab und ließ ihn schmoren.

Wo andere Väter ein Herz hatten, dachte Cornelisz nicht zum ersten Mal, saß bei dem seinen stattdessen ein Wille. »Sei präzise, entschlossen und schnell und leite notwendige Schritte ohne Zögern ein,« so lautete einer von Vaters Lieblingssätzen. Für ihn waren das nichts als leere Worte, Vater jedoch lebte und handelte tatsächlich danach. Wie mochte sich das anfühlen, stets zu wissen, was man tun sollte?

Diese Reise war allerdings auch für ihn im guten Sinne aufregend, erhielt er doch Gelegenheit, die Farben des tobenden Meeres mit den Augen des Malers zu studieren. Grünblau, Graugrün, Blaugrau mit gelblichen und weißen Schlieren, Maserungen und Schleiern – Schattierungen, die er noch nie zuvor gesehen hatte! Trotz seiner Furcht vor dem unberechenbaren Ozean konnte er sich der Faszination dieses Farbenspiels nicht entziehen. Bei jeder Welle änderte es sich, manchmal spiegelte sich das helle Blau des Himmels in jedem Tropfen. Wo endete das Wasser, und wo begann der Himmel? Dort, wo er glaubte, den Horizont auszumachen, war die Trennung der Elemente in den verschiedenen Grautönen nicht erkennbar, alles bewegte sich und verschwamm.

Erneut wurde sein Blick von den rollenden, sich auftürmenden und schäumend brechenden Wellen angezogen. Diese Fülle an Nuancen, das war etwas anderes als die milden Farben der Schelde. Seine eigene, recht klägliche Pigmentauswahl würde niemals ausreichen, auch nur einen winzigen Ausschnitt des wilden Meeres zu bannen, speziell an Azurit, Lapislazuli und Malachit mangelte es ihm. Aber selbst wenn die Möglichkeiten seiner Palette ausreichten und er die Farbtöne gut träfe, ob er überhaupt imstande wäre, die Kraft des Wassers darzustellen? Dafür reichten seine Fähigkeiten wohl kaum aus. Wusste er denn zum Beispiel, wie er die Pinsel zu führen hatte, um die Bewegungen der Wogen nachzuahmen oder diesen Lichtschimmer, der sich durch die Wolken kämpfte?

»Cornelisz, ich muss mit dir reden.« Die Stimme des Vaters riss ihn aus seinen Betrachtungen. Cornelisz löste den Blick von den Wogen, hangelte sich über das Deck bis zur Achterkajüte und schloss die Tür hinter sich.

29

Willem van Lange stand am Tisch, einem massigen Möbel, das wie die beiden Kojen am Boden befestigt war, damit es sich bei schwerer See nicht selbstständig machen konnte. Die Platte war mit Listen und Kontorbüchern übersät und mit See- und Portolankarten, die Küstenlinien, geschützte Buchten und Häfen anzeigten. Obenauf lagen ein Quadrant und eine Sanduhr. Durch das bleiverglaste Fenster fiel fahles Licht auf den Tisch und brachte ein kupferblankes Astrolabium zum Glänzen. Beschäftigte sich Vater neuerdings mit Nautik?

Cornelisz betrachtete die Karten und hörte lediglich mit halbem Ohr dessen Erläuterungen zu. Er konnte in dem verwirrenden Gitternetz aus fein gezeichneten Linien zwar nichts Rechtes erkennen, dennoch versuchte er, darin wenigstens ein System oder ein Muster zu entdecken.

»... deshalb sollst du nun endlich erfahren, was es mit dieser besonderen Reise auf sich hat«, hörte er den Vater gerade sagen. »Es geht neben einigen Besonderheiten, namentlich den Absprachen mit van der Beurse, von denen ich später noch ausführlich berichten werde, besonders um die Handelswege. Darüber musst du unbedingt Bescheid wissen. Genau genommen steckt allerdings noch mehr dahinter, viel mehr sogar.«

Sein Vater sammelte sich. Mit einem Seitenblick vergewisserte er sich, dass Cornelisz zuhörte, bevor er bedeutungsvoll begann: »Wir stehen an einem Wendepunkt, mein Sohn, denn erstmals steht uns der Weg offen, ein wirklich großes und einflussreiches Handelshaus zu werden!« Er räusperte sich. »Ich komme ohne Umschweife gleich zur Hauptsache: Ein Großteil unseres Vermögens, eigentlich fast alles, was wir besitzen, steckt in den Wechseln, die ich auf den Osthandel von van der Beurse ausgestellt habe. Du erinnerst dich, da geht es um Pfeffer und Muskat. Aber, und das weiß ich aus sicherer Quelle«, fuhr er fort, »die Truppen Sultan Süleymans marschieren auf Belgrad zu, allen voran seine grausamen Janitscharen, die Elite des osmanischen Heeres. Was das bedeutet, ist ja wohl klar: Es wird Krieg geben.«

Der Kaufmann beugte sich vor und stützte die Hände auf die Karten. Seine Blicke prüften – wahrscheinlich zum hundertsten Mal – markierte Linien, Verbindungswege, die aus dem Fernen Osten kommend in Konstantinopel zusammentrafen, von wo sie sternförmig nach Westen und Norden auseinanderstrebten.

»Natürlich fragst du dich, was das für uns heißt. Das will ich dir sagen. Neben anderem bedeutet es Folgendes: Wenn der Osmane sein Reich nach Norden und Westen ausdehnt, dann wird der alte Handelsweg von den Gewürzküsten nach Antwerpen unpassierbar, zunächst für die Zeit des Krieges, vermutlich aber sogar endgültig. Hier befindet sich das Nadelöhr.« Er tippte mit dem Finger auf Konstantinopel. »Die Osmanen mitsamt ihren arabischen Nachbarn reißen zurzeit den Gewürzhandel aus Indien an sich, und selbst die Venezianer kommen dagegen nicht an, weder mit Diplomatie noch mit Waffengewalt. Gewinnt nun der Sultan diesen neuerlichen Krieg, dann ist hier Schluss, siehst du? Doch selbst wenn er ihn verliert, dann ist hier trotzdem Schluss, nämlich genau hier.«

Er wischte über den Rand der Karte, auf der neben der

Küstenlinie des Mittelmeeres, der Levante und des arabischen Meeres das riesige Osmanische Reich bis an seine östlichen Grenzen gut zu erkennen war. »Und zwar wegen der Blockade weiter im Osten. Verstehst du jetzt?«

Cornelisz nickte, ohne etwas zu sagen. Aus Erfahrung wusste er, dass der Vater seine Antworten nur selten zur Kenntnis nahm.

»Und der erst vor wenigen Wochen in Aachen zum Kaiser gekrönte spanische König unternimmt nichts dagegen, nicht das Geringste!«, eiferte sich der Handelsherr. »Stemmt sich Karl V. gegen diese Entwicklung? Nein! Nimmt er sie wenigstens ernst? Von wegen! Er hat nichts Besseres zu tun, als sich von Frankreich in diesen sinnlosen Feldzug in Oberitalien ziehen zu lassen, und lässt seine Tante als Statthalterin der Niederlande weitermachen! Ist er denn blind? Er übersieht offensichtlich, dass es die Kaufleute sind, Männer wie ich, die sein Reich ausmachen und festigen. Wir sind es, die ihm die Kassen füllen! Nicht Krieg bringt uns weiter, das tut nur der Handel!« Schnell hatte sich der Vater in Rage geredet. Mit langen Schritten stürmte er in der engen Kajüte auf und ab, so dass sein weiter, pelzgefütterter Umhang heftig um seine Beine schwang.

Cornelisz verstand nicht genau, was den Vater derart erhitzte. Seitdem er denken konnte, lockte ihn doch der Widerstand, das Wagnis, das kühne Spiel. War der eine Weg versperrt, so suchte und fand er einen anderen, der sich dazu meistens als der lukrativere herausstellte. Was also erregte ihn nun so sehr?

»Und was tut die Kaufmannschaft in Antwerpen, in ganz Flandern? Sie macht sich in die Hose vor Angst! Keiner von ihnen hat genügend Mumm in den Knochen, einzig die Amsterdamer und der aus Brügge!«

»Der aus Brügge«, damit war das Handelshaus van der Beurse, Willem van Langes großes Vorbild, gemeint, wusste Cornelisz.

»Ich sage dir«, fuhr der Vater fort, »jemand musste die Initiative ergreifen. Denn eines ist klar, es muss endlich eine neue Route her. Und zwar nicht über Land, sondern um Afrika herum, das ist die Zukunft! Nur damit kommen wir den Osmanen und ihren Glaubensbrüdern in den Rücken und können sie umgehen. Dann können sie blockieren, was und wo und so viel sie wollen, wir lassen uns nicht aufhalten!«

Van Lange schrie nun beinahe. »Seit nahezu zwanzig Jahren gibt es diese Route bereits, und wer hat sie entdeckt? Du weißt es, mein Sohn, denn dir habe ich es schon vor langem erklärt: Es waren portugiesische Seefahrer. Seit Jahren sitzen sie bereits an sämtlichen afrikanischen Küsten und in Goa, ihrer indischen Kolonie, und beherrschen die Transportwege über See. Und jetzt die wichtigste Frage: Warum, in Gottes Namen, nutzen wir sie nicht endlich auch? Warum haben wir uns einer Zusammenarbeit mit den Portugiesen bislang verschlossen? Oder warum haben wir weder eigene Schiffe für die Umrundung Afrikas ausgerüstet noch eine Flotte oder gar eine Companie zu diesem Zwecke gegründet? Weil der gerühmte Weitblick unserer Antwerpener Kaufleute höchstens bis zur Nasenspitze reicht und weil sie kleinmütig von den angeblich zu hohen Risiken lamentieren, sobald es darum geht, einmal etwas Neues zu wagen!«

Cornelisz beugte sich tiefer über die Karten auf Vaters Tisch. Er hasste laute Ausbrüche, außerdem kannte er diese Litanei bereits zur Genüge.

Van Lange goss Wein in einen Pokal und nahm einen großen Schluck. Das Schiff krängte und rollte, so dass sich

Cornelisz unwillkürlich an der Tischkante festklammerte, während sein Vater breitbeinig dastand und sein Glas schwenkte.

»Portugiesische Seefahrer sind die geborenen Bezwinger der Meere«, fuhr er schließlich ruhiger fort. »Zudem wussten sie es schon immer: Der Reichtum liegt keineswegs im Westen, in diesem Hispañola, wie Colombo, der Genueser behauptet, er liegt vielmehr genau in der Gegenrichtung, im Osten. Daher ist es auch nicht verwunderlich, dass sie mit jeder Schiffsladung reicher werden«, schwärmte er.

Schon seit längerer Zeit war Vater in den Gedanken verliebt, Zeit und Kosten, insbesondere die hohen Zölle, die die Araber und Osmanen auf jede Karawane aus Indien erhoben, durch die Umsegelung Afrikas einzusparen. Cornelisz kannte die oft hitzigen Dispute zu dieser Frage, die sein Vater in der Antwerpener Kaufmannschaft führte, und beobachtete seit Jahren, wie er sich bemühte, das Interesse an dieser neuen, nach seiner Meinung einträglicheren Route zu wecken. Auch die Gründung einer Handelsgesellschaft hatte er mehrmals vorgeschlagen. Vergeblich, alle potentiellen Teilhaber lehnten ab. Ihre Gegenargumente gipfelten jedes Mal in den gleichen drei Worten: zu hohes Risiko. Sein Vater schien allerdings nach wie vor von seinen Argumenten überzeugt zu sein. Warum nur lag dann seine Stirn in Sorgenfalten? Und was hatte dies alles mit ihrer Seereise zu tun?

»Der Seeweg um Afrika würde unseren Profit vertausendfachen!«, eiferte sich der Vater soeben. »Wenn wir nicht endlich in die neue Route investieren, werden uns die spanischen und portugiesischen Handelsherren schon bald aus dem gesamten Gewürzhandel verdrängt haben. Wir müssen uns schleunigst mit ihnen einigen. Denn was bleibt uns in Antwerpen sonst übrig? Ich will es dir sagen: statt molukkischer Inseln das Nordmeer, statt Muskat nur noch Pelze und getrockneter Fisch!«

Pelze und Fisch? Damit war die Hanse gemeint, die Vater verachtete, da es den Kaufleuten der Hanse seiner Ansicht nach an Mut und Weitsicht fehlte.

»Stockfisch, Bernstein und Pelze, was ist das schon im Vergleich zu Safran und Pfeffer, Zimt und Muskat?«, fragte der Vater mit einer wegwerfenden Handbewegung. »Aber ich sage dir, wenn die Antwerpener nicht hören wollen, so müssen sie eben fühlen. Ich werde ihnen beweisen, dass ich recht habe! Und ich werde ihnen zeigen, was ihnen entgeht. Diesmal habe ich alles auf eine Karte gesetzt, alles.«

Mit diesen Worten kippte Willem van Lange den Rest des Weins hinunter. Plötzlich schien es ihm heiß geworden zu sein, denn er zerrte am Ausschnitt seines Hemdes und wischte Schweißperlen von der Stirn.

»Drei Schiffe, Sohn, habe ich losgeschickt, drei Schiffe, voll bis obenhin! Nach der Umsegelung des verfluchten Kaps, wenn nichts mehr schiefgehen kann, nehmen sie die *volta pelo largo,* den großen Umweg. Das ist die längste, wegen der günstigen Winde jedoch auch schnellste Route«, erklärte der Kaufmann weiter. »Und vier Monate später sind sie in Antwerpen!«

Er hatte sich wieder gefangen und drehte den leeren Pokal in den Händen, während sein Blick in die Ferne ging. Was er dort sah, schien ihn zu befriedigen, denn seine Stirn glättete sich. Nach einer Pause fuhr er fort: »Die Verantwortung dafür habe ich übernommen, und zwar sowohl für unseren eigenen wie auch für den Anteil von van der Beurse. Ich gebe zu, es liegt ein gewisses Wagnis darin. Aber du kennst meine Maxime, wer nichts Großes wagt, der darf nicht über trockene Erbsen jammern. Nun ja, wie dem auch sei, vor kurzem erhielt ich jedenfalls die Nachricht, alle Schiffe hätten glücklich das Kaap De Goede Hoop umsegelt! Du siehst, das Schlimmste ist also geschafft, und in etwa vier Monaten werden sie in Antwerpen eintreffen. Wir aber segeln unserer Flotte entgegen. Wir werden sie in der portugiesischen Festung *Santa Cruz de Aguér* an der marokkanischen Küste erwarten, um mit ihnen gemeinsam nach Antwerpen zurückzureisen. Diesen Triumph lasse ich mir nicht entgehen!«

Das also war es, dachte Cornelisz beinahe erleichtert, der Vater wollte es den zögerlichen Handelsherren zeigen, wollte sie übertrumpfen, er suchte ihren Beifall und wollte seine Genugtuung auskosten. Wenn er es richtig verstanden hatte, so stand allerdings tatsächlich viel auf dem Spiel, und ihm dämmerte, was dem Vater Schweißausbrüche verursacht hatte.

Willem van Lange hatte in Indien und auf den Gewürzinseln offenbar nicht nur seine eigenen Waren, sondern auch die des Brügger Handelshauses van der Beurse auf portugiesische Schiffe verladen lassen und auf den langen und gefährlichen Weg um Afrika herum geschickt. Ohne vorher van der Beurses Einwilligung eingeholt zu haben, und demzufolge auch ohne Absicherung. Das bedeutete, das Haus van Lange allein trug das volle Risiko. Alles auf eine Karte? Natürlich, dachte er.

Wenn es jedoch gut ausging, dann gebührten ihm auch allein die Lorbeeren. Tausendfacher Profit? Für Vater war das weiß Gott ein starker Ansporn. Reichtum und Anerkennung, das waren Anreize, denen er nicht widerstehen konnte, dazu hoffte er schon zu lange auf einen regulären Sitz in der Ratsversammlung. Offenbar hatte er es nach den vielen Monaten der Ungewissheit und des Wartens in Antwerpen nicht mehr ausgehalten, und so eilte er nun seinen Schiffen entgegen. Er als sein Sohn und Nachfolger sollte Zeuge dieses Triumphes sein.

So kannte er ihn. Und wie konnte man einen Mann wie Vater nicht bewundern? Gleichzeitig jedoch fühlte sich Cornelisz ihm ferner als je zuvor.

Der Kaufmann nahm die Wanderung in der Kajüte wieder auf. Er dachte bereits weiter. »Auf diese Weise werden wir sofort im Besitz der Waren sein und können schon von Santa Cruz aus Verteilung und Weitertransport in die Wege leiten. Noch wichtiger ist mir, dass wir zu den Ersten gehören werden, die detaillierte Berichte über die neue Route erhalten. Von den portugiesischen Kapitänen, von ihrem Mut und ihren Fähigkeiten wird die Zukunft unseres Hauses abhängen, also auch die deine. Von ihnen werden wir alles aus erster Hand erfahren, zum Beispiel über die neu zu erbauenden Schiffe. Dieses Wissen verschafft uns einen Vorsprung, und der wird entscheidend sein. Deshalb habe ich darauf bestanden, dass du mich begleitest, deshalb sollst du von Beginn an dabei sein. Später wirst du einmal deinen eigenen Söhnen von dieser Reise berichten können. Du wirst ihnen erzählen, welche Wagnisse nötig waren, um unser Haus zu einem der ganz großen werden zu lassen.«

Van Lange blickte den Sohn an. Doch sah er ihn wirklich? Schaute er nicht vielmehr auf eine lange Folge imaginärer Nachkommen? Und was erwartete er von ihm, Zustimmung, Begeisterung oder gar die Absolution wegen des zweifellos hohen Risikos?

»Sieh dir die Frachtlisten an«, befahl der Kaufmann, öffnete den schweren Deckel seiner *arca noe*, einer massiven, eisenbeschlagenen Truhe, und entnahm ihr ein großes, ledergebundenes Kontorbuch. »Hier, sieh dir unsere Orders an.«

Dieses Auftragsbuch wurde stets mit der gleichen Sorgfalt wie die Bibel behandelt, es war Vaters Heiligtum.

Cornelisz schlug es auf, fuhr mit dem Finger die Listen entlang und las. Die Bestellungen lauteten auf edle Hölzer, auf Kattun und Seide in verschiedenen Qualitäten, auf bemaltes, seltenes Porzellan aus dem fremden *Kathai,* einigen besonderen Rohdiamanten aus Indien sowie natürlich auf Pfeffer und andere Gewürze von den Molukken.

»Wir werden die Einzigen sein, die den Antwerpenern zu dieser Zeit etwas Anständiges anbieten können. Sie werden nicht mehr umhinkönnen, mich in den Rat der Stadt zu bitten. Und natürlich werden die van der Beurses in Brügge über eine Zusammenlegung mit unserem Haus anders denken, wenn ihre Geldkatzen durch diesen Geniestreich prall gefüllt sind.« Vater rieb sich die Hände.

Die van der Beurses hatten Zugang zum Hof, und das war es, was ihn vor allem reizte. Jetzt stand er am Fenster und schaute hinaus. Vermutlich sah er aber anstelle des aufgewühlten Meers eine strahlende Zukunft vor sich. Cornelisz kannte die Überlegungen seines Vaters über einen möglichen Zusammenschluss beider Handelshäuser. Wenn es nach ihm ging, kam sogar eine Heirat zwischen Cornelisz und der jüngsten Tochter von van der Beurse in Betracht, eine Vorstellung, die ihn selbst zutiefst erschreckte. Dennoch freute er sich, dass Vater ihn derart umfassend ins Vertrauen zog und sogar einige Unsicherheiten zugab. Das geschah zum ersten Mal. Vielleicht sollte er sich ihm ebenfalls anvertrauen, sozusagen von Gleich zu Gleich mit ihm sprechen und seine Sehnsüchte und Zukunftspläne mit ähnlichem Nachdruck vertreten, wie es der Vater getan hatte?

30

Bevor Cornelisz zu einem Entschluss fand, neigte sich plötzlich das Schiff zur Seite, so dass Bücher und Gerätschaften über den Tisch rutschten.

»Was, zum Henker, ist nun wieder los?«, erboste sich der Vater.

»Ich gehe nachsehen.« Erleichtert, die fällige Aussprache doch noch ein wenig hinausschieben zu können, rannte Cornelisz den Niedergang hoch.

Mit einer Hand umklammerte Kapitän da Palha den Mast, mit der anderen Hand hielt er seine federgeschmückte Kappe aus purpurrotem Samt. Das kostbare Wams, die eleganten Beinkleider, ganz einfach alles war von Salzwasser durchweicht. Offenbar hatte ein Brecher den Kapitän erwischt und zugleich jedes Stück, das nicht ordentlich festgezurrt war, über Bord gespült. Alvaréz, der Steuermann, brüllte ihm gegen den Wind etwas von falschem Kurs ins Ohr, doch der Kapitän schüttelte den Kopf. »Wenn wir einen falschen Kurs segeln, dann liegt die Schuld allein bei Euch, meine Anweisungen waren sehr präzise!«

»Der Wind ist zu stark, wir kommen zu weit nach Westen, Ihr müsst Befehl zum Kurswechsel geben!«

»Mir scheint, Ihr vergesst, wer auf diesem Schiff das Sagen hat!«

»Achtung, festhalten! Da kommt was von Backbord!«

Der Steuermann brüllte seine Warnung über das Deck und stemmte sich gegen das Ruder. Cornelisz erschauerte, als er den nächsten Brecher heranstürmen sah und rannte, so schnell es bei dem Seegang möglich war, zurück in die Kajüte.

Der Wind frischte weiter auf, und jeder an Deck suchte irgendwo nach einem Halt. Die Wellen schlugen hoch, und ständig gingen Brecher über das Deck. Alvaréz hielt am Ruder dagegen, so gut es ging. Immer neue schäumende Wogen kamen über das Deck, bis alles an Bord durchnässt und die Augen der Seeleute rot vom Wind und vor Erschöpfung waren. Die San Pietro jedoch war ein zuverlässiges Schiff, stets tauchte sie aus den Wellentälern wieder auf und schüttelte wie ein Hund das Wasser ab.

In der Nacht schlief der Sturm endlich ein, und die dichte Wolkendecke riss auf. Miguel de Alvaréz hatte die Gelegenheit genutzt und stand mit seinem Quadranten an Deck. Zwischen jagenden Wolken suchte er den Himmel nach *polaris,* dem Nordstern, ab. Da, er hatte ihn. Und tatsächlich, wie befürchtet stand er viel zu tief am Horizont.

»Nun? Was schließt Ihr daraus?«, hörte er plötzlich die trügerisch sanfte Stimme des Kapitäns hinter sich. Miguel fuhr herum. Der Kapitän stand spöttisch lächelnd neben dem Ruderhaus. Die weißen Falten seines Hemdes leuchteten aus dem Dunkel. Miguel reichte ihm das hölzerne Brett. »Seht selbst!«

»Nein, nein! Nicht nötig, dafür habe ich schließlich Euch«, wehrte da Palha ab. »Sagt mir nur, was Ihr berechnet habt.«

»Nun«, Miguel entspannte sich leicht. Vielleicht würde der Kapitän ja endlich doch Einsicht zeigen? »Wie ich es sehe, befinden wir uns etwa eine gute Tagesreise vor den *Cana-*

rias. Diese Inseln liegen günstig, wir könnten sie vermutlich schnell erreichen, um frisches Wasser aufzunehmen.«

»So seht Ihr das also? Nun, das ist hochinteressant. Eure Schlussfolgerungen sagen mir allerdings nicht zu. Habt also die Güte und lasst den Kurs ändern, legt Nordost an! Lasst außerdem alle Mann an Deck antreten, das faule Pack soll etwas tun! Morgen Mittag werde ich selbst den neuen Kurs mit meinem Astrolabium nachmessen. Gehabt Euch bis dahin wohl, Steuermann.«

Miguel knirschte vor Wut mit den Zähnen und musste gegen den Impuls ankämpfen, den Mann niederzuschlagen. Nur der gesunde Menschenverstand hielt ihn davon ab. Der Kapitän würde ihn in Eisen legen lassen und womöglich darauf bestehen, das Schiff selbst zu segeln. Und dann Gnade ihnen Gott! Unter größter Anstrengung nickte Miguel. »*Sim*, ja, *Senhor*.« Zufrieden lächelnd verschwand der Kapitän unter Deck.

Bei der nächsten Gelegenheit zwei Tage nach diesem Kurswechsel reagierte Miguel weniger besonnen. »Mittlerweile segeln wir eindeutig zu nahe unter Land. Befragt Eure Ephemeriden und den Jakobsstab, wenn Ihr mir nicht glaubt. Hier gibt es gefährliche Strömungen und Sandbänke! Ihr müsst den Kurs ändern, Kapitän, sonst droht ein Unheil.«

»Was Ihr nicht sagt! Und weil Ihr es sagt, muss ich es tun?«, höhnte da Palha. Dann hob er seinen Stock, als wolle er den Steuermann damit schlagen.

Miguel ging sofort in Abwehrstellung. Mit einem Stock hatte ihn zuletzt sein Vater geschlagen, und das war mehr als zwanzig Jahre her. Doch der Kapitän drückte nur die Spitze an Miguels Brust und drängte ihn damit Schritt um Schritt zurück.

»Steuermann, Euer respektloses Gebaren gefällt mir nicht.

Geht mir aus den Augen!«, brüllte er. »Ab sofort steht Ihr in Eurer Kajüte unter Arrest. In Santa Cruz de Aguér werde ich Euch dem Hafenkommandanten übergeben.«

»Wenn wir denn je dorthin kommen!«, polterte Miguel zurück, riss vor Wut seine Mütze vom Kopf und schleuderte sie im hohen Bogen über Bord. Mit dem Kapitän am Steuer segelten sie auf geradem Weg ins Verderben! »Sollten wir jemals dort ankommen, dann nur dank Gottes Hilfe!«, brüllte er noch einmal. Dann verschwand er in der Kajüte.

Das Unheil ereilte sie in der ersten Morgendämmerung. Miguel hatte die Anordnung des Kapitäns ignoriert und hockte am Mast. Unter Deck fühlte er sich nicht sicher, nicht mit diesem Kapitän und schon gar nicht bei diesem Kurs. Irgendetwas sagte ihm, dass sie bei dem Sturm in den letzten Tagen dem Land näher gekommen waren, als ihnen lieb sein konnte, er roch es! Spätestens bei Sonnenaufgang, dachte er, würde er sich Gewissheit verschaffen, mochte der Kapitän sagen, was er wollte. Er verschränkte die Arme über den Knien und legte den Kopf darauf.

Der Wind hatte tüchtig zugenommen, und das Schiff begann erneut zu kämpfen. Cornelisz hielt es in der Koje nicht länger aus. Ständig dieses Rollen, und immerzu musste man sich festhalten, um nicht aus dem Bett zu fallen. An Schlaf war nicht zu denken. Stundenlang hatte er versucht, sich einzelne Sätze für das kommende Gespräch mit Vater zurechtzulegen, hatte Erklärungen eingeübt und Argumente gesucht, die überzeugend darlegen sollten, warum er lieber nicht Kaufmann werden wollte.

Hier, in der wilden Nacht, festgeklammert an der Reling dieser Nussschale von einem Schiff, wurde ihm etwas Neues klar. Es ging nicht allein um seinen Herzenswunsch, malen zu können, nein. Vaters Fußstapfen, in die er eines Tages treten sollte, waren viel zu groß für ihn. Er war kein Kaufmann. Er konnte kein Handelshaus führen, es steckte ihm einfach nicht im Blut. Er würde scheitern. Das musste er dem Vater begreiflich machen.

Obwohl es noch dunkel war, konnte man die Küstenberge gegen den Himmel bereits ausmachen, sie segelten also dicht unter Land. Das Schiff rollte und bäumte sich auf. Cornelisz klammerte sich fest. Der Wind riss an seinen Haaren und blähte sein Wams wie ein Segel auf, doch davon ließ er sich nicht ablenken. Ihm musste eine Lösung einfallen.

Ein anderer, schoss es Cornelisz plötzlich durch den Kopf. Wenn nicht er seines Vaters Nachfolger sein konnte, dann musste ein anderer her, ein Außenstehender, jemand, dem sein Vater die Aufgabe zutraute und den sie gemeinsam aussuchten. Er müsste neben einem festen Gehalt eine Gewinnbeteiligung erhalten, dann würde er schon ordentlich arbeiten. Sie mussten nur einen vertrauenswürdigen Verwalter oder auch Kompagnon finden, der das Geschäft verstand und liebte. Ja, das war die perfekte Lösung. Der Wind blies Cornelisz alle Unsicherheiten aus dem Herzen, und er lachte vor Erleichterung.

Plötzlich lief ein unheilvolles Beben durch den Schiffsrumpf, gefolgt von dem Kreischen berstenden Holzes. Sofort war Miguel auf den Beinen und stürzte an die Reling. Im gleichen Moment brüllte der Mann am Ruder: »Grund! Alle Mann an Deck – wir sind auf Grund gelaufen!«

Die Küste! Sie war tatsächlich zu nahe gekommen. Miguel traute seinen Augen kaum. Aufbäumende Wogen mit hellen Gischtkronen berannten die San Pietro. Sie hatten ein Kap umrundet und waren dabei in eine gefährliche Strömung geraten. Hier rollte und schäumte das Meer über schroffe Felsen knapp unterhalb der Wasseroberfläche und machte aus der Brigantine ein Spielzeug der Wellen. Wie ein kleiner Nachen wurde das Schiff hin- und hergeworfen, schwallweise kam das Wasser über das Deck und strömte den Niedergang hinunter. Harte Brecher und mächtige Wellen donnerten gegen den Rumpf der San Pietro, die immer wieder an unsichtbare Felsen unter der Wasserlinie geschleudert wurde. Sie rollte schwerfällig und unkontrolliert von einer Seite zur anderen, dann geriet sie plötzlich in Schräglage.

»An die Pumpen!«, brüllte Miguel. Im Nu war das Deck voller Männer, doch keiner folgte dem Befehl. Einige Männer schrien, andere bekreuzigten sich, der Kapitän kniete auf dem Deck und betete laut. Schreie voller Angst erschollen: »Wir nehmen Wasser auf! Wir sinken! Heilige Mutter Gottes, steh uns bei!«

Knirschend zerbarsten Planken des schönen Schiffes, Tauwerk und Fässer flogen über das Deck. Jetzt hatten die Pumpen keinen Sinn mehr, überlegte Miguel. »Wasser im Laderaum!«, schrie einer der Männer. »Es steigt!«

»Lasst das Rettungsboot zu Wasser, schnell!«, befahl der Kapitän.

»Zu klein für die vielen Männer!«, brüllte Miguel zurück und hielt sich mit Mühe auf dem schrägen Deck, das immer wieder von Wasser überspült wurde.

Einige Matrosen an Deck konnten sich auf dem nassen Holz nicht länger halten und glitten ins Meer, andere Seeleute rutschten vom Achterdeck in die Gischt. Der Kaufmannssohn, ein junger Bursche, der eigentlich unter Deck in der luxuriösen Achterkajüte sein sollte, klammerte sich an eine der Decksleinen. Hoffentlich ließ er rechtzeitig los, denn lange würde sich das Schiff nicht mehr halten. Dann sah Miguel, dass sich eines der Taue um den Fuß des jungen Mannes geschlungen hatte. Vergeblich bemühte sich der Junge, seinen Fuß zu befreien.

Zwei Männer stürzten aus der Takelage. Schreiend und mit den Armen rudernd fielen sie in die Tiefe und verschwanden in den Fluten. Der Mast brach, traf einen Matrosen am Kopf und zerschmetterte seinen Körper auf den Decksplanken, bevor er auf die Reling krachte und sie zertrümmerte. Inmitten dieses Infernos sang jemand einen Psalm.

Miguel kämpfte sich zu dem jungen Passagier vor und deutete auf das Messer in seinem Gürtel. Er hatte keine Hand frei, doch der Bursche verstand sofort. Er packte das Messer und zog es aus dem Gürtel. Dann schnitt er die Leine durch und sprang auf die Füße.

»Danke!«, rief er gegen den Wind. »Ich danke Euch!«

»Gib mir das Messer zurück!«

Der junge Mann nickte. Er wartete den nächsten Brecher ab, dann schleuderte er Miguel den Dolch zielsicher zwischen die gespreizten Füße. Guter Wurf, dachte der Steuermann. Der Griff federte noch, als Miguel zupackte, das Messer aus dem Holz zog und wieder am Gürtel befestigte.

»Kannst du schwimmen? Dann spring!«, schrie er dem jungen Kerl über das Tosen zu. Damit wandte er sich ab. Jetzt war sich jeder selbst der Nächste.

In der Ferne leuchtete und lockte das Bergland der afrikanischen Küste im ersten Morgenlicht. Miguel schätzte die Entfernung zur Küste auf etwa eine halbe Meile. »Lieber Gott, hilf diesen tapferen Männern.«

Er vergewisserte sich, dass sein Messer neben dem alten Oktanten fest im Gürtel steckte und bekreuzigte sich. Dann sprang er.

31

Die Wellen hatten Miguel hoch auf einen felsigen Strand gespült. Kiesel und Steine drückten in sein Gesicht. Die Sonne glühte, sie dörrte die schwarzen, salzverkrusteten Haare und brannte das Hemd auf die Haut. Bewegungslos lag er da, mit offenen, blicklosen Augen. Wie lange war er schon hier? War er bewusstlos gewesen oder erschöpft eingeschlafen? Und wo war er? *Que diabos,* was zum Teufel war eigentlich geschehen?

Miguel stützte sich auf Knie und Hände und schaute umher. Er befand sich in einer engen, mit Felsbrocken übersäten Bucht, vor sich eine ausgewaschene Felswand, etwa zehn Fuß hoch, und im Rücken die tosende Brandung. Im Spülsaum des Strandes dümpelten Holzteile, Taue, Kisten und Fässer. Plötzlich fiel ihm alles wieder ein.

Vor Wut über den Stümper da Palha war er aus der Haut gefahren, erinnerte er sich, und an den falschen Kurs, die Wassermassen, die über das Schiff kamen, und schließlich an das berstende Holz. Er wusste nicht, wie es eigentlich hatte geschehen können, aber irgendwann war das Schiff auf Felsen aufgelaufen und zerschellt. Männer waren über Bord gegangen, ersoffen wie Ratten, während die San Pietro immer mehr Wasser aufnahm. Und er? Auch das fiel ihm jetzt wieder ein. Er war über Bord gesprungen und buchstäblich um sein nacktes Leben geschwommen.

Miguels Magen hob sich, und er übergab sich auf den

Strand. Als endlich alles Salzwasser heraus war, zitterten seine Knie so sehr, dass er zu Boden ging. Doch abgesehen von dem scheußlichen Geschmack im Mund ging es ihm ein wenig besser.

Gar nicht einfach, wieder auf die Beine zu kommen, wenn Knie und Waden, wenn eigentlich der ganze Körper vor Schwäche zitterte. Seine Kräfte waren aufgebraucht, sein Herz raste. Erst nach mehreren Versuchen gelang es Miguel aufzustehen. Breitbeinig und schwankend, als gälte es immer noch den Seegang an Deck auszugleichen, stand er schließlich auf den Füßen.

War er verletzt? Vorsichtig tastete er Kopf und Gliedmaßen ab. Jede Menge Abschürfungen und Beulen spürte er, der Kopf schmerzte und auch die Brust, außerdem hatte er blutende Schnitte am Fuß und der Wange abbekommen, aber zum Glück keine ernsthaften Verletzungen. Die Schuhe waren fort, und Hemd und Hose hatten Risse, dafür saßen Messer und Oktant fest an seinem Gürtel. Insgesamt hatte er also Glück gehabt.

Nun entdeckte er auch das Schiff, oder besser dessen Reste, denn lange würde es nicht mehr als Schiff erkennbar sein. Als hätten sie Freude an ihrem Spielzeug, warfen die Wellen die San Pietro zwischen den Felsen hin und her, wo es nach und nach aufgerieben wurde. Planke für Planke, Bohle für Bohle, alles wurde in kleine und kleinste Stücke geschlagen. Bretter, Kisten und alle möglichen Trümmer dümpelten bereits in der Brandungszone, und immer neues Strandgut wurde angeschwemmt, Balken, Sparren, Säcke, Fässer, ein heilloses Durcheinander. Obwohl er nur kurze Zeit auf der San Pietro gefahren war, war ihm, als sähe er dem Sterben eines guten Freundes zu. So erging es wohl jedem Seemann, wenn ein Schiff aufgegeben werden musste. Und dann wurde sein Blick von einem seltsamen Gegenstand gefesselt, der auf den Wellen in der Bucht trieb. Ein ehemals prachtvolles Barett mit zerrupften Federn daran tanzte auf dem Schaum, Kapitän da Palhas Kappe ...

Plötzlich bemerkte er aus dem Augenwinkel, dass sich hinter einem halb vom Wasser überspülten, halb im Sand eingegrabenem Felsen etwas regte. Miguel hörte einen Laut, ein Heulen und Knurren, heiser und gefährlich wie von einem Tier. Etwas kroch dort drüben im Sand. Langsam zwar, sogar sehr langsam, aber wer wusste schon, welche giftigen oder gefährlichen Tiere hier auf die Jagd gingen? Schnell fuhr seine Hand an den Messergriff.

Doch kein Tier, ein Mensch kroch dort herum! Jemand zog sich mit den Armen über den Sand, fort von den Wellen. Als Miguel über den Felsen spähte, erkannte er den Sohn des Kaufmanns. So schnell er konnte, humpelte Miguel zu ihm, fasste ihn unter den Armen und half ihm höher auf den Strand. »Du hast es geschafft, *moço,* mein Junge! Hier kriegt dich das Meer nicht.«

Doch der Junge hörte ihn nicht, wirre Blicke und ein Wimmern zwischen zusammengebissenen Zähnen waren seine einzige Antwort. Die Arme schlugen um sich, matt und schwerfällig wie die eines Trunkenen, als ob er immer noch mit der See kämpfte. Er blutete aus einigen Wunden am Kopf, Gesicht und Arme waren zerschnitten, und die wenigen Kleider hingen in Fetzen. Die Brecher zwischen den Felsen hatten ihn nahezu zermalmt, und doch hatte er überlebt. Was für ein zäher Bursche, dachte Miguel und half dem verstörten jungen Mann, sich aufzusetzen und an einen großen Stein zu lehnen.

»Dein Name ist Cornelisz van Lange, nicht wahr? Nur ruhig, hier bist du in Sicherheit. Das Wasser kann dich nicht mehr erwischen. Es ist alles vorbei, verstehst du? Wo ist dein Vater? Cornelisz, hörst du mich?«

Der Junge antwortete nicht. Sein linkes Bein stand in einem unnatürlichen Winkel vom Körper ab. Das sah nicht gut aus. Vorsichtig tastete Miguel das Bein entlang und spürte sofort den Bruch oberhalb des Knies. Er riss das Beinkleid auf. Glücklicherweise war die Haut an der Stelle unverletzt, Wundbrand war also nicht zu erwarten. Als erfahrener Seemann wusste Miguel, was er zu tun hatte. Es würde zwar eine schmerzhafte Schinderei werden, aber wenigstens konnte er ihm helfen.

Doch zunächst strich Miguel dem Geretteten behutsam das salz- und sandverklebte Haar aus dem Gesicht und klopfte seine Wangen. »He, Junge, kannst du mich verstehen?«

Cornelisz antwortete nicht. Seine Augen irrten umher, dann krampfte und würgte er plötzlich, und der gesamte, mit Salzwasser vermischte Mageninhalt ergoss sich in einem weiten Schwall über den Sand.

»*Bom, maravilhoso,* großartig, kotz dich aus, immer raus mit dem Zeug, dann geht's dir besser«, lobte Miguel den völlig ermatteten Cornelisz. »So, nun warte einen Moment, ich bin sofort wieder bei dir.« Damit humpelte er zum Wasser und holte zwei angespülte Holzlatten und ein paar Seile, die dort auf- und abschwappten. Als er zurückkam, lag Cornelisz schlaff im Sand und nahm weder Miguel noch etwas von der Umgebung wahr.

»He, aufwachen, da bin ich wieder. Wie ist es, alles in Ordnung, *moço?*« Vorsichtig tätschelte Miguel dem verletzten jungen Mann das Gesicht. »Tapferer Kerl«, lobte er zufrieden, als Cornelisz mühsam die Augen öffnete. »Du hältst ja richtig was aus! Aber leider werde ich dir jetzt gehörig wehtun müssen, *amigo. Atenção!* Achtung, mein Freund, es geht los.«

Ohne Cornelisz' Schmerzensschreie zu beachten, packte Miguel mit beiden Händen zu. Er zog und ruckte beherzt an dem gebrochenen Bein, schob es in seine natürliche Stellung und tastete, ob alles zusammenpasste. Schließlich legte er die Latten an das Bein und umwickelte es mit den Seilen. »*Assim*«, sagte er zu guter Letzt und richtete sich auf, »geschafft. Der Rest ist deine Sache.«

Cornelisz antwortete nicht, eine tiefe Ohnmacht hielt ihn schon längst gnädig umfangen.

Umso besser, dachte Miguel und zog den Verletzten in den Schatten der Uferwand. Hier konnte ihm nichts geschehen. Und mehr konnte er im Moment sowieso nicht für ihn tun. Was er selbst jetzt brauchte, war frisches Wasser, das viele Meerwasser, das er geschluckt hatte, dörrte einen ja förmlich von innen aus! Und dem Jungen ging es wahrscheinlich nicht besser. Vorhin hatte er irgendwo an der Wasserlinie eine von da Palhas leeren Weinflaschen gesichtet, die würde er auf die Suche mitnehmen. Außerdem wollte er sehen, wo die anderen Überlebenden der San Pietro steckten.

Miguel betrachtete die Uferwand und die Klippen, die die Bucht begrenzten. Zehn, höchstens sechzehn Fuß bis oben, schätzte er, das müsste zu schaffen sein. Er sammelte seine Kräfte und begann, über Steine und Felsbrocken nach oben zu klettern. Mehrmals musste er innehalten, um wieder zu Atem zu kommen. Seine Arme und Beine schmerzten, am Rücken hatte er anscheinend eine Prellung, und am liebsten hätte er sich in den Sand gelegt und geschlafen. Der Kampf mit der Brandung hatte seine Kräfte aufgezehrt. Aber er lebte, er hatte es geschafft, dachte er immer wieder, während er seinen Weg über die Felsen suchte.

Was er eigentlich bewerkstelligt hatte, wurde ihm erst klar, als er, oben angekommen, die Bucht überblicken konnte.

Die Strecke zwischen Schiff und Land war nicht besonders weit, steckte jedoch voll unzähliger Hindernisse, die er offenbar mit viel Glück und trotz der stürmischen See überwunden hatte. Wie er jetzt, bei Tageslicht, sah, hatte er Hunderte von schartigen Felsen und Klippen bezwungen, allesamt unter Wasser versteckt, das brausend darüber schäumte und spritzte. Draußen rollte die San Pietro in ihrem letzten Kampf, schon jetzt kaum noch als Schiff erkennbar. Miguel seufzte unwillkürlich, dann ballte er seine Fäuste. »Aber mich hast du nicht gekriegt! *Não,* nein, mich nicht!«, schleuderte er dem brodelnden Meer von seinem sicheren Ausguck entgegen. Dass er diese schmale Bucht überhaupt gefunden und es bis an den Strand geschafft hatte! Von hier oben kam es ihm fast wie ein Wunder vor.

Außer ihm und dem armen Jungen, diesem Cornelisz, schien allerdings niemand überlebt zu haben, jedenfalls konnte er keine Menschenseele erblicken. Unwillkürlich bekreuzigte er sich und küsste die zusammengelegten Hände.

Dort unten in der Nachbarbucht glitzerte etwas. Miguel kniff die Augen zusammen. Er konnte nicht erkennen, was es war, doch wer im Nichts gestrandet war, konnte alles gebrauchen. Schließlich machte er ein kleines Fass aus, eine Tonne mit zertrümmertem Deckel. Und das Glitzerzeug? Sah beinahe aus wie Gold … *Bom Deus,* guter Gott, war das möglich?

So rasch er konnte, kletterte er die Uferwand hinab. Ein Fass voller Goldmünzen, das wäre mal ein Strandgut nach seinem Geschmack! Aber wer hatte schon so viel Glück? Er doch gewiss nicht, das wäre ja ein Wunder!

Endlich war er unten angekommen. Wie vermutet, handelte es sich um eines der Rumfässer der San Pietro. Der Stopfen steckte immer noch fest im versiegelten Spundloch, der Deckel der Tonne jedoch lag zersplittert im Sand. Und rundherum im Sand des Spülsaums, zwischen Steinen, Muscheln und Algen, glänzten tatsächlich Münzen, hunderte blanke Münzen. Auf den ersten Blick erkannte Miguel darunter goldene Florin, Gulden aus Flandern, venezianische Dukaten und silberne Taler! Ein richtiger Schatz!

Anscheinend hatten Sturm und Wellen das Fässchen wie anderes Strandgut auch hierhergetragen und es erst zum Schluss an den Felsen zerschlagen. Nun klemmte es zwischen überspülten Steinen und konnte weder vor noch zurück, die Münzen aber lagen verstreut im Sand und wurden allmählich, mit jeder Welle mehr, von Sand bedeckt. Miguel erkannte da Palhas Siegel über dem Stopfen. Hatte der Kapitän eigene Geschäfte abwickeln oder vielleicht ein paar Leute schmieren wollen? Einerlei, für dieses Schiff brauchten keine Rädchen mehr geölt zu werden, niemals mehr. Miguel drehte das Fass herum. Einen Moment stand er wie erstarrt. So viel Gold sah ein Seemann sonst nie auf einem Fleck! Dann machte er sich an die Arbeit.

Er klaubte die Münzen auf und schob sie zu einem Haufen zusammen. Zwischen den Fingern durchsiebte er den Sand, um auch die darin versunkenen Münzen aufzuspüren. Einige fischte er aus einer Pfütze zwischen den Felsen und legte sie ebenfalls zu den anderen. Gründlich suchte er die Stelle weiträumig ab, damit ihm keine einzige Münze entging. Schließlich untersuchte er noch den Spülsaum des Strandes, und sieben weitere der glänzenden Goldstücke belohnten seine Mühe. Was für ein ganz und gar unglaubliches, wundervolles Häufchen Treibgut! *Incrível!* Wohl an die hundert Goldmünzen mochten es sein, die er schließlich um sich herum ausbreitete.

Miguel ließ sich in den Sand sinken und nahm sich die

kleine Holztonne noch einmal vor. Ein dichter Wachstuchbeutel, nein, wohl eher eine Schweineblase, mit der das Fässchen innen ausgekleidet war, hatte seine Schwimmeigenschaften verbessert. Deshalb also war es trotz des Gewichts nicht untergegangen und vom starken Wellengang an Land gespült worden. Er sollte für da Palhas Seele beten und in der ersten erreichbaren Kirche eine Kerze für ihn anzünden – das hatte der Kapitän sich verdient, trotz allem. So viel Geld … Was man damit alles anstellen konnte! Zum Beispiel eine Anzahlung auf ein eigenes Schiff leisten, oder eine Schanklizenz kaufen und eine Wirtschaft in irgendeinem Hafen eröffnen. Ach, eine Menge war möglich mit so viel Gold! Und das Beste an der ganzen Sache: Niemand würde es jemals vermissen oder Anspruch darauf erheben, nicht nach einer solchen Tragödie. Es war herrenlos, Strandgut eben. Und so etwas gehörte seit altersher dem Finder.

Während Miguel versuchte, sich an den wundervollen Gedanken des plötzlichen Reichtums zu gewöhnen, segelte vor seinem inneren Auge bereits eine stolze Brigantine unter vollen Segeln über die Meere. Wie ihre Segel leuchteten, wie sie über die Wellen sauste … Sein Herz machte einen Satz. Ein eigenes Schiff!

Mit einem entschlossenen Ruck trennte Miguel einen der weiten Ärmel seines Hemdes ab, füllte die Münzen hinein, knotete beide Enden zu, und stopfte den Sack unter sein Hemd. Der festgezogene Leibriemen verhinderte, dass er ihm in die Hose rutschte. Nun sah sein Bauch zwar aus wie der feiste Wanst eines Gastwirtes, doch das störte ihn nicht. Die Münzen wurden noch ein wenig zu den Seiten hin verteilt, bis alles schön gleichmäßig saß, dann war er zufrieden. Immer wieder strich er liebevoll darüber. Ein herrliches Gefühl.

Noch nie, überlegte Miguel, war ihm ein auch nur annähernd vergleichbares Glück zuteilgeworden. Was für eine Ironie, dass ausgerechnet da Palha dafür sorgte! Jedenfalls würde er dieses Glück nicht vertun, *não, Senhor, nunca na vida,* nie im Leben. Er würde es zu nutzen wissen.

Mit einem Stein zertrümmerte Miguel sorgfältig Deckel und Boden der kleinen Tonne sowie die Dauben in möglichst kleine Teile. Größere Stücke zerbrach er über dem Knie. Schließlich verstreute er Hölzchen für Hölzchen zwischen den Felsen und Steinen und verwischte anschließend die restlichen Spuren. So, nun konnte ihm niemand etwas nachweisen. Jetzt musste er nur noch nach Hause zurück oder wenigstens in die von Menschen besiedelte Welt, dann stand einer goldenen Zukunft nichts mehr im Wege. Er grinste über die sinnige Wortwahl: goldene Zukunft. Wieder strich er über seinen dicken Bauch. Eigentlich fehlte ihm zu seinem Glück nur noch ein Gläschen Branntwein, dachte er, oder zumindest ein ordentlicher Schluck aus einem Wasserfass.

Erneut machte er sich an den Aufstieg über die Klippen. Erstens wollte er in die benachbarten Buchten blicken können, wohin sich vielleicht doch ein paar Männer der San Pietro gerettet hatten, und zweitens brauchte er Wasser. Oben angekommen, bahnte er sich den Weg so nahe wie möglich an der Abruchkante entlang durch dichtes Gestrüpp. Immer wieder kroch er an die Kante heran und spähte zum Strand hinunter. Nichts, kein Mensch weit und breit, nur Äste, Baumstämme und halb verrottetes, angeschwemmtes Treibgut zwischen den Steinen. Leider fand er auch nirgends die Spur eines Baches.

Plötzlich aber, in einer der nächsten Buchten, entdeckte er einen reglosen Körper und ein paar Möwen, die daran herumpickten. Der Mann war tot. Welcher von den Männern war das? Man sollte ihn jedenfalls begraben, überlegte er, keiner auf Erden hatte es verdient, von Möwen oder anderen Aasfressern zerrupft zu werden. Miguel wartete eine Weile, um Kräfte zu sammeln, dann stieg er hinab.

Der Tote lag auf dem Rücken, den Kopf zur Seite gedreht. Es war der Kaufmann aus Antwerpen, Cornelisz' Vater, der an diesem Strand der Berberküste seinen letzten Ankerplatz gefunden hatte. »Herr, gib ihm die ewige Ruhe«, betete Miguel, bevor er den Leichnam untersuchte. Zunächst fand er nur Hautabschürfungen sowie ein paar gebrochene Rippen, jedenfalls nichts Tödliches. Als er den Körper jedoch umdrehen wollte, wurde ihm klar, was geschehen war: Die See hatte dem Mann das Genick gebrochen. Wenigstens ein schneller Tod, dachte Miguel.

Dann nahm er sich die Taschen des toten Mannes vor. Sie enthielten nichts als Sand. Im Futter des Wamses hingegen spürte er etwas Festes. Vorsichtig zerschnitt er die Stoffbahnen und nahm ein flaches Kuvert mit stark durchweichten Schriftstücken an sich. Nicht leicht zu ergründen, was sie enthielten, dachte er, seine eigenen Lesekünste reichten dafür jedenfalls nicht aus, aber er verstaute sie dennoch in seinem Gürtel. Sodann faltete er die Hände des toten Kaufmannes, und nach einem Blick auf die hungrigen Möwen, die in sicherem Abstand warteten, begann er, den Vater des Jungen sorgfältig mit Steinen zu bedecken.

32

Das vollgesogene Segel hinderte ihn am Schwimmen. Zerborstene Balken und Masten um ihn herum, Taue, die ihn festhielten, nach unten zogen! Er bekam keine Luft, er musste sich befreien, ankämpfen gegen die Wellen, an die Luft ...

Cornelisz riss die Augen auf. Er spürte, dass er auf festem Boden lag, doch die Arme schlugen weiterhin um sich, und in seinem Inneren brandete immer noch die See. Alles schaukelte und wogte, und er spie widerliches Zeug in den Sand. Dann brach er zusammen. Im eigenen Dreck liegend schloss er die Augen und wimmerte.

Erst jetzt, als die eigene Stimme an sein Ohr drang, als Sand zwischen den Zähnen knirschte und er mit den Händen Steine zu fassen bekam, begriff er, dass der Tod ihn nicht länger gepackt hielt. Er musste nicht mehr gegen Felsen, Strudel und Wasser ankämpfen. Die Finger ertasteten Steine, so weit er reichen konnte, keine rutschigen Schiffsplanken mehr, kein hölzernes Schanzkleid, das den Sturz ins Wasser doch nicht verhindern konnte, und vor allem keine schäumenden, alles verschlingenden Wogen und Brecher.

Sein Bein pochte und klopfte, und als er mit der Hand darüber fuhr, bemerkte er eine stramme Bandage aus Hölzern und Stricken. Wo war er, und was war mit ihm geschehen? Er wagte nicht, die Augen zu öffnen, um nicht erneut vom Schwindel überfallen zu werden. Langsam schob er sich an einem Felsen in die Höhe. Erst als er halb aufrecht saß, öffnete er vorsichtig die Augen. Diesmal verhielt sich der Magen ruhig.

Er lagerte auf dem Strand einer kleinen Bucht. Draußen tobten hohe Brecher über unsichtbare Hindernisse, hier hingegen gab es nichts als sonnenglühende Felsen, Steine und das eine oder andere Stück Treibgut. Aber sonst nichts. Kein Mensch weit und breit. Aber irgendjemand musste das Bein mit Latten und Seilen geschient haben. Wer hatte ihn versorgt? Vermutlich Vater. Wie kam er überhaupt hierher?

Da kehrte die Erinnerung mit einem Schlag zurück.

Er war ins Wasser gesprungen. Noch nie im Leben hatte er eine Entscheidung von solcher Tragweite treffen müssen. Doch er hatte sie getroffen, oder? Als klar war, dass sich das Schiff nicht wieder aufrichten würde, war er gesprungen. Mitten hinein in das Gebirge aus brüllendem Wasser, das ihn verschlingen wollte. Cornelisz erschauerte. Oder war er doch gefallen? Irgendwer hatte gerufen: »Spring!« Hatte Vater ihm das befohlen? Er wusste, er war um sein Leben geschwommen, aber wie war er ins Wasser gekommen?

Fiebrige Wellen, die Erinnerung an Eiseskälte, an Todesangst durchzuckten seinen Körper. Er erinnerte sich, wie die Arme auf die Wellen einschlugen und ihn voranzogen, wie er mit den Beinen trat, um nur ja an der Oberfläche zu bleiben. Und dann die Felsen! Sie schnitten und rissen ihm die Haut blutig. Einige Male, als ihn die Brecher unter Wasser zogen, tief, so tief, dass das Blut in den Ohren sang, wollte er aufgeben. Und doch kämpfte er weiter, trat um sich, rang nach oben, kam an die Luft. Die Arme hoben sich, die Beine stießen, Arme, Beine, Arme, wieder und wieder …

Er lebte! Das Schiff war womöglich gesunken, er aber hatte die Katastrophe überlebt. Aber wo steckten die anderen, wo der Vater?

»Vater, wo bist du? Vater!« Rau und dünn wie die eines Kindes klang seine Stimme, und sie versagte sogleich vor Erschöpfung. Im Kopf hämmerte es wie in einer Schmiede. Nie wieder, schwor er sich, nie wieder würde Vater ihn an Bord eines Schiffes bringen.

»*Amigo!*«, rief Miguel schon von weitem, als er sah, dass Cornelisz wach war. »Willkommen in deinem neuen Leben! Was macht das Bein?«

»Wo sind wir? Wo sind die anderen, wo ist mein Vater?«

»Dein Vater und die anderen? Nun ja ...« Schwer ließ sich Miguel neben Cornelisz auf die Knie fallen und überprüfte die Beinschiene. »Du siehst übel aus«, sagte er, »überall Beulen, Schnitte und Schwellungen. Bald wirst du überall grün und blau sein. Hast du Schmerzen?«

Cornelisz nickte. »Ja, aber es geht. Ihr seid der Steuermann, nicht wahr?«

»Miguel de Alvaréz, ehemaliger Steuermann der *San Pietro,* zu deinen Diensten.«

»Mein Bein ...?«

»Das hab ich versorgt. War ja sonst niemand da.«

»Aber ... Was wollt Ihr damit sagen, es war sonst niemand da?«

»Na, was wohl?«

Miguel hasste es, Überbringer schlechter Nachrichten zu sein, als er jedoch das Unverständnis in Cornelisz' Augen sah, gab er sich einen Ruck. Es half nichts, der Knabe hatte Fragen und brauchte Antworten und keine Andeutungen. Er musste ihm das ganze Ausmaß des Unglücks erklären, aber vielleicht tat er das besser in kleinen Portionen. Mit etwas

Glück konnte er sich dann den Rest allein zusammenreimen. Miguel erhob sich und deutete in die Runde.

»Keiner ist hier außer uns beiden, das bedeutet es. Jedenfalls habe ich keine einzige lebende Seele gesehen, als ich über die Uferfelsen geklettert bin, um die Nachbarbuchten abzusuchen. Da ist niemand, *ninguém,* verstehst du? Bist du so weit? Wir müssen los.«

»Los? Aber ... Mein Vater! Und das Schiff, wir müssen den anderen doch helfen, sie retten!«

»Komm«, sagte Miguel nur. Er fasste Cornelisz unter den Armen und half ihm auf. Dann deutete er über den Strand auf den schmalen Durchlass, durch den man auf das offene Meer und auf das sehen konnte, was von der San Pietro noch übrig war. »Sieh selbst. Da ist nichts mehr. Niemand, dem wir helfen könnten.«

»Sind sie ...?«

Miguel nickte. »Ja, soweit ich weiß. Dank Kapitän da Palha liegen sie jetzt alle in ihrem nassen Grab.«

Er wusste genau, welche Frage als Nächstes kommen würde, und es graute ihm davor. Sein Mund war ausgetrocknet, und die Zunge klebte am Gaumen. Wasser, dachte er, Wasser.

»Auch mein ...?« Cornelisz brach den Satz ab.

Miguel konnte ihm nicht helfen. Er spürte, wie elend sich der junge Kaufmannssohn fühlte.

Doch Cornelisz nahm sich zusammen, und endlich brachte er die Worte heraus. »Auch mein Vater?«

»Ja«, sagte Miguel ruhig. »Allerdings muss er nicht wie die anderen auf dem Meeresgrund auf den Jüngsten Tag warten. Er liegt in der nächsten Bucht am Strand.«

Er zeigte Cornelisz seine große, schwielige Rechte. »Mit diesen Händen habe ich deinem Vater ein schönes Grab gegeben, das weit genug vom Wasser entfernt liegt und gut gegen mögliche Störenfriede gesichert ist. Können wir jetzt los?«

»Wie ist er ... Ich meine, was ...?«

»Genickbruch, der beste Tod von allen«, sagte Miguel und versuchte, die Lippen mit der Zunge zu benetzen. Vergeblich, sein Mund war völlig ausgedörrt. »Muss schnell gegangen sein. Er hatte sicher keine Schmerzen.«

Er prüfte den Sonnenstand. Die Sonne stand schon fast im Zenit. Nicht mehr lange, und sie hatten die pralle Mittagssonne zu ertragen. Sie mussten hier verschwinden. Was sie dringender als alles andere brauchten, war Wasser, sonst konnte er gleich hier auch noch ihr eigenes Grab schaufeln.

In diesem Moment sank Cornelisz in sich zusammen. Ohne einen Ton entglitt der arme Kerl Miguels Arm und fiel ohnmächtig auf den Strand. *Maldito,* was nun, verdammt? Sollte er ihn hier liegen lassen? Das wäre der sichere Tod für ihn.

Miguel besah sich erneut die Flasche vom Strand. Viel passte ja nicht hinein, aber etwas anderes hatte sich bisher nicht gefunden. Sie war mit einem Korken verschlossen und so gesehen eine gute Wasserflasche für unterwegs. Vorausgesetzt, sie fanden jemals Wasser. Er stopfte sie in sein Hemd.

Cornelisz rührte sich nicht.

Allein käme er wesentlich schneller voran. Oberhalb der Uferfelsen würde er wahrscheinlich Wasser finden. Vorhin hatte er Schafsköttel gesehen, zwar keine frischen, aber wo sich Tiere aufhielten, musste es Wasser geben. Früher oder später würde er darauf stoßen. Besser früher, dachte er und versuchte erneut, ein wenig Spucke im Mund zu sammeln.

Während Miguel noch überlegte, suchte sein Blick bereits

die Uferwand nach einem gangbaren Weg ab. Dann seufzte er: »Für meine unsterbliche Seele!«, packte sich Cornelisz auf den Rücken und verließ mit ihm die Bucht in Richtung Osten.

Miguel wanderte über eine steinige Ebene. Er trug keine Schuhe und musste auf den Weg achten, um sich die Füße nicht an Dornen oder scharfen Steinen zu verletzen. Mit der Zeit wurde der Marsch immer mühevoller. Die Sonne brannte, obwohl sie sich allmählich zum Untergehen bereit machte. Jeder Schritt schmerzte, und der Junge auf dem Rücken wurde immer schwerer. Dennoch war er froh. Er war am Leben, war nicht von den Brechern zerschlagen worden, war kein aufgedunsener Leichnam, der an dieser Berberküste dem Jüngsten Tag entgegenrotten musste. Noch dazu war er ein reicher Mann! Außerdem war er trotz der Plackerei zufrieden, Cornelisz nicht seinem Schicksal überlassen zu haben. Das wäre ihm das ganze Leben lang nachgegangen, er kannte sich.

Vom Meer hörte und sah er schon lange nichts mehr. Der Boden hatte sich verändert, hier gab es weniger Steine und mehr Sand, und vereinzelt entdeckte er sogar niedriges Grünzeug und stacheliges Gestrüpp. Das versetzte ihm einen Ruck. Pflanzen bedeuteten Tiere, und Tiere bedeuteten Wasser. Es musste Wasser in der Nähe sein! Suchend blickte er sich um. Da, tatsächlich, Tierfährten am Boden, Ziegen oder Schafe waren hier gegangen! Ein Brunnen? *Deus,* bei Gott, dieses Wasser würde er finden, und wenn es die letzte Tat seines Lebens war! Er hätte einen See aussaufen können!

Immer mehr Abdrücke tauchten im Sand auf, von allen Seiten strebten sie zusammen. Miguel beschleunigte seinen Schritt, so dass der immer noch bewusstlose Cornelisz wie ein Sack auf seinem Rücken auf- und abhüpfte. Miguels Blick saugte sich an den Tierspuren fest. Diese Fährten durfte er nicht verlieren.

So fand er den Ring aus flachen, abgewetzten Feldsteinen inmitten rissiger, getrockneter Pfützen mit tief eingebrannten Hufspuren. Eine Viehtränke, das war ihre Rettung!

Behutsam ließ er Cornelisz auf den Boden gleiten, darauf bedacht, das verletzte Bein zu schützen. Wie der Junge trotz der Hitze zitterte. Das sah nach Fieber aus, dachte Miguel flüchtig. Dann legte er sich flach auf den Bauch und spähte in das Brunnenloch hinunter. Hallelujah, in dem Brunnen stand Wasser und das sogar reichlich, *graças a Deus!*

Er ergriff die große Kalebasse, die mitsamt einem Seil aus Pflanzenfasern neben dem Steinrand lag, warf sie hinunter und zog das gefüllte Gefäß hastig wieder herauf. Zunächst nahm er einen kleinen Probeschluck, dann aber gab es kein Halten mehr. Er trank und schlürfte, er schluckte und würgte, und zu guter Letzt goss er sich das Wasser sogar über den Kopf. Niemals hatte er in irgendeiner Schankstube in irgendeinem Hafen der Welt etwas auch nur annähernd so Köstliches getrunken!

Als sein Durst endlich gestillt war, schöpfte er erneut Wasser und versuchte, Cornelisz etwas davon einzuflößen. Dessen krampfartig zusammengebissene Zähne ließen sich jedoch nicht auseinanderbringen. So wusch er ihn und tropfte ihm, so gut es eben ging, Wasser auf die Lippen. Der Junge stöhnte, er fühlte sich heiß an, und seine Augenlider flackerten.

Miguel zog mehr Wasser herauf, benetzte Cornelisz' Kleider und kühlte ihm Kopf und Brust. Notdürftig reinigte er das Gesicht, die Arme und Hände des Ohnmächtigen vom eingetrockneten Blut, dann säuberte er seine eigenen Wunden. Schließlich füllte er die Wasserflasche, lud sich den Kranken erneut auf den Rücken und schleppte ihn zu ein paar Tamarisken in der Nähe. Hier, in Reichweite des Brunnens konnten sie sich ein paar Stunden erholen.

Cornelisz lag nach wie vor in tiefer Ohnmacht gefangen, aber die Stirn fühlte sich nicht mehr ganz so glühend an. Vielleicht hatte Gott ein Einsehen und ließ den Jungen durchkommen.

Miguel breitete die feuchten Schriftstücke des toten Kaufmanns zum Trocknen aus und beschwerte sie Blatt für Blatt mit Steinen. Dem Anschein nach handelte es sich um amtliche Schreiben. Zum Glück hatte das Seewasser der Tinte nicht viel anhaben können, das Meiste war nach dem Trocknen sicher immer noch lesbar. Jetzt musste er nur noch den Weg nach Santa Cruz finden. Dort gab es Schiffe, die sie in die Heimat zurückbringen würden, zu einem Leben in Wohlstand und Zufriedenheit. Mit diesem wunderbaren Gedanken streckte sich Miguel aus, verschränkte die Hände über dem beruhigend feisten Goldbauch und schloss die Augen.

Cornelisz' Angstschrei riss ihn aus dem Schlaf. Blitzschnell, noch bevor er wirklich wach war, zog Miguel das Messer. Stockfinstere Nacht! Im fahlen Licht eines übergroßen Mondes sah er, dass jemand neben dem Kranken kniete. Miguel sprang auf die Füße. »He!«, brüllte er. »Lass die Finger von ihm!«

Unverständliche Laute und das Gebrüll eines Tieres drangen aus dem Dunkel, und er erkannte, dass sie von einer Horde vermummter Männer eingekreist waren. Verdammt, waren das viele!

»Wo bin ich? Was ist geschehen?« Cornelisz hatte sich auf

die Ellenbogen aufgerichtet und starrte verwirrt in die Dunkelheit.

»Später, zunächst müssen wir mit diesen Herren hier ein Wörtchen wechseln«, antwortete Miguel grimmig. Er tastete mit einer Hand Bauch und Gürtel ab, während die andere das Messer im Mondlicht aufblitzen ließ. Alles war in Ordnung, die Münzen ruhten fest verpackt im Hemd. Und da würden sie auch bleiben, dachte er, genau da.

Offenbar hatte er geschlafen, das Aufgehen des Mondes war ihm jedenfalls ebenso entgangen wie die Annäherung der Männer. Was taten sie hier, mitten in der Nacht? Wenn sie es auf sein Gold abgesehen hatten, würde er sie das Fürchten lehren, mochten sie auch in der Überzahl sein.

»Friede sei mit Euch, Fremder.«

Einer der vermummten Männer trat mit geöffneten Händen auf Miguel zu. Der Mann war hager, sicher sechs Fuß groß und hatte eine sanfte Stimme, doch Miguel blieb in Angriffshaltung. Man konnte nicht wissen, was die Leute im Sinn hatten. Bei dem Mummenschanz konnte er nicht einmal ihre Gesichter erkennen.

»Friede auch mit Euch«, wandte sich der Mann an Cornelisz. »Geht es Euch gut? Wo sind Eure Kamele?«

Erst jetzt wurde Miguel bewusst, dass der Mann Portugiesisch sprach. Gleich fühlte er sich sicherer. Langsam und für alle sichtbar schob er das Messer in den Gürtel zurück.

»Kamele? Wir haben keine Kamele. Wir sind Schiffbrüchige. Unsere San Pietro ist in der Nähe auf Grund gelaufen. Gesunken, versteht Ihr? Untergegangen mit Mann und Maus. Nur wir beide haben überlebt.«

Er deutete vor dem Mann mit dem dunklen Tuch vor dem Gesicht eine Verbeugung an. Höflichkeit konnte nicht schaden. »Senhor, Ihr sprecht meine Sprache. Könnt Ihr mir sagen, wie weit es bis zur nächsten portugiesischen Siedlung ist? Eigentlich sollten wir nämlich nach Santa Cruz de Aguér segeln.«

Der Angesprochene antwortete nicht, seine Blicke glitten von Miguel zu Cornelisz und wieder zurück. Zwischen dem Turban und dem Tuch über Mund und Nase glänzten dunkle Augen, vor der Brust kreuzten sich zwei silberbeschlagene Ledergurte, und ein rautenförmiger silberner Brustschmuck blitzte bei jedem seiner Atemzüge im Glanz des Mondes auf. Jetzt murmelte er ein paar Worte zu seinen Männern, offenbar übersetzte er, was Miguel gesagt hatte.

Ein ersticktes Stöhnen lenkte dessen Aufmerksamkeit zu Cornelisz zurück. »Wasser! Bitte, ich brauche Wasser.« Sogleich kniete Miguel nieder und reichte ihm die Wasserflasche. »Hier«, sagte er, »aber langsam trinken. Und keine Sorge, du kriegst so viel du willst, dort hinten ist ein Brunnen.«

In der Zwischenzeit waren weitere Männer und Kamele mit Lasten herangekommen, Tiere, die wie kolossale Geisterschiffe durchs Mondlicht schritten. Gleich darauf flackerten erste Fackeln und mehrere kleine Feuer auf.

»Ihr habt Zuflucht gesucht an unserem Brunnen, dem Brunnen von Sîdi-El-Assaka«, antwortete der Vermummte endlich. Er schien der Anführer der Karawane zu sein. »So seid denn als Gäste an unseren Feuern willkommen, ruht Euch aus und esst und trinkt mit uns.«

Mit einer Handbewegung und ein paar Worten trieb der Anführer die gaffenden Männer auseinander und lud die beiden Schiffbrüchigen an sein Feuer.

»Vielen Dank, Senhor, wir nehmen Eure Gastfreundschaft mit Freuden an.«

»Also kein Alptraum!« sagte Cornelisz leise, an Miguel gewandt. »Es stimmt demnach, dass mein Vater tot ist?«

Miguel nickte. »Leider ja. Wie es aussieht, hat außer uns beiden niemand den Schiffbruch überlebt. Doch mit Hilfe dieser Männer werden wir nach Santa Cruz gelangen. Und dort werden wir bestimmt ein Schiff finden, das uns mitnimmt, du wirst sehen. Im Grunde sind wir schon so gut wie zu Hause!«

33

Auf dem Boden sitzend, die Beine untergeschlagen, schlürften sie in einträchtigem Schweigen frisch gemolkene, noch warme Kamelmilch. Aus den Augenwinkeln hatte Miguel beobachtet, dass einer der Treiber zunächst über seine Hände gepisst hatte, bevor er eine Holzschale unter das Euter einer der Kamelstuten hielt und zu melken begann. Sollte er diese Milch wirklich trinken? Er sah, dass alle anderen den Nachttrunk anscheinend mit Genuss zu sich nahmen. Nun denn, zum Wohl, dachte er und verzog leicht das Gesicht, bevor auch er trank.

Der Karawanenführer sprach gerade: »Ihr befindet Euch hier auf unserem Stammesgebiet. Wir sind *Imazighen*, freie Männer vom Stamm der *Zennata* aus der ruhmreichen Familie der Beni Wattas. Diesen Wüstenkriegern entstammt auch unser vielgeliebter Sultan Muhammad, Allah möge ihn stets beschützen. Er wacht über sein Land wie ein gerechter Vater.«

Miguel nickte. Was immer ihm der Mann da auch mitteilte, er verstand vor allem eines: Nach Kampf klang es nicht. Für den Moment konnten sie sich also sicher fühlen.

Cornelisz lag neben dem Feuer unter einer Decke aus dichtem Kamelhaar. Hin und wieder bebte er unter Fieberschüben, das frische Wasser schien ihm aber gutgetan zu haben. Derweil bereitete einer der Männer Fladenbrot, ein Anblick, der Miguel an seinen Bärenhunger erinnerte.

»Mein Name ist Amir Aït Aba, ich bin der *Sheïk*, der Führer meines Volkes. Wir kommen aus dem Osten und ziehen mit unserer Karawane nach Norden«, fuhr der Anführer der Männer fort. »Unser Ziel ist Kasbah Agadir, wie wir jenen Ort nennen, der bei Euch Santa Cruz de Aguér heißt. Ihr könnt uns also begleiten, wenn Ihr es wünscht.«

Miguel strahlte. Hatte er es nicht vorhergesagt? Sie waren tatsächlich schon so gut wie zu Hause!

»Und mein Name ist Miguel de Alvaréz«, entgegnete er möglichst würdevoll und verbeugte sich leicht im Sitzen. »Ich bin portugiesischer Steuermann, zuletzt auf der San Pietro, die zu unser aller Unglück hier vor der Küste sank. Mein Begleiter«, er machte eine Bewegung in Cornelisz' Richtung, »heißt Cornelisz van Lange. Er entstammt einer bedeutenden Kaufmannsfamilie aus Antwerpen, einer Stadt in Flandern. Sein Vater, Mijnheer van Lange, verlor bei dem Schiffsunglück sein Leben. Er möge in Frieden ruhen.«

Sheïk Amir neigte zustimmend seinen Kopf. »Der Friede sei mit ihm. *La illa illalah,* Gottes Wille geschieht, und alles steht geschrieben, auch die Stunde unseres Todes.«

»Seid Ihr schon lange unterwegs?«, fragte Miguel nach einer angemessenen Pause höflich. Er rutschte herum auf der Suche nach einer bequemeren Position. Dieses Sitzen mit untergeschlagenen Beinen war nicht seine Sache.

»Von einem Vollmond bis zum nächsten wird unsere Reise dauern. Mit Gottes Hilfe also nur noch wenige Tage, *insha'allah*«, entgegnete der Sheïk. »Doch was bedeutet schon Zeit? Allah hat uns genug davon gegeben.« Einer der sandfarbenen Hunde, die die Karawane begleiteten, duckte sich und kroch unauffällig im Rücken des Sheïk näher heran. Unverwandt beobachtete er seinen Herrn, bis er schließlich mit einem kleinen Seufzer den Kopf auf die Pfoten legte und die Augen schloss.

»Und wie viele Tiere und Männer sind bei Euch?«

»Es ist dieses Mal nur eine kleine Karawane«, antwortete der Sheïk. »Auf unseren Lastkamelen transportieren wir Salz aus der Sahara nach Norden und nehmen Getreide mit zurück zu unseren Lagern.«

Er hatte eine angenehme, weiche Stimme, und alles, was er sagte, kam mit wohlüberlegten Worten unter dem Tuch hervor. An seinen dunklen, schlanken Händen, in der Dunkelheit kaum sichtbar, trug er mehrere Silberringe, die bei jeder Geste im Mondlicht aufblitzen. Doch meistens lagen die Hände entspannt in seinem Schoß. Die Beine hatte er unter dem langen Gewand untergeschlagen, und es sah aus, als könne er Stunden in dieser Stellung verbringen. Obwohl er kaum den Kopf bewegte, war Miguel sicher, diesem Mann entging nichts.

»Ich sehe, Ihr habt Eurem jungen Freund das Bein geschient. Das war klug von Euch, Miguel de Alvaréz. Die Knochen werden wieder gerade zusammenwachsen, *insha'allah*. Er ist noch jung.«

Miguel dankte für das Lob, dann sagte er: »Entschuldigt mich einen Augenblick. Ich will nach den Sternen sehen. Alte Angewohnheit eines Seemannes.«

Der Sheïk nickte.

Hatten sich kleine Lachfältchen um seine Augen gebildet? Wegen des Gesichtsschleiers war sich Miguel nicht sicher. Wie konnte denn auch ein erwachsener Mann mit so einem Behang vorm Gesicht herumlaufen? Das war ärgerlich! Dennoch musste er feststellen, ob der Mann die Wahrheit sagte. Er musste wissen, in welche Richtung die Karawane ziehen würde, und hier an Land verließ ihn der Instinkt für Richtung und Entfernung.

Miguel trat einige Schritte aus dem Lichtschein des Lagers, nahm seinen Oktanten aus dem Gürtel und suchte *polaris,* den nördlichen Leitstern. Er fand ihn sofort. Und tatsächlich stand er genau dort, wohin die Karawane gehen wollte: tief am nördlichen Nachthimmel. Der Mann war offenbar ehrlich zu ihnen.

Die Wüste lag schweigend da. Miguel fröstelte und ging zurück zum Feuer.

»Miguel, auf ein Wort.« Cornelisz war wach, er hatte auf ihn gewartet. Er schaute verlegen, das erkannte Miguel sogar bei diesem mangelhaften Licht.

Aufmunternd lächelte er ihm zu und kauerte sich neben den jungen Mann. »Was ist los? Hast du Schmerzen?«

»Nein! Ich meine, ja, aber ... Also, das ist es nicht. Ich kann mich nur nicht erinnern, was geschehen ist. Wie war das mit dem Unglück?«, fragte Cornelisz.

»Nun, ich würde sagen, es ist eine Gnade, das vergessen zu haben!« Miguel räusperte sich. »Also, du weißt aber noch, dass ich Steuermann auf der San Pietro war? Gut. Um es kurz zu machen: Der Kapitän war ein Narr, ein Scharlatan! Mein Vater, Gott hab ihn selig, seines Zeichens Schiffszimmermann, hätte es besser gemacht als der, viel besser. Der hätte uns nicht in Grund und Boden gesegelt.« Immer noch geriet er in Weißglut, sobald er nur an Kapitän da Palha dachte.

Cornelisz' Augen waren stumm auf ihn gerichtet. Er wartete geduldig, dass Miguel weitersprach.

Miguel räusperte sich erneut. »Der Mast war gerade runtergekommen, und wir nahmen viel Wasser auf, von dem Loch in der Bordwand, verstehst du? Jedenfalls hatten wir schon ordentlich Schlagseite, als du dich an Deck in einem Tau verheddert hast. Ich gab dir mein Messer, und du konntest dich befreien. Dann bin ich gesprungen, du bist gesprungen, und irgendwie müssen wir uns wohl bis an Land durchgeschlagen haben. Mehr weiß ich auch nicht. Als ich am Ufer wieder zu mir kam, bist du jedenfalls gerade an Land gekrochen. Na ja, und dann habe ich dein Bein versorgt und bin ein wenig umhergeklettert, um nach weiteren Schiffbrüchigen zu suchen. Aber der Einzige, den ich fand, war dein Vater, tot, und ich habe ihn unter Steinen am Strand begraben. Die Stelle oberhalb der Bucht habe ich markiert, falls du das Grab einmal suchen solltest. Tja, was soll ich sonst sagen? Du bist mehrmals ohnmächtig geworden, deshalb habe ich dich auf dem Rücken hierhergeschleppt. Das war eigentlich schon alles. Ach ja, dein Vater hatte irgendwelche Papiere bei sich. Sie sind nass geworden und liegen dort drüben auf den Steinen zum Trocknen.«

Cornelisz lauschte mit gesenktem Kopf. Er hockte neben dem Feuer, das bandagierte Bein von sich gestreckt, das gesunde angewinkelt. Jetzt hob er den Kopf. Die Augen brannten, als er sich vergewisserte: »Es war also nicht mein Vater, der mich gerettet hat? Ich meine, ich bin wirklich gesprungen und geschwommen und aus eigener Kraft an Land gegangen?«

»*Sim, claro,* gewiss doch, so wahr ich Miguel heiße. Obwohl ich wirklich nicht sagen würde, du seiest an Land *gegangen!* Gekrochen bist du, auf allen vieren, und das trotz der vielen Blessuren und dem zerschmetterten Bein. Alle Achtung, kann ich dazu nur sagen.«

Verdammt, was gab es da zu heulen, dachte Miguel, als er das Glitzern von Tränen in Cornelisz' Augen bemerkte. »Aus eigener Kraft, wie ich schon sagte. Ah, ich sehe, das Brot ist fertig. Bist du hungrig? Ich könnte ein halbes Schwein verdrücken, aber darauf werde ich wohl warten müssen, bis ich wieder zu Hause bin. Die Mauren verabscheuen nämlich das Fleisch der Schweine, für sie ist es unrein, heißt es.«

Das Essen bestand aus dampfenden Fladenbroten, die in der heißen Asche unter der Feuerstelle gebacken worden waren, einer Handvoll Datteln sowie einem Schluck säuerlich vergorener Kamelmilch für jeden. Es wurde schweigend eingenommen. Gleich danach legten sich die Männer Decken um die Schultern, zogen ihre Kapuzen über das Gesicht und ließen sich an Ort und Stelle zum Schlafen nieder. Auch Cornelisz schlief ein, kaum, dass sein Kopf auf der Decke lag.

Eine friedliche Stimmung lag über dem Lager. Im Lichtschein der Feuer ruhten die Männer hinter ihnen wie ein lebendiger Schutzwall, die dunklen Schatten der stetig mahlenden Kamele. Nur hin und wieder brummte eines der Tiere, ein Hund bellte in die Nacht, oder eines der Feuer knackte, sonst war alles still. Es gab keinen Wind in den Wanten, kein Knarren von Holzplanken, kein Glucksen und Rauschen von Wasser, dachte Miguel. Aber trotzdem, was für ein grandioses Gefühl, am Leben und in Sicherheit zu sein.

»Mit der Karawane muss man schneller als die Sonne sein«, wandte sich Sheïk Amir noch vor Tagesanbruch an Miguel und Cornelisz. »Während der Mittagshitze werden wir rasten und erst in der Abenddämmerung weiterziehen. So ist seit altersher der Rhythmus der Karawanen.«

Mit der Ruhe im Lager war es endgültig vorbei, als die Kamele beladen wurden. Sie bockten und brüllten, wanden die langen Hälse und versuchten, nach den Treibern zu schnappen. Die jedoch ließen sich nicht beirren. Sie packten ein Bündel und einen Sack nach dem anderen, stemmten sie gegen die Seiten der Tiere und zurrten die Ladung mit Seilen fest. Dabei sangen sie einfache Lieder, die die Kamele beruhigen sollten. Erst wenn die Ladung sicher an den Kamelen verschnürt war, erhoben sich die Tiere und wurden eines hinter dem anderen aneinandergebunden.

Zwei Männer in langen Gewändern und gewickelten Turbanen standen vor Cornelisz. Sie hielten einen Kittel in Händen, gestikulierten, deuteten erst auf sein Bein, dann auf den Kopf, und redeten beide gleichzeitig auf ihn ein.

»Was wollen die von mir?«, fragte Cornelisz. Dunkle Schatten lagen unter seinen Augen, und die Schrammen und Hautabschürfungen traten in seinem blassen Gesicht deutlich hervor.

»Vielleicht wollen sie, dass du dich anständig kleidest? Und dann werden sie dich zu einem Kamel bringen.«

»Ich, und reiten? Mit dem Bein?«

»Stell dich nicht an. Ich bin jedenfalls froh, wenn ich dich nicht mehr wie ein Esel auf meinem Rücken schleppen muss. Ein Spatz bist du nämlich nicht gerade.«

Sofort schoss Cornelisz die Röte ins Gesicht, und er stotterte eine Entschuldigung.

»Na, so war das doch nicht gemeint«, wehrte Miguel ab. Dann half er Cornelisz, das lange Gewand über den Kopf zu streifen. Er trat einen Schritt zurück, begutachtete Cornelisz und grinste.

Ein finsterer Blick traf ihn. »Sag's nicht!«, forderte Cornelisz ihn auf. »Ich weiß selbst, dass ich mit diesem Kittel wie eine Magd im Hemd aussehe!«

»Etwas zu knochig für meinen Geschmack«, feixte Miguel, »aber ansonsten: *bonita garota,* ein recht hübsches Mädchen!«

Die Männer trugen Cornelisz auf ihren verschränkten Unterarmen zu einem Kamel, wo sie ihn in einen Tragesitz an der Seite des Tieres bugsierten. Als Gegengewicht dienten an der gegenüberliegenden Flanke Säcke. Das Kamel wandte den schlangengleichen Hals. Es schien seinen Passagier voll Hochmut zu betrachten, während die Kiefer gelangweilt mahlten. Cornelisz klammerte sich an die Seile des Sitzes. Hilflos und unglücklich, behindert durch sein geschientes Bein und zerschunden von Beulen und Verletzungen hing er am Bauch des Tieres und schaukelte im Takt der Kamelschritte.

»Du bist sicher nicht der Erste, den sie auf diese Weise transportieren,« beruhigte ihn Miguel. Unauffällig kontrollierte er den Sitz des Goldschatzes an seinem Bauch und freute sich, dass das dicke Hemd den Kampf mit Wellen und Felsen nahezu unversehrt überstanden hatte. Es würde auch sein gut getarntes »Strandgut« noch eine Weile schützen.

Cornelisz krallte sich an den Seilen fest und biss die Zähne zusammen. Er fühlte sich erbärmlich. Sein Vater war tot. Vater war tot? Das war unmöglich!

Unter all den Latten und Stricken, mit denen es geschient war, schien sein Bein auf den doppelten Umfang angeschwollen zu sein. Es schmerzte und pochte ebenso wie der Kopf. Miguel trabte neben ihm durch den Sand. Was wäre wohl ohne den Portugiesen aus ihm geworden? Er wäre gewiss ebenfalls tot. Aus eigener Kraft hätte er es niemals bis zur Wasserstelle geschafft und wäre daher auch nie auf die Karawane getroffen ... Dieser Mann, bis vor wenigen Stunden noch ein weitgehend Unbekannter, hatte ihn gerettet. Was er wohl für ein Mensch war? Er mochte Anfang dreißig sein, ein kräftiger, muskulöser Mann, der bereits einen kleinen Bauch hatte. Außerdem rutschte ihm dieser lächerliche Turban immer wieder über die Augen, so dass er nichts sehen konnte. Miguel lachte nur darüber. Er schien gern zu lachen.

Auch sein eigener Kopfwickel – Turban konnte man dazu wirklich nicht sagen! – verschob sich ständig. Allerdings benötigten sie diese Kopfbedeckungen dringend. Die Sonne brannte schon jetzt, am frühen Morgen, auf sie herunter, und das grelle Licht verschlimmerte sein Kopfweh. Drei sandfarbene Wachhunde umkreisten derweil die Karawane, und die Treiber gingen in gleichmäßigem Schritt neben den Tieren. Sie hielten die Karawane zusammen und sangen beim Gehen. Cornelisz schloss die Augen.

Nie zuvor hatte er jemanden bei der Arbeit singen hören. Bisher hatte es immer Geschrei gegeben, Geschimpfe oder laute Befehle, auch mal saftige Flüche, aber Singen? Gesang gab es in der Kirche, und dann waren es Psalmen. Plötzlich sehnte er sich so sehr nach Antwerpen und seinem Zuhause, dass es schmerzte. Die Kirche mitten in der Stadt, die ihm seit Kindesbeinen vertraut war, ihr hoher Turm, der erst vor kurzem fertiggestellt worden war … Während der gesamten Bauzeit war die Baustelle Landmarke seiner Kindheit gewesen. Auch alles andere rund um die Kathedrale war ihm vertraut, die Gassen, die Leute, ja selbst die Gerüche.

Und hier? Ihm war übel von der elenden Schaukelei. Er stemmte sich gegen den Bauch des Kamels und öffnete die Augen. Linker Hand erstreckte sich eine leicht hügelige Ebene, ein endloses Goldbraun, nur vereinzelt durchbrochen von Gestrüpp. Vor und hinter ihm, und soweit er das durch den Staub der Karawane erkennen konnte, auch zur Rechten, zeigte sich die Wüste gleichmäßig flach, sie schien vollständig bedeckt zu sein mit zermahlenem Kies, kleinen Steinen und sehr viel Sand. Es gab weder Hügel noch Bäume. Die Hitze flimmerte über der vollkommen leblos wirkenden Landschaft. Wie sollte man diesen Inbegriff von Trostlosigkeit malen? Cornelisz schluckte an einem Kloß im Hals.

War er noch bei Sinnen, wie konnte er ausgerechnet jetzt ans Malen denken? Vater war tot, sein Leichnam ruhte in einem armseligen Grab an einer unbekannten Küste, und er dachte an seine Farben? Warum trauerte er nicht, fragte er sich verunsichert, hatte er etwa ein kaltes Herz?

Kaum, dachte er, das nicht. Er konnte es nur einfach nicht glauben, dass er am Leben war, während Vater, dieser mutige, selbstsichere, energische und starke Mann ... Die Gedanken entglitten ihm. Er musste sich anstrengen, um wenigstens halbwegs seine Sinne beisammenzuhalten. Doch wie er es auch drehte, Vaters Tod kam ihm vollkommen falsch und unglaubhaft vor. Und wenn sich Miguel geirrt hatte, wenn der Tote vielleicht doch nicht ...? Willem van Lange, ein Kraftmensch, der voller Pläne und Ideen steckte – so jemand konnte doch nicht einfach sterben? Seine Freunde und Geschäftspartner, die gesamte Kaufmannschaft Antwerpens und darüber hinaus, niemand würde ihm glauben, und angesichts dieser Nachricht höchstens den Kopf schütteln.

Dem Fell des Kamels, an dessen Bauch er durch den seltsamen Gang des Tieres immer wieder gedrückt wurde, entstieg ein unangenehmer Gestank. Selbst wenn er den Kopf wendete und durch den Mund atmete, entkam er ihm nicht. Krampfhaft umklammerte er die Haltegurte. Was für eine Hitze, dachte er, und dieses gleißende Licht! Was sollte jetzt werden? Was hatte Vater gesagt? Er erinnerte sich nicht mehr genau, aber das eine wusste er: Vater verließ sich auf ihn. Er erwartete von ihm, dass er, der Erbe und Nachfolger ... Ah, diese Helligkeit, sein Kopf! Es war nicht auszuhalten.

Bevor Miguel eingreifen konnte, sackte Cornelisz ohnmächtig in sich zusammen, glitt unter den Seilen des Tragesitzes hindurch und rutschte zwischen den Kamelbeinen zu Boden.

Vier Männer trugen die improvisierte Trage mit Cornelisz. Unterm Gehen achtete Miguel darauf, mit seinem Körper für ein wenig Schatten am Kopf des Ohnmächtigen zu sorgen. Außerdem träufelte er ihm von Zeit zu Zeit Wasser auf die Lippen und kühlte seine Stirn, im Übrigen aber, so hatte Sheïk Amir gesagt, konnte er erst am Abend, bei ihrem Halt am nächsten Brunnen, Hilfe erwarten.

Als sie den Brunnen endlich erreichten, glaubte Miguel, seinen Augen nicht zu trauen. Einige Schritte abseits, am Fuß einer Düne, trafen sie auf schneeweiße Zelte, im Inneren ausgekleidet mit himmelblauer Seide. Auf weichen Teppichen saßen Menschen, die sich mit Teetrinken, Brettspielen und Geschichtenerzählen die Zeit vertrieben. Laternen flammten in der Dämmerung auf, und Feuer, in denen wohlriechende Kräuter verbrannt wurden.

Miguel rieb sich die Augen. Träumte er, oder war dies gar eine *fata morgana*? Sein Erstaunen wurde noch größer, als er erkannte, die Leute, die hier müßig lagerten und sich am Anblick der Wüste ergötzten, waren samt und sonders junge Frauen! Lediglich auf dem Dünenkamm entdeckte er einige Männer, offenbar Wächter, außerdem waren ein paar Burschen dabei, die sich um die Kamele kümmerten. Und was für Kamele! Sogar einem Mann des Meeres wie Miguel fiel das helle Fell und die hochbeinigen, schlanken Körper der Tiere auf. Lasttiere waren das auf keinen Fall! Und diese Frauen erst ...

Rasch zog er seine Hose in Form und strich die Haare glatt. Mehr konnte er zu seiner Verschönerung nicht tun.

Die Karawane des Sheïk blieb in gehörigem Abstand zu den Frauenzelten und richtete ihr Nachtlager diesseits des Brunnens ein. Während die Kameltreiber die Tiere von ihrer Last befreiten und tränkten, Feuer machten und den Teig für das Fladenbrot bereiteten, schritt Sheïk Amir hinüber zu den Zelten. Er wurde willkommen geheißen, und eine der jungen Frauen begrüßte ihn besonders herzlich. Sodann nahm er Platz an ihrem Feuer und wurde mit Tee bewirtet.

Cornelisz lag neben Miguel im Sand. Er war nicht bei sich, schien aber jeden Moment erwachen zu wollen. Er stöhnte, knirschte mit den Zähnen, und seine Arme zuckten, als kämpfe er erneut mit den Wellen. Miguel richtete ihn auf und gab ihm zu trinken. Außerdem kühlte er seine glühende Stirn und überprüfte das bandagierte Bein. Es fühlte sich heiß und geschwollen an. Vorsichtig lockerte er die Stricke, mit denen er die Latten befestigt hatte.

Immer wieder hob er zwischendurch den Kopf und starrte hinüber zu den Zelten. Der Sheïk erzählte anscheinend gerade von ihm und Cornelisz, jedenfalls deutete er in ihre Richtung. Der Berberfürst war ein echter Glückspilz, er konnte dort seelenruhig bei den Frauen sitzen und es sich gut gehen lassen! Lachen und leise Lautenmusik drangen an Miguels Ohr, und eine helle Stimme, die ein Lied anstimmte. Was würde er darum geben, ebenfalls bei den Frauen zu sein. Vielleicht sollte er einfach hingehen und seine Aufwartung machen? Als er sich jedoch aufrichtete und in die Runde schaute, gewahrte er die Wächter, die inzwischen ihren Platz auf der Düne verlassen und stattdessen, für jedermann sichtbar, Posten in der Nähe der Zelte bezogen hatten. Seufzend ließ er sich wieder auf den Boden sinken.

Plötzlich stand ein Mädchen neben ihm, fast noch ein Kind. Miguel hatte sie nicht kommen sehen und fuhr hoch.

Die Kleine streckte ihm einen Beutel hin und sagte etwas. Dabei wies sie auf den Kranken. Miguel blickte sie nur verständnislos an. Daraufhin öffnete sie den Beutel, zeigte ihm das Pulver darin und deutete auf Cornelisz. Als Miguel immer noch nicht reagierte, tat sie, als nähme sie eine gute Prise des Pulvers und hielt sie sich vor den Mund. Sicherheitshalber wiederholte sie die Geste. Jetzt hatte Miguel verstanden: Sie brachte Medizin für Cornelisz.

Er nahm den Beutel entgegen, doch als er sich bedanken wollte, lief das Mädchen bereits zurück zu den Frauen. Obgleich er nicht sicher sein konnte, dass man ihn von dort sehen konnte, erhob sich Miguel und verbeugte sich tief in Richtung der schönen Zelte.

Dann starrte er in den Beutel. Sollte er dem Jungen wirklich davon geben? Das Zeug konnte alles Mögliche sein! Er tunkte eine angefeuchtete Fingerspitze in das Pulver und probierte vorsichtig. *Maldito,* verdammt, war das bitter, dachte er und spuckte aus.

Als er hochschaute, sah er, dass sich der Sheïk erhoben hatte und mit zwei der Frauen zu ihm herüberkam.

Es konnte nur ein Traum gewesen sein, dachte Cornelisz, schließlich befand er sich auf einem Schiff. Er spürte das Rollen der Wellen, das ständige Auf und Nieder. Gleich würde Vater ihn wecken, dann konnte er etwas trinken ...

Cornelisz glitt von einer Ohnmacht in die nächste. Wenn er glaubte, wach zu sein, erwartete er, jeden Moment die Stimme seines Vater zu hören. Stattdessen hörte er leises Gemurmel, ohne jedoch etwas verstehen zu können. Jemand kühlte sein geschundenes Bein, und herrliches, frisches Wasser rann durch seine Kehle. Irgendwann endete das Rollen, und er spürte, dass er auf duftende Laken gebettet wurde. Er kämpfte sich an die Oberfläche, doch kurz vor dem Durchbruch brandete neuer Schmerz in ihm auf, und er hörte jemanden schreien. Bevor er noch wusste, wessen Schrei er gehört hatte, versank er erneut in der Tiefe.

Als er wieder an die Oberfläche gespült wurde, vernahm er Stimmen. Zwar konnte er die Worte nicht verstehen, doch es waren eindeutig Frauenstimmen. Dann war alles ruhig, absolut still. Er war von Blütenduft umgeben. Langsam öffnete er die Augen. Nur allmählich fand sich sein Blick zurecht, doch schließlich sah er in das Gesicht einer schönen Frau. Sie trug keinen Schleier, so dass er ihr edles, hellhäutiges Gesicht mit den glänzenden dunklen Augen und dem geschwungenen Mund bewundern konnte. Er schloss die Augen.

Später kamen die Träume. Schreckliche, wilde Träume, in denen er den toten Vater sah, das tobende Meer und die Klippen, zwischen denen das zerschmetterte Schiff aufgerieben wurde ...

Es war die Stunde nach Sonnenuntergang, die magische Stunde, als er das nächste Mal die Augen öffnete und sein Blick erneut auf den der schönen Frau traf.

»*Bismillah,* willkommen in meinem Haus in Santa Cruz de Aguér«, sagte sie lächelnd. »Man nennt mich Anahid. Mit Gottes Hilfe werden meine Frauen und ich dich gesund pflegen.«

4. TEIL

Mogador 1523 – 1525

34

»Aber seht doch selbst, dieser Lebensbaum, er hat nichts Gefälliges, an seinen Spitzen könnte man sich glatt verletzen. Außerdem kann kein Mensch erkennen, was dieses Muster eigentlich bedeuten soll!«

»Erkennen? Das weiß man.« Meryem und Fatma tauschten einen kurzen Blick und zuckten die Schultern.

Wieder einmal drohte Mirijam am versteckten Widerstand der beiden Berberfrauen zu scheitern, dabei hätte sie zu gerne gehabt, dass ihre Teppiche sanfter wirkten und mehr Farbe, Feinheit und Harmonie aufwiesen. Die Augen sollten sich an Schönheit erfreuen, sie sollten auf dem Teppich spazieren gehen können wie in einem Garten oder einem Bild. Diese Teppiche aber waren weit davon entfernt! Ihre Muster bestanden fast ausschließlich aus Streifen und Rechtecken, und sie musste schon froh sein über die wenigen gefärbten Wollfädchen, die die Weberinnen ihr zuliebe eingearbeitet hatten, obwohl die paar Farbkleckse in all dem Schwarz und Hellbraun beinahe untergingen.

Das Schlimme war, dass ihr keines der Muster, die sie doch vor kurzem erst selbst entworfen hatte, wirklich gut gefiel. Dabei gingen ihr die Entwürfe sonst immer leicht von der Hand, aber diesmal? Wie steif die Fische wirkten, und erst die Wellen. Die hatten eher die Form von scharfkantigen Felsen als von gurgelnd sanftem Wasser. Kein Wunder, dass die Frauen die Entwürfe nicht mochten. Warum bloß bekam sie es nicht besser hin? War sie zu unkonzentriert? Schon seit Tagen verspürte sie eine nervöse Unruhe, für die es zwar keinen Anlass gab, die sie aber sehr verunsicherte.

»Glaub mir, es ist gut, so wie es ist, Lâlla Azîza.« Tröstend legte sich eine warme Hand auf Mirijams Schulter. Es war Fatma, die ältere der beiden Berberfrauen, die ihr zulächelte. Nun zog sie einen niedrigen Schemel in die Nähe der Tür und deutete einladend auf einen zweiten Hocker. »Komm, setz dich zu mir.«

Mirijam tat wie geheißen und sah Fatma erwartungsvoll an. Sie mochte die Berberin sehr, die sie bereits kurz nach ihrer Ankunft in Mogador kennengelernt hatte. Während sich der Hakim bei den portugiesischen Behörden und dem *caïd* der Stadt vorstellte, seine Möglichkeiten auslotete und sich ganz allgemein einen ersten Eindruck vom Leben in diesem Fischer- und Garnisonsort verschaffte, hatte sie sich in der Oase die Zeit vertrieben und dabei Fatma kennengelernt. Die kleine, gebeugte Frau mit dem faltigen Gesicht, in dem ihre bläulichen Tätowierungen beinahe verschwanden, ließ ihre Ziegen in einem stacheligen Arganbaum herumklettern, damit sie sich an dessen mandelgroßen, grünen Früchten sattfressen konnten. Freundlich und überaus geduldig hatte sie Mirijams neugierige Fragen beantwortet. Aus den harten Kernen der Früchte, die sie später aus dem Ziegenkot lesen würde, stelle sie ein feines Öl her, hatte sie ihr erklärt, gut in der Küche und für die Körperpflege.

Inzwischen kannte Mirijam längst selbst jeden Handgriff bei der Herstellung dieses Öls. Doch seit damals erwies sich die einfache Berberin immer wieder als eine wahre Fundgrube, was die berberischen Traditionen anbelangte, die man in und um Mogador hochhielt. Ihr Leben lang hatte sie auf dem Feld gearbeitet, Mann und Kind bekocht und das Vieh versorgt. Und natürlich hatte sie die Decken und Teppiche in ihrem Haus angefertigt, wie es unter Berberfrauen üblich war, und hatte Mirijam mit all ihrer Sachkenntnis in die Teppichweberei eingeführt. Sie war alt, ihre Augen aber blickten immer noch wach, klar und sehr freundlich.

Fatma streckte ihre Finger und rieb die abgearbeiteten Hände aneinander. Seitdem sie keine schwere Feldarbeit mehr verrichtete, achtete sie wie die anderen Weberinnen darauf, ihre Handflächen mit Henna zu färben. Henna pflegte die Haut und machte sie weich und geschmeidig, aber besonders brachte es *baraka*, Segen, über die Arbeit.

»Wie viele Ernten hast du in deinem Leben schon gesehen?«, fragte Fatma jetzt.

»Sechzehn«, antwortete Mirijam. In der Regel machte Fatma nicht viele Worte, dieser Beginn ließ allerdings auf eine längere Rede schließen. »Ich bin sechzehn Jahre alt. Warum fragst du?«

Fatma hob die Hand. »*Shuwya*, Geduld. Sechzehn, das ist jung, und mit Allahs Hilfe hast du ein langes Leben vor dir. Seit wann lebst du mit deinem Vater nun schon in den Mauern von Mogador?«

»Aber das weißt du doch, etwas mehr als zwei Jahre!«

»Ganz recht, vor zwei Jahren seid ihr hier angekommen, du und dein gelehrter Vater, der Hakim. In dieser Zeit habt ihr euer Haus gebaut, habt diese Werkstatt mit den Webstühlen eingerichtet und die Färberei begonnen. Seit einiger Zeit gibt uns dein Vater Arbeit, damit wir uns und unsere Kinder auch dann ernähren können, wenn der Regen ausbleibt und das Vieh hungert, oder wenn das Meer uns keine Fische schenkt. Darüber hinaus hilft er uns, wenn wir krank sind, und er macht dabei keinen Unterschied zwischen einem Ziegenhirten und einem Landbesitzer.«

Ernst nickte Fatma zu ihren Worten, dann blickte sie hinaus ins Sonnenlicht und überlegte. Nach einer Pause fuhr sie fort: »Er ist ein guter Mensch, dein Vater, ein Mann von hohem Ansehen, und Allah möge seine schützende Hand über ihn halten. Er tut uns viel Gutes. Ich möchte dir eine Frage stellen: Siehst du eigentlich, was ihr in dieser kurzen Zeit verändert habt? Ich sage dir, für mich ist das viel, sehr viel.«

Wahrscheinlich hatte Fatma recht, überlegte Mirijam, Abu Alî und sie hatten wohl tatsächlich das Leben der Familien verändert, denen sie Arbeit gaben. Außer Landwirtschaft, Viehhaltung und der Fischerei gab es rund um diese windumtoste Stadt nicht viel, mit dem einfache Leute ihren Lebensunterhalt bestreiten konnten. Am Karawanenhandel jedenfalls hatten die wenigsten Anteil, den hatten Händler und reiche Sheïks fest in ihren Händen. Aber worauf wollte Fatma hinaus? Was hatte diese Rede mit den Teppichmustern zu tun?

»Du kannst es nicht wissen, dazu bist du zu jung und lebst noch nicht lange genug unter uns, aber ich sage dir«, erklärte die Berberin, »Weben ist wie das Leben. Das Leben ist, von der Geburt bis zum letzten Atemzug, wie ein einziges, großes, buntes Webstück, bei dem der Allmächtige Farben und Muster bestimmt.«

Sie wandte sich Mirijam zu. »Bedenke, Lâlla Azîza, es handelt sich nicht um Muster, die allein für die Augen bestimmt sind, oh nein. Vielmehr sind es Zeichen, uralte, magische Symbole. Deshalb ist es auch besser, man spricht nicht zu viel von ihnen.«

Fatma räusperte sich. »Du kennst doch die Raute, die wir das Auge des Rebhuhns nennen? Wie du weißt, bringt sie Glück und gute Ernte, steht aber ebenso für Anmut und Pflichterfüllung einer jungen Ehefrau. Nimmst du nun stattdessen ein anderes Bild, zum Beispiel eine Blume, so wird niemand deine Botschaft verstehen. Oder nimm den Schicksalsweg, der im Zickzack an Tieren und Zelten vorüberführt – auch ihn kannst du nicht geschmeidig und farbenfroh weben. So ist das Leben nicht! Nun, du siehst, es gibt Dinge, die man ändern kann, andere hingegen soll man respektieren«, mahnte sie jetzt.

Natürlich wusste Mirijam inzwischen längst, dass jedem Teppichmuster eine tiefere Bedeutung und Kraft zugeschrieben wurde. Aber durfte man denn nicht einmal etwas daran überarbeiten, wenigstens Kleinigkeiten, die die Bedeutung erhielten? Mirijam spürte, wie ihr Verdruss zunahm.

Als habe Fatma ihre Gedanken gelesen, schloss sie: »Vergiss nicht: Weben ist wie das Leben.«

»Danke, Fatma, *shukran,* ich werde über deine Worte nachdenken.«

Mirijam erhob sich.

Eigentlich verstand sie sich gut mit ihren Weberinnen, und sie mochte alle Frauen in der Teppichmanufaktur, besonders Fatma und Meryam, manchmal jedoch empfand sie ihre Phantasielosigkeit als unerträglich. Heute war anscheinend so ein Tag!

Bodenständig und pragmatisch, wie sie waren, stand für die Berberfrauen stets der Nutzen im Vordergrund. Ein Lebensbaum hatte für Fruchtbarkeit zu sorgen, das war sein Zweck und nicht etwa Schmuck oder Zier. Außerdem genügte es ihnen, dass man die Muster schon immer in der bekannten Weise gewebt hatte, warum also etwas Neues ausprobieren? Offensichtlich blieb ihr also auch weiterhin nichts übrig, als die bisherigen Muster zu verwenden.

Mirijam stieg die Treppe hinauf ins Turmzimmer und trat an die rundumlaufenden Fenster. Der Blick in südwestliche

Richtung zeigte den Hafen, die vorgelagerten Felsen und Inseln mit dem weiten und immer bewegten Meer. Gegen Abend war dies wegen der atemberaubenden Sonnenuntergänge der schönste Platz. Früh am Morgen hingegen konnte sie in Richtung Nordosten beobachten, wie sich pastellige Federwölkchen in der Morgenröte auflösten, die Sonne golden über dem hügeligen Land emporstieg und in der noch klaren Morgenluft die flachen, würfelförmigen Häuser zum Leuchten brachte. Was für ein Schauspiel!

Heute allerdings gefiel ihr weder die eine noch die andere Aussicht. Zwar machte alles einen friedlichen und idyllischen Eindruck, doch das konnte sie nicht aufheitern. Sie spürte, dass etwas Bedrohliches auf sie zukam, als zögen schwarze Gewitterwolken auf. Seit Tagen ging das schon so, der Druck wurde immer schlimmer, so dass sie sich selbst kaum mehr kannte. Sie wollte weinen, fand aber keinen Grund dafür. Sie wollte rennen, blieb jedoch sitzen, wollte in ihrem Gärtlein arbeiten und hatte dann doch keine Lust dazu. Wenn sie die Sternbilder lernen wollte, zogen Wolken auf, wenn sie Kamillenblüten ernten wollte, um daraus Salbe herzustellen, hatten die Ziegen alles abgefressen, und wenn sie buttern wollte, war die Milch sauer. Was bedeutete das?

In ihren ersten Monaten hier in Mogador, nachdem ihre Stimme zu ihr zurückgefunden hatte, hatte Mirijam gelernt, sich selbst zu beobachten. Sie wollte gewappnet sein. Sobald sie das geringste Anzeichen bemerkt hätte, dass ihre Stimme erneut verschwinden könnte, hätte sie sofort wieder mit den Übungen begonnen. Zum Glück kam es nicht dazu, aber es dauerte, bis sie wieder mit Selbstverständlichkeit reden, singen und laut lachen konnte. Lange noch hatte sie jeden Tag Angst davor gehabt, ihre Stimme könnte ein zweites Mal verschwinden.

Neuerdings träumte sie häufig wirre Dinge, ohne sich jedoch beim Aufwachen an etwas Konkretes erinnern zu können. Manchmal war ihr sogar, als habe sie vom *bagno* geträumt. Bei dem Gedanken daran begann ihr Herz zu rasen, dieser Schrecken würde sie wohl nie ganz verlassen. Dabei bemühte sie sich sehr, das Erlebte zu vergessen. Nicht vergessen hieß erinnern. Sich erinnern aber bedeutete, mit offenen Augen einen Weg durch den zähen Morast des Grauens suchen zu müssen, durch einen bodenlosen Sumpf, der sie zu verschlingen drohte. Einen Traum konnte sie nicht verhindern, aber niemals, das hatte sie sich geschworen, niemals würde sie willentlich darüber nachdenken, was im Kerker geschehen war. Vielleicht ging es dann vorbei, als sei es nie geschehen ...

Mirijam beugte sich aus dem Fenster und blickte über das Gassengewirr am Fuß des Turms. Die Häuser der Stadt, erbaut aus Lehmziegeln und behauenen Steinen, standen Schulter an Schulter, getrennt durch schmale Gassen, die gerade breit genug waren, dass ein mit Säcken beladener Esel hindurchpasste. An Markttagen, wenn die Bauern und Viehzüchter der Umgebung nach Mogador strömten, gab es oft kein Durchkommen!

In den Häusern lebten die Familien der Schreiner und Schuhmacher, der Obsthändler und Wachszieher, der Gerber, Salzhändler, Bäcker, Fischer, Schlachter und Lastträger. Es gab Schulen und Synagogen, und in der Nähe der Moscheen, deren Minarette über die flachen Dächer ragten, befanden sich die Läden der Schreiber, der Schneider und der Tuch- und der Goldhändler, denen die Verkaufsstände der Obst-, Gemüse- und Getreidehändler folgten. Diese wohnten zumeist außerhalb, entweder in der Nähe der angrenzenden Oase oder am Rande ihrer Felder. Schlachter und

Fischhändler hatten mit ihren Geschäften ebenso ein eigenes Quartier in der Stadt wie die Schmiede und Gürtler oder die Gerber.

In den größten und prachtvollsten Häusern, hinter deren portalähnlichen Türen sich kleine Gartenanlagen mit Springbrunnen verbargen, lebten reiche Sklavenhändler und Karawanenführer. Zwei-, manchmal sogar dreimal im Jahr, wenn die Karawanen mit ihren schwer beladenen Kamelen aus der Wüste in die Stadt zurückkehrten, waren alle Bewohner auf den Beinen, ebenso wenn die fremden Schiffe im Hafen einliefen und sich Händler aus aller Welt die schwarzen Sklaven und sagenhaften Schätze aus den Tiefen Afrikas sichern wollten.

Auch sie hatte bereits Elefantenstoßzähne bestaunt, so groß und schwer, dass zwei Männer sie nur mit Mühe tragen konnten, sowie Affen, die mit ihren runzeligen Gesichtern alten Männern ähnelten, und seltsame andere Tiere. Wenn jedoch die hochgewachsenen, schwarzen Männer und Frauen mit den krausen Haaren auf den Markt getrieben wurden, wo sie mit viel Getöse angepriesen und verkauft werden sollten, lief sie rasch zurück ins Haus. Nichts sollte sie an die Schrecken von damals erinnern!

Zu Füßen ihres Turmes, der in der Nähe des Hafens lag, befanden sich die Werkstätten der Seiler, die Netze und Taue für die Fischerei und die Schifffahrt herstellten, sowie die Wohnstätten der Zimmerleute und Schiffsbauer. Sie blickte auf windgeschützte, schattige Plätze mit Palmen und in Innenhöfe, in deren Mitte Aprikosen- und Zitronenbäume gediehen. Daneben befanden sich Lagerhäuser und Herbergen. Kurzum: Es gab alles in der Stadt, was zu einem guten Leben notwendig war.

Mirijam beobachtete dort unten junge Mädchen und

Frauen, wie sie kichernd zu dritt oder viert die Gasse entlangflanierten. Sie bewegten sich, als hätten sie keine Eile, und einige von ihnen schwatzten so laut, dass sie ihre Stimmen bis hierherauf hören konnte. Wie sie sie beneidete.

Wie schön wäre es, ebenfalls jemanden zur Seite zu haben, mit dem sie Kummer und Freuden teilen und über ihr Unwohlsein und ihre Verwirrtheit sprechen könnte. Aber das blieb wohl Wunschdenken, für sie gab es niemanden, der wirklich zu ihr gehörte, niemanden als den guten, alten Abu.

Natürlich liebte sie ihn, und ihr Vertrauen zu ihm war grenzenlos, aber reden, über Gefühle sprechen, das konnte sie mit ihm nicht. Was hätte sie ihm auch erzählen sollen? Eine Mutter oder eine Freundin würde ohne Worte wissen, dass es ihr grundlos schlecht ging. Der Abu hingegen war es gewohnt, für alles eine Ursache zu suchen, er würde nachforschen, ob sie krank sei, würde Hals und Ohren untersuchen, würde sie ausfragen und nach logischen Erklärungen suchen … Ihren wirklichen Kummer könnte er niemals verstehen! Wie denn auch, sie verstand ihn ja selbst nicht. Ging es ihr denn etwa nicht gut? Hatte sie denn nicht ein wundervolles Leben?

Wenn sie sich noch ein wenig mehr vorbeugte, konnte sie das neue Haus sehen, das der Abu gleich an der Stadtmauer errichten ließ. Es verfügte über zwei Innenhöfe, einen für die Küche und die alltäglichen Arbeiten, und einen, der der Muße und dem Empfang von Gästen vorbehalten war. In diesem Garten hatte sie kürzlich die ersten Rosenstöcke gepflanzt und demnächst, nach der großen Hitze, würde sie dort weitere Blumen setzen. Bald würde der Innenhof ebenso blühen und grünen wie der von Tadakilt.

Abu Alî hatte bei der Planung des Hauses wirklich an alles gedacht, sogar an eine Rohrleitung zwischen der Küche und dem abgedeckten Wasserbecken auf dem Dach. Täglich wurde frisches Wasser hinaufgetragen, das man in der Küche aus einem Hahn entnehmen konnte. Das benutzte Wasser wiederum wurde in einer Grube gesammelt, so dass man es für den Garten verwenden konnte. Wasser im Haus, Fenster in den Außenwänden, und nicht nur zum Innenhof wie sonst üblich, und dazu noch drei Haustüren, das waren in Mogador allergrößte Besonderheiten. Aber der Hakim und seine Tochter Azîza Bint el-Mansour, wie sie jetzt offiziell hieß, hatten sich nun einmal Licht und Luft in allen Räumen gewünscht.

Ihr persönlicher Wohnbereich bestand aus einem großzügig geschnittenen Zimmer, das sie durch einen geschnitzten hölzernen Paravent in einen kleinen Schlafraum und einen größeren Wohnraum teilen konnte. Massive Türen aus Zedernholz hielten Staub, Wind und Sonnenlicht draußen, die Böden mit glasierten Fliesen in Weiß und Dunkelgrün waren blitzsauber, wie auch die polierten Wände, und schimmerten sanft. Es gefiel ihr dort, und besonders machte es ihr Freude, bei den Schreinern und Intarsienkünstlern hübsche, neue Möbel auszuwählen und die Räume Stück für Stück mit schönen Dingen auszustatten. Für seine Belange hatte sich Abu Alî einen kompletten Flügel des Hauses als Arbeitsbereich eingerichtet, mit Fenstern und einem direkten Ausgang zur Gasse. Es ging ihnen gut, und es gefiel ihnen beiden in Mogador. Der Hakim betonte sogar manchmal, dass er es geradezu als eine glückliche Fügung ansah, hier gelandet zu sein.

Für Mirijam war es ein gutes Gefühl zu wissen, dass er nicht allein um ihretwillen seine schöne Burg aufgegeben hatte. Schon als sie damals aus der Kasbah Tadakilt fliehen mussten, hatte er Mogador als Zufluchtsort im Sinn gehabt, und zwar wegen der hier ansässigen *gnaoua*. Daneben aber hatten ihn auch diese fingerlangen Schnecken mit den außergewöhnlichen Säften gereizt, denn bereits lange vor ihrer Zeit hatte er sich vorgenommen, eines Tages das Geheimnis von *murex trunculus,* der Purpurschnecke, zu lüften. Nicht Elfenbein, das Gold aus *Tombouctou* oder andere sagenhafte Kostbarkeiten des Südens, die die großen Karawanen heranschafften, hatten ihn an diese Küste gelockt, sondern die Rätsel des Purpurs.

»Purpur gilt als göttliche Farbe. Schon seit Moses' Zeiten tragen Kaiser, Könige und alle anderen Mächtigen der Welt mit Vorliebe purpurne Gewänder«, hatte er erklärt. »Purpur ist edel, kostbarer als Gold und besitzt eine nahezu mythische Aura. Schon Plinius beschreibt die Murex, insbesondere erwähnt er die Säfte der Purpurschnecke in seiner *Naturalis Historiae,* man kennt allerdings keine Aufzeichnungen mehr über die Herstellung und Verarbeitung dieses Farbstoffes. Offenbar wurden die Anleitungen seit Generationen nur mündlich überliefert, so dass dieses uralte Wissen inzwischen gänzlich in Vergessenheit geraten ist. Man müsste also ganz von vorn beginnen und die Eigenschaften und Wirkungen der verschiedenen Substanzen genauestens untersuchen ... Ach, diesem Geheimnis würde ich liebend gern auf den Grund kommen.«

Seine Forschungen allerdings verliefen überraschend erfolgreich, so dass er schon bald daran denken konnte, eine Färberei aufzubauen. An der Küste bei Mogador gab es Murex im Überfluss, man brauchte allerdings auch Unmengen davon, wahre Berge dieser glitschigen, gefräßigen Tiere, um genug für einen einzigen Färbebottich zu bekommen.

Aber wie das stank! Der Gestank war schon während der allerersten Erprobungsphase schnell unerträglich geworden.

Der portugiesische Festungskommandant hatte Abu Alî deshalb gedrängt, auf zwei der vorgelagerten Inseln auszuweichen, wo der Wind alle Gerüche von der Stadt fortblasen konnte.

Obwohl sie ihm vieles abnahm und ihn nach Kräften unterstützte, hatte der Aufbau der Färberei den Abu in letzter Zeit viel Kraft gekostet. Er war nicht mehr der Jüngste, dachte Mirijam, inzwischen merkte man ihm sein Alter deutlich an. Ein weiterer Grund, warum sie nicht mit irgendwelchen unklaren Ahnungen und wirren Gefühlen zu ihm gehen konnte ...

»Lâlla, der Hakim sagt, du sollst die neue Farbe begutachten. Wunderschön, nicht wahr?«

Erschreckt fuhr Mirijam herum, vor lauter Grübelei hatte sie Haditha nicht kommen hören. Nun stand sie in der Tür und streckte ihr ein Körbchen mit Wolle entgegen.

Rot!, dachte Mirijam als Erstes und starrte auf die purpurfarbenen Wollstränge. Rot, das bedeutete Gewalt. Rot war für immer mit den Piraten und dem *bagno* verbunden. Immer noch, selbst nach dieser langen Zeit, gab es Tage, an denen sie die Farbe Rot als so beängstigend empfand, dass es ihr schier den Atem raubte.

Unwillkürlich wich sie einen Schritt zurück, dann warf sie ein Tuch über den Korb. Haditha, ihre schwarze Dienerin, war über diese Reaktion offensichtlich verärgert. Missbilligend schnalzte sie mit der Zunge, sagte jedoch nichts.

»Sind das seine neuesten Farbmuster?«, fragte Mirijam schließlich, als sich ihr Herzschlag ein wenig beruhigt hatte. »Gefällt es dem Hakim?«

»*Ouacha,* endlich einmal hat alles gut geklappt, sagte er. Die Wolle hing übrigens nicht die gesamte Zeit in der prallen Sonne, sie trocknete zum Schluss im Schatten, soll ich dir ausrichten. Und noch etwas soll ich dir bestellen – was war das noch? Ach ja, er sagte, dies sei die Farbe der Senatoren.« Das fremde Wort hatte sie wohl auswendig gelernt, und es ging ihr nur schwer über die Lippen.

Die »Farbe der Senatoren« zu erzeugen war Abu Alîs erklärtes Ziel, und zwar am liebsten *purpureo sanguineo*, den blutroten Farbton. Diesem leuchtenden Purpur, der zur Zeit der Cäsaren den Togen der römischen Senatoren vorbehalten war und noch heute die Gewänder von Päpsten und Königen zierte, hatte er sich mit Haut und Haaren verschrieben.

»Der kostbarste und geheimnisvollste Farbstoff, den es gibt!«, hatte er ihr erst neulich vorgeschwärmt. Dabei war an der Zubereitung des Grundstoffes eigentlich nichts Rätselhaftes, anders, als er zunächst gedacht hatte.

Nach ein paar Tagen im Salz vermischte man die Schneckenteile mit reichlich Esels- und Schafurin und kochte alles so lange, bis eine zähe Brühe entstand. Damit hatte er seine ersten Versuche angestellt. Zunächst waren die Ergebnisse eher ernüchternd ausgefallen: fahles Gelb statt leuchtendes Violett oder dunkles Rot! Immer wieder hatte der Hakim daraufhin die Rezeptur verändert. Doch erst als ihm jemand ein paar tiefrote Wollfäden zeigte, die versehentlich seit Tagen auf dem Abfallhaufen gelegen hatten, hatte er verstanden: Die Magie des Färbens begann während des Trocknens, das war anscheinend das eigentliche Geheimnis des Purpurs!

Sofort begannen die Arbeiten von Neuem. Sollte man das Färbegut in der prallen Sonne trocknen oder besser im lichten Schatten, fragte sich der Alte. Benötigte man Sonne oder genügte Luft? Was geschah, wenn man es ausschließlich nachts an die Luft brachte? Und wie lange dauerte es, bis unter dem unansehnlichen Gelbgrün das ersehnte Rot hervorbrach? Offenbar hatten seine Versuche nun endlich zu einem Ergebnis geführt, das den Sherif befriedigte. Mirijam hingegen erschauerte. Ein sanftes Blau oder ein helles Grün, Sonnengelb oder Rosa, sogar Rostbraun oder Nebelgrau, das waren Farben, die ihr gefielen, aber dieses Rot? In ihren Augen wirkte es geradezu bedrohlich.

Luft, dachte, sie musste hier raus, am besten an den Strand!

35

Sie trat gegen ein Büschel aus trockenem Tang. Es fiel sofort auseinander. Jede Menge Sand und Muscheln klebten an den braunen Pflanzenresten, darunter leere Gehäuse von Purpurschnecken. Schon wieder, dachte sie und stampfte auf den leeren Schneckenhäusern herum, überall nichts als Purpurschnecken! Mirijam sank nieder, wo sie gerade stand, und wischte ein paar Tränen fort.

Was, um Himmels willen, war nur mit ihr los? Vermutlich wurde sie krank. Eigentlich fehlte ihr zwar nichts, aber womit ließ sich das Durcheinander in ihrem Kopf und ihrem Herzen sonst erklären?

Schon seit Tagen träumte sie wirres Zeug, Szenen, an die sie sich am nächsten Morgen nicht richtig erinnern konnte. Da waren lediglich ein paar Fetzen: Gesa im Garten bei der Apfelernte ... dampfende Rösser vor schweren Lastkarren ... eine Frau, die sie im Arm hielt, offenbar ihre Mutter ... neblige Wiesen am Fluss ... Vater, der den Blick von seinen Geschäftsbüchern hob – und Cornelisz. Bilder aus ihrer Kinderzeit, die sich irgendwo in einem versteckten Winkel ihres Herzens eingebrannt hatten und nun hervorkamen, um sie zu quälen.

Mirijam sprang auf und lief weiter den Strand entlang.

Von Cornelisz hatte sie in letzter Zeit wieder häufiger geträumt. Weil sie immer noch oft an ihn denken musste, an den Vertrauten, den Gefährten sorgloser Jahre? Cornelisz, der mit ihr sang und lachte, der ihr das Murmelspiel beibrachte und ihr Pony einfing, wenn es durchging. Cornelisz, der ihr das Zaunkönignest in der Hecke zeigte, der ihr die süßesten Kirschen zusteckte, der sie tröstete, als sie von einer Wespe gestochen wurde ... Und Cornelisz, wie er versprach, immer ihr Freund zu sein. Sein helles Haar hatte im Sonnenlicht geleuchtet wie Gold. Dachte sie an ihn, weil er sie liebte und jede ihrer Regungen verstand? »Unsinn!«, schimpfte sie laut. »Alberne Kindereien!« Sie sammelte einige Muschelschalen und Steine auf und warf sie in hohem Bogen ins Wasser.

Und die Frau, von der sie geträumt hatte, konnte es wirklich sein, dass dies ihre Mutter war? Sie versuchte, sich zu konzentrieren. Sie glaubte, sich an eine dunkelhaarige Frau zu erinnern, die die Arme nach ihr ausstreckte und sie zärtlich anlächelte. Im Traum hatte sie gewusst, dass es ihre Mutter war. Aber wie war das möglich? Sie war viel zu klein gewesen, als die Mutter starb. Erschien sie ihr jetzt im Schlaf? Warum? Um sie vor einer Gefahr zu warnen oder um sie zu trösten?

Grübelnd stapfte sie durch den Sand. Nach einer Weile sah Mirijam auf und erblickte die weiße Kuppel des kleinen Grabmals von Sîdi Kaouki, eines Heiligen, der an dieser Küste verehrt wurde. Getrieben von ihrer Unrast war sie viel weiter gelaufen als gedacht, die lang gestreckte Bucht mitsamt der Mündung des Baches lagen längst hinter ihr. Von den Hafenanlagen war ebenfalls nichts mehr zu sehen, und sogar das Fort der Portugiesen lugte nur noch schemenhaft über den Salznebeln hervor, die der Wind in dichten Schwaden landeinwärts trieb. Sie seufzte, und obwohl sie am liebsten hier draußen geblieben wäre, kehrte sie um.

Im seichten Wasser des Baches, der an dieser Stelle ins

Meer mündete, setzte sich Mirijam auf einen Stein, wusch Gesicht und Hände und richtete ihr Gewand. Vielleicht war ihr die Mutter im Traum erschienen, weil sie wollte, dass sie das Päckchen öffnete, überlegte sie. Eine seltsame Scheu hatte sie bisher davor zurückgehalten. Manchmal holte sie das schmale Bündel hervor, legte die Hände auf das weiche Leder, das über die Jahre dunkel und fleckig geworden war, und betastete die Seidenkordel, mit der es verschnürt war. Es fühlte sich an wie ein kleines Buch, war biegsam, aber zugleich fest. Erst als Braut sollte sie es lesen oder wenn sie in Not geriet, so lautete die Botschaft. Warum die Mutter das wohl verfügt hatte? Musste sie diese Bestimmung wörtlich nehmen, oder hatte sie vielleicht gemeint, sie solle die Aufzeichnungen erst als Erwachsene kennenlernen?

Plötzlich fuhr ein ziehender Schmerz durch ihren Leib. Mirijam krümmte sich. In letzter Zeit hatte sie mehrfach Bauchweh gehabt, ob sie doch einmal mit dem Abu darüber sprechen sollte?

Als die Schmerzen nachließen und Mirijam aufstand, um den Heimweg anzutreten, entdeckte sie einen Blutfleck auf dem Stein, auf dem sie gesessen hatte. Der Anblick traf sie wie ein Schlag. Blut? Also doch, sie war ernsthaft erkrankt! Allerdings spürte sie außer einem Druck im Bauch keinerlei Schmerzen. Gründlich befühlte sie Arme, Brust und Beine, tastete den Rücken ab, so weit sie reichen konnte, doch nirgendwo konnte sie eine Wunde entdecken. Woher kam dann das Blut?

Erst als sie sich vorbeugte, entdeckte sie die dünne Blutspur, die an der Innenseite ihrer Beine hinablief bis zu den Knöcheln. Ängstlich hob sie ihr Kleid. Das Blut schien aus dem Körperinneren zu kommen! Sie wimmerte und sank auf den Stein zurück.

Als seien sie lediglich unter einem dünnen Schleier verborgen gewesen, brachen die Schrecken des Kerkers plötzlich aus ihrer Erinnerung hervor. Da waren sie wieder, die Schläge, die Fesseln, die Schreie, die quälende Todesangst! Auch die Schmerzen, als sie aufgerissen wurde und es ihr wie ein Schwert mitten durch den Leib fuhr und als verzweifelte Hilfeschreie aus ihr herausbrachen, wieder und wieder und wieder, so lange, bis ihre Stimme starb ... Und dann das Blut ...

Sie war also doch verflucht! In ihrem tiefsten Inneren hatte sie es bereits geahnt: Jemand, dem so etwas Entsetzliches zugestoßen war wie ihr damals im *bagno,* der konnte nur verdammt sein! Jene furchtbaren Qualen, der Verlust ihrer Stimme, was konnte das anderes bedeuten als Strafe und Fluch? Und nun, nach zweijähriger Ruhe, begann der Schrecken erneut mit Blut, das aus ihr herausfloss. Musste sie jetzt sterben? Etwas nicht Fassbares, Großes, Böses, etwas wie eine dunkle Macht hatte sie in der Hand und wollte sie bestrafen. Warum? Welche Schuld hatte sie auf sich geladen? Sie wusste keine Antwort, zugleich aber hatte sie den Beweis: Sie war verflucht, denn sie blutete von *dort ...*

»Nein, nicht!«, jammerte sie und schöpfte mit beiden Händen Wasser über die Beine. Reinigen. Wegspülen. Reinwaschen. Sie rieb und wischte, schluchzte und zitterte. Höher hinauf, den ganzen Schenkel, mehr Wasser, viel mehr! Ihre Hände flogen. Mehr Wasser, mehr, noch viel mehr ...

»*Salâm u aleikum,* Mädchen. Bist du nicht Azîza?«

Mirjam erstarrte. Hastig ließ sie das geschürzte Gewand fallen. Eine schwarze Frau stand am Flussufer. Sie führte eine Ziege am Strick und trug einen Weidenkorb voll Kräuter.

Mit einem Ärmel wischte Mirjam die zerzausten Haare aus dem Gesicht, mit dem anderen fuhr sie über ihre tränennassen Wangen. Sie schluckte, dann nickte sie. »*Aleikum as salâm.* Ja, ich bin Azîza, die Tochter von Alî el-Mansour. Bist du gesund? Geht es deiner Familie gut?« Ihre Stimme zitterte; während sie versuchte, ihr Grauen zu bändigen. Dennoch kamen ihr wie von selbst die üblichen Höflichkeitsfloskeln über die Lippen. Sie strich das Kleid glatt. Was hatte die Frau gesehen? Hatte sie vielleicht sogar ihr Schreien gehört?

»Es geht mir gut. Ich bin Aisha, und ich lebe dort drüben.« Mit der freien Hand wedelte sie in eine unbestimmte Richtung. »Ich bin die weise Frau und helfe den Frauen, deshalb die Kräuter hier im Korb. Höre, Mädchen, du musst dich nicht fürchten, verstehst du? Ja, es wird Veränderungen für dich geben, sie sind jedoch kein Grund, sich zu ängstigen.« Damit band sie die Ziege an einen Busch und kam zu Mirijam ins Wasser.

»Komm, setzen wir uns dort ans Ufer.« Sie führte die nahezu Willenlose aus dem Bach heraus. »Du zitterst. Sei ganz ruhig. Ist es das erste Mal, dass du blutest?«

Mirijam schlug die Augen nieder. Sie fühlte, wie ihr Gesicht brannte. Warum fragte die Frau das? Was wusste sie, und woher? Sie rieb die Hände, als seien sie schmutzig. Schließlich nahm sie ihren Mut zusammen und fragte: »Du bist Aisha, von jenseits der Oase? Dann bist du die schwarze Hexe, von der die Sklavinnen erzählen? Kannst du machen, dass ich wieder gesund werde und nicht sterben muss?«

In Aishas Gesicht regte sich nichts, prüfend musterte sie Mirijam. »Höre, Kind«, begann sie mit ruhiger Stimme, »plappere niemals etwas nach, was unkundige und nichtsnutzige Frauen herumtratschen. Sie wissen es nicht besser, du hingegen ...«

Sie stockte, dann setzte sie sich aufrecht hin und begann erneut. »Das Gerede von Hexen oder Magie ist nicht nur beleidigend, es kann auch gefährlich sein. Also, ich frage dich: Hast du heute zum ersten Mal geblutet?« Ihre Stimme klang streng.

Mirijam nickte verschüchtert.

»Nun, dann bist du spät dran. Aber wisse, dass dies allen Frauen geschieht. Davon stirbt keine, ganz gewiss nicht.« Sie nahm ein Kräutersträußchen aus ihrem Korb und schnupperte daran. »Regelmäßig, im Rhythmus des Mondes, der Herr über alles Fließende ist, wirst du von nun an einmal im Mondumlauf für einige Tage aus deiner geheimen Öffnung bluten. Und zwar so lange, bis aus dir eine alte Frau geworden sein wird. Dann hört es von allein wieder auf, wie es von allein begonnen hat.«

Mirijams Gedanken rasten. Alle Frauen, also auch sie? »Aber das Blut ...?«

Aisha lächelte, dass die weißen Zähne in ihrem dunklen Gesicht aufblitzen. Seltsamerweise fühlte sich Mirijam sofort getröstet und erleichtert. Niemand lächelte bei ausweglosen Angelegenheiten. Jetzt nahm Aisha ihre Hand und studierte die Innenfläche. Sie nickte befriedigt und ließ die Hand wieder sinken. »Du bist nicht krank, und du wirst auch noch lange nicht sterben, wie mir deine Handlinien verraten. Dein Inneres wird sich vielmehr von nun an während jedes Mondumlaufs reinigen. Du blutest ein paar Tage, vielleicht hast du dabei auch Schmerzen, aber das ist alles.«

Sie übergab ihr das Kräutersträußchen. »Silphium, gut gegen Krämpfe. Koch einen Tee daraus, der wird dir helfen. In der Zeit des Blutens wirst du unrein sein, halte dich also von frischer Milch fern, damit sie nicht sauer wird. Meide auch feinen Kuchenteig, er könnte ebenfalls misslingen. Bleib am besten in diesen Tagen der Küche fern, viele Menschen scheuen sich vor Essen, das von einer unreinen Frau zubereitet wurde. Zum Schutz der Kleidung verwendest du entweder saubere Tücher, die du zwischen die Beine legst und an einem Gürtel unter deinem Gewand befestigst, oder du nimmst kleine Schwämmchen. Du steckst sie tief in dich hinein und wechselst sie mehrmals am Tag.«

Die schwarze Aisha griff noch einmal in ihren Korb und holte drei kleine Schwämme hervor. »Hier. Die Fischer bringen sie mir vom Meer mit, sie können viel Blut aufnehmen. Du musst sie immer gut auswaschen und an der Sonne trocknen lassen, dann werden sie dir für lange Zeit gute Dienste tun.«

Mirijams Augen hafteten an den grauen, porösen Schwämmen. »Aber wie ... In mich hineinstecken?«

Die Schwarze musterte Mirijam nachdenklich. »Hast du dich noch nie untersucht?«

Heftig schüttelte Mirijam den Kopf. Was dachte die Frau denn? Nie im Leben hätte sie sich *dort* berührt! Aber immerhin wusste sie in der Zwischenzeit, welche ihrer Körperöffnungen die alte Frau damals im Gefängnis mit Salbe bestrichen hatte. Auch die Anatomiezeichnungen in Abu Alîs Büchern hatten eindeutig gezeigt, dass damals im *bagno* das hintere Loch, aus dem der Kot austrat ... Das andere Loch hingegen, das weiter vorn lag, barg offenbar ein ganz besonderes Mysterium. Wenn die Rede auch nur ansatzweise darauf kam, brachen die Frauen in der Weberei das Gespräch ab, erröteten, kicherten oder machten anzügliche Bemerkungen.

»Nimm einen Finger und fühl, wie du zwischen deinen Beinen gebaut bist, dann wirst du wissen, wohin die Schwämmchen gehören. Ach ja, und wenn die unreinen Tage vorüber sind, geh in den Hamam und reinige dich gründlich.« Die Schwarze machte Anstalten, sich zu erheben. Sie schien alles gesagt zu haben.

»Aisha?«

»Ja?« Die Kräuterfrau setzte sich wieder.

»Bitte verzeih mir, ich wollte dich nicht verletzen oder beleidigen.«

»Ich weiß.«

»Warum ist das mit dem Blut so?«, fragte Mirijam weiter. Wenn das alle Frauen betraf, handelte es sich vielleicht doch nicht um einen Fluch, der auf ihr lag? Sie musste unbedingt mehr darüber herausfinden, um Gewissheit zu bekommen. »Ich dachte immer … Ich meine, warum bluten Frauen regelmäßig? Was macht es mit ihnen, und was bedeutet es?«

Aisha betrachtete Mirijam eine Weile nachdenklich. »Du weißt es wirklich nicht, stimmt's?« Dann seufzte sie tief, bevor sie erklärte: »In der Heimat meiner Ahnen wird dieses Ereignis beim ersten Mal mit einer geheimen Zeremonie gefeiert, mit der die Mädchen auf ihre neue Rolle vorbereitet werden, denn es bedeutet, dass ihre Kinderzeit endgültig vorüber ist. Die alten Götter sagen, mit der ersten Blutung findet eine Wandlung statt, und daher gehören die jungen Mädchen von diesem Zeitpunkt an zu den erwachsenen Frauen, mit allen Rechten und Pflichten. Auch hier denkt man ähnlich, obwohl man es anders nennt, und so heißt das für dich, aus dir, dem Mädchen Azîza, ist eine Frau geworden. Im Wesentlichen bedeutet es, dass sich dein Körper darauf vorbereitet, ein Kind in sich aufzunehmen und es zu hüten bis zur Geburt.«

Aisha überlegte, dann fuhr sie mit leiser Stimme fort: »Es bedeutet aber auch Liebe und Leid. Unsere Ahnen sagen, Liebe und Leid sind im Herzen miteinander verwachsene Zwillinge. Sie stellen eine große Macht dar, gegen die es keinen wirksamen Zauber gibt. Man kann sie nicht trennen, und wer ihnen begegnet, wird sie nicht abweisen können, selbst wenn das eigene Herz daran zugrunde geht. Ja, so ist es.«

Angesichts von Mirijams weit aufgerissenen Augen legte Aisha beruhigend die Hand auf ihren Arm, bevor sie hinzufügte: »Es bedeutet weiterhin, dass du von nun an zum Kreis der eingeweihten Frauen gehörst und eines Tages das Wissen um Zeugung und Geburt erlangen wirst. Zunächst einmal aber bedeutet es für dich nicht mehr, als dass du hin und wieder Bauchweh haben wirst. In der letzten Zeit hast du dich wahrscheinlich schlecht und unruhig gefühlt, hast vielleicht sogar Krämpfe gehabt, nicht wahr? Ja, so ergeht es den meisten. Dagegen helfen Sitzbäder mit krampflösenden Kräutern sowie beruhigende Tees, aber auch Wärme und Ruhe. Die Götter in ihrem unendlichen Wissen haben es für uns Frauen nun einmal so eingerichtet, und wir müssen uns dem fügen. Komm zu mir, wenn du dreimal geblutet hast. Dann werde ich dir mehr erzählen.«

Als Aisha ihre Ziege losband, den Korb aufnahm und sich Richtung Mogador aufmachte, erhob sich auch Mirijam. Unsicher betrachtete sie die kleinen Schwämme in ihren Händen. War nun alles gut? Es gab also keinen Fluch und keine tödliche Krankheit? Wie gern würde sie Aisha glauben.

Tief sog sie die Luft ein, und es kam ihr vor, als nähme sie zum ersten Mal seit langer Zeit wieder den salzigen Duft des Meeres wahr und spüre die Wärme der Sonne und den weichen Sand unter ihren Füßen.

36

Alî el-Mansour lächelte vor sich hin. Vor kurzem erst hatte seine Tochter ihn gefragt: »Woran liegt es wohl, dass es uns beiden in Mogador so gut gefällt?« Für ihn war die Antwort klar, besonders an einem Abend wie diesem. »Wir beide sind Hafenkinder, du aus Antwerpen, ich aus Genua. Ein Hafen ist uns zutiefst vertraut, und zwar mit allem, was dazugehört.«

Das Turmzimmer in unmittelbarer Nähe des Hafens, zum Beispiel, war für sie beide wie gemacht. Er konnte Wetterbeobachtungen anstellen, den Lauf der Sterne studieren oder den Trubel im Hafen beobachten. Auch Azîza liebte diesen lichtdurchfluteten Raum mit der grandiosen Aussicht. Oft saß sie am Tisch, brachte ihre Bücher auf den neuesten Stand und ließ sich dabei immer wieder von dem Blick aus den Fenstern ablenken.

Wie stets umspielte der Wind auch heute Nacht den Küstenstreifen und die Stadt und wehte zum offenen Fenster in das Turmzimmer hinein. In Mogador war immer Wind. Den einen Tag kam er als sanfte Brise, am nächsten stürmte er wild durch die Gassen und wirbelte den Staub auf. Er konnte ebenso von der See kommen wie aus der Wüste, und je nachdem, wo er zuvor seine Kräfte gesammelt hatte, war die Luft entweder von Salz und Möwengeschrei erfüllt oder vom heißen Atem der Sahara. Dazu rauschte und flutete ununterbrochen, am Tag wie in der Nacht, die Brandung gegen die Felsen und den Strand, und das Meer trug feine Spitzenhäubchen aus weißem Schaum.

Ja, es gefiel ihnen hier. Sie hatten sich eingerichtet, er mit seinen Versuchen, aus *murex* eine gute Purpurfarbe herzustellen, und Azîza mit ihren Teppichen. Sie lebten angenehm und bequem, ohne Aufregungen. Und doch bohrte etwas in Azîza und störte ihren Seelenfrieden, das spürte er genau. Was beschäftigte sie und ließ sie nicht zur Ruhe kommen? Fragen zu stellen hatte keinen Sinn, das hatte er schon versucht. Ihm gegenüber hatte sie rundweg abgestritten, dass etwas nicht in Ordnung sei. Dabei war ihr Kummer beinahe mit Händen zu greifen. Doch wenn es um persönliche Dinge ging, wich Azîza ihm meistens aus.

Es war eine gute Nacht, um die Konstellationen der Sterne und Planeten zu bestimmen, da der Mond erst spät aufgehen würde und er den Stand der Sternbilder gut erkennen konnte. Alî el-Mansour beobachtete aufmerksam die Himmelskörper, berechnete, verglich und fertigte Notizen an. Danach wandte er sich erneut seinen Ephemeriden zu, prüfte ein weiteres Mal die Zyklen der Himmelskörper und studierte die Tabellen. Das Ergebnis seiner Berechnungen war eindeutig: Jupiter, der Segen spendende Planet, näherte sich bereits seinem Gegenspieler, dem bösen Saturn. Obwohl die für eine große Konjunktion nötige Zeit noch nicht vergangen war, zeigte sie offenbar doch bereits jetzt Wirkung.

Sorgfältig kontrollierte er erneut die Unterlagen. Tatsächlich kündigte sich eine Veränderung an, allerdings handelte es sich um eine Konjunktion von kleinerer Bedeutung, angesiedelt im Zeichen des Wassermannes. Dieses stand für Wandlung, für eine Art Metamorphose, nicht jedoch für eine Katastrophe. Das war zumindest beruhigend, doch wie immer sagten die Sterne weder etwas über die Art der Neuerungen aus noch wen sie betrafen.

Ob es etwas mit seinen gelungenen Färbeversuchen zu tun hatte? Er war mit sich und den Ergebnissen zufrieden, besonders wenn er an das leuchtende Rot dachte, das ihm heute erstmals gelungen war. Was für eine prächtige Farbe, sie war wahrhaftig eines Königs würdig! Besser ging es nicht. Vielleicht gaben ihm die Sterne einen Hinweis darauf weiterzuexperimentieren?

Welche Änderungen sonst auf ihn warteten, war kein Geheimnis, schließlich spürte er das Alter täglich mehr. Selbst gewohnte Bewegungen bereiteten ihm mittlerweile Mühe oder gar Schmerzen, abgesehen von einer gewissen allgemeinen Anfälligkeit. Doch nicht Krankheit oder Tod hatten die Sterne signalisiert.

Wenn er die Botschaft der Himmelskörper richtig deutete, so betrafen die zu erwartenden Veränderungen Azîza. Drohte ihr etwa nach wie vor Gefahr? Würde ihm das Mädchen trotz aller Vorsicht doch noch entrissen werden? Wenigstens waren sie hier vor dem Pascha sicher. Die Osmanen hatten es nicht geschafft, ihren Einfluss auch noch auf Al-Maghrebija auszudehnen, das gesamte Küstengebiet hier unterstand den Portugiesen, die ihren Einfluss von den Küstenstädten aus gern noch weiter ins Landesinnere ausgeweitet hätten. Dass der osmanische Pascha hier nichts zu melden hatte, war gut, denn nicht nur er, sondern besonders das Mädchen brauchte Festigkeit und Ruhe und einen guten Platz zum Leben. Den hatten sie sich inzwischen geschaffen, Allah sei Dank.

Er seufzte. Vielleicht ging es ja auch um etwas ganz anderes, um einen erneuten Überfall der Berber zum Beispiel, wie im vergangenen Jahr. Damals hatten sich vereinzelt örtliche

Berberstämme, die ursprünglichen Herren des Landes, gegen die Portugiesen aufgelehnt und versucht, die Herrschaft in der Region zurückzuerobern. Es war den portugiesischen Machthabern gelungen, den Aufstand gewaltsam niederzuschlagen, was ihnen nicht schwergefallen war angesichts der Uneinigkeit der beteiligten Stämme und der überlegenen Waffen der Portugiesen. Allerdings war das Feuer seit damals keineswegs erloschen, eher im Gegenteil. Man munkelte, Berber aus der Großsippe der *Sa'adier,* kämpferische Wüstensöhne aus dem Osten, hätten sich der Sache angenommen. Genaues wusste angeblich niemand, vielleicht zog man aber auch ihn als Fremden nur nicht ins Vertrauen. Ihm schien es jedenfalls, als köchelte der Unmut über die Fremdherrschaft im Verborgenen weiter.

Natürlich verstand er die Wut der stolzen Bervervölker, die ausschließlich nach den Geboten der Natur sowie nach Allahs Wort lebten. Sie nannten sich selbst Imazighen, was freie Menschen bedeutete, und lebten seit Urzeiten als Händler, Viehzüchter und Nomaden in der wahrhaft lebensfeindlichen Wüste. Ihnen hatte niemand Befehle zu erteilen. Hinzu kam, dass die unrechtmäßige Besatzung weiter Teile der Küste durch einen fremden, noch dazu christlichen König Handel und Wandel erheblich einschränkten. Wer benötigte schon eine portugiesische Verwaltung, um Schafe, Ziegen und Kamele oder ein paar Ballen Wolle zu verkaufen? Wie konnten die Fremden es wagen, die Preise von Waren festzulegen, Zölle zu erheben und damit den freien Handel zu ruinieren? Und wer, bei Allah, brauchte ihr Militär, in das immer wieder Söhne ihrer Stämme zwangsweise gepresst wurden? Wieso sollten ausgerechnet die Portugiesen den Grenzverkehr mit den Nachbarn vorschreiben oder gar verbieten können? Was verstanden sie denn schon vom Leben eines viehzüchtenden Nomaden? Wozu brauchte man überhaupt Grenzen? Diese willkürlichen schwarzen Striche auf ihren Papierkarten konnte im Sand sowieso niemand sehen! So oder so ähnlich klangen ihre Argumente, die er seit seiner Ankunft in Mogador immer wieder hörte.

Einige ihrer eigenen Stammesführer allerdings, zumeist Fürsten mit dem Streben nach Macht und persönlichen Vorteilen, hatten insgeheim mit den Portugiesen Verträge geschlossen, was weitere Unruhen provozieren konnte. Musste er sich deswegen Sorgen machen? Aufstände und Kämpfe, ganz gleich, aus welchem Grunde sie geführt wurden, waren ihm ein Gräuel. Doch er wischte seine Sorgen beiseite.

Seitdem er *Capitão* António, den Festungskommandanten in Mogador, in die Strategie des arabischen Schachspiels *shatranj* eingeführt hatte, was sie nun regelmäßig miteinander spielten, kam er hervorragend mit den Portugiesen aus. Er war sicher, Capitão António würde ihn notfalls warnen.

Neben seinen guten Kontakten zur portugiesischen Verwaltung war er aber auch auf das Wohlwollen und die Arbeitskraft der ortsansässigen Berber angewiesen. Die hochmütigen Portugiesen lieferten ihm schließlich weder Heilkräuter noch Purpurschnecken oder Wolle, sie trugen die Uniform ihres fernen Königs, schulten ihre Soldaten und übten mit ihren Waffen. Er aber benötigte beide, die Portugiesen wie die Berber, und musste unbedingt darauf achten, nicht zwischen die Fronten zu geraten.

Der alte Arzt räumte seine Gerätschaften und Tabellen fort, verschloss die Tür des Turmzimmers und stieg langsam die Treppe hinunter.

Unten blieb er einen Augenblick in der Tür der Teppichmanufaktur stehen und sah in den dunklen Raum. Es roch ein wenig muffig nach Wolle. Hier, zu ebener Erde zwischen den dicken, behauenen Steinen des Turmfundaments, hatte Azîza mit ihrer Weberei begonnen. Unter Anleitung zweier kundiger Berberfrauen hatte sie bereits kurz nach ihrer Ankunft in der Stadt die Teppichweberei erlernt und bald darauf zunächst zwei, dann vier Webstühle bauen und aufstellen lassen und damit begonnen, die Wolle der Nomaden zu verarbeiten. Inzwischen kamen jeden Tag vierzehn junge Frauen und arbeiteten für Azîza, stolz darauf, ein eigenes Einkommen zu haben.

Es war eine Freude zu sehen, wie klug Azîza ihre Manufaktur leitete und wie sie in dieser Arbeit aufging.

Während er noch mit seinen Farbrezepturen experimentierte, hatte sie bereits die Idee verfolgt, zusätzlich zu den üblichen Naturtönen, wie sie direkt von den Tieren stammten, auch bunte Wolle in ihren Teppichen zu verarbeiten. Färbepflanzen fanden sich genügend in der Umgebung, also setzte er – neben der Purpurfärberei – besonderen Pflanzensud an, färbte die gesponnene Wolle der Nomaden in verschiedenen Farben ein, und Azîza verwebte sie zu warmen Decken und Teppichen. Bei einigen Teppichen ließ sie noch zusätzlich geknüpfte oder gestickte Muster hinzufügen, Arabesken und Rankenornamente, so dass ganz besondere Stücke entstanden. In Santa Cruz de Aguér hatte sich ein Händler gefunden, der den Verkauf in alle Welt übernommen hatte. Ja, auch dieses ließ sich gut an.

Er stützte sich schwer auf den Stock, als er die Teppichmanufaktur verließ. Die Stadt schlief bereits, und nur das Zirpen der Grillen war zu vernehmen, als er durch die vom Mondlicht erhellten Gassen seinem Haus entgegenstrebte. Sicher wartete Azîza auf ihn und hatte ein Tablett mit einem kleinen Imbiss für ihn vorbereitet. Sie wusste, das hatte er gern, wenn er spät nach Hause kam.

Wie immer, wenn er an seine Tochter dachte, fühlte er sich froh. Wie gern er das kluge Mädchen um sich hatte und es in allem unterrichtete, was ihm selbst wichtig war! Es wollte ihm scheinen, als sei dies seine eigentliche Lebensaufgabe. Bei sich selbst nannte er sie noch immer *seine Kleine,* obwohl sie inzwischen eine junge Frau ...

Er blieb stehen, und plötzlich verstand er, welcher Art die Veränderungen waren, die die Sterne ankündigten.

»Binti?«, rief er beim Betreten des Hauses. »Bist du da?«
»Hier, Abu.«

Der Alte betrat sein Arbeitszimmer, einen beeindruckenden Raum mit einer Täfelung aus poliertem Holz sowie einer geschnitzten Decke und gemauertem Kamin. Azîza saß unter der Öllampe über eine Abhandlung gebeugt, die sich mit Färbepflanzen beschäftigte. Jetzt sprang sie auf, um ihm seinen Umhang abzunehmen.

In den letzten beiden Jahren war sie schnell gewachsen, dabei aber zart geblieben. Ihre Bewegungen waren immer noch graziös wie die einer Gazelle und ihr Benehmen tadellos, wie ein Vater es sich nur wünschen konnte. Das Wichtigste aber, sie war nach wie vor sein Kind, sein geschenktes Kind, auch wenn aus ihr nun anscheinend eine Frau werden würde.

37

Als sie die Augen aufschlug, spürte Mirijam, dass sich über Nacht etwas verändert hatte. Die Nervosität und innere Spannung der letzten Zeit waren verflogen, auf einmal fühlte sie sich ruhig. Sie lag auf dem Rücken, einen Arm hinter dem Kopf, die andere Hand auf ihrem Bauch, und beobachtete, wie das Licht der aufgehenden Sonne das Zimmer erhellte. Plötzlich fiel es ihr ein: In dieser Nacht hatte sie wieder einmal von der dunkelhaarigen Frau geträumt, jener Frau, von der sie annahm, es sei ihre Mutter Lea. An Einzelheiten des Traums konnte sie sich zwar nicht erinnern, an die ihr entgegengestreckten Arme, das liebevolle Lächeln und an das Strahlen, das von der Frau ausging, hingegen wohl.

Heute würde sie Mutters Päckchen öffnen, beschloss sie. Natürlich war sie keine Braut, und ebenso wenig steckte sie in einer Notlage, aber sie fühlte, dass die Zeit gekommen war, sich mit diesem besonderen Vermächtnis zu befassen. Hatte Aisha nicht gesagt, aus ihr werde nun eine Frau mit allen Rechten und Pflichten? Sicher hatte ihre Mutter etwas wie diese gewisse Reife gemeint, als sie verfügt hatte, sie solle die Briefe erst als Braut lesen.

Es wurde Nachmittag, bis Mirijam endlich Zeit dazu fand. Sie betrat das Turmzimmer. In den Regalen lagerten ihre Teppichentwürfe, die Geschäftsbücher sowie Abu Alîs astrologische Tabellen und Notizen. Hier in der Lade des Arbeitstisches, vor Staub geschützt, bewahrte sie ihren Schatz auf.

Schon häufig hatte sie das Bündel herausgenommen und von allen Seiten betrachtet, hatte es in der Hand gewogen und sogar daran geschnuppert, in der Hoffnung, einen letzten Hauch von Mutters Duft feststellen zu können. Manchmal hatte sie nur ehrfürchtig mit dem Finger darüber gestrichen, ein andermal hatte die Neugier sie gepackt, so dass sie kurz davor gewesen war, es zu öffnen. Schließlich hatte sie es aber noch jedes Mal wieder zurückgelegt. Heute allerdings, nach dem Traum der vergangenen Nacht, fühlte sie sich bereit.

Mit klopfendem Herzen hielt sie das Päckchen in der Hand. Die lederne Schutzhülle fühlte sich etwas spröde und rissig an, ebenso die Seidenkordel der Verschnürung. Ihr Vater fiel ihr ein, wie er sie auf seinem Sterbebett gesegnet hatte, und Lucia, die schöne Schwester, und Tränen stiegen ihr in die Augen. Vorsichtig öffnete sie die Knoten und schlug das Ledertuch auseinander. Vor ihr lag eine versiegelte Schweinsblase. Mirijam nahm ein Messer zur Hand und schob es behutsam unter den roten Siegellack. Das Siegel ihres Vaters war darin eingeprägt, und sie zögerte, es zu brechen.

Dann gab sie sich einen Ruck, und der Lack zerbrach. Mirijams Hände zitterten, als sie die beschriebenen, mehrfach gefalteten Papiere aus der wasserdichten Hülle nahm und vor sich auf die Tischplatte legte. Als Erstes fielen ihr die saubere, steile Handschrift auf, die engen Zeilen sowie jegliches Fehlen von Ausstreichungen oder Tintenspritzern. Ihre Mutter war offensichtlich eine geübte Schreiberin gewesen.

Die Blätter waren nummeriert, und dem ersten Anschein nach schien es sich um vier einzelne Schriftstücke zu handeln. Ein feiner Duft entstieg dem Papier, kaum noch zu ahnen, aber Mirijam war, als könne sie sich an diesen Geruch erinnern. Ergriffen dachte sie daran, dass sie die Bögen, die ihre Mutter vor so langer Zeit in Händen gehalten hatte, nun selbst berührte.

12. Oktober 1506
Gesa sagt, begann das erste Schreiben, formlos und ohne irgendeine Anrede, *noch bevor der Sommer kommt, werde ich ein Kindlein wiegen. Ich wünsche so sehr, sie wird recht behalten! Und ausgerechnet jetzt ist Andrees verreist! Da ich mein Glück und meine Freude also leider nicht mit meinem Gemahl teilen kann, bringe ich sie wenigstens zu Papier.*

Seitdem ich aus dem unfreundlichen England hierherkam, hat sich mein Leben zum Glücklichen gewendet. Andrees ist ein wahrhaft guter Mann, und ich habe geschworen, ihm eine gute Frau und seiner Lucia eine gute Mutter zu sein. Oh ja, mit all meiner Kraft will ich dieses Versprechen halten! So wie ich dem Ewigen danken will für seine Gnade und für das Kind unter meinem Herzen, sollte Gesa die Zeichen wirklich richtig gedeutet haben. Aber warum sollte sie sich irren? Einen Sohn und Nachfolger für meinen guten Andrees oder ein kleines Mägdelein, das mir nicht von der Seite weicht – mein Herz tanzt vor Freude! Vielleicht ist die Zeit der Prüfungen nun endgültig vorüber, und der Ewige wird mir das Glück schenken, ein schönes und gesundes Kind zur Welt zu bringen. Darum will ich beten. Zum ersten Mal seit vielen Jahren fühle ich mich geborgen und beschützt. Oh, und wie sich meine arme Mutter über diese Nachricht freuen würde, und auch mein geliebter Vater, die einsam in kalter, englischer Erde ruhen müssen, weitab von ihren Lieben!

Hier endete dieses Schreiben, genauso abrupt, wie es begonnen hatte. Hatte ihre Mutter es erst später den Briefen hinzugefügt?

Mirijam trat an die umlaufenden Fenster und blickte auf das Meer. Das Glück ihrer Mutter, als sie erfuhr, dass sie ein Kind erwartete, rührte sie, besonders, wenn sie daran dachte, dass sie selbst es war, deren Wachsen und Werden Anlass für diese Freude gewesen war. Wenn sie sich doch nur an die Mutter erinnern könnte!

Antwerpen, den 10. März 1507
Ich hüte immer noch das Bett. Tagsüber bin ich aber meist fieberfrei, daher habe ich mich entschlossen, dieses eine Mal noch will ich mich daran erinnern, was damals geschah, und es aufschreiben. Danach aber werde ich dieses Kapitel endgültig schließen. Mit einem dann unbelasteten und frohen Herzen werde ich Dich aufwachsen sehen und Dich behüten. Ich schreibe es also für Dich auf, mein Sohn, oder für Dich, meine Tochter, damit Du auch diese Seite Deiner Herkunft kennst. Dein Vater weiß nicht viel darüber, ich habe ihm kaum etwas erzählt. Die Vergangenheit ist immer noch allzu schmerzlich, und eigentlich wollte ich, ich könnte sie endlich vergessen! Aber nun habe ich mich dazu durchgerungen, alles aufzuschreiben und diesem Papier hier anzuvertrauen, für den Fall, dass mir etwas zustoßen sollte. Von Angesicht zu Angesicht werde ich wohl niemals die Kraft aufbringen, Dir, mein liebes Kind, diese schreckliche Geschichte zu erzählen.

Mein Kind, das Schicksal meiner Familie ist leider keineswegs außergewöhnlich, wie Du nach dieser Einleitung denken magst, es ist im Gegenteil verbreitet bei den Familien unseres Volkes. Dennoch ist es wert, nicht in Vergessenheit zu geraten. Vergiss diese Wurzeln nicht, sie sind ebenso ein

Teil von Dir wie die Wurzeln, die Dir von Deines Vaters Seite zuwachsen.

Es begann in Granada, kurz nach dem Chanukka-Fest *5252 nach dem jüdischen Kalender (Dezember 1492 nach dem christlichen Kalender). Schon seit zweihundert Jahren kämpften die christlichen Herrscher darum, die Mauren aus Spanien zu vertreiben, und ihre Heere hatten sich in dieser Zeit Stadt um Stadt nach Süden vorangekämpft. Inzwischen hatten Königin Isabella von Kastilien und König Ferdinand von Aragon auf ihrem blutigen Feldzug zur* reconquista, *der Rückeroberung Spaniens, Andalusien erreicht und belagerten die Stadt schon seit Wochen. Vor dieser Zeit war Granada eine schöne Stadt mit herrlichen Bauwerken, Palästen, Hochschulen und Gärten und seit Generationen die Heimat der Cohns. Juden und Christen hatten ihr gutes Auskommen unter den muslimischen Herrschern, denn sie standen unter dem Schutz des Emirs. Nun aber, da die Christen allmählich die Macht übernahmen und das gesamte Land in die Arme der katholischen Kirche zurückkehren sollte, wendete sich das Blatt. Die Anhänger Mohammeds und wir, die Juden, hatten zunehmend unter der Willkür und den Racheakten der Christen in der Stadt zu leiden.*
Ich erinnere mich gut an diesen Tag, den ich gemeinsam mit meinen Freundinnen bei Spiel und Plauderei verbracht hatte. Es war der letzte glückliche Tag in meiner Heimatstadt Granada, bevor mein Leben und das meiner Familie in den Strudel des Unheils gerieten. Am Abend feierten wir im Familienkreis den Shabbat. *Meine Familie, das waren meine Mutter Sarah Cohn, die viel vom Schreiben und Lesen hielt, mein Vater Samuel Cohn, für den der Handel und seine Geschäfte wichtiger waren, und meine hübsche kleine Schwes-*

ter Rebecca, die damals gerade ihren zweiten Geburtstag gefeiert hatte. Ebenso gehörte dazu Vaters Bruder, Onkel Jacob Cohn, ein freundlicher Mann, der wunderbar Geschichten erzählen konnte. Sein Gesicht wurde leider durch ein großes Feuermal entstellt, das sich über seine ganze rechte Gesichtshälfte zog. Dadurch hatte er sozusagen zwei Gesichter: ein helles und eines, das Angst machte. Vermutlich fand er deshalb keine Frau und lebte in unserem Hause.

An diesem Abend lag auf dem Tisch eine Bekanntmachung aus Toledo, die uns allen Angst einflößte. Ich will die Worte nicht wiederholen, damit der abgründige Hass, der aus ihnen spricht, nicht in mich sickern kann. Aber ich füge das Blatt hinzu, damit Du, mein liebes Kind, weißt, was ich meine.

Der Zettel lag vor Mirijam auf dem Tisch. Das Papier war vergilbt, zerknittert und an einigen Stellen eingerissen, doch obwohl auch die Tinte verblasst und seltsam rostig aussah, war der Text noch komplett zu entziffern:

IN NOMINE DOMINI Nostri Jesu Christi
Wir erklären hiermit, dass die so genannten conversos, *Nachkommen verderbter jüdischer Ahnen, von Rechts wegen für niederträchtig und gemein erachtet werden müssen, für ungeeignet und unwürdig, innerhalb der Grenzen der Stadt Toledo und seiner Gerichtsbarkeit ein öffentliches Amt zu bekleiden oder ein Lehen zu erhalten oder Eide oder Urkunden zu beglaubigen oder sonst welche Machtbefugnisse über wahre Christen der Heiligen Katholischen Kirche auszuüben. Gegeben zu Toledo im Jahre des Herrn 1490*

Der Zettel hatte einmal ein Siegel getragen, man sah noch

die Wachsspuren. Und unter dem Siegel stand: *Großinquisitor für die Königreiche Kastilien und Aragon.*

Welche Feindseligkeit und Unerbittlichkeit aus diesen Worten sprach!

Der Erlass war zwei Jahre, bevor die Cohns flüchteten, ergangen, überlegte Mirijam. Vermutlich hatte es bald darauf in Granada vergleichbare Veröffentlichungen gegeben, die ähnlich hasserfüllt klangen.

Warum nur hatte der Vater so wenig von ihrer Mutter erzählt? Das Einzige, was er regelmäßig zum Ausdruck brachte, war die große Ähnlichkeit zwischen Mutter und Tochter. Immer wieder hatte er kopfschüttelnd zu ihr gesagt: »Wie Lea! Du bist deiner Mutter wie aus dem Gesicht geschnitten!« Wenigstens Gesa hatte ihr einmal erzählt, ihre Mutter habe sie nicht nur als Wiegenkind, sondern auch später ständig mit sich herumgetragen, habe ihr Lieder vorgesungen, jeden ihrer Schritte bewacht und sie wie ihren Augapfel gehütet, bis wenige Tage vor ihrem Tod.

Wie schon oft versuchte Mirijam sich vorzustellen, wie es sich angefühlt haben mochte, von warmen, mütterlichen Armen gehalten und getragen zu werden. Plötzlich spürte sie die große Lücke in ihrem Leben so schmerzhaft wie noch nie zuvor, und sie sehnte sich nach einer Mutter, nach Trost und Liebe, nach Verständnis und Anteilnahme.

Mirijam schob den Zettel beiseite, um ihn später ihrem Abu zu zeigen, und wandte sich wieder dem Brief zu. Sie wollte wissen, was weiterhin geschehen war und wie sich die Familie in Sicherheit gebracht hatte.

38

Antwerpen, den 12. März 1507
Mein liebes Kind, nach einem Tag Pause fahre ich heute fort. Die Kapitulation stand unmittelbar bevor, und obwohl es niemand aussprach, wussten wir, unser Leben war in Gefahr. Seit Wochen kursierten bereits Gerüchte in der Stadt, alle Juden und Muslime müssten sich zum Christentum bekehren und taufen lassen, andernfalls sollten ihre Besitztümer der Kirche zufallen und sie selbst aus der Stadt vertrieben werden. Denjenigen aber, die nach der Taufe heimlich an ihrem alten Glauben festhielten, weiterhin koscheres Essen bereiteten und den Shabbat einhielten, drohte die Folter durch die Inquisition und nachfolgend der Scheiterhaufen. Spitzel liefen bereits jetzt durch die Stadt und spähten durch die Fenster! Und welche Sicherheit gab die Taufe, nach dem, was der Erlass aus Toledo besagte?

Vaters Geschäfte gingen schon lange nicht mehr gut. Getreide und Gemüse waren knapp in diesem Winter, da die feindlichen Truppen zur Erntezeit die Felder angezündet hatten, und die Preise stiegen. Nur Fleisch gab es billig, da man Tausende Stück Vieh geschlachtet hatte, um es den Raubzügen der königlichen Soldaten zu entziehen. Die Straßen waren nicht mehr sicher. Überall in der Stadt klebten Zettel an den Mauern, auf denen es hieß, die Juden seien mit dem Teufel im Bunde. Besonders gefürchtet war der neue Großinquisitor Tomás de Torquemada. Mag er auch verges-

sen haben, dass er selbst ein converso *war mit einer jüdischen Großmutter, die Juden Granadas werden sich immer daran erinnern! In Toledo und Zaragoza, in Valencia und Teruel brannten die Scheiterhaufen der Inquisition, Gibraltar, Ronda, Malaga waren bereits von den christlichen Heeren erobert, und man erzählte von den Häfen, wo Muslime versuchten, nach Fes zu fliehen oder sonst ein afrikanisches Exil zu erreichen.*

Mirijam fielen die Berichte über Abertausende von Handwerkern ein, die vor der Verfolgung durch die spanischen Könige nach Al-Maghrebija geflüchtet waren. In der Stadt Fes, überall an der Küste und auch hier in Mogador lebten die Vertriebenen und ihre Nachkommen, Silberschmiede, Stuckschnitzer, Möbelschreiner und Zimmerleute, die einst ihre Geschäfte im Kalifat von Al-Andalus aufgeben mussten und sich hierher in Sicherheit gebracht hatten.

In dieser Nacht begann unsere Flucht. In aller Eile packten wir ein paar Dinge zusammen und verließen, um nicht entdeckt zu werden, einzeln das Haus. Jeder für sich schlichen wir durch die Gassen und die Obstgärten bis zu dem Weg, wo die Diener mit den Maultieren warteten. Wir ritten zum Landgut unserer Familie, wo wir allerdings kaum sicherer als in der Stadt waren, weshalb wir zwei Nächte später erneut aufbrachen. Nach langen Diskussionen – Mutter wollte nach Fes, wo schon ihre Vettern lebten, Vater hingegen sprach von England und Onkel Jacob von Portugal, wo es angeblich keine Inquisition gab – brachen wir nach Nordwesten, Richtung England auf.

Die Strahlen der untergehenden Sonne blendeten, so dass Mirijam den Platz wechselte. Auch wenn ihr das Herz im

Halse schlug und sie vor Aufregung einen trockenen Mund bekam, musste sie weiterlesen.

Wir hatten einen Führer, Joaqim Valverde. In Granada war er ein bekannter Schmuggler, der mitsamt seinen Kumpanen immer wieder die Blockade durchbrochen und die Stadt mit Getreide versorgt hatte. Außerdem verhalf er Menschen aller Religionen zur Flucht nach Málaga, wo die Schiffe zur Abfahrt nach Afrika warteten. Diese Hilfsdienste ließ er sich gut bezahlen, und je näher die christlichen Heere der Stadt kamen und je mehr die Angst der Menschen wuchs, desto teurer wurden sie. Ihm ging es ausschließlich um Geld! Außer Joaqim ritt unser alter Pferdeknecht Ibrahim mit uns, so dass wir insgesamt zu siebt waren: Joaqim, Vater und Onkel Jacob ritten voraus, dahinter kamen Mutter, die Rebecca auf dem Schoß hielt, und ich, und den Schluss bildete Ibrahim mit den Maultieren und dem Gepäck. Die Nächte über ritten wir, und tags versteckten wir uns, um den kastilischen Soldatentrupps zu entgehen. Unterwegs erreichte uns die Nachricht von einem Autodafé in Toledo, bei der Menschen – Juden und Muslime – bei lebendigem Leib verbrannt worden waren! Alle Einwohner der Stadt hatten dabei zusehen müssen, die Königin selbst wollte es so haben. In Toledo, so sagte man, gab es für die Juden weder Luft zum Atmen noch Wasser zum Trinken. Von diesem Moment an fügte sich unsere Mutter und wandte nichts mehr gegen die Flucht ein.

Mirijam schauderte. Selbst nach so vielen Jahren meinte sie, das drohende Unheil, das über diesen Menschen lag, beinahe zu spüren. Sie legte den Brief aus der Hand und trat ans Fenster.

Auch sie hatte fliehen müssen, doch aus vielerlei Gründen

war das etwas anderes gewesen. Sie hatte damals erst kurze Zeit in Tadakilt gelebt, die Familie Cohn aber hatte ihre geliebte und vertraute Heimat verlassen müssen. Zudem, und daran glaubte sie in guten Zeiten auch heute noch, war die Bedrohung durch den Pascha vermutlich nicht allzu groß gewesen, was immer Abu Alî damals auch angenommen hatte. Auf die Cohns hingegen hatte der Scheiterhaufen gewartet!

Sie war aufrichtig dankbar, in Abu Alî wenigstens noch so etwas wie eine Familie zu haben, nachdem Mutter, Vater und Schwester nicht mehr lebten. Ihre Mutter war in einer richtigen Familie aufgewachsen, mit Sarah und Samuel Cohn, ihren Eltern, mit ihrer Schwester Rebecca, und dem Onkel Jacob, jedenfalls bis zu ihrer Flucht …

Plötzlich durchzuckte sie ein Gedanke. Von welchem Muttermal des Onkels war hier eigentlich die Rede? Advocat Cohn, der Onkel, den sie kannte, trug jedenfalls kein derartiges Zeichen im Gesicht. Konnte so etwas von allein verschwinden, durch ein Bleichmittel, eine Salbe oder ein Heilkraut? Davon hatte sie noch nie gehört.

Dieser Onkel machte ihr sowieso zu schaffen. Sie wollte nicht an seine Schuld glauben. Doch was, wenn Abus Anschuldigungen gegen ihn begründet waren? Wenn es sich allerdings um einen vollkommen anderen Menschen handelte, um jemanden, der sich nur Jacob Cohn nannte, ohne es wirklich zu sein, dann wäre das geradezu ein Trost. In dem Fall müsste sie wenigstens nicht immerfort daran denken, dass jemand aus ihrer eigenen Familie ein Komplott gegen sie erdacht und für Tod, Schrecken und Grauen gesorgt hatte.

Nur zögernd, als ahne sie das Kommende voraus, nahm sie den nächsten Brief zur Hand.

Antwerpen, den 13. März 1507
Mein liebes Kind, Du bist nun erwachsen und kennst bereits die Stärken und Schwächen der Menschen. Ich hoffe jedoch für Dich, dass Dir das Böse in Menschengestalt niemals begegnen möge. Ich hingegen muss hier Zeugnis ablegen gegen Joaqim Valverde aus Granada, der zum Mörder wurde und meine Familie zerstörte.

Keine sorgfältige, saubere Schrift mehr, jetzt hatte die Mutter offenbar in Eile geschrieben. Und diese verschmierten Stellen auf dem Papier waren wohl Spuren von Tränen, die ihr beim Schreiben auf das Blatt getropft waren. Hatten sie die Erinnerungen übermannt? Hastig begann Mirijam zu lesen.

Wir versteckten uns tagsüber, wenn möglich in Höhlen oder in abgelegenen Schluchten und Tälern. Dort konnten wir ausruhen und oft sogar ein Feuer entzünden, um uns zu wärmen und etwas zu kochen. In den Nächten aber schlichen wir querfeldein oder auf einsamen Pfaden durch das Land. Eines Abends, kurz vor der Stunde unseres Aufbruchs, wollte ich Ibrahim dabei helfen, die Hufe der Reittiere mit Stoff zu umwickeln, damit sie kein allzu lautes Geräusch machten. Statt Ibrahim fand ich jedoch unseren Führer Joaqim Valverde, der sich hinter einem Baum versteckte und Onkel Jacob ausspähte. Der teilte soeben, wie mit den Eltern verabredet, das gemeinsame Vermögen in zwei gleiche Teile und verbarg seinen Anteil unter seiner Kleidung und in seinem Gepäck.

Er wollte nach Norden, um auf dem Landweg nach Frankreich oder Flandern zu ziehen. Wir hingegen würden weiterhin nach Westen reiten, um an der portugiesischen Küste ein Schiff zu nehmen, das uns nach England in Sicherheit brachte.

Ich schwöre, was dann geschah, ist die reine Wahrheit! Mit eigenen Augen sah ich das Entsetzliche!

Joaqim schlich sich von hinten an den Onkel heran, warf ihm eine garotte, *eine Drahtschlinge, um den Hals und erdrosselte ihn. Anschließend zog er ihn in eine Senke, bedeckte ihn mit Steinen und Laub, dann nahm er sein Gold und die anderen Wertsachen an sich. Zum Schluss täuschte er einen Kampfschauplatz vor, indem er den Boden zerkratzte, seine Kappe und den zerrissenen Umhang ins Gebüsch warf und einige Zweige von den Büschen brach. Danach schnappte er sich unsere Pferde und Maultiere mitsamt dem Gepäck und ritt davon. Ibrahim blieb verschwunden, und ich bin überzeugt, Joaqim hat auch ihn auf dem Gewissen.*

Wir besaßen nun keine Pferde mehr, keine Maultiere und auch kein Gepäck. So setzten wir unsere Flucht zu Fuß fort. Wir gingen in die Richtung, in der wir die portugiesische Grenze vermuteten. Rebecca hatte Fieber und jammerte, und wir mussten aufpassen, nicht von christlichen Soldaten entdeckt zu werden. Vater trug Rebecca, sie weinte, manchmal fiel sie auch in eine Art Delirium. Plötzlich hörten wir das Klirren von Metall und das Stampfen von Pferden und sahen schwankende Blendlaternen auf uns zukommen. Es war eine Patrouille von acht Berittenen, mit Piken und Kurzschwertern bewaffnet. Wir verbargen uns im Gebüsch und wagten es nicht zu atmen. Da wimmerte Rebecca auf einmal laut. Die Soldaten kamen näher. Wir glaubten schon, jetzt sei alles aus. Jeden Augenblick mussten sie uns entdecken! Vater wiegte Rebecca und presste sie eng an seine Brust, um ihr Weinen zu unterdrücken. Die Soldaten bemerkten uns nicht. Als sie vorübergeritten waren, war Rebecca tot. In dem ver-

zweifelten Bemühen, seine Familie zu beschützen, hatte Vater sie erstickt.

Mirijam schlug die Hände vors Gesicht. Es dauerte lange, bis ihre Tränen versiegten und sie sich gefasst hatte. Starr vor Entsetzen las sie den Brief zu Ende.

In Portugal versteckten und versorgten uns andere Juden, bis ein Schiff gefunden war, das uns nach England brachte. Aber auch dort fand unsere Familie keinen Frieden. Mutter erholte sich nie wieder von dem erlebten Grauen, sie zerkratzte sich in einem fort das Gesicht und zerriss ihre Kleider. Und Vater sprach nicht mehr, kein einziges Wort, bis zu seinem Lebensende. Beide starben im Irrenhaus. Ich kam derweil in eine mildtätige Familie und wurde gemeinsam mit den Kindern des Hauses erzogen.

Hiermit verfluche ich Joaquim Valverde für das, was er uns angetan hat! Er sei auf ewig, ewig, ewig verdammt!

Nun habe ich alles erzählt, geliebtes Kind, Blut von meinem Blute und Nachfahre dieser geschundenen Familie.

Noch heute werde ich eine neue Seite im Buch meines Lebens aufschlagen und versuchen, unbelastet und frei mit Dir und für Dich zu leben. Diese Blätter aber werde ich gut verpacken und nicht mehr an ihren Inhalt denken. Wenn Du ein Mann geworden sein wirst, mein Sohn, oder eine Braut, die sich aufmacht, ihre eigene Familie zu gründen, meine Tochter, erst dann werden diese Blätter wieder ans Licht kommen. Denn dann wirst Du wissen wollen, wo Dein Lebensfluss einst entsprang.

Ich hoffe und wünsche, dass Freude und Glück Dein Leben prägen werden und sähe Dich gern fern jeder Gefahr. Was ich dazu beitragen kann, soll geschehen.

Erschüttert lehnte Mirijam den Kopf an das Fenster und ließ ihren Blick über den Hafen und die Bucht schweifen. Dort drüben, mit ihrem schäumenden Kranz aus Gischt nahezu schwerelos und vergoldet vom letzten Glanz der untergehenden Sonne, leuchteten die Purpurinseln.

39

MOGADOR 1525

Zwei offene Boote suchten sich ihren Weg durch den schäumenden Gischtring der Insel und machten am Anleger fest. Während die Bootsbesatzung geflochtene Tragkörbe voll farbiger Wolle an Bord hievte und sicher verstaute, nahmen Arbeiterinnen in den offenen Schuppen weitere Wollstränge von den Trockengestellen ab, legten sie in bereitstehende Körbe und trugen sie zum Anleger hinunter. Am anderen Ende des Geländes deckten Arbeiter einen neu errichteten Schuppen mit einem Geflecht aus trockenen Palmwedeln ein und befestigten dieses Dach sorgfältig. Vom Anleger drangen die Stimmen der Männer herauf, die Mädchen antworteten und lachten, und von irgendwo war ein kleines Lied zu hören.

Mirijam lächelte. So gefiel es ihr. Sie dehnte den schmerzenden Rücken, strich mit dem Unterarm die Haare aus der Stirn und ließ den Blick über ihre Manufaktur schweifen.

Diese Insel, die größere von beiden, wurde wegen der Färberei Purpurinsel genannt, während die Nachbarinsel, die nicht nur kleiner, sondern auch felsiger war, aus naheliegenden Gründen Schneckeninsel hieß. Dort hatten sie neben einem stabilen Bootsanleger mehrere Becken angelegt, in denen der Schneckenvorrat lagerte. Die einzigen anderen Zeugnisse für die Anwesenheit von Menschen waren eine gemauerte Hütte und ein paar Feldsteinmauern.

Leider gab es auf beiden Inseln kaum natürlichen Schatten. Der Wind ließ es nicht zu, dass die wenigen Bäume, die hier zwischen Steinen und Felsbrocken überhaupt einen Platz zum Wurzeln gefunden hatten, über die Höhe der Felsen hinauswuchsen. Alles schien sich in ihren Windschatten zu ducken, auch die Bäume.

Aber inzwischen boten auf der Purpurinsel vier weiße, niedrige Häuser und etliche offene Schuppen, die zum Trocknen und zur Vorbereitung des Schneckenbreis dienten, hinreichenden Schutz vor der Sonne. Deren Kraft unterschätzte man leicht wegen des immerwährenden Windes. Die Steinmauern, die so geschickt zwischen die großen, vom Meer geschliffenen Steine und Felsen gesetzt waren, dass sie inzwischen das gesamte Areal um die Schuppen von etwa hundert mal zweihundert Fuß umschlossen, dienten als Windbrecher. Die neuen Bottiche allerdings hatte sie neben den alten an einem Platz errichtet, den der Wind unablässig umspielte. Diesen Ort hatte Abu Alî schon vor Jahren zu diesem Zweck ausgewählt, da hier die beständige Luftströmung nicht nur für Kühlung sorgte, sondern zur Erleichterung aller den Gestank, der bei der Verarbeitung der Purpurschnecken anfiel, zuverlässig aufs Meer hinaustrug.

»Lâlla Azîza, du sollst nach Hause kommen, der Sherif wartet.« Hassan, der junge Vorarbeiter, kam vom Anleger herauf und winkte schon von weitem.

Vermutlich sollte sie dem Abu vorlesen. Eigentlich war er ein geduldiger Mensch, zurzeit jedoch regte er sich sehr über seine verschiedenen Beschwerden auf und schimpfte über die Einschränkungen, die sie mit sich brachten. Zeit mit ihm zu verbringen, ihm vorzulesen und über das Gelesene zu sprechen brachte ihn stets auf andere Gedanken und hellte seine Stimmung auf.

Mirijam legte die lange Kelle beiseite, warf einen prüfenden Blick auf die dampfende Brühe im Bottich und deckte ihn sorgsam mit dem hölzernen Deckel ab. Dann winkte sie zurück. »Ich komme gleich.«

Endlich hatte der Sud die richtige Temperatur, neben dem Trocknungsprozess war dies der entscheidende Faktor für eine gelungene Färbung. Stundenlang hatte sie die neu angesetzte Küpe überwacht, hatte gerührt, die Temperatur reduziert und die nach oben treibenden Schneckenteile abgefischt, bis sie die Arme kaum noch heben konnte. Es war wichtig, gleichmäßig und stetig zu rühren und den Rhythmus nicht zu unterbrechen, sonst konnte es geschehen, dass man allzu bald müde wurde. Müde, wie ihr Abu Alî.

»Was für eine Plage mit den alten Gelenken!«, schimpfte er übellaunig, wenn ihn seine Gebrechen zwangen auszuruhen. »Zuerst waren es nur die Augen, und nun auch die Beine. Wenn wenigstens der Husten wieder vergehen würde! Es ist zwar Allahs Wille, dass wir unser Alter am Körper spüren sollen, doch bei der Arbeit ist es wirklich hinderlich!«

Nach und nach hatte sie deshalb in den vergangenen beiden Jahren viele seiner Aufgaben nahezu vollständig übernommen. Während er sie beriet und sich so gut es ging seinen Forschungen widmete, kümmerte sie sich nicht nur um die Teppichwerkstatt, sondern mittlerweile auch um die Färberei.

Mit einem letzten Blick prüfte Mirijam die Feuerstellen.

Noch drei Tage und Nächte musste eine gleichmäßige Glut unter den aus gebrannten Ziegeln gemauerten Rundbottichen glimmen. Die Bottiche fassten jeder etwa drei *Malter* Flüssigkeit und waren so groß, dass sie und ihre Arbeiterinnen mit ihren langen Spateln gerade noch den Grund erreichten. Noch drei Tage mussten die Frauen Schwerstarbeit leisten und rühren und die auf der Urinbrühe treibenden Schneckenreste abschöpfen. Im Laufe dieser Tage würde das Rühren immer mühseliger werden, da sich der ursprünglich wässrige Sud allmählich in eine dickliche, gelbe Masse verwandelte. Erst mit diesem Konzentrat konnte man weiterarbeiten.

Alle anderen der benötigten Farben waren hingegen fast problemlos herzustellen. Nicht nur die Pflanzen dazu waren leicht zu beschaffen, auch das Färben bereitete kaum Mühe. Allein der Purpurfarbstoff war jedes Mal eine echte Herausforderung. Das Ergebnis aber lohnte die Mühe, fand zumindest der Hakim.

Mit Purpur färbten sie ausschließlich die feine Unterwolle von Kamelen und Schafen oder, doch das kam nur selten vor, Bündel von Seidenfäden. Die gröberen Deckhaare der Tiere wurden nach dem Spinnen mit Pflanzenfarben veredelt, oder sie blieben in ihren natürlichen Farben Weiß, Braun, und Schwarz mit all den Abstufungen. Alles aber wurde später in ihrer Weberei und Knüpfwerkstatt weiterverarbeitet.

Neuerdings bereitete Mirijam die Teppichwerkstatt wieder große Freude. Mit der neuen Technik der Knüpfkunst auf gewebter Unterlage erzielte man wunderschöne Ergebnisse, und nun endlich kamen auch die Muster, die sie entwarf, zur Geltung. Endlich entstanden Teppiche nach ihren Vorstellungen, farbenfroh und voller Bewegung und Schönheit. Sie hatte zusätzliche Weberinnen eingestellt und zu Knüpferinnen ausgebildet, so dass inzwischen zwanzig Frauen für sie arbeiteten. Und selbst wenn die älteren Berberinnen immer noch ein wenig die Nase rümpften, waren auch sie im Grunde mit dieser Entwicklung zufrieden. Ihre Traditionen blieben unangetastet, da die neuen Muster ausschließlich bei den zusätzlich bestickten und mit Knüpfereien versehenen Teppichen angewandt wurden.

Im Lager türmten sich inzwischen eine Menge fertiger Decken und Läufer sowie etliche prachtvolle Teppiche. Einiges davon brachte sie bei den Portugiesen unter, die die Stücke in ihre Heimat sandten, und einzelne Exemplare verkaufte sie an durchziehende Karawanen, aber insgesamt klappte es mit dem Verkauf nicht so, wie ihr Abu gemeint hatte. Um den Handel mochte sich der alte Arzt nicht gern kümmern. Er, der sich sonst doch auf die unterschiedlichsten Dinge verstand, war zu Mirijams Überraschung ein miserabler Händler, der weder Geschick noch Interesse an Verkaufsverhandlungen hatte.

»Der Hakim wartet.« Hassans drängender Ruf trieb Mirijam endlich zur Eile an, und bald darauf bestieg sie das Boot.

»Meine Tochter, dies ist Senhor Alvaréz, wohnhaft in Santa Cruz de Aguér und Kapitän und Eigner der schönen Santa Anna unten im Hafen. Senhor Alvaréz, ich darf Euch meine Tochter Lâlla Azîza el-Mansour vorstellen, die Purpurfärberin, von der man Euch offenbar bereits erzählt hat.«

»Und zwar nur das Beste, verehrter Sherif Alî, nur das Allerbeste! Eure Tochter soll wahre Wunder vollbringen!«

Mirijam fühlte sich mit ihren wirren, verklebten Haaren und verschmierten Fingern höchst unbehaglich, außerdem stanken ihre Arbeitskleider nach Urin und gärendem Schneckenbrei. Wahrscheinlich roch sie, als sei sie soeben selbst dem Färbebottich entstiegen. Wegen der dringenden Aufforderung des Abu hatte sie sich nicht die Zeit zum Waschen und Umkleiden genommen.

Mit hochrotem Kopf stand sie mitten im Zimmer und

wusste nicht, wohin mit den Händen. Endlich kam einmal jemand zu Besuch, und dann empfing sie ihn in einem solchen Aufzug, ärgerte sie sich. Zu ihrer Überraschung jedoch strahlten Kapitän Alvaréz' blaue Augen fröhlich, und er machte eine tiefe Verbeugung vor ihr, als wäre an ihrer Garderobe nichts Ungewöhnliches. Er roch nach Seeluft und hatte die vergnügtesten Augen, die sie je gesehen hatte. Mirijam errötete erneut.

Sobald es die Höflichkeit zuließ, flüchtete sie und ließ die beiden Männer allein. Sie musste sich dringend waschen und saubere Gewänder anlegen, und sie musste Cadidja, die Köchin, anweisen, zu Ehren des Gastes etwas Besonderes aufzutischen. Zum Glück waren die ersten Aprikosen reif, und dann musste ein Hühnchen geschlachtet werden ... Cadidja war noch sehr jung und nicht so versiert wie die Signora in Tadakilt, aber sie gab sich große Mühe. Dennoch, für Mirijam blieb immer noch tausenderlei zu tun.

Später, beim gemeinsamen Abendessen, zollte ihr der Kapitän viel Aufmerksamkeit. Er machte ihr ein Kompliment nach dem anderen, bis Mirijam schließlich gar nicht mehr wusste, wohin sie schauen sollte, und ganz nebenbei unterbreitete er ihr und ihrem Vater eine Geschäftsidee.

»Seidenstoffe, ja, feine Gewebe jeder Form, dazu Gewürze aller Art sowie natürlich Getreide und Salz, das sind heutzutage die ertragreichsten Handelsgüter im Mittelmeerraum«, erklärte er. »Und das trotz der unsäglichen Händel, die der junge Kaiser Carlos und der französische König immer wieder ausfechten.«

»Nicht zu vergessen«, warf der alte Arzt ein, »der Sultan!« Er lehnte bequem mit untergeschlagenen Beinen in den dicken Polstern. Mit seiner blütenweißen Kleidung und dem weichen Seidenturban über dem freundlichen, faltigen Gesicht war er eine ehrwürdige Erscheinung. Er schien die Gesellschaft des weit gereisten Portugiesen zu genießen und lauschte aufmerksam seinen Worten.

»Ganz recht, der Sultan.« Kapitän Alvaréz deutete eine Verbeugung im Sitzen an. »Sultan Süleyman, genannt der Prächtige, auch er noch ein Jungspund! Der Sultan scheint übrigens weniger am Seehandel, als vielmehr an der Ausdehnung seines Einflussbereichs interessiert zu sein, dieser *safado*. Man möchte wirklich zu gern wissen, was er im Sinn hat! Er baut zwar seine Flotte immer weiter aus, allerdings berichtete man mir, Handelsschiffe mit großzügig bemessenem Laderaum seien nur wenige darunter. Und das, obwohl europäische Königshöfe und Adelsgeschlechter, ja sogar reiche Bürgersleute dringend nach kostbaren Waren aus Persien und der Levante verlangen.«

Kapitän Alvaréz schüttelte den Kopf. Neue Schiffe, aber wenig Ladekapazität? So etwas konnte ein ehrgeiziger Fernhändler weder verstehen noch gutheißen.

»In diesem Zusammenhang besonders hervorzuheben ist übrigens die römische Kurie mit ihrem Gepränge und ihren zahllosen Gesandten an allen Höfen Europas. Deren Bedarf an Pomp und Luxus, speziell an Purpur, ist in den letzten Jahren gewaltig gestiegen.« Er stellte befriedigt fest, dass beide, der alte Sherif wie auch seine schöne, junge Tochter gebannt an seinen Lippen hingen, und fuhr fort: »Man ist anscheinend derzeit bereit, für Purpur jeden Preis zu zahlen, wahre Unsummen, *incrível!* Und da Purpur knapp ist, steigt der Preis immer weiter!« Seine Hände fuhren in die Höhe und deuteten an, welche Ausmaße seiner Meinung nach die Preise zukünftig annehmen konnten.

»Da schlagen sich in Deutschland und der Schweiz die Bauern mit dem Adel, überall hauen sich die Reformierten und die Katholiken gegenseitig die Köpfe ein, in England wie in Ungarn kämpft jeder gegen jeden! Und das trotz der Gefahr durch die Türken, die doch bereits an den Grenzen des Heiligen Römischen Reiches stehen!« Verständnislos schüttelte der Portugiese den Kopf.

»Nun, wie man das alles auch beurteilen mag, fest steht, Auseinandersetzungen zwischen den Lagern beantwortet die Kirche derzeit mit großer Prachtentfaltung. Es heißt, nur so könne sie ihre gottgegebene Autorität wirkungsvoll darstellen. Für einen Händler wie mich, aber natürlich ebenso für die Hersteller kostbarer Gewänder und Stoffe, ist das natürlich eine außerordentlich interessante Auffassung.« Alvaréz grinste, und allen war klar, in welche Richtung seine Bemerkung zielte.

Der Kapitän nahm eine Kleinigkeit von der Platte mit den Mandelmonden in Honig, kaute genussvoll und leckte seine Fingerspitzen ab. Danach tunkte er sie in eine Schale mit Zitronenwasser. Dabei warf er Mirjam einen langen Blick zu, der ihr das Blut in die Wangen trieb. Sie fühlte sich ertappt, da sie ihn schon eine ganze Weile unverhohlen angestarrt hatte. Er lächelte, bevor er seinen Augen erlaubte, einmal kurz umherzuschweifen.

Unwillkürlich folgte Mirjam seinem Blick. Das schöne Haus strahlte Gediegenheit aus. Es war wie die meisten Häuser in Mogador aus luftgetrockneten Lehmziegeln erbaut, dabei glatt verputzt und leuchtend weiß gestrichen. Geschnitzte Türen, Böden mit glasierten Fliesen und polierte Wände, dazu kostbare, von ihr selbst gefertigte Teppiche in den Farben der Erde und des Himmels, dazu weiche Polster, Kissen und Tischchen in allen Größen – wohnlicher konnte ein Heim kaum sein. Aus dem Atriumgarten mit dem plätschernden Brunnen strömte der Duft von Rosen und Zitronenblüten herein. Mirijam liebte ihr Zuhause sehr, auch wenn sie immer etwas zu verbessern und zu verschönern fand.

»Seid Ihr Euch bewusst, Sherif«, fuhr Kapitän Alvaréz an Alî el-Mansour gewandt fort, senkte die Stimme und lehnte sich bequem in die weichen Kissen zurück, »seid Ihr Euch bewusst, dass die Purpurvorkommen in Tyrus im östlichen Mittelmeer der römischen Kurie nicht länger zur Verfügung stehen? Dass nach dem osmanischen Sieg über Konstantinopel und dem Fall der oströmischen Kirche im gesamten Mittelmeerraum nur mehr einige wenige, noch dazu sehr kleine Färbereien überlebt haben? Die römischen Kleiderkammern aber benötigen dringend Nachschub, wie mir mein Gewährsmann Kardinal Farnese vom päpstlichen Hof in Rom sagte.«

Der Hakim nickte.

Alvaréz nickte ebenfalls, bevor er fortfuhr: »Und hier nun kommt Ihr und Eure Tochter, Lâlla Azîza, mit ihrer Kunst ins Spiel. Mit Verlaub, dachtet Ihr schon jemals daran, indische oder persische Rohseide und Baumwolle aus Oberägypten mit Eurem Purpur zu veredeln?«

»Nein«, antwortete Mirijam an Abu Alîs Stelle. »Wozu auch? Wir fertigen für den hiesigen Bedarf und färben die Wolle der ansässigen Bauern. Übrigens solltet Ihr einmal unsere mit Henna, Indigo oder anderen einheimischen Pflanzen gefärbten Wollstoffe sehen, schönere Gelb-, Blau- und Grüntöne werdet Ihr kaum finden! Falls Ihr Euch dafür interessiert, zeige ich Euch gerne unsere Teppiche und Decken.«

Was bildete sich dieser Mann eigentlich ein? Zugegeben, er sah gut aus, und auch was er sagte, hatte Hand und Fuß, aber das gab ihm noch lange nicht das Recht, ihr in ihre Arbeit hineinzureden.

Zum Schluss ihrer Rede wurde Mirijams Stimme allerdings immer leiser, und schließlich verstummte sie ganz. Was war nur in sie gefahren? Verunsichert warf sie dem Hakim einen Blick zu. Der aber lächelte belustigt und nickte ihr zu.

»Da ich meine Kunst, wie Ihr es nennt, einzig meinem Abu verdanke«, fuhr sie mit neuem Schwung fort, »wird allein er über eine eventuelle Ausweitung unserer Färberei befinden. Allerdings möchte ich zu bedenken geben, dass wir für große Mengen kaum über die nötigen Kapazitäten verfügen. Denn ich habe Euch doch richtig verstanden, Kapitän, Ihr plant in Schiffsladungen und nicht in Mengen, die auf unseren Ochsenkarren Platz finden würden?«

»Die bestehenden Möglichkeiten ließen sich aber doch sicher erweitern, meine Liebe, meint Ihr nicht?«, fiel ihr der Kapitän eifrig ins Wort. »Die erforderlichen Stoffe könnte ich Euch jedenfalls verschaffen. Erste Muster befinden sich bereits an Bord der Santa Anna.«

Seine Augen blitzten. Doch er zügelte sichtlich sein Feuer und erklärte: »In nahezu jeder Stadt rund um das Mittelmeer kenne ich die Bevollmächtigten und Disponenten der großen europäischen Handelshäuser. Deshalb könnten wir nicht nur mit zuverlässigen Lieferungen, sondern ebenso sicher mit festen Abnehmern und guten Gewinnen rechnen. Vorausgesetzt, man zieht die Sache in großem Stil auf.«

Einen Moment lang ließ er seine Worte wirken. »Selbstverständlich«, sagte er und sah Mirijam dabei in die Augen, »selbstverständlich möchte ich nur zu gern Eure Teppiche sehen, Verehrteste, denn ich bin überzeugt, sie sind eine Augenweide. Ihr solltet jedoch meine Seidenstoffe nicht vorschnell ablehnen, überlegt es Euch noch einmal. Zurzeit erwäge ich«, fuhr er an den Sherif gewandt fort, »selbst eine

Handelsniederlassung in meiner Heimatstadt Lissabon zu gründen, schon um den geldgierigen Zwischenhandel zu umgehen. Das bedarf jedoch noch weiterer gründlicher Überlegungen, denn das hieße, zumindest vorübergehend dorthin überzusiedeln, dabei fühle ich mich in Santa Cruz de Aguér recht zufrieden. Zumal«, seine Augen glitzerten plötzlich, »ich soeben feststelle, dass hierzulande noch längst nicht alle Möglichkeiten ausgeschöpft sind.«

Hatte er Mirijam bei diesen Worten nicht sogar ein wenig zugezwinkert? Verwirrt senkte sie den Kopf.

Der alte Arzt aber ließ die Augen rasch zwischen den beiden hin- und hergehen. Eben noch hatte er ihr kurzes Geplänkel belächelt, jetzt hingegen wirkte er plötzlich nachdenklich.

40

Zunächst hatte sie den mittelgroßen, kräftigen, sonnengebräunten Kapitän mit den schwarzen Locken wegen seines selbstbewussten Auftretens für einen Spanier gehalten. Spanier waren stolz und arrogant, das wusste jeder. Wie herablassend er über die Welt der Politik und des Handels redete und ihnen die Zusammenhänge erklärte, als seien der Abu und sie halbwilde, ungebildete Viehhirten! Und dann der gönnerhafte Vorschlag, seine Seidenstoffe mit Purpur zu veredeln, um sie danach auf der Weltbühne, für sie in seinen Augen natürlich unerreichbar, höchstbietend zu verhökern. Das hatte er zwar nicht genau so gesagt, aber ihr konnte er nichts vormachen, sie durchschaute ihn! Falls er ihr tatsächlich zugeblinzelt haben sollte, wäre das natürlich der Gipfel der Dreistigkeit gewesen.

Gleichzeitig war er ihr aber auch irgendwie sympathisch. Die glitzernden Augen und schwarzen Locken gefielen ihr nicht schlecht, ebenso wie die großen Hände, die offensichtlich zupacken konnten und an Arbeit gewöhnt waren. Aber besonders mochte sie seine fröhliche Unbefangenheit. Für einen Spaß war er bestimmt immer zu haben. Unwillkürlich lächelte sie.

Auf dem Bett ausgestreckt, die Arme hinter dem Kopf verschränkt, fand Mirijam lange keinen Schlaf. Dies war wieder einmal eine Situation, in der sie gern mit einer Freundin geredet hätte, die sie verstand. Ihrem Abu konnte sie sich nicht anvertrauen, den konnte man schließlich kaum mit einem Paar blitzender portugiesischer Augen behelligen!

Vermutlich hatte der Kapitän schon einiges erlebt, Gefährliches ebenso wie Schönes, so weit, wie er in der Welt herumkam. Und er hatte sicher bereits mit allen nur denkbaren Schwierigkeiten fertigwerden müssen. Sie schmiegte die Wange in die offene Hand und überließ sich ihren Träumereien.

Am nächsten Morgen beobachtete Haditha verblüfft, wie Mirijam nacheinander verschiedene Gewänder an den Körper hielt, ihr Spiegelbild kritisch begutachtete, nur um dann ein weiteres Gewand aus der Kiste zu nehmen und anzuprobieren.

»Auf der Schneckeninsel geht das Salz zur Neige, sagt Hassan.« Hadithas Versuch, Mirijams Aufmerksamkeit auf die Arbeit zu lenken, schlug fehl.

»Ich werde später hinüberfahren, jetzt habe ich keine Zeit«, antwortete die Herrin zerstreut und prüfte einen *Kaftan* mit breiter Borte am Halsausschnitt.

»Der Portugiese«, sagte Haditha nach einer Weile, in der sie Mirijams merkwürdiges Tun beobachtet hatte. »Er soll ein schönes Schiff haben.«

Mirijams Herz machte einen Satz, und sie errötete. »Tatsächlich? Ich habe es noch nicht gesehen«, antwortete sie mit gespieltem Gleichmut. »Kapitän Alvaréz wird übrigens nachher in die Werkstatt kommen, um unsere Teppiche zu prüfen.« Sie starrte auf ihr Abbild im Spiegel.

Mittlerweile war aus dem Mädchen eine ansehnliche junge Frau geworden, dennoch schaute sie sich nicht gern im Spiegel an, es machte sie verlegen. Dabei konnte sie mit ihrem herzförmigen Gesicht, den Bernsteinaugen und den

Grübchen in den Wangen ganz zufrieden sein. Allerdings waren die starke Nase und besonders die krausen, unbändigen Haare eine Plage. Sie lehnte die Stirn an den Spiegel und genoss dessen Kühle.

Bisher hatte sie sich nicht sonderlich für ihr Aussehen interessiert, warum also ausgerechnet heute? Sie feuchtete den Finger mit Speichel an und strich ihre dichten Augenbrauen in Form.

»Man sagt, die Nacht habe er bei Capitão António auf der Festung verbracht. Er hat Würste und Schweinefleisch mitgebracht, die sie verspeist haben. Und Wein sollen sie auch getrunken haben.« Missbilligend schnalzte Haditha mit der Zunge. Sie lehnte alles ab, was im Koran verboten war. Zwar konnte sie das heilige Buch nicht selbst lesen, dennoch hielt sie sich streng an alle Vorschriften und Verbote, wie der *Imam* sie erklärt hatte.

»Warum erzählst du mir das? Haben wir etwa Schweinefleisch in unserer Küche? Also, was regst du dich über die Essgewohnheiten der Christen auf? Bei uns wird er essen, was auch wir essen«, entgegnete Mirijam abwehrend. Haditha konnte manchmal wirklich engstirnig sein! »Im Übrigen geht es bei Kapitän Alvaréz' Besuch ums Geschäft und nicht um ein Gelage. Geh jetzt zu Cadidja, sie soll das Frühstück für den Sîdi vorbereiten.«

Schließlich entschied sie sich für das neue, zartgelbe Gewand, um den Portugiesen von der Schönheit ihrer anderen, ebenfalls selbst hergestellten Farben zu überzeugen. Als eine Art Zugeständnis wählte sie einen purpurgefärbten, jetzt aber noch zartgrünen Schleier, der erst im Laufe der nächsten Monate unter dem Einfluss von Sonne und Luft ein sattes Rot annehmen würde. Wenn es so weit war, würde sie ihn nicht mehr tragen; nach Möglichkeit mied sie immer noch alles Rote. Bis dahin aber würde ihr der federleichte Stoff viel Freude bereiten.

Selten hatte sie so viel Zeit zum Ankleiden benötigt wie an diesem Morgen.

Als Mirijam Abu Alîs Zimmer betrat, um mit ihm den Morgentee zu trinken, saß der Alte an seinem Pult. Die Hände ruhten auf einem Buch, und es schien, als habe er die ganze Nacht darin gelesen.

»Was hältst du von ihm?«, fragte sie und konnte nicht verhindern, dass ihr bei dieser Frage die Röte ins Gesicht stieg. Woher kam plötzlich das verstörende Kribbeln im Bauch? Unnötig geschäftig richtete sie die Gläser auf dem Tablett, bevor sie endlich den Tee eingoss. Sofort erfüllte frischer Kräuterduft den Raum.

»Laß mich raten: Du sprichst von Kapitän Miguel de Alvaréz?« Abu Alî lachte, legte aber gleich darauf begütigend seine Hand auf Mirijams Arm. »Natürlich weiß ich, von wem du sprichst. Nun, der Kapitän ist jung und stark, und er hat ehrgeizige Ziele«, fuhr er fort. »Sein Leben liegt vor ihm. Die Frage ist wohl eher, was du von ihm hältst?«

Außer einigen portugiesischen Soldaten und Zollbeamten, die in ihrer eigenen Welt innerhalb der Festungsmauern lebten und diese nur selten verließen, war Kapitän Alvaréz der erste Europäer, dem sie seit Jahren begegnet war. Wie sollte ausgerechnet sie ihn beurteilen können?

»Ich? Warum denn ich? Also, na ja ... Ich denke, was er uns in geschäftlicher Hinsicht anbietet, bedeutete zwar eine gehörige Umstellung der Färberei, wäre aber durchaus möglich«, überlegte Mirijam laut und bemühte sich um Sachlichkeit. »Wir müssten mehrere neue Bottiche bauen, unsere Salzvorräte verdreifachen oder sogar vervierfachen, neue Trockengestelle errichten und häufiger als nur dreimal im Jahr, wie bisher, einen Färbedurchgang vornehmen. Aber vermutlich hat er recht, wenn er von guten Gewinnaussichten spricht, jedenfalls sofern er uns keine Lügenmärchen über seine Geschäftspartner aufgetischt hat.«

»Hast du auf diese Weise die Nacht verbracht, mit Rechnen und Planungen? Dann scheinst du interessiert zu sein und solltest auf sein Angebot eingehen«, meinte der alte Arzt, der sie nicht aus den Augen ließ. »Warte noch mit den zusätzlichen Bottichen und Trockengestellen, aber probier es aus. Mir scheint, es liegt kein großes Risiko darin, wenigstens einen Versuch zu unternehmen. Im schlimmsten Fall hättest du vielleicht eine Weile umsonst gearbeitet, dafür wärst du aber um eine Erfahrung reicher. Ich finde, das könnte man notfalls als Lohn betrachten. Und falls dich der Probelauf zufriedenstellt, erweiterst du die Färberei, und, wie sagte er noch? Ach ja, ziehst die Sache im großen Stil auf.«

Damit wandte er sich wieder seinem Buch zu.

Zwei Stoffballen warteten bereits in der Weberei auf Mirijam. Der eine bestand aus heller, kühl schimmernder Seide, und der zweite aus feinster gebleichter Baumwolle. Vorsichtig strich sie über die zarten Stoffe. Sie schmeichelten der Hand und würden sich sicher leicht färben lassen.

»Ein Matrose brachte dies schon kurz nach Tagesanbruch. Er sagte, sein Herr würde sich wegen einer Besprechung mit dem Festungskommandanten verspäten.« Hussein, der für die Weberei verantwortlich war, knurrte die Nachricht hervor und wandte sich wieder seinem Tee zu.

Jeden Tag das Gleiche, lächelte Mirjam. Der frühe Morgen war keine gute Zeit für Hussein, erst gegen Mittag würde er richtig wach sein. Aber sie mochte den aufrechten Mann gern, er war nicht nur fleißig, auf seine Art steckte auch ein Künstler in ihm. Ohne seine Unterstützung hätten die Knüpferinnen nicht so schnell gelernt, die neuen Teppichmuster auf dem dichten Webgrund zu knüpfen. Ihm gefiel es zwar nicht sonderlich, einer Frau gehorchen zu müssen, das wusste Mirijam, dennoch arbeiteten sie gut zusammen, vielleicht, weil offiziell immer noch Sîdi Alî der Inhaber der Färberei und Manufaktur und somit Husseins Brotherr war.

»Mir ist das recht, wir haben schließlich auch ohne ihn genug zu tun.« Damit hatte er natürlich recht, doch unwillkürlich seufzte Mirijam.

Leider interessierte sich Kapitän Alvaréz nicht sonderlich für das schöne Blau, das sanfte Grün oder das wunderbar leuchtende Safrangelb ihrer Teppiche und Decken, als er endlich die Werkstatt betrat. Er hatte tatsächlich nur für das kostbare Purpurrot Augen.

»Bedenkt, *Senhora* Azîza, worum es hier geht.« Er räusperte sich bereits zum wiederholten Male. Dabei strich er unentwegt über ein weiches, blaues Wolltuch. Aber nahm er es überhaupt wahr? Anstatt die Stoffe ernsthaft zu prüfen, glitten seine Augen immer wieder zu ihr.

Mirijam senkte den Blick und zupfte an ihrem Schleier. Auch sie war nicht bei der Sache. Mehr als auf seine Worte achtete sie auf den Klang und die Wärme seiner Stimme.

»Die besten golddurchwirkten Stoffe kommen aus Florenz, der schwerste Damast aus der Levante, die luftigste Spitze aus Brügge und die schönsten warmen Wolltuche aus England.« Während der Kapitän sich wieder gefangen zu haben schien, wirkte sie abgelenkt. Er griff nach ihren Händen. »Wohlgemerkt, ich spreche hier von Waren erster Güte, die jeden gewünschten Preis erzielen können.«

Mirijam nickte. Seine Hände fühlten sich fest an und strahlten Wärme aus, eine Wärme, die wie eine Welle ihren ganzen Körper erfasste. Verlegen schlug sie die Augen nieder. Auch der Kapitän stockte einen Moment, als hätte es ihm die Sprache verschlagen, dann jedoch riss er sich erneut zusammen. Er räusperte sich und fuhr fort: »Also, was ich sagen wollte: Die herrliche Seide aus Indien ist gegenwärtig äußerst schwer zu bekommen. Doch es scheint, als verzehre sich gerade deswegen alle Welt danach! So sind die Menschen nun einmal, Raritäten wecken ihre Besitzgier.«

Er lachte gutmütig, als fände er diese Schwäche der Menschen liebenswert und vollkommen natürlich. »Ich habe allerdings einen zuverlässigen Bevollmächtigten auf Malta, der uns über den Hafen von Iskenderun die allerbeste indische Seide liefern könnte. Ich habe mich gehütet, ihn zu fragen, auf welchen Wegen er darankommt! Einen Ballen habe ich Euch vorhin schicken lassen, *Senhora* Azîza. Wie gefällt sie Euch? Ist sie nicht einfach wunderschön?«

Rasch löste sie die Finger aus seinen Händen und legte sie auf die schimmernde Oberfläche der Seide. Sie schmeichelte ihren Fingerspitzen, so dass Mirijam nicht umhin konnte, ein ums andere Mal über die glatte Oberfläche zu streicheln. Wie weich sich das anfühlte und wie zart. Ein Gewand daraus würde sich vermutlich sanft an den Körper schmiegen, würde Brust und Hüften umfließen … Sie spürte, dass ihr erneut die Röte ins Gesicht stieg.

Auch ohne dass sie ihn anschaute, wusste sie, er beobachtete jede ihrer Regungen. Bildete sie sich das nur ein, oder war tatsächlich jeder Gedanke, jeder Blick und jedes Wort zwischen ihnen auf unerklärliche Weise mehrdeutig?

Hastig ließ sie die Seide los, griff nach einem ihrer Wollstränge und knetete ihn. Wolle, das war haltbar und handfest, man hatte etwas in der Hand. Damit kannte sie sich aus. Bei Wolle wusste sie genau, woran sie war und was sie davon zu halten hatte, aber Seide? Wieder errötete sie.

Der Kapitän schien auf eine Antwort zu warten. Was sollte sie ihm sagen? Sie konnte ihm schließlich nicht gestehen, dass er sie verwirrte und sie sich deshalb kaum mehr auskannte. Zudem konnte sie ihm schlecht erklären, dass gerade die Purpurfärberei für sie die mit Abstand ungeliebteste Arbeit war. Dieses leuchtende Rot, das unter ihren eigenen Händen entstand – für sie war es eine grässliche Farbe!

Mirijam nahm einen Strang ihrer gefärbten Wolle und legte sie auf den hellen Seidenstoff. Sie breitete die einzelnen Fäden dicht an dicht zu einer Fläche aus und versuchte, sich diese Seide in Purpur »wie geronnenes Blut« vorzustellen.

Hussein beobachtete sie, er stand unter einem der Fenster und verfolgte jede ihrer Bewegungen. Haditha am Fuß der Treppe tat das Gleiche, den Kapitän allerdings schienen die beiden Aufpasser nicht zu kümmern. Er stand neben ihr, so dicht, dass Mirijam seine Körperwärme spürte. Anscheinend hatte er vor kurzem den Hamam aufgesucht, denn ein Duft nach Seife, Meeresluft und Holz, vermischt mit der Süße eines fremden Gewürzes, stieg ihr in die Nase. Er legte seine Linke neben ihre Hand auf die mit Wollfäden bedeckte Seide.

Was für eine gute, vertrauenerweckende Hand, dachte sie, und was für starke Arme. In diesen Armen könnte man alles um sich herum vergessen und sich geborgen fühlen. Mirijam schreckte auf.

»Ich habe aber keinerlei Erfahrung damit«, meinte sie leise.

»Es wird *maravilhoso,* ganz wunderbar!«, antwortete er, und seine Stimme klang plötzlich, als habe er einen rauen Hals. »Da bin ich absolut sicher!«

41

»Gut, nicht wahr? Das ist ein hübsches Sümmchen, das ist uns geglückt, und wie! Ihr solltet die nächste Ladung innerhalb kürzester Zeit fertigmachen, vielleicht in, sagen wir, zwei Monaten? Wie sieht's aus, könnt Ihr das schaffen? Womöglich solltet Ihr dazu ein paar zusätzliche Arbeiterinnen einstellen?«

Breitbeinig stand Kapitän Alvaréz vor Mirijam und strahlte sie an. Tatsächlich war sie mehr als überrascht und hocherfreut, als er ihrem Abu die Beutel voller Golddukaten für die purpurnen Seidenstoffe überreicht hatte. Aber zwei Monate? Was erlaubte er sich? Dachte er, er könne hier Befehle geben wie auf seinem Schiff? Mirijam ärgerte sich. Sie war schließlich kein Hündchen, das nach seinem Stöckchen sprang. Konnte er nicht wenigstens so tun, als interessiere ihn ihr Befinden oder zumindest das des Abu? Warum fragte er nicht, wie ihnen die Färberei von der Hand ging, ob die Umstellung auf Seide problematisch war und ob die großen Stoffmengen, die sie neuerdings zu verarbeiten hatte, womöglich irgendwelche Schwierigkeiten mit sich brachten? Nein, nichts dergleichen kam ihm über die Lippen. Er war eben doch nur ein Seemann, ein grober Klotz, der kein Benehmen geschweige, denn so etwas wie Feingefühl hatte. Und dass er sie mit seinem Drängen nach schneller Lieferung der neuen Stoffe in Schwierigkeiten brachte, war ihm offenbar egal.

»Nun, was sagt Ihr, meine Liebe?«

»Keine Ahnung«, antwortete sie kurz angebunden. »Ich werde es berechnen.«

Natürlich gab es nicht das Geringste zu berechnen. Man musste einfach noch ein wenig kräftiger zulangen, vielleicht tatsächlich zusätzliche Kräfte einstellen, dann würde es schon irgendwie gehen. Aber das brauchte sie ihm ja nicht zu verraten.

Gegen Mittag war die Santa Anna angekommen. Mit rauschender Bugwelle war sie zuvor gefährlich nahe an die Insel herangesegelt, so dass sie das stolze Schiff nicht übersehen konnte, bevor es in den Hafen einlief. Zunächst hatte es sie wie ein Blitz durchzuckt, als sie die Santa Anna erkannt hatte, und sie hatte sich aufrichtig gefreut, den Kapitän nach nur wenigen Wochen wiederzusehen, aber nun war sie enttäuscht. Bei ihm drehte sich anscheinend alles nur um den geschäftlichen Erfolg. Jetzt stand er vor ihr im Küchengarten und berichtete mit dem Auftreten eines Siegers von seinen Erlebnissen.

»Wir brauchten die Ware nicht lange feilzubieten! In Marseille, dem ersten Hafen, den wir anliefen, sprach es sich in Windeseile herum, welche Fracht wir geladen hatten. Ein Genueser Tuchhändler wollte auf einen Schlag die gesamte Ladung kaufen, doch ich traute ihm nicht. Außerdem sollten vor allem die Marseiller Händler, die ja auf Seide spezialisiert sind, Gelegenheit zum Kauf erhalten. Und die haben sie wahrhaftig ergriffen, *Deus,* bei Gott, und wie!«

Hingerissen von der Erinnerung an dieses anscheinend grandiose Erlebnis schritt er im Garten auf und ab. Mirjam hingegen rührte sich nicht von der Stelle. Sie war unzufrieden und ein wenig traurig. Freute er sich nicht, sie wiederzusehen? Gesagt oder auch nur angedeutet hatte er jedenfalls nichts dergleichen. Ach, und wenn schon, grollte sie, das machte ihr doch nichts aus.

»Ihr werdet es vielleicht nicht glauben und mich sogar für einen Prahlhans halten«, fuhr der Kapitän fort, »aber stellt Euch vor: Ich musste über Nacht Wachen an Bord aufstellen lassen, sonst hätte man die Santa Anna womöglich ausgeplündert! Ein toller Erfolg, sage ich Euch. Innerhalb von drei Tagen war alles verkauft, und zwar zu Preisen, die einen schwindlig machen könnten.«

Er rieb sich die Hände. »Hatte ich es nicht vorhergesagt? Meine Nase, sie hat uns auf den richtigen Weg geführt, nicht wahr? Und nun erwartet man mich schon ungeduldig mit einer neuen Lieferung.«

Er war stolz auf sich, und seine Freude an dem Erfolg war aufrichtig, das spürte sie. Vielleicht lag es daran, dass er erst seit wenigen Jahren sein eigener Herr und Besitzer eines eigenen Schiffes war? Zuvor, das hatte er beim letzten Besuch berichtet, war er lange Jahre als Steuermann und Navigator zu See gefahren.

Verunsichert über Mirjams Zurückhaltung stockte plötzlich sein Redefluss. »Verzeiht, *Senhora* Azîza, aber freut Ihr Euch denn nicht? Fehlt Euch etwas?«

»Nein, Kapitän, das nicht. Ich dachte lediglich daran …«

»Ach, ich Narr, fast hätte ich es vergessen! Bitte, wartet einen Augenblick«, unterbrach sie der Portugiese und hob die Hand. »Ich habe eine Kleinigkeit für Euch. Lúis«, brüllte er über die Schulter, »die Schatulle, aber schnell, *rápido!*«

Ein Matrose der Santa Anna schaffte eine kleine Kiste mit gewölbtem Deckel heran. Mit einer übertrieben schwungvollen Verbeugung vor Mirjam stellte der Kapitän die Truhe auf den Brunnenrand. Dann öffnete er langsam den Deckel und schlug mit theatralischer Geste ein Tuch zurück, das den Inhalt der Kiste verdeckte. Dabei strahlte er und ließ Mirijam nicht aus den Augen.

Gold! Die Truhe war bis obenhin mit Goldstücken gefüllt!

»Das hier ist der Ertrag aus dem Verkauf Eurer Teppiche. Wie Ihr seht, Lâlla Azîza, erfreuten sie sich überraschend großer Beliebtheit«, lächelte er stolz. »Ein Venezianer und der Genuese haben sich gegenseitig überboten.«

»Hattet Ihr etwa anderes erwartet?« Mit hocherhobenem Kopf funkelte Mirijam ihn an. Überraschend große Beliebtheit, was redete er da? Sie war schließlich keine Dilettantin. Insgeheim jedoch war sie selbst mehr als erstaunt, dass er für ihre Teppiche so viel erlöst hatte. Natürlich hatten sie hart dafür gearbeitet, aber eine ganze Kiste voller Goldstücke?

»Selbstverständlich, wie dumm von mir. Ihr habt recht, Eure Arbeiten sind wirklich wunderschön. Kein Wunder, dass sie sich so gut verkaufen ließen. Aber wie sieht es nun mit der nächsten Purpurlieferung aus? Habt Ihr etwa schon alles fertig?«

»Nein«, musste sie zugeben, »noch nicht. Kommt morgen auf die Insel, dann werdet Ihr sehen, was wir in den vergangenen Wochen getan haben.«

Dieses Mal war sie zwar im Verzug, aber das nächste Mal, schwor sie sich, würde sie es schaffen. Diesem Grobian von Kapitän würde sie schon zeigen, wozu sie imstande war.

Auf den Inseln zu arbeiten war von Anfang an mit Mühen verbunden gewesen, aber jetzt, seitdem die Stoffe gleich schiffsladungsweise angeliefert wurden, gab es zusätzliche Probleme.

»Es stinkt höllisch, deshalb arbeiten wir draußen auf den Inseln. Allerdings muss sämtliches Material hinübergeschafft werden, vom Brennmaterial über Salz und Süßwasser bis zu den Arbeitern, oder was man im Laufe des Arbeitstages sonst noch benötigt. Inzwischen haben wir neue Feuerstellen errichtet, drei zusätzliche Färbebottiche gemauert, weitere Trockengestelle gebaut sowie einen zweiten Anleger. Der ist zum Glück gerade fertig geworden. Denn die Boote sind jetzt ununterbrochen zwischen Festland, Purpurinsel und Schneckeninsel unterwegs.«

In ihrem Eifer zählte Mirijam die einzelnen Punkte an den Fingern ab. Der Kapitän sollte ruhig beeindruckt sein und einsehen, dass sie in den vergangenen Wochen reichlich zusätzliche Herausforderungen zu meistern gehabt hatte.

»Morgens bringe ich selbst die unbearbeiteten Stoffe auf die Insel, und am Abend ist mein Boot beladen mit dem, was im Laufe der vorangegangenen Tage gefärbt wurde«, erläuterte sie dem Portugiesen, als sie zur Färberei übersetzten.

Die Ruderer hatten alle Hände voll zu tun, denn die See in der Bucht war rau, und immer wieder sprühten Wassernebel und Gischt über das Boot und seine Insassen hinweg. Mirijam jedoch kümmerte sich nicht darum. Ihre Wangen glühten, als sie zum Festland wies.

»Schaut, dort drüben haben wir seit Neuestem eine Kalkbrennerei eingerichtet.« Sie balancierte in dem schwankenden Boot, um Kapitän Alvaréz auf die Kalköfen hinzuweisen, Abu Alîs neueste Erfindung. Plötzlich jedoch taumelte sie unter dem unerwarteten Anprall einer größeren Welle, stolperte und wäre gegen die Bordwand gestürzt, hätte der Kapitän nicht blitzschnell reagiert. Bevor sie wusste, was geschah, hielt er sie in seinen Armen und drückte sie an seine Brust.

Einen unendlichen Augenblick lang schien die Welt stillzustehen. Diese starken Arme, diese breite Brust, seine Wärme, sein herber Duft ... Es war Mirijam, als träfe sie mitten im Sonnenschein ein noch viel hellerer Blitz. Das Boot tanzte auf den Wellen, der Wind peitschte das Wasser und zerrte an Gewand und Schleier, der Portugiese jedoch hielt sie sicher und fest umfangen. Ein Gefühl, wie sie es sich oft erträumt hatte, breitete sich in ihr aus, dazu kam dieses Kribbeln im Bauch. Mit geschlossenen Augen lehnte sie an der Brust des Portugiesen und spürte sein Herz schlagen.

Auf einmal jedoch schien von seinem Körper eine Glut auszugehen, eine Hitze, die ihr die Luft nahm. Verlegen befreite sich Mirijam aus seinen Armen, setzte sich auf das Sitzbrett und zog ihr Gewand eng um sich.

»Danke sehr«, sagte sie kaum hörbar und hielt den Blick auf den Boden des Bootes gerichtet.

»... mir ein Vergnügen.« Auch die Antwort des Kapitäns war kaum zu verstehen. Seine Stimme klang belegt und nicht volltönend wie sonst.

Die restliche Strecke bis zur Insel legten sie schweigend zurück.

Die Befangenheit zwischen ihnen wollte auch in den nächsten Tagen nicht weichen, im Gegenteil, sie wuchs sogar noch. Wenn sich ihre Blicke unvermutet einmal trafen, senkte Mirijam rasch ihre Augen und errötete. Wenn sie seine Stimme unverhofft aus dem Zimmer des Abu vernahm, tat ihr Herz ein paar zusätzliche Schläge, und wenn sich gar ihre Hände versehentlich berührten, war es, als fange sie an zu brennen. So war sie zwar traurig, zugleich aber auch von Herzen froh, als er nach kurzer Zeit erneut aufbrach, um seine Geschäfte in Santa Cruz zu tätigen und sich zudem um eine Salzlieferung für die Färberei zu kümmern.

»Wenn das Salz nicht bald kommt«, meldete Hassan einige Tage darauf, »können wir keine Schnecken mehr vorbereiten. Wir geraten schon jetzt ins Stocken, obwohl wir die Reste zusammenkratzen. Der Salzvorrat reicht höchstens noch für zwei oder drei Tage.«

»Ausgerechnet jetzt«, murmelte Mirijam. Sie hatte es ja gleich geahnt, diese Großaufträge von Kapitän Alvaréz brachten alles durcheinander. Seitdem sie diese Mengen an Stoff zu färben hatten, kam es immer wieder zu Engpässen beim Salz, es schien nie ausreichend verfügbar zu sein. Schon deshalb hatte sie Kapitän Alvaréz' Angebot, eine Ladung Salz zu besorgen, gern angenommen. Aber wo blieb er nur? Er hatte doch versprochen, schnell zurück zu sein.

»Wo sind die Schnecken jetzt?«, fragte sie und wischte mit dem Unterarm die Haare aus der feuchten Stirn. »Noch im unteren Becken?«

»*Ouacha*, ja. Wir kühlen sie mit Meerwasser.«

»Danke, Hassan«, wandte sie sich an ihren Vorarbeiter. »Am besten baust du mit deinen Leuten einen zusätzlichen Sonnenschutz über dem Becken, ähnlich wie die Trockenstellagen.«

Mirijam deutete auf die Holzgestelle, auf denen demnächst weitere frisch gefärbte Seidenstoffe und Wollstränge hängen würden, um an der Luft zu trocknen und dabei ihre Farbe zu entwickeln.

Hassan, der sie um mehr als eine Haupteslänge überragte und ihr mit einem Schritt Abstand folgte, nickte. »Wir nehmen die restlichen Holzstangen und decken alles mit Palmwedeln ab. Das müsste ausreichen.« Damit ging er. Mirijam wusste, er würde sich sogleich an die Arbeit machen, auf ihn war Verlass.

Wenigstens waren sie mit der Kalkbrennerei auf einem

guten Weg, denn endlich fanden die Berge der widerlichen Schneckenreste eine sinnvolle Verwendung. Sie beschirmte die Augen und blickte hinüber zum Festland. Hinter einer Lehmmauer am hohen Ufer des Strandes, dort, wo auch bei Sturm weder Wellen noch Gischt hinreichten, standen die vier Brennöfen, die nach Abu Alîs Anweisung erbaut worden waren, und daneben befanden sich einige tiefe Kalkgruben. An der dunklen Rauchwolke konnte sie sogar von hier aus erkennen, dass der mittlere Brennofen soeben angefeuert wurde. Dreimal sieben Tage sollten die Schneckenhäuser luftdicht verschlossen in Hitze und Dunkelheit bleiben, danach mussten sie langsam im Ofen abkühlen. Während bei dem mittleren Ofen die magische Umwandlung gerade erst begann, erkalteten die zwei anderen bereits. Diese Öfen würde man bald leeren und die frisch gebrannten Schalen in die mit Wasser gefüllten Kalkgruben zum Ablöschen geben können. Später schlug man sie mit Stöcken und langen Gerten zu einem feinen Brei, den man mit Wasser verdünnt als schützenden Anstrich für die Häuser verwenden konnte. Neben der portugiesischen Festung und einer Moschee trugen bereits ein paar Gebäude in unmittelbarer Strandnähe den strahlend weißen Anstrich, der die salzige Meeresluft von den Ziegelmauern fernhielt. Diese neue Erfindung von Abu Alî erfüllte Mirijam mit Befriedigung.

Haditha, Mirijams schwarze Dienerin, stand mit unbewegter Miene und verschränkten Armen hinter ihrer Herrin. Auch ihre Blicke gingen hinüber zum Festland und den Brennöfen.

Wer flüsterte ihr nur immer wieder neue Ideen ein, grübelte sie. Das konnten doch nur die Dschinn sein. Woher denn, wenn nicht von übermenschlichen Wesen, bezog ihre Herrin ihr Wissen? Sie konnte nicht nur lesen und schreiben wie der Imam, und der war immerhin ein Mann, ein Gelehrter noch dazu. Sie las darüber hinaus Bücher und Schriften in fremden Sprachen, Bücher, die von Ungläubigen oder Abtrünnigen verfasst waren! Kein Mensch und schon gar keine Frau tat etwas Derartiges. Da mussten mächtige Geister ihre Hand im Spiel haben. Wer sich aber einmal mit ihnen einließ, konnte nie mehr zurück, das wusste jeder. Sie alle, die für Lâlla Azîza arbeiteten und mit ihr lebten, sie alle würden deshalb irgendwann mit schlimmen Krankheiten, mit Unglück, Leid und Tod bestraft werden. Unauffällig streckte sie die fünf Finger ihrer rechten Hand als Schutz gegen den bösen Blick in Lâlla Azîzas Richtung.

Drüben auf dem Festland hatte sie hohe Brennöfen errichten lassen. Keiner konnte sagen, was im Inneren der Öfen geschah, denn äußerlich sah man den Schneckenhäusern nach dem Brennen keine Veränderung an. In der Hitze und Dunkelheit musste aber etwas mit ihnen geschehen sein, ein geheimer Zauber, denn kaum kamen sie wieder ans Tageslicht, hatten sie ihr Wesen, ihre Eigenschaften vollkommen verändert. Böse Nachtgeister oder vielleicht sogar der *sheitan* selbst könnten dabei eine Hand im Spiel haben, dachte Haditha zum wiederholten Male. Die Wunden an Hocines Armen und Beinen waren ein sicheres Zeichen dafür, dass es bei den Brennöfen nicht mit rechten Dingen zuging, dass vielmehr ein böser Zauber im Spiel war.

Ihr schöner, stattlicher Hocine, der an den Öfen arbeitete, hatte ihr zwar wiederholt versichert, dass die Unfälle seine eigene Schuld seien, sie aber wusste es besser. Gegen Dschinn oder den *sheitan* richtete Vorsicht allein nun einmal nichts aus! Nein, sie war sich sicher, Lâlla Azîza ließ sich von gefährlichen Mächten helfen.

Haditha legte ihre Hände in Gebetshaltung zusammen

und flüsterte hastig einen Vers aus dem Koran, bevor sie die Arme wieder vor der Brust zusammenlegte.

»Es läuft gut«, meinte Mirijam zu Haditha und deutete auf die Kalkbrennerei, »dein Hocine ist tüchtig.«

Trotz der Hilfe von Hocine, von Hassan und Mama Fatiha, Hadithas Mutter, die die Bottiche beaufsichtigte, überkam Mirijam zurzeit manchmal das Gefühl, sich übernommen zu haben. Kaum hatte sie irgendwo ein Problem gelöst, tauchte an einer anderen Stelle ein neues auf. Und ausgerechnet jetzt schweiften ihre Gedanken oft ab.

»Wo der Kapitän bloß bleibt?«, murmelte Mirijam beim Blick über das Meer.

42

Mirijam blieb an der Tür zu Abu Alîs kahlem Zimmer stehen. Derselbe Anblick hatte sich ihr vor nur wenigen Wochen schon einmal geboten: Der Abu in den weißen Tüchern eines Mekka-Pilgers, barhäuptig auf einem Hocker sitzend. Wie damals fehlten auch jetzt sämtliche Bücher, Teppiche und Wandbehänge. Der Raum war leer. Lediglich ein Tischchen, auf dem Weidenrinde und Binden aus weißer Baumwolle in Griffnähe lagen, sowie Abus Arztkiste und einige Öllampen standen bereit. In deren Licht, wusste sie, sollte sie das zweite erkrankte Auge ihres Abus vom Schleier des Stars befreien.

Alles war genau wie damals vorbereitet, nur die Trommeln der *gnaoua* fehlten. Mirijam schluckte. Diese zweite Augenoperation kam zwar nicht überraschend, dennoch hätte sie sich gewünscht, sie wäre nicht notwendig. Ein tiefer Seufzer entfuhr ihr.

»Ist es schlimmer geworden?«, fragte sie. Mit Sorge forschte sie in Abu Alîs Gesicht.

Der Alte nickte: »Erheblich schlimmer, ich fürchte, wir können nicht länger warten.«

Sie nahm eines der neu aus Venedig eingetroffenen Vergrößerungsgläser zur Hand und untersuchte sein rechtes Auge. »Du hast recht, inzwischen sieht das Auge aus, als sei es vollständig mit geronnener Milch gefüllt.«

»Wie ich es erwartet habe«, meinte der Alte.

»Im linken Auge ist jedoch von einem Schleier nichts mehr zu sehen.«

»*Al-hamdullillah,* mit Gottes Hilfe warst du also erfolgreich. Das deckt sich übrigens mit meiner Erfahrung, denn sogar die kleinen, koptischen Handschriften kann ich bei gutem Licht fast ohne Lesestein entziffern. Aber das überrascht mich nicht. Als es darauf ankam, hattest du eine ruhige Hand.«

Ein wenig half ihr dieses Lob aus seinem Mund. Er hatte ja recht, damals hatte sie trotz großer Angst alles richtig gemacht. Warum sollte es nicht ein zweites Mal gelingen? Außerdem war keine Zeit zu verlieren, das rechte Auge war tatsächlich schon ganz trüb.

Vermutlich ermüdete das linke Auge auch deshalb so rasch, weil es Arbeit für zwei leisten musste. Schon seit geraumer Zeit behalf sich der Abu mit diversen Lesehilfen und Vergrößerungsgläsern, was mühselig und oft unbefriedigend war, besonders, wenn er etwas Bestimmtes suchte oder schnell etwas nachschlagen wollte. Manchmal, hatte sie beobachtet, kam es sogar vor, dass er aufgeben und den Lesestein beiseitelegen musste. Ohne seine geliebten Bücher aber konnte er nicht sein.

Und doch zögerte sie. Trotz des guten Ergebnisses vor einigen Wochen fürchtete sie sich vor dieser Aufgabe.

»Ich bitte dich«, sagte der alte Arzt schließlich leise. »Die Sterne stehen ebenso günstig wie beim letzten Mal. Zudem kannst du nun auf eigene Erfahrung zurückgreifen. Und ich weiß, du bist eine gute Hakima. Bitte!«

»Nicht bitten!« Mirijams Stimme zitterte. Rasch ergriff sie seine Hände. »Nicht bitten, lieber Abu! Fordern, du hast jedes Recht, Hilfe von mir zu fordern. Ich bin es doch, die dir Dank schuldet. Wie oft denke ich daran, was wohl aus mir geworden wäre, wenn du mich damals nicht zu dir genommen hättest!«

Abu Alî machte ein strenges Gesicht und winkte ab. »Es ist töricht, sich mit Problemen von früher zu quälen oder von einem Unglück zu reden, wenn es überstanden ist. Stehen Hocine und Haditha bereit? Sie kennen ja ihre Aufgabe und wissen, was zu tun ist.«

Mirijam nickte.

Wie damals nahm der alte Arzt zwei seiner Betäubungspillen und spülte sie mit einem Schluck Wasser hinunter. Mirijam sah ihm zu. Schließlich straffte sie sich und nickte.

Alî el-Mansour öffnete seine Hände zum Gebet, dann nickte auch er. »*Bismillah we rahman we rahim ...*«

Wie schon bei der ersten Operation begann Mirijam auch diesmal erst dann zu zittern, als der Sherif versorgt und verbunden zwischen seinen Decken lag. Ihre Hände, die ihm einen Becher reichten, bebten.

»Fürchte dich nicht, mein Kind«, sagte Abu Alî mit leiser Stimme. Seine Hand tastete nach der ihren und drückte sie. »Du gibst mir mein Augenlicht zurück. Dafür danke ich dir bis ans Ende meiner Tage.«

Rastlos schritt Mirijam im Garten auf und ab. Die Nacht war klar. Sie schaute hinauf, wo der Mond übergroß wie eine Barke am Himmel hing und die Sterne überstrahlte.

»... bis an das Ende meiner Tage«, hatte er gesagt, und diese Worte hatten sie getroffen. Der Eingriff lag nun drei Tage zurück, und wenn es auch keine dramatische Entwicklung gab, eines ließ sich nicht leugnen: Um Abu Alîs Gesundheit stand es nicht zum Besten. Er war schwächer als gedacht, sogar viel schwächer, seitdem ein Husten hinzugekommen war, und dann sein Alter ... Was, wenn er nicht wieder genas, sie gar allein zurückließ?

Wie immer gab es niemanden, mit dem sie diese Sorgen hätte teilen können. Einen Vertrauten an der Seite zu haben, oder eine Freundin, die ihre Nöte verstand, das musste wunderbar tröstlich sein!

»*Binti,* bist du da?«, drang die Stimme des alten Arztes durch die geöffnete Tür in den Garten hinaus.

Sie schaute noch einmal zum Mond hinauf, dann eilte sie zurück ins Krankenzimmer. »Brauchst du etwas? Hast du Durst?«, fragte Mirijam besorgt und beugte sich über den Kranken. Von der Seite fiel Licht auf das unter der Bräune blasse Gesicht mit dem weißen Verband über den Augen. Es vertiefte sämtliche Falten und hob die scharfe Nase und die eingefallenen Wangen mit den weißen Bartstoppeln noch hervor.

Alî el-Mansour tastete nach ihrer Hand. »Danke, ich habe alles. Aber ich möchte mit dir sprechen.«

»Ja, Vater«, sagte sie und zog einen Hocker heran.

»Mein Kind, ich sorge mich um dich«, begann der Alte. »Du bist ein verständiger Mensch und nimmst deine Aufgaben sehr ernst. Aber ich spüre genau, du bist nicht frohen Herzens.« Der alte Arzt seufzte. »Du lachst selten, und du arbeitest viel zu viel! Ich habe erst jetzt, seitdem ich hier liege und nichts weiter tue, als auf die Geräusche des Hauses zu lauschen, bemerkt, dass du ununterbrochen beschäftigt bist. Zudem habe ich festgestellt, dass du anscheinend in diesem Haus keine Vertraute hast. Gibt es denn keine Freundin, mit der du tuscheln und lachen kannst? Ich höre überhaupt kein Lachen im Haus, keine heiteren Worte oder leichten Schritte.« Er spürte, dass sie etwas entgegnen wollte und drückte ihre Hand.

»Nein, bitte, lass mich ausreden. Es muss einmal gesagt werden. Ich fürchte nämlich, meine liebe Tochter, ich fürchte, an dieser Situation bin ich nicht unschuldig. Es ist wohl mein Versäumnis, für das ich dich um Vergebung bitten muss. Vermutlich habe ich eigensüchtig gehandelt, als ich dir im Laufe der Zeit immer mehr Arbeit aufbürdete. Denn es ist nicht nur viel zu viel Arbeit, es ist auch zu viel Verantwortung für ein einziges Paar Schultern! Und augenscheinlich hat dich außerdem deine Stellung als meine Tochter von anderen Menschen isoliert. Bei Allah, unwissentlich habe ich große Schuld auf mich geladen. All das erkenne ich leider erst jetzt. Allah ist mein Zeuge, niemals hätte ich gewollt, dass du einsam wirst!«

Konnte er etwa Gedanken lesen? Bestürzt fiel Mirjam ihm ins Wort. »Vater! Lieber Abu, bitte sag so etwas nicht! Du bist der gütigste und großherzigste Mensch auf Erden, du gibst mir viel mehr als Lachen oder Gerede oder Getuschel ... Glaub mir, ich bin zufrieden mit meinem Leben, so wie es ist.«

»Zufrieden? Ja, vielleicht stimmt das sogar, aber du bist nicht glücklich. Und du solltest nicht nur mich zur Gesellschaft haben. Das ist für eine junge Frau nichts. Oh, mein armes Mädchen, es gibt vieles, das du nicht weißt und das ich dir nicht beibringen kann!«

Mirjam spürte seine Not. Er wollte sie glücklich sehen, und nun meinte er, ihre Einsamkeit verschuldet zu haben. Was sollte sie dazu sagen, wie konnte sie seine Sorge zerstreuen?

Unversehens hatte der Hakim an ihre geheimsten Wünsche und Sehnsüchte gerührt, so als könne er bis auf den Grund ihrer Seele sehen. Obendrein hatte er, klug wie er war, ihre eher diffusen Empfindungen in Worte gefasst. Damit aber wurde das eher Ungreifbare konkret, die Angelegenheit war in der Welt! Noch eine derartige Bemerkung und es wäre um ihre Fassung geschehen. So schwieg sie lieber und drückte nur beruhigend seine Hand.

»Sollten wir außerdem nicht langsam daran denken«, fragte der Hakim ruhig und wie beiläufig, »dass es Allah jederzeit gefallen könnte, mich zu sich zu rufen?«

»Abu!«, protestierte Mirijam erschrocken. Das war das Letzte, worüber sie jetzt nachdenken wollte.

Er hingegen lächelte nur. »Das Leben wird auch dann weitergehen, wenn ich nicht mehr bin, und gerade dein Leben beginnt ja erst. Du stehst am Anfang. Du könntest heiraten. Einen Ehegatten und Kinder zu haben ist der natürlichste Weg, die Einsamkeit zu bekämpfen. Wie denkst du darüber? Was hältst du zum Beispiel von Kapitän de Alvaréz? Ich glaube, er mag dich, jedenfalls bewundert er dich, das hat er mir selbst gesagt. Wie aber steht es mit dir? Was denkst du über den Kapitän?«

Mirijams Gesicht wurde feuerrot. Kapitän de Alvaréz – heiraten?

5. TEIL

SANTA CRUZ DE AGUÉR 1525

43

Vor nun schon mehr als drei Jahren war er als Kranker und mit gebrochenem Bein in Anahids Haus aufgenommen worden, aber bis auf den heutigen Tag war ihm nicht ganz klar, wie es genau dazu gekommen war. Alles war drunter und drüber gegangen, besonders, als sich die Nachricht vom Untergang der Schiffe, die Vaters Waren an Bord hatten, in der Stadt verbreitete. Außerdem hatte Miguel damals andauernd davon geredet, wie ihm in einer Karawanserei jemand von einem Schiff vorschwärmte, wie er hin und her überlegt und es schließlich gekauft hatte. Jede Einzelheit hatte er sich anhören müssen, und das zu einer Zeit, als er noch kaum bei sich gewesen war!

Doch noch während damals sein Fieber sank, hatte sich Cornelisz in seine schöne Pflegerin verliebt, und kaum genesen holte Anahid ihn in ihr Bett. Seitdem lebten sie zusammen als Paar. Und war er nicht glücklich, war es nicht ein wundervolles, sorgenfreies und äußerst bequemes Leben in diesem schönen Haus mit seinen Innenhöfen voller Springbrunnen, Rosen und anderer duftender Blumen?

Cornelisz nahm einen Zug aus der kleinen Tonpfeife, und sogleich fühlte er wieder dieses angenehm leichte Schwindelgefühl in sich aufsteigen. Seine Gedanken schweiften müßig umher.

»Meine Freunde«, sagte er, während er mit geschlossenen Augen in seinen weichen Kissen ruhte und Reste des

Rauchs langsam seinem Mund entwichen, »dieses Kraut ist wunderbar. Das erinnert mich an den Morgen in den Bergen des Atlasgebirges, als ich meine erste Pfeife *kif* rauchte. Die Nacht zuvor hatte ich in einer Grotte am Berg verbracht, habe ich euch schon einmal davon erzählt?«, fragte er ins Unbestimmte. »Damals schenkte mir das *kif* Flügel! Ich flog über die Täler, sah Bäume und den Schnee auf den hohen Bergen und leuchtende, flirrende Farben.« Er hob den Kopf und schaute umher. Er war allein, seine Besucher hatten ihn verlassen. Jetzt fiel es ihm wieder ein, wie sie ihn vor einer Weile auf die Wangen geküsst hatten und er ihnen zum Abschied hinterhergewunken hatte.

Er rauchte zu viel, das wusste er. In der Folge vergrub er sich dann in sich selbst, oder er schwatzte drauflos, und beides konnten seine Freunde Mohammed und Saleh nicht leiden. Wohl aus diesem Grund hatten sie ihn vorzeitig verlassen. Aber das war ihm egal, das machte ihm nichts aus, ihm machte gar nichts etwas aus. Träge lehnte er in seinen Polstern, die langen Beine entspannt von sich gestreckt, und ließ sich von seinen Erinnerungen forttragen.

Cornelisz trug über der weiten Hose und dem langen Hemd eine *djellabah* wie die einheimischen Männer, doch die hellen Augen unter seinem flüchtig gebundenen *chêche*, besonders aber sein rotblonder Bart zeigten, dass er kein Hiesiger sein konnte. Ebenso offenbarten seine schlanken Hände mit den feingliedrigen Fingern, dass er in seinem Leben noch nie hatte fest zupacken müssen, um sein Brot zu verdienen. Sie spielten müßig mit seinem *gris-gris,* einem dreieckigen Amulett aus schwerem Silber, das ihm Anahid geschenkt hatte.

Als er den Becher mit Minztee zum Mund führte, zitterte seine Hand. Er stellte das Glas ab und griff erneut nach seinem kleinen Lederbeutel, um seine Tonpfeife zu stopfen. Auch heute verspürte er wieder diese nagende Unruhe, dieses dumpfe Gefühl, das ihn nervös und unzufrieden werden ließ. Doch ein weiteres kleines Pfeifchen, und alles würde wieder gut sein.

Abermals hatte er kein passendes Holz für eine neue Bildtafel finden können. Wo er auch nachfragte, überall bot man ihm nichts als Pappelholz an, noch dazu kaum geglättetes. Für ein Porträt war das ungeeignet, Anahid bestand aber darauf, von ihm gemalt zu werden. Was er benötigte, waren Bretter aus der Mitte eines Stammes. Dazu musste der Stamm der Länge nach halbiert und das mittlere Brett herausgesägt werden. Sie waren eindeutig zu erkennen an den glänzenden Stellen, die durch das Anschneiden des Kernholzes entstanden und wie Spiegel wirkten.

Warum taten die Zulieferer, als verstünden sie seine Anfragen nicht? Achteten sie ihn nicht genügend, um seine Wünsche ernst zu nehmen? Bei den Farben verhielten sie sich ähnlich. Besonders bei den blauen und grünen Mineralien versuchten sie, ihm minderwertiges Material anzudrehen, dabei fand man im Atlasgebirge die schönsten und abwechslungsreichsten blauen Steine, die man zu Pigment zermahlen konnte. Natürlich war die Beschaffung mühsam, das wusste er aus eigener Erfahrung. Er erinnerte sich gut daran, wie er in den Bergen selbst Mineralien gesucht hatte, speziell grünes Malachit. Bei jener Bergtour hatte ihn sein ortskundiger Führer zu einem Felsabbruch geführt, wo die grünen Lagen gut zugänglich waren.

Im Laufe des Nachmittags behauptete der Mann allerdings plötzlich, in unmittelbarer Nachbarschaft gäbe es Hyänen, Löwen und Leoparden, vielleicht sogar Drachen, und hatte ein nahegelegenes Nomadenlager als sicheres Nachtquartier vorgeschlagen. Cornelisz jedoch wollte in der Nähe der ergiebigen Fundstelle bleiben. Während der Bergführer ins Tal abstieg, hatte er sich bei Einbruch der Nacht in eine Grotte zurückgezogen, einige große Steine vor dem Eingang als Schutz vor wilden Tieren angehäuft und ein zusätzliches Feuer entfacht. Unter seiner Decke hatte er wunderbar geschlafen und nicht einmal den Schatten eines Untiers gesehen! Am Morgen, in aller Frühe, waren Schäfer vorbeigekommen, die aus einem Beutel Mehl und einem Ziegenbalg voll Wasser Brot gebacken und ihm davon abgegeben hatten. Danach hatten sie ihre kleinen Pfeifen gestopft und reihum gehen lassen. Damals war er zum ersten Mal geflogen wie ein Vogel, die Welt war plötzlich hoch und weit gewesen und voller Farben.

»Was für wunderbare Farben«, murmelte er vor sich hin. Seit jener Zeit hoffte er bei jeder Pfeife, die er sich bereitete, diese Vielfalt, diesen unendlichen Reichtum an Farben wiederzufinden. Doch niemals wieder hatte er ähnliche Nuancen aller nur denkbaren Blautöne gesehen, wie bei der ersten Begegnung mit diesem Kraut. Dennoch gab er nicht auf. Später hatten ihn die Hirten gefragt, wer denn diese schöne Anahid sei, von der er im Rausch geschwärmt hatte.

Anahid war wohl die schönste Frau, die er je gesehen hatte. Sie trug nie einen Schleier, so dass jeder ihr feines, hellhäutiges Gesicht mit der edlen Nase und dem schön geschwungenen Mund, vor allem aber ihre dunkel glänzenden Augen, die von langen Wimpern eingerahmt wurden, bewundern konnte. Ihr zu einem Knoten geschlungenes Haar glänzte blauschwarz, und sie trug Seidengewänder, die sich an ihren wohlgeformten Körper schmiegten, sowie reichlich

Schmuck aus schwerem Silber, Bernstein und Karneol. Sie war eine *bint sa'ad,* eine Tochter der Sa'adier, jenem alten Berbergeschlecht, das im fernen Tal des *Oued Ziz* lebte. Eine andere Linie ihrer Familie führte in das fruchtbare Tal des Dràa und zu den ruhmreichen Zennata, jenem Berbervolk, das angeblich schon gemeinsam mit den Karthagern gegen die Römer Krieg geführt hatte.

Anahid war eine Sheïka, eine hochgestellte, selbstständige Frau mit erstaunlichen Freiheiten, und sie liebte die Wüste. Zugleich aber liebte sie auch die Wildheit des Meeres, und deshalb hielt sie sich mit ihrem eindrucksvollen Haushalt in der heißen Jahreszeit hier auf, in ihrem Haus am Rande der Stadt, unweit des Strandes.

»Um welchen Preis kann eine Frau so leben wie du? Du verhältst dich, als würdest du ganz allein über dich bestimmen. Noch dazu lebst du mit einem Mann unter einem Dach, ohne mit ihm verheiratet zu sein. Musst du keine Regeln befolgen?«, hatte er zu Beginn gefragt. Natürlich gefiel ihm ihre Ungebundenheit, aber außer Anahid kannte er keinen Menschen, und schon gar keine Frau, die sich ungestraft derartige Freiheiten herausnehmen konnte.

»Ich lebe eine Tradition, die sich aus uralter Zeit erhalten hat«, erklärte die junge Frau. »Früher hatten die Frauen in den Stämmen mehr Macht als heute, vielfach waren sie sogar deren Anführerinnen. Sie herrschten friedlich und umsichtig, was man schon daran sehen kann, dass es zu ihrer Zeit kaum Kriege gab. Die alten Götter hielten ihre schützende Hand über die Menschen, und die Stämme litten keine Not.« Bei ihren Worten hatte Anahid sehnsüchtig in die Ferne geschaut, als seien dort Bilder aus dieser goldenen Zeit erschienen. »Seit damals leben unverheiratete Frauen meines Volkes, aber auch die der Tuareg und einiger Bergvölker frei mit verschiedenen Männern zusammen. Erst wenn die Familien sie zu ihren Pflichten rufen, müssen sie sich entscheiden oder den Mann heiraten, der der Ältestinnenrat für sie bestimmt. Von diesem Tag an dreht sich alles um die Interessen der Familie. Auch für mich wird dieser Tag kommen.«

Offenbar war er noch nicht da, dieser Tag, dachte Cornelisz und streckte sich, und hoffentlich lag er noch in weiter Ferne. Bis dahin wollte er unter ihrer Obhut nichts als genießen und malen. Er rief in die Dunkelheit: »Hakan, bring mir Wasser.« Wie aus dem Nichts tauchte ein Diener auf und reichte ihm einen Becher. Cornelisz dämmerte weiter vor sich hin.

Er führte ein wundervolles Leben. Schwarze Sklaven sorgten für sein leibliches Wohl und tischten ihm Tauben mit Mandeln auf, Couscous mit Hammel oder andere Köstlichkeiten. Oft kamen Musikanten und Tänzerinnen, und Tag für Tag lagen reine, weiße Gewänder für ihn bereit. Im Hamam knetete ein Masseur seine Muskeln und rieb seine Haut mit duftendem Öl und Sandelholzparfüm ein, und jederzeit standen Trauben und süße Feigen auf kleinen Tischen für ihn bereit. Des Nachts, wenn Anahid im Schein duftender Öllampen die Haare löste und ihre silberne Gewandfibel öffnete, so dass die weichen Seidenstoffe langsam von ihren Schultern über die hohen Brüste und den flachen Bauch hinabglitten und schließlich als seidige Wolke zu ihren Füßen landeten, glaubte er auch jetzt manchmal noch, im Paradies zu sein.

Gleichzeitig aber fühlte er sich immer weniger wohl. Mit den Jahren hatte Anahids Zauber für ihn nachgelassen, während sie ihn inzwischen fast wie einen Diener behandelte. Sie zitierte ihn sogar bisweilen in ihr Bett, zwar halb im Spaß, aber wirklich lustig gerierte sie sich dann nicht! Warum ließ er das zu? Er war nicht ihr Leibeigener.

Wenn er allerdings kein *kif* geraucht hatte und ehrlich zu sich selbst war, kannte er die Antwort genau: aus Bequemlichkeit. Manchmal verachtete er sich dafür, dann wieder schob er jeden Gedanken daran beiseite. Was hätte er auch tun sollen, etwa nach Antwerpen zurückgehen?

Soweit er es seinerzeit verstanden hatte, hatte sein Vater alles auf eine Karte gesetzt und die Waren mehrerer Handelshäuser, ohne deren Kenntnis, um Afrika herum verschiffen lassen. Was für ein unglaublich riskantes Spiel! Und es war nicht gut ausgegangen: Sein tollkühner Vater war tot, und die Schiffe waren während ihrer Afrikaumrundung gesunken. Schlimmer hätte es nicht kommen können. Er war der letzte van Lange, sollte er also alles ausbaden und für den immensen Schaden einstehen, sollte er für Vaters Ehrgeiz büßen? Sein Leben würde nicht lange genug dauern, alle Ansprüche zu befriedigen, kein Leben währte dafür lang genug!

Jedes Mal, wenn er an den Untergang der San Pietro und dessen Folgen dachte, kam es ihm vor, als sei damals ein Blitz mitten hinein in sein Leben gefahren und habe es in ein »Vorher« und ein »Nachher« geteilt.

Nein, dachte Cornelisz, er würde bei Anahid bleiben, solange sie es zuließ. Unter ihrem Schutz konnte er malen, Farben zubereiten und ihre Eigenarten erproben, und das war ihm nun einmal das Wichtigste. Er konnte in einem der Innenhöfe die Materialien selbst herstellen, wie den guten Leim, den er aus Ziegenschnauzen, Klauen und Häuten kochte. Das aber tat er nur dann, wenn sich Anahid außer Haus aufhielt. Der fette Qualm, der dabei entstand, zog in stinkenden Schwaden durch ihren Garten. Doch der Leim war notwendig, um aus normalen Brettern einen halbwegs guten Malgrund zusammenfügen zu können. Allzu oft hatten ihn die Holzhändler und Schreiner schon enttäuscht, so dass er diese Arbeit inzwischen grundsätzlich selbst erledigte. Außerdem benötigte er den Leim auch zur Herstellung der Grundierung, die die folgenden Farbschichten erst richtig zum Leuchten brachte. Für die Porträts verwendete er als Inkarnat einen Farbton, der lebendig wie Haut wirkte und aus verschiedenen roten Pigmenten bestand. Sollte er allerdings je ein Porträt von Anahid malen, müsste er für ihren Hautton eine andere Pigmentmischung wählen, vielleicht mit etwas Ocker, wie er ihn an den Steilufern des *Oued Sous* gefunden hatte. Ihm schwebte jedoch sowieso kein Porträt vor, sondern eine göttliche Gestalt, umgeben von den Früchten und Gaben der Oase. In Italien hatte er Gemälde gesehen, die ihm in ihrer Vollkommenheit nicht mehr aus dem Sinn gingen.

Obwohl er sich geschworen hatte, nie wieder einen Fuß auf ein Schiff zu setzten, hatte er Miguel letztes Jahr nach Italien begleitet. Er wusste, dort fand man die außerordentlichsten Kunstwerke, die schönsten Gemälde, die herrlichsten Paläste, deren Wände mit Fresken und Alabaster verziert waren, und Kirchen, in deren Kuppeln goldene Mosaike schimmerten. Heute war er froh, seine Angst gegenüber dem Meer überwunden zu haben, denn seine Erwartungen waren sogar noch übertroffen worden. In Genua und Venedig hatte er Gemälde gesehen, die ihm seither nicht mehr aus dem Sinn gingen. Besonders das Bildnis der *Schlummernden Venus,* das ein gewisser Giorgione geschaffen hatte, hatte es ihm angetan. Was für eine Komposition, welche Harmonie der Farben und welche Vollendung in der Ausführung! Damals hatte ihm sofort Anahid vor dem inneren Auge gestanden, sozusagen als dunkle Schwester dieser Lichtgestalt, die nackt auf weichen Moospolstern ruhte, und er hatte umgehend eine erste Skizze angefertigt. Seither jedoch quälten ihn Bedenken. Er glaubte nicht, jemals an die Meisterschaft des Venezianers heranreichen zu können. Mehr noch, mittlerweile war er fast sicher, nicht einmal den eigenen Ansprüchen genügen zu können, obwohl er bereits das eine oder andere Bildnis zu recht ordentlichen Preisen verkauft hatte. Den portugiesischen Beamten gefielen seine kleinen Landschaftsbilder, die sie in die Heimat schickten, damit man sich dort etwas unter Al-Maghrebija, dem Land im Westen oder, wie man hier lieber sagte, dem Land am Sonnenuntergang vorstellen konnte. Auch zwei Porträts hatte er kürzlich erst angefertigt, die man ihm gut bezahlt hatte.

Warum also war er so unzufrieden? Cornelisz starrte hinauf zu den Sternen. Dort, so hieß es, stand die Zukunft geschrieben, seine Berberprinzessin und alle anderen Mauren, die er kannte, waren davon überzeugt. Sie sagten, die Wege jedes Einzelnen seien vorherbestimmt und man könne sie an den Gestirnen ablesen, ihm allerdings hatte man von klein auf das Gegenteil vermittelt.

44

Cornelisz musste die anstehende Entscheidung nicht selbst treffen. Anahid eröffnete ihm bereits am nächsten Tag, dieses Haus werde demnächst geschlossen. Sie sei gerufen worden, ihren Platz in der Familie einzunehmen.

Während sie von ihrer Wüstenheimat sprach und davon, welche verantwortungsvollen Aufgaben sie erwarteten, wandelten sie langsam durch den Garten. Anahid strich hier über eine Blüte, wog dort eine reifende Zitrone in der Hand und umrundete das kleine Bassin, in dem, wie jeden Tag, duftende Rosenblüten schwammen. Die Sheïka war ein wenig traurig. Sie nahm offensichtlich Abschied von dem Haus und damit zugleich von ihrer jugendlichen Ungebundenheit. Dabei gab sie sich den Anschein von Ruhe und Gleichmut, wie es einer Sheïka zukam.

Doch Cornelisz durchschaute sie. Obwohl er spürte, dass sie Trost und Ermutigung suchte, etwas, das er ihr mit einer freundschaftlichen Umarmung leicht hätte geben können, hielt er sich fern von ihr. Anahids Ankündigung hatte ihn völlig unvorbereitet getroffen. Von der Suche nach einem eigenen Weg zu träumen oder davon, ein erfolgreicher Maler zu werden, oder von irgendwelchen sonstigen Möglichkeiten, die ihm offenstanden, war eine Sache, das Verlassen dieses Hauses aber eine ganz andere. Plötzlich fand er sich auf der Straße wieder! Und dann diese unbequemen, konkreten Fragen: Was sollte er jetzt tun, wohin sollte er sich wenden?

Noch nie hatte er allein leben oder für seine Bedürfnisse sorgen müssen, das hatte sich bisher immer von selbst geregelt. Anahid wusste, was auf sie zukam, hatte es immer gewusst, er hingegen verlor gerade den Boden unter den Füßen.

Als er jedoch kurz darauf im ersten Stock einer ordentlichen Taverne zwei Zimmer fand, die über gutes Licht verfügten, fasste er wieder Mut. Er zahlte den Mietzins für zwei Monate im Voraus und schaffte sogleich seine Sachen hinüber. Sein Wirt stattete seine Zimmer mit einem richtigen Bett aus und stellte einen ordentlichen Tisch hinein, auf dem er gut würde malen können. Ein ungewohntes Hochgefühl trug ihn durch die ersten Tage, und so schieden Anahid, die schöne, junge Berberin aus der fernen Wüste, und Cornelisz, der Maler, als Freunde.

Seitdem er Anahids Haus verlassen hatte, war es zwar vorbei mit der Bequemlichkeit, aber Cornelisz fühlte sich hervorragend. Heute hatte er sich sogar dazu überwunden, mit Kapitän Abdallah zum Fischen zu fahren, nachdem er ihm das Versprechen abgenommen hatte, in unmittelbarer Küstennähe zu bleiben. Während die Männer ihre Netze auswarfen, studierte er das Meer und fertigte Skizzen an.

An Bord des Fischerbootes beugte sich Cornelisz über das niedrige Schanzkleid und beobachtete, wie die glitzernde Haut des Meeres unter dem Bug aufbrach und in zwei sprühenden Kaskaden dem Rumpf folgte. Erst weit hinter dem Boot trafen sie als Schaumspur wieder zusammen und markierten noch lange die zurückgelegte Strecke, bis die Wellen die flüchtige Linie auslöschten.

Sie befanden sich bereits auf dem Rückweg und fuhren mit ruhigem Wind die Küste entlang nach Norden. Die Sonne stand hoch und verlieh dem Meer eine perlmutterne, kompakt wirkende Farbe, an der er sicher scheitern würde, dachte er missgelaunt. War das Meer womöglich das Einzige, das sich nicht von ihm malen ließ? Alle anderen Motive hatte er sich nach und nach erobert – die stolzen Lehmburgen, Kasbahs genannt, und die Dörfer zu ihren Füßen, üppig grüne Oasen, Wolken, die Dünen in der Wüste, den Himmel, ganze Landschaften, sogar Leiber und Gesichter. Das Meer jedoch entzog sich ihm. Cornelisz packte seine Kreiden, Pinsel und Farben wieder in den kleinen Kasten.

Kapitän Abdallah gesellte sich zu ihm. Mit einem Blick prüfte er das Segel, den Sonnenstand und die nahe Küstenlinie, die rechter Hand im Dunst erkennbar war. Dann signalisierte er dem Steuermann eine leichte Kurskorrektur. Dieser einfache Mann, dachte Cornelisz, war ein guter Kapitän und ein Fischer, ein Meister auf seinem Gebiet. Er hingegen war von Meisterschaft weit entfernt. Cornelisz seufzte. Sein Unvermögen, das Meer in seiner Rätselhaftigkeit zu erfassen und zu malen, machte ihn wütend. Mit sich selbst hadernd starrte er auf die See hinaus.

Erstmals hatte er das Gefühl, über sein Leben selbst bestimmen zu können, nur was half ihm das, wenn er sich fragen musste, ob er mit seiner Malerei in diesem wüstenhaften Land überhaupt eine Zukunft hatte? Nicht nur, dass die islamische Religion die Abbildung des Menschen verbat, die Leute hierzulande hatten überhaupt kein Interesse an Malerei. Deshalb fand er jenseits der kleinen Gruppe portugiesischer Verwaltungsbeamten auch keine Kunden. Sollte er nicht doch besser nach Flandern heimkehren? Vieles sprach dafür, auch die dort lebenden großartigen Maler, deren Kunst er gern studiert hätte.

Er spielte durchaus mit diesem Gedanken, obwohl er

wusste, einer Heimkehr stand das missglückte Heldenstück seines Vaters entgegen. Und was wäre mit Italien, überlegte er, wären Florenz oder Venedig vielleicht die richtigen Orte für ihn? Die erfolgreichsten Maler dieser Städte unterhielten große Werkstätten, und in einer von ihnen gab es vielleicht einen Platz für ihn. Er seufzte. Wofür er sich irgendwann entscheiden würde, stand in den Sternen, sein Dasein auf Erden bestand vorerst aus Porträts und kleinen Landschaften.

Als Nächstes wartete ein Auftragsbild, das der Gouverneur von Santa Cruz für ein Jubiläum bestellt hatte. Wieder ein Porträt und diesmal sogar in voller Amtstracht. Es wurde nachgerade Mode unter den portugiesischen Beamten, sich von ihm porträtieren zu lassen. Von der kleinen Miniatur, die man der Familie ins Mutterland schicken konnte, bis zum Tafelbild für die eigene Residenz reichten inzwischen die Aufträge. Schon längst hätte er mit dem Bild für den *Governador* beginnen sollen, der Portugiese war zwar für seine Großzügigkeit, nicht aber für seine Geduld bekannt. Ihn zu verärgern wäre äußerst unklug, besonders, da er zum ersten Mal selbst für seinen Lebensunterhalt aufkommen musste. Seine Meeresstudien mussten also wohl oder übel warten.

Kapitän Abdallah neben ihm räusperte sich vernehmlich und spuckte ins Wasser.

»Benutzt du eigentlich keinen Kompass?«, begann Cornelisz das Gespräch, eine Zerstreuung, die dem Fischer bei ruhiger See stets gelegen kam.

»Allah, sein Name sei gepriesen, sagt, man soll die Alten ehren«, holte der Kapitän aus, »denn schon seit Jahrhunderten haben sie ihre Schiffe sicher gesteuert. Bei guter Sicht mache ich es deshalb wie sie und halte die Fatima lieber in Sichtweite der Küste. Manche Kapitäne glauben ja immer noch, das Spiel der Magnetnadel sei Zauberei oder die Wassergeister würden Schabernack damit treiben.« Er lehnte an der Bordwand und lächelte überlegen. »So etwas glaube ich natürlich nicht. Aber ich habe schließlich gelernt, dass große Mengen Eisen, wie zum Beispiel der Anker, die Kompassnadel verwirren und aus ihrer natürlichen Richtung bringen können. Das Land hingegen ist stets dort, wo es sein soll und wo es immer war, Allah sei Dank. Neues nutzen und das Alte darüber nicht vergessen, so halten es wohl alle guten Seeleute.«

»Du bist ein weiser Mann, Abdallah. Sag mir, wie kommt es, dass das Wasser manchmal so friedlich auf uns wirkt, während wir doch genau um seine Zerstörungskraft wissen?«

Der Kapitän überlegte nicht lange. »Soll ich dir erklären, wie es dazu kam, dass Allah die Sintfluten schickte, Sîdi? Es war nämlich keineswegs der Regen, der die Länder überflutete, wie alle Welt denkt, es war vielmehr das Meer. Wie sogar du als Fremder aus dem fernen Norden weißt, ist die Erde eine Kugel und ihre Oberfläche demzufolge gewölbt. Und du weißt ebenfalls, dass das Wasser immer aus der Höhe in die Tiefe fließt, nicht wahr?« Abdallah hob seinen Finger: »Ja, so ist es. Ist nun Allah, der Allmächtige, der Allwissende mit den Menschen zufrieden, so hält er die Wasser im Zaum. Ist er aber voller Zorn, so lässt er sie los und zieht seine Hand zurück. Dann stürzt alles Wasser von der Höhe herab, überflutet die Küsten und alles Land und löscht das Leben aus.« Dazu grinste er und zwinkerte, dass sich sein braungebranntes Gesicht in tausend Fältchen legte.

Cornelisz lachte. »Ich bin froh, dass Allah derzeit offenbar an uns Menschen nichts auszusetzen hat!« Dann zog er ein Blatt und seinen kleinen Kasten mit Stiften, Pinseln,

Kreiden und Kohlestückchen hervor. »Nur einen Moment, Kapitän«, bat er und begann sogleich mit der Grundierung. Er streute Holzasche über das Blatt, sammelte Speichel und spuckte mehrmals auf das Papier. Dann verrieb er die Mischung gleichmäßig, damit sich die Linien des Kohlestiftes später besser hervorhoben. Mit flinken Strichen begann er zu zeichnen. Die Umrisse des Kapitäns, die bescheidenen Aufbauten des Schiffes, einige Schatten und die Kohle mit dem Finger verwischt, schon war ein Bild entstanden. Mit wenig Ultramarinblau ergänzte Cornelisz den Hintergrund, um Himmel und Meer anzudeuten. Anschließend verfuhr er ebenso mit Kreide und fein gemahlenem Ocker für die Gesichtsfarbe, den Mast und das Deck, ehe er weitere feine Schraffuren hinzufügte, um Licht und Schatten zu erzeugen.

Kapitän Abdallah sah ihm bei der Arbeit zu, die die Wirklichkeit überaus gut getroffen hatte, und lobte: »Sîdi, deine Hand ist wendig und geschickt wie ein Tümmler auf der Bugwelle!«

Gute Zeichnungen mit schnellem Strich waren keine Kunst, die eigentlichen Schwierigkeiten lagen in der Ölmalerei, besonders bei Porträts, dachte Cornelisz am nächsten Morgen. Und ganz besonders, wenn es sich dabei um den offiziellen Auftrag eines Beamten der Krone handelte! Er verzog das Gesicht. Aber es half nichts, er musste sich an die Arbeit machen, seine Kasse war bald leer.

Seine Kleidung war zurzeit nicht gerade präsentabel. Deshalb lieh sich Cornelisz vom Wirt eine frische *djellabah,* suchte den Barbier auf und machte sich schließlich auf den Weg zur Festung, dem Amtssitz von Dom Francisco des Castos, dem Herrn von Santa Cruz, königlichen Statthalter und

Gouverneur, Richter, Steuereintreiber und Hafenkommandanten.

Durch lange Flure wurde er vor den Majordomus der Residenz geführt, der ihn mit kühler Arroganz empfing. »Es wäre ratsam gewesen, Ihr hättet Euch angekündigt, Senhor van Lange. Dom Francisco erwartete Euch schon vor Wochen, und es ist nicht gesagt, dass er gerade jetzt Zeit findet, Euch für ein Bild zu sitzen. Immerhin gibt es neuerliche Überfälle der Sa'adier, und wir, ich meine, Dom Francisco muss sich dringend mit diesen Reiterhorden aus der Wüste befassen.«

Cornelisz kannte den Mann, der ihn mit seinem spitznasigen Gesicht unter dem beinahe kahlen Kopf und seiner graubraunen Kleidung an einen Geier erinnerte. Er mischte sich gern in Dinge, die ihn nichts angingen, und war allgemein unbeliebt. Dennoch führte an ihm kein Weg vorbei, er hatte Macht und Einfluss, hier wie auch am Hofe in Lissabon.

»Dann solltet Ihr ihn schnellstens von meinem Eintreffen in Kenntnis setzen«, erwiderte Cornelisz mit Bestimmtheit. »Heute beanspruche ich nur wenig seiner kostbaren Zeit.« Vermutlich erwartete der Mann ein wenig Schmiergeld, damit er ihn zum Gouverneur vorließ. Doch selbst wenn sein Geldbeutel das zugelassen hätte, hatte Cornelisz nicht vor, sich auf diese in der Festung offenbar gebräuchliche Sitte einzulassen.

Der Gouverneur und oberste Zolleintreiber des jungen portugiesischen Königs für die Besitzungen entlang der marokkanischen Küste hatte indessen Zeit für seinen Maler. Mit ausgebreiteten Armen und über das ganze Gesicht strahlend eilte er Cornelisz entgegen und begrüßte ihn herzlich.

»Willkommen, lieber *mestre,* willkommen! Wie schön, Euch munter und voller Tatendrang zu sehen. Ich lasse sogleich einen guten Tropfen bringen. Bitte, nehmt Platz. Ich war mir sicher, Ihr konntet Eure Zusage, ein Gemälde von mir anzufertigen, nicht vergessen haben, und freue mich, dass wir nun endlich damit beginnen werden.«

Cornelisz wusste, Dom Francisco war freundlich, geradezu überschwänglich, doch schwer durchschaubar. Dem Aussehen nach wirkte er wie ein gemütlicher Gutsherr vom Lande, dabei gehörte er dem Hochadel an. Er war seinem König bedingungslos treu, was ihn allerdings nicht daran hinderte, sich Gefälligkeiten in klingender Münze honorieren zu lassen.

Mit diesem Porträt würde Cornelisz versuchen, künstlerisch neue Wege zu beschreiten, bei einem offiziellen Auftrag eine heikle Sache. Schon seit langem schwebte ihm vor, von dem Überkommenen abzuweichen und alles, vom Hintergrund bis zur Darstellung von Gesicht und Körperhaltung, nach der Natur anzulegen. In Italien hatte er dazu zahlreiche, wundervolle Beispiele gesehen. Am natürlichen Aussehen eines Menschen war schließlich nichts falsch oder trügerisch, hatte er gelernt, an symbolhaftem Gepränge hingegen schon. Als Grundform schwebte ihm ein Dreieck vor, ein klarer, dennoch wie zufällig wirkender kompositorischer Aufbau, der Spannung und Harmonie gleichermaßen ausdrücken konnte. Bisher hatte er die neue Malweise lediglich an unbedeutenden Bildern erprobt, wie einigen Zeichnungen und Skizzen von Fischern und Tagelöhnern. Von diesem Auftrag aber, dem Porträt des Statthalters, erwartete er, dass es sich auszahlte, und zwar nicht nur künstlerisch. Dazu war es notwendig, zunächst Dom Franciscos Vertrauen zu gewinnen und ihn zu überzeugen, sich auf die Vorstellung seines Porträtisten einzulassen. Denn vermutlich würde der Portugiese eine herrschaftliche, pompöse oder gar kriegerische Pose vorschlagen, die seine Wichtigkeit als Statthalter unterstrich. Dom Francisco liebte Allegorien. Je dicker man auftrug, desto besser, das war Cornelisz seit ihrem ersten Gespräch klar. Es lag also an seinem diplomatischen Geschick, den Portugiesen davon zu überzeugen, wie viel mehr Glaubwürdigkeit von einer natürlichen Darstellung ausging. Wie weit musste er dem Mann wohl entgegenkommen, wie sehr ihm schmeicheln, ohne dabei die eigene Idee zu verraten?

»Zunächst lasst uns überlegen: Wünscht Ihr Leinwand oder Holztafel?«, begann Cornelisz. »Nein, verzeiht, wenn ich es recht bedenke, so werdet Ihr Leinwand vorziehen. Das ist zwar kostspieliger als das gewöhnliche Holz, auch weil ich bei einem Leinwandgrund mit feineren Farbnuancen und Pinseln, also etwas teureren Materialien, arbeiten muss. Doch immerhin hat sogar Euer *substituto,* Senhor de Sorrámo, sein Porträt bereits auf Leinwand anfertigen lassen. Vermutlich denkt Ihr ebenso?«

Der Kommandant umrundete seinen pompösen Schreibtisch mit dem überreichen Zierrat aus Gold und Schildpatt und ließ sich in einem Sessel nieder.

»Feiner und genauer, sagt Ihr? Das klingt gut. Und Sorrámo, mein junger Stellvertreter, hat sich ebenfalls für Leinwand entschieden? So, so. Aber wie sieht es mit der Haltbarkeit aus? Ich möchte schließlich nicht erleben, dass mein Porträt eines Tages älter aussieht als ich.« Er lachte herzhaft über seinen Scherz.

Cornelisz lachte höflich mit. »Keine Sorge, Governador. Übrigens verwenden die großen Maler Italiens mittlerweile nur noch Leinwand, es ist, wie soll ich sagen, moderner.«

»Nun gut, werter *mestre,* also Leinwand. Und die Größe? Die Pose? Als königlicher Statthalter sollte ich vielleicht anders dargestellt werden als meine untergeordneten Beamten, nicht wahr? Wichtiger und bedeutsamer, mehr meinem

Amte angemessen, wenn Ihr versteht. Habt Ihr vielleicht eine Anregung?«

Cornelisz nahm einen Schluck von dem jungen Wein, den ein Diener soeben servierte. Jetzt kam es darauf an. »Auf meinen Reisen in Italien sah ich eine Menge guter Gemälde, Governador, wirklich hervorragende, und ich stellte fest, dass man heutzutage eher mit subtilen Andeutungen arbeitet. Besonders bei Porträts ist das so. Man malt sie leichter und feiner als noch vor Jahren, und gerade dadurch erzielt man einen bleibenden Eindruck. Eines Tages entdeckte ich in Genua ein ganz hervorragendes Bildnis. Zunächst schien es unauffällig, bei genauerem Hinsehen jedoch entpuppte es sich als die perfekte Heldendarstellung. Bei dieser Arbeit eines flämischen Malers spürte man die Last der Verantwortung auf den Schultern des dargestellten Mannes, aber auch seinen Willen zur Macht. Das Bild zeigte den Fürsten von Genua, den großen Andrea Doria.«

Dom Francisco klingelte nach dem Diener und verlangte Obst und Gebäck. »Fahrt fort, lieber *mestre,* ich bin ganz Ohr.«

»Dieses Porträt – der Fürst saß in einem purpurnen Sessel, fast wie auf einem Thron – strahlte Kraft aus, Stärke und Würde, und dennoch schlug es mich besonders durch seine Natürlichkeit in den Bann.« Hatte er die richtigen Worte gefunden? Der Gouverneur ließ die Hand über einem Teller mit Trauben schweben, als erfordere die Auswahl der Früchte seine gesamte Aufmerksamkeit.

»Es handelte sich um ein Halbporträt in einem Sessel ähnlich dem, in dem Ihr jetzt sitzt«, fuhr Cornelisz eilig fort. »Er hatte den Blick dem Betrachter zugewandt, ein kühler, fast strenger Blick, und hinter ihm sah man auf den Hafen voller Kriegsschiffe. Zutiefst beeindruckend.«

»Man kann zu Doria stehen, wie man mag, aber was Ihr da schildert, klingt in meinen Ohren ganz nach dem Bildnis eines großen Strategen und überlegenen Anführers, oder?«

Er hatte also doch aufmerksam zugehört. »Ganz recht, diesen Eindruck hatte ich durchaus«, antwortete Cornelisz.

»Im Obergeschoss gibt es einen Raum, von dem aus ich den Hafen und sogar die ganze Bucht überblicken kann, was mir als Hintergrund geeignet zu sein scheint. Wenn Ihr also mein Porträt in der beschriebenen Manier anlegen würdet, so sähe jedermann, dass ich über Weitsicht und Macht verfüge? Die Gewalt, alle königlichen Vorgaben und Programme durchzusetzen? Und das ohne zusätzliche Symbole? Hm, der Gedanke gefällt mir. Wann wollt Ihr beginnen?«

»Mit Eurer Erlaubnis würde ich zunächst gern den Raum sehen, von dem Ihr spracht, um die Lichtverhältnisse zu studieren. Danach werde ich mich um die Leinwand kümmern müssen und um die Farben.«

Details schienen Dom Francisco jedoch nicht sonderlich zu interessieren. Er erhob sich. »Gut, gut, einstweilen werde ich Euch einen Vorschuss anweisen lassen, denn Ihr werdet vermutlich Auslagen haben. Maler sind schließlich stets knapp bei Kasse, oder seid Ihr etwa die berühmte Ausnahme?«

Das herzhafte Gelächter des Gouverneurs folgte Cornelisz hinaus auf den Gang.

Der Weg zu dem Raum, in dem Dom Francisco gemalt werden wollte, führte Cornelisz durch mehrere Säle, Treppenhäuser und Flure des *castelo*. Die Wände und Böden waren verschwenderisch mit blau-weißen Fliesen, Fresken und bunten Teppichen geschmückt. Das Zimmer selbst mit seinen weißen Wänden wirkte dagegen asketisch wie eine Mönchszelle.

Aus den Fenstern sah man auf die Schiffe im Hafen und auf die weite Bucht mit ihrem gleißenden Sand und den weiß gesäumten, langen Wellen. Cornelisz sah sich um. Ja, dachte er zufrieden, dieser Raum hatte eine gute Ausstrahlung. Er griff unter die *djellabah* und zog sein silbernes Amulett hervor, das er an einem Lederband um den Hals trug.

»In diesem *gris-gris* sind die Kräfte der Alten wie die des Propheten Mohammed versammelt«, hatte Anahid damals erklärt. »Ein alter schwarzer Schmied und Zauberer fertigte es vor langer, langer Zeit. Du musst es immer bei dir tragen als Schutz gegen böse Mächte.«

Doch weder die mystische Bedeutung noch die Person der Schenkenden machten die Besonderheit dieses Stücks Silber für Cornelisz aus. Vielmehr war es die Form des Anhängers aus der Werkstatt eines unbekannten Wüstenschmieds, die ihn faszinierte. Sie wollte er seinem neuen Bild zugrunde legen: ein vollkommenes Dreieck.

Erst nach mehreren Tagen hatte Cornelisz die richtige Leinwand bei einem Stoffhändler gefunden, hatte sie gewaschen und getrocknet, zugeschnitten und auf den Rahmen gespannt. Aus einem Gemisch von Kreide und feinster Tonerde sowie etwas Leim knetete er einen hellroten Teigklumpen, den er anschließend mit viel Wasser verlängerte, so dass eine streichfähige Masse entstand. Sorgfältig prüfte er Farbton und Konsistenz, bevor er aus seinen verschiedenen Pinseln einen mit besonders weichen Borsten auswählte und schnell und mit Schwung die Leinwand grundierte. Er arbeitete zügig, denn noch bevor die getönte Mischung getrocknet war, mussten alle Pinselspuren sorgfältig mit einem Tuchballen verrieben sein. Dreimal wiederholte er diesen Vorgang, denn ein glatter, feiner und leicht getönter Untergrund war unverzichtbar.

In seinem Zuhause im Obergeschoss der Taverne öffneten sich Tür und Fenster zur umlaufenden Galerie über dem Innenhof des Hauses. Alles stand weit offen, trotzdem war es heute heiß und stickig im Zimmer, kein Lüftchen rührte sich, und die Haare klebten ihm am Kopf. Zu seinem eigenen Erstaunen arbeitete er dennoch konzentriert. Er fühlte sich voller Tatendrang, und selbst, als ihm in der Hitze unvermittelt die luftigen, beschatteten Innenhöfe in Anahids Haus einfielen, stellte sich keine Wehmut ein.

Aus einem der Ledersäcke, in denen er seinen Besitz aufbewahrte, kramte er die Fläschchen mit den Ölen und Harzen hervor, die er zum Binden der Farben benötigte. Er nahm die Dosen, Säckchen und Tonkrüge mit den verschiedenen Erden, Gesteinsbrocken und anderen Pigmentvorräten heraus, prüfte alles und stellte sie nebeneinander auf den Tisch. Manche Farben hatte er schon lange nicht mehr verwendet, andere hatte er irgendwann fast aufgebraucht, und wieder andere besaß er von vornherein in nur geringsten Mengen. Diese Sichtung diente neben der praktischen Vorbereitung vor allem der Einstimmung auf die Arbeit und folgte einem gewissen Ritual, das er sehr mochte.

Am liebsten hätte er auf der Stelle losgelegt, doch das musste bis morgen warten, wie ihm die schon tief stehende Sonne verriet. Zunächst würde er nach langer Zeit Miguel wiedertreffen. Gestern war der Freund im Hafen von Santa Cruz eingelaufen und hatte ihm eine Nachricht zukommen lassen. Er freute sich auf ihn. Bei all ihrer Verschiedenheit fühlte er sich dem Kapitän nach wie vor zutiefst verbunden.

45

Kapitän Miguel de Alvaréz verließ den Palast der Kommandantur. Er triumphierte. Governador Dom Francisco hatte alle Argumente wohlwollend geprüft und schließlich sein Einverständnis gegeben. Das kleine Bestechungsgeld, das er für seine Privatschatulle beansprucht hatte, war kaum der Rede wert.

Eine Weile schlenderte der Kapitän durch den schattigen Park, bevor er die ummauerte Festung verließ und den Weg zum Hafen einschlug. Hier herrschte wie immer reger Betrieb, Hämmer klopften, Sägen kreischten, und es wimmelte von Menschen. Zimmerleute und Segelmacher, Schmiede und Kalfaterer arbeiteten an den Schiffen, Schauerleute rannten die wippenden Planken zwischen Kai und Schiff rauf und runter und entluden dickbauchige Handelsschiffe.

Hier in Santa Cruz am Fuße des *Djebel El-Moun* traf man Menschen aus aller Herren Länder, Engländer und Spanier, Berber und Araber, blonde, hünenhafte Männer aus dem hohen Norden, und natürlich jede Menge Portugiesen. Einige von ihnen waren Händler, andere Fischer oder Handwerker, die meisten jedoch fuhren als Matrosen auf den portugiesischen Schiffen, die die afrikanische Küste entlangsegelten. Bei Tag und bei Nacht drängte sich im Hafen eine brodelnde, quirlige Menge, und auf den Gassen und in den Lädchen wurde gefeilscht und verkauft, gestritten und geschuftet. Alles konnte man an diesem Handelsplatz erstehen, Gewürze,

Elfenbein und Fisch, Getreide und Salz, Gold, Edelsteine und Silber – und Menschen.

Auch er hatte schon mit all diesen Waren gehandelt. Einige Male hatte er ebenfalls Sklaven von den südlichen portugiesischen Stützpunkten an der afrikanischen Küste abgeholt und nach Al-Maghrebija befördert. Aber eigentlich waren ihm derartige Aufträge von Herzen zuwider. Die armen Hunde wurden krank an Bord, sie kotzten vor Angst, selbst bei ruhiger See, und starben weg wie die Fliegen. Kein Wunder, denn sie wurden liegend angekettet, Schulter an Fuß, damit sie wie Fische in einer Kiste möglichst wenig Platz brauchten. Dazu kam der bestialische Gestank von den über dreihundert Körpern, die in ihrem eigenen Kot und den Pfützen von Erbrochenem liegen mussten. Leider konnte sich ein selbstständiger Kapitän seine Auftraggeber und seine Fracht nicht immer aussuchen. Daher musste er, um den Erhalt seines Schiffes zu sichern, hin und wieder auch Sklaven befördern.

In letzter Zeit allerdings fuhr er keine lebende Fracht mehr. Nicht mehr seit er im letzten Jahr das unerschöpfliche Dreieck, wie er es bei sich nannte, entdeckt hatte: Zuerst brachte er die Seide seines Agenten in Malta zusammen mit der Baumwolle aus Ägypten nach Al-Maghrebija zum Färben. Zusätzlich belud er sein Schiff mit Salz, das neben der Färberei auch die Fischer in Marokko und verschiedene andere Abnehmer in Südfrankreich benötigten. Mit den veredelten Stoffen segelte er nach Spanien und Frankreich. Dort kaufte er unter anderem dieses Tabakkraut aus der Neuen Welt, das er in allen Häfen, die er unterwegs anlief, gut losschlagen konnte. Außerdem nahm er in Frankreich Pelze an Bord sowie einige Fässer mit getrocknetem Fisch aus den nördlichen Ländern. Diese Fracht brachte er wiederum nach

Ägypten, wo er sich erneut mit Baumwollstoffen eindecken konnte, bevor er erneut Malta ansteuerte.

Dieses System brachte ihm neben hervorragenden Erlösen und nützlichen Kontakten auch einen guten Ruf und darüber hinaus ein ruhiges Gewissen ein. Lediglich die elenden Korsaren, diese stetig zunehmende Plage, steigerten in letzter Zeit das Risiko. Immer häufiger konnte er seine Route nur noch im Konvoi mit mehreren anderen Handelsschiffen oder gar unter dem Schutz venezianischer Kriegsgaleeren befahren, was natürlich eine Stange Geld kostete.

»*Bom día, mestre.*« Miguel betrat die dunkle Werkstatt eines Seilers. In dem einzelnen Sonnenstrahl, der den langen, schmalen Arbeitsraum nur unzureichend erhellte, tanzte dichter Staub. »Die Santa Anna benötigt demnächst neue Taue für Wanten und Anker. Kann ich meinen Bootsmann vorbeischicken?«, rief er aufs Geratewohl in das Dämmerlicht.

»Ah, Kapitän Alvaréz, *bom día*«, tönte es aus dem Dunkel zurück. »Selbstverständlich, schickt ihn nur, Euren wilden Lúis. Wir werden schon klarkommen.« Das ist meine Welt, dachte Miguel zufrieden und setzte seinen Weg fort, im Hafen schlägt nun mal das Herz eines Seemannes, dort pulst sein Blut. Zwei Händler eilten an ihm vorüber. Sie unterhielten sich laut, und Miguel horchte auf. »Dieser Hundsfott von einem Berber hat sich angeblich mit dem Stamm der Ma'qil verbündet! Wie es heißt, kontrolliert er damit den gesamten Zuckerrohrhandel. *Mãe de Deus,* Mutter Gottes, wohin soll das bloß führen?« Solche Neuigkeiten waren bares Geld wert. Jede Veränderung der Machtverhältnisse, jeder neue Vorfall oder Name konnte für einen freien Kapitän wie ihn an Bedeutung gewinnen. Governador Francisco hatte vorhin zudem berichtet, dass der Anführer dieser aufständischen Berber, der Sherif von Tagmaddart, Muhammad Al Qa'im, in der Nähe eine Festung bauen wollte, um Santa Cruz leichter angreifen und womöglich irgendwann einnehmen zu können. Insgeheim hielt er das für einen klugen Plan, zumindest aus Sicht der Sa'adier, der Kommandant hingegen hatte natürlich getobt.

Immer wieder gab es sowohl entlang der Küste wie auch an diesem schönen Ort gehörigen Ärger, wenn die tollkühnen Kamelreiter der Sa'adier wieder einmal das Fell juckte und sie heranpreschten, um die Portugiesen ins Meer zu treiben. Obwohl sie sich noch jedes Mal ordentlich blutige Nasen geholt hatten, versuchten sie es immer wieder, gottlob bisher vergeblich. Nicht auszudenken, wenn sie eines Tages Erfolg haben sollten. Bis jetzt hatte Dom Francisco zwar noch jeden Angriff abgeschmettert, wollte aber sicherheitshalber schon bald zusätzliche Soldaten ausheben. Er musste also zusehen, dass er bis dahin seine Schiffsmannschaft komplett auf See und damit außer Reichweite der portugiesischen Rekrutierungskommandos hatte, die die Reihen ihrer Truppen mit zwangsweise eingezogenen Soldaten zu füllen gedachten.

Aber heute war er einfach zu aufgeregt und glücklich, um sich über irgendetwas ernsthaft Sorgen zu machen. Dom Francisco hatte nicht nur nichts gegen eine Heirat einzuwenden gehabt, er hatte ihm sogar Glück dazu gewünscht! Tief sog Miguel die salzige, kohle- und pechgeschwängerte Luft ein, verschränkte die Hände hinter dem Rücken zwischen den Falten seiner weiten Schaube und suchte sich einen Weg zwischen Menschen, Holzstößen, Stoffballen und Säcken hindurch. Jemand grüßte herüber.

»Gott zum Gruße, Kapitän, ich sehe, die Santa Anna liegt auf Reede. Wann geht's denn wieder los?«

»Schon bald, mein Freund, schon bald.« Freundlich winkend eilte Miguel weiter.

Sein Ziel war nicht sein schönes Haus am anderen Ende der Stadt, auf halber Höhe des Berges, wo die Luft frisch und der Blick über Hafen und Meer ging, sein Ziel war eine der besseren Tavernen, die am Fuße der Kasbah in einem arabischen Garten lag.

»Cornelisz!«, rief er beim Betreten der niedrigen Wirtsstube, als er des Freundes ansichtig wurde, und riss sein Barett vom Kopf. »Sei gegrüßt, alter Freund! Herr Wirt, bringt einen Krug von Eurem Besten, es gibt etwas zu feiern!«

Der Wirt, ein alter Mann, der seinen weißen Bart mit Henna färbte, kam dienernd herbeigeeilt und blinzelte ihm vertraulich zu.

»Ah, der Kapitän hat wohl gute Geschäfte gemacht? *Alhamdullillah,* Gott sei Dank, dem Tüchtigen hilft Allah wahrlich gern! Der Wein kommt sofort, und falls Ihr zu speisen wünscht, so habe ich gerade Fleischspieße über der Glut.«

Der gestampfte Lehmboden der Gaststube, auf dem etliche hölzerne Tische und Bänke standen, war glatt geschliffen und mit frischem Schilf bestreut. Über einer offenen Kochstelle hingen mehrere Kessel, in denen Eintopfgerichte garten, und auf einem Holzbrett lagerte ein Stapel frisch gebackenes Fladenbrot. Alles machte einen reinlichen, appetitlichen Eindruck und duftete verführerisch.

»Vielleicht später«, sagte Miguel und ließ sich auf eine Bank neben dem Freund fallen. Seine blauen Augen sprühten Funken. »Gott verdamm mich«, stöhnte er lachend, »diese Amtsschreiber sind doch wahrhaftig schlimmer als ein Sack Flöhe! Aber nun ist alles erledigt.« Damit schlug er dem Freund kräftig auf die Schulter.

Cornelisz schaute ihn fragend an. Wie immer trug er eine

djellabah über einem Gewand aus dünnem Baumwollstoff und einfache Ledersandalen und wirkte, als mache ihm die Hitze des Tages nichts aus.

»Du siehst zufrieden aus«, sagte Cornelisz und musterte den Freund. »Wie die Katze, die endlich den Rahmtopf gefunden hat.«

»Kein schlechtes Bild!« Miguel lachte. Er goss Wein ein, hob seinen Becher und grinste, als er sagte: »Hör also die gute Nachricht, mein Freund: Du siehst einen glücklichen Mann vor dir, bereit, seiner Schönen Herz und Hand anzuvertrauen, ihr sozusagen sein Leben zu Füßen zu legen. Meiner Hochzeit steht nichts mehr im Wege! Was sagst du dazu?«

»Höre ich recht? Du willst wahrhaftig sesshaft werden und einer einzigen Frau Treue geloben?«, fragte der blonde Mann etwas spöttisch und zog seine Augenbrauen hoch. »Bedenke wohl, mein Freund, du bist kein Muselmann, wirst also keine vier Frauen haben dürfen! Willst du tatsächlich alle deine, na, sagen wir mal, schönen Gewohnheiten ablegen?«

Miguel lachte dröhnend. »Jawohl, das will ich, Cornelisz, das will ich! Diese Zeiten sind vorbei, nun werden wir sesshaft!«

»Wenn du es wirklich wahr machen willst, so trinke ich auf dein Wohl und auf ein glückliches Leben als Ehemann und Familienvater. Gottes Segen, Glück und Reichtum mögen dir beschieden sein.«

»Ich danke dir.«

Beide leerten sie ihren Krug mit einem Zug. Kapitän Alvaréz' Gesicht hatte bei Cornelisz' Worten eine dunkle Farbe angenommen. Er zog ein Tuch hervor und wischte sich die Stirn. »Wie man hört, ist die Sheïka in ihre Heimat zurückgekehrt?«, fragte er.

»Anahid? Allerdings, Familienpflichten, verstehst du? Aber unter uns, für mich traf sich das ganz gut.« Cornelisz lachte ein wenig verlegen. »Jetzt muss ich mich endlich ernsthaft mit meiner Malerei befassen, wenn ich mein Brot verdienen will. Und soll ich dir etwas verraten? Es gelingt nicht schlecht! Ich bekomme Aufträge und verdiene tatsächlich gutes Geld. Sehr befriedigend, kann ich dir sagen, es gefällt mir. Ich kann dabei zudem Verschiedenes ausprobieren, variieren, Neues entdecken. Es ist wie ein Spiel.«

Arbeit als Spiel – niemand sonst dachte so, überlegte Miguel, das war etwas, das diesen Jungen von anderen unterschied. Vielleicht aber war das für einen Maler nicht die schlechteste Sichtweise. Maler mussten alles sozusagen in eine andere Sprache übersetzen, in die der Farben, hatte ihm Cornelisz erklärt. Soweit er das beurteilen konnte, gelang Cornelisz das gut. Vielleicht lag es ja gerade an dieser spielerischen Leichtigkeit. In dem jungen Mann, den er damals wie einen lahmen Hund auf dem Rücken geschleppt hatte, steckte womöglich ein wahrer Meister. Wenn er, Miguel, ein Bild betrachtete, erwartete er, belehrt zu werden und etwas Erhebendes zu sehen, die Jungfrau, die Apostel oder einen Engel. Erst Cornelisz hatte ihm die Augen geöffnet, indem er ihm die Bedeutung der Farben und die Symbolik von Gesten erklärt hatte oder indem er ihn zum Beispiel auf das Fehlen einer Perspektive mit einem Fluchtpunkt hingewiesen hatte. Jetzt empfand er ältere Altarbilder, wenn er sie denn einmal zu Gesicht bekam, meistens als steif und unecht.

Cornelisz berührte seinen Arm und weckte ihn aus diesen Überlegungen. Er hatte offenbar weitergeredet, ohne dass Miguel ein Wort davon mitbekommen hätte.

»Entschuldige, was hast du gesagt?«

»Wer deine Angebetete ist, habe ich gefragt. Woher

stammt sie, wie ist sie? Wann werdet ihr euch vermählen? Ist sie nicht gottfroh, ihr neues Haus nicht mit einer Schwiegermutter teilen zu müssen? Und was sagt sie überhaupt zu deinem Haus? Bestimmt musst du es für sie vergrößern oder wenigstens neu möblieren?«

Miguel hob abwehrend die Hände.

»Nun ja, weißt du, die Sache ist die: Ich habe noch gar nicht mit ihr gesprochen. Bisher hatte ich keine Gelegenheit dazu oder keinen Mut, wie du willst. Obwohl ich glaube, sie mag mich, jedenfalls sieht sie mich nicht ungern. Ich habe vorsichtshalber erst einmal alles hier geregelt, und nun bin ich mit der Heiratserlaubnis vom Governador in der Tasche auf dem Weg nach Mogador. Dort werde ich zunächst mit dem Sherif, ihrem Vater, sprechen. Es muss einfach gut gehen, denn, aber das sage ich nur dir, denn ich wünsche mir nichts mehr, als diese Frau zu meiner Gemahlin zu machen. Du musst mir Glück wünschen, Cornelisz.«

»Mogador? Oho!«, antwortete Cornelisz. Er war hellhörig geworden. »Handelt es sich etwa um die berühmte Purpurfärberin von Mogador? Gratuliere! Das scheint dann wohl nicht allein eine Familiengründung zu werden, sondern zugleich eine lukrative Geschäftsverbindung!«

Miguel reagierte heiter auf die Unterstellung. »Warum, glaubst du wohl, kann ich dich zu einem Krug des besten Weines einladen? Aber im Ernst, ich verrate dir ein Geheimnis: Selbst wenn meine Lâlla Azîza nur eine arme Kräuterfrau oder eine Ziegenhirtin wäre, so würde ich sie genauso heiraten wollen! Sie ist etwas Besonderes, und ich habe wahrhaftig mein altes, verwittertes Seemannsherz an sie verloren. Wenn ich nur an sie denke, bekomme ich weiche Knie, dass du es weißt.«

Cornelisz schwieg. Nach dieser Erklärung des oft ruppigen Miguel erübrigten sich alle Kommentare, insbesondere die derben Bemerkungen, die unter Männern so üblich waren. Miguel war es ernst mit der Liebe, das hätte er ihm nicht zugetraut.

»Was bist du doch ein guter Kerl unter deiner harten Schale. Ich wette«, sagte er deshalb schließlich mit Rührung in der Stimme, »ich wette, sie kann gar nicht umhin, als dich mindestens ebenso zu lieben.«

Jetzt nestelte Miguel ein zweites Tuch aus seinem breiten Gürtel, sah sich hastig um, ob sie unbeobachtet waren, und faltete das Stück Stoff behutsam auseinander. Die breiten Hände mit den rissigen Nägeln schirmten den Inhalt gegen neugierige Blicke ab.

Ein goldener Ring lag vor ihnen auf dem Tisch, breit und schwer, ein Reif mit rankengleichen Mustern und einem eckigen, tiefroten Rubin in der Mitte. Ein Sonnenstrahl fiel durch das kleine Fenster auf den Tisch und fachte das Feuer im Inneren des Edelsteines an.

»Er stammt von der Insel Lanka im Indischen Ozean. Meinst du, er gefällt ihr?«

»Welche Frau«, antwortete Cornelisz mit fester Stimme, »könnte einem solchen Stein schon widerstehen?«

46

Das flammende Rubinrot des Rings noch vor Augen machte sich Cornelisz daran, seine Malutensilien durchzusehen und zu sortieren. Das Fläschchen mit dem rubinroten Krapplack allerdings war so gut wie leer, das hatte er gestern schon festgestellt. Leise vor sich hin pfeifend stellte er sodann den schön geschnitzten Mörser aus dem harten Holz des Lebensbaums mit dem Stößel, der so angenehm schwer in der Hand lag, auf den Tisch. Puderfein ließen sich hiermit die Mineralien zerreiben und mit den entsprechenden Ölen zu weichen Pasten vermischen. Schon seit Jahren benutzte er den Mörser, doch noch immer entströmte dem Holz ein würziger Duft. Die verkrüppelten, selten mehr als mannshohen Lebensbäume wuchsen trotz der unablässig über sie hinwegfegenden Winde entlang der gesamten Küste. Für den Schiffs- oder den Hausbau konnte man die krummen Stämme kaum verwenden. Doch Möbeltischler und Kunsthandwerker schnitzten aus dem aromatischen Holz schöne Schatullen und Deckeldosen, Teller und Kästen oder eben Mörser. Die Fingerfertigsten unter ihnen machten sogar kostbarste und feinste Intarsienarbeiten aus dem Holz, in Verbindung mit Schildpatt, Elfenbein und Rosenholz schufen sie einzigartige Tischplatten und dergleichen.

Danach mussten die Öle überprüft werden. Behutsam nahm Cornelisz ein Glasfläschchen nach dem anderen in die Hand, wischte den öligen Belag ab und stellte sie nebeneinander auf den Tisch. Vom reinen Walnussöl, das alle großen Meister verwendeten, hatte er einen ausreichenden Vorrat, ebenso vom wasserlöslichen Harz der afrikanischen Akazie. Doch sowohl vom Mohnöl als auch vom schneller trocknenden Sonnenblumenöl befanden sich nur mehr Reste in den Fläschchen. Allerdings hatte er mittlerweile durch eigene Versuche ausgezeichnete Erfahrungen mit dem Öl der Arganiennüsse gemacht, die an den stacheligen Bäumen entlang des Oued Sous und in der südlichen Küstenregion wuchsen. Sollte es mit der Beschaffung von Mohnöl also schwierig werden, Arganöl gab es überall zu kaufen.

Er besah seine Farbdosen und Stoffsäckchen und öffnete sie. Da gab es Bleiweiß, um dem Bild Licht zu geben, und Rötel, der für einen lebensechten Hautton nötig war. In anderen Säckchen befanden sich verschiedene Ockertöne, vom langweiligen Umbra aus Zypern über Erdpech vom Toten Meer bis zur braunroten *terra di siena*. Wegen der ausgiebigen – und, wie sich gezeigt hatte, leider völlig unbefriedigenden – Meeresstudien war außerdem der Vorrat an den kostspieligen blauen und grünen Pigmenten zusammengeschmolzen. Er seufzte, als er an die zahllosen vergeblichen Versuche dachte, das Geheimnis des Meeres auf dem Malgrund zu entschlüsseln.

Seinen Bedarf an Smalte, jenem tiefblauen, gemahlenen Glas aus Murano, deckte normalerweise Miguel. Auch Kugeln von *piuri*, dem besonderen Indischgelb, brachte er für ihn gelegentlich aus den fernen Häfen des östlichen Mittelmeeres mit. Jetzt allerdings musste er sich wohl mit anderem behelfen, da Miguel eben erst nach Mogador aufgebrochen war und es eine Weile dauern mochte, bis er erneut auf Reisen ging. Blieb nur zu hoffen, dass Dom Francisco nicht ausgerechnet in einem blauen oder roten Mantel dargestellt werden wollte.

Miguel hätte ihn gern mitgenommen nach Mogador, um ihn seiner Zukünftigen und ihrer Familie vorzustellen, aber leider war das nicht möglich. Zwar lag Mogador nur eine gute Tagesreise entfernt, so dass er schnell wieder zurückgewesen wäre, doch Dom Francisco war nun einmal nicht gerade berühmt für seine Geduld. Davon abgesehen, auch er brannte darauf, mit dem Bild zu beginnen, zumal die Vorbereitungen so gut wie abgeschlossen waren. Gleich morgen würde er sich auf die Suche nach den fehlenden Farben machen, und noch heute Abend würde er mit der Vorzeichnung beginnen. Zunächst aber belohnte er sich mit einem Pfeifchen. Der Wirt hatte ihm gutes *kif* verkauft, das aus einem der Wüstentäler stammte.

Cornelisz lehnte entspannt auf seinem Lager, rauchte und betastete sein *gris-gris*. Die Vollkommenheit des Dreiecks, dachte er, Spannung und Ruhe zugleich lagen darin. Er spürte, dass es die richtige Entscheidung war, diese Form als Kompositionsgrundlage für das Porträt zu wählen. Bei dieser Arbeit handelte es sich zwar um eine ansonsten eher ungeliebte Auftragsarbeit, er sah sie jedoch als eine künstlerische Herausforderung. Dieses Bild bedeutete ihm etwas. Dank der Neuerungen, wie er sie sich vorstellte, würde es, verglichen mit seinen anderen Porträts, geradezu aufsehenerregend werden.

Er freute sich auf die kommenden Wochen. Seltsam, welche Wendung sein Leben genommen hatte, dachte er. Seitdem er nicht mehr Anahid für sich sorgen ließ und ihm nicht mehr von einer eifrigen Dienerschar jeder Wunsch sofort erfüllt wurde, er sich im Gegenteil um sein Essen und ein Dach über dem Kopf selbst kümmern musste, hatte er das Gefühl, der Wirklichkeit näher zu sein.

Er trat auf die Galerie und streckte sich.

Vom Vorschuss des Kommandanten würde er die Miete für zwei Monate zahlen, danach ruhigen Gewissens den Hamam aufsuchen und sich später ein gutes Essen mit einem Krug Wein gönnen. Und dann würde er mit dem Bild beginnen.

Er war ausgesprochen zufrieden mit sich.

Plötzlich vernahm er von unten wildes Geschrei. Holz splitterte, Glas klirrte, und Männer fluchten und brüllten. Cornelisz sah, wie Bänke und Krüge durch die Fenster der Gaststube in den Innenhof flogen. Hassan, der Wirt, stand zwischen den Trümmern und erflehte mit erhobenen Händen Allahs Hilfe.

»Was ist los, Hassan? Soll ich dir beistehen und Ordnung schaffen?« Mit langen Schritten war Cornelisz schon auf der Stiege, um dem Wirt zu Hilfe zu eilen.

Der Wirt schaute zu ihm hinauf. »Bei Allah, bloß nicht! Bleibt, wo Ihr seid, Sîdi!«

Zu spät bemerkte Cornelisz, dass ein paar kräftige, wenig vertrauenerweckende Männer unter dem Kommando eines portugiesischen Hauptmanns soeben einige Männer mit auf den Rücken gebundenen Händen aus der Wirtschaft führten und auf einen Karren stießen.

Werber!, dachte er entsetzt. Die Portugiesen führten tatsächlich Zwangsrekrutierungen durch! Er hatte schon davon munkeln hören, aber niemals angenommen, eines Tages mit eigenen Augen ansehen zu müssen, wie arme Kerle in die portugiesische Armee gepresst wurden!

Augenblicklich wandte sich Cornelisz zur Treppe, um ungesehen nach oben aufs Dach zu verschwinden. Doch wie aus dem Nichts waren plötzlich zwei der Soldaten hinter ihm. Sie packten ihn, drehten ihm die Hände auf den Rücken und banden sie mit groben Stricken zusammen.

»Lasst mich los! Leute, ich sage euch, ich bin weder Soldat noch Seemann, ich bin Maler. Ihr könnt mich nicht in eure Truppe pressen, ich male Bilder! Gerade hat Dom Francisco, euer Kommandant, ein Bild bei mir bestellt!«

Sie lachten nur. »Und ich bin die Lieblingsfrau des Sultans«, feixte einer der Werber mit weibischem Gehabe. »Er erwartet mich bereits sehnsüchtig.« »Ich habe leider ebenfalls keine Zeit, mein Essen steht auf dem Feuer!«, tönte ein anderer. Sie lachten ebenso über ihre Scherze wie über Cornelisz' heftige Gegenwehr.

Doch wie er sich auch wand und an den Fesseln riss, die Männer stießen ihn über Holztrümmer und Glasscherben vorwärts, trieben ihn durch Pfützen von verschüttetem Wein und die vollständig verwüstete Gaststube hinaus auf die Straße, wo ihr Karren wartete.

»Nun gib schon Ruhe, Kamerad, du machst uns gerade das Dutzend voll. Für heute können wir Feierabend machen«, brummte einer der Soldaten. Cornelisz aber dachte gar nicht daran und stemmte die Fersen in den Boden. Doch ehe er sich's versah, beförderte ihn ein kräftiger Tritt ins Kreuz auf die Ladefläche, wo er zwischen den gefesselten Füßen der anderen Männern landete.

47

Vor dem Tor der Festung trafen mehrere Karren ein. Außer ihm hatten die Rekrutierungskommandos noch dreiunddreißig weitere Unfreiwillige auf der Straße, in Bordellen oder Tavernen aufgegriffen und verschleppt, damit sie zukünftig für die portugiesische Krone kämpften.

Cornelisz wehrte sich immer noch lautstark. »Geht zu Dom Francisco und überzeugt euch selbst: Ich habe den offiziellen Auftrag, sein Porträt zu malen. Wenn ihr den Gouverneur nicht selbst fragen wollt, so wendet euch an seinen Majordomus oder an seinen *substituto*«, versuchte er die Soldaten zu überzeugen. Die aber überhörten seine Einwände ebenso wie die Flüche der anderen Zwangsrekrutierten.

Sie wurden in die Festung geschafft und durch ein Labyrinth dunkler Gänge in feuchte, lichtlose Verliese gebracht, jeweils mindestens zehn Mann pro Zelle. Zwei Tage gab man ihnen weder Wasser noch Essen. Wie sie auch riefen und an die Tür hämmerten, niemand kümmerte sich um sie. Die Gefangenen drängten sich auf engstem Raum, so dass sie sich nicht alle gleichzeitig auf dem Boden ausstrecken konnten. Stets mussten einige von ihnen stehen oder mit angezogenen Knien an der Wand kauern, während die anderen schliefen.

Am dritten Tag öffnete sich endlich die Zellentür. Das Licht einiger Fackeln fiel auf schwer bewaffnete Soldaten, die vor der Zelle mit stoßbereiten Lanzen auf einen Ausbruchsversuch gefasst waren. Drei Eimer Wasser wurden zu den Männern hineingeschoben, einige Brote flogen hinterher, dann schloss sich mit einem dumpfen Schlag die schwere Tür wieder.

Das Stroh auf dem Boden roch scharf nach Urin. Cornelisz kauerte in einer Ecke, die Arme um die Knie geschlungen. Zu Beginn hatte ihn noch die Zuversicht gestärkt, Dom Francisco würde ihn, sobald er von dem Übergriff erfuhr, schnellstens hier herausholen. Je länger er jedoch darüber nachdachte, desto klarer wurde ihm, dass Details über die zwangsweise ausgehobenen neuen Truppen den Gouverneur vermutlich weder erreichten noch interessierten.

Dunkelheit, Hunger und Durst, dazu die Ungewissheit, was mit ihnen geschehen würde, machten die meisten gefügig, so dass sie am Abend dieses Tages ihr Zeichen sozusagen freiwillig auf die Söldnerliste setzten. Auch Cornelisz gehörte zu ihnen.

Am Tag danach wurden sie – gut bewacht, damit niemand auf den Gedanken kam zu flüchten – in die benachbarte Kaserne verlegt. Hier gab es endlich genug Verpflegung, Luft und Sonne, und obwohl die Männer erneut Fesseln trugen und unter strenger Bewachung standen, begannen sie, sich rasch zu erholen. Neben Portugiesen und einigen Spaniern befanden sich auch Söldner aus Genua und Griechenland unter ihnen. Diese Männer hatten sich tatsächlich freiwillig gemeldet und wurden entsprechend gut behandelt. Mehrere schwarze Sklaven aber, einige Jungen, kaum mehr als Knaben, und sogar ein helläugiger Nordländer, ein starker, narbenbedeckter Veteran, zählten zu dem Haufen der Männer, die wie Cornelisz für den Kriegsdienst zwangsverpflichtet worden waren.

Capitão Caetano, ein Portugiese von eher kleiner Statur,

hatte das Kommando über diesen zusammengewürfelten Haufen und begann schon am folgenden Tag mit der Ausbildung. Hauptsächlich ging es dabei um den Kampf Mann gegen Mann, mal mit der Lanze, mal mit dem Krummschwert. Natürlich gab man ihnen keine echten Waffen in die Hände, ihre Lanzen und Krummschwerter waren aus Holz. Wer sich zu früh unter einem Hieb duckte oder einem Stich auswich, wurde ausgepeitscht. Dabei ging es nicht ausschließlich darum, die Feiglinge oder Unwilligen zu disziplinieren. Zumindest in den Augen einiger der Ausbilder, beobachtete Cornelisz, glitzerte die pure Lust an der Züchtigung. Deren Prügel und Tritte, die oft genug ohne erkennbaren Grund erfolgten, waren das Schlimmste. Dennoch, so fiel ihm auf, wurden Beine und Hände geschont, stets waren nur Rücken, Oberarme und Oberschenkel Ziel von Stock und Peitsche. Auf diese Weise war gewährleistet, dass die Männer, sobald es darauf ankam, marschieren und kämpfen konnten. Und obwohl die Prügeleien für Cornelisz eine schlimme Tortur darstellten, fühlte er fast so etwas wie Dankbarkeit, dass man bei alldem wenigstens seine Hände verschonte. Gute Augen, um die Feinheiten von Formen und Farben unterscheiden zu können, waren neben Fingern, die hauchzarte Pinselstriche ausführen konnten, das wichtigste Handwerkszeug für einen Maler!

Schon nach wenigen Ausbildungstagen gab man ihnen Uniformen, zusammengesuchte portugiesische Monturen, auf denen zum Teil noch das Blut ihrer unglücklichen Vorbesitzer zu sehen war, und verfrachtete sie auf einen Küstensegler. Die frisch gekürten Soldaten sollten die portugiesischen Besitzungen an der marokkanischen Küste im Süden gegen die rebellischen Berber verteidigen. Der Plan lautete: unauffällig und schnell vorankommen, die *saʿadischen* Berber aufspüren, einkesseln und vernichten.

Selbst nachdem die Galeere das stürmische Kap mit seinen donnernden Brechern passiert hatte und sie wieder in den ruhigen Gewässern entlang der Küste fuhren, wurde es für die Soldaten unter Deck kaum erträglicher. Etwa dreißig von ihnen hatte man nach unten verbannt, die anderen harrten zusammen mit den Pferden an Deck aus. Zunächst war Cornelisz froh gewesen, unter Deck beordert zu sein, wo er die Wucht des Meeres wenigstens nicht ständig vor Augen hatte, doch das war, bevor der Wind stärker geworden und der Seegang zugenommen hatte. Jetzt wünschte er dringend, oben sein zu können.

In dem niedrigen Raum, in dem normalerweise Ladung gestapelt wurde, drängten sich die Männer. Die Luft war erfüllt von den scharfen Körperausdünstungen und vom Gestank des gärenden Bilgewassers, der durch die Bohlen heraufstieg. Hinzu kamen der widerliche Geruch nach Urin, Blut und Erbrochenem. Cornelisz versuchte, durch den offenen Mund zu atmen, nur so konnte er den Brechreiz im Zaum halten.

Ein spanischer Haudegen, der noch vor wenigen Tagen mit den Erlebnissen aus seinem langen Seemannsleben geprahlt hatte, kotzte sich gerade die Seele aus dem Leib, direkt über die Stiefel eines portugiesischen Wachmanns. Der stieß einen gotteslästerlichen Fluch aus und zog dem armen Kerl kurzerhand eines mit der Peitsche über, so dass dem das Blut über das Gesicht in den Bart lief. Rückwärtskriechend versuchte er sich zwischen den anderen zu verbergen. Niemand half ihm, jeder hatte mit sich selbst zu tun.

Beim nächsten Heben des Schiffes konnte auch Cornelisz nicht mehr an sich halten, sein Magen entleerte sich schwallartig unter Würgen und Krämpfen. Danach lag auch er im eigenen Dreck, stöhnend, voller Angst, mit diesem widerlichen Geschmack im Mund und sehnte das Ende der Fahrt herbei. Oder den Tod, je nachdem, was eher eintreten würde.

Gegen Abend, als sich die Sonne allmählich dem Meer zuneigte, hatten sie ihr Ziel endlich erreicht. Über der Mündung eines Trockenflusses leuchtete die Grabstätte des Sîdi Ifni, eines Ortsheiligen, auf. Noch vor kurzem hatte es in der Nähe eine stolze spanische Festung gegeben, aber als sie sie vorhin passierten, sahen sie nur mehr eine Ruine.

Einer nach dem anderen mussten sie an nassen, rutschigen Tauen über Bord klettern, um entweder ans nahe Ufer zu schwimmen oder das winzige Boot zu ihren Füßen zu erreichen. Das Wasser an dieser Stelle war nicht besonders tief, die Brandung aber noch erheblich. Kaum einer der Männer konnte schwimmen. Dennoch wurden sie unter Peitschenhieben über die Bordwand gezwungen, wobei etliche ins Meer stürzten. Die Ruderer fischten jeden so schnell wie möglich heraus, doch das Angstgeschrei der Männer übertönte sogar das Brandungsrauschen. Zudem nahm das kleine Boot zusammen mit jedem Geretteten viel Wasser auf. Die Männer schöpften während der kurzen Fahrt mit allem, was sie hatten, bis sie endlich festen Boden unter den Füßen spürten.

Auch die Pferde mussten an Land gebracht werden. Dazu öffnete man das Schanzkleid, befestigte lange Bohlen am Schiff, die bis ins Wasser reichten, und trieb die Tiere von Bord. Der Anblick der kraftvollen Leiber der Pferde, ihre fliegenden Hufe und besonders ihre geweiteten, bis ins Weiße verdrehten Augen faszinierten Cornelisz so sehr, dass er darüber beinahe seinen eigenen Schrecken vergaß. Wie gebannt sah er zu, wie die Rösser durch das brusthohe Wasser pflügten, und wie rasch sie sich, einmal an Land, wieder beruhigten. Was für Szenen, dachte er, was für Bilder man daraus schaffen könnte!

Bei Einbruch der Nacht stiegen sie schweigend über den Hügel und folgten dem ausgetrockneten Flussbett bergauf in eine Schlucht. Es war eine windige Nacht, und Wolken segelten vom Meer heran, zogen über den Himmel und verdeckten immer wieder die Sterne. Regen würden sie jedoch nicht bringen. Vielmehr würde schon die Morgensonne selbst die geringste Spur von Feuchtigkeit alsbald aufgesaugt haben. Die Nähe der Wüste war spürbar.

An der Spitze des Trupps ritt, aufrecht und mit straffen Schultern, Capitão João Caetano, an seiner Seite einen Fahnenträger sowie zwei ortskundige Mauren mit dunkler, lederner Haut. Caetanos Armee bestand aus fünfzig leichten Reitern mit Lanzen und Krummschwertern sowie zwanzig Armbrust- und Arkebuseschützen zu Fuß. Cornelisz stapfte inmitten seiner Leidensgenossen, dieser paar Handvoll hastig ausgebildeter so genannter Freiwilliger aus aller Herren Länder. Unauffällig ließ er sich immer weiter zurückfallen, bis er auf eine Reihe Wachsoldaten stieß, die den Schluss bildeten.

Die Reiter stiegen ab, und einer hinter dem anderen folgten sie dem Bachlauf. Die beiden Führer des Hauptmanns eilten voraus, um die Lage zu erkunden, und meldeten kurz darauf, dass sie sich dem feindlichen Lager näherten.

»*Silêncio!* Ruhe! Wir werden sie im Schlaf überraschen und niedermachen!« Flüsternd wurde der Befehl von Mann zu Mann nach hinten durchgereicht.

Überraschen und niedermachen, nicht mehr und nicht weniger, wunderte sich Cornelisz. Wenn das so einfach war, wozu brauchten sie dann ihn und die anderen unfreiwilligen Kämpfer? Sie waren mangelhaft und viel zu oberflächlich ausgebildet, um etwas bewirken zu können. Er jedenfalls würde nicht kämpfen. Nicht nur verabscheute er Gewalt und war bisher sogar jeder Prügelei erfolgreich aus dem Wege gegangen, er sympathisierte außerdem mit den Berbern, die die fremdländische Besatzung abschütteln wollten. Die Berber, die er in den vergangenen Jahren durch Anahid kennengelernt hatte, waren allesamt anständige Leute, charaktervoll und ehrenhaft, außerdem hatten sie ihm einmal das Leben gerettet. Er dachte gar nicht daran, die Waffe gegen sie zu erheben. Sobald es losging, würde er sich in die Büsche schlagen.

Zunächst aber musste er mit dem Haufen mitlaufen. Er trottete hinter seinem Vordermann her, einem Portugiesen. Man konnte kaum die Hand vor Augen sehen und musste Acht geben, in dem unwegsamen Gelände nicht zu stolpern. Irgendwann übersah er doch einen Stein und taumelte gegen den Vordermann, der ihm daraufhin fluchend Prügel androhte. »Schnauze, verdammt!«, knurrte einer der Büchsenträger.

Den Pferden hatte man die Hufe mit Leder umwickelt, so dass kaum ein Laut zu hören war. Nur hin und wieder erklang das Schnauben eines Tiers oder das Rollen von Steinen, die gegeneinanderschlugen, oder man vernahm einen halblaut gemurmelten Fluch oder das leise Klirren von Metall. Bald erreichten sie eine Bodensenke mit einem schmalen Rinnsal. Das Berberlager befand sich ganz in der Nähe, signalisierte einer der Führer.

Absolute Stille wurde befohlen, selbst Caetano gab seine Befehle nun flüsternd. Er teilte die Fußsoldaten in zwei Gruppen, bedeutete ihnen langsames und vor allem geräuschloses Vorrücken von beiden Seiten und signalisierte den Reitern, auf sein Zeichen in der Mitte durchzubrechen.

Cornelisz gehörte zu dem Trupp, der rechts herum gehen sollte, um diese Flanke der Berber abzudecken und ihre Flucht zu verhindern. Er packte seine Lanze fester und zog den Lederschild vom Rücken. Geduckt lief er mit den anderen nach vorn, bis die Männer neben ihm stehen blieben und in Deckung gingen. Sofort brachte auch er sich hinter einem Felsen in Sicherheit. Sein Herz schlug schnell, und trotz der Nachtkühle lief ihm der Schweiß den Rücken hinab. Vater im Himmel, betete er stumm, zeige mir rechtzeitig einen Weg zur Flucht. Dann hob er vorsichtig den Kopf und spähte um den Felsbrocken herum.

Vor ihnen lag das Lager der Sa'adier, aus der Entfernung waren Feuerstellen, Zelte, Kamele und einige Wachen zu sehen. Sie saßen entspannt mit untergeschlagenen Beinen, und niemand schien das Geringste von der drohenden Gefahr zu ahnen. In der Nähe der Feuer lagen ihre Männer auf dem Boden und schliefen, eingerollt in ihre Kapuzenmäntel, während die Kamele wiederkäuend am Rande des Lichtscheins ruhten und nur gelegentlich die Köpfe auf ihren langen Hälsen drehten. Von den legendären Pferden der Wüstenkrieger, auf deren Erbeutung der Capitão hoffte, war keine Spur zu entdecken, vermutlich befanden sie sich irgendwo abseits, wo es Futter gab.

Was für eine friedliche Szene, dachte Cornelisz und bedauerte unwillkürlich, hiervon keine Skizze anfertigen zu können. Ein stimmungsvolleres Bild konnte man sich kaum vorstellen.

Einer der regulären portugiesischen Soldaten, ein muskulöser Bauernbursche mit schussbereiter Armbrust, stieß ihn in den Rücken.

»Los«, befahl ihm der Mann durch Handzeichen, »los, weiter vorrücken, nach vorn zu den Feuern, *rápido!*« Dazu grinste er höhnisch.

Schlagartig begriff Cornelisz. So war das also! Sie, die so genannten Freiwilligen, sollten die Gegner aufschrecken und deren Aufmerksamkeit auf sich lenken. Dabei würden natürlich die meisten von ihnen getötet werden, doch das nahm man in Kauf. In den Augen der Portugiesen waren sie wertlos, daher bedeutete es nichts, wenn sie im gegnerischen Feuer starben. Der Mann gab ihm erneut ein Zeichen.

Cornelisz schaute sich um. Hinter jedem Felsen, hinter jeder Erhebung des Bodens kauerte ein Soldat, die Augen auf die ahnungslosen Berber gerichtet, und machte sich zum Angriff bereit. Wieder drängte ihn der Armbrustschütze, endlich loszustürmen.

Cornelisz suchte die Umgebung ab. Rechter Hand gab es eine Vertiefung voller Schatten. Er hatte keine Ahnung, wie groß die Mulde war, aber dorthin wollte er. Bodensenken boten Schutz, und mit etwas Glück konnte er sich von dort aus ungesehen davonmachen. Er packte die Lanze fester.

Langsam kroch er hinter dem Felsen hervor und richtete sich auf, dann schnellte er mit drei Sätzen über die freie Fläche hinüber zu der Rinne. Doch noch bevor er sie erreicht hatte und sich hineinducken konnte, sah er sich plötzlich einem bewaffneten Krieger gegenüber, der aus ebendieser Senke mit erhobener Waffe auf die Füße sprang.

Im gleichen Moment ertönte ein vielstimmiges Gebrüll. Die Männer an den Lagerfeuern richteten sich auf und hielten plötzlich Schwerter und Arkebusen in den Händen. Auch die vorgeblich Schlafenden schlugen ihre Umhänge zurück, unter denen sie gelegen hatten, sprangen auf und ergriffen ihre Waffen. Wie von Geisterhand fielen gleichzeitig die Zelte in sich zusammen, und zwischen ihren Bahnen sprangen Bewaffnete hervor. Es schien, als ob sich hinter jedem Stein, jedem Busch und jedem noch so kleinen Versteck berberische Kämpfer befanden, allesamt bewaffnet und bereit zum Gefecht. Im nächsten Augenblick brach die Hölle los.

Schüsse peitschten, die aus allen Richtungen gleichzeitig kamen. Metall krachte gegen Metall, es stank nach Verbranntem, Menschen schrien, und Kamele brüllten. Mit Lanzen und Schwertern bedrängten die aus dem Dunkel hervorquellenden Krieger die Portugiesen, trieben sie zu den Feuern, wo sie im hellen Schein ausgezeichnete Ziele abgaben. Und noch bevor die Portugiesen ihre Arkebusen nachladen konnten, stürzten viele von ihnen zu Boden und rührten sich nicht mehr. Hauptmann Caetanos schöner Plan eines Überraschungsangriffs war gründlich fehlgeschlagen.

Cornelisz stand immer noch vor der Mulde, in der er sich hatte verbergen wollen. Er war viel zu verblüfft, um an Flucht zu denken. Plötzlich nahm er aus den Augenwinkeln einen erhobenen Schwertarm wahr, doch mehr als eine reflexartige Abwehrbewegung brachte er nicht fertig. Etwas Hartes traf seine Schläfe, und er stürzte zu Boden.

Als Cornelisz wieder zu sich kam, war er an den Handgelenken gefesselt. Jemand riss ihn auf die Füße und stieß ihn hinüber zu den Feuern, an denen bereits die anderen Gefangenen mitsamt ihrem Anführer Hauptmann Caetano zusammengetrieben waren. Etliche der Männer wälzten sich auf dem Boden. Manche fluchten halblaut, andere beteten, die Mehrzahl aber stöhnte vor Schmerzen. Cornelisz sah Blut, er sah Schwertwunden und gebrochene Glieder, selbst aber war er unverletzt. Einzig die Handgelenke, von den Fesseln eingeschnürt, und der Kopf schmerzten, außerdem konnte er fühlen, wie sein Auge zuschwoll. War das alles, ein paar kleinere Blessuren? Sollte er noch einmal davongekommen sein?

Der Anführer der Saʿadier, ein großer, schlanker Mann, trat herzu und musterte die Gefangenen über seinen Gesichtsschleier hinweg. Die Augenbrauen gerunzelt und die schwarzen Augen voller Verachtung musterte er jeden einzelnen der Soldaten. Irgendetwas an diesem Berberkrieger kam ihm bekannt vor, dachte Cornelisz, seine Haltung erinnerte ihn an jemanden, ohne dass ihm einfiel, wer das sein könnte.

Wie auch immer, sobald der Mann seiner ansichtig wurde, musste er klarstellen, dass er mit den Portugiesen im Grunde nichts zu schaffen hatte und dass sie ihn nur mit Gewalt dazu gebracht hatten, in ihren Dienst zu treten. Zum Glück sprach er leidlich Arabisch, dank Anahid sogar einige Brocken Tashelhait, die Sprache der Berbervölker aus dem Südosten.

Während Cornelisz noch nach Worten suchte, bekam er plötzlich einen Schlag vor die Brust. Einer der Wüstenkrieger riss an seinem Hemd, um es ihm vom Leib zu ziehen. Mit den auf dem Rücken gebundenen Händen war dies jedoch unmöglich. Kurzerhand zückte der Saʿadier sein Schwert.

»Himmel, hilf!« Cornelisz schrie laut auf.

Ungerührt setzte der Krieger das Schwert an seinem Hals an. Er schnitt Cornelisz das Hemd vom Leib und riss den Stoff in feine Streifen, um damit verletzte Kameraden zu verbinden. Cornelisz zitterten die Knie.

Immer mehr vermummte Krieger tauchten aus dem Dunkel auf. Wie Geister der Nacht, so strebten sie aus allen Richtungen herbei und sammelten sich am Schauplatz des Geschehens. Sie lachten und klopften sich gegenseitig auf die Schultern, einige tanzten sogar mit ihren Waffen in den erhobenen Händen im Schein der Feuer. Alle triumphierten und feierten ihren Sieg.

Obwohl es den Eindruck machte, als ginge alles drunter und drüber, erkannte Cornelisz bald, wie gut organisiert die Berber handelten. Einige Männer fingen die Pferde der Portugiesen ein, während andere deren Waffen einsammelten. Wieder andere kümmerten sich um die Kamele oder schafften Wasser herbei, während an den Feuerstellen Wunden versorgt wurden. Nun sah er auch, dass die Schar der Wüstenkrieger aus sicher mehr als zweihundert Mann bestand. Ihre kleine Truppe hatte von vornherein keine Chance gehabt.

Und Hauptmann Caetano, dieser aufgeblasene Wichtigtuer? Er kauerte am Boden und hielt sich den blutenden Arm. Wie angeberisch er von einem Spaziergang getönt hatte, von einem Kinderspiel! Stattdessen hatte er in diesen Berberkriegern seine Meister gefunden.

Plötzlich stand der Sheïk vor Cornelisz. Mit verschränkten Armen betrachtete er das Amulett auf Cornelisz' nacktem Oberkörper. Seine schwarzen Augen, als Einziges zwischen dem Gesichtsschleier und dem *chêche* erkennbar, blitzten vor Zorn.

»Wem hast du das geraubt?«, fragte er auf Portugiesisch und deutete mit dem Kinn auf das silberne Amulett, das auf Cornelisz' Brust glänzte. »Wer musste dafür sterben?«

»*Salâm u aleikum.*« Jetzt kam es darauf an, sich klug zu verhalten, dachte Cornelisz, und zwang sich zur Ruhe.

»Antworte, Christenhund!«

»*Ouacha,* Sherif. Für dieses Amulett musste niemand sterben, denn es handelt sich um ein Geschenk. Dieses *gris-gris* soll mich beschützen und behüten. So bestimmte es eine Sherifa der Sa'adier, Kind deines Volkes und Tochter der Wüste.«

»Nimm deine Zunge in Acht! Nicht nur Allah, auch dein Christengott bestraft Lügner mit den Qualen der Hölle!« Die Augen des Anführers funkelten hell vor Zorn.

»Du hast recht, Sîdi. Doch ich spreche die Wahrheit«, antwortete Cornelisz. Er straffte die Schultern, so gut das mit auf dem Rücken gebundenen Händen ging und erklärte: »Mein *gris-gris* wurde vor langer Zeit von einem weisen und mächtigen Schmied angefertigt. Er war ein berühmter Zauberer, so erzählte es mir jedenfalls Anahid, die Sheïka aus dem fernen, fruchtbaren Tal des Oued Ziz.«

»Und das soll ich dir glauben? Erkläre mir, wenn du tatsächlich ein Freund der Freien bist und unter dem Schutz der edlen Anahid stehst, was tust du dann hier bei ihren schlimmsten Feinden? Warum kämpfst du gegen uns? Und ich warne dich nochmals: Lüg mich nicht an.«

Mit diesen Worten trat der Mann einen Schritt näher und blickte forschend in Cornelisz' Augen. Seine Feindseligkeit, eben noch mit Händen zu greifen, war der Neugier gewichen.

»Man hat mich dazu gezwungen«, antwortete Cornelisz schlicht. »Ich bin gegen meinen Willen hier, und ich habe meine Waffe nicht gegen einen der Euren erhoben. Ich habe sie noch niemals gegen einen Menschen erhoben, das schwöre ich bei Gott!«

Was war es nur, das ihn an diesem Mann an Sheïk Amir, den Führer jener Karawane erinnerte, die ihn vor Jahren nach Santa Cruz gebracht hatte? Egal, vermutlich hatte ihm sein Fieber damals sowieso Traumbilder vorgegaukelt. Jetzt galt es, das offensichtliche Interesse des Sheïk auszunutzen. »Mein Name ist Cornelisz van Lange, und ursprünglich stamme ich aus Flandern. Mit den Portugiesen habe ich nicht das Geringste zu schaffen«, fuhr er fort. »Im Gegenteil. Vor kurzem nahmen mich ihre Werber gefangen, verschleppten mich gewaltsam in den Kerker und zwangen mich schließlich, an diesem Angriff teilzunehmen.«

»*La illah illalah,* Gottes Wille geschieht.« Der Sheïk nickte. Dann schritt er langsam um Cornelisz herum und besah sich den Gefangenen von allen Seiten. Als er wieder vor ihm stand und in sein Gesicht schauen konnte, nickte er erneut.

»So bist du also tatsächlich jener junge Maler, der unter Anahids Schutz in ihrem Hause lebte? Du hast dich verändert und bist ein Mann geworden. Allahs Wege sind wahrlich unergründlich! Wie geht es deinem Bein, ist es gut verheilt? Und wie geht es deinem Freund, dem Steuermann? Du bist doch jener schiffbrüchige Junge, den ich vor Jahren mit meiner Karawane nach Santa Cruz geleitete!«

6. TEIL

Mogador 1525 – 1526

48

Mirijam saß über einem neuen Teppichmuster, als einer der Arbeiter angelaufen kam und ans Tor schlug. »Das Schiff des Portugiesen!«, rief der Mann. »Die Santa Anna läuft ein!«

Ihr Herz machte einen Satz. Sofort sprang sie auf und rannte hinauf in das Turmzimmer. Soeben tauchten die Segel aus dem grauen Dunst über der Bucht auf, wurden größer und weißer, und dann sah sie die Santa Anna auf einer schäumenden Bugwelle in den Hafen einlaufen. Bei dem Anblick wurden ihr die Knie weich, und sie musste sich festhalten.

Es war Kapitän Alvaréz' erster Besuch in Mogador, seitdem Abu Alî die Möglichkeit einer Ehe mit dem Portugiesen angedeutet hatte.

Die Salzlieferung, auf die sie so dringend gewartet hatten, war zwischenzeitlich von zwei Fischerbooten geliefert worden. »Die Santa Anna hat eine dringende Fracht zu den Kanarischen Inseln und kommt später«, hatte es geheißen. Wenigstens hatte er an das Salz gedacht, wenn er schon nicht persönlich erscheinen konnte, dachte sie. Sie wusste nicht, ob sie über Letzteres froh oder verärgert sein sollte.

Seit Wochen ging es in ihrem Kopf drunter und drüber. Die Andeutung des Abu hatte sie vollkommen überrascht. Was für eine Vorstellung, verheiratet zu sein! Verwirrt und unentschieden hatte sie sich bei dieser Vorstellung gefühlt, heute Ablehnung, morgen Sehnsucht, am nächsten Tag erneut Vorbehalte, so ging es hin und her.

Je häufiger sie jedoch an den Kapitän dachte, an seine lustigen Augen, die breiten Schultern und sein Lachen, desto verlockender kam ihr die Idee vor. War er nicht ein attraktiver Mann? Immer wieder kehrten ihre Gedanken zu ihm zurück, selbst in unpassenden Situationen, zum Beispiel, wenn sie die Zutaten für eine neue Küpe abmessen musste. Diese Arbeit erforderte eigentlich höchste Konzentration. Wie konnte sie ausgerechnet in einem solchen Moment an blaue Augen denken? Dennoch, je öfter sie an ihn dachte, desto anziehender erschien er ihr. Miguel, was für ein schöner, wohlklingender Name. Wahrscheinlich hatte sie einmal sogar von ihm geträumt, wenngleich sie sich dessen nicht sicher war. Jedenfalls war da ein Mann gewesen, der hatte ihr Gesicht gestreichelt und ihren Mund geküsst. Wie dem auch sei, Ordnung und Klarheit im Kopf gehörten offenbar der Vergangenheit an, und vernünftige Überlegungen scheiterten. Seit Abu Alîs Andeutung war sie nicht mehr sie selbst.

Schon eine gute Stunde später erschien Kapitän Alvaréz mit langen Schritten und einem strahlenden Lächeln. Sein Matrose José schleppte eine eisenbeschlagene Holzkiste hinter ihm her, die der Kapitän ins Haus tragen ließ, bevor er Alî el-Mansour begrüßte.

Der alte Hakim hatte sein Krankenlager verlassen. Den Verband über dem frisch operierten Auge musste er allerdings nach wie vor tragen, wenigstens noch zwei Tage lang. Abu Alî erschien in weißen Gewändern mit goldener Stickerei, und auch Mirijam hatte sich umgezogen. Nun stand sie im Gang, hörte auf die dröhnende Stimme des Kapitäns und die ruhigen Erwiderungen von Abu Alî und versuchte, ihre Aufregung zu bezwingen. Sie straffte den Rücken und öffnete die Tür.

Im großen Salon erstarb das Gespräch. Die Gesichter der Männer wandten sich ihr zu, das bärtige mit den blauen Augen ebenso wie das dunkle mit dem weißen Kinnbart und dem Verband. Kapitän Alvaréz schien einen Moment wie gelähmt zu sein. Dann sprang er auf die Füße und verbeugte sich tief.

»Willkommen, Kapitän Alvaréz.« Mirijam reichte dem Portugiesen die Hand. »Seid Ihr wohlauf?«

»Wohlauf, jawohl.« Der Kapitän starrte Mirijam an wie eine *fata morgana* in der vor Hitze flirrenden Wüste. Sie trug ein Gewand aus grünschimmernder, feinster Baumwolle, hatte die Augen mit *khôl* umrandet und die Haare gebürstet, bis sie glänzten. Als Schleier diente ihr ein zartes, goldbesticktes Tuch, das sie lose über die Locken gelegt und vor das Gesicht gesteckt hatte. Nur ihre Augen blitzten hervor, der Rest blieb eine Andeutung.

Obwohl der Kapitän heute anstelle der obligatorischen faltenreichen Schaube eine ärmellose Weste über einer leichten Hose und einem frischen Hemd trug, eine Konzession an die herrschende Hitze, schwitzte er. Wiederholt musste er sich räuspern. Eine ungewohnte Spannung lag in der Luft. Keiner schien den unbefangenen Umgangston früherer Treffen finden zu können.

Haditha brachte frischen *sherbet* und eine Platte mit kandierten Datteln. Das höfliche Gespräch drehte sich eine Weile um die bevorstehende Obsternte. Endlich aber gab sich der Kapitän einen Ruck und erkundigte sich nach Alî el-Mansours Erkrankung.

»Habt Ihr Euch am Auge verletzt?«

»Oh nein, zum Glück nicht. Meine Tochter ist eine gute *cirurgica*, müsst Ihr wissen. Sie hat mir den Star gestochen, bevor es zur völligen Erblindung kam«, erklärte der Alte. »Allah war mit ihr und gab ihr eine ruhige Hand. Ich bin ihr außerordentlich dankbar.«

»Eine Operation? *Deus,* so etwas könnt Ihr?«, staunte der Kapitän. »Bei Gott, Sherif, Ihr könnt wirklich stolz auf Eure Tochter sein! Ich würde lügen, wenn ich sagte, ich kennte eine zweite Frau wie Lâlla Azîza. Meine allergrößte Hochachtung!«

Mirijam musste sich ein Lächeln verkneifen angesichts dieser seltsam gestelzten Rede. Mit gesenkten Augen saß sie auf ihrem Polster und schwieg zu den lobenden Worten. Der Kapitän konnte seine Augen nicht von ihr lösen, und unwillkürlich tastete er nach dem Ring in seinem Gürtel.

»Ja, sie hat viele Talente«, bestätigte der Alte.

Niemand erwiderte etwas darauf, und erneut erstarb das Gespräch. Nach einer Weile unterbrach der Alte die gespannte Stille: »Ich denke, ich sollte etwas ausruhen. Umso mehr werde ich Eure Gesellschaft heute Abend genießen können. Entschuldigt mich also, Kapitän, wir sehen uns später.«

Stumm sahen beide dem Alten nach. Als sich die Tür hinter ihm geschlossen hatte, trafen sich ihre Blicke.

»Ihr seht heute bezaubernd aus, wunderschön«, sagte der Kapitän und lächelte voller Bewunderung.

Mirijam schwieg. Noch nie in ihrem achtzehnjährigen Leben hatte ihr jemand ein Kompliment über ihr Aussehen gemacht. Man hatte ihre Auffassungsgabe gelobt, das gute Gedächtnis, ihren Fleiß und andere Fähigkeiten, über die sie angeblich verfügte, von Schönheit jedoch war bis jetzt nie die Rede gewesen. Ein warmes Gefühl durchströmte sie und zauberte ein Lächeln auf ihr Gesicht. Ja, sie mochte den Kapitän. Gerade die etwas raue, selbstbewusste und direkte Art, die der Kapitän bevorzugte, flößte ihr Sicherheit ein. Dabei neigte sie normalerweise zu Argwohn.

Sie spürte, wie sich der feine Schleier löste und mehr und mehr verrutschte. Damit gewährte sie dem Portugiesen einen großzügigen Blick auf ihre niedergeschlagenen Augen und geröteten Wangen.

Das Schweigen im Raum wurde allmählich drückend. Warum sagte er nichts?

»Kapitän Alvaréz«, begann sie schließlich, »habt Ihr die bestellten Stoffe erhalten?«

Eigentlich hatte sie mutig sein und fragen wollen, ob er verheiratet sei, im letzten Moment jedoch hatten sich die anderen Worte ganz von allein in ihren Mund geschlichen.

»Lâlla Azîza, ich habe, was immer Euer Herz begehrt.«

Angesichts der ungewollten Doppeldeutigkeit seiner Worte war es nun an ihm, die Augen niederzuschlagen. Mirijam aber hatte das flüchtige Lächeln in seinen Augenwinkeln entdeckt und Mut gefasst.

»Welche Geheimnisse befinden sich eigentlich in jener Kiste dort? Ist sie etwa wieder bis obenhin mit Goldstücken aus dem Teppichverkauf gefüllt?«

»Oh ja, die Kiste ... Nein, kein Gold, diesmal nicht. Genau genommen handelt es sich eigentlich auch nicht um Geheimnisse, sondern lediglich um einige Kleinigkeiten für Euren Haushalt. Als ich ein paar Rollen feiner Goldfäden sah, musste ich sofort an Euch denken, und so kaufte ich sie. Dann fand sich noch dieses und jenes, und plötzlich brauchte ich eine ganze Kiste für all die Nichtigkeiten.«

Er holte die Truhe herbei, öffnete sie und zog ein Stück golddurchwirkten Samt beiseite.

»Seht her«, sagte er. »Ein Kerzenleuchter, damit Ihr bei Eurer Schreiberei oder Eurer Stickarbeit gutes Licht habt. Und hier, einige silberne Teller und ein paar Weingläser von der Insel Murano bei Venedig. Von dort stammt auch dieser große Destillierkolben. Euer Vater meinte letztens, so etwas könnte er gebrauchen.«

Er griff in die Kiste und holte ein Teil nach dem anderen heraus, während er erklärte, worum es sich dabei im Einzelnen handelte. »Für Euch habe ich – ebenfalls bei jenen Glasbläsern, die allesamt wahre Meister sind – diesen kleinen Glasflakon entdeckt und ihn mit dem Öl des indischen Patschouli füllen lassen. Es riecht ein wenig süß und nach Erde, und es hilft auch gegen Fieber und unruhige Nerven. Wenigstens sagte man mir das. Wollt Ihr einmal riechen?« Er zog den Glasstopfen aus dem hauchzarten Glasgebilde und betupfte damit Mirijams Handgelenk. »Ist das nicht ein wunderbarer Duft? Er gefällt Euch, nicht wahr? Ja, das hoffte ich. Und hier haben wir endlich auch die Rollen mit den Goldfäden, von denen ich sprach.« Die Stimme des Kapitäns war voller Stolz und Freude, als er seine Mitbringsel überreichte.

Mirijam interessierte sich allerdings mehr für den Mann als für die Geschenke. Wie sie soeben feststellte, war es etwas vollkommen anderes, über das Thema Ehe im Allgemeinen und über Miguel de Alvaréz im Besonderen nachzudenken, wenn der Gegenstand derartiger Überlegungen weit entfernt war. Jetzt nämlich war er fast übermäßig präsent, so sehr, dass das Zimmer beinahe zu klein für ihn war. Seine Stimme, seine Gesten – beides schien für die Weite gemacht zu sein, oder wenigstens für das Deck eines Schiffes. Sie spürte ihr Herz klopfen, und natürlich wollte sich im Moment kein einziger klarer Gedanke einstellen.

Offenbar konnte er sich an schönen Dingen erfreuen, dachte sie, fast verzweifelt um Sachlichkeit bemüht. Wie behutsam seine großen Hände mit dem feinen Glas umgingen. Außerdem lachte er gern und oft, den feinen Fältchen um seine Augen nach zu schließen. Er wirkte selbstbewusst und stark, und es sah aus, als ob ihm sein Leben gefiel. Kein Wunder, überlegte sie, dieses Leben ermöglichte ihm, sich mit Wind und Wellen zu messen, fremde Länder und Menschen kennenzulernen und sich über die verschiedensten Umstände und Gegebenheiten ein eigenes Urteil zu bilden. Vielleicht war er nicht unbedingt ein Mann der Bücher, aber doch sicher ein guter Beobachter und aufgeschlossener Mensch. Sie legte die schimmernden Rollen auf den Tisch.

»Wie wunderschön, ich danke Euch. Damit lassen sich prächtige Stickereien auf Kissen, Wandbehängen und Gewändern schaffen«, sagte sie.

Sie lächelte leise, als sie den Kapitän beobachtete, der plötzlich keinen Ton mehr herausbrachte. Auf einmal schien er stumm und bewegungsunfähig geworden zu sein, stand mit hängenden Armen vor ihr und schaute sie nur an.

So etwas wie Ruhe überkam sie. »Kapitän Alvaréz«, Mirijam nahm einen der glänzenden Teller zur Hand und ließ das Licht darauf spielen, »wie lebt Ihr eigentlich, wenn Ihr nicht unterwegs seid? Ich meine, in Eurem Haus in Santa Cruz? Ich kenne das Leben in der Stadt nicht und würde gern erfahren, inwieweit es sich von unserem hier unterscheidet.« Angelegentlich betrachtete sie den Silberteller in ihrer Hand.

»Wie ich lebe?« Der Kapitän konnte die Augen nicht von der jungen Frau lösen. »Ja, was soll ich sagen? Ich trage noch Möbel zusammen. Zuletzt habe ich zum Beispiel zwei Schränkchen aus Ebenholz mit Schnitzwerk und Perlmuttintarsien aus *Halab* in Syrien mitgebracht.«

Mirijam zog interessiert die Augenbrauen hoch. Alvaréz schluckte.

»Mein Haus ist nämlich noch nicht ganz fertig«, fuhr er

mit rauer Stimme fort. »Es liegt am Hang des Berges, von dort hat man einen guten Blick auf den Hafen. Es gibt einen Innenhof, und es hat schöne Mosaikböden.«

»Besitzt Ihr vielleicht auch ein Taubenhaus?« Mirijam machte sich nichts aus Tauben. Sie wusste jedoch, dass viele Frauen für die kleinen Täubchen mit dem Federcollier am Hals schwärmten und die Vögel als Symbol für eheliche Liebe, Treue und Fruchtbarkeit betrachteten. Der Gedanke trieb ihr erneut die Röte ins Gesicht.

»Noch nicht, aber jetzt, wo Ihr es sagt? *Bom idéia,* ich hatte noch gar nicht daran gedacht, eines errichten zu lassen.«

Beinahe hätte Mirijam laut herausgelacht. Kapitän Alvaréz, umgeben von gurrenden Täubchen, was für ein Bild!

»Und Ihr lebt ganz allein in Eurem Haus?« Sie legte den Teller beiseite. Warum gab er so bereitwillig Auskunft auf ihre neugierigen Fragen?

»Ja. Nein. Also, ich bin nicht so häufig zu Hause, wie ich es gerne wäre«, antwortete er. »Aber ich habe ein Ehepaar, Moktar und Budur, die das Haus und mich versorgen. Sie kümmern sich um alles, denn ich habe, wie Ihr vielleicht bereits wisst, keine Familie. Ich war auch noch nie verheiratet. Ja, so ist es, noch nie verheiratet.«

Jetzt begannen Mirijams Hände zu schwitzen, und ihr Herz klopfte lauter. Hatte er ihr soeben ein Stichwort gegeben? Falls ja, wie sollte sie darauf reagieren? Oder war es nicht vielmehr so, dass er konkreter werden musste? Ach, wenn sie doch mehr über derartige Dinge wüsste! Nervös zupften ihre Finger an einem Seidenkissen.

»Ich könnte mir vorstellen«, sagte der Kapitän mit belegter Stimme und räusperte sich, »dass Euch Santa Cruz gefällt, Lâlla Azîza. Es ist eine laute, quirlige Stadt voller Menschen, enger Gassen und bunter Souqs.« Er räusperte sich erneut, dann fuhr er mit fester Stimme fort. »Es gibt dort wahrhaftig alles Erdenkliche zu kaufen, von Mahagoniholz für den Schiffsbau über Kakao, Zucker und Gewürze für den Haushalt bis hin zu Pelzen, Lederwaren, Jagdfalken, Weihrauch und Ambra. Einfach alles, was man braucht. Darüber hinaus erhält man natürlich auch Dinge, die man nicht braucht, aber gern haben möchte, hiervon wird sogar besonders viel angeboten. In der Stadt tummeln sich Seeleute und Händler aus der ganzen Welt sowie Angehörige sämtlicher Handwerke. Und es gibt natürlich den großen Hafen, in dem stets Schiffe von überallher liegen.«

»Vielleicht habt Ihr recht«, antwortete Mirijam nachdenklich. Während seiner Schilderung hatte sie sich wieder gefangen. »Vielleicht würde ich das wirklich gern einmal sehen, aber ...« Sie verstummte.

Auch Alvaréz schwieg. Auf seiner Stirn glänzten Schweißperlen.

Endlich gab er sich einen Ruck. »Ich hoffe, Ihr werdet mir meine Offenheit verzeihen, Lâlla Azîza. Die Sache ist nämlich die ...« Er nestelte ein Tuch aus dem Gürtel. »*Que difícil!* Also, es ist so, dass ich darüber nachdenke, nicht länger allein zu bleiben in meinem Haus.« Er zögerte, dann straffte er die Schultern. »Ich denke daran«, fuhr er schließlich hastig fort, als müsse er seinen ganzen Mut zusammennehmen, »wie soll ich es sagen? Ich denke daran, mich zu verheiraten.« Langsam faltete er das Tuch auseinander. »Und jedes Mal, wenn mir dieser Gedanke kommt, fallt Ihr mir ein.«

Ein Ring mit einem roten Stein rollte aus dem Tuch auf den Tisch, und ein Lichtstrahl brachte den Stein zum Glühen.

Erst als ihr Hocker mit einem lauten Poltern umstürzte, bemerkte er, dass Mirijam aufgesprungen war. Augenblicklich erhob er sich ebenfalls und trat einen Schritt auf sie zu.

»Habe ich Euch erschreckt? Bitte, bitte verzeiht! Was bin ich doch für ein Tölpel, ich hätte vermutlich zuerst mit Eurem Vater sprechen sollen.« Er fuhr sich über die Stirn. »Aber es ist so, dass ich mir nichts auf der Welt mehr wünsche, als Euch zu heiraten und Euer Ehemann zu sein. Diesen Wunsch spürte ich schon, als ich Euch das allererste Mal sah. Ihr seid so schön, so klug, so sanft, gewandt und tüchtig. Ihr seid bewundernswert in all Eurem Tun und in Eurem Wesen, und ich kann ohne Euch nicht sein. Ich bitte Euch, schenkt mir Eure Hand fürs Leben!«

Mit diesen Worten sank er vor Mirijam auf die Knie.

Mit seinem teuflisch roten Ring hatte er sie zutiefst erschreckt, dabei konnte er ja nicht wissen, dass sie Angst vor allem Roten hatte, dachte sie. Sie versuchte, sich zu fassen. Wahrscheinlich hatte er niemals etwas ernster gemeint als diese schönen Worte. Mirijam schaute ihm in die Augen. Was sie dort las, brachte ihr Herz endgültig aus dem Takt und machte ihre Knie weich. War das Liebe? Sie spürte, wie ihre inneren Schutzwälle bröckelten. Ihre Hände sehnten sich plötzlich danach, seine Wangen, sein Kinn und seine Haare zu berühren, und aus dem Bauch stiegen Wärme und Lachen herauf.

Sein Blick hing an Mirijams Gesicht, während die Finger auf der Suche nach dem Ring blind über den Tisch tasteten. Als er ihr schließlich die offene Hand entgegenstreckte, stutzte sie. Dann aber tanzte plötzlich ein Lachen in Mirijams Augen.

»Was soll ich dazu sagen, Kapitän Alvaréz?«, fragte sie, und die Grübchen in ihren Wangen vertieften sich. »Ihr habt wahrhaft glänzende Argumente.« Damit deutete sie auf die ausgestreckte Hand. »Ich bin darin zwar nicht wirklich bewandert, nehme aber an, es kommt nicht häufig vor, dass jemand seine Zukünftige mit einer Garnrolle umwirbt?« Das Lächeln um ihre Augen strömte über ihr gesamtes Gesicht, und plötzlich begann sie, herzhaft zu lachen.

Verblüfft schaute Alvaréz auf die Rolle Goldgarn in seiner Hand. Anstatt jedoch wegen Mirijams Gelächter gekränkt zu sein, stimmte er in das Lachen ein.

»Da seht Ihr selbst, wie sehr Ihr mich verwirrt! Garnrollen, bei São Francisco und allen Heiligen, das hat die Welt noch nicht erlebt!«

Er erhob sich und trat näher. Liebevoll schaute er auf sie herunter, dann nahm er ihre beiden Hände, hob sie eine nach der anderen an seinen Mund und küsste sie. »Hoffentlich habe ich es jetzt nicht verpatzt, Ihr Schönste, Wunderbarste?«

Er neigte den Kopf, drehte ihre Hände herum und küsste auch die Innenseiten ihrer Handgelenke. Dort, wo die feinen Adern sichtbar und der Pulsschlag deutlich zu spüren war, erglühte Mirijams Haut unter seinen Lippen.

»Nein«, flüsterte sie und erschauerte, »Ihr habt es ganz und gar nicht verpatzt!«

49

Noch am Abend dieses Tages sprach der Kapitän mit dem Sherif, während Mirijam ihrer Köchin Cadidja in der Küche zur Hand ging. Schließlich sollte ein kleines Festmahl auf den Tisch kommen, um die Bedeutung des Tages hervorzuheben. Doch Cadidja schickte Mirijam schon bald davon. Jemanden, der aufgeregt und zappelig war und dem Messer, Schüsseln und sogar Eier aus der Hand fielen, konnte sie nicht gebrauchen!

In ihrem Zimmer hielt es Mirijam jedoch ebenfalls nicht aus, also spazierte sie durch den Garten und entzündete die Laternen. Gewürzkräuter, Rosen und die kleinen Obstbäume, die sie vor Jahren angepflanzt hatte, gediehen inzwischen prächtig. Die Orangenblüten und der Feigenbaum dufteten, ebenso die Minze, und der kleine Brunnen plätscherte leise. Der hinkende Mohammed, dem schwere Gartenarbeit nichts ausmachte, hegte und pflegte die Pflanzen vom ersten Tage an, seit einiger Zeit versorgte er sie auch mit dem fruchtbaren Kompost, den Mirijam nach der Erinnerung an Gesas Gartenwissen angesetzt hatte.

Nur noch selten kam ihr Muhme Gesa in den Sinn, die meisten Erinnerungen waren mit den Jahren verblasst. Allerdings hatte sie bis vor gar nicht langer Zeit noch von Cornelisz geträumt. Tief in ihrem Inneren hatte sie fest daran geglaubt, eines Tages würde sich wie von selbst alles einrenken und sie wäre wieder bei Cornelisz. Natürlich waren das

Wunschvorstellungen, wie alle Kinderträume, aber sie hatte diese Träume geliebt und lange an ihnen festgehalten. Sie seufzte und strich die Haare zurück. Wahrscheinlich war es besser, diesen Teil ihres Lebens ganz und gar aus dem Sinn zu bekommen. Etwas Neues sollte beginnen. Die Zukunft war wie ein Buch mit leeren Seiten, die erst beschrieben werden mussten. Wie würde es sich wohl anfühlen, mit Miguel zu leben, ihn täglich zu sehen? Nicht nur zu sehen, sondern auch zu spüren. Die Härchen auf ihren Armen richteten sich auf. »Schönste« hatte er sie genannt, und »Wunderbarste«! Wenn er sie anschaute, vibrierte alles in ihr, und ihr wurde heiß und kalt zugleich.

Mirijam rieb ihre Hand. Immer noch glaubte sie, dort seine Lippen zu spüren. Sie lächelte. Einerseits freute sie sich, wie sie sich noch nie auf etwas gefreut hatte, andererseits war da dieses ängstliche Rumoren im Bauch. Dazu gab es jedoch keinen Grund, rief sie sich zur Ordnung. Der Kapitän war nicht nur ein durch und durch guter und freundlicher Mann, er war außerdem ehrenwert und stark, er würde sie achten und schützen.

Sie huschte zu Abu Alîs Zimmertür und lauschte. Ihre Stimmen konnte sie zwar unterscheiden, aber was genau die beiden Männer miteinander besprachen, blieb unverständlich. Doch das machte nichts, sie wusste ja, ihr Abu war einverstanden. Sie würde Kapitän Miguel de Alvaréz heiraten.

Noch niemals in ihrem ganzen Leben hatte sie so viel gelacht und sich so umsorgt und aufgehoben gefühlt wie in diesen Tagen. Miguel machte ihr Komplimente, lobte ihr Aussehen und ihre Kleidung und rühmte ihre Arbeit in den höchsten Tönen. Abends berichtete er von seinen Reisen, von fernen Ländern und großen Städten und wie das Leben der Bewohner Italiens und Spaniens aussah. Er konnte wunderbar erzählen, so dass sie kaum bemerkte, wie die Zeit verging. Manchmal sang er ihr etwas vor, klatschte mit den Händen einen Rhythmus und tanzte sogar dazu!. Dabei strotzte er derart vor Lebensfreude und Kraft, dass Mirijam verlegen ihre Augen senkte.

Obwohl er etliche neue Stoffballen mitgebracht hatte, ließ Mirijam die Arbeit ruhen. Sie liehen sich Pferde von den Bauern der Oase und unternahmen Ausritte am Strand, oder sie brachten ganze Nachmittage im Oasengarten zu, wo sie im kühlen Schatten der Palmen saßen, plauderten und kleine Vögel beobachteten, die munter zwischen den Blättern flatterten und lauthals sangen. Und seitdem er einmal beim Überqueren eines Wassergrabens nach ihrer Hand gegriffen hatte, um ihr behilflich zu sein, gingen sie Hand in Hand, wenn sie sich unbeobachtet wussten.

In dieser Zeit gab es keinen Morgen, an dem Mirijam nicht mit einem Lächeln erwachte.

Einmal allerdings, während eines Spaziergangs in der Oase, trübte eine Verstimmung die Leichtigkeit dieser Tage. Mirijam sprang vor Miguel einen der kleinen Dämme entlang und verbarg sich hinter einer Palme. Der Kapitän tat, als suche er sie und könne ihr Versteck nicht finden, bis er auf einmal blitzschnell zugriff. In gespieltem Schrecken schrie Mirijam auf. Sie lachte und versuchte, sich zu befreien und zu entkommen. Doch Miguel ließ nicht locker. Halb im Spaß hielt er sie an den Oberarmen fest. Seine Augen glitzerten, als er sie gegen den Stamm einer Palme drängte. »Meine Perle«, stammelte er, »meine Liebe und meine Wonne, du bist so schön, so rein ... *Eu amo você,* ich liebe dich!«

Plötzlich wurde seine Stimme dunkel und rau, und sein Atem ging heftig, als er versuchte, sie zu küssen und mit der

Zunge ihren Mund zu öffnen. Er stöhnte, drängte sie gegen den Baum und presste sich an ihren Leib, bis sie sich nicht mehr rühren konnte.

Mirijams Fröhlichkeit war wie weggeblasen. Angst stieg in ihr auf, würgende, lähmende Angst. Ihr Atem stockte. Alles in ihr verkrampfte und verhärtete sich, Arme, Nacken, Bauch, alles. Nein, schrie sie stumm, nicht!

Plötzlich jedoch strömte das Leben mit mächtigem Rauschen in den Ohren in sie zurück, und ihre Brust weitete sich. Keiner sollte das mit ihr tun dürfen, niemals wieder! Sie stemmte die Hände gegen seine Brust, um sich aus der Umklammerung zu befreien. Sie versuchte, unter seinen Armen wegzutauchen oder wenigstens ihren Kopf zu drehen. Miguel ließ sich jedoch nicht beiseiteschieben, er war zu stark. Lachte er etwa über ihre Gegenwehr? Merkte er nicht, dass es für sie längst kein Spiel mehr war? Seine Zunge zwang sich in ihren Mund.

Mirijam riss ihre Hand hoch und schlug ihn mit aller Kraft ins Gesicht. Als Miguel sie entgeistert ansah, schlug sie ihn gleich noch einmal.

Jetzt endlich ließ er los und trat einen Schritt zurück. Er wurde erst blass, dann schamrot. »*Desculpe me! Deus,* ich habe das nicht ... *Maldito,* was habe ich getan? Verzeih mir, ich bitte dich. Ich flehe dich an, verzeih mir ...«

Mirijam schnaubte. Dann rannte sie mit wehendem Gewand nach Hause und verriegelte die Haustür.

Am nächsten Morgen bat er erneut um Vergebung. »Ein Rüpel bin ich, ein ungehobelter Grobian. Ich habe dich gar nicht verdient. Die ganze Nacht habe ich überlegt, was ich ... Ich kann dich nur von Herzen bitten, mir zu verzeihen.« Sein Verhalten schien ihm aufrichtig leidzutun. Mit gesenktem

Blick stand er vor ihr, knetete seine Kappe und machte den Eindruck, als würde er am liebsten im Boden versinken.

Doch Mirijam hatte nicht vergeblich die halbe Nacht wach gelegen. Natürlich wusste sie längst, zwischen Männern und Frauen gab es Kräfte, von denen sie bis jetzt noch nicht einmal eine Ahnung hatte. Die Dichter erzählten davon – von den Liebesgefühlen, den dunklen Versuchungen und mystischen Geheimnissen. In Liedern wurde darüber gesungen, aber etwas Konkretes sagten sie nicht. Dabei wussten selbst ihre Weberinnen offensichtlich, worum es ging, wenn sie miteinander tuschelten, lachten oder in Andeutungen sprachen. Auch wenn das alles für sie also Neuland war, eines wusste sie immerhin: Es war fundamental wichtig für jede Ehe.

»Schick mich zur Strafe zu den Kalköfen«, bat Miguel in diesem Moment. »Ich werde den Ofen befeuern und den frisch gebrannten Kalk mit extra dünnen Ruten zu dem feinsten Brei, den die Welt je gesehen hat, schlagen, wenn du mir nur verzeihst.«

»Schließ die Augen und rühr dich nicht«, befahl Mirijam stattdessen. »Nicht bewegen, ja?«

Miguel schloss die Augen.

Mirijam reckte sich, legte die Hände um sein Gesicht und hauchte einen Kuss auf seinen Mund. »Die Kalköfen? Und gemütlich mit Hocine schwatzen? Das könnte dir so passen! Nichts da, zur Strafe musst du mich heute zum Grab des Sîdi Kaouki begleiten.« Sie bemühte sich um einen heiteren Ton und war froh, als Miguel erleichtert lächelte. Für ihn war die Sache damit ausgestanden.

Sie hingegen hatte erkannt, dass die Angst, die Verkrampfungen und das Entsetzen jederzeit erneut in ihr hervorbrechen konnten. Wenn auch kein Fluch auf ihr liegen mochte – wog die Todesangst denn leichter?

Miguel strahlte. »Was immer du befiehlst! Und noch dazu mit dem größten Vergnügen!«

Sie sahen in der Kalkbrennerei nach dem Rechten, dann ritten sie einträchtig am Strand entlang. Mirijam deutete nach vorne. »Siehst du die weiße Kuppel dort, auf den Dünen?«

»Neben dem ausladenden Baum?«

Mirijam trieb ihr Pferd bereits an und rief: »Wer als Erster dort ist!«

Sie war längst abgestiegen und ging auf den Baum neben dem kleinen Gebäude mit dem Kuppeldach zu, als auch Miguel endlich sein Pferd neben ihr zum Stehen brachte.

»Noch einmal wirst du mich nicht überraschen, meine Schöne, das nächste Mal bin ich nicht nur auf deine Schläue, sondern auch auf deine Reitkunst gefasst. Was hat es mit diesem Ort auf sich?«, fragte Miguel.

»Es ist ein Heiligtum der Frauen. Sie beten zu Sîdi Kaouki, dessen Grab dort drüben steht, und vertrauen ihm ihre Wünsche an«, antwortete Mirijam. Dann deutete sie auf die zahllosen bunten Bänder und Stofffetzen, die an den Zweigen des uralten Baums befestigt waren. »Außerdem knüpfen sie einen Faden oder ein Tuch an diesen heiligen Baum, damit die alten Götter aus der Zeit vor dem Propheten Mohammed ebenfalls von ihren Wünschen erfahren.« Mirijam zog einen leuchtend blauen Stoffstreifen aus ihrer Tasche.

»Glaubst du daran?«, fragte er und blickte nervös umher.

Mirijam, die Miguels Unbehagen bemerkte, bemühte sich um Sachlichkeit. »Manchmal ja, dann wieder nicht. Heute ist so ein Tag, an dem ich daran glaube. Lässt du mich bitte einen Augenblick allein?«

Muslimische Heilige, heidnische Götter und geheime

Wünsche von Frauen? Unsicher nestelte Miguel an seinem Halstuch. *Meu Deus,* was denn noch? »*Claro,* selbstverständlich«, murmelte er und zog sich ein Stück zurück.

Nach einer Weile kam Mirijam zu ihm, setzte sich neben ihn in den Sand und erklärte: »Einmal im Jahr wird hier ein *moussem* gefeiert. Dann sind Hügel und Strand übersät mit Zelten, überall wird gekocht und gegessen und Musik gemacht. Händler kommen, der Hafen liegt voller Boote, es gibt Reiterspiele, und man hat für einige Tage den Eindruck, Mogador sei wie früher eine wichtige Handelsstation auf dem Weg in den dunklen Süden Afrikas.«

»Du liebst dieses Fleckchen Erde, habe ich recht?«

»Es ist mir Zuflucht und Heimat, etwas anderes habe ich nicht.«

Da war sie wieder, diese leise Abwehr, die er schon mehrmals gespürt hatte. War es Zurückweisung oder Unsicherheit? Er blickte sie von der Seite an. Sie hielt den Blick gesenkt und zupfte an einem Halm zwischen ihren Füßen. Die Haare fielen ihr vors Gesicht, doch er sah, dass sie sich auf die Lippen biss. Miguel fasste sie an den Schultern und drehte sie zu sich herum. Er forschte in ihrem Gesicht, dann strich er mit einem Finger über ihre Lippen. »Nicht reden«, sagte er.

Die Berührung traf sie bis ins Innerste.

»Kannst du mir vergeben?«, flüsterte er. »Bei allem, was mir heilig ist, schwöre ich, es wird nie wieder etwas gegen deinen Willen geschehen.«

Mirijam merkte, dass sie zitterte, und schloss die Augen.

Erneut glitt sein Finger über ihren Mund. »Azîza«, flüsterte er, »du bist ein Wunder für mich, weißt du das?«

Seine Stimme war wie eine zusätzliche Berührung. Mirijam spürte, wie ihr eine Hitzewelle den Hals hinauf und in die Wangen stieg. Sie schlug die Augen auf und erwiderte seinen Blick.

Miguel nahm den Finger fort und beugte sich vor. »Wirst du mich schlagen, wenn ich dich jetzt küsse?«

Sie konnte nichts sagen, nur leicht den Kopf schütteln, als er sie in die Arme nahm und küsste.

Bald musste Miguel aufbrechen. Im Hafen lag die Santa Anna zum Auslaufen bereit.

»Komm bald zurück!« Mirijam legte die Hand, an der der tiefrote Ring glänzte, an seine Wange.

»Ganz sicher, ich werde schon sehr bald zurückkommen.« Miguels blaue Augen blinzelten fröhlich. Er fing ihre Hände ein, um jede ihrer Fingerspitzen einzeln zu küssen. Seine Küsse brachten ihre Haut zum Glühen. Wie eine Woge breitete sich in ihr eine Hitze aus, die ihre Knie zittern ließ, so dass sie sich an Miguel festhalten musste. Zugleich ängstigte sie sich vor dieser Nähe. Sie gab sich zwar redlich Mühe, nicht zurückzuzucken, wenn Miguel ihr derart nahe kam, doch sie konnte kaum etwas gegen ihre Befangenheit ausrichten.

Sie verstand sich selbst nicht. Es war ihr unangenehm, von ihm angefasst zu werden, und zugleich sehnte sie sich danach. Sie wollte seine warme Hand auf der Haut spüren, und zugleich sollte er Abstand halten. Sie wollte ihm nahe sein, so nah und vertraut wie nur möglich, und zugleich wollte sie nichts von sich preisgeben. Selbst jetzt war sie hin- und hergerissen und entzog ihm ihre Hand mit einem verlegenen Lächeln.

Sie wusste, spätestens bei der Hochzeit musste sie ihre Scheu aufgeben. Doch das würde schwer werden. Auch deshalb ergriff sie immer wieder einmal selbst die Initiative und nahm Miguels Hand oder streichelte sein Gesicht, wie jetzt. Prompt fing er ihre Hand ein und drückte seinen Mund darauf. Sie wollte etwas zu ihm sagen, doch wie so oft versagten ihr die Worte, als sie seine heißen Lippen auf ihrer Haut fühlte. Als er an sie herantrat und sie in seine Arme zog, hämmerte ihr das Herz in der Brust, und sie war sicher, er müsse es hören können.

»Ich bin bald zurück, *favorita!* Ich kann gar nicht anders«, sagte Miguel, bevor er eine förmliche Verbeugung machte und in das Beiboot stieg, das ihn zur Santa Anna hinüberbringen würde. »Mein Herz ist schließlich hier bei dir. Und wer kann schon ohne sein Herz leben? Es bleibt mir nichts anders übrig, als mich zu beeilen.«

Sobald er von dieser Reise zurückkam, sollte Hochzeit gefeiert werden. Sie rannte die Treppe zu ihrem Turmzimmer hinauf und trat an eines der Fenster. Von hier oben konnte sie verfolgen, wie auf der Santa Anna das Segel gesetzt wurde und das Schiff allmählich Fahrt aufnahm. Ein roter Wimpel erschien am Mast. Miguel schien genau zu wissen, dass sie die Ausfahrt beobachtete und sagte ihr auf diese Weise Lebewohl. Sie vermisste ihn schon jetzt, stellte sie überrascht fest.

Mirijam öffnete die Lade im Tisch und nahm die Aufzeichnungen ihrer Mutter heraus. Während sie dem Weg der Santa Anna hinaus aufs Meer mit den Augen folgte, streichelten ihre Finger über das schmale Päckchen. Was wohl ihre Mutter zu ihrem Entschluss gesagt hätte, diesen Portugiesen zu heiraten, der sich aus eigener Kraft vom Steuermann zum Schiffseigner hochgearbeitet hatte? Ihr Vater hätte ihn sicher gemocht, er hatte immer viel auf Tatkraft und mutige Ideen gegeben.

Auch Abu Alî war mit der Entwicklung zufrieden, nachdem er den Kapitän regelrecht examiniert hatte. Die finanzielle Lage des Portugiesen, der Zustand seines Schiffes, sein Ruf wie auch seine allgemeinen Ansichten gefielen dem Alten, obwohl Miguel über keinerlei Bildung verfügte, was der Gelehrte natürlich beklagen musste.

»Er weiß nichts von Horaz oder Aristoteles, er kennt keinen Petrarca oder sonst einen der großen Dichter«, hatte Abu Alî bei seinen Befragungen herausgefunden. »Selbst seine Sprachkenntnisse beschränken sich auf das, was in den Häfen rund um das Mittelmeer gesprochen wird, und Latein oder Griechisch sind leider nicht darunter.«

All dies machte Mirijam nichts aus. »Dafür hat er Fähigkeiten, über die weder du noch ich verfügen«, verteidigte sie den Kapitän. »Er hat die Welt bereist, kann Menschen einschätzen, ist aufrecht und tüchtig …«

»Nur ruhig, ich mag ihn ja ebenfalls«, lächelte der Alte. »Außerdem sollten wir eines nicht gering achten: Mit nur einer einzigen Fahrt hat er dich zu einer vermögenden Frau gemacht! Er ist offensichtlich ein erfolgreicher Fernhändler mit exzellenten Verbindungen. Der Handel mit deinen Purpurstoffen lässt sich gut an, und mit Allahs Hilfe gehst du einer gesicherten Zukunft entgegen.«

Mirijam aber knetete ihre Finger. »Abu«, sagte sie, »ich habe ihm bis jetzt nichts davon erzählt, dass ich jüdischer Abstammung bin. Das muss ich tun, oder? Ich wollte nicht unehrlich sein, doch der richtige Moment kam bisher nicht.« Sie schlug die Augen nieder.

»Du hast doch nicht etwa Angst davor?«

»Er glaubt, ich sei deine leibliche Tochter und eine Muslima, er kennt nicht meinen richtigen Namen, ja, er weiß noch nicht einmal, dass auch du kein Berber bist! Und wenn er erfährt, dass du mich den Korsaren abkauftest, dass ich einst deine Sklavin war und in Wahrheit Jüdin bin, dass ich sogar im *bagno* ... Ich habe Angst davor!«

»Angst ist kein guter Ratgeber, mein liebes Kind. Aber du hast recht, du musst mit ihm sprechen. Es ist nicht gut, eine Ehe mit einer Lüge zu beginnen. Ich rate dir dringend, warte nicht zu lange.«

Sie nickte. Dann blickte sie den Alten flehend an. »Glaubst du, dass Miguel de Alvaréz ein guter Mensch ist?«

Der Alte überlegte nicht lange. »In sein Innerstes kann nur Allah sehen, er allein weiß, ob jemand gut ist oder nicht. Aber ich glaube, dass Miguel ein aufrechter Mensch ist, mit Stärken und Schwächen wie alle Menschen. Aber, und das ist wichtig, seine Augen leuchten, sobald du den Raum betrittst. Ich bin mir daher sicher, er hat dich von Herzen gern und wird dir ein guter Gefährte sein. Mehr kann man nicht erwarten.«

Er war beruhigt, dass er Mirijam diesem Portugiesen anvertrauen und sie damit, wenn dereinst seine Stunde kam, sicher und versorgt zurücklassen konnte. Ihre Ausbildung, aber auch ihre wirtschaftliche Absicherung waren ihm in all den Jahren ein wichtiges Anliegen gewesen. Nun, da er sein Alter täglich mehr spürte und ihre Verheiratung bevorstand, wollte er endgültig dafür sorgen, dass sie ihren Platz in der Welt behaupten konnte. Deshalb nahm er einige Dokumentenrollen aus seiner Kiste.

»Dies, meine Tochter, sind Eigentumsurkunden für die Häuser und Grundstücke hier in Mogador, beglaubigt und gesiegelt. Am Tag deiner Hochzeit werden sie in deinen Besitz übergehen. Glücklicherweise ist es hierzulande möglich, eine Frau als Erbin einzusetzen, deine Zukunft wird also, unabhängig von deinem Ehemann, nach meinem Tod gesichert sein. Und hier haben wir die Pachtverträge für die Inseln und die Kalkbrennerei. Sie enthalten sämtliche Absprachen und Vereinbarungen, die ich mit den Portugiesen getroffen habe.«

»Vater, sprich nicht davon!«, bat Mirijam. Sie war blass geworden bei seinen Worten.

Der Alte hob die Hand. »Einmal muss es sein. Heute werden wir über dein Erbe sprechen, danach wenden wir uns wieder dem Leben zu. Hier übergebe ich dir also zunächst die Dokumente von Tadakilt. Um die Burg wirst du jedoch vermutlich kämpfen müssen. Der Pascha hat seinerzeit mein Besitzrecht an der Burg nicht verlängert. Er hat es allerdings wahrscheinlich auch niemals widerrufen, also gehört sie möglicherweise immer noch mir«, erläuterte er. Er rollte die Besitzurkunde für Tadakilt wieder zusammen.

»Außerdem«, fuhr er fort und heftete den Blick fest auf die wie versteinert dasitzende Mirijam, »außerdem solltest du um dein väterliches Erbe in Antwerpen kämpfen, mein Kind. Es sei denn, du willst ganz und gar darauf verzichten, was ich allerdings für einen Fehler hielte. Wenn du es wünschst, wird dich der Kapitän sicher dabei unterstützen.«

»Bitte, lieber Abu, bitte hör auf!«, bat Mirijam. Sie war den Tränen nahe. »Du musst noch lange bei mir bleiben. Ich brauche dich.«

»Wir sind in Allahs Hand, meine Tochter, und niemand weiß, wann die Stunde seines Todes schlägt«, wehrte der Alte ab. »Für dich aber beginnt bald ein neues Leben, das unbekannte Aufgaben und neue Verantwortung mit sich bringen wird. Diese Güter stellen deine Mitgift dar, deshalb müssen wir wenigstens dieses eine Mal darüber sprechen.« Sein Gesicht legte sich in tausend Lachfältchen, als er sagte: »Das Wichtigste jedenfalls ist, du wirst weiterhin hier in Mogador bleiben und deiner Arbeit nachgehen können.«

Hatte sie richtig gehört? »Und damit war Miguel einverstanden?«

»Er ist genügend Kaufmann, um zu wissen, dass niemand eine derart erfolgreiche Unternehmung wie die unsrige ohne Not aufgibt, noch dazu, wenn der Ehemann sowieso mehr auf See als zu Hause sein wird.«

50

In der letzten Zeit war nicht nur viel Arbeit liegen geblieben, zusätzlich mussten auch die Stoffballen, die Miguel mitgebracht hatte, eingefärbt werden. Und Mirijam stürzte sich in die Arbeit, dankbar für die Alltäglichkeit der Verrichtungen. Während ihre Hände beschäftigt waren, kreisten ihre Überlegungen um die Zukunft, die bevorstehenden Veränderungen und natürlich um Miguel.

Wie und wann sollte sie Miguel ihre wahre Herkunft gestehen und von der Vergangenheit erzählen? Ob er eine Jüdin überhaupt nehmen würde? Bei Christen wusste man schließlich nie. Viele standen auf dem Standpunkt, die Juden hätten auf ewig Schuld auf sich geladen, indem sie ihren Herrn Jesus Christus ermordet hatten. Würde Miguel, der portugiesische Katholik, ebenso denken? Auch von ihrem Elternhaus wollte sie ihm endlich erzählen und im Gegenzug hören, was er über seine Kindheit zu berichten hatte. Es gab so viel zu bedenken!

Aber das, worüber sie am meisten nachdachte, das Wichtigste, war die Frage: Was genau würde im Ehebett geschehen? Bald wäre Miguel kein Gast mehr, der die Nächte auf seinem Schiff verbrachte. Er würde hier mit ihr im Haus leben, in einem gemeinsamen Bett mit ihr schlafen … Erst seitdem Miguel abgereist war, gestattete sich Mirijam hin und wieder einen Gedanken daran. Wenn sie an diese Nächte dachte, spürte sie stets ein beunruhigendes Kribbeln im Bauch.

Wenn sie dann aber an seine Stärke, an seine Hände und vor allem an seine Küsse dachte, konnte sie das Herzklopfen kaum aushalten.

Gleichzeitig aber war da diese Sorge. Würde sie noch einmal so etwas über sich ergehen lassen müssen wie damals im Kerker?

Am liebsten wäre es ihr gewesen, wenn er sie auch weiterhin immer nur im Arm halten und küssen würde ...

Mirijam stapfte hinter Aisha in ihren wehenden Gewändern her. Beide galten sie in Mogador als Heilerinnen, als Kräuterkundige, zu denen die Menschen in der Hoffnung auf Genesung kamen. Besonders Frauen, Sklaven und einfache Bauern gingen zu Aisha. Hinter vorgehaltener Hand munkelte man gelegentlich von afrikanischen Riten, die in der einsam gelegenen Hütte abgehalten wurden, von Geisterbeschwörungen und allerlei Hexenbräuchen, aber Mirijam scherte sich nicht um solches Gerede. Von jeher gaben die Frauen in Aishahs Familie ihr Wissen an die nächste Generation weiter, und daran hatte sich auch nichts geändert, als ihre Vorfahren als Sklaven hierherverschleppt worden waren. Aisha war bereits die vierte Heilerin in Folge, die die alten Bräuche aus ihrer schwarzen Heimat am Leben erhielt und manche Mixtur kannte, von der Mirijam noch nie gehört hatte. Vor allem aber erzählte man sich viel Gutes über ihre Heilerfolge bei Frauenleiden, und davon, dass sie alles über die Geheimnisse zwischen Männern und Frauen wusste. Deshalb war sie heute hier.

Aisha schritt voraus, eingehüllt in einen undefinierbaren Duft von Vanille und etwas Scharfem. Sie suchten Pflanzen, die bestimmte Heilkräfte entwickelten. Ebenso wie Mirijam stellte Aisha daraus unterschiedliche Salben und Tees her.

Heute war Aisha ungewöhnlich schweigsam. Bereits seit einer Stunde stolperte Mirijam nun schon über Kiesel und scharfkantige Steine, und allmählich fragte sie sich, ob sie nicht lieber umkehren sollte, um etwas Nützliches zu tun.

Im Schatten einer einzelnen Palmengruppe hielt Aisha schließlich inne, stellte den Korb ab und setzte sich in den angewehten weichen Sand. Sie saß mit geradem Rücken und durchgestreckten Beinen und klopfte auf den Boden neben sich. Folgsam ließ sich Mirijam an ihrer Seite nieder.

»Du wirst also bald heiraten«, stellte Aisha fest. »Dein Bräutigam ist Seemann, daher dürfte er einigermaßen erfahren sein.«

»Wovon sprichst du?«

»Vom ehelichen Beilager. Deshalb bist du doch zu mir gekommen, nicht wahr? Ich werde dir das eine oder andere darüber erzählen, damit du nicht erschrickst, wenn dein Mann zu dir kommt. Zuvor muss ich allerdings wissen: Wie bist du beschnitten?«

Mirijam sah verblüfft auf. »Beschnitten?«, stotterte sie. »Hast du vergessen, dass ich eine Frau bin?«

»Aha«, murmelte Aisha. »Dann hat man dir diese Ehre nicht erwiesen und dich unrein gelassen. Nun, du kannst Allah preisen und froh sein, dass dich ein Ungläubiger heiraten wird, den Barbaren ist dergleichen nicht wichtig. Hätte man dich in der Tradition meines Volkes beschnitten, so wärst du eng vernäht. Du würdest deinen Mann unter Blut und Tränen empfangen, und man müsste dich erst mit einem Messer öffnen, bevor du überhaupt ein Kind gebären könntest. Was verwendest du, um das Monatsblut aufzufangen? Tücher? Oder Schwämme, wie ich es dir seinerzeit empfohlen hatte?«

Mirijam hatte nur die Hälfte von dem verstanden, was

Aisha gesagt hatte. »Schwämme«, antwortete sie endlich leise.

Währenddessen hatte die Kräuterfrau den Sand zwischen ihren Beinen glatt gestrichen und mit der flachen Hand fest geklopft. Nun zeichnete sie mit einem Stöckchen Figuren in den Sand.

Mit hochrotem Gesicht erkannte Mirijam, was Aisha da gezeichnet hatte: einen Mann mit aufgerichtetem Glied und eine liegende Frau mit gespreizten Beinen, so dass ihre geheimste Öffnung offen zutage lag. Am liebsten wäre sie auf der Stelle davongerannt.

»Wenigstens kennst du dann deine geheime Grotte. Also, in Märchen«, begann die Schwarze, »und übrigens auch in den Geschichten von *alf leila wa' leila* heißt es oft: ›Und er lag die Nacht bei ihr.‹« Sie schaute Mirijam an. »Mann und Frau liegen dabei natürlich nicht etwa nur nebeneinander. Im Grunde gibt es unzählige Stellungen, die sie bei der Liebe einnehmen können. Einige bereiten dem Manne große Lust, andere gefallen den Frauen besser«, erklärte Aisha, während sie ihre Zeichnung vollendete. »Aber wie dem auch sei: Du kennst die Öffnung, aus der das Monatsblut fließt. Nun, diese geheime Pforte ist das Ziel, dorthinein steckt der Mann sein Glied, wann und wie oft er will. Nur nicht an den unreinen Tagen.« Und sie deutete auf die Zeichnung.

Anmutig wie ein Blütenkelch wirkte die geheime Grotte auf der Zeichnung, wie Aisha den bewussten Körperteil genannt hatte. »Aber ...«, mühsam überwand Mirijam ihre Scheu. Sie war fest entschlossen, alles Wissenswerte zu erfragen, wie erschreckend es auch sein mochte. »Aber das muss doch wehtun! Schon das Schwämmchen ...«

»Nicht, wenn du unbeschnitten bist. Allah in seiner unendlichen Weisheit hat den Leib der Frauen gerade an dieser

Stelle sehr dehnbar erschaffen. Schließlich müssen ja auch die Kinder einmal dort heraus. Außerdem wird dich dein Mann vermutlich zuerst küssen und streicheln, bevor er in dich eindringt, jedenfalls tun das erfahrene Liebhaber. Und das wird dein Inneres weich und feucht und aufnahmebereit machen. Sollte dies nicht der Fall sein und ist dein Mann ein Grobian, oder solltest du so voller Angst sein, dass du dich verkrampfst, machst du es einfach wie die beschnittenen Frauen.« Damit griff die Schwarze in ihr weites Gewand und holte einige schwarze Pillen hervor. »Bilsenkraut, du verstehst? Bilsenkraut, Weihrauch und ein wenig Mohnsamen. Eingenommen eine Stunde, bevor dein Mann zu dir kommt, macht es dich weich und weit, und du kannst deinen Mann ohne Angst umarmen. Außerdem wird er von deiner Leidenschaft entzückt sein.« Damit drückte sie ihr einige der kleinen Kügelchen in die Hand.

»Bilsenkraut? Ist das nicht giftig? Und woher weiß eine Frau, wann ... Ich meine, muss es genau eine Stunde vorher eingenommen werden?« Unvermutet hatte die Frage des richtigen Zeitpunkts Mirjams wissenschaftliches Interesse geweckt, so dass sich ihre Scham verflüchtigte.

»Richtig dosiert ist es für Frauen ein Segen. Du gedenkst also, es einzunehmen? Immer nur eine Pille auf einmal, denk daran. Es wird dich auf eine wunderbare Reise schicken. Die Wirkung hält mehrere Stunden an, es kommt also nicht darauf an, wann genau du es einnimmst.«

Aisha glättete erneut den Sand und zeichnete ein weiteres Bild. Jetzt lag die Frau mit angewinkelten Beinen auf dem Rücken, und der Mann mit einem Glied wie ein Stecken kniete über ihr.

»Dies ist die häufigste Art, sich zu lieben. Wenn die Frau ihre Beine aber in die Höhe reckt, ungefähr so«, Aisha veränderte das Bild, »dann ist diese Stellung besonders günstig, um ein Kind zu empfangen.«

In Mirijam kämpften widerstreitende Gefühle. Ihr Mund fühlte sich trocken an, und ihr Herz hämmerte, wenn sie auf die Zeichnungen blickte. Zugleich aber kam die Angst vor dem Unbekannten, die ihr das Denken nahezu unmöglich machte. Eines aber hatte sie bereits jetzt deutlich verstanden: Was Aisha ihr hier erläuterte, hatte nichts mit der Sache zu tun, die sie damals im *bagno* erlebt hatte. Doch selbst diese Erkenntnis half ihr letzten Endes nur wenig, denn im Grunde wollte sie ihr Inneres nicht preisgeben! Noch während sie das dachte, spürte sie, wie es angesichts von Aishas Zeichnungen zwischen ihren Beinen zog und pochte.

»Was geschieht, wenn der Mann dort ...? Ich meine, ist das alles, was er tut? Es hineinstecken?«

»Nun ja, er bewegt sich und pflanzt dabei seinen Samen tief in die Frau hinein. Das ist dann allerdings schon alles, und dennoch geht alles ausschließlich darum. Er will es wieder und immer wieder tun, denn es ist für ihn das Wichtigste auf der Welt. Es ist ihm wichtiger als Freundschaft und Ehre, wichtiger als Ruhm und Macht, als Geld, Ansehen oder Vertrauen.«

Verblüfft hob Mirijam den Kopf. »Warum?«

Aisha zuckte die Schultern und sah Mirijam zum ersten Mal offen an. Ihrem breiten, flächigen Gesicht war eine Regung von Mitgefühl vor derartiger Unwissenheit zu entnehmen. »Er will Nachkommen zeugen. Das ist Teil von Allahs welt- und zeitumspannendem Plan der immerwährenden Erneuerung und Verjüngung. Geburt und Tod, der Rhythmus des Lebens, darum geht es. Allein aus diesem Grunde wünscht sich jeder Mann Söhne, die sein Erbe antreten, sein Andenken bewahren und ihn unsterblich machen.«

Abwesend nickte Mirijam. Wie sachlich Aisha über derlei Dinge sprach. Für sie selbst war dieser Bereich bei allem Bücherwissen *terra incognita,* Neuland. Außerdem konnte sie sich nur schwer von dem Gefühl befreien, diese Region ihres Körpers sei mit einem Fluch belastet. Natürlich sagte sie sich inzwischen, dass das nicht unbedingt so sein musste, in den Büchern stand jedenfalls nichts darüber, aber ihre Angst hielt sich hartnäckig. Auch deshalb hatte sie noch nie die speziellen Leiden von Frauen behandelt oder gar bei einer Geburt geholfen. Aisha hingegen wusste augenscheinlich alles darüber. Vielleicht konnte sie mit ihr sogar über diese Sache sprechen, ihr erzählen, was damals im Kerker geschehen war, und sie um eine Erklärung bitten.

Der Sherif hatte seinerzeit zwar versucht, ihr zu erläutern, was mit ihr angestellt worden war, aber wirklich verstanden hatte sie es nicht. Jetzt, Jahre später, sollte sie vielleicht endlich nachhaken. Der Abu sagte immer, Wissen weite die Brust, wohingegen Unwissenheit Atembeschwerden und Angst erzeuge.

Während sie um eine Entscheidung rang, hielt Mirijam den Blick gesenkt, und ihre Finger spielten mit dem Sand. Schließlich begann sie mit leiser Stimme. »Da gibt es etwas, was ich dich fragen wollte, Aisha. Eine Frau – du kennst sie nicht, sie ist nicht von hier –, also, diese Frau erzählte mir, jemand habe ihr früher, als sie noch ein Kind war, Gewalt angetan. Meine Freundin wusste nicht genau, was ... Sie glaubte, es handelte sich dabei um eine Art Fluch. Allerdings war es nicht so, wie du es eben skizziert hast, ich meine, nicht dort, sondern ...« Rotübergossen senkte Mirijam den Kopf. »Hier!«, flüsterte sie endlich und deutete mit dem Finger auf die Stelle der Zeichnung unterhalb der Kelchöffnung. Um nichts in der Welt hätte sie jetzt in Aishas Gesicht schauen können.

»Wo der Unrat herauskommt?«

Mirijam nickte. Scharf und hörbar sog Aisha die Luft zwischen den Zähnen ein, während sie gleichzeitig etwas murmelte und eine Abwehrgeste machte. Dann verzogen sich ihre Mundwinkel verächtlich nach unten.

»Mit einem Fluch hat das nichts zu tun! Jeder Mann, der so etwas tut, ist vom *sheitan,* vom Teufel besessen«, erklärte sie mit Bestimmtheit. »Der *sheitan* ist unendlich raffiniert in seinen Überredungskünsten und wahrhaft böse. Er redet dem Mann ein, er sei mächtig und dürfe sich über jede Regel hinwegsetzen. Wer aber dem Teufel keinen Widerstand leistet, sich vielmehr dessen Einflüsterungen hingibt, der wird seine widernatürlichen Phantasien an den Schwachen auslassen, und das sind nun einmal Frauen und Kinder. Das aber bezweckt der *sheitan* ja gerade! Unschuldige Kinder befinden sich, wie man weiß, außerhalb seiner Reichweite. Sie tragen keine Schuld, und sie können nichts für das, was man ihnen antut! Leider können sie aber auch nichts dagegen unternehmen, und so siegt der *sheitan* allzu oft. Dann müssen Kinder, aber auch Frauen Gewalt erleiden, und sie müssen damit leben. Als Einziges können sie versuchen, nicht ihr gesamtes Leben von dieser Teufelstat bestimmen zu lassen. Das wäre nämlich der Sieg für den Dämon über sie, dann hätte er sein Ziel erreicht!« Aishas Stimme klang zornig. Mehrmals warf sie Mirijam forschende Blicke zu. Die saß zusammengesunken im Sand und kämpfte mit den Tränen.

»Doch glaube mir«, fuhr Aisha fort, »eines ist so gewiss wie der Lauf von Sonne und Mond: Allah, der alles sieht, wird diesen Mann am Ende seiner Tage richten. Keine Untat, die der Allwissende nicht sühnt!«

Das Stöckchen, mit dem sie gezeichnet hatte, zerbrach in ihren Fingern. »Übrigens«, fuhr sie fort, während sie nach einem neuen suchte, »wenn der Mann der unreinen hinteren Öffnung des Mädchens Gewalt angetan hat, so ist das Häutchen in ihrer geheimen Grotte nicht zerstört. Die Frau gilt nach wie vor als unberührt und im Zustand der Keuschheit. Sag das deiner Freundin, es wird sie beruhigen.«

»Und es bedeutet nicht, dass sie verflucht ist?«

»Natürlich nicht! Wahrscheinlich ist der Mann verflucht oder vom *sheitan* besessen, keinesfalls aber das Mädchen.«

Mirijam fühlte sich tatsächlich ein wenig befreit und auf seltsame Weise getröstet.

Gern hätte sie über Aishas Erklärung nachgedacht, doch die Schwarze griff bereits nach dem neuen Stöckchen zum Zeichnen. Sie skizzierte eine Gebärende. »Wir sollten fortfahren. Wie du weißt, entstehen aus dem Samen, den der Mann in die Frau pflanzt, in der Wärme ihres Bauches die Kinder. Sie wachsen in ihr heran und werden geboren, wenn es an der Zeit ist. Darüber weißt du genug, denke ich. Es ist, wie es ist, bei Menschen wie bei Tieren, und es ist Allahs Wille, dass die Frauen dies als unabänderlich hinnehmen sollen.«

Sie verwischte die Darstellung im Sand und begann von Neuem zu zeichnen. »Dein Vater bat mich, dir insbesondere von den Freuden der Liebe zu erzählen.«

»Abu Alî? Du hast mit ihm gesprochen?«

»Natürlich. Er sagte, er fürchte, du könntest allzu geringe Kenntnisse haben, da dich keine Mutter vorbereiten konnte. Also, die Freuden der Liebe. Nicht, dass ich darüber aus eigener Erfahrung viel wüsste, aber höre, was andere Frauen mir anvertrauen.«

Mit wenigen Strichen zeichnete sie einen Mann auf dem Rücken liegend und eine Frau, die sich mit gespreizten Beinen auf sein hochgerecktes Glied setzte. »Bei dieser Position hat die Frau viel Bewegungsfreiheit und kann bestimmen, wie tief der Mann in sie eindringt. Ebenso wie in dieser Lage, wenn beide auf der Seite liegen. So sollte man übrigens miteinander schlafen, wenn die Frau ein Kind trägt, es ist schonender.« Und schon hatte Aisha das Paar skizziert. »Außerdem scheint es manchen Frauen Freude zu bereiten, wenn ...«, und die nächste Zeichnung entstand.

Während des Rückwegs fühlte sich Mirijam atemlos und ein wenig benommen. Es gab keinen Fluch, das war eine große Erleichterung, aber diese Zeichnungen ... Ihr Herz schlug aufgeregt. Wenn nun Miguel ...? Und ob sie ...? Sie dachte an das kleine Päckchen mit den Pillen in ihrem Gewand. Bilsenkraut! Und was hatte Aisha zum Schluss gesagt? »Sei nicht ängstlich, zur Liebe gehören immer zwei! Mach du den Anfang. Geh auf ihn zu, streichle und küsse ihn, und du wirst sehen, alles geht plötzlich wie von selbst.« Was für ein Ratschlag für eine Braut, dachte Mirijam mit beklommenem Herzen.

51

MOGADOR WINTER 1526 – 1527

Der Tag der Hochzeit kam schneller als gedacht. Die Arbeit in allen Manufakturen ruhte bereits seit Tagen, dafür gab es in den Küchen umso mehr zu tun. Neben Cadidja hatten fünf weitere Frauen unablässig an mehreren Feuerstellen allerlei Schmackhaftes gebraten, gebacken und gekocht.

Heute sowie an den beiden folgenden Tagen würde man den Gästen, unter ihnen den Armen der Stadt, Joghurtsuppe mit Dill, Minze und grünen Rosinen servieren. Außerdem warteten geschmorte Hühnchen, zarte Auberginen mit Lamm, Safranreis mit brauner Kruste und Berge von feinstem Couscous in würziger Soße, gekrönt von Hammelhoden und Schafsaugen. Dazu würde vergorene Kamelmilch gereicht werden und frisch gebackenes, warmes Brot. Für alle, aber besonders für die Frauen und Kinder, die stets Gelüste nach Süßem hatten, sollte es außerdem Berge von duftenden Gazellenhörnchen, Mandelküchlein, karamellisierten Walnüssen und Honigplätzchen geben. Und natürlich würden sämtliche Platten stets reichlich gefüllt sein.

Als kleines Mädchen hatte sie einmal eine Puppe besessen, mit der sie recht launenhaft umgesprungen war. Hätten Puppen Herz und Verstand, überlegte Mirijam, sie würden sich vermutlich fühlen, wie sie sich heute fühlte: hin und her geschoben und ohne eigenen Willen. Als Braut stand es ihr nicht zu, Anweisungen zu geben oder Wünsche zu äußern, alles hatte nach Brauch und Überlieferung vor sich zu gehen. Und so übernahmen die Weberinnen, die Hennafrau, Cadidja und weitere Frauen das Kommando und bestimmten jedes sie betreffende Detail.

Von Haditha war sie am ganzen Körper enthaart und mit feinen Ölen gesalbt worden, so dass ihre Haut nun perlengleich schimmerte. Ihre Brauen und Wimpern hatte man mit Bleiglanz gefärbt und die Augen mit *khol* geschwärzt, damit sie größer wirkten. Hände und Füße trugen die glückbringenden, verschlungenen Arabesken und Blumenmuster aus Henna, mit denen seit altersher die Bräute der Berberfamilien geschmückt wurden. Jede Frau, die sich zum Haushalt zugehörig fühlte, jede noch so geringe Dienerin, hatte ebenfalls zur Feier des Tages Hände und Füße mit einem kunstvollen Muster aus Hennapaste verziert. Das sicherte ihnen *baraka* und hielt den bösen Blick fern. Mirijam hatte man üppig mit Rosenwasser besprengt, mit Juwelen geschmückt und in einen schneeweißen, seidenen Kaftan und einen Spitzenschleier gekleidet, wie es für eine Braut angemessen war.

Zum Glück ließ es das milde Winterwetter zu, dass die große Feier im Freien stattfinden konnte. Draußen in Hof und Garten wurde gegessen, getrunken und zur Musik von Trommeln und Pfeifen getanzt, Männer und Frauen in getrennten Höfen. Sie aber saß währenddessen allein mit Haditha hier auf dem Brautbett und schlug die Zeit mit einem Brettspiel tot. So hatte sie sich das nicht vorgestellt!

Wo blieb Miguel? Er durfte mit den Männern feiern, durfte mit ihnen essen und tanzen und ihre Glückwünsche entgegennehmen, während sie unsichtbar bleiben musste. Dabei sehnte sie sich nach ihm! Seitdem er zurückgekommen war und wie ein Sturm durch die Hochzeitsvorbereitungen brauste, wollte sie nur noch mit ihm beisammen sein.

»Eure Freundinnen, Schwestern, Tanten und, nicht zu vergessen, Eure Mutter sollten jetzt bei Euch sein«, stichelte die schwarze Sklavin beiläufig und ohne ihre Augen von dem Spielbrett zu heben. »Sie hätten bereits gestern Nacht mit Euch das Hennafest feiern sollen, hätten lachen und scherzen und singen oder vielleicht auch weinen sollen. Es ist nicht recht, dass Ihr allein seid. Und darauf soll der Segen des Allmächtigen liegen?« Sie schnaubte.

Irritiert hob Mirijam den Kopf. Warum sagte Haditha so etwas? Sie wusste doch genau, dass sie außer Abu Alî niemanden hatte. Schon seit langem spürte Mirijam eine unterschwellige Feindseligkeit bei ihrer Dienerin. Sie zeigte neuerdings sogar manchmal einen unterschwelligen Widerstand gegen Mirijam und ihre Anordnungen. Dabei verwendete sie kaum Worte, eher ließ sie Körperhaltung und Mimik sprechen. Während sich Mirijam bemühte, ihren Dienern und Arbeitern gegenüber freundlich, großzügig und gerecht aufzutreten und sich auch um deren Wohlbefinden zu kümmern, benahm sich Haditha immer unfreundlicher. War sie unzufrieden?

Erst gestern hatte Mirijam anlässlich der Hochzeit allen Arbeitern und Hausbediensteten Geldgeschenke überreicht und sie mit neuen Kleidern ausgestattet, Haditha zum Beispiel mit einem neuen Gewand aus rotem Samt mit weiten, seidenen Hosen. Es stand ihr gut, und sie trug es voll Anmut und Würde. Weshalb also verhielt sie sich so feindselig?

»Es ist zweifellos Allahs Wille, dass meine gesamte Familie allein aus Sherif Alî besteht«, entgegnete Mirijam kühl. »Wir sollten den Beschluss des Allwissenden nicht anzweifeln. Und nun hole mir bitte frischen *sherbet* aus der Küche.

Wenn du willst, kannst du danach zusammen mit den anderen essen und feiern.«

Haditha schnaubte erneut, wie immer, wenn ihr etwas gegen den Strich ging. »*La!* Es schickt sich nicht, eine Frau in ihrer Brautnacht allein zu lassen«, entgegnete sie knapp. »Die Dschinn könnten über sie herfallen.«

Kopfschüttelnd sah Mirijam der Dienerin nach, die aufreizend langsam den Raum verließ. Doch ihre Worte konnten sie nicht treffen. Ab jetzt gab es Miguel in ihrem Leben, und mit ihm an ihrer Seite würde sie sich nie mehr allein fühlen. Bei dem Gedanken an den lauten, lustigen und lebensfrohen Miguel lächelte Mirijam. Wie ein frischer Seewind fegte er durch ihr Leben. Er liebte und bewunderte sie und hatte geschworen, dass das bis an sein Lebensende so bleiben würde. »Mit Rosenblättern werde ich jeden deiner Wege bestreuen, auf dass du bei jedem Schritt von betörenden Düften umgeben bist!«, so hatte er ihr erst gestern versprochen und sein Gelübde mit dem Schlagen des Kreuzzeichens vor der Brust besiegelt. Mirijam zupfte an ihrem Schleier und seufzte.

Draußen im Garten feierten Gäste aus der Zitadelle, die Arbeiter sowie die Seeleute der Santa Anna gemeinsam mit Miguel und Abu Alî. Der Klang von Trommeln und Kastagnetten sowie der beschwörende Gesang der *gnaoua,* mit dem sie Allahs Segen erflehten, drang zu ihr herein, und sie wiegte sich im Takt. Duftende Schwaden von Zimt, Nelken und gebratenem Fleisch zogen durch Haus und Innenhöfe. Weihrauch und Sandelholz wurde in allen Räumen verbrannt, und in diesem Zimmer glomm in einem tönernen Gefäß ein Büschel wilder Gartenraute, deren Rauch sie vor dem bösen Blick schützen sollte. Den Gästen wurden die Hände mit aromatisierten Wässern gewaschen und parfümiert. Man hatte wirklich an alles gedacht, um das Glück zu sichern und eifersüchtige, böse Geister fernzuhalten.

An der Zeremonie der Eheschließung hatte sie nicht teilgenommen. Eigentlich erledigten Väter, Onkel und Brüder des Brautpaares alles Offizielle, während Braut und Bräutigam unsichtbar blieben. In ihrem Fall hatten Miguel und Abu Alî die Eheverträge vor dem *kadi* der Stadt und den portugiesischen Beamten unterzeichnet und sie damit zu einer verheirateten Frau gemacht. Alles war gut, alles war wunderbar, und sie war glücklich. Oder nicht? Mirijam seufzte erneut, tiefer als zuvor.

Sie hatte Miguel noch immer nichts von ihrer Herkunft erzählt, nach wie vor lebte er in dem Glauben, eine muslimische Frau geheiratet zu haben. Ein einziges Mal, als Miguel vom harten Leben der Seemannsfrauen sprach, hatte sie es mit einer vagen Andeutung versucht. »An Land ist das Leben nicht notwendigerweise leichter. Ich zum Beispiel habe von Kindheit an schweren Kummer erfahren.« Wenn er jetzt nachhakte, konnte sie sprechen, hatte sie gedacht.

»Das wird ab sofort anders, ich verspreche es!«, beeilte er sich stattdessen zu sagen, schlang die Arme um sie und hauchte einen Kuss auf ihr Ohr. So schnell, wie der Moment gekommen war, war er auch schon vorüber.

Sie wusste, sie war feige, aber die Angst, Miguel zu verlieren und einsam zurückzubleiben, verschloss ihr den Mund. Gerade erst hatte sie eine Ahnung davon bekommen, wie es war, geliebt zu werden, darauf wollte sie nicht mehr verzichten. Aber betrog sie ihn nicht, wenn sie etwas so Wichtiges verschwieg? Wie konnte sie diesen Fehler jetzt noch korrigieren? Sie befand sich in einer Zwickmühle, wie bei dem Brettspiel, das sie gerade spielte. Ab einem bestimmten Punkt konnte man nur noch verlieren.

Nervös schluckte Mirijam. Es hielt sie nicht länger auf dem Bett, und so durchmaß sie mit großen Schritten den Raum. Schließlich öffnete sie eine kleine Schatulle und holte die Briefe ihrer Mutter hervor. Sie bewahrte sie inzwischen in einer fein gearbeiteten Schachtel aus duftendem Holz in ihrem Zimmer auf, da sie sie in ihrer Nähe wissen wollte, um sie wieder und wieder lesen zu können. Behutsam löste sie die seidene Kordel, breitete die Blätter wie einen Fächer auf dem Bett aus und betrachtete sie andächtig. Sie waren das Kostbarste, das sie besaß, wertvoller als alle Dukaten in ihren Kisten.

Und wenn sie Miguel nun einen davon zu lesen gab, würde er das nicht als Vertrauensbeweis würdigen müssen? Den letzten Brief zum Beispiel, jenen, in dem Lea den Raubmord beschrieb, oder lieber den ersten, in dem sie von ihrem Glück über das erwartete Kind erzählte? Egal, wenn er den Brief las, würde sich daraufhin bestimmt ein Gespräch ergeben, in dem sie ihm endlich alles erklären könnte, und er würde ihr verzeihen. Ja, so konnte es gehen. Kurz entschlossen ergriff sie beide Briefe und schob sie in ihr Festgewand. Als Haditha mit frischem Obstsaft zurückkam, saß Mirijam auf dem Bett, als sei nichts geschehen.

»Sie feiern noch«, sagte die Dienerin und setzte sich an das Brettspiel. »Wer ist am Zug?« Haditha gewann nicht nur dieses Spiel gegen die zerstreute Mirijam, die die Steine gedankenlos setzte.

Laut Aisha sollte das Bilsenkraut vorher eingenommen werden, aber wann war dieser Augenblick gekommen? Vielleicht kam Miguel schon bald? Mirijam tastete nach den Pillen in der Gewandtasche und seufzte. Es würde schon gutgehen, versuchte sie sich zu beruhigen und ihr Herzklopfen zu überhören.

»Lâlla, Ihr müsst besser aufpassen«, mahnte Haditha. »Es ist allein Eure Schuld, wenn Ihr dauernd verliert.«

Aishas Worte gingen Mirijam durch den Sinn. Die Schwarze war von der Unschuld der Kinder überzeugt und hatte von der Ohnmacht der Schwachen gesprochen, von teuflischen Einflüssen, von Dämonen und besonders davon, das eigene Leben nicht von einer Teufelstat bestimmen zu lassen. Mirijam ahnte die Richtigkeit dieser Auffassung und spürte dankbar, wie sie ruhiger wurde. Vielleicht gelang es nicht sofort, aber sie musste den Dämon besiegen. Wenn sie Miguel nicht vertraute und stattdessen immer wieder ihrer Furcht nachgab, dann hätte der Teufel tatsächlich gesiegt.

Konnten Aishas Pillen, besonders das leichte Rauschmittel, das darin enthalten war, ihre Ängste bezwingen? Mittlerweile hatte sie in Abu Alîs Büchern die genaue Zusammensetzung und Anwendung dieser Medizin aus Bilsenkraut und Mohnsamen nachgeschlagen. Aber hatte die Schwarze auch die gleiche Rezeptur verwendet? Aishas Ruf als afrikanische Hexe wollte ihr nicht aus dem Kopf.

52

Ein dunkler Schatten trat in den Raum.

»Miguel!«

Mit wenigen Schritten war er bei ihr, das Gezischel der Dienerin ignorierend, fasste sie bei den Händen und zog sie hoch.

»Psst!«, flüsterte er. Seine Augen funkelten. »Hier sitzt du also, meine Schöne, allein im Halbdunkel? Und das soll dein Hochzeitsfest sein? Bei allen Heiligen, das werden wir ändern! Ich frage mich, ob du wohl wirklich die mutige Frau bist, als die ich dich kennengelernt habe?«

»Natürlich, was denkst du denn?«, prahlte sie. In Wahrheit fühlte sie sich nicht halb so mutig, wie sie tat.

Miguel lachte. Er betrachtete sie von Kopf bis Fuß, zog sie kurz an seine Brust und drückte einen Kuss auf ihre Stirn. »Was bist du doch für eine Augenweide! Nun denn, wenn du tatsächlich Mut hast, so komm mit mir auf die Santa Anna. Wir schleichen ungesehen zum Hafen hinunter, wo mein Boot wartet. An Bord ist schon alles bereit, dort werden wir unsere Ruhe haben. Bist du dabei, mein Eheweib? Aber sei um Gottes willen leise, dass uns keiner von deinen Hausdrachen abfängt!«

Er sah erhitzt aus, und seine Haare waren ganz zerzaust, aber seine Augen strahlten wie Sterne.

»Lâlla Azîza, Ihr könnt unmöglich ... Ihr dürft nicht ... Ihr müsst ...« Haditha stellte sich in die Tür.

»Aus dem Weg, Frau! Deine Herrin wünscht, mit ihrem Ehemann einen Spaziergang zu unternehmen!«

Mirijam zitterte. In diesem Moment hätte sie die Heirat vor Schreck am liebsten rückgängig gemacht. Doch schon im nächsten Augenblick rannte sie an Miguels Hand durch die Nacht.

Die Kapitänskajüte erstrahlte in sanftem Kerzenlicht, das auf ein mit Blüten bestreutes, weich gepolstertes Lager fiel. Der Tisch war mit Damast, edlem Porzellan und funkelnden Gläsern gedeckt, und alles duftete nach Damaszener Rosen.

»Oh«, staunte Mirijam, die die Kajüte vom letzten Besuch als den kargen Raum eines Mannes in Erinnerung hatte. Vor ein paar Tagen noch hatte es hier nach Tabak und Leder gerochen, und der Tisch war unter Kartenrollen und nautischen Gerätschaften kaum zu sehen gewesen.

Miguel reichte ihr ein Glas Wein und hob das seine zu einem Trinkspruch. »Senhora Mansour y de Alvaréz«, sagte er feierlich, »ich heiße dich herzlich willkommen in deinem neuen Leben.« Er deutete eine kleine Verbeugung an.

»Danke.« Vorsichtig nippte Mirijam an ihrem Glas. Sie hatte noch nie Wein getrunken, wusste allerdings um seine Wirkung. Ihre Hand zitterte. Bloß nichts verschütten! Hastig stellte sie das Glas auf den Tisch. Das Herz schlug ihr bis in die Kehle. Sie verschränkte die Hände hinter dem Rücken, hielt verlegen die Augen gesenkt und wartete, was geschehen würde. Müsste sie nicht allmählich die Pille mit dem Bilsenkraut einnehmen, war nicht jetzt der richtige Zeitpunkt?

»Nimm Platz, während ich uns eine Kleinigkeit zum Essen hole. Etwas Fisch und ein paar Früchte – wäre das nach deinem Sinn?«

»Für mich nur wenig, ich bin nicht hungrig«, antwortete Mirijam leise. Ihre Knie zitterten. Kaum hatte Miguel die Kajüte verlassen, holte Mirijam eine der kleinen Pillen hervor und spülte sie mit einem kräftigen Schluck Wein hinunter. Hoffentlich war es tatsächlich die richtige Zeit dafür, aber nun hatte sie jedenfalls alles Nötige getan, das Weitere lag nicht mehr bei ihr. Sie horchte in sich hinein, um die Wirkung des Bilsenkrauts zu erspüren, doch außer starkem Herzklopfen merkte sie nichts. Vielleicht noch ein Gläschen Wein? Erneut füllte sie den Kelch und trank ihn beinahe leer.

Während sie in der Kajüte stand und darauf wartete, dass irgendetwas geschah, breitete sich allmählich eine angenehme Wärme in ihrem Inneren aus. Die Schultern lockerten sich, und sie konnte ohne Anstrengung lächeln, schon das war angenehm. Je besser sie sich fühlte, desto kleiner schien ihre Angst zu werden. Aber was hatte Aisha außerdem gesagt? Es gehörten immer zwei zur Liebe, hatte sie behauptet, und wenn die Frau den Anfang machte, hätte sie bereits gewonnen. In diesem Augenblick kam Miguel zurück und stellte kleine Häppchen auf den Tisch.

»So, nun sind wir allein auf dem Schiff«, sagte er. »Nur der Bootsmann und der Koch bleiben heute Nacht als Wachen an Bord. Du musst dir also keine Gedanken machen, wir sind ganz und gar ungestört.«

Mirijam nickte errötend. Dann nahm sie ihren Mut zusammen. Während sie den Schleier fallen ließ, trat sie rasch einen Schritt näher, legte Miguel die Arme um den Nacken und bot ihm ihren Mund zum Kuss. Gleichzeitig jedoch und ganz gegen ihren Willen begann sie heftig zu schluchzen. Miguel hauchte einen Kuss auf ihre Wange. Dann legte er einen Finger unter ihr Kinn und hob das Gesicht an. Er erschrak vor dem gequälten Ausdruck in ihren Augen.

»Hab keine Angst«, murmelte er zärtlich, »ich werde dir nicht wehtun. Heute nicht und, gebe Gott, niemals in meinem Leben. Im Gegenteil, mein Herz, ich werde dich schützen und behüten, wenn nötig mit meinem eigenen Leben. Das schwöre ich bei der heiligen Muttergottes von Sao Pietro y Paolo.« Er geleitete sie zum Lager und bettete sie sanft in die weichen Kissen. Dann legte er sich neben sie, während er ihr beruhigend Hände und Arme streichelte und mit gedämpfter Stimme leise Koseworte zuflüsterte.

Das Schiff nahm die sanften Bewegungen des Wassers auf und übertrug sie auf die verängstigte Mirijam. Langsam beruhigte sich ihr Atem, die Tränen versiegten, und sie konnte sich entspannen. Endlich war es so, wie sie es sich erträumt hatte, Miguel hielt sie im Arm, alles war ruhig und zärtlich.

Jetzt oder nie, dachte sie mit neuem Mut, der Moment war gekommen, die Wahrheit zu bekennen. »Miguel, ich muss dir etwas gestehen«, begann sie. »Ich hätte es schon längst tun sollen. Bitte, verzeih! Es ist nämlich so, dass ich nicht die bin, für die du mich hältst. Ich bin nicht die Tochter von Abu Alî, sondern nur seine Ziehtochter. Zuvor war ich Sklavin.« Ängstlich forschte sie in Miguels Gesicht, doch er schien von dieser ungeheuerlichen Nachricht kein bisschen beeindruckt zu sein.

Stattdessen fuhr er mit dem Finger weiter die Linien ihres Gesichtes entlang, entdeckte die kleinen Ohrmuscheln, strich den zarten Hals hinunter und wieder hinauf, zeichnete ihre Lippen nach und das feste Kinn, um dann wieder von vorn zu beginnen.

»Du Arme«, murmelte er, den Mund in ihren Locken vergraben. »Wie gut, dass er sich deiner angenommen hat.«

Warmer Atem streifte ihren nackten Hals und das Ohr, als er einen zarten Kuss darauf gab. Ein süßes, wehes Ziehen erfüllte sie, lustvoll und schmerzhaft zugleich, und sie spürte, wie ihre Brüste sich ihm entgegenreckten und wie ihr Inneres weich und nachgiebig wurde. Sie fühlte sich wunderbar leicht und herrlich warm.

Indessen fuhr Miguel fort, sie zu streicheln und zu küssen. Er küsste ihre Stirn, die Wangen, das Kinn und die zarte Grube am Hals und löste zugleich nach und nach das Gewand von ihrem Körper. Er streichelte ihre Brüste, deren dunkle Spitzen hart und empfindlich wurden, strich über den Bauch und schließlich legte er die Lippen auf ihren Mund. Zunächst spielerisch, dann ein wenig fordernder drängte er die Zunge zwischen ihre Lippen, und unter seinen tastenden Fingern begann ein dunkler, feuchter Traum.

Als er schließlich in sie eindringen wollte, versteifte sie sich und wich erschrocken zurück, doch gleich darauf öffneten sich ihre Schenkel wie von selbst für ihn. Mirijam fühlte einen kurzen, stechenden Schmerz, aber welche Belohung folgte ihm! Wellen der Leidenschaft überfluteten und überrollten sie, sie bäumte sich ihm entgegen, hielt seine Schultern umfasst und grub die Nägel in seinen Rücken. Sie warf den Kopf in den Nacken und gab sich ihm ganz hin, Berührung um Berührung, Stoß um Stoß, und Kuss um Kuss.

Nach einer Weile zog er sich behutsam aus ihr zurück, und Mirijam öffnete die Augen. Sie nahm jedoch kaum etwas von der Umgebung wahr. Noch immer glühte und zuckte es in ihrem Leib, und sie legte die Hand auf den brennenden Schoß, als könne dies den Aufruhr dort besänftigen.

Miguel saß derweil nackt mit untergeschlagenen Beinen gegen die Holzwand gelehnt auf dem Bett. Seine straffe Haut schimmerte, und seine Augen leuchteten. Von den behaarten, muskulösen Beinen strahlte die Hitze bis zu ihr aus. Sie lehnte eines ihrer zitternden Knie dagegen.

»Ist es immer … so?«, fragte sie leise.

»Nur, wenn man ein Glückspilz ist wie ich«, antwortete er ebenso leise. Dann zog er sie an sich und drückte einen Kuss auf ihre zerwühlten Locken, bevor er erneut behutsam ihre Schenkel auseinanderschob.

53

Umschlungen von Miguels Armen erwachte Mirijam im ersten Morgenlicht. Sein linker Arm lastete auf ihrer Brust, so dass sie kaum atmen konnte. Vorsichtig, um sich etwas Luft zu verschaffen, ohne dabei den Kapitän zu wecken, rückte sie ein wenig beiseite.

Kapitän!, lächelte sie versonnen und strich sich das Haar aus dem Gesicht. Nein, nicht länger Kapitän oder Geschäftspartner, nun war er ihr Vertrauter, ihr Ehemann. Daran würde sie sich zwar erst noch gewöhnen müssen, aber dazu hatte sie ja nun ein Leben lang Zeit. Scheu betrachtete sie ihren Mann, der mit zerwühlten Haaren zwischen den Kissen lag und tief und fest schlief. Anscheinend war Schlaf für Miguel eine Angelegenheit, der er sich mit voller Konzentration widmete, dachte Mirijam angesichts der Ernsthaftigkeit seiner Miene.

Sie kroch aus dem Bett, wickelte sich in eines der Laken und setzte sich auf einen kunstvoll verzierten, hölzernen Lehnstuhl an den Tisch. Das Sitzen bereitete ihr einen kleinen, herbsüßen Schmerz, sie fühlte sich wund und müde. Noch immer hielt sie der Zauber der Nacht umfangen, und doch errötete sie bei dem Gedanken daran, was sie getan hatten. Hatte sie wirklich zugelassen, dass Miguel sie überall streichelte und küsste? Dass er in sie eindrang? Er hatte geschnauft und gestöhnt und sie sehr fest gehalten, er hatte ihr sogar wehgetan, und doch hatte sie sich weder gefürchtet, noch hatte sie sich wehren wollen. Es war anders gewesen, als sie es sich vorgestellt hatte.

Bevor Aisha ihr erklärt hatte, was Männer mit Frauen anstellten, hatte sie sich diese Vereinigung als das Qualvollste vorgestellt, das man einer Frau antun konnte. Lange, eigentlich sogar bis gestern, wollte sie sich Miguel lieber als Freund und zärtlichen Vertrauten vorstellen denn als Mann mit derartigen Gelüsten. Heute Morgen aber, stellte sie verwundert fest, nach dieser Nacht fühlte sie sich einfach wunderbar. Sie war müde, doch alles an ihr war weich und gelöst wie nach dem Dampfbad. Sandte nicht jeder Muskel und jedes Gelenk, und seien sie noch so klein, deutliche Signale des Wohlbehagens aus? Ob das am Bilsenkraut lag? Die Pille jedenfalls hatte offenbar nicht nur die Angst vollständig ausgelöscht, dieses Zauberkraut hatte sie sogar ermutigt, selbst tätig zu werden. Ob Aisha zusätzlich etwas hineingemischt hatte? Erneut schoss ihr die Röte ins Gesicht. Hatte sie sich wirklich auf ihn gesetzt und ihm ihre Brüste präsentiert? Und hatte Miguel nicht gerade das ausgezeichnet gefallen? Ein rascher Blick zum Bett zeigte ihr, dass er immer noch fest schlief.

Mirijam strich über ihre Arme und berührte dabei versehentlich eine ihrer Brüste. Sofort verhärteten sich die Brustwarzen, sie erbebte, und ein süßer Schauer lief über ihre Haut und zog durch ihren Leib. Verwirrt erstarrte sie. Wie seltsam, dachte sie, was geschah hier mit ihr? Behutsam fuhr sie noch einmal mit dem Finger über den Stoff, der die Brüste bedeckte und umkreiste die empfindliche Stelle. Auf Armen und Beinen und im Nacken richteten sich Tausende von kleinen Härchen auf. Seufzend schloss sie die Augen. Sie bemerkte, wie ihr Schoß zu pochen begann und allmählich feucht wurde, und errötete unwillkürlich. Ein wenig fühlte es sich an wie letzte Nacht, als ihre beiden Körper ein Eigenleben entwickelt hatten, fast als verfolgten sie instinktiv ureigene Ziele.

Um sich vom Aufruhr ihres Körpers abzulenken, aß sie von den Trauben auf dem Tisch und atmete den Geruch des Schiffes ein. Diese Mischung von Holz, Teer und Leder, die den Duft nach Rosen mittlerweile verdrängt hatte, erschien ihr wie Miguels eigener Geruch. Sie ließ die Augen durch die Kajüte schweifen.

Der große Tisch, über dem eine schöne Laterne aus geschliffenem Glas an der Decke hing, war ebenso fest am Boden verankert wie die beiden Lehnstühle. Unter dem kleinen Fenster stand eine bemalte Truhe, vermutlich Miguels Seekiste, und an schlanken Messinghaken hingen Astrolabien und andere Instrumente aus glänzendem Metall. Aus der Ecke neben dem Fenster schaute die Figur des gekreuzigten Jesus. Was sich wohl hinter jener schmalen Tür dort drüben verbarg? Auf der Palomina hatte sich an dieser Stelle ein Eimer für die Notdurft befunden. Vorsichtig öffnete Mirijam die Tür und fand tatsächlich einen sauberen Abtritt mit einem Wasserkrug und einem Stück duftender Seife vor. Er bot zwar nicht den Luxus eines Hamam, kam ihr aber trotzdem sehr gelegen.

Sauber und erfrischt schlich sie zurück in die Kajüte, wo Miguel immer noch fest schlief, und schlüpfte in ihr Brautgewand vom Vortag. Ein weiches Lächeln erhellte ihr Gesicht, als sie Miguel betrachtete. Er schlief mit aller Kraft, beinahe wie ein kleiner Junge, dachte sie gerührt. In der gebräunten Haut seines Gesichtes zeichnete sich rund um die Augen ein Gespinst von hellen Fältchen ab, die über die Schläfen strahlten, bis sie in den wirren Locken verschwanden. Eine dieser Locken lag auf seiner Wange. Ein Bein hing über der Bettkante, ein kräftiges, behaartes Bein mit deutlich sichtbaren Muskelsträngen und einem starken Knie. Alles andere war unter Decken und zerwühlten Laken verborgen. Er war ein muskulöser Mann, doch offenbar brauchte sie vor seiner Kraft keine Angst zu haben.

Erneut kamen ihr Szenen der vergangenen Nacht in den Sinn. Hatte Miguel sie zu etwas gezwungen, was sie selbst nicht wollte? Hatte er irgendwann zu fest zugepackt? War er grob geworden, oder hatte er die Kontrolle über sich verloren? Im Gegenteil, er war rücksichtsvoll und vorsichtig mit ihr umgegangen. Er würde seine Stärke nie gegen sie einsetzen. Vielleicht besaß er sogar die Macht, die Erinnerung an den Kerker damals auszulöschen.

Mirijam konnte den Blick nicht von ihm lösen. Einen Augenblick lang tauchte Cornelisz vor ihrem inneren Auge auf, ihr Prinz, den sie von Kindheit an als ihren Ehemann ausersehen hatte. Wie oft hatte sie von ihm geträumt!

Nun waren es keine goldenen Locken, die dort auf dem Kissen lagen, dachte sie, auch die Hände waren alles andere als fein oder zartgliedrig wie die von Cornelisz, aber Miguel war ein guter und liebenswerter Mann. Und er liebte sie, zärtlich und machtvoll zugleich. Im Vergleich dazu war die Liebe, die sie für ihn empfand, noch jung, wie ein zartes Pflänzchen. Aber wenn sie erst vertrauter miteinander waren, würde sie wachsen, dessen war sie sicher.

Ein leises, kaum hörbares Kratzen hinter der Tür unterbrach ihre Überlegungen. Sie öffnete vorsichtig und entdeckte ein Tablett mit Säften, Tee und Honig, mit Obst, frischem Brot, Gebäck und köstlichem Konfekt. Es stand vor der Tür auf dem Boden und stammte aus ihrem Hause, wie sie an der Auswahl erkannte. Cadidja, ihre fürsorgliche Köchin, wusste eben genau, was ihr schmeckte und hatte das Tablett herübergeschickt.

Mirijam lächelte und machte es sich mit einem Glas Tee gemütlich. Aus der Kleidertasche nahm sie die Briefe ihrer Mutter und suchte eine ihrer Lieblingsstellen.

»... mit all meiner Kraft will ich dieses Versprechen halten! So wie ich dem Ewigen danken will für seine Gnade, und für das Kind unter meinem Herzen, sollte Gesa die Zeichen wirklich richtig gedeutet haben. Aber warum sollte sie sich irren? Einen Sohn und Nachfolger für meinen guten Andrees oder ein kleines Mägdelein, das mir nicht von der Seite weicht – mein Herz tanzt vor Freude! Vielleicht ist die Zeit der Prüfungen nun endgültig vorüber, und der Ewige wird mir das Glück schenken ...«

»Frau, woher hast du das Frühstück?«, tönte es plötzlich vom Bett herüber. »Und warum gibst du mir nichts davon? Willst du deinen Mann auf seinem einsamen, kalten Lager etwa hungern lassen?«

Mirijam schreckte hoch. Miguels Haare standen nach allen Seiten ab, und er tat mürrisch, aber seine Augen strahlten.

»Keineswegs, werter Gemahl«, lachte Mirijam und sprang auf. »Man sagt, hungrige Männer seien unausstehlich. Meine Köchin wusste das offenbar und sandte uns in weiser Voraussicht diese Speisen.«

»Sie sollte zur Oberköchin befördert werden. Aber nun komm her, mein Appetit ist nämlich schier unbezwingbar!«

Wie sich zeigte, hatte Miguel allerdings weniger auf Obst und Kuchen Appetit. Sollte sie schnell eine der Pillen einnehmen? Doch ermutigt durch die lustvollen Überraschungen der vergangenen Nacht verzichtete Mirijam darauf. Lieber vertraute sie sich Miguels kundigen Händen und Lippen an.

54

Erst später kam Mirijam endlich zu ihrem Vorhaben. Hastig und zunächst ein wenig durcheinander begann sie, Miguel von ihrer Vergangenheit zu erzählen. Sie wollte es so schnell wie möglich hinter sich bringen. Was, wenn sie mittendrin der Mut verließ? Doch je länger sie redete, desto klarer wurde der Bericht über die Eltern, die Kindheit in Antwerpen und den Überfall durch die Piraten.

»*Deus,* was für eine unglaubliche Geschichte!«, staunte Miguel. Während er Mirijams Bericht lauschte, hatte er das Tablett leer geputzt. »Also aus Antwerpen stammst du? Ich war noch nie in Antwerpen, aber es soll eine schöne Stadt sein, das hat mir ein guter Freund erzählt. Van de Meulen, van de Meulen ... Ich weiß genau, ich habe schon von diesem Handelshaus gehört, aber im Augenblick will mir partout nicht einfallen, in welchem Zusammenhang.« Zärtlich legte er den Arm um Mirijams Schultern und drückte einen Kuss auf ihre Locken. »Diese verfluchten Korsaren, sie sind schlimmer als die Pest. Und ihr Kommandant trug einen roten Bart und zwei gekreuzte Krummschwerter, sagst du? Der Grieche! Ich wette, das war er, der übelste und zugleich erfolgreichste aller Korsaren: Chair-ed-Din, der Rotbärtige!« Er strich über ihr Haar, doch seine Augen blickten in unbestimmte Ferne. Schließlich sprang Miguel aus dem Bett, fuhr in seine Hose und lief in der engen Kajüte auf und ab.

Hatte er das mit ihrer jüdischen Mutter etwa nicht verstanden, oder nahm er es nicht wichtig? Der Piratenüberfall hingegen erregte ihn anscheinend heftig. Erleichtert, dass sie ihre Geheimnisse endlich losgeworden war, schob sich Mirijam ein Kissen in den Rücken, zog das Laken bis zum Hals und beobachtete Miguels rastloses Auf und Ab.

»Dieser Rotbart muss schon an der Mutterbrust eine Plage gewesen sein, zurzeit jedenfalls ist er der Teufel in Person! Es wundert mich nicht, dass er deine Schwester in einen Harem verkaufte, der nimmt, was er kriegen kann und macht noch aus Schafskötteln Dukaten! Und das Schlimmste, diese Geißel Gottes kennt weder Menschlichkeit noch Gewissen.« Miguel starrte aus dem kleinen Fenster und überlegte. »Allerdings muss ihm der Käufer damals sehr, sogar sehr viel Geld für deine Schwester geboten haben, denn die höchsten Summen schlägt er immer noch aus dem Lösegeld heraus, das die Angehörigen aufbringen müssen. Und weißt du, was er mit dem Lösegeld und den horrenden Verkaufserlösen anfängt?«

Jetzt stand der Kapitän vor dem Bett. Er blickte auf Mirijam hinunter und sah zugleich durch sie hindurch. »Er rüstet die Flotte seines Herrn, des Sultans von Konstantinopel, auf! Niemand ahnt, wie viele Schiffe, Truppen und Kanonen die Raubzüge Chair-ed-Dins schon ermöglicht haben. Die Piraten an sich sind für uns Kauffahrer schon gefährlich, Sultan Süleymans Flotte aber wird mit jedem Tag größer, besser ausgerüstet und damit natürlich immer bedrohlicher.«

Miguel schob die Gläser beiseite, nahm eine Karte aus ihrer Lederhülle und entrollte sie auf dem Tisch. Mit gerunzelten Brauen studierte er die Küstenlinie der Levante, bevor er seine Wanderung durch den engen Raum wieder aufnahm.

Beunruhigte ihn ihr Bericht so sehr, dass er darüber ihre Anwesenheit vergaß? Eigentlich hätte sie ihm am liebsten den Rest auch gleich gebeichtet und ihr Gewissen erleichtert, schließlich konnte sie erst dann einen Schlusspunkt setzen, wenn sie alles enthüllt hatte. Er jedoch schien sie nicht wahrzunehmen.

»Hier liegt es«, endlich deutete Miguel auf die Karte, »das verfluchte Teufelsnest. Es wird erzählt, Sultan Süleyman habe Rotbart mittlerweile weitreichende Vollmachten erteilt. Jedenfalls hat er mit seinen Korsaren in Al-Djesaïr sein eigenes Reich innerhalb des Osmanischen Reiches geschaffen, mitsamt dem dazugehörigen *diwan,* dem Rat aus Offizieren und Kapitänen der osmanischen Armee. Ich danke Gott jedes Mal, wenn ich jenen Küstenabschnitt ungehindert hinter mir habe. Es ist ein verdammt gutes Gefühl, wenn der Felsen von Gibraltar endlich vor dem Bug auftaucht und die Santa Anna wieder einmal heil davongekommen ist!«

»Bist du ihm oder seinen Schiffen denn schon einmal begegnet?«, fragte Mirijam besorgt. Wie wenig sie doch von ihm wusste, insbesondere von den Gefahren, denen er während seiner Reisen ausgesetzt war.

»*Por deus no!* Gott sei Dank nicht, und ich habe auch keinerlei Verlangen danach!« Miguel schaute nachdenklich auf die Karte. »Irgendwann – und glaube mir, seitdem der französische König diesen Teufelspakt mit dem Osmanen geschlossen hat, werden wir darauf nicht mehr lange warten müssen! –, irgendwann also wird die gut gerüstete Armada des Sultans den entkräfteten und geschundenen Soldaten von Kaiser Karl V. gegenüberstehen, die sich nun schon seit Jahren vollkommen sinnlos mit dem Papst bekriegen. Und dann gnade Gott uns ehrlichen Kaufleuten und armen Seefahrern!« Er schlug mit der Faust auf den Tisch.

Unsicher beobachtete Mirijam, wie er – barfuß und nur mit der Hose bekleidet – erneut die Kajüte durchmaß. Sie schwieg. Seine Einschätzung der Lage erfüllte sie mit Schrecken. In ihrer Stadt am Meer hörte man nur selten etwas über das große Weltgeschehen, und bisher hatte sie das auch nicht gestört. Selbst die Ausweitung ihrer Geschäfte bis Frankreich, Malta und ins syrische Halab hatte daran nichts geändert. Aber nun, als Ehefrau eines Kapitäns, erweiterte sich zwangsläufig ihr Blickwinkel. Außerdem, so stellte sie plötzlich fest, hatte sie bis jetzt noch nie darüber nachgedacht, welch vielfältigen Gefahren Miguel bei jeder Reise ausgesetzt war. Bedeuteten seine Worte, dass ein Krieg bevorstand? Sie musste ihn unbedingt fragen, welche Ursachen hinter den Streitigkeiten zwischen König, Kaiser und Papst steckten.

Endlich bemerkte Miguel ihre Beunruhigung. Er setzte sich zu ihr aufs Bett und nahm ihre Hand. »Keine Sorge, *querida,* wir Alvaréz' besitzen einen ausgeprägten Lebenswillen. Außerdem ist meine Santa Anna flink wie eine Schwalbe. Aber für dich waren jene Erlebnisse natürlich ein großes Unglück. Hast du je wieder etwas von deiner Schwester gehört?«

»Es heißt, sie sei am Fieber gestorben.«

Miguel nickte. Über der Nase furchten Zornesfalten seine Stirn. »Na ja, einmal im Harem verschwunden ist so gut wie tot. Du hast wirklich Glück im Unglück gehabt, mein Herz. Noch mehr, wenn man bedenkt, dass du letzten Endes an deinen klugen Ziehvater geraten bist.« Hingebungsvoll küsste er ihre Fingerspitzen, und der Grimm schwand aus seiner Miene. »Saõ Crístofero, der Schutzpatron aller Verlorenen und Verirrten, hat gnädig seine Hand über dich gehalten, sonst wärst du jetzt nicht hier. Hast du eigentlich niemals versucht, nach Hause zurückzugelangen?«

»Nein, aber das ist eine andere Geschichte.« Mirijam

stockte. Sie zog das Laken ein Stück höher, so dass lediglich ihr Gesicht unbedeckt blieb. Ursprünglich hatte sie vorgehabt, ihm auch von der Sache im Kerker, der Vergewaltigung, zu erzählen, aber nun fehlte ihr dazu doch der Mut. Was, wenn Miguels Abscheu geweckt würde und er sich von ihr abwandte? Ein Kälteschauer rann über ihre Arme.

Miguel schaute sie erwartungsvoll an.

Das, was sie ihm unbedingt gestehen musste, die Sache mit ihrer jüdischen Abstammung, darüber hatte sie – außer einer flüchtigen Andeutung, als sie ihre Eltern erwähnt hatte – noch kein Wort verloren. »Da ist etwas«, begann sie leise, »das du unbedingt wissen musst. Es könnte sein, dass du ... Vorhin habe ich nicht ...« Erneut holte sie tief Luft. Dann sprudelte aus ihr hervor, was sie aus den Briefen vom Leben ihrer Mutter und über deren Flucht und was sie über den Advocaten wusste. In dieser gedrängten Version klang die Geschichte beinahe noch grausamer, als sie ohnehin schon war.

»Ich hätte dir das alles längst sagen müssen«, schluchzte sie. »Aber viele Jahre lang konnte ich mit niemandem außer dem Sherif darüber sprechen. Abu Alî denkt, jemand aus Antwerpen hätte die Korsaren angestiftet, Lucia und mich zu fangen und zu beseitigen. Er meint, dieser jemand kann nur der angebliche Onkel meiner Mutter gewesen sein. Wahrscheinlich hat er damit sogar recht. Und später, im *bagno* ... Es war entsetzlich! Ich konnte nicht mehr sprechen, kein einziges Wort. Für viele Monate war ich stumm, verstehst du? Und noch etwas Wichtiges habe ich dir nicht gesagt.« Sie ächzte.

»Ruhig, Liebes, ganz ruhig. Hast du schon einmal überlegt, wer von eurem Tod profitieren könnte? Ich wette, dort muss man ansetzen.«

»Ja, ja, aber hör doch weiter: Mein Name ist überhaupt nicht Azîza! Ich heiße ... Mein Name ist ...« Das Weitere ging in Schluchzern unter.

»Beruhige dich, meine Blume. Nicht weinen, bitte, nicht weinen.«

Mitfühlend streichelte Miguel seine junge Frau und küsste ihre Tränen fort. Er murmelte allerlei tröstende Worte und drückte sie fest an die Brust, während er ihrem nur teilweise verständlichen Gestammel lauschte. Dabei wurde ihm vor allem eines ganz deutlich: Er war wie berauscht vom Duft seiner Frau. Unter seinen Zärtlichkeiten versiegten Mirijams Tränen allmählich.

Doch plötzlich sprang Miguel aus dem Bett und nahm seine Wanderung durch die Kajüte wieder auf. »Ha! Jetzt fällt mir wieder ein, was sich die Seeleute in Venedig und anderen Häfen über van de Meulen erzählen! Zinn, ja genau! Dieses Haus van de Meulen kauft anscheinend überall Zinn auf, sogar von den griechischen Inseln. Und man sagt – aber das ist möglicherweise nur Kneipengeschwätz, Seeleute sind üble Klatschmäuler! –, man sagt hinter vorgehaltener Hand, es verkauft es dem Meistbietenden, selbst wenn es der verfluchte Osmane ist!«

Verständnislos schaute Mirijam ihn an.

»Das verstehst du nicht, meine Schöne? Zinn ist ein Hauptbestandteil von Bronze und entsprechend begehrt. Und zwar für die Herstellung von Kanonen. Man benötigt es auch für andere Waffen, aber besonders für Kanonen. Wer Zinn fördert oder damit handelt, kann im Moment beinahe jeden Preis dafür verlangen.«

Mirijam schüttelte den Kopf. »Ja, existiert das Handelshaus van de Meulen denn immer noch? Was weißt du darüber?«

Miguel stand am Tisch und trank einen Schluck Wein. Dabei betrachtete er Mirijam nachdenklich. Schließlich setzte er sich wieder zu ihr auf die Bettkante. »Wie, sagtest du gleich, ist dein richtiger Name?«

»Mein Geburtsname lautet Mirijam van de Meulen, Tochter von Andrees van de Meulen und seiner zweiten Ehefrau Lea, einer geborenen Cohn.« Sie strahlte. Zum ersten Mal seit unendlich langer Zeit hatte sie ihren richtigen Namen laut ausgesprochen. »Ich bin Mirijam!«

»Mirijam? Ein hübscher Name, er gefällt mir.« Miguel kostete den Klang des Namens wie eine gute Speise oder einen edlen Wein. »Und deine Mutter hieß Lea? Und jener Onkel deiner Mutter, der, der auf der Flucht ermordet wurde, wie war sein Name? Von Joaqim, dem Schmuggler wurde er getötet, habe ich das richtig verstanden?«, fragte er schließlich.

Mirijam nickte. »Ja, der Onkel hieß Jacob Cohn, so steht es in den Briefen meiner armen Mutter. Du kannst sie gern selbst lesen.« Damit wies sie hinüber zum Tisch.

Miguel winkte ab. »Du entstammst also einer jüdischen Familie, die aus Spanien geflohen ist?«

Erleichtert nickte Mirijam, endlich hatte Miguel alles richtig verstanden. Sie zog die Knie an und schlang die Arme darum. Nun würde sich zeigen, was er darüber dachte und ob er ihr das lange Schweigen verübelte. Miguel aber nahm seine Wanderung in der Kajüte wieder auf.

»In einem ihrer Briefe hat meine Mutter ihren Onkel genau beschrieben, sein fröhliches Wesen und ein überaus hässliches Feuermal, das sein Gesicht verunstaltete.«

Immer noch sagte Miguel nichts. Sein abwesender Blick irrte an Mirijam vorbei zum Fenster. »Vater war Flame«, fügte Mirijam leise hinzu.

Miguel wedelte ungeduldig mit der Hand. »Jacob Cohn,

Jacob Cohn, ich bin sicher, den Namen habe ich schon irgendwo gehört«, grübelte er vor sich hin. »Aber wie soll das zugegangen sein, wenn er seit Jahren tot ist?«

»Vaters Notar, hast du vergessen? Er nennt sich so. Der Abu glaubt, der Advocat könnte ein Schwindler sein, ein elender Betrüger, der diesen ehrenwerten Namen missbraucht.«

Plötzlich starrte Miguel sie mit großen Augen an. Dann riss er die Kleider vom Haken und fuhr in sein Hemd.

»Komm, Frau, kleide dich an. Wir müssen an Land und mit dem Sherif sprechen.«

»Jetzt?«

»Ganz recht, jetzt. Mir fällt nämlich endlich alles wieder ein. Das Haus van de Meulen gibt es in der Tat noch. Sein heutiger Inhaber heißt Cohn, genannt der Advocat. Ich muss unbedingt wissen, was dein Abu in Erfahrung gebracht hat. Denk doch nur an das Zinn für die Kanonen und an die Gerüchte, den Handel mit den elenden Osmanen betreffend!«

55

MOGADOR 1527

Auf der einen Seite war Miguel auch nach diesen sechs Monaten noch wie verzaubert und sein Leben nie so süß gewesen. Andererseits jedoch verhielt sich sein geliebtes Eheweib leider nicht immer so, wie er sich das wünschte. Das wurmte ihn, und zwar von Tag zu Tag mehr.

Dass seine Frau eine höchst ungewöhnliche Lebensgeschichte und zwei verschiedene Namen hatte – die einen nannten sie Lâlla Azîza, von ihm wollte sie jedoch mit ihrem Geburtsnamen Mirijam gerufen werden –, das störte ihn nicht. Dass sie eine jüdische Mutter hatte und demnach selbst Jüdin war, das störte ihn ebenso wenig, schließlich war eine Religion so gut wie die andere. Eigentlich hätte ihn nichts an ihr gestört, wenn da nicht ihr Eigensinn gewesen wäre, der aber letztlich nur aus ihrer Gelehrsamkeit folgte. Sie verfügte über eine Bildung, die ihn zum Staunen brachte. Dabei wusste doch jeder, dass der Verstand von Frauen in der Regel kaum ausreichte, um mehr als einfache Zusammenhänge zu verstehen. Sie jedoch konnte die kompliziertesten Sachverhalte erfassen und begreifen und wusste über die unzähligen Dinge, die in Sîdi Alîs dicken Büchern und Folianten niedergeschrieben waren, genauestens Bescheid. Aber zu welchem Zweck, fragte er sich des Öfteren, wozu sollte solch immenses Wissen bei einer Frau eigentlich nützlich sein? Oder hatte schon jemals irgendjemand auf der Welt von einer Mathematikerin, Navigatorin oder Astrologin gehört? Mittlerweile kam es ihm allerdings so vor, als seien derart komplizierte Wissenschaften wie Mathematik oder Astrologie für seine Frau Kleinigkeiten, was ihm kein geringes Unbehagen bereitete. Wenn er da an die Mühe dachte, die ihm schon allein das Lesen bereitete! Und weil sie so talentiert und gelehrt war – und damit kam die Kehrseite ihrer Gelehrtheit zum Vorschein, die ihn noch mehr verunsicherte –, fasste sie ihre Entschlüsse allein.

Mehrmals fuhr er sich mit den Fingern durch die Haare und kratzte sich den Kopf. Es war wirklich zum Haareraufen! Sie bestimmte wie ein Mann und führte ihre Geschäfte unabhängig und selbstständig. Dabei hatte er ursprünglich angenommen, sie handle als der verlängerte Arm des Sherifs. In dem Punkt hatte er sich jedoch gewaltig geirrt. Und das gefiel ihm nicht, nein, ganz und gar nicht. Verhielt sich so eine verheiratete Frau? Statt sich um Frauensachen wie den Haushalt und um ihn und sein Wohlergehen zu kümmern, war sie ständig mit irgendetwas Dringendem oder Wichtigem beschäftigt und mit ihren Gedanken woanders.

Immerzu kam jemand, der etwas wissen wollte oder irgendeine Entscheidung von ihr erwartete. Dabei ging es um Termine, um Vorratshaltung, um den Bau von Lagerraum, den Ankauf eines neuen Bootes und dergleichen. Dabei musste sie das alles doch nicht mehr selbst tun, das war doch albern, jetzt, wo er, ihr Ehemann, da war und ihr zur Seite stand!

Miguel durchmaß den Garten mit großen Schritten, ohne den Rosen und den anderen Blumen auch nur einen Blick zu schenken. Stattdessen knirschte er mit den Zähnen.

Heute Vormittag zum Beispiel befand sich Mirijam außer

Haus. »Es dauert nicht lange«, hatte sie ihm flüchtig zugerufen. »Bis zum Mittagsmahl bin ich zurück.« Und schon war sie fort. Weder hatte sie ihn um Erlaubnis gefragt, noch hatte sie ihm mitgeteilt, wohin sie ging. Dieses Benehmen musste sich ändern, und zwar schnell, bevor er anfing, sich zu ärgern.

Dabei sehnte er sich nach ihr, kaum dass sie ihm den Rücken gekehrt hatte. Seit er sie kannte, ging das schon so, und obwohl er sich manchmal über sie ärgerte, wurde ihm das Zusammensein mit Mirijam doch nie zu viel. In den ersten Wochen hatten sie viel Zeit miteinander verbracht und waren jeden Tag ausgeritten oder hatten Spaziergänge am Strand oder in der Oase unternommen. Wie viel sie in diesen Tagen gelacht hatten! Später waren die Werkstätten zu besichtigen, und voller Stolz hatte Mirijam ihm alles erklärt. Jedes Detail bei der Kalkbrennerei, der Wollverarbeitung und in der Färberei hatte sie ihm vorgeführt. Erst durch ihre ausführlichen Erklärungen hatte er verstanden, dass in Wahrheit sie die Herrin über alles war und nicht etwa der Sherif. Damals hatte ihn das noch eher erstaunt als gestört, aber heute fand er es gar nicht mehr angemessen.

Er erinnerte sich gut, wie sie eines Morgens zu ihm gesagt hatte: »Mein lieber Miguel, ab heute werde ich mich wieder mehr um meine Arbeit kümmern müssen. Vieles bleibt unerledigt oder wird übersehen, wenn ich nicht ein Auge darauf habe, das kann so nicht weitergehen.«

Zuerst hatte er darüber gelacht. Doch anscheinend hatte sie allen Ernstes vor, ihr bisheriges Leben nach der Hochzeit unverändert fortzusetzen, und das Lachen war ihm schnell vergangen. Sie tat einfach, was sie wollte.

Merkte sie denn nicht, dass sie aus ihm einen Hanswurst machte? Es würde ihn nicht wundern, wenn die Leute längst hinter vorgehaltener Hand über ihn tuschelten. Dabei hatte er versucht, ihr zu helfen und sich mit seinem Wissen einzubringen. Ihn zum Beispiel faszinierte die Kalkbrennerei. Stundenlang konnte er zusehen, wie die Arbeiter aus stinkigen Schneckenhäusern so etwas Nützliches wie Baukalk herstellten. Mirijam und Sîdi Alî hatten sich alles selbst ausgedacht, vom Aufbau der Öfen über das Brennen bis zum Verkauf. Eine gute Sache, gewiss, aber doch keine Frauenarbeit. Da musste ein Mann ran, der wusste, wo es langging.

Als er jedoch Verbesserungsvorschläge zum Brennvorgang beitragen wollte, musste er schon bald einsehen, dass die Beschaffung von richtigem Brennholz tatsächlich unerhört schwierig war. Hier in der Gegend gab es außer den kostbaren Lebensbäumen einfach nicht genügend Holz, und es aus den fernen Gebirgen heranzuschaffen, lohnte sich nicht. Also wurden die Öfen weiterhin mit trockenen Palmwedeln, Holzabfällen und allerlei sonstigem Brennbaren betrieben. Dass er mit seinem Vorschlag gescheitert war, verdross ihn immer noch. Im Vorbeigehen rupfte er ärgerlich Blätter von den Büschen und zerrieb sie zwischen den Fingern.

Dachte sie denn niemals daran, dass er sich vielleicht zurückgesetzt fühlen könnte? Schließlich war er der Kapitän, und zwar nicht nur an Bord der Santa Anna. Befehle erteilen, Arbeiten beaufsichtigen, Entscheidungen treffen, Verhandlungen führen, das war Männersache, so etwas gehörte zu seinen Pflichten. Mirijam zog ihn jedoch nicht zurate und tat fast so, als sei sie überhaupt nicht verheiratet. Gewiss, nachts kam sie in sein Bett, und dann war alles gut, aber warum kümmerte sie sich nicht mehr um solche Dinge wie das Kochen oder um ihren Garten?

Woher sollte sie aber auch das einem Eheweib angemessene Verhalten kennen?, fiel ihm gleich darauf ein. Frauen als Vorbilder hatte sie nie gehabt. Schon seit Jahren arbeitete sie mit ihrem Abu, und in ihrem Umfeld gab es lediglich die Berberfrauen und ein paar Schwarze. Vielleicht sollte er also doch besser möglichst bald mit ihr nach Santa Cruz übersiedeln, dort hätte sie Gesellschaft von Freundinnen und Nachbarinnen, mit denen sie reden und nach denen sie sich richten konnte. Vor allem hätte sie dann mehr Zeit für ihn, denn sie würde ihre Manufakturen nicht mehr persönlich leiten müssen. Stattdessen würde man einen Verwalter damit beauftragen.

Dieser Geistesblitz heiterte Miguel schlagartig auf, und er rieb sich zufrieden die Hände. Gleich bei seinem nächsten Besuch in Santa Cruz würde er sich nach einem Verwalter umschauen, beschloss er. Und in der Zwischenzeit wollte er ein deutliches Wort mit Mirijam reden.

Eine erste Gelegenheit dazu bot sich schon bald. In mancherlei Hinsicht hatte seine Frau nämlich regelrecht absurde Vorstellungen, die er ihr auszutreiben gedachte. So gab es unter ihren Arbeitern zum Beispiel keine Sklaven. Mirijam hatte sie allesamt schon vor Jahren freigelassen und bezahlte ihnen seither regelmäßig Lohn.

»Mädchen, was für eine Geldverschwendung!«, polterte Miguel, als er davon erfuhr. »Gute Behandlung, natürlich. Meinetwegen auch mit allem, was deiner Meinung nach dazugehört, wie ausreichendem Essen und Kleidung, ja sogar Krankenpflege, wenn es sein muss. Aber Lohn? Das kann ich nicht gutheißen.« Niemand konnte das, solch verschwenderische Gutherzigkeit musste man ihr dringend ausreden.

Und der Kapitän redete, brachte Beispiele und Erläuterungen, erzählte, verglich und endete schließlich mit der Frage: »Wie sieht das denn aus? Wie stehe ich da, wenn sich meine Frau so verrückt aufführt?« Mirijam hörte ihm ruhig zu, und einmal nickte sie sogar zustimmend.

Na also, dachte Miguel zufrieden, sie war eben doch ein kluges Mädchen, das den guten Argumenten ihres Ehemannes folgte. Das gefiel ihm. Miguel nahm sie in die Arme, um sie mit einem herzlichen Kuss zu belohnen.

Dann jedoch machte Mirijam alles mit einem einzigen Satz zunichte. »Du warst niemals selbst Sklave, danke Gott dafür.« Verblüfft ließ Miguel die Arme sinken. Gegen ein solches Argument war er natürlich machtlos.

Bevor er sich jedoch beleidigt zurückziehen konnte, entdeckte er etwas Neues, einen noch größeren Skandal, den er unverzüglich abzustellen gedachte.

Mirijam verließ jeden Tag in aller Frühe, selbst nach einer leidenschaftlichen Liebesnacht, in der sie kaum zum Schlafen gekommen war, schon bei Sonnenaufgang ihr Lager. Der Grund war, dass sie an jedem Morgen, den Gott werden ließ, ein Stunde lang Kranke und Ratsuchende empfing, das hatte ihm jedenfalls ihre Dienerin Haditha verraten. Jedermann war ihr willkommen, vom zahnenden Säugling bis zur gichtgeplagten Wäscherin. Das war bezeichnend für eine so barmherzige, mitleidige Frau, hatte er zunächst gedacht. Gegen Nächstenliebe und Mildtätigkeit hatte er nichts einzuwenden.

Dann aber hatte er herausgefunden, dass sie nicht nur Salben, Tinkturen und irgendwelche Tees an die Kranken verteilte, nein, sie beschenkte die Leute auch mit weißen Rübchen und Zwiebeln, mit Zitronen und Melonen aus ihrem Garten. Auch gut, hatte er zunächst noch gedacht, wenn wir genug von dem Grünzeug haben, warum nicht?

Aber kürzlich dann hatte er voller Entsetzen festgestellt, dass sie kranken Arbeitern sogar den Lohn weiterzahlte, selbst wenn die Leute tagelang nicht zur Arbeit erschienen!

Wo, bei allen Heiligen, gab es denn so etwas, und wohin sollte das führen?

Er eilte die Treppe zum Turmzimmer hinauf, machte zwei große Schritte in den Raum hinein und warf die Tür hinter sich zu.

»Miguel? Was ist los?«, rief Mirijam und sprang auf. »Ist etwas mit dem Abu?«

»Abu? Unsinn, lenk nicht ab. Du zahlst deinen Leuten Lohn, obwohl sie nicht zur Arbeit erscheinen? Wo hat man so was schon gehört?«, erregte er sich. »Du kannst sie doch nicht bezahlen, wenn sie nicht arbeiten! Die machen sich einen schönen Tag, schlafen sich aus, trinken Tee, und du wirfst ihnen noch dein gutes Geld hinterher? Die lachen dich aus, diese Taugenichtse, das ist Anstiftung zur Unordnung! So etwas gehört sich nicht nur nicht, es ist dumm und verschwenderisch!«

»Ach das meinst du. Was sind schon die paar Münzen?«, erwiderte Mirijam. Sie setzte sich und nahm ihre Schreibfeder wieder auf. »Wenn es ihnen besser geht, kommen sie ja wieder. Es sind von mir mühsam angelernte Leute, und die meisten von ihnen arbeiten sehr gut.«

»Glaube mir«, sagte er und bemühte sich um Ruhe, »wenn man den Leuten den kleinen Finger gibt, so fordern sie bald die ganze Hand, das ist so. Lebenserfahrung, hörst du? Man darf niemals allzu großzügig sein, das rächt sich irgendwann. Aus tüchtigen Arbeitern werden schnell Faulenzer, wenn sie sich nicht anstrengen müssen. Man darf sie nicht mit Honig füttern, man muss sie im Gegenteil hart anpacken, sonst kommen sie auf dumme Gedanken.«

Erregt ging Miguel im Zimmer auf und ab. Der wunderbaren Aussicht von hier oben schenkte er keinen Blick.

Mirijam hatte den Kopf gesenkt.

»So geht das jedenfalls nicht weiter«, fuhr er energisch fort. »Wenn ich das nächste Mal in Santa Cruz bin, werde ich mich nach einem guten Verwalter umhören und einen Mann einstellen, der die Leute vernünftig anleitet und beaufsichtigt und der das Geld zusammenhält.«

Mirijam verstand nicht gleich. »Meinst du?«, fragte sie. »Ich habe selbst schon einmal daran gedacht, aber was sollte der Verwalter denn tun? Nach eigenem Gutdünken könnte ich ihn ja wohl kaum entscheiden lassen. Er dürfte doch nur das tun, was ich ihm auftrage.«

»Meine Liebe, du meinst sicher, was ich ihm auftrage. Ich werde nämlich schleunigst dafür sorgen, dass du mehr Zeit für mich hast. Für mich, für deinen alten Vater und für all die Dinge, die eine Frau so im Allgemeinen im Hause tut.«

Eine tiefe Röte schoss über Mirijams Gesicht. »Was ist, Miguel? Habe ich dich vernachlässigt?«

»Ach, na ja.« Miguel druckste herum. Von einem auf den anderen Moment war sein Zorn wie weggeblasen. Dabei musste er diese Gelegenheit nutzen, das spürte er genau. Aber sie sah so unglaublich zart und jung aus, wie sie da vor ihm über ihren Büchern saß und mit unschuldigen Augen zu ihm aufblickte. Wie konnte er ihr böse sein? Außerdem, letzten Endes gab sie sich durchaus Mühe, das musste er anerkennen.

»Nein, nein«, sagte er deshalb schließlich und zog sie an sich. Mirijam schmiegte sich an seine Brust und bot ihm ihre Lippen zum Kuß. »Wir haben eben manchmal verschiedene Ansichten.«

Versager, ärgerte er sich, als er das Turmzimmer verließ und über den Kai und durch die angrenzenden Hafengassen schlenderte, elender Schwächling, der vor seiner Frau in die Knie ging. Doch mit der Zeit würde sie schon noch lernen, ihr Verhalten zu ändern, tröstete er sich. Auf einem Verwalter allerdings würde er bestehen, und bis er einen gefunden hatte, mochte seinetwegen alles beim Alten bleiben.

56

Langsam wurde es Zeit, überlegte Miguel, bald nahte der Herbst. Während er die bemalte Decke über dem Bett betrachtete, wanderten seine Gedanken hin und her. Das Meer wurde schon merklich stürmischer, hatte er beobachtet. Noch ein paar Wochen an Land und er brauchte in diesem Jahr überhaupt nicht mehr loszusegeln! Dabei lockte ihn die See, seine Kiste war gepackt, und seine Karten lagen griffbereit auf dem Tisch.

Mirijam zu verlassen, und sei es auch nur für zwei, drei Monate, würde ihm schwerfallen, andererseits aber wurde er von Tag zu Tag unruhiger. Das Leben an Land nützte sich schneller ab als gedacht. Natürlich konnte er jederzeit den Festungskommandanten zu einem Spielchen aufsuchen oder den portugiesischen Medicus und den Priester, beides Männer, mit denen sich ausgezeichnet unterhalten ließ. Oder er konnte mit dem Sherif plaudern, ein Thema fanden sie eigentlich immer.

Doch was ihn wirklich störte, war die Beständigkeit, auf die hier alles angelegt war. Abends wusste man bereits, was einen am nächsten Morgen erwartete, und alle Wege, die er ging, waren längst von anderen ausgetreten. Nein, er musste wieder los, und zwar lieber heute als morgen.

Seit Wochen spukte ihm ein neues Ziel im Kopf herum, und dazu ein aufregender Plan. Je länger er über diese Idee nachdachte und die verschiedenen Punkte verglich und gegeneinander abwog, desto zwingender fand er sein Vorhaben. Dieses Mal würde er nämlich nicht das piratenverseuchte und von türkischen Galeeren wimmelnde Mittelmeer durchstreifen, vielmehr sollte es nun erstmals nach Norden gehen. Bei dem Gedanken daran kribbelte es in ihm. Nach Antwerpen wollte er!

»Man muss nur eins und eins zusammenzählen und den Nutznießer eines solchen Unglücks suchen«, hatte Mirijams alter Abu ausgeführt und damit sofort Miguels Zustimmung gefunden. »Gibt es keinen oder gibt es mehrere, so ist die Schlussfolgerung nicht klar. Gibt es aber einen einzigen eindeutigen Gewinner, so ist zumindest ein Verdacht gerechtfertigt, wenn nicht sogar dessen Schuld offensichtlich.«

In diesem Fall gab es in der Tat einen eindeutigen Gewinner, denn immerhin hatte dieser Advocat Cohn das Handelshaus bereits kurz nach dem Überfall übernommen. »Wäre der Mann nun ein ehrlicher Treuhänder, ein aufrechter Hüter des Erbes meiner Tochter und ihrer Schwester, so hätte ich in den letzten Jahren mit Sicherheit von irgendwelchen Nachforschungen seinerseits erfahren. Doch das Einzige, was ich in Erfahrung bringen konnte, war, dass er es offenbar auf den Tod der Mädchen abgesehen hatte.« Der alte Sherif hatte müde mit der Hand abgewinkt. »Mirijam weiß natürlich davon, doch ich habe mit ihr so wenig wie möglich darüber gesprochen. All das hat ihre Seele damals sehr belastet, es hat sie sogar ernsthaft krank gemacht. Allmählich glaube ich jedoch, dass sie Gewissheit haben sollte, und du als ihr Ehemann hast sowohl das Recht wie auch die Möglichkeit, diese Angelegenheit ein für alle Mal zu klären.«

Also würde er zwei ausgezeichnete Reisegründe miteinander verbinden: Er würde in Antwerpen Nachforschungen anstellen und zugleich Handel treiben. Als freier Kapitän musste er schließlich auch an gewinnbringende Geschäfte denken.

Mit der feinen Baumwolle aus Ägypten, überlegte er, und mit der indischen Seide, die durch Mirijams Färberkünste veredelt worden waren, sollte er in den reichen Städten des Nordens eigentlich für Aufsehen sorgen. Dort gab es nicht nur mächtige Adelshäuser und Kirchenfürsten, auch reiche Kaufleute hatten dort zunehmend Bedarf an Luxuswaren. Diese Reise war nicht nur notwendig, mit etwas Glück konnte sie außerdem überaus ertragreich werden.

Miguel rollte sich auf die Seite und schloss die Augen. Nun, da er seinen Entschluss gefasst hatte, fühlte er sich ruhig und wieder Herr der Lage. Die leichte Decke hob sich, ein Körper glitt darunter und schmiegte sich an ihn. »Hm«, seufzte Miguel und tat, als liege er in tiefem Schlaf.

Mirijam liebte es, morgens, nachdem sie die Arbeiter eingewiesen und die Aufgaben für den Tag verteilt hatte, noch einmal zu Miguel unter die Laken zu kriechen. Sie war auch heute wieder bei Morgengrauen aufgestanden, bevor die Hitze kam, nun aber zog es sie zu ihrem Mann. Seine Arme umfingen sie, und in die Höhlung seines Leibes geschmiegt dämmerte sie einen Moment, dann jedoch zeigte ihr eine unmissverständliche Regung an einer bestimmten Stelle seines Körpers, dass er wach war.

»Willst du mich?«, fragte er, wie er es immer tat, und lachte leise, als sie zustimmend nickte.

Bald musste er ihr von seinen Reiseplänen erzählen, ging ihm durch den Kopf, doch das hatte noch ein wenig Zeit. Dann liebte er sie wortlos und zärtlich.

Während Miguel zum Hafen schlenderte, wandte sich Mirijam in die entgegengesetzte Richtung, um Aisha aufzusuchen. Ihre unreinen Tage waren zwar erst einmal ausgeblieben, aber sie wollte Gewissheit haben. Bis jetzt hatte sie Miguel gegenüber mit keiner Silbe etwas von ihrer Vermutung angedeutet.

Besonders wohl fühlte sie sich nicht dabei, sie wollte keine Geheimnisse vor ihm haben. Denn obgleich Miguel mit ihr längst nicht immer alles besprach, was ihn beschäftigte, und viele seiner Überlegungen für sich behielt, beinahe, als traue er ihr das nötige Verständnis nicht zu, wollte sie sich daran kein Beispiel nehmen. Falsche Hoffnungen wollte sie andererseits aber auch nicht wecken.

Trotz der Hitze beeilte sie sich, und sobald sie in den Schatten der Oasengärten eintauchte, fühlte sie sich wunderbar belebt. Dieses satte Grün, diese kräftigen, frischen Düfte! Sie liebte es, dem Wasser zu lauschen, das leise durch die engen Bewässerungsrinnen strömte, und über die Schattenmuster zu spazieren, die die hohen Palmen auf den Weg malten. Auch dieses Mal wirkte der Zauber der Oase.

Miguel war zwar meistens guter Dinge, redete aber leider nicht viel, und über sich selbst schon gar nicht. Oft wartete sie vergeblich auf eine Erklärung oder dass er etwas Persönliches erzählte. Und sagte er doch einmal etwas, so kam es bestimmend, häufig sogar im Befehlston heraus. Alle Angelegenheiten hatten so und nicht anders zu sein, bei ihm gab es jede Menge unumstößlicher Regeln, und von den meisten Dingen hatte er feste Vorstellungen.

Verstand er denn nicht, dass man vieles auch anders sehen konnte als er? Er kannte doch die Welt! Es mussten ihm im Laufe der Jahre unendlich viele unterschiedliche Menschen mit unendlich vielen Facetten und Sichtweisen begegnet sein, warum zweifelte er dann ausgerechnet die ihren an? Schon mehrmals hatte er sie dadurch getroffen, ja, sogar verletzt. Unabsichtlich, das war klar, aber geschmerzt hatte es dennoch. Außerdem verfiel er in undurchdringliches Schweigen, sobald es um Gefühle ging oder um sein Schiff. »Wie ist es eigentlich, nachts allein auf dem weiten Meer zu sein?«, hatte sie ihn erst kürzlich gefragt. Sie hatten sich gerade geliebt, und sie fühlte sich ihm sehr nahe. Längst schon hatte sie alle Ängste verloren, er könne ihr gegenüber in irgendeiner Weise gewalttätig werden, und sie benötigte Aishas kleine Pillen nicht mehr. Sie sehnte sich mittlerweile sogar danach, ihn tief in sich zu spüren. Dennoch waren ihr manchmal die Gespräche danach fast noch wichtiger als der eigentliche Liebesakt. Was dachte und was fühlte er? Sie wollte alles über ihn wissen. Zum Beispiel, was es für ihn bedeutete, die Verantwortung für Ladung und Mannschaft zu tragen, wenn er den Elementen gegenübertrat. Zu gern hätte sie etwas darüber erfahren, wie er Wind und Wellen, die Sterne oder die Einsamkeit erlebte. War das für ihn immer noch geheimnisvoll und rätselhaft? Hatte er manchmal Angst? Mit derlei Erläuterungen hielt sich Miguel jedoch zurück.

»Wie das ist? Meistens dunkel, kalt und windig. Man muss wachsam sein. Und manchmal muss man den Rudergänger in den faulen Hintern treten, dass er nicht einschläft.« Bevor sie nachhaken konnte, war er eingeschlafen.

Nun, da die Reparaturen an der Santa Anna anscheinend abgeschlossen waren, kursierten bereits Gerüchte über seine bevorstehende Abreise. Und, hatte er über seine Absichten mit ihr gesprochen? Natürlich nicht! Das war das Schlimmste, dachte sie, dass er alles mit sich allein ausmachte und sie nicht in seine Welt hineinließ. Das kränkte sie, und oft fühlte sie sich geradezu zurückgestoßen. Manchmal überkam sie in letzter Zeit das Gefühl, als genüge sie seinen Erwartungen nicht. Sie konnte es ihm nur noch selten recht machen, daran waren angeblich ihre, wie er es nannte, eigensinnigen Vorstellungen schuld.

Aber noch mehr als ein vertrauter Gedankenaustausch fehlte ihr mittlerweile das gemeinsame Lachen. Es war irgendwann verstummt, und keiner von ihnen hatte rechtzeitig etwas dagegen unternommen. Als sie sich kennenlernten, war ihr, als trete mit Miguel ein Mensch in ihr Leben, der genau verstand, wie einsam sie sich bisher oft gefühlt hatte. Jetzt hingegen kam es ihr gelegentlich so vor, als sei dies lediglich Wunschdenken gewesen. Sie vermisste die Kameradschaft, das Verständnis und die Anteilnahme, die sie zu Beginn bei ihm gefunden hatte.

Sicher, Miguel betete sie an, das wusste sie, und nachts bewies er es ihr auch. Aber allzu oft schlief er danach unvermittelt ein und reagierte nicht auf ihre kleinen Gesten und Zärtlichkeiten. Es war sogar schon vorgekommen, dass er eingeschlafen war, während sie noch innigst miteinander verbunden waren und er schwer auf ihr lag. In solchen Situationen hätte sie vor Enttäuschung schreien können, und dann glaubte sie beinahe, sie sei schlimmer dran als früher.

Auch hierüber wollte sie mit Aisha sprechen. Die schwarze Heilerin, die in den letzten Jahren zu einer Vertrauten für sie geworden war, wusste so vieles über das Zusammenleben von Männern und Frauen.

Der Besuch in Aisha Hütte war schnell beendet.

Aisha hatte lediglich ein paar Fragen gestellt, ihre Augen untersucht und die Brüste abgetastet, dann war die Sache für sie klar. Versorgt mit guten Ratschlägen und einem Amulett, das missgünstige Dschinn von ihr fernhalten sollte, machte sich Mirijam schon nach kurzer Zeit wieder auf den

Heimweg. »Erwarte nichts von ihm, und du wirst überrascht werden«, hatte die schwarze Kräuterfrau auf ihre Fragen geantwortet. »Besonders in den kommenden Monaten solltest du nichts erhoffen, denn Männer und Frauen leben nun einmal in ihren eigenen Welten«, riet sie weiter. »So ist es schon seit urvordenklichen Zeiten. Nimm die glücklichen Augenblicke als das, was sie sind: kleine Geschenke des Lebens.«

Mirijam seufzte.

Miguel wandte sich dem Hafen zu. Sein Schiffszimmermann, die Seiler, Segelmacher und einige Seeleute, die an Bord geblieben waren, hatten die vergangenen Wochen dazu genutzt, die Santa Anna gründlich zu untersuchen und notwendige Reparaturen vorzunehmen. Wenigstens hatten die Portugiesen in der Festung einen ausreichenden Vorrat an abgelagerten Hölzern, Teer und Werg gehabt, Material, das sie für die Instandsetzungsarbeiten seines Schiffes brauchten. *Mestre* Jorge, sein Zimmermann, stand am Kai und beaufsichtigte die Arbeit der einheimischen Handwerker. Miguel vertraute ihm. Er war nicht nur ein erfahrener Seemann, mit dem er schon etliche Stürme und manch andere heikle Situation überstanden hatte. Er war zudem ein ausgezeichneter, verlässlicher Schiffszimmermann.

Miguel schaute in die Ferne und überlegte, welche Schwierigkeiten ihn möglicherweise in Antwerpen erwarteten. Er wusste, die Stadt war voll mit eingebildeten Pfeffersäcken, die mit großem Gehabe ihren Konventionen huldigten und sich Neulingen gegenüber verschlossen zeigten. Seiner Erfahrung nach waren die meisten Hindernisse allerdings schnell überwunden, sobald es für jeden etwas zu verdienen gab. Warum sollte das ausgerechnet in Antwerpen anders sein?

Und dann war da noch der Advocat, den er sich zur Brust nehmen wollte. Jeden Stein würde er umdrehen, und mit Hilfe des einen oder anderen gefüllten Beutels, in die rechten Hände gelegt, blieben Geheimnisse selten lange geheim, das wusste jeder. Sollte sich der schwere Verdacht bestätigen, dann gnade ihm Gott, diesem Jacob Cohn!

Der alte Sherif war immer noch ein schlauer Fuchs. Er hatte ihn nämlich daran erinnert, dass in Antwerpen möglicherweise alte Steuerlisten oder Inventarverzeichnisse existieren könnten. Wenn er mit schriftlichem Kram nur besser zurechtkäme, dachte er, aber notfalls musste er sich eben einen vertrauenswürdigen Partner suchen. Zunächst ging es sowieso nach Santa Cruz, dort konnte er Cornelisz fragen, ob der ihm jemanden in Antwerpen empfehlen konnte.

Tief sog er die salzige Luft ein und prüfte Wolken, Wind und Wellen. Ja, dachte er, es wurde wirklich höchste Zeit, wieder in See zu stechen. Miguel straffte die Schultern.

»*Bom dia*. Geht's voran?«, fragte er seinen Zimmermann.

Jorge wiegte bedenklich den Kopf. »*Sim é não*, Senhor Capitão, ja und nein. Wir sind fertig, aber ich glaube, ich habe soeben Spuren vom Schiffsbohrwurm entdeckt. Seht her, hier habe ich ein Teilstück der Ruderanlage. Was meint Ihr dazu?«

Miguel besah sich den Balken, den man ausgebaut und bereits durch einen neuen ersetzt hatte. »*Maldito*, Ihr habt recht«, sagte er. »Nur gut, dass unsere Santa Anna unterhalb der Wasserlinie mit Blei verkleidet ist. Habt Ihr denn noch weitere Anzeichen entdeckt?«

Jorge schüttelte den Kopf. »Zum Glück nicht. Von der Mastspitze bis zum Kiel ist so weit alles in Ordnung. Aber vielleicht sollten wir die Santa Anna dennoch bald einmal trockenlegen und den Rumpf überprüfen. Einstweilen haben wir sie jedoch wieder gut in Schuss gebracht, mitsamt der Takelung und den ausgebesserten Segeln. Sie wird über das Wasser gleiten wie eine Schwalbe.«

Miguel hörte sehr wohl die unausgesprochene Frage hinter den Ausführungen des Zimmermanns: Eigentlich hielt sie hier doch nichts mehr, oder? Das Schiff war fertig, wann also würden sie endlich auslaufen und wieder auf Fahrt gehen?

Miguel räusperte sich. Jorges Erklärungen machten ihm die Entscheidung leicht. »Gut gemacht«, nickte er. »Ich bin sehr zufrieden. Also hört, Meister Jorge, ich gehe sogleich zur Kommandantur. Ruft Ihr in der Zwischenzeit die Offiziere zusammen. Insbesondere bitte ich Diego Pireiho, den Navigator, in einer Stunde in meine Kajüte. Wir laufen so bald wie möglich aus, zunächst nach Santa Cruz. Dort werden wir Ladung und Mannschaft komplettieren und die Ausrüstung und den Proviant ergänzen. Wir beginnen schon morgen mit dem Beladen, sorgt also dafür, dass jeder auf seinem Posten ist. Schluss mit dem Herumlungern, der Müßiggang hat ein Ende, macht dem faulen Haufen Beine. Ich verlasse mich auf Euch!«

»*Sim,* Senhor Capitão!« Jorge strahlte.

Miguel schlug seinem Zimmermann auf die Schulter. Er fühlte sich bestens.

Jorge war tüchtig, und schlagartig kam Leben in das beschauliche Treiben des kleinen Hafens. Innerhalb weniger Stunden waren zusätzliche Männer angeheuert und stabile Boote herangeschafft, die das Ladegut sicher an Bord der Santa Anna bringen würden. Im Handumdrehen waren erste Proviant- und Wasserfässer geordert, und der Hauptmann der Garnison sowie der Kommandant der portugiesischen

Festung von der bevorstehenden Abreise informiert. Als Miguel spät am Abend – beschwingt von der Arbeit und trotz des bevorstehenden Abschieds guter Stimmung – das Haus betrat, hatte sich die Neuigkeit schon längst bis zu Mirijam herumgesprochen.

57

Die Nachricht hatte sie keineswegs unvorbereitet getroffen. Schon seit geraumer Zeit spürte Mirijam Miguels innere Unruhe, und gerade in den letzten Tagen hatte sie beobachtet, wie sich die Anzeichen seiner Rastlosigkeit vermehrten. Er hatte eine neue Seekiste in Auftrag gegeben, eine stabile Deckeltruhe aus Zedernholz, innen gegen Wasser abgedichtet und außen mit schweren Eisennägeln verstärkt. Immer häufiger hatte er den Lauf der Wolken verfolgt und den Wind geprüft. Nach einem ausführlichen Gespräch mit Abu Alî hatte er sogar eine winzige Korrektur an seinem alten Astrolabium vorgenommen. Zum Abschluss wurde das nautische Instrument auf Hochglanz poliert, sorgsam in weiche Tücher eingeschlagen und obenauf, sozusagen griffbereit, in die neue Seekiste gelegt.

Heute bereitete sie eigenhändig Miguels Abendessen zu. Wenn sie ihn richtig verstanden hatte, dann waren es solche hausfraulichen Tätigkeiten, die er von ihr erwartete. Neben gedünstetem Fisch würde es seine Leibspeise geben, Fleischpastete mit Feigen im Teigmantel und gerösteten Pinienkernen. Sie hatte sie selbst gebacken, und nun stand sie saftig glänzend und nach Gewürzen duftend auf dem niedrigen Tisch. Alles war bereit, als Miguel das Haus betrat.

Sanftes Kerzenlicht erfüllte den Raum und tauchte Mirijams Gesicht und die zarte Haut ihres Halses in flüssiges

Gold. Ihr Herz klopfte, und ohne es selbst zu bemerken, lag ein sanftes Lächeln auf ihren Lippen. Miguel griff beherzt zu.

»Du lässt die Santa Anna beladen?«, fragte Mirijam, nachdem er den ersten Hunger gestillt hatte.

»Der Herbst ist nicht mehr fern«, entgegnete Miguel. Mirijam konnte es eigentlich nicht leiden, wenn er auf klare Fragen ausweichend antwortete. Aber heute wollte sie sich nicht über ihn ärgern.

Die Augen auf den Teller gerichtet aß Miguel konzentriert von der Pastete. Schließlich beendete er sein Mahl und ließ sich von Mirijam das Wasser zum Händewaschen reichen.

»Ich habe eine aufregende Neuigkeit«, begann Mirijam. Während sie den Wasserkrug beiseitestellte und ihm das Tuch zum Trocknen der Finger reichte, zitterte sie beinahe vor Freude über die gute Nachricht, die sie ihm überbringen wollte.

»Tatsächlich? Ich habe ebenfalls eine wichtige Mitteilung für dich«, unterbrach sie Miguel. »Ich finde nämlich, es ist an der Zeit für mich, Neuland zu erkunden.«

Sein Blick glitt über Mirijams Gesicht und ihre Gestalt. Unter dem weich fallenden Gewand konnte man ihre zarte Figur erahnen, und die Haut ihrer schlanken und zugleich starken Arme glänzte wie polierte Bronze. Er zog sie an sich und küsste sie, bevor er mit entschlossener Miene fortfuhr. »Aus diesem Grund habe ich beschlossen, nach Antwerpen zu reisen.«

»Nach Antwerpen!« Mirijam keuchte vor Überraschung.

»Ja, und zwar aus einer Vielzahl von Gründen.« Er streichelte ihre Arme und küsste sie erneut. Dann wanderten seine Lippen über ihre Wangen zum Hals. Tief sog er ihren Duft ein. »Aber bevor ich nun lang und breit über meine Reisepläne und Geschäfte rede, sag mir doch, was tut dieses süße Muttermal hinter dem kleinen Ohr? Es war doch gestern noch nicht dort, oder? Sind da etwa noch mehr neue Fleckchen? Wir sollten besser einmal nachsehen, und zwar sofort.«

Miguel hob seine Frau hoch, als sei sie nicht viel schwerer als ein Vogel, und trug sie nach nebenan in den Schlafraum. Mirijam legte die Arme um seinen Hals und schmiegte sich an seine Brust. Klein und scheinbar zerbrechlich lag sie in seinen Armen, er spürte ihre Wärme durch sein Hemd, und er konnte nicht anders, er musste vorsichtig an ihrem Nacken knabbern.

Behutsam legte er sie auf die Kissen, streifte ihr die Kleider vom Leib und strich dabei mit den Händen den zarten Konturen ihrer Schultern nach. Ihre runden Brüste waren erstaunlich groß für die zierliche Gestalt, und sie lagen pfirsichweich und perfekt in seinen Händen. Er drückte die Brustwarzen ein wenig zusammen und lachte, als Mirijam leise aufstöhnte.

»Du hast ein neues Schmuckstück?«, fragte er und wollte ihr die Lederschnur, an der eine kleine Silberhand befestigt war, über den Kopf ziehen.

»Ja«, flüsterte Mirijam und hielt seine Hand zurück. »Stör dich nicht daran. Es ist ein *chamsa,* ein Amulett gegen den bösen Blick. Ich darf es nicht ablegen.«

Miguel strich über ihre Hüften, den flachen Bauch und ließ seine Hand langsam, sehr langsam vom Nabel zu dem dunklen Dreieck zwischen ihren Beinen gleiten. Er kannte die Stellen genau, wo es für sie am schönsten war, und sein Glied begann zu pochen. Mirijam schlang die Arme um seinen Nacken und zog ihn langsam näher. Sie hob ihr Becken an und drehte die Hüften ein wenig. Dann ließ sie die Knie ein Stück auseinanderfallen. Er musste an etwas anderes denken, sich ablenken, sonst wäre es gleich um ihn geschehen.

»Welche Neuigkeit wolltest du mir eigentlich vorhin mitteilen?«, fragte er deshalb, als Mirijam langsam ihre Schenkel noch ein Stück weiter öffnete und ihm entgegenkam.

»Was sagst du?«

»Deine Neuigkeit, wie lautet sie?«

Langsam senkte er sich tiefer und glitt in sie hinein. Mirijam stöhnte leise. Dann flüsterte sie, im Rhythmus ihres gemeinsamen Auf und Ab, nahe an seinem Ohr: »Ungefähr zur Zeit der Rosenblüte wird unser Kind zur Welt kommen.«

Zunächst glaubte Miguel, sich verhört zu haben. Er verhielt in der Bewegung und starrte sie an. Mirijam hingegen lag mit geschlossenen Augen und einem sanften Lächeln auf dem Gesicht unter ihm.

Zum ersten Mal hatte er mit sechzehn bei einer Frau gelegen, doch nun hatte er plötzlich das Gefühl, wieder ein unerfahrener Knabe zu sein. Ein Kind! Sein Kind, sein Sohn!

Er staunte über das unbändige Glück und den Stolz, die in ihm aufwallten, und stieß einen Freudenschrei aus, der bestimmt bis ans Ende der Welt zu hören war.

58

Es wurde ein schwerer Abschied für Miguel. Einige Tage hatte er sogar mit dem Gedanken gespielt, die Reise auf unbestimmte Zeit zu verschieben. Immerhin sollte sein Sohn geboren werden! Doch sowohl der Alte wie auch Mirijam hatten davon gesprochen, dass es hier nichts weiter zu tun gab, als monatelang auszuharren. Geduld aber war keine seiner Stärken, das wusste er sehr gut. Außerdem hätten ihn seine Männer, die längst mit dem Beladen der Santa Anna beschäftigt waren, wohl kaum verstanden. Während er noch schwankte, was zu tun sei, warteten sie bereits ungeduldig auf den Befehl zum Auslaufen. Womöglich hätten sie ihn hinter seinem Rücken sogar ausgelacht und über die Anziehungskraft von Mirijams Rockzipfel gespottet? Darauf konnte er gut verzichten. Zudem würde er sie auf dem Rückweg von Santa Cruz, bevor es endgültig nach Norden ging, noch einmal sehen.

»In spätestens zwei Wochen schaue ich noch einmal nach dir«, versprach er. »Je nachdem, wie flott es in Santa Cruz mit der Ladung und dem Proviant geht. Und auch von Antwerpen werde ich so schnell wie möglich wieder zurück sein. In allerhöchstens drei Monaten bin ich wieder da«, schwor er. »Der Festungskommandant sagte übrigens, er würde dir seinen Arzt senden, falls du das möchtest.«

Den speckigen, unsauberen, nach Branntwein stinkenden Soldatenarzt? Nie im Leben würde Mirijam den konsultieren. Doch sie nickte zu Miguels Worten, um ihn zu beruhigen.

Zum ersten Mal stand Miguel während des Auslaufens nicht selbst am Ruder. Vom Heck aus beobachtete er, wie Mirijams Turmhaus, die Zinnen der Festung, die weißen Häuser von Mogador und schließlich der Hafen immer kleiner wurden. Oh ja, versprach er sich erneut, während seine Hände die Reling umklammerten, schon bald würde er von seiner Fahrt zurück sein. Vielleicht schon zur Zeit der Wintersonnenwende, aber auf jeden Fall, bevor sein Sohn geboren wurde. *Madre de deus,* betete er, behüte Mirijam und mein ungeborenes Kind.

Das Ruder führte Diego Pireiho, der erfahrene Navigator, der die Santa Anna zwischen den Inseln auf das freie Meer hinausmanövrierte. Er riss seine Mütze herunter, schwenkte sie breit grinsend über dem Kopf und brüllte seine Befehle über das Deck. Ein vielstimmiger Jubel antwortete ihm. Flink wie selten zuvor enterten die Männer auf und kletterten durch die Takelage, um die mächtige Leinwand loszubinden. Sie rauschte nieder, flatterte und schlug gegen den Mast, so, als wäre sie ein wenig verärgert wegen der langen aufgezwungenen Pause. Ein weiterer Befehl ertönte. Sofort griffen Matrosen an Deck nach den Tampen, zogen an und strafften die dicken Seile, und schon füllte sich das Segel und stand alsbald gerundet und prall über dem Deck.

Wie ein Seufzer fuhr die Kraft des Windes durch das Schiff, und es erzitterte, als sei es ein lebendiges Wesen, das sich strecken und recken musste, bevor es schließlich rauschend Fahrt aufnahm. Wie immer gehorchte die Santa Anna auch den kleinsten Bewegungen des Ruders, stellte Miguel befriedigt fest. Sollte sich der Wind halten, so konnten sie die gut fünfzig Seemeilen nach Santa Cruz bis Sonnenuntergang bewältigen, trotz der widrigen Strömungen, die es, wie Miguel nur zu genau wusste, an diesem Teil der Küste gab.

Auch ihm entfuhr nun ein zufriedener Seufzer. Bei Gott, was für ein gutes Gefühl, wieder Bootsplanken unter den Füßen zu spüren, das Heben und Senken, das Rollen und Stampfen, das Erwachen seiner guten alten Santa Anna. Diese Kraft, die sein wunderbares Schiff vorwärtstrieb, dieser Geruch nach Salz und Meer in seiner Nase und dazu der weite Horizont – herrlich!

»Graças a Deus!«, murmelte Miguel und schlug das Kreuz vor der Brust, dann fuhr er sich mit beiden Händen durchs Haar. Mit langen Schritten überquerte er das Deck zu seiner Kabine, wobei er instinktiv die Bewegungen des Schiffes ausglich.

Eine ungeliebte, fast verhasste Arbeit wartete auf ihn, doch es gehörte nun einmal zu seinen Aufgaben als Kapitän, über jedes einzelne Stück Ladung an Bord Bescheid zu wissen. Miguel seufzte und nahm sich eines der dicken Bücher vor, in denen Pireiho und Jorge, die gemeinsam das Laden beaufsichtigt hatten, die Erstbeladung der Fässer und Ballen aus Mogador verzeichnet hatten. Langsam fuhr sein Finger die Tabelle entlang, und halblaut murmelte er vor sich hin: »Vom Öl der Arganie – fünfzehn kleine Tonkrüge, sind einhundertfünfzig Kannen. Vom Öl der Olive – fünf Fass zu jeweils fünf Eimern, sind fünf mal sechshundert Kannen.« Sechshundert Kannen Öl? Das wollte erst einmal an den Mann gebracht werden. Vielleicht sollte er es einem Seifensieder anbieten? Oder einem Kerzenzieher? »Achtundfünfzig Ballen Tuch.« Welche Art von Tuch? Das war nirgendwo verzeichnet. Wie sollte er dann wissen, wem er ein Angebot machen konnte? Er las weiter. »Drei Schiffspfund rohe

Wolle von den hellen Ziegen, gewaschen und gekardet, aber nicht gesponnen.« Na bitte, genauso sollten die Listen geführt sein, damit kam man weiter. Und was bedeutete dieses Gekritzel hier weiter unten auf der Seite?

Miguel hatte gehörige Mühe, die schwierigen Wörter in den langen Listen zu entziffern, und schon nach kurzer Zeit stand ihm das Wasser auf der Stirn. Verärgert klappte er das Buch wieder zu. Was für eine Fron! Lieber wollte er zwei, drei ordentliche Stürme abwettern als auch nur noch eine einzige Seite in diesem vermaledeiten Ladebuch lesen zu müssen! In Santa Cruz würde er sich nach einem Gehilfen umsehen, der sich mit diesem verdammten Listengeschreibe und dem übrigen Schriftkram auskannte. Und außerdem würde er natürlich seine Fühler nach einem geeigneten Verwalter für Mogador ausstrecken. Mit etwas Glück konnte er den auf der Rückreise gleich mitnehmen.

Außerdem würde er Cornelisz bitten, Mirijam zu besuchen. Bei der Gelegenheit würde er ihm auch endlich von ihrer wahren Herkunft berichten können, denn immerhin wusste er jetzt, dass beide aus derselben Stadt stammten. Sicher kannten sie die gleichen Plätze und Gassen und konnten so manche Erinnerung auffrischen – nach den langen Jahren, die beide nun schon fern ihrer Heimat lebten. Auf jeden Fall würden sie in ihrer Muttersprache miteinander reden können, und das würde Mirijam bestimmt gefallen. Ob Cornelisz das Haus van de Meulen vielleicht sogar kannte?

Zufrieden mit sich beließ er es dabei und begab sich erneut nach oben auf Deck.

Der Wirt zuckte hilflos mit den Schultern. »Senhor Capitão, bitte bedenkt«, flehte er in weinerlichem Ton, »wer beantwortet schon die Fragen eines einfachen Schankwirts? Unsereins wird doch überall wie eine lästige Fliege verscheucht.«

Miguel stand in den Räumen über der kleinen Hafenkneipe zwischen Cornelisz' Sachen und konnte sich keinen Reim auf die Worte des Wirts machen. Außerdem hatte er von dessen ausweichenden Erklärungen und der übertriebenen Pantomime allmählich genug. Er packte den Mann vorne am Kittel und zog ihn zu sich heran. Dabei zwang er ihn in die Höhe, so dass der Wirt sich schließlich auf die Zehenspitzen stellen musste. »Nun noch mal von vorne, mein Freund, und diesmal bitte ich mir die Wahrheit aus, die ganze Wahrheit! Gnade dir Gott, wenn du mich anlügst oder etwas verschweigst!«

Der Kapitän schüttelte den verängstigten Mann kräftig, bevor er ihn wieder losließ. »Also, bis jetzt habe ich Folgendes verstanden: *Mestre* Cornelisz hatte Geld, sagtest du, und damit hat er die Miete für zwei Monate im Voraus bezahlt. Richtig?«

»Jawohl«, nickte der Wirt. »Und er hat außerdem all diese Dinge, die Ihr hier seht, gekauft. Ich habe nichts davon angerührt, Capitão, alles ist noch genau so, wie er es hinterlassen hat.«

Miguel warf einen Blick auf die Arbeitsmaterialien, die aufgereiht auf dem Tisch in der Kammer standen. Pinsel verschiedener Größe, diverse Krüge, Beutel und hölzerne Kistchen mit seltsamen Pulvern und farbigen Erden lagen dort. Eine auf einem Holzrahmen aufgespannte, grundierte Leinwand, lehnte an der Wand, und auf dem Tisch befand sich eine Mappe mit Skizzen und Zeichnungen, einige davon offenkundig Vorlagen für Porträts. Auch eine flüchtige Zeichnung von Dom Francisco befand sich darunter, wie Miguel erkannte, am Rande bereits mit Farbproben und Anmerkungen versehen. Allem Anschein nach hatte sich Cornelisz tatsächlich auf ein neues Bild vorbereitet.

Die Räume wirkten, als sei ihr Bewohner lediglich für einen Moment vor die Tür getreten. Nur die dicke Staubschicht auf den Gerätschaften sowie der Sand, der sich seinen Weg durch die Ritzen von Fenster und Tür gesucht hatte, verrieten, dass hier schon länger niemand mehr zugange gewesen war.

»Und wie nun weiter?«, fragte Miguel. »Bei wem hast du dich nach meinem Freund erkundigt? Wer ist das, der einem einfachen Schankwirt nicht alles mitteilt, was er wissen will?«

Der Wirt rang die Hände und wusste offensichtlich nicht, wie er sich verhalten sollte. Immer wieder sah er kurz zu Miguel hin, als wolle er dessen Stimmung abwägen, senkte dann jedoch schnell wieder seinen Blick. Schließlich fasste er einen Entschluss.

»Nun ja, wie soll ich sagen? Ich bitte im Voraus um Vergebung, Senhor Capitão Alvaréz, als Portugiese könntet Ihr mich möglicherweise missverstehen. Aber so ist es nicht gemeint. Ich will sagen, Ihr seid sicher ein vernünftiger Mann. Und ich kenne Euer Schiff. Ein gutes Schiff, ein sehr gutes sogar. Jeder hier weiß, Ihr seid ein gerechter Kapitän, also, ich meine ...«

»Schluss mit der Vorrede, rück endlich mit der Sprache raus. Und keine Sorge, weil ich Portugiese bin.«

Das war offenbar das Stichwort für den Tavernenbesitzer, denn nun brach es aus ihm heraus. »Zu den Soldaten haben sie ihn gepresst! Hier, aus meinem Haus haben sie ihn entführt. Ich schwöre es beim Propheten Mohammed, ein Trupp portugiesischer Werber kam herein und hat ihn hier im Patio erwischt, gefesselt und aus dem Haus verschleppt!

Und dabei haben die Kerle wie wild gewütet und mir die gesamte Wirtsstube zerschlagen. Alles haben sie kurz und klein gehauen, Tische und Stühle, Teller und Krüge, einfach alles. Aber als ich mich beschweren wollte und einen Ausgleich für den Schaden gefordert habe, war niemand zuständig! Versteht Ihr? Keiner, der mir meinen Schaden ersetzt hätte, keiner! Eine Schande ist das, sage ich Euch, eine himmelschreiende Schande. Allah, sein Name sei gelobt, wird die Übeltäter strafen! Was aber den Maler angeht«, kam der Wirt nach einem Blick auf Miguels Miene eilig auf den Kern zurück, »also den haben sie mitgenommen und zusammen mit weiteren armen Hunden in den Kerker geworfen.«

Er trat einen Schritt näher. »Unsereiner weiß natürlich, wie es dort zugeht: Die gepressten Soldaten werden so lange ausgepeitscht, bis sie schließlich zustimmen, für Portugal zu dienen. Schlimme Sache, so etwas.« Er brach ab und schien zu überlegen, wie viel er dem portugiesischen Kapitän wohl noch zumuten konnte.

Miguel zwang sich zur Geduld.

»Mittlerweile, Senhor, gibt es sogar weitere schlechte Nachrichten aus der Festung«, fuhr der Mann schließlich fort. »In einer Schenke wird viel geredet, wie Ihr Euch denken könnt, Genaues weiß ich allerdings nicht. Aber man sagt, letztens erst sei ein Trupp unter Hauptmann Caetano zu einem Kampf gegen die saadischen Befreiungs-, äh, gegen die aufständischen Berber ausgerückt. Zwei, drei Tagesreisen südlich von hier, bei Sîdi Ifni, soll es zum Gefecht gekommen sein. Und bis jetzt hat man niemanden zurückkommen sehen. Hört Ihr, nicht einer von denen ist zurückgekommen!«

Die letzten Worte musste er Miguel hinterherbrüllen, denn der stürmte schon mit Riesenschritten die Treppe hinunter.

59

Während seine Männer Ladung und Proviant überprüften und im Bauch der Santa Anna verstauten, bemühte sich Miguel, in der Residenz Informationen über Cornelisz' Verbleib zu erhalten. Der Majordomus des Statthalters hielt sich bedeckt und behauptete, nicht das Geringste über zwangsverpflichtete Soldaten zu wissen. Erst recht wusste er nichts darüber zu sagen, ob Cornelisz noch lebte und wo er sich möglicherweise aufhielt.

»Dieser junge Maler verschwindet schon mal gern für ein paar Wochen«, erklärte er gelangweilt und lehnte sich mit einem süffisanten Lächeln in seinem vergoldeten Lehnsessel zurück. »Dom Francisco wartet nicht zum ersten Mal auf ihn. Wenn ich recht unterrichtet bin, hat er sich dieses Mal bereits seit mehreren Wochen nicht mehr blicken lassen.«

»Dann sagt mir wenigstens, wo ich einen Hauptmann Caetano finden kann«, bat Miguel, der seinen Unmut über die Arroganz des aufgeblasenen Kerls herunterschluckte.

Der Beamte hob befremdet die Augenbrauen. »Ich bedaure unendlich, Kapitän de Alvaréz, aber Ihr scheint vergessen zu haben, dass unsere Truppen – zu unser aller Sicherheit und, wie ich hinzufügen möchte, zur Verteidigung der Interessen der portugiesischen Krone – gegenwärtig zahlreichen Übergriffen der Aufständischen entgegentreten müssen.« Die blasierte Miene verschwand etwas, als er nach einer seiner Schreibfedern griff und sie unruhig durch die

Finger zog. »Diese Hunde haben offensichtlich einen Großteil der Bevölkerung auf ihrer Seite, besonders, seitdem der neue Berberanführer angeblich hier in der Nähe eine eigene Festung plant. Könnt Ihr Euch vorstellen, was das bedeutet? Noch dazu, wo sein Vater eine Allianz mit einem der Berberstämme des Sous-Tals eingegangen ist. Bisher bezogen wir von dort unser gesamtes Zuckerrohr, gegenwärtig jedoch ...«

Der Majordomus unterbrach sich und richtete sich zu seiner vollen Größe auf. »Aber das könnt Ihr wohl kaum ermessen. Außerdem betreffen solche Sorgen jemanden wie Euch nur am Rande, nicht wahr, Kapitän? Ihr lasst Segel setzen, wann immer es Euch beliebt, und verschwindet dorthin, wo es Waren zu handeln gibt. Habt Ihr nicht außerdem erst kürzlich eine Hiesige geheiratet?«

Miguel wollte ihm heftig Bescheid stoßen, doch der Portugiese hob die Hand und gebot ihm Einhalt. »Ich wollte Euch nicht zu nahe treten. Wie auch immer, jedenfalls muss die militärische Führung gegenwärtig auf strikter Geheimhaltung bestehen, das wenigstens sollte Euch einleuchten. Ich fürchte also, niemand wird Euch zurzeit sagen können, wo sich Hauptmann Caetano aufhält.«

Noch ein Wort, und Miguel hätte diesen Kerl ebenso beim Hals gepackt und geschüttelt wie vorher den Wirt.

Draußen beruhigte sich Miguel jedoch bald. Wo sollte er einen verschleppten Soldaten suchen? Wer könnte etwas über das Gefecht, von dem der Wirt gesprochen hatte, wissen? Man müsste sich im Hafen umhören, überlegte er, denn jedes Geheimnis fand irgendwann – wie auch immer – seinen Weg zu den Matrosen. Also auf zum Hafen. Er drehte auf dem Absatz um.

Wie jeden Tag kauerten auch heute wieder Männergruppen im Schatten der hohen, zinnenbewehrten Steinmauer, die die Festung umschloss. Einige von ihnen warteten auf Arbeit oder bettelten um ein Almosen, andere steckten die Köpfe zusammen und versuchten, Argumente zu finden oder Mut zu fassen, bevor sie ihre Anliegen den portugiesischen Beamten vortragen würden. Wieder andere, in der Regel würdige Alte in weißen Kapuzengewändern, hockten einfach nur da, gestützt auf ihren knotigen Spazierstock, unterhielten sich und beobachteten dabei mit wachen Augen das Geschehen. Der eine oder andere hatte sich gar seine Kapuze tief über die Augen gezogen und leistete sich ein Nickerchen im Schutze der Mauer.

»Sîdi!« Einer der am Boden Sitzenden fasste nach seinem Umhang und hielt ihn fest. »Seid barmherzig, um Allahs Willen!«

»Lass mich, ich hab's eilig.« Miguel versuchte, sich aus dem Griff zu lösen, doch der Alte hatte fest zugepackt. Seufzend nestelte Miguel einige Münzen hervor und beugte sich zu dem Bettler hinab.

»Mögen sich dermaleinst die Tore des Paradieses für dich und die Deinen weit öffnen«, segnete ihn der alte Mann und schnappte nach den Münzen. Dennoch ließ er Miguels Schaube immer noch nicht los, vielmehr zog er ihn sogar ein wenig tiefer zu sich herunter.

»Geht den Strand entlang bis zum Oued Lahwar«, raunte er ihm verstohlen zu, während seine flinken Augen argwöhnisch die Vorbeikommenden beobachteten. »Geht bis zu der Stelle, wo der Fluss in regenreichen Jahren seine Wasser ins Meer ergießt. Freunde erwarten Euch dort. Macht Euch sogleich auf den Weg und beeilt Euch! *Insha'allah* werdet Ihr denjenigen finden, den Ihr sucht.«

»Was meinst du damit, Alter?«, fragte Miguel und packte

den Mann an den Schultern. »Sprich nicht in Rätseln! Von welchen Freunden redest du? Wer hat dich beauftragt, mir diese Botschaft zu überbringen?«

Der alte Mann zog seine Hand zurück und blickte ihn schweigend an. Leise fluchend grub Miguel nach weiteren Münzen in seinem Gürtel, der Alte hingegen wehrte ab. »Es ist alles gesagt. Geht nur, geht! *Yallah!*« Damit zog er seine Kapuze über die Augen und lehnte sich mit verschränkten Armen an die Mauer. Aus ihm war nichts mehr herauszubekommen.

Wer konnte hinter diesem heimlichen Treffen stecken, überlegte Miguel und wandte sich zögernd dem Strand zu. Er kannte die Mündung des Oued Lahwar, der höchst selten Wasser führte und in dessen Trockental Oleander blühte und halbwilde Ziegenherden nach Futter suchten. Sollte er wirklich den meilenlangen Marsch am Spülsaum des Wassers antreten, lediglich aufgrund des Hinweises eines Fremden? Was, wenn er dabei in eine Falle rannte? Andererseits, wenn diese Nachricht tatsächlich etwas mit Cornelisz zu tun hatte? Vielleicht konnte er dem Alten noch ein paar zusätzliche Informationen entlocken? Als er sich jedoch umdrehte und zurückschaute, war von dem Bettler nichts mehr zu sehen.

Er musste nicht den gesamten Weg bis zur Flussmündung im weichen Sand der Bucht zurücklegen, schon nach der Hälfte der Strecke trat ihm ein hochgewachsener, verschleierter Beduine aus den Dünen entgegen.

Aufpassen, schoss es Miguel durch den Kopf, und griff nach seinem guten alten Messer, das er wie immer an der Seite trug. Er sah sich um, ob sich jemand von hinten näherte, und suchte die Dünen nach weiteren Männern ab.

»Ich bin allein«, rief der Beduine und hob die Hände, um ihm zu zeigen, dass er unbewaffnet war.

Dennoch blieb Miguel wachsam.

»Das Gehen im Sand bereitet dir Mühe, mein Freund, du bist dicker geworden«, sagte der Einheimische beim Näherkommen und löste seinen Gesichtsschleier.

»Cornelisz?«

»Höchstselbst!«

Und schon lagen sich die beiden Männer in den Armen. Das gegenseitige Schulterklopfen wollte kein Ende nehmen, bis Miguel den jungen Freund schließlich auf Armeslänge von sich schob. »Was soll diese Heimlichtuerei, und was bedeutet dieser Mummenschanz? Hast du etwas ausgefressen?«

Cornelisz trug die weiten Gewänder eines Berbers mit einer Selbstverständlichkeit, als wären sie von jeher seine gewohnte Kleidung gewesen. Allerdings wiesen ihn bei näherem Hinsehen die himmelfarbenen Augen sowie der rotblonde Bart und eine helle Haarsträhne, die unter seinem kunstvoll gewickelten *chêche* hervorlugte, doch als Mann des Nordens aus. Er zog Miguel in den Schutz einer Düne und ließ sich mit verschränkten Beinen im Sand nieder. »Nein«, antwortete er, »dennoch halte ich es für sicherer, mich zu verstecken. Der portugiesische König wollte mich nämlich unbedingt unter seiner Kriegsflagge sehen. Seine Einladung dazu fiel allerdings nicht gerade höflich aus, kann ich dir sagen!«

»Also stimmt es, was man mir in Santa Cruz sagte, dass man dich zwangsweise rekrutiert hat? Unter der Hand hieß es auch, es habe Kämpfe mit erheblichen Verlusten gegeben, Gefechte mit Wüstenkriegern, offiziell jedoch schweigt man dazu. Was bedeutet das alles? Erzähl, was ist geschehen.«

Doch Cornelisz wehrte ab. »Später, Miguel. Fürs Erste nur so viel: Ja, man hat mich gezwungen, Soldat zu werden. Aber dann, im allerersten Kampf, an dem ich teilnehmen musste, wurde ich von den Sa'adiern gerettet! Einstweilen bleibe ich bei ihnen. Und sei es nur – ich hoffe, du nimmst es nicht persönlich –, um den Portugiesen eins auszuwischen.«

Miguel sah sich immer wieder um, ob er der berberischen Krieger, die sich vermutlich irgendwo in der Nähe versteckt hielten, vielleicht doch gewahr wurde. Es ließ sich jedoch niemand blicken. »Kämpfst du für sie, für die Aufständischen?«

»Ich kämpfe für niemanden«, antwortete Cornelisz mit Bestimmtheit, »obwohl ich ihren Wunsch nach Unabhängigkeit verstehe.«

»Nun, du wirst dir denken können, dass ich eine andere Einstellung dazu habe. Unruhen sind Gift für den Handel.«

»Niemand sollte zu etwas gezwungen werden, schon gar nicht zu einem Leben, das die eigenen Fähigkeiten unterdrückt und Freiheiten beschneidet. Verzeih die offenen Worte, mein Freund, aber ich hoffe, die Sa'adier werden die Besatzer aus dem Land jagen.«

Er vertritt einen Standpunkt, staunte Miguel, es ist ein Mann aus ihm geworden. Er betrachtete den Freund mit Wohlgefallen. »Wir werden ja sehen. Bisher waren sich die Aufständischen noch niemals einig genug, um den Portugiesen gefährlich werden zu können.«

»Wie sich dieser Kampf auch immer entwickelt, ich jedenfalls warte zunächst ab, bevor ich mich in der Stadt blicken lasse«, meinte Cornelisz. »Ich vermute, du hast mit meinem Wirt gesprochen? Gibt es meine Sachen noch?«

»Ja«, antwortete Miguel. »Und er beteuert hoch und heilig, nichts angerührt zu haben.«

»Das ist gut. Ich möchte dich nämlich bitten, den ganzen Kram, besonders natürlich meine Malutensilien, bei Kapitän Abdallah, dem Besitzer der Fatima, unterzustellen. Willst du das für mich tun?«

»Ist bereits so gut wie erledigt. Und du? Was hast du nun vor?«

»Wie gesagt, ich bleibe einstweilen außer Reichweite der Portugiesen. Dom Francisco wird sich einen anderen Maler suchen müssen, seinen Vorschuss aber betrachte ich als Ausgleich für erlittenes Unrecht.« Cornelisz grinste.

Nach kurzem Zögern fuhr er fort: »Im Moment lebe ich auf Einladung des saʿadischen Sheïk in seinem Lager und ziehe mit den Kriegern herum. Sie sind geschickte Reiter, und es ist ein Genuss, ihnen bei ihren Übungen zuzusehen. Etwas Vergleichbares gibt es nicht! Und dann ihre Geschichten, die sie am Abend, wenn wir am Feuer sitzen, erzählen. Wenn ich meine Malsachen wiederhabe, kann ich bestimmt ein paar eindrucksvolle Bilder anfertigen, bessere jedenfalls, als es das Bildnis eines portugiesischen Beamten jemals sein könnte.«

Cornelisz wich ihm aus, merkte Miguel. Vermutlich erzählte er von solchen Nebensächlichkeiten, um Wesentliches zu verbergen. Wahrscheinlich wusste er sogar über die Angriffe Bescheid, die die Saʿadier gegen die Portugiesen vorbereiteten.

»Werden deine Berberfreunde irgendwann weiter nach Norden ziehen und womöglich auch gegen Mogador vorstoßen?«

Cornelisz' Antwort kam sofort. »Falls dem so wäre, dürfte deine Familie sicher sein. Es sind schließlich Einheimische.«

Miguel nickte. Ganz so stimmte es zwar nicht, aber Sîdi Ali und Mirijam waren zumindest keine Portugiesen, noch nicht einmal Christen. Sie würden von den Berbern daher wohl kaum als Fremde oder gar als Feinde angesehen werden. Zudem waren sie geachtet und wohlgelitten in Mogador und schon dadurch geschützt. Oder sollte er seine Reise vielleicht doch aufschieben?

»Was sind das eigentlich für welche, diese Sa'adier?«, fragte er. »Man hört, sie seien brutale Krieger, dann wieder, sie handelten großmütig und anständig. Das klingt ziemlich widersprüchlich.«

Cornelisz überlegte kurz. »Erinnerst du dich an die Karawane, die uns seinerzeit nach dem Schiffbruch gefunden und nach Santa Cruz geleitet hatte?«, fragte er.

»Wie könnte ich sie vergessen! Natürlich erinnere ich mich an sie.« Miguel sah Cornelisz erwartungsvoll an, was er zu erzählen hatte, doch dieser lächelte nur und schwieg.

Miguel dämmerte es. »Du meinst, es handelt sich um dieselben Männer wie damals? Dieser – wie hieß er noch – Sheïk Amir? Er war es, der dich in der Schlacht gerettet hat? *Incrível,* unglaublich, was für ein Zufall!«

»Zufall? Ich für meinen Teil glaube nicht mehr an Zufälle. Diese zweite Errettung durch Sheïk Amir nenne ich Fügung. Mehr kann und darf ich leider nicht sagen, Miguel. Aber reden wir nicht länger von mir.« Cornelisz prüfte den Sonnenstand.

»Berichte mir lieber von dir, Miguel«, bat er. »Wohin wird deine Reise diesmal gehen? Du hast doch wohl inzwischen deine Färberin zur Frau genommen. Und, wie gefällt dir das Eheleben?«

»Du wirst es nicht glauben, mein Freund, aber es ist herrlich. Und das Beste, wenn alles gut geht, wird der Allmächtige uns bald mit einem Sohn beschenken! Meine Mirijam vermutet, es wird ungefähr um die Zeit der Rosenblüte so weit sein. Sie versteht sich neben vielen anderen Dingen auch recht gut auf Heilkunde und solche Dinge.«

»Mirijam? Ist das der Name deines Eheweibes?«

»Ganz recht, sie ist nämlich kein hiesiges Mädchen, wie ich lange Zeit dachte. Ihr Ziehvater, ein italienischer Arzt, aus dem allerdings längst ein gläubiger Muslim geworden ist, hat sie schon vor Jahren adoptiert. In diesem Zusammenhang wollte ich übrigens sowieso mit dir sprechen. Ursprünglich stammt sie nämlich, ob du es glaubst oder nicht, aus Antwerpen!«

Cornelisz traute seinen Ohren nicht. »Eine Mirijam aus Antwerpen? Mein Gott, jetzt rede doch endlich! Wie heißt sie noch, wer ist ihre Familie? Womöglich kenne ich sie sogar?«

Miguel rutschte ein wenig im Sand hin und her und machte sich bereit, ausführlich zu erzählen. Doch schon bei seinem ersten Satz sprang Cornelisz mit einem Schrei auf.

»Van de Meulen, Mirijam van de Meulen, sagst du? Meine Kinderfreundin, sie lebt wahrhaftig in Mogador?«

7. TEIL

Winter 1527 - 1528

60

MODAGOR

Sie stützte den Alten. Der letzte Hustenanfall hatte viel Kraft gekostet. Jetzt lehnte sich der Kranke in seine Kissen zurück und schloss erschöpft die Augen. Immer noch rang er nach Luft, und immer noch war dieses rasselnde Geräusch in seiner Brust zu hören.

»Armer Abu.« Mirijam strich sich mit dem Unterarm die Haare aus dem erhitzten Gesicht. »Du musst bald wieder gesund werden.« Sie hatte seinen mageren Rücken mit einer scharf riechenden Kräuteressenz eingerieben, so fest, bis seine Haut glühte und sie selbst in Schweiß gebadet war. Sie sorgte sich sehr um den alten Hakim, der von einem hartnäckigen Husten gequält wurde. Alles Mögliche hatte sie schon ausprobiert – Umschläge, Säfte, Tees und Salben –, doch bis jetzt hatte ihm nichts davon Linderung verschafft. Sie streichelte seine Arme, bevor sie ihm sein weiches Hemd überzog und die Decke fest unter seine Seiten stopfte. Er atmete schwer. Auch für ihn war die Einreibung eine anstrengende Prozedur gewesen. Ob ihm dieses Mittel ein wenig helfen würde? Irgendetwas musste es doch geben, überlegte Mirijam, irgendeine Arznei, eine Mixtur oder ein Heilkraut. Sie musste nur darauf kommen!

Seit Tagen stand ihr immer wieder das Bild ihres armen Vaters Andrees vor Augen, der vor vielen Jahren unter ähnlichem Husten und Atemproblemen gelitten hatte. Damals war sie ein hilfloses, unwissendes Kind gewesen. Heute hingegen war die Lage anders, sie war erwachsen und hatte das Wissen und die Fähigkeiten, Krankheiten zu bekämpfen und zu heilen.

Mit geschlossenen Augen tastete sie nach dem Puls des Alten. Sie atmete bewusst langsam und folgte den Empfindungen ihrer Finger, bis sie das schwache Echo des Blutflusses fand und auf dessen Schwingungen lauschen konnte. Manchmal konnte sie schon am Puls spüren, wie es um die Lebenskraft eines Kranken bestellt war und ob sich der Tod näherte. Verlangsamt und nicht besonders kräftig, stellte sie nach einer Weile fest, aber nicht bedenklich. Eindeutiger ließ es sich nicht sagen. Erleichtert hob sie den Kopf.

»Also hast du nichts Bedrohliches gefunden«, bemerkte der Alte und öffnete die Augen.

»Das stimmt, nicht gut, aber auch nicht schlecht!« Über Mirijams Gesicht ging ein Lächeln. »Dennoch werde ich heute Abend zu Aisha gehen und mich mit ihr beraten. Niemand kennt so viele Heilkräuter wie sie. Ich vermute, sie kennt sogar welche, von denen nicht einmal du schon etwas gehört hast.«

»Ha, ausgeschlossen!« Alî el-Mansour machte ein übertrieben strenges Gesicht, gleichzeitig versuchte er ein munteres Zwinkern. »Unmöglich! Kann gar nicht sein!«

Und Mirijam tat ihm den Gefallen und lachte.

Lachen machte ihre Züge weich, dachte er, und sofort umwehte sie ein Hauch jugendlicher Unbeschwertheit. Ihre Augen verbargen allerdings wie seit jeher ihre Gefühle. Der Hakim betrachtete Mirijams inzwischen bereits erkennbar gewölbten Leib mit Rührung und streichelte ihre Hand, als sie an ihm vorüberging. Nie hätte er gedacht, dass ihm ein Mensch so sehr ans Herz wachsen könnte. Sie reifen zu sehen, das Leben und die Arbeit mit ihr zu teilen war ihm eine einzige Freude gewesen, und er dankte Allah aus tiefster Seele, dass er ihm dieses Wesen anvertraut und unter seinen Schutz gestellt hatte. Er fühlte sein Herz erzittern.

Diesmal war es keine normale Erkrankung, das wusste er. Er fühlte sich unendlich erschöpft, und die Vorstellung, nicht länger zu kämpfen, sondern einfach dazuliegen und für immer einzuschlafen, wurde mit jedem Tag verlockender. Im Laufe der letzten Monate hatte der Tod sein Gesicht geändert und war ganz allmählich zu einem willkommenen Freund geworden. Doch noch durfte er sich nicht aufgeben. Mochte er auch müde sein, und mochte sein Leben dahinrinnen wie Sand in einem Stundenglas – er musste die letzten Körner unbedingt noch eine Weile zurückhalten. Azîza brauchte ihn, zumindest so lange, bis der Kapitän wiederkam.

Cadidja stand an der Tür, in den Händen ein Tablett mit vielen kleinen Tellerchen. Sie waren gefüllt mit Stücken von goldgelb gebackenen Meeresfischen auf gedünstetem Couscous, mit zarten Lammfilets in Weinsoße und Täubchenbrust mit gehackten Mandeln, alles kräftig gewürzt, dabei aber butterzart, wie er es gern aß. Düfte von Zimt, Oliven und Koriander, von Honig, Nelken und Piment zogen durch den Raum und kitzelten seine Nase. Es handelte sich um Speisen, die er sich, wäre er sein Arzt gewesen, ebenfalls verordnet hätte, da sie unbestritten kräftigende Wirkung hatten. Er wusste, er sollte etwas davon zu sich nehmen. Essen und trinken bedeutete, am Leben teilzuhaben.

»*Bismillah,* ich möchte essen. Bitte bringt mir auch etwas heißen Gewürzwein«, bat er mit leiser, aber fester Stimme. »Der wird mir guttun.«

»Ja, Abu, sofort.« Nur zu gern erfüllte Mirijam jeden seiner Wünsche, zeigten sie ihr doch, dass sein Lebenswille ungebrochen war.

Niemand befand sich in der Küche. Auf den Regalen und in den tiefen Mauernischen stapelten sich Platten, Teller, Gläser und Schalen, neben einem breiten Becken standen tönerne Amphoren mit frischem Wasser bereit, und über der Feuerstelle hingen eiserne Pfannen und Töpfe an Haken. Der feine Lehmboden glänzte wie poliert an den Stellen, wo er nicht mit frischen Kräutern bestreut war, die unter ihren Füßen würzige Düfte verströmten.

Mirijam war froh, einen Moment für sich allein zu sein. Sie sank auf einen Hocker neben der Feuerstelle und stützte ihren Kopf in die Hände. Schon wieder musste sie mit den Tränen ringen. Seitdem sie ein Kind erwartete, passierte es häufig, dass sie mit rasch wechselnden Gefühlen zu kämpfen hatte. Aisha meinte, das wäre immer so, sie aber wusste, es lag daran, dass Miguel nun schon seit über fünf Monaten nicht bei ihr war. Sie hatten sich damals nicht einmal richtig voneinander verabschiedet, da er ursprünglich von Santa Cruz aus noch einmal in Mogador hatte Station machen wollen. Diesen Plan hatte er allerdings fallen gelassen, ohne triftigen Grund, wie sie meinte. In einer Botschaft hatte er ihr lediglich mitgeteilt, sie solle sich auf eine nette Überraschung gefasst machen, er würde ihr einen Boten schicken, ansonsten wünsche er ihr alles Gute bis zu seiner Rückkehr. Bis heute hatte sie allerdings weder einen Boten empfangen noch eine Überraschung von ihm erhalten, und auch er selbst war immer noch nicht wieder zurück! Zwei, höchstens drei Monate, hatte er gesagt ... Wo blieb er nur? Hoffentlich ging alles gut. Natürlich wusste sie, dass die Santa

Anna ein zuverlässiges Schiff war, und Miguel als erfahrener Kapitän war bestens gewappnet, mit den Tücken der See zurechtzukommen. Dennoch, die Winterstürme vor der spanischen und der französischen Küste waren berüchtigt. Außerdem – Antwerpen! Was ihn dort erwartet haben mochte?

Sie hatte ihn zwar zu dieser Reise ermutigt, weil sie seine Unrast gespürt hatte, aber eigentlich hatte sie das sofort bereut. Wäre er doch hiergeblieben!

Zum ersten Mal seit langer Zeit fühlte sie sich ängstlich und niedergeschlagen. Schließlich bekam man nicht jeden Tag ein Kind, vor allem aber quälte sie ihre Sorge um den Abu. Wie sehnte sie sich da nach Miguels starken Armen!

Vorsichtig entfernte Mirijam die Asche über der Glut, legte Holzkohle nach und blies hinein, um das Feuer zu entfachen. Dann füllte sie Wein, Honig und Gewürze in einen Topf und stellte ihn auf das dreibeinige Gestell über der offenen Flamme. Der Wein durfte nicht kochen, er musste im Gegenteil besonders langsam erhitzt werden, damit sich die heilbringenden Öle und anderen Wirkstoffe der Gewürze gut entfalten konnten. Während sie wartete, dass die Mischung heiß wurde, lehnte sie sich gegen die Wand, streckte den schmerzenden Rücken und legte beide Hände auf den Bauch. Seit kurzem spürte sie das Kind im Leib, flüchtige, beinahe unmerkliche Bewegungen, gerade so, wie es Aisha vorhergesagt hatte. Zärtlich strich sie über den Bauch und summte dazu eine kleine Melodie. Wie würde ihr Kind sein? Was für ein Mensch wuchs in ihr heran?

»Du sollst dich nie, nie allein fühlen«, flüsterte sie vor sich hin und lächelte dabei. »Ich werde dich wie die schwarzen Arbeiterinnen in einem Tuch auf dem Rücken tragen und stets bei mir haben, Tag und Nacht. Ich will dich all die Dinge lehren, die ich weiß, und ich will dich behüten und schützen und niemals verlassen.« Sie hielt den Kopf ein wenig geneigt, als warte sie auf eine Antwort.

Während sie noch so in sich hineinlauschte, hörte sie von draußen ihren Namen. Verstohlenes, unterdrücktes Gemurmel drang durch das schmale Fenster oben an der Wand. Plötzlich wurden die Stimmen lauter, und Mirijam konnte die Worte verstehen.

»Was Lâlla Azîza betrifft, wirst du wohl am besten Bescheid wissen, der Hakim aber ist schon längst kein *nasrani*, kein Christ, mehr«, sagte gerade eine Männerstimme. »Dafür lege ich meine Hand ins Feuer. Der Prophet, sein Name sei gepriesen, hat ihm bereits vor vielen Jahren den Weg zu Allah und zum rechten Glauben gewiesen.«

»Na eben! Endlich gibst du zu, dass er keiner von uns ist, vielmehr ein unseliger, als Christ getaufter Ungläubiger!«

Welche Feindseligkeit in der Frauenstimme lag, die diese Worte halblaut, aber triumphierend zischte, dachte Mirijam. Sie kam ihr bekannt vor, allerdings hätte sie nicht sagen können, zu wem sie gehörte oder wer da mit wem sprach. Unwillkürlich hielt sie den Atem an und trat näher zum Fenster.

»Sîdi Mokhbar, der *marabout*, sagt jedenfalls, alle Fremden müssen ins Meer getrieben werden, von woher sie einst kamen. Das betrifft selbstverständlich auch den Hakim und seine Tochter. Der *marabout* sagt außerdem, wenn wir als gläubige Muslime siegreich sein wollen, dürfen wir keinerlei Ausnahmen zulassen. Ich bin seiner Meinung, noch dazu, wo Lâlla Azîza gewiss keine Muslima ist. Sie geht schließlich niemals in die Moschee und betet auch nicht im Haus, das würde ich wissen. Bestimmt ist sie insgeheim eine *jahudije*, eine Jüdin, jedenfalls keine Rechtgläubige. Und außerdem machen die beiden gemeinsame Sache mit den Portugiesen, diesen Hunden. Denk nur an den Kalk, den sie in den verhexten Öfen herstellen und an die Portugiesen verkaufen!«

War das nicht Haditha, die sprach? Aber nein, das bildete sie sich sicher nur ein. Im selben Moment jedoch vernahm Mirijam ein leises Schnauben, wie die Dienerin es immer dann von sich gab, wenn sie verärgert oder mit etwas ganz und gar nicht einverstanden war. Es war Haditha!, dachte Mirijam erschrocken. Schon seit geraumer Zeit stand sie ihr spürbar kritisch gegenüber, eine derartige Feindseligkeit hatte sie allerdings noch nie an ihr bemerkt.

»Und wenn schon«, raunte die männliche Stimme. »Du tust ihnen sicher unrecht. Ich rate dir, lass es sein! Ich jedenfalls will nichts davon wissen.« Der Mann unter dem Fenster versuchte es erneut mit besänftigenden Worten. »Lade keine Schuld auf dich, Frau, indem du den *marabout* oder die Krieger des Sheïk auf Lâlla Azîza und den Hakim hinweist. Damit würdest du sie dem sicheren Verderben preisgeben!«

Haditha gab keine Antwort. Sicher stand sie wie immer, wenn sie trotzte, mit verschränkten Armen und gesenktem Blick da. Bei ihrem Gesprächspartner konnte es sich nur um Hocine, Hadithas Ehemann, handeln, überlegte Mirijam, denn niemals würde sich die Dienerin heimlich mit einem anderen Mann treffen.

»Bedenke, dass der Prophet, sein Name sei gepriesen, sagte, alle, die das Buch haben, seien unsere Brüder, und sie sollen ihren Glauben frei wählen dürfen!«, fuhr der Mann inzwischen betont geduldig fort. »Die *nasrani* wie auch die *jahuda* haben ihre Bücher des Glaubens wie wir unseren heiligen *Quran*. Sogar der Prophet Mohammed, Allah schenke ihm das ewige Leben, hat einst ihre heiligen Bücher studiert.«

»Ach, und wenn schon. Der *marabout* sagt, wir müssen sie alle vernichten. Wenn unsere Wüstenkrieger die Fremden lediglich vertreiben, so kommen sie eines Tages zurück und nehmen bittere Rache und dann ...« Das klang wie auswendig gelernt.

»Bedenke weiter, durch Lâlla Azîza und ihren Vater haben wir nicht nur unser gutes Auskommen«, unterbrach sie Hocine. Offensichtlich gab er sich alle Mühe, seine Frau zu beruhigen und zu überzeugen, dabei war er eigentlich ein Mann der Tat, nicht der Worte. »Sie sind unsere Wohltäter. Dank Sîdi Alî und seiner Tochter sind wir keine Sklaven mehr und können gehen, wohin es uns beliebt! Für den *marabout* der Saʿadier mag das ja ohne Bedeutung sein, für uns ist es jedoch von allergrößter Wichtigkeit.«

Mirijam spitzte die Ohren, doch kein Laut drang mehr zu ihr herein. Was plante Haditha? Überlegte sie, ob sie den Mahnungen ihres Mannes folgen sollte? Kaum, dachte Mirijam, nachgeben fiel ihr schwer. Zudem stand sie offenbar unter dem Einfluss dieses *marabout*, dessen Hetzreden sie nachplapperte. Hatte nicht Cadidja erst neulich etwas über Hadithas bösen Schatten gemurmelt?

Die Stimme des Mannes beendete das Schweigen. »Wann genau soll denn der Angriff eigentlich stattfinden?«

»Ich hörte jemanden von den kommenden mondlosen Nächten sprechen«, antwortete Haditha. Ihre Stimme klang eindeutig triumphierend.

»Oh Allah«, stöhnte Hocine leise.

Angriff? Mirijams Gedanken rasten. Was genau ging hier eigentlich vor? Wollte jemand Mogador angreifen? Und wer waren diese Wüstenkrieger, von denen Haditha sprach? Anscheinend ging es diesmal nicht allein um die Portugiesen, die Stadt und Land seit Jahren kontrollierten. Wenn sie Haditha richtig verstand, so sollten alle Fremden vernichtet werden, jedenfalls, wenn es nach dem Willen dieses *marabout* ging. Zurück ins Meer treiben, hatte Haditha es genannt. Wegen Abu Alîs Krankheit hatte Mirijam in letzter Zeit kaum das Haus verlassen und somit nicht bemerkt, dass sich in der Stadt etwas zusammenbraute. Aber warum hatte sie niemand gewarnt oder von der herannahenden Gefahr gesprochen? Keiner ihrer Leute hatte auch nur ein Wörtchen verlauten lassen, nicht einmal andeutungsweise. Und begannen die mondlosen Nächte denn nicht bereits heute, fragte sie sich plötzlich und bemerkte, wie sich die Haare auf ihren Armen aufrichteten.

Der Duft von süßem Wein zog durch den Raum. Ein Blick zur Kochstelle zeigte Mirijam, dass die Mischung bereits heftig schäumte und überzukochen drohte. Rasch eilte sie hinzu und packte den Topf, um ihn vom Feuer zu nehmen. Der Griff war glühend heiß. Sie schrie auf und riss die Hand zurück, so dass das Gefäß mit lautem Gepolter auf den Boden fiel. Das kochende Gemisch spritzte hoch und traf ihre Beine wie ein Peitschenhieb. Ihr Herz setzte ein paar Schläge aus. Und dann kam der Schmerz.

61

Mirijam rang nach Luft, ihr war schlecht vor Schreck und Schmerz. Leise wimmernd hob sie die vom heißen Wein getränkten Kleider und löste sie von der Haut ihrer Beine. Noch war außer einigen Rötungen nichts zu sehen, aber sie wusste, im Handumdrehen würden sich Blasen bilden, die sich gefährlich entzünden konnten.

Atemlos kam Cadidja in die Küche gelaufen. Mit einem Blick hatte sie das Unglück erfasst und öffnete sogleich einen Tonkrug mit kaltem Wasser. »Oh Allah, wie konnte das nur geschehen?«, jammerte sie. »Das sieht schlimm aus. Hier, nehmt das Wasser, es kühlt und lindert ein wenig den Schmerz.«

Mirijam standen Tränen in den Augen, als sie mit einer Holzkelle kaltes Wasser über ihre zitternden Beine schöpfte. Sie biss die Zähne zusammen, trotzdem konnte sie ein Stöhnen nicht unterdrücken.

»Wir brauchen Kamelwasser«, entschied die Köchin. »Das ist das Beste.« Sie eilte zur Tür. »Abdel, du Nichtsnutz, komm her! *Yallah!*«, rief sie hinaus. Ein halbwüchsiger Junge, der immer hungrig war und daher oft in der Nähe der Küchentür herumlungerte, erschien prompt.

»Du läufst auf der Stelle zu Ahmad, dem Kamelführer, und holst frisches Kamelwasser. Sag ihm, Lâlla Azîza hat sich kochenden Wein über die Beine geschüttet, dann weiß er Bescheid. Los, Junge, lauf so schnell du kannst! Wenn du nicht gleich wieder hier bist, reiß ich dir den Kopf ab!«

Mirijam goss unterdessen unablässig kaltes Wasser über die verbrannten Stellen ihrer Haut. Sie ächzte leise. Würde ihr Kind jetzt ein Feuermal bekommen?, schoss es ihr durch den Kopf. Oft genug hatte sie davon reden hören, dass die Ungeborenen auf schlimme Erlebnisse ihrer Mütter mit Krankheiten oder Missbildungen reagierten.

»Er wird sich bestimmt beeilen, Lâlla«, versuchte die Köchin zu trösten. »Und frischer Urin von Kamelen ist ein altbewährtes Heilmittel aus der Wüste. Ihr werdet sehen, es nimmt den Schmerz im Nu und verhindert außerdem die Blasenbildung.«

Mirijam nickte mit zusammengebissenen Zähnen. »Schick auch jemanden zur Kalkbrennerei, Cadidja, dort steht eine Flasche mit Johannisöl sowie ein Krug mit Nelkenwurz-Aufguss für kalte Umschläge. Ich brauche beides.«

»Das kann ich machen. Haditha wird inzwischen bei Euch bleiben und Euch zur Seite stehen.«

»Nein!« Mirijam konnte gerade noch einen Aufschrei unterdrücken. »Nein«, sagte sie noch einmal, diesmal leiser. »Schick jemand anderen los.«

Konnte sie der Köchin trauen? Schließlich hatte auch Cadidja ihr gegenüber nichts von einer Gefahr verlauten lassen. Sie entstammte selbst einer Berberfamilie und unterstützte vielleicht diese Befreiungskämpfer. Gab es denn überhaupt noch jemanden, auf den sie sich verlassen konnte? Musste man wirklich mit einem Überfall auf Mogador rechnen, oder handelte es sich bei Hadithas Gerede nicht doch eher um Wichtigtuerei? Das Kind in ihrem Leib bewegte sich, und unwillkürlich schlang Mirijam die Arme um den Bauch.

Cadidja starrte sie mit aufgerissenen Augen an. Sie sah die Gedanken über Mirijams Gesicht jagen, doch wie sollte sie verstehen, was ihre Herrin bewegte?

»Schick, wen du willst, dich brauche ich hier«, presste Mirijam schließlich hervor. »Und bereite neuen Wein für den Hakim. Hat er gegessen?«

»Ja, Herrin, von allem ein wenig!« Die Köchin strahlte. »Und ich sollte das Tablett sogar in seiner Reichweite stehen lassen, falls er später noch etwas essen möchte. Ich glaube fast, es geht ihm ein wenig besser.«

»Sehr gut.«

Ununterbrochen schöpfte Mirijam kaltes Wasser über die Beine. Es sammelte sich auf dem Boden, zwischen den Binsen und Kräutern, so dass sie bald inmitten einer riesigen Pfütze saß und ihre hochgeschlagenen Kleider bis zur Taille durchnässt waren. Sobald sie jedoch aufhörte, die verbrannte Haut zu kühlen, wurde der Schmerz schier unerträglich.

»Wenn Abdel zurück ist, werde ich ihn sogleich zu den Öfen schicken. In der Zwischenzeit bereite ich neuen Wein für den Sherif«, verkündete Cadidja und trug geschäftig die Zutaten zusammen. »Mit Allahs Hilfe wird alles gut.« Kurz darauf holte sie frisches Brunnenwasser und füllte zwei Holzeimer. Dankbar setzte sich Mirijam auf einen Hocker, stellte in jeden der Eimer einen Fuß und fuhr fort, ihre Beine zu kühlen. Abu Alîs Stimme drang zu ihnen in die Küche.

»Geh zu ihm«, sagte Mirijam. »Erzähl ihm von meinem Missgeschick, er wird sowieso etwas bemerkt haben. Aber versichere ihm, dass es mir gut geht, hörst du?«

»Ja, Herrin. Wenn der Junge das Kamelwasser bringt, werde ich Euch mit den Verbänden helfen.« Vorsichtig füllte die Köchin den heißen Wein in einen Krug, bedeckte ihn mit einem sauberen Tuch und verließ die Küche.

Für einen Augenblick ließ Mirijam die Hände sinken. Die Verbrennungen und die Schmerzen waren das eine, das würde irgendwann vergehen, wusste sie. Je länger sie jedoch darüber nachdachte, desto beunruhigender kam ihr das Gerede über einen Angriff und über diese mysteriösen Befreiungskrieger vor. Befanden sie sich tatsächlich in Gefahr? Wenn doch Miguel hier wäre! Ihn brachte so schnell nichts aus der Ruhe. Außerdem kannte er sich auch außerhalb von Mogadors Mauern gut aus, er würde wissen, was von Haditahs Bemerkungen zu halten war. Ihren Abu jedenfalls konnte sie nicht um seine Meinung fragen, der Arme war im Moment wirklich nicht belastbar. Würde man es wagen, ihn aus der Stadt zu verjagen? Aber nein, versuchte sie sich zu beruhigen, Abu Alî war ein angesehener Mann in Mogador, jedermann suchte seinen Rat und bat ihn um Hilfe. Seit Jahren schon lebten sie beide an diesem Ort, arbeiteten mit den Leuten zusammen, man aß und trank miteinander, man kannte sich. Andererseits, dachte sie erneut, was sollte sie davon halten, dass in den vergangenen Tagen niemand eine Andeutung gemacht hatte? Wenn sie Haditahs Worten Glauben schenkte, so waren sein und ihr Leben ernsthaft bedroht.

Ein Schatten verdunkelte die Tür.

»Endlich! Hast du das Kamelwasser bekommen, Abdel?« Als sie keine Antwort erhielt, hob Mirijam den Kopf.

Ein groß gewachsener Fremder stand in der Küche, ein Beduine mit Gesichtsschleier, dessen helle Augen auf sie gerichtet waren.

Hastig schob sie die Kleider über ihre nackten Beine, zog den verrutschten Schleier zurecht und richtete sich auf dem Hocker auf. »Was fällt dir ein?«, fauchte sie empört. Kein Fremder durfte es wagen, unaufgefordert das Haus zu betreten, schon gar nicht die Küche, den ureigensten Bereich der Frauen.

Der Mann senkte den Blick, legte die Rechte auf sein Herz und verneigte sich. »Ich bitte mein Eindringen zu entschuldigen, doch dafür gibt es äußerst ernsthafte Gründe. Wohnt hier der Hakim Alî el-Mansour?«

»Wer will das wissen?« So würdig wie möglich saß Mirijam auf dem lächerlich niedrigen Küchenschemel und funkelte den Fremden an.

»Mein Name tut nichts zur Sache, du wirst ihn sowieso nicht kennen, denn ich komme von weither. Melde deinem Herrn und deiner Herrin, Lâlla Azîza – falls sie tatsächlich hier wohnen, wie man mir gesagt hat –, melde ihnen also, dass ich im Auftrag von Kapitän de Alvaréz komme und sie beide dringend sprechen muss. Und mach schnell, es eilt!«

Etwas Fremdes, das ihr gleichzeitig vertraut schien wie ein Echo von weither, streifte Mirijam. Sie konnte die Augen nicht von dem Mann lösen. Der Fremde starrte auf sie herunter. Rasch senkte sie ihren Blick. Wenn sie ihn weiterhin ansah, könnte sie keinen klaren Gedanken fassen.

»Verstehst du nicht, was ich sage? Geh sogleich zu deiner Herrin«, drängte der Mann.

Vielleicht war dies der Bote, von dem Miguel geschrieben hatte? Aber würde er ihr tatsächlich einen Beduinen schicken? Einen Seemann, das ja, vielleicht auch einen Händler oder Offizier, aber doch keinen Beduinen. Oder war dieser Rüpel etwa gar kein Beduine? Sein respektloses Benehmen entsprach in keiner Weise dem der hiesigen Männer, war er also womöglich ein feindlicher Spion, einer der Sa'adier? Unauffällig warf sie dem Fremden erneut einen raschen Blick zu.

»Bist du etwa selbst …?«

»Ich will zuerst wissen, wer du bist!«

Sie hatten beide gleichzeitig gesprochen. Der Beduine kniff die Augen zusammen. Dann hob er langsam die Hand und entfernte das Tuch vor seinem Gesicht, wobei er Mirijam nicht aus den Augen ließ. Sodann wickelte er den *chêche* vollständig vom Kopf. Goldene Locken fielen ihm auf die Schultern und umrahmten ein Gesicht, das niemals zu einem Beduinen, einem Mann der Wüste gehören konnte. Er lächelte.

Unwillkürlich erhob sich Mirijam. Ihr langes Gewand fiel über die beiden Wassereimer, in denen noch immer ihre schmerzenden Füße standen. Wie versteinert starrte Mirijam dem Fremden ins Angesicht.

Schon beim ersten Blick auf diese Locken hatte sie verstanden. Ein Traum war wahr geworden.

»Cornelisz?«, flüsterte sie, und einen Augenblick lang wunderte sie sich, dass ihre Stimme ihr tatsächlich gehorchte.

62

In diesem Moment tauchten in Cornelisz' Rücken zwei dunkle Gestalten auf, Schatten, die sich in gebückter Haltung anschlichen. Mit Knüppeln in den Händen kamen sie dem Eindringling näher.

»Beinahe hätte ich dich nicht wiedererkannt! Nicht zu glauben, das kleine Mädchen von früher ist eine Frau geworden!« Cornelisz strahlte und streckte Mirijam beide Hände entgegen. »Wie schön, dass wir uns endlich wiedersehen. Als Miguel sagte, dass du hier lebst, nur eine gute Tagesreise von Santa Cruz entfernt, wollte ich ihm zuerst nicht glauben!«

Seine Worte durchdrangen kaum den dichten Nebel in ihrem Kopf, und doch hätte sie ihm ewig zuhören können. Diese Stimme ... Aus den Tiefen der Erinnerung quollen die Worte einer fast vergessenen Sprache, ihrer Muttersprache, hervor. Sie hüllten sie in tröstliche Wärme ein.

»Wir haben uns so viel zu erzählen, aber das muss noch warten«, rief der junge Mann. »Ich wäre schon früher gekommen, doch es gab so viel ... Jedenfalls bin ich hier, um dich zu warnen. Ihr seid in Gefahr und müsst fliehen, am besten noch heute Nacht! Hörst du, was ich sage?«

Hocine und Hassan, die schattenhaften Beschützer, hatten sich inzwischen nahe herangeschlichen. Sie hoben ihre Knüppel. Endlich löste sich Mirijam aus ihrer Erstarrung.

»Nein! Hocine und Hassan, nicht!«, rief sie. »Dieser Beduine wird mir nichts tun. Er kommt in guter Absicht.«

Cornelisz fuhr herum. Er hatte die beiden Männer nicht bemerkt. Langsam hob er nun die geöffneten Hände. Er war unbewaffnet. Dazu sprach er die traditionelle Grußformel: *»As salâm u aleikum.«*

Hassan warf Mirijam einen Blick zu. Als sie beruhigend nickte, senkte er seine Waffe. *»Wa aleikum as salâm«,* antwortete der Vorarbeiter zögernd. Noch einmal vergewisserten sich die Männer, dass ihrer Herrin keine Gefahr drohte, dann verließen sie widerstrebend die Küche.

»Cornelisz, du? Aber wie ...? Was ...? Ich meine, wie kommst du hierher?« Endlich hatte Mirijam ihre Sprache wiedergefunden.

Ohne weitere Umstände trat Cornelisz näher und zog sie in seine Arme. »Mirijam, Mädchen! Gott sei Dank, was für ein Glück, du lebst, und es geht dir gut. Ich kann dir gar nicht sagen, wie ich mich freue.« Er spürte die Wärme, die von ihrem Körper ausging und drückte sie ein wenig fester an sich.

Mirijam hob die Hand und berührte eine seiner glänzenden Locken. Wie oft hatte sie davon geträumt? »Du bist es wirklich«, staunte sie, immer noch ungläubig. Unvermittelt aber, als hätten die ersten Worte, die sie seit Ewigkeiten in der Sprache ihrer Kindheit benutzte, eine Schleuse geöffnet, begann sie zu schluchzen. Sie weinte und zitterte und klammerte sich an Cornelisz, der sie wie ein Kind in seinen Armen wiegte.

»So, nun ist es gut«, sagte er irgendwann, »beruhige dich. Keine Tränen mehr!« Er räusperte sich. Auch in seinen Augen glänzte es verräterisch, als er sich von Mirijam löste. »Mein Gott, als Miguel mir erzählte, wen er geheiratet hat, konnte ich es nicht glauben! Ich habe natürlich tausend Fragen an dich, wie du hierhergekommen bist und wie es dir ergangen ist, aber die verschieben wir auf später. Jetzt ist das Wichtigste, dass ihr schnellstens verschwindet. Ihr müsst fliehen, du und dein Vater, hast du verstanden?« Er packte Mirijam bei den Schultern und schüttelte sie sanft.

»Höre mir jetzt sehr genau zu, es ist wichtig! Es wird einen Überfall geben, und zwar noch heute Nacht. Die Saʿadier sind entschlossen, alle Fremden ein für alle Mal aus dem Land zu vertreiben. Und das wird blutig werden.«

Mirijam fand sich nur langsam zurecht. Immer noch fragte sie sich, ob dies ein Traum oder ein Phantasiebild war. Allmählich jedoch drangen Cornelisz' eindringliche Worte zu ihr durch.

»Nimm nicht zu viele Sachen mit«, sagte er gerade. »Ich werde versuchen, euch beide um das Lager der Krieger herum in die Berge zu führen. Aber du musst dich beeilen, wir haben nicht viel Zeit. Hörst du mich?«

Die Farbe kehrte in Mirijams Gesicht zurück. Sie holte tief Luft und nickte. »Das wird nicht möglich sein«, antwortete sie. Dann nahm sie Abdel, der schon eine ganze Weile in der Tür stand und unsicher von einem Fuß auf den anderen trat, den Tonkrug mit dem Kamelwasser aus den Händen.

»Du verstehst nicht«, drängte Cornelisz. »Die saʿadischen Fürsten mit ihren Wüstenkriegern machen wirklich Ernst! Es wird nicht irgendein Scharmützel werden, diesmal geht es ums Ganze. Sie wollen endlich frei sein von der portugiesischen Fremdherrschaft, und derzeit stehen die Zeichen dafür sehr günstig.«

Mirijam antwortete nicht. Sie tränkte ein Tuch mit dem Urin, wandte sich zur Seite und wickelte den nassen Stoff unter dem Kleid um ihr Bein. Was für eine Wohltat!

»Sämtliche südlichen Imazigh-Völker haben sich vereinigt. Inzwischen kommen Krieger aus allen großen Tälern zusammen, auch aus den Gebirgen, sogar aus dem Tafilalet. Ihre Anführer sind starke Sheïks, die ein gemeinsames Ziel eint«, erklärte Cornelisz weiter. »Diesmal sind die Wüstenkrieger zu allem entschlossen, und sie haben mehr Krieger als jemals zuvor zusammengetrommelt. Hörst du, was ich sage? Insgesamt sechs *leff* haben sich gebildet, und diese Bündnisse rücken nun vor! Sie sind bereits sehr nahe.« Cornelisz unterbrach sich.

Es hatte keinen Sinn, Mirijam in Panik zu versetzen, allerdings musste sie die Notwendigkeit zur sofortigen Flucht einsehen. »Ihr *marabout* verfügt über enormen Einfluss«, fuhr er fort. »Schon seit Wochen zieht er predigend durchs Land, und mittlerweile sind die Krieger erfüllt von Hass auf alles Fremde. Glaube mir, Mirijam, in Mogador wird kein Stein auf dem anderen bleiben! Die Portugiesen und mit ihnen auch alle anderen Fremden werden niedergemacht!«

»Ich verstehe. Ja, ich verstehe, und ich glaube dir«, antwortete Mirijam schlicht. Ihr Verstand arbeitete wieder. »Wenngleich ich auch nicht weiß, woher du diese detaillierten Kenntnisse hast. Doch das ist jetzt einerlei. Der Abu und ich werden fliehen, das verspreche ich. Aber nicht zu Fuß und nicht in die Berge, das wird nicht möglich sein. Ich danke dir für dein Angebot, doch nun muss ich überlegen und zunächst meine Brandwunden versorgen.«

Damit hob sie ihr Gewand ein kleines Stück, und Cornelisz sah die großflächigen Rötungen an ihren Beinen. Gleichzeitig erkannte er an der gerundeten Leibesmitte, dass Mirijam offenbar guter Hoffnung war. Jetzt fiel ihm auch wieder Miguels triumphierende Ankündigung ein, dass sein Sohn unterwegs sei. Wie hatte er das nur vergessen können? Wahrscheinlich, weil er in ihr seine Kinderfreundin sah, ein

Mädchen, keine verheiratete Frau. Mirijam hatte Cornelisz' prüfenden Blick bemerkt.

»Ja, du siehst richtig«, lächelte sie. »Ich bekomme ein Kind. Und ja, ich habe mich verletzt. Aber das ist es nicht allein, warum ich nicht mit dir in die Berge fliehen werde. Vor allem ist da nämlich mein geliebter Ziehvater, der alt und krank ans Bett gefesselt ist. Niemals könnte er die Anstrengungen eines Fußmarsches überstehen.«

Cadidja erschien in der Tür und stieß einen Schreckenslaut aus. Ihre Augen glitten von dem Fremdling zu ihrer Herrin und wieder zurück. Sie wurden immer größer, je mehr sie begriff, dass dieser angebliche Beduine ein Mann aus dem fernen Norden sein musste, wo, wie die Seeleute schon häufig erzählt hatten, die Menschen gelbe Haare und blaue Augen hatten. Unauffällig machte sie das Zeichen gegen den bösen Blick, man wusste schließlich nie.

»Wie geht es dem Hakim?«, fragte Mirijam.

»Er hat von dem Wein getrunken, und er fragte nach Euch, Lâlla Azîza. Er möchte Euch sehen.« Unauffällig trat Cadidja einen Schritt näher und postierte sich neben Mirijam. Sollte dieser Fremde es wagen, ihrer jungen Herrin zu nahe zu kommen, dann würde er es mit ihr zu tun kriegen!

»Ja, das denke ich mir«, nickte Mirijam. »Doch zunächst führe bitte unseren Gast zu ihm. Es ist ein guter Freund aus ferner Zeit, der von weither kommt, um mich und den Hakim zu besuchen. Sorge bitte für Erfrischungen. Danach hilfst du mir, meine Wunden zu behandeln.« Und zu Cornelisz gewandt sagte sie: »Mach dich mit ihm bekannt, Cornelisz, ich bitte dich. Sherif Abu Alî el-Mansour, mein Ziehvater, weiß alles über mich. Ohne ihn werde ich nicht gehen. Erkläre ihm, was du mir gesagt hast, und dann werden wir sehen.«

Cornelisz, der seit Cadidjas Eintritt den *chêche* neu gewickelt und auch den Gesichtsschleier geordnet hatte, nickte. »Ich hörte, er sei ein außerordentlicher Mensch, und unter normalen Umständen würde ich mich glücklich schätzen, seine Bekanntschaft zu machen«, sagte er. »Nun jedoch ... Es eilt! Du weißt, worum es geht!«

63

Wusste sie tatsächlich, worum es ging? Eigentlich fühlte sie sich, als befände sie sich in einem Traum und nicht in der Wirklichkeit.

Beutel um Beutel verstaute Mirijam Goldmünzen, edle Steine und kleine Silberbarren zwischen Abu Alîs Kleidern und seinen Folianten. Eine Kiste enthielt zerbrechliche Flaschen, Krüge und Glaskolben, in die nächste kamen medizinische Heilmittel und Teemischungen, und in eine andere Truhe packte sie die Kontorbücher. Trotz der Schmerzen in den Beinen und der Konfusion im Kopf arbeitete sie zügig, und so kam sie rasch voran. Hin und wieder aber, wenn sie gerade auf einem Hocker sitzend ihre Umschläge erneuert hatte, versank sie in Grübeleien.

Die sa'adischen Krieger versteckten sich zu Hunderten in den Bergen und warteten auf das Signal zum Angriff, hatte Cornelisz behauptet. Heute Nacht würden sie zuschlagen. Ihr Hauptziel war natürlich die Festung, aber nicht nur die Portugiesen, auch alle anderen Fremden in der Stadt sollten vertrieben oder gar vernichtet werden. Die Kämpfer würden zudem nicht wie bisher mit Lanzen und Schwertern kämpfen, laut Cornelisz besäßen sie Feuerwaffen genau wie die portugiesischen Soldaten. Darüber hinaus hätten sie, sagte er, auf einigen Dächern in der Stadt leichte Schiffskanonen in Stellung gebracht, die auf die Festung zielten.

In einem ersten Impuls hatte sie gemeint, es reiche, sich

mit dem Abu in den Turm über der Teppichweberei zurückzuziehen, der gut zu verteidigen war. Doch ausgerechnet dieses Gebäude befand sich in der Nähe der Festung und stand in Gefahr, von den Kugeln getroffen zu werden. Der Turm kam also nicht in Frage.

Wohin konnten sie sonst gehen? Auf die Inseln? Sicher, Schnecken- und Purpurinsel lagen draußen in der Bucht, für einen aufgestachelten Kämpfer bedeutete es jedoch keine Mühe, sie dort aufzuspüren. Im Haus zu bleiben kam ebenfalls nicht in Frage, es bot am allerwenigsten Schutz. Wohin also?

Ausgerechnet die schüchterne Cadidja fand die Lösung. »Auf einem Boot kann der Hakim doch reisen? Man könnte ihn also bequem in mein Dorf bringen. Es ist zwar nur ein kleines Dorf, und meine Leute sind arme Fischer, aber das ist vielleicht gerade ein Glück, denn dort gibt es keine Fremden. Mein Vater wird Euch zu Ehren bestimmt gerne eine Ziege schlachten.« Sofort wurde Hassan losgeschickt, den Fischer aus Cadidjas Dorf zu suchen, dessen Boot im Hafen lag.

Mirijam hatte Mühe, einen klaren Kopf zu behalten. Zum wiederholten Male betrat sie die Küche und erneuerte die kühlenden Verbände. Cornelisz so plötzlich vor sich zu sehen, hatte sie völlig durcheinandergebracht. Auf einmal sah sie das Elternhaus am Koornmarkt vor sich, Vater Andrees und Muhme Gesa, und natürlich die arme Lucia ... Ihr Kinderfreund brachte zahllose, lange vergessene Erinnerungen zurück, glückliche ebenso wie schmerzliche. Besonders ein Bild machte ihr zu schaffen: Cornelisz am Kai von Antwerpen. Mit zerzausten Haaren und atemlos von seinem schnellen Lauf hatte er von ihr Abschied genommen, hatte um einen Brief gebeten ... Sieben Jahre waren seitdem vergangen! Es trieb ihr die Tränen in die Augen und schnürte ihr die

Kehle zu, wenn sie an all das Schreckliche dachte, das auf ihre Abreise gefolgt war. Gleichzeitig aber freute sie sich so sehr über ihr Wiedersehen, dass sie unwillkürlich immer wieder lächeln musste.

Sie schüttelte energisch den Kopf. Eines wusste sie genau: Hätte sie nicht zuvor Haditha und Hocine belauscht, niemals hätte sie Cornelisz' Warnungen geglaubt. So aber überdachte sie unablässig seine Worte, während sie zugleich Kisten, Truhen und Bündel zusammenpackte. Nur das Wichtigste, hatte Cornelisz ihr eingeschärft, und niemand durfte etwas bemerken. Wie sollte das gehen? Wem war unter den gegenwärtigen Umständen zu trauen?

Hassan, Hussein und Cadidja waren eingeweiht, ohne jedoch Details zu kennen, Haditha wusste natürlich nichts. Mit einem Vorwand hatte Mirijam die treulose Dienerin zur Purpurinsel geschickt. Nun konnte sie sich im Haus wenigstens frei bewegen.

Sie würden Mogador verlassen. Nur vorübergehend, tröstete sich Mirijam, bis sich die Lage beruhigt hatte. Sie legte die Hände auf ihren Leib und seufzte. Noch nie hatte sie Verantwortung als Last empfunden, stets war es ihr vorgekommen, als wachse ihr die notwendige Stärke in genau dem Augenblick zu, in dem sie sie benötigte. Jetzt allerdings, da sie alles zurücklassen musste und jede Anordnung allein zu treffen hatte, ob sie nun ihren Abu betraf oder das Haus, die Weberei oder die Färberei, musste sie um ihre Fassung ringen. Cornelisz war ihr keine Hilfe, meistens stand er eher im Weg.

Hatte sie alles erledigt? In Gedanken ging sie ihr Gepäck durch, dann überlegte sie noch einmal die wichtigsten Verfügungen. Sie rief Hocine in die Küche und erklärte ihm in knappen Worten die Lage. Hocine hielt die Augen gesenkt. »Es ist weise, nicht hierzubleiben, Lâlla Azîza. Ich werde die

Arbeit weiterführen und alles so machen wie Ihr. Wenn Ihr zurückkommt, und mit Allahs Hilfe wird das schon bald geschehen, werdet Ihr nicht bemerken, dass Ihr eine Zeitlang nicht hier wart.« Ihm war kein Vorwurf für die religiösen Verirrungen seiner Frau zu machen, dachte Mirijam. Sie dankte ihm und schickte ihn fort.

Hussein wiederum erklärte sich eilig bereit, die Teppichmanufaktur am Laufen zu halten. Lediglich die Purpurfärberei musste stillgelegt werden. Niemand Fremdes würde Abu Alîs Rezeptur in die Finger kriegen! Auch ihn entließ sie mit einem Wort des Dankes.

Als Hassan die Küche betrat, warf sie ihm einen fragenden Blick zu. Der Vorarbeiter antwortete mit einem Kopfnicken. Er hatte den Fischer also gefunden. »Wollt Ihr etwa das alles mit an Bord nehmen?«, fragte er sodann und deutete auf die zum Abtransport bereitliegenden Ballen und Kisten.

»Ja.«

»Viel zu schwer«, meinte er. »Mohammeds Boot ist sehr klein.« Zwischen seinen schwieligen Händen deutete er an, wie winzig das Fischerboot war und wie wenig Platz zur Verfügung stehen würde. »Aber vielleicht gibt es eine Lösung, lasst mich nur machen.«

Kurz darauf kehrte er mit einigen Nomaden, die in der Stadt ihre Wolle abgeliefert hatten, zurück. Hassan kannte schon ihre Väter als ehrliche Männer und hatte sie verpflichtet, mit ihren Eseln vier von Mirijams schwersten Truhen zu Aisha zu transportieren. »Aisha ist Eure Freundin, sie wird gut darauf aufpassen«, erklärte er Mirijam.

Im ersten Moment war sie empört über seine Eigenmächtigkeit. In den eisenbeschlagenen Holzkisten, die die Männer bereits in den Packtaschen ihrer Esel verstauten, befand sich immerhin fast die Hälfte ihres gesamten Vermögens!

Andererseits, wenn das Boot tatsächlich zu klein war für all die Kisten …? Sie musste sich rasch entscheiden. »Also gut. Dankt Aisha in meinem Namen. Und bestellt ihr … Sagt ihr, ich komme, sobald … Ach, sagt ihr einfach nur Dank.«

Wer garantierte, dass die Kisten tatsächlich bei Aisha ankamen? Ob sie jemals wieder in ihren Besitz kamen? Waren diese Nomaden wirklich rein zufällig und nur ihrer Wolle wegen in der Stadt? Was, wenn sie für die Sa'adier spionierten? Alles war möglich!

Als der Ruf des Muezzin zum letzten Nachtgebet verklungen war, verließen zwei ungewöhnliche Karawanen das Haus des angesehenen Arztes und seiner Tochter, der Purpurfärberin. Die eine bestand aus vier Eseln, beladen mit Packtaschen, die schwer gefüllt an beiden Seiten der Tiere fast bis zum Boden herabhingen und im Takt ihrer eiligen Schritte schwangen. Begleitet wurden die Lasttiere von Nomaden, deren Krummschwerter unter den dunklen Burnussen in der mondlosen Nacht nicht zu erkennen waren. Die Männer führten die Esel, so leise und schnell es ging, in die Oasengärten, wo sie alsbald zwischen den duftenden, dicht belaubten Feigenbäumen, den Granatapfelbüschen und Mandelbäumchen verschwanden. Jenseits der fruchtbaren Gärten würden sie in der einsam gelegenen Hütte der schwarzen Kräuterfrau ihre Lasten abladen, bevor sie zurück in die Berge zogen.

Die zweite Karawane war erheblich größer. Neben sieben bepackten Eseln und einigen Menschen, die sich unter ihren Kapuzen duckten, fiel besonders ein zweirädriger Lastkarren auf. In Kissen und Decken gehüllt ruhte ein alter Mann auf ihm, der den Blick über die nächtlichen Straßen, Durchgänge und leeren Plätze von Mogador schweifen ließ. Auch diese Gruppe bemühte sich um schnelles und möglichst leises Vorankommen auf ihrem Weg an der Festung vorüber zum Hafen, was aber nicht ganz gelang. Immer wieder erklang ein halblautes Kommando, eine gezischte Warnung oder eine leise Anrufung Allahs, wenn eine Ladung zu verrutschen drohte, eine Unebenheit auftauchte oder jemand in der Dunkelheit stolperte. Auch das Klatschen des Stocks auf der Flanke eines der Tiere oder ein gezischeltes »*homar, homar*«, um die Esel anzutreiben, waren zu hören. Deren geschäftige Trippelschritte hallten in den engen Gassen der Hafengegend wider. Sogar unterdrücktes Schluchzen drang aus der Mitte der kleinen Menschenschar, die Karren und Lasttieren folgte. Als im Türmchen der kleinen Festungskapelle in der Stille der Nacht weithin hörbar die Glocke schlug und Stimmen erklangen, verharrten alle. Niemand wagte einen weiteren Schritt. Doch es blieb ruhig hinter den Mauern der Portugiesen.

Im Hafen ging alles sehr schnell. Kisten und Bündel wurden auf das Deck des kleinen Küstenseglers gehievt, der im Schatten der Mauer bereitlag, dann hoben zwei Männer den Alten aus seinen Kissen, trugen ihn über eine Planke an Bord und legten ihn im Windschatten des niedrigen Aufbaus im Bug des Bootes nieder. Zum Schluss, während bereits das Segel gesetzt und die Ruder angelegt wurden, kamen zwei verhüllte Frauen und ein groß gewachsener Beduine über die schwankende Bohle an Bord. Nur einen Moment später tat sich ein Spalt zwischen Kaimauer und Schiffsrumpf auf, in dem schwarzes Wasser gluckste und gurgelte.

Im Dunkel der Nacht und direkt vor der Nase der portugiesischen Wachen, die nichts von alledem bemerkt hatten, verließ das hochbordige Fischerboot den Hafen von Mogador und nahm Kurs nach Süden.

64

Mirijam fühlte sich, als befände sie sich nicht auf See, sondern in einem Labyrinth und quäle sich damit, den Ausgang zu finden, so unwirklich kamen ihr selbst in der Rückschau die Ereignisse des Tages vor. Zuerst das belauschte Gespräch zwischen Haditha und Hocine, dann die Verbrennungen und die Schmerzen, schließlich Cornelisz' unerwartetes Erscheinen mitsamt seinen ungeheuerlichen Nachrichten, und schließlich die Fluchtvorbereitungen ... Es war, als versuche jemand, ihr eine besonders wirre Geschichte zu erzählen.

Im Laufe der Jahre war Cornelisz für sie zu einem Traumbild geworden, und nun stand er auf einmal leibhaftig in ihrer Küche. Obwohl viele Jahre vergangen und sie doch wirklich keine Kinder mehr waren, kam es ihr so vor, als ob ihre innige Verbundenheit die Jahre überdauert habe. Konnte so etwas möglich sein? Warum nicht, dachte sie ein wenig trotzig. Er sah ja auch immer noch fast genauso aus wie damals, mit seinen schönen Locken, den ausdrucksvollen Augen und feingliedrigen Händen.

Was tat er eigentlich hier an dieser Küste? Miguel hatte zwar einen Freund erwähnt, doch ausgerechnet Cornelisz? Woher kannten sie sich? Und wieso wusste er so gut über die Einzelheiten des Berberangriffs Bescheid? Vielleicht hatte er sich ja doch geirrt, und sie flohen ganz umsonst aus Mogador ... Sobald sie sich jedoch Hadithas Hasstiraden in Erinnerung rief und ihre Stimme, die geradezu triumphierend gebebt hatte, wurde ihr klar, dass Cornelisz nicht übertrieb.

All dies konnte Mirijam kaum begreifen. Eines jedoch verstand sie: Erneut warf das Schicksal sie aus der Bahn, und wieder befand sie sich mit ihrem Abu auf der Flucht. Warum mussten sie heimlich wie Diebe durch dunkle Gassen schleichen, wachsam und jedes verräterische Hundegebell fürchtend? Wie entwürdigend für einen gütigen Menschen wie den Abu. Obwohl weder er noch sie sich etwas vorzuwerfen hatten, saßen sie hier auf diesem winzigen Boot zusammengepfercht und mussten um ihr Leben fürchten.

Sollte sie denn niemals irgendwo heimisch werden und in Ruhe leben und arbeiten können? Dabei hatte sie angenommen, sie würde für immer in Mogador leben, wo sie sich geborgen fühlte. Sie kannte jede Gasse, jedes Haus und jeden Winkel, und die Menschen vertrauten ihnen ihre Freuden und Sorgen an. Auch der Abu fühlte sich in der kleinen Hafenstadt wohl. Jahrelang hatten sie beide den Menschen geholfen, hatten ihre Leiden gelindert und hin und wieder sogar ein Leben gerettet. Als es nun jedoch darauf ankam, hatte niemand sie vor den Sa'adiern, vor deren Fremdenhass und dem bevorstehenden Angriff gewarnt! Warum nicht? Ob es daran lag, dass sie allein, ohne Familie und ohne den Rückhalt eines einflußreichen Stamms hier lebten? Bei den Berbern spielte die Familie eine wichtige Rolle, sie verließen sich blind auf die Loyalität und Unterstützung ihrer Verwandten ... Doch aus welchem Grund auch immer man sie nicht gewarnt hatte, eines stand fest: Sie waren den Leuten von Mogador offensichtlich gleichgültig. So einfach war das. Und so bitter.

Unter ihren geschlossenen Augenlidern stahl sich eine einzelne Träne hervor und lief über die Wange. Trotzig wischte Mirijam sie fort. Sie wollte nicht weinen. Ihr war kalt, während gleichzeitig die verbrannten Beine unter den Verbänden glühten und pochten, aber Schwäche zeigen kam nicht in Frage.

Der Kapitän deutete voraus, und Mirijam erkannte, dass sie inzwischen die Purpurinseln umschifft hatten und den geschützten, küstennahen Bereich verließen. Der Seegang wurde heftiger, denn jenseits der Inseln lag das offene Meer.

Im böigen Wind tanzte das Boot durch die mondlose Nacht, und obwohl man kaum etwas erkennen konnte, hörte und roch Cornelisz das Meer nur zu gut. Er umklammerte die Reling und versuchte, die Bootsbewegungen auszugleichen. Er konnte einfach nicht begreifen, wie sich Fischer bei Nacht auf dem Meer zurechtfanden. Was für eine Tollheit, diese nächtliche Fahrt. Natürlich konnte man den alten Mann schlecht über die Berge tragen, aber Felsen, Sand und harte Steine unter den Füßen wären ihm allemal lieber gewesen. Wie er es hasste, das Meer! Eines Tages, dessen war er sicher, würde es kommen und ihn holen, wie es immer wieder Schiffe und Menschen verschlang, wie es auch die Männer der San Pietro mitsamt seinem Vater und allem, was es zu fassen bekam, in die Tiefe gerissen und vernichtet hatte. Nicht einmal auf den Malgrund ließ es sich bannen, jedenfalls nicht von ihm!

Der Wind peitschte ihm einen Zipfel seines *chêche* ins Gesicht. Der kurze Schlag schmerzte wie ein Backenstreich, brachte ihn jedoch zur Besinnung. Anders als bei der damaligen Unglücksfahrt segelten sie jetzt in einem Kahn ohne nennenswerten Tiefgang, sagte er sich, irgendwelche Klippen konnten ihnen also kaum gefährlich werden. Außerdem war der Kapitän hier zu Hause, und das war ein entscheidender Vorteil.

Cornelisz löste die verkrampften Hände von der Reling, ließ sich neben Mirijam auf den Planken nieder und legte wortlos den Arm um sie. Er spürte, wie sie den Kopf an seine Schulter legte und die Finger in seinem Umhang vergrub. Unwillkürlich zog er sie enger an sich, dann schloss er die Augen.

Das Wiedersehen mit Mirijam hatte ihn unerwartet stark berührt. Wenn er sie ansah, stand plötzlich die Vergangenheit vor ihm, mehr noch, auf seltsame Weise schien ihn sein früheres Leben einzuholen. Das Kontor mit den hölzernen Schreibpulten, die unter dicken Journalen fast verschwanden, das glatt polierte, geschnitzte Eichenlaub an der Treppe des Elternhauses, die engen, nebelfeuchten Gassen und Straßen seiner Stadt: Zum Greifen nah wirbelten die Bilder vor seinem inneren Auge. Beim Anblick dieser jungen Frau drangen sie aus seinen Erinnerungen hervor und schnürten ihm die Kehle zu. Dabei hatte er alles vergessen wollen!

Cornelisz seufzte. Trotz ihrer Jugend war Mirijam damals seine einzige wirkliche Vertraute gewesen. Sie hatte ihn unterstützt, hatte seinen Worten gelauscht, wenn er von seinem Herzenswunsch, Maler zu werden, sprach, und hatte stets zu ihm gehalten. Sie hatte ihn verstanden, und er erinnerte sich, welch wunderbares Gefühl ihm ihre vorbehaltlose Zustimmung gegeben hatte. Wie seltsam, dass sie beide an derselben Küste in einem völlig fremden Land lebten, nur zwei Tagesreisen voneinander entfernt, und doch nichts voneinander gewusst hatten. Nach Miguels Andeutungen hatte Mirijam schlimme Erlebnisse hinter sich, doch als sich die beiden kennenlernten, lebte sie schon lange in der Obhut dieses alten Arztes.

Hatte es damals in Antwerpen nicht irgendwelche Gerüchte über einen Piratenüberfall gegeben, in den Mirijam und ihre Schwester verwickelt gewesen sein sollten? Er wusste es nicht mehr, das war alles so lange her.

Der Lichtkegel einer abgeblendeten Laterne am Fuße des Mastes, die die Männer zur Orientierung auf dem überfüllten Deck angebracht hatten, wischte über Mirijams Gestalt. Sie wirkte immer noch wie betäubt.

»Wie geht es dir?«

»Ich weiß nicht ... Und du? Wie kommst du eigentlich hierher?« Mirijam hob den Kopf, um ihn anzusehen. In der Dunkelheit erkannte er kaum die Konturen ihres Gesichts.

Für sie mochte das Wiedersehen noch erschütternder gewesen sein als für ihn, überlegte Cornelisz. Immerhin hatte er sich bereits seit längerem an den Gedanken gewöhnen können, sie zu treffen, während es für sie aus dem Nichts gekommen war.

»Bei unserer letzten Begegnung erzählte Miguel endlich von seiner Ehefrau mit Namen Mirijam van de Meulen. Du glaubst nicht, wie überrascht ich war! Er hatte damals eine eilige Ladung nach Salé bekommen und bat mich, dich aufzusuchen. Leider konnte ich nicht sofort kommen, das ging erst jetzt«, antwortete er. Bevor er seinerzeit nach Mogador aufbrechen konnte, hatte Sheïk Amir das Berberlager nach Süden verlegt. Dort, in der Wüste, trafen sich mehrere Stämme zu Verhandlungen, es gab ein Reiterfest, eine wilde *fantasia,* zu der Kamelreiter aus den Weiten der Sahara zusammenkamen und von der er einige großartige Szenen gemalt hatte. Das hatte er sich nicht entgehen lassen können.

Außerdem, rechtfertigte er sich vor sich selbst, hätte er nicht allein aus dem Süden hierhergelangen können. Nicht nur, dass er in diesen Kriegszeiten als Fremder bei den Imazighen unter besonderer Beobachtung stand, auch der Weg wäre zu schwirig gewesen. So war er erst jetzt gemeinsam mit den Kriegern zur Küste geritten. Aber wenigstens hatte er Mirijam warnen können. Ziemlich knapp, das wusste er, aber doch gerade noch rechtzeitig. Das beruhigte sein Gewissen.

»Woher kennst du Miguel?«

»Von einer gemeinsamen Reise vor etlichen Jahren. Sie nahm ein schlimmes Ende, das Schiff ging unter. Aber Miguel rettete mir das Leben. Seitdem bin ich hier.«

»Warst du jemals wieder in Antwerpen?«

»Nein, nie.« Er spürte, dass Mirijam nickte. Sie hatte sich in den zurückliegenden Jahren verändert, vor allem war sie viel ernster und ruhiger als früher. Ob er sie überhaupt erkannt hätte, wenn sie sich irgendwo zufällig über den Weg gelaufen wären?

Eigentlich, das wurde ihm jetzt klar, war sie ihm bis zu dem Tag, an dem Miguel von ihr sprach, gänzlich aus dem Gedächtnis entschwunden gewesen. Aber vielleicht konnte man an die alte Vertrautheit anschließen? Mirijam und ihr alter Ziehvater waren gebildete Menschen mit einem weiten Horizont. Das Leben unter den Männern des Sheïk hingegen war zwar interessant, aber auch anstrengend und auf Dauer eigentlich zu martialisch für seinen Geschmack.

Außerdem war er es leid, sich stets vorsehen zu müssen, um nicht versehentlich Sîdi Mokhbar, ihrem angesehenen *marabout,* in die Quere zu kommen. Dessen Zorn auf alles Fremde schloss ihn natürlich ein, nicht zuletzt, weil er es wagte, entgegen Allahs Gebot Bilder von Menschen anzufertigen. Hielte nicht der Sheïk seine Hand über ihn, wer weiß, ob sich die anderen im Lager nicht allmählich gegen ihn wenden würden. Doch auch dessen Schutz konnte eines Tages bröckeln. Der *marabout* und Sheïk Amir pflegten ein höfliches, recht sprödes Verhältnis zueinander, das nicht von Freundschaft, sondern eher von gegenseitiger Abhängigkeit geprägt war. Während Sîdi Mokhbar den Koran rezitierte und leidenschaftlich gegen die Ungläubigen und ihre Verderbtheit wetterte, nutzte der Sheïk die aufgeheizte Stimmung und lenkte den Tatendurst seiner Krieger in blitzschnelle Attacken gegen die portugiesischen Besatzer um. Ihre glorreiche Vergangenheit und strahlende Zukunft, davon sprachen die Krieger gern, andere Themen kannten sie nicht.

Plötzlich blitzte es weit entfernt an Land mehrmals grell auf, dann dröhnten einige Donnerschläge herüber. Die Schlacht um Mogador hatte begonnen. Alle an Bord erstarrten.

Mirijam löste sich aus Cornelisz' Arm und richtete sich auf, um besser sehen zu können. Dann setzte sie sich neben ihren alten Vater und nahm dessen Hand.

Der Kapitän und seine Männer sprachen die erste Sure des *Quran,* die erschreckten Blicke dem Land zugewandt, von wo der Donner kam und hin und wieder ein Feuer aufleuchtete. Das Segel flatterte und knallte gegen den Mast. Während die Männer beteten, rollte das im Moment führungslose Boot auf den Wellen. Immer näher kam das Geräusch einer Brandung über den zahlreichen Felsen, von denen die Küste gesäumt war.

Dann aber machte der Kapitän der Betäubtheit, die sich an Bord ausgebreitet hatte, schlagartig ein Ende.

»Achtet auf das Segel!«, brüllte er. »Legt Kurs Süd an und schaut, dass wir endlich ein paar Meilen vorankommen! Los, los, los, *yallah,* mit Allahs Hilfe! Oder wollt ihr, dass wir uns alle an den Klippen den Hals brechen?«

65

Im Laufe der Nacht wurde es zwar feuchter und kälter, und es kam auch ein wenig Nebel auf, doch wenigstens ließ das Meer sie gewähren. Der Kapitän stand am Ruder und gab knappe Anweisungen. Was geschah gerade in Mogador? Wie erging es den Freunden und Verwandten dort? Man spürte, wie jeder seinen Gedanken nachhing.

Immer noch konnte Mirijam kaum fassen, wie radikal sich ihr Leben erneut verändert hatte. Bereits zum dritten Mal wurde sie gezwungen, ihr Zuhause zu verlassen – und das ausgerechnet jetzt, wo sie dringend ein Heim für sich und ihr Kind benötigte. Sie schützte ihren Leib mit beiden Händen.

»Immerhin befinden wir uns in Sicherheit, dafür müssen wir dankbar sein«, sagte der Alte leise, als hätte er ihre Gedanken gelesen.

Mirijam beugte sich über ihn. »Hast du die Kanonen gehört?«

»Natürlich. Und sie haben mich ebenso geschmerzt wie dich. Aber wir sind keine Palmen, wir haben Beine statt Wurzeln, verstehst du? Wir werden nach vorne schauen. Vergiss den Kanonendonner, der Wind hat ihn bereits verweht. Gib mir deine Hand, Tochter.« In Decken gewickelt und mit geschlossenen Augen lag der alte Arzt auf seinem Lager. Er schwieg. Doch immer wieder fuhren seine Finger über Mirijams Hand, streichelten sie und gaben ihr Wärme und Halt.

Nach vorne schauen? Ja, das war seine Art, dachte Mirijam. Soweit sie über sein Leben Bescheid wusste, hatte er niemals aufgegeben, und auch in den schwierigsten Situationen war ihm ein Ausweg eingefallen. Einmal hatte sie es am eigenen Leib miterlebt, damals, als sie vor dem Pascha aus Tadakilt geflohen waren.

»Wohin werden wir dieses Mal gehen, Abu? Hast du bereits einen Plan?«, fragte sie leise.

»Du wirst einen guten Platz finden. Einen, an dem du dein Kind in Ruhe aufziehen kannst«, antwortete der Alte.

Mirijam wollte seinen Worten gern glauben. »Vielleicht wieder ein Haus mit einem schönen Innenhof und einem Garten? Die Orangen werden bald reif sein ...« Ihre Stimme zitterte, und eine Träne lief über ihr Gesicht, als sie an ihren kleinen Garten in Mogador dachte.

»Mit Allahs Hilfe. Ich hätte ebenfalls gern noch einmal eine von deinen Orangen gekostet, doch man weiß niemals, wann man etwas zum letzten Mal tut«, sagte der Alte. »Den Beginn bemerkt jeder, nicht jedoch das Ende.« Der Hakim drückte ihre Hand. »Du bist noch jung, und auf deinen Schultern sitzt ein kluger Kopf. Du wirst sehen, schon sehr bald erkennst du den Weg, den du gehen willst und der dich zu deinem neuen Anfang führt. Alles wird sich zum Guten wenden.«

Ihre Beine brannten, und Mirijam fühlte, dass sie im Augenblick weder den Mut noch die Kraft für einen Neubeginn besaß, im Gegenteil, sie war zutiefst erschöpft. Dennoch wusste sie, dass der alte Vater recht hatte: Hatte sich erst alles wieder beruhigt, würden sie sich irgendwo ein neues Zuhause schaffen. Vermutlich nicht in Mogador, aber möglicherweise an anderer Stelle an der Küste, vielleicht aber auch im Landesinneren, das würde sich finden. Und sollte ihr Bleiben auf dem Gebiet dieser Wüstenkrieger auf Dauer nicht möglich sein, blieben ihnen immer noch die nördlichen Regionen, die dem Sultan von Fes unterstanden.

Nicht nur hatten sie vieles von ihren Sachen gerettet, darunter etliche von Abu Alîs geliebten Büchern, vor allen Dingen besaßen sie nach wie vor ihre Rezepturen. Außerdem verfügten sie über ausreichend Gold und Silber in ihren Truhen, um sich irgendwo in Ruhe eine neue Existenz aufbauen zu können. Dazu benötigten sie noch nicht einmal den Rest ihres Vermögens, der bei Aisha bestimmt wohl versorgt auf ihre Rückkehr wartete.

Unentbehrlich für einen Neubeginn, wo auch immer der sein würde, war jedoch ihre kleine Familie, ihr Abu und natürlich Miguel. Wenn er nur endlich heil zurückkam! Wie oft hatte sie schon bereut, ihn zu dieser Reise auch noch ermutigt zu haben. Aber hoffentlich kehrte er nun nicht ausgerechnet in diesen Tagen heim und lief den fanatisierten Berbern in die Arme!

»Du sorgst dich um den Kapitän? Das ist unnötig«, bemerkte der Hakim. »Er besitzt ausgezeichnete Verbindungen, so dass er über sämtliche Vorgänge vermutlich besser informiert ist als wir.«

»Du hast recht«, nickte Mirijam dankbar, »außerdem hat er das Geschick einer Katze. Am einfachsten wäre es, wenn wir nach Santa Cruz gehen könnten, in Miguels Haus. Aber gerade das ist unmöglich, als Hauptsitz der portugiesischen Verwaltung entbrennen dort in der Stadt vermutlich die heftigsten Kämpfe!«

Der Hakim nickte und schloss die Augen.

Sie vergewisserte sich, dass er wirklich warm in seinem Winkel lag. Sagte man nicht der Seeluft ausgezeichnete Heilkräfte nach? Und wenn ihr Abu nach vorn schauen konnte, so konnte sie das ebenfalls, sie durfte sich von den Umständen nur nicht entmutigen lassen. Hatte sie denn nicht – neben Angst, Schock und Schmerz – heute auch etwas Wunderbares erlebt? Im Laufe der Nacht wanderte ihr Blick oft zu Cornelisz hinüber. Und jedes Mal tat ihr Herz vor Freude einen zusätzlichen Schlag.

Er war größer als früher und schlank, fast schon ein wenig mager, dabei breitschultrig, und er hatte schöne Hände. Die hatten ihr schon früher gefallen, obwohl sie in ihrer Erinnerung noch feingliedriger gewesen waren, richtige Malerhände eben. Cornelisz war ihr eigentlich immer nahe gewesen. Wie auch nicht, dachte sie, schließlich hatte sie seit frühester Kinderzeit ihren Lebensfreund in ihm gesehen. Und als er heute plötzlich vor ihr stand, war es, als würde die Zeit zurückgedreht. Sie fühlte, wie ihr warm ums Herz wurde.

Mit Anbruch des Tages näherten sie sich endlich Cadidjas Dorf. Es lag oberhalb einer Steilklippe, und man hatte ihr Näherkommen längst bemerkt. Am Strand wurden sie deshalb bereits von einer Schar Männer, Frauen und Kinder erwartet, die sogleich das Ausladen übernahmen. Die Männer sahen verwegen aus, hohlwangig und sehnig von ihrer harten Arbeit als Fischer, und die Frauen gingen unverschleiert.

Während Cadidja von den Frauen des Dorfes mit Freudentrillern begrüßt wurde und die Männer Kisten und Bündel nach oben wuchteten, musste Mirijam ihre letzten Kräfte mobilisieren, um den schmalen Weg über Steine, spitze Grate und Dorngebüsch bis ins Dorf emporzusteigen. Cornelisz nahm ihre Hand und führte sie bergauf. Oben angelangt, blickte sie zurück und sah dem Boot nach, das den Schutz des kleinen Hafens bereits wieder verlassen hatte. Sie hob die Hand zum Abschied, doch der Kapitän und seine Männer bemerkten nichts davon.

Das Dorf bestand aus wenigen Häusern und einer winzigen Moschee, erbaut aus Bruchsteinen und Lehmziegeln, die sich hinter niedrigen Bäumen und einer Mauer vor dem Wind duckten. Kinder trieben Ziegen auf die Weide, es gab einen Brunnen, Hühner liefen herum, und irgendwo schrie ein Esel.

Vorsichtig wurde der alte Hakim im Schutz einiger windgebeugter Lebensbäume gelagert. Er hielt die Augen geschlossen, und die tief eingegrabenen Falten und Schatten in seinem Gesicht zeugten von den durchgestandenen Strapazen. Schlief er? Hatte er überhaupt bemerkt, dass sie bereits wieder festen Boden unter den Füßen hatten? Mirijam sank neben dem Alten zu Boden. Sie fühlte nichts als Müdigkeit und Schmerzen, Ohnmacht und Leere. Ihr Blick ging zu Cornelisz. Sie sehnte sich danach, erneut von ihm in den Arm genommen und getröstet zu werden.

Natürlich löste ihre Ankunft große Aufregung unter den Dorfbewohnern aus, da sie sich in der Eile nicht hatten ankündigen können, doch Cadidja erklärte allen den Hintergrund.

Für die Portugiesen waren kleine Ansiedlungen wie dieses Fischerdorf kaum von Interesse. Die hier lebenden Aît-Regrara, ein Volk, zu dem auch Cadidjas Familie gehörte, waren arme Leute, die für ihren Lebensunterhalt aufs Meer hinausfuhren, ihr Öl aus den Früchten wilder Arganienbäume herstellten und ein paar Ziegen hielten. Cornelisz und Cadidja, umringt von den Leuten des Dorfes, mussten zahlreiche Fragen beantworten, und immer wieder warfen die Bewohner neugierige Blicke zu Mirijam und ihrem Vater herüber.

Cornelisz lachte mit den Männern, deutete hierhin und dorthin, und bereits nach kurzer Zeit liefen die Frauen geschäftig durch das Dorf und trugen Decken, Teppiche und allerlei Hausgerät herbei. Bald darauf stand ihnen ein altes, verwaistes Häuschen zur Verfügung. Es war zwar klein und dunkel, doch wenigstens hatten sie ein Dach über dem Kopf und feste Wände, die ihnen Schutz vor dem Seewind boten. Hier könnten sie sich eine Weile verbergen, den Ausgang der Unruhen abwarten und ausruhen. Und danach?

Als habe der Hakim ihre Beklemmung gespürt, schlug er die Augen auf und tastete nach ihrer Hand.

»Geht es dir gut, lieber Abu?«

»Gut genug«, antwortete er leise. Er schaute sie prüfend und aufmerksam an.

»Ich bin ein wenig müde, Abu«, beantwortete sie seine unausgesprochene Frage und bemühte sich, ihrer Stimme einen zuversichtlichen Klang zu geben. »Aber wir haben es geschafft.«

»Ganz recht, dank deiner Umsicht. Gestern und in der vergangenen Nacht habt ihr Großes geleistet, du und dein Freund aus fernen Tagen. Nun vertreibe die Wolken, die deine Stirn verdunkeln.« Der Atem ging ihm aus, und es dauerte eine Weile, bis er fortfahren konnte. »Letzte Nacht«, sagte er, und sein liebevoller Blick schien sie zu streicheln, »letzte Nacht ging etwas zu Ende, etwas Schönes, das uns beide mit Freude erfüllt hat.« Pause, Luftholen. Kurze, heftige Atemzüge weiteten seine Nasenflügel.

»Nicht reden, Abu, du musst deine Kräfte sparen.«

»Gleich. War es nicht ein schönes Leben für uns beide?«

»Natürlich! Wir hatten es gut miteinander, und das bleibt auch so. Weißt du noch, deine ersten Versuche mit den Schnecken? Und bis die Kalkbrennerei endlich zufriedenstellend lief? Das war schön und aufregend. Aber nun musst du dich ausruhen.«

»Wozu?« Ungeduldig wischte der Hakim ihre Sorge beiseite. »Ich bin sehr stolz darauf, was du alles vollbracht hast. Doch wisse, liebe Tochter, du kannst nicht alles allein zum Besseren wenden, nicht alles allein lenken. Niemand kann das. Man muss lernen, den Dingen ihren Lauf zu lassen, auch du. Die Zukunft, sie liegt in den Händen des Allmächtigen.«

Mirijam fühlte Ärger in sich aufsteigen. Hatte sie nicht genau das stets getan, den Dingen ihren Lauf gelassen? Hatte sie denn überhaupt jemals etwas anderes gemacht?

Einen Augenblick stockte sie angesichts dieser Erkenntnis. Es stimmte: So weit sie auch zurückschaute, noch nie in ihrem Leben hatte sie etwas Wesentliches selbstständig und frei entschieden, allein nach ihrem eigenen Willen. Stets waren es die Umstände gewesen, die über sie bestimmt und ihre Schritte gelenkt hatten. Den Dingen ihren Lauf lassen, das brauchte sie jedenfalls nicht eigens zu lernen, eher im Gegenteil! Was wäre denn, wenn sie einmal nach ihrem Kopf, ihrem Herzen handelte? Bald wurde sie Mutter, musste sie nicht schon um ihres Kindes willen ihr Leben endlich in die eigene Hand nehmen? Und was brachte den Abu gerade jetzt dazu, von einer Zukunft, die in den Händen des Allmächtigen lag, zu sprechen?

66

Hastig griff Mirijam nach weiteren Decken, um sie rund um den alten Hakim zu stopfen. Er schien zu frieren, außerdem atmete er schwer. Aus ihrer Medizinkiste kramte sie einen Beutel mit Heilkräutern hervor.

Ein erneuter Anfall bahnte sich an. Der alte Mann keuchte immer schlimmer, und Mirijam richtete ihn rasch auf seiner Bettstatt auf. Wie furchtbar schwach der Arme war! Beängstigende Geräusche rollten in seiner Brust. Die Nacht auf dem Wasser hatte ihm nicht gutgetan, im Gegenteil. Mirijam hielt ihn in den Armen, bis sich sein Atem wieder beruhigt hatte, dann ließ sie ihn behutsam zurück auf sein Lager sinken und tupfte ihm den Schweiß von der Stirn. Tiefe Schatten lagen um seine Augen, und die Nase trat scharf aus dem wachsbleichen Gesicht hervor.

»Armer Abu! Ruh dich aus. Gleich bekommst du einen Tee.« Sie nahm seine Hand und wollte unauffällig nach dem Puls tasten. Der Hakim jedoch wehrte ab. »Tu es nicht. Mein Lebensweg ist fast am Ziel angelangt, und im Grunde wissen wir beide das längst.«

Mirijam musste sich tief zu ihm niederbeugen, um ihn verstehen zu können. Der Sherif hatte die Augen geschlossen und flüsterte: »Was für ein Segen, dass Allah unsere Schicksale vereinte. Durch dich erfuhr ich das tiefe Glück, Vater zu sein, und ich danke dem Allmächtigen jeden Tag dafür. Du gabst meinem Leben Inhalt, einen wunderbaren neuen

Sinn, wie nun bald auch deines einen neuen Sinn erhalten wird. Du wirst voller Glück und Freude sein, ich weiß es. Verscheuche also deine Angst, und fass Vertrauen zu dir. Du bist tapfer, klug und stark wie kaum eine andere. Du denkst stets daran, wie du anderen helfen...« Der Husten kam zurück. Er schüttelte den Alten und nahm ihm die Kraft zum Sprechen.

Mirijam liefen die Tränen über das Gesicht, als sie ihn bei den Schultern ergriff und aufrichtete, damit er leichter atmen konnte. Aber auch sie war inzwischen erschöpft und vermochte ihn kaum zu halten.

Plötzlich tauchte Cornelisz an Abu Alîs anderer Seite auf. Ihre Blicke trafen sich, dann fasste er zu, legte seinen Arm um den Kranken und hielt ihn. Diesmal war der Anfall überraschend schnell vorüber. Schon bald lag der Hakim wieder in seinen Kissen, atmete gleichmäßig, und sogar die Farbe kehrte allmählich in sein Gesicht zurück und legte sich über seine Wangen. Mirijam zitterte am ganzen Körper. Mit fliegenden Händen gab sie Cadidja die Kräuter, damit diese daraus auf der Feuerstelle vor der Hütte einen Tee zubereitete.

»Junger Freund.« Die Stimme des alten Gelehrten war kaum hörbar.

Cornelisz beugte sich näher zu ihm.

»Junger Freund, vor unserem Aufbruch sagtet Ihr, Ihr würdet mir die Vorwürfe des saädischen *marabouts,* die jener gegen mich erhoben hat, erläutern.«

»Abu!« Mirijam fuhr herum und starrte den Hakim an. Dessen Blicke aber hingen erwartungsvoll an Cornelisz' Lippen. Anstatt sich um seine Gesundheit, um ihre Sorgen oder um ihre bedrückende Lage zu kümmern, interessierten ihn ausgerechnet jetzt die Gedanken eines wildfremden Heiligen? Aus Erfahrung wusste Mirijam jedoch, dass sich ihr Abu aufregen würde, sollte sie Cornelisz von ihm fernhalten wollen. Aufregung aber war gewiss schädlich für ihn, was er brauchte, war Ruhe. Und wenn dazu die Befriedigung seiner Neugier diente, dann war es eben so. Fragend schaute Cornelisz zu Mirijam hinüber, während er sich die Worte zurechtlegte, und erst, als sie zustimmend nickte, begann er.

»Was ich Euch hierzu mitteilen muss, bedaure ich sehr, Sherif Alî. Es wird Euch missfallen, das weiß ich, und auch mir gefällt es nicht. Um es kurz zu machen: Sîdi Mokhbar, der *marabout,* hat hochoffiziell entschieden, dass Studien wie die Euren, namentlich Mineralogie, Alchemie, fremde Sprachen und allgemein fremdes Wissen – sogar die Sternenkunde zählt er dazu! –, nicht gottgefällig seien. Ihr müsst ein böser Dschinn, wenn nicht gar ein Teufel sein, erklärte er. Ich selbst hörte ihn dies sagen, als ich einmal eine seiner Predigten heimlich belauschte.«

Der Alte schwieg. Er hielt seine Augen geschlossen. Hörte er überhaupt zu? Cornelisz wartete einen Moment, bevor er fortfuhr.

»Leider kommt es noch schlimmer. Denn die von dem *marabout* aufgehetzten Sa'adier gehen mittlerweile davon aus, dass Ihr zwar das Glaubensbekenntnis gesprochen haben mögt, Mohammed und den wahren Glauben des Islam in Wahrheit jedoch lediglich als Tarnung verwendet. Jedes Mal, sagte der *marabout,* jedes Mal, wenn Ihr Euch im Gebet gen Mekka verneigt, lästert Ihr den Propheten und Allahs heiliges Wort. Ihr beschmutzt den Koran, sobald Ihr ihn nur anseht!«

Mirijam beobachtete besorgt, was diese Anklage anrichten würde. Der Sherif war zum Islam konvertiert, und viele bezeichneten derartige ehemalige Christen als Renegaten, doch was den Abu anging, war das eine unerhörte Anklage. Wie ungerecht diesem Mann gegenüber, der den Islam liebte und aus Überzeugung nach dessen Lehren lebte!

Im Gesicht des alten Arztes regte sich jedoch weder Verärgerung noch Erstaunen. Nichts. Seine Augen waren zur Hälfte geschlossen, sie schienen in eine unbestimmte Ferne gerichtet. Seine Finger tasteten suchend auf der Decke umher. Mirijam ergriff seine Hand und streichelte sie tröstend. Er murmelte etwas, und Mirijam beugte sich vor. Vielleicht brauchte er etwas?

»Allah sei mit dir«, das war alles, was sie verstand.

Anschuldigungen wie die des *marabout* waren wie pures Gift. Was jemand aus Hass verspritzte, dessen konnte man sich kaum erwehren. Aber sobald er wieder auf den Beinen war, würde der Abu es diesem fremden Prediger schon zeigen. Alî el-Mansour würde sich klug und weise wie immer verhalten, würde sich dieser ungeheuerlichen Anklagen erwehren und die Dinge richtigstellen.

Cornelisz sprach inzwischen mit gesenktem Haupt weiter, entschlossen, nichts auszulassen, und sei es noch so unangenehm. »Wie gesagt, das sind nicht meine eigenen Worte, Sherif! Der *marabout* wirft Euch ferner vor, Ihr betriebet schwarze Magie, wäret mit bösen Geistern im Bunde, und was weiß ich noch alles. Eure zahlreichen Heilerfolge, aber auch Eure geschäftliche Fortune und nicht zuletzt Euer Wohlstand können schließlich, so sagte der *marabout*, nur mit Hilfe dunkler Mächte zustande gekommen sein. Ihr erhebt Euch gegen die Kräfte der Natur, und nach seiner Überzeugung müsst Ihr mit dem Teufel im Bunde sein, Euer Erfolg sei der eindeutige Beweis.«

Mitleidig blickte Cornelisz Mirijam an, deren Augen sich vor Entsetzen geweitet hatten. Sie wusste, die Anschuldigung, jemand sei mit bösen Mächten im Bunde, fiel gerade bei einfachen Leuten auf fruchtbaren Boden, die solche Geschichten besonders bereitwillig glaubten. Aber wie sollten sie auch verstehen, dass ein suchender, forschender Geist aus eigener Kraft imstande war, manch einem Geheimnis auf den Grund zu gehen und scheinbar Unerklärliches zu enträtseln? Ein raffinierter Prediger hatte leichtes Spiel, wenn er die Ängste vor den so genannten bösen Mächten zu schüren wusste. War das der Grund, warum die Leute von Mogador sie nicht gewarnt hatten?

Doch der Hakim schien auch diesen Vorwurf gelassen zu ertragen und enthielt sich jedes Kommentars.

»Ja«, nickte Cornelisz abschließend. »Das ist es, was der *marabout* den Kriegern einredet. Ich hatte den Eindruck, sie glaubten ihm jedes Wort.« Stille senkte sich über die kleine, dunkle Hütte. Der alte Gelehrte lag reglos auf seinem Lager zwischen Decken und Kissen und starrte vor sich hin. Das Kind in ihrem Leib regte sich, und unwillkürlich legte Mirijam die Hände schützend vor ihren Körper. Warum entgegnete Abu Alî nichts? Er müsste doch Einspruch erheben, derartige Anschuldigungen konnte niemand auf sich sitzen lassen. Aber vermutlich sammelte er bereits Gegenargumente, die er bei passender Gelegenheit, sobald es ihm besser ging, ins Feld führen würde.

Mirijam hielt sein Schweigen allerdings kaum noch aus. »Dieser Sîdi Mokhbar ist doch vollkommen unwichtig, Abu, soll er reden, was er will!«, meinte sie aufgebracht. »Du musst jetzt wieder gesund werden, das ist das Allerwichtigste. Dann aber, wenn es dir besser geht, wirst du ihm schon zeigen, was du ...« Sie beugte sich über ihren alten Vater. Ein dünner Faden Blut klebte im Winkel seines Mundes. Mirijam erschrak. Sie griff nach einem Tuch, um das Blut zu entfernen.

Es dauerte eine Weile, bis ihr dämmerte: Abu Alî war tot.

67

»Abu, lieber Abu, sag etwas, ich flehe dich an!«

Doch nichts regte sich im Gesicht des Toten, kein Zucken, kein Wimpernschlag oder sonst ein Zeichen, dass er sie gehört hätte. Einzig die Schatten unter seinen Augen vertieften sich. Eben noch hatte er mit ihr gesprochen, hatte sich sogar für Cornelisz' Bericht interessiert – und jetzt sollte er tot sein? Sie hatte nichts gespürt, wie konnte seine Seele seinen Leib verlassen haben? Mirijam legte ihr Ohr auf seine Brust, tastete nach dem Puls am Hals – nichts.

»Lass mich nicht allein!« Ein Schrei löste sich aus ihrer Brust, der die Menschen draußen erschreckt innehalten ließ. Mirijam weinte und schluchzte, streichelte die Hände und das stille Gesicht ihres Abu, doch er war nicht mehr da. Sie kniete neben ihm und klagte und konnte nicht damit aufhören. Immer wieder strich sie über sein Gewand, die Decken und die Kissen und nahm seine Hände, während ihr die Tränen übers Gesicht liefen.

Erst als Cadidja mit den Frauen des Dorfes kam, ihr behutsam aufhalf und zu ihrem Lager geleitete, als die Klagegesänge ertönten und der Imam mit dem weißen Totenlaken erschien, erst da ergab sie sich. Während sich die Leute des Dorfes um den Toten kümmerten, ihn wuschen, in weiße Tücher kleideten und schließlich aus der Hütte trugen, um ihn in ein Grab zu legen, vergrub sie sich unter der Decke und krümmte sich wie ein kleines Kind.

Cornelisz kauerte neben ihr und streichelte ihre zuckenden Schultern. Mirijam jedoch stieß seine tröstende Hand beiseite. »Es ist deine Schuld, du und deine ungeheuerlichen, absurden Gerüchte! Warum musstest du ihm davon erzählen? Du wusstest doch, wie krank er war«, weinte sie. Dann zog sie die Decke über den Kopf. Wie gut es tat, einen Schuldigen gefunden zu haben.

Die Worte eines hasserfüllten Dummkopfs waren das Letzte, was er auf dieser Welt gehört hatte – was für eine Kränkung für diesen guten und klugen Menschen! Wenn sie Cornelisz gehindert hätte, die Verleumdungen des Hasspredigers zu wiederholen, vielleicht wäre ihr Abu noch am Leben? Zugleich aber wusste die Heilerin in ihr, dass seine Erkrankung bereits vor ihrer nächtlichen Flucht weit fortgeschritten gewesen war. Vermutlich hätte er auch in Mogador – trotz guter Pflege und Ruhe – schon bald für immer seine Augen geschlossen. Aber dort hätte er wenigstens nicht derartig boshafte Lügen hören müssen …

Geschwächt und elend in ihrem Kummer überließ sie sich in den nächsten Tagen Cadidjas Fürsorge. Diese schirmte sie vor den neugierigen Augen der Dorfbewohner ab, brachte ihr Wasser und Tee, wusch ihr Gesicht und Hände, bürstete ihr Haar und murmelte tröstende Worte. Sie bewachte die Tür und ließ niemanden zu ihr.

Am dritten Tag ließ sich Cornelisz jedoch nicht länger abweisen.

»Mirijam?« Er spähte ins Halbdunkel der Hütte. Draußen war es sonnenhell, und seine Augen mussten sich erst an das Dämmerlicht gewöhnen. Endlich entdeckte er die junge Frau, die auf ihrem Lager saß, die Hände im Schoß verkrampft, und bei seiner Stimme müde den Kopf hob. Er erschrak.

Eingefallen und grau wie eine alte Frau wirkte Mirijam, als besäße sie weder Willen noch Mut oder Kraft. Ein Bild der Hoffnungslosigkeit. So, in dieser Haltung und mit diesen Farben müsste man Verzweiflung malen, durchzuckte es ihn. Dieser kraftlose Nacken, die hängenden Schultern und die Düsternis der Umgebung – eine perfekte Vorlage.

Energisch rief er sich zur Ordnung. Dies war keine Allegorie der Trauer, sondern Mirijam, ein Mensch aus Fleisch und Blut, der litt. Eigentlich kannte er sie nach den langen Jahren der Trennung nicht mehr wirklich gut, aber dass sie willensstark war, hatte er die letzte Zeit beobachten können. Sie nun derart gebrochen zu erleben, war ihm fast ein wenig unangenehm. Doch sie würde schon wieder auf die Füße kommen, beruhigte er sich, er musste nur ein bisschen Geduld haben. Ihre Schuldzuweisungen am Totenbett des Hakim*s* hatten ihn zwar schockiert, zugleich hatte er sie jedoch keinen Augenblick ernst genommen. Sie selbst bereute ihre bösen Worte vermutlich längst. Jetzt ging es darum, sie aus dieser dunklen Höhle zu locken. Außerdem langweilte er sich allein, dieses armselige Dorf bot noch weniger Abwechslung als das Lager der Berberkrieger.

»Komm mit nach draußen«, bat er. »Wir wollen den Wind spüren und die Sonne. Außerdem gibt es entzückende junge Ziegen im Dorf, die musst du sehen. Gib mir deine Hand, ich führe dich. Nur ein paar Schritte, um meinetwillen.«

Und tatsächlich ließ sich Mirijam von ihm auf die Füße ziehen. Sie zitterte vor Schwäche, klammerte sich an ihn und lehnte die Stirn gegen seine Brust.

Cornelisz drückte sie an sich und gab ihr einen Kuß aufs Haar. Wie verführerisch sie ihm in ihrer Schwäche auf einmal erschien! Ihm stockte der Atem, als er auf sie niederschaute und die Makellosigkeit ihrer Haut sah, die feine

Zeichnung ihrer Augenbrauen und die Schatten ihrer geschwungenen Wimpern auf den Wangen. Ein leises Stöhnen entfuhr ihm.

Mirijam hob den Kopf und blickte ihm in die Augen, ein wenig erstaunt. Er beugte sich über sie und wollte sie schon auf den Mund küssen, doch da löste sie sich aus seinen Armen. Unsicher blickte sie ihn an.

Verlegen trat Cornelisz einen Schritt zurück und bückte sich nach ihrem Schleier. Was, zum Teufel, war plötzlich in ihn gefahren? Ahnte sie, was er im Sinn gehabt hatte? Er räusperte sich.

»Wollen wir?«, fragte er schließlich und reichte ihr Umhang und Schleier. Dann geleitete er sie hinaus ins Licht.

Schon nach wenigen Schritten fragte sie leise: »Wo ist es?«

»Das Grab?«

Mirijam nickte stumm.

Cornelisz führte sie vor die Mauern des Dorfes. Mirijam stolperte unbeholfen neben ihm her, so als sei sie blind, als sähe sie weder die Steine noch die Furchen auf dem Weg. Er musste sie stützen, bis sie zu dem steinigen Totenfeld kamen, auf dem die Verstorbenen in die Erde gebettet wurden. Der Wind zauste das dornige Gestrüpp, das dort wuchs. Lediglich einige größere Feldsteine markierten die schmucklosen Ruhestätten. An einem frisch aufgeworfenen Hügel blieb Cornelisz wortlos stehen. Mirijam sank auf die Knie, legte ihre Hände auf den rissigen Boden und strich zärtlich darüber. Sie wiegte sich vor und zurück und weinte beinahe lautlos.

Wie zart sie wirkte, wie hilflos und verloren. In ihm breitete sich plötzlich ein ungewohntes Gefühl von Stärke aus. Das verwirrte ihn, und er hätte nicht sagen können, ob es ihm gefiel. Bei anderen imponierten ihm Überblick und klares Denken durchaus, bei sich selbst aber? Er kannte sich seit langem eher als unsicher, orientierungslos ...

»So, für heute ist es genug«, bestimmte er nach einer Weile und zog Mirijam wieder auf die Füße. Mit einem Zipfel ihres Schleiers wischte er die Tränenspuren von ihrem Gesicht. »Beinahe wie früher«, lächelte er. »Weißt du eigentlich, wie oft ich dir schon aufgeholfen habe? Eigentlich immer, wenn wir gemeinsam ausritten und dein Pony dich mal wieder abwarf.«

Als habe sich mit dem Gang zum Grab des Hakim*s* ein Bann gelöst, schälte sich Mirijam in den folgenden Tagen langsam aus ihrer Trauer. Zum ersten Mal seit ihrer Flucht aus Mogador – wie viel Zeit mochte wohl seither vergangen sein?, fragte sie sich müde – suchte sie den kleinen Hamam auf. Danach aß sie eine Handvoll Datteln und labte sich an gewürztem Tee, bevor sie in einen traumlosen Schlaf fiel, behütet von Cadidja und auch von Cornelisz, der sich in einem windschiefen Verschlag vor der Tür ein Lager bereitet hatte.

Täglich unternahm sie einen Spaziergang mit Cornelisz. In der Regel bestimmte er das Gespräch während dieser kleinen Unternehmungen, und das war ihr sehr angenehm. Sie überließ sich der Sprache und den vertrauten Worten der Kindheit und fühlte sich vom Klang seiner Stimme getröstet.

In der Nacht aber kamen die Schatten, beunruhigende, absurde und verängstigende Gedanken, keine Überlegungen und schon gar nicht irgendwelche Planungen, sondern eher konfuse Bruchstücke und alptraumhafte Ideen. Ihre einzigen Vertrauten hatten sie verlassen, ging es ihr durch den Sinn, ihr Abu ebenso wie Miguel ... Und obwohl es unvorstellbar schien, existierte die Welt dennoch weiter. Wie war das möglich, wie konnte sie weiterleben, als sei nichts geschehen?

Cornelisz hatte vom Untergang des Schiffes damals erzählt. So etwas konnte jederzeit geschehen, selbst ein guter Kapitän wie Miguel war nicht davor gefeit ... Inzwischen war seit seiner Abreise mehr als ein halbes Jahr vergangen, war das nicht viel zu viel Zeit? Ob er jemals wiederkommen würde? Was sollte sie ohne ihn tun, wohin sich wenden? Zum Glück war Cornelisz bei ihr, stand ihr zur Seite, tröstete sie ... Er war wie ein helles Licht in dunkler Zeit.

Manchmal erzählte Cornelisz von früher, von Antwerpen und von ihrem Vater Andrees und Lucia. Wenn ihr dann die Tränen kamen, und sie kamen zuverlässig, schien es Mirijam, als beginne sie erst jetzt nach Jahren damit, um diese beiden Menschen zu trauern.

Nur einmal versuchte Cornelisz, sich nach ihren Erlebnissen zu erkundigen. »Wie war das mit Lucia? Und stimmt es eigentlich, was man sich seinerzeit in Antwerpen erzählte? Der berüchtigte Chair-ed-Din hat eure Schiffe aufgebracht und alle Seeleute in die Sklaverei geschickt?« Daran konnte sie jedoch nicht denken, ohne erneut das Entsetzen von damals zu spüren. Cornelisz nahm sie rasch in den Arm und fragte nicht weiter.

Das tat er häufig, wenn sie unbeobachtet waren: Er legte den Arm um sie und zog sie eng an sich. Gern überließ sie sich dann seiner Wärme, schmiegte sich an ihn und lauschte seinem Herzschlag. Manchmal spürte sie aber auch sein Zittern und fühlte, wie eine süße, verbotene Strömung nach ihr griff. Hing es mit dem Leuchten seiner Augen zusammen? Oder ging der Sog von seinem Lächeln, seiner weichen Stimme oder von seinen Händen aus, die sie liebevoll hielten, sie stützten und ihr die Locken aus der Stirn strichen? Sie flüchtete doch nur in die Arme und unter den Schutz eines guten Freundes, oder nicht? Und seine Gefühle ihr gegenüber waren doch rein brüderlicher Art? Doch über diese Empfindungen gründlicher nachzudenken oder gar an Miguel, schmerzte, und so vermied sie es nach Kräften.

Wie früher sprach Cornelisz immer noch am liebsten über seine Malerei. Mehr als alles andere beschäftigten ihn Maltechniken, die Anfertigung von Farben und natürlich die Wirkung seiner Malkunst. Jede Farbnuance wurde wegen ihres speziellen Effektes eingesetzt, erfuhr Mirijam, besonders wichtig zum Beispiel für die Darstellung menschlicher Haut. Oder er erläuterte seine Schwierigkeiten, das Meer in seiner Vielfalt zu erfassen ... Welches Thema er auch anschnitt, Mirijam war es recht. Wenn sie mit ihm zusammen war, fühlte sie sich nicht allein, und das zählte. Ihretwegen hätte es so weitergehen können.

Nur manchmal, wenn sie in den Abendstunden allein das Grab ihres Abu aufsuchte – was von den Dorfleuten nicht gern gesehen wurde, da solche Trauerbekundung den Willen Allahs in Zweifel zog, denn dieser hatte für alle Menschen das Richtige vorherbestimmt –, streiften sie Gedanken an Aufbruch oder Neubeginn, wie der Abu gesagt hätte. Wie sie ihn gerade jetzt vermisste! Lange saß sie neben dem flachen Erdhügel auf dem Boden, eine Hand auf ihrem wachsenden Leib, um die Bewegungen des Kindes zu fühlen, und hielt Zwiesprache mit ihrem Abu.

Hin und wieder verspürte sie dabei so etwas wie eine Aufforderung, sich der Zukunft zuzuwenden. Der Tag würde kommen, das wusste sie, aber jetzt fühlte sie sich nicht imstande, Entscheidungen zu treffen. Nach Mogador konnte sie nicht mehr zurück, mit Verrätern wollte sie nichts zu tun haben, das zumindest war ihr klar. Santa Cruz war ihr ebenfalls verschlossen ... Am besten, sie blieben hier, in diesem friedlichen Nest am Rand der Klippen!

Das Wetter wurde stürmisch und kälter, und wie häufig im zeitigen Frühjahr peitschte eisiger Regen gegen die Mauern der kleinen Häuschens. Bis jetzt hatte Mirijam keine Kraft gefunden, am Dorfleben teilzunehmen, entweder war sie mit Cornelisz zusammen, oder sie blieb für sich, auch wenn Cadidja das nicht gefiel. Cadidjas Mutter versorgte sie mit dem Nötigsten, die Leute im Dorf waren respektvoll, aber reserviert, und selbst die Kinder hielten sich abseits. Man sprach über das Wetter und den Fischfang, nicht jedoch über wichtige Angelegenheiten, jedenfalls nicht in ihrer Gegenwart. Vor allem redete niemand über die Kampfhandlungen mit den Portugiesen. Wurde überhaupt noch gekämpft? Oder waren inzwischen die Berber längst Herr im Lande und das Leben hatte sich grundlegend geändert? Und was, wenn im Gegenteil die Portugiesen gesiegt hatten und alles beim Alten geblieben war? Obwohl die Fischer vermutlich besser Bescheid wussten, erfuhr selbst Cornelisz nichts.

»Angeblich wissen sie rein gar nichts über den Aufstand oder wie die Kämpfe stehen, diese Fischer«, brach es eines Abends aus ihm heraus. Mirijam saß auf dem Bett und löffelte eine Suppe aus Milch und Ei, während Cornelisz in der Tür stand und unruhig mit den Fingern auf dem Holz trommelte.

»Ich frage mich, ob ich mich nach Santa Cruz durchschlagen soll. Das hätte ich vermutlich schon längst tun sollen, meinst du nicht auch? Schließlich können wir nicht ewig hierbleiben. Ja, das werde ich tun. Kannst du mir Geld mitgeben? Ich bin ja leider mittellos, und wie du weißt, kosten gewisse Informationen ein kleines Handgeld.«

Mirijam hob den Kopf. Hatte Cornelisz tatsächlich »wir« gesagt? Sie tastete nach dem Lederband unter ihrem Kleid, an dem der rote Ring befestigt war. Sie trug ihn zurzeit nur selten an der Hand. Zwar ängstigte sie das Rot des Steins nicht mehr wie früher, hingegen waren ihre Finger in letzter Zeit merklich dünner geworden. Bis auf ihren Bauch, der jeden Tag runder wurde, war sie doch recht abgemagert. Das kam von ihrem Kummer, sagte sie sich, und von der Sorge um die Zukunft. Nun also wollte auch Cornelisz fort ... »Natürlich, mach das. Vielleicht kannst du deine Malsachen mitbringen?« Er hatte »wir« gesagt. Was bedeutete das? Und warum sehnte sie sich nicht stärker nach Miguel, nach seinen Armen und seiner Kraft? Weil er zu lange überfällig war? Was, wenn ihm ein Unglück zugestoßen war? Der Advocat, zum Beispiel, hatte er ihm vielleicht etwas angetan? Es passte nicht zu Miguel, sie so lange ohne Nachricht zu lassen. Andererseits musste sie natürlich die Entfernung nach Antwerpen bedenken, und dann die Zustände hier im Land, zudem kannte niemand ihren Zufluchtsort hier... Oder sollte sie sich besser auf den nächsten Schicksalsschlag vorbereiten?

68

Es verursachte Mirijam Magenschmerzen, auch noch Cornelisz ziehen lassen zu müssen, und so verkroch sie sich lieber in ihrer Hütte, als ihm nachzusehen. Er verließ das Dorf im ersten Morgenlicht Richtung Santa Cruz. Wenn alles gut ging, wollte er in spätestens vier Tagen wieder zurück sein.

Mirijam blies über ihren Tee, um ihn abzukühlen. Sie spürte, der Zeitpunkt für eine Entscheidung war gekommen. Unabhängig davon, welche Nachrichten Cornelisz mitbrachte, wollte sie sich bis zu seiner Rückkehr über Grundsätzliches klar geworden sein. Sie drückte Cadidja ein paar Münzen in die Hand, um Essen und Brennholz zu kaufen. Cadidja meinte es gut mit ihr, manchmal aber wurden ihr ihre Fürsorge und Anhänglichkeit zu viel. Zum Nachdenken brauchte sie Ruhe.

Doch schon bald kehrte die junge Frau mit nur zwei kleinen Eiern zurück. »Hast du nichts zum Heizen mitgebracht? Es ist kalt heute.«

»Ich habe kein Holz bekommen.« Cadidja bemühte sich, ihre Beschämung nicht zu zeigen. »Sie haben selbst nicht genug, sagen sie.«

»Und zum Essen auch nichts? Wir wollen es ja nicht geschenkt haben!« Bisher hatte ihre Versorgung recht gut geklappt, in den Truhen befand sich schließlich Geld im Überfluss.

»Das ist es nicht, Lâlla, und meine Mutter hilft uns sicher

weiter, sogar ohne Bezahlung. Aber die Fischer können bei dem Wetter nicht ausfahren, die Hühner legen schlecht, die letzte Getreideernte war mager, und der Dorfälteste sagt, von Eurem Geld wird er nicht satt, das kann er nicht beißen!«

»Und die anderen meinen das auch?«

Cadidja war den Tränen nahe, als sie zögernd nickte. »In der Winterzeit haben sie es schwer.« Sie kauerte vor Mirijam und blickte forschend in das Gesicht ihrer jungen Herrin. War wirklich so etwas wie Leben in die Augen ihrer Lâlla zurückgekehrt? In den letzten Wochen hatte sie eher wie eine Schlafwandlerin gewirkt, doch was sie nun sah, ermutigte sie. »Es stimmt«, fuhr sie daher fort, »alles ist knapp. Mein Dorf ist ein armes Dorf. Dennoch haben meine Leute Euch nicht abgewiesen, als Ihr Hilfe brauchtet, sie haben sogar den Hakim in ihre Erde gebettet. Aber nun, nach bald fünf Wochen, die wir schon bei ihnen leben, befürchten sie, Ihr wollt vielleicht bleiben und womöglich auch Euer Kind hier zur Welt bringen. Dafür aber reichen ihre Vorräte nicht, das sagt selbst meine Mutter. Außerdem, sagt sie, Euer Lebenswandel …« Cadidja errötete.

»Mein Lebenswandel? Was meinst du damit?«

»Euer Begleiter, Lâlla, versteht Ihr denn nicht? Sîdi Cornelisz, er ist doch weder Euer Bruder noch Euer Vater, er ist nicht Onkel oder Vetter und auch nicht Euer Ehemann.«

Mirijam errötete bis zu den Haarwurzeln. Im Dorf sprach man über sie und monierte ihren Lebenswandel? Wie stets in den vergangenen Wochen, wenn ihr alles zu viel wurde, legte sie sich auf ihr Lager und zog die Decke bis zum Kinn. Fünf Wochen, ging ihr durch den Kopf, bevor sie einschlief, vor fünf Wochen war der Abu gestorben. Aber vor fünf Wochen war auch Cornelisz zu ihr gekommen …

»Verscheuche deine Angst und fass Vertrauen zu dir! Du

bist tapfer, klug und stark wie kaum eine andere …« – Mirijam fuhr mit einem Ruck in die Höhe und spähte in die Dunkelheit der Hütte. Doch außer Cadidja, die wie immer auf ihrer Matte vor dem Bett schlief, war niemand da. Wer also redete mit ihr? Wer sagte, sie sei tapfer, klug und stark? Sie war nicht tapfer und schon gar nicht klug, das genaue Gegenteil war der Fall!

Plötzlich fiel es ihr ein: Das waren die letzten Worte ihres Abu, so hatte er zu ihr gesprochen, bevor er starb. Ihr Herz schlug, als sei sie sehr schnell gerannt. Diese Worte, diese Stimme: War es eine Ermahnung aus der anderen Welt? »Ach Abu, lieber Abu, was soll ich denn bloß tun?«, flüsterte sie in die Dunkelheit. Doch alles blieb still.

Der Abu hatte sie verlassen, Miguel weilte in der Ferne, und auch Cornelisz war fort. Sie war auf sich gestellt. Und als habe ihr diese Verlassenheit den Schleier von den Augen genommen, erkannte sie plötzlich: Nichts würde sich von selbst regeln, sie musste ihr Leben in die eigenen Hände nehmen.

Sie zog ihre Decke um die Schultern und starrte ins Dunkel.

Das Kind in ihrem Leib regte sich, und obwohl es das in den vergangenen Wochen regelmäßig getan hatte, registrierte Mirijam die kräftigen Stöße erstmals wieder deutlich und bewusst. Wie es strampelte und trat! Als wolle es sich mit Nachdruck in Erinnerung bringen.

Vorsichtig, um Cadidja nicht zu wecken, stand Mirijam auf, wickelte sich in ein Tuch und trat vor die Tür. Der Wind hatte sich gelegt, und der Morgen kündigte sich bereits an, doch im Dorf war noch alles ruhig. Eilig schlug sie den Höhenweg ein, der oberhalb der Klippen entlangführte. Er führte ums Dorf herum und war an den Abbruchkanten ein wenig gefährlich. Ein falscher Schritt und sie würde in die Tiefe stürzen. Doch wie hatte die Stimme gesagt? »Verscheuch deine Angst und fass Vertrauen zu dir!«

Mirijam stolperte über einen Stein, der sich unter Gras versteckte, fing sich aber gerade noch. Bislang hatte sie jeden Gedanken daran, was mit Miguel geschehen sein könnte und wie ihr Leben ohne ihn aussah, unterdrückt. Er hätte schon längst zurück sein müssen ...

Obwohl ihr dabei die Brust eng wurde, stellte sie sich nun den drängenden Fragen und zwang sich, darüber nachzudenken: Wo sollte sie leben, und wie? Konnte und wollte sie auf Miguel warten? Mehrmals schon hatte sie eine merkwürdige Scheu gefühlt, gründlicher über Miguels Ausbleiben nachzugrübeln, heute aber musste es sein. Mit Cornelisz' Auftauchen hatte sich, wenn sie ehrlich war, eine neue Situation entwickelt. Sie spürte, wie sich ihm ihr Herz zuwandte, aber ob aus alter oder neu gewonnener Zuneigung, das fragte sie sich.

Endlich war's heraus, jetzt konnte sie sich des Problems annehmen. Sie empfand es fast wie eine Befreiung! Wie hatte der Abu gesagt? »Du bist tapfer, klug und stark ...« Auch wenn davon nicht die Rede sein konnte, sie musste einen Weg finden.

Zwischen Cornelisz und ihr bestand unleugbar eine große Vertrautheit und Anziehung. Aber wollte sie wirklich ihren Kindheitstraum wahr werden lassen und mit Cornelisz durchs Leben gehen? War es das, wonach sie sich sehnte?

Mirijam zwang sich zu einer Antwort.

Ja, es war eine Freude, mit ihm zusammen zu sein, dachte sie, oh ja, ganz gewiss war es das. Ihn ansehen und mit ihm sprechen zu können, war ein Vergnügen, aber mehr auch nicht. Ihr Herz geriet bei ihm niemals wirklich aus dem Takt. War es also vielleicht nicht so sehr der Mann, sondern eher die Erinnerung, die ihr so lieb und teuer war? Dennoch hatte sie sich ein wenig von der Stimmung, die Cornelisz um sich verbreitete, verführen lassen. Liebte denn er sie?

Sie sank auf einen Felsen, zog das Tuch eng um ihre Schultern und blickte auf das Meer zu ihren Füßen. Weiß schäumend strömte und gurgelte es über die Steine, die den Strand tief unter ihr bedeckten, zog sich zurück und wogte erneut heran.

Je mehr sie darüber nachdachte, desto sicherer wusste sie, Cornelisz liebte sie in der gleichen Weise, wie sie ihn liebte: als einen Teil ihrer Kindheit. Wahrhaft lieben aber konnte er wahrscheinlich nur seine Farben. Sein Herz gehörte der Malkunst, der er alles unterordnete ... War er selbstsüchtig?

Nein, stellte Mirijam überrascht fest. Sie sah es jetzt ganz klar: Seine Malerei füllte ihn derart aus, dass er für nichts anderes Gedanken hatte oder Gefühle entwickeln konnte. Es wäre ein Fehler, sich ihm ganz und gar anheimzugeben. Jemand wie Cornelisz würde stets eigensüchtig handeln, auch rücksichtslos, schon weil es ihm immer schwerfallen würde, außer für seine Malerei noch für irgendetwas anderes ein Verantwortungsgefühl zu entwickeln. Das wäre gegen seine Natur.

Miguel aber liebte sie als Mann, das wusste sie sicher. Er gab von Herzen, und er tat alles, um sie zu beschützen. Er liebte sie, ohne Einschränkung und Vorbehalt, und falls er je zurückkam, würde er mit der Zeit auch lernen, ihre Eigenheiten zu respektieren. Den Willen, sie zu verstehen, hatte sie vor seiner Abreise jedenfalls bemerkt. Wenn er nur heil und gesund wiederkam ...

Und ihr erging es nicht anders. Wenn sie an Miguel dachte, flatterte ihr Puls! Sie liebte ihn und begehrte ihn, und eigentlich hatte sie das schon längst gewusst. Es war ihr lediglich in der letzten Zeit, in der so viel Einschneidendes geschehen war, entfallen.

Sie wusste zwar immer noch nicht, wie sich ihr Leben in Zukunft gestalten sollte, aber eine wichtige Erkenntnis hatte sie immerhin gewonnen. Durchgefroren kehrte sie zurück in die Hütte, als gerade die blasse Wintersonne am Horizont erschien. Einen Schluck kalten Tee gab es noch, und durstig leerte sie den Becher. Der Tee schmeckte herb, denn es gab keinen Honig, ihn zu süßen. Eigentlich schmeckte er wie ihr Leben: erdig, ein wenig bitter, stark.

Am nächsten Abend kehrte Cornelisz zurück. Schon von weitem winkte er, und als er näher heran war, rief er Mirijam zu: »Es ist bereits seit Tagen überall ruhig, alles ist vorbei und beim Alten! Die Sa'adier haben sich zurückgezogen. Sie tun mir leid, aber Gott sei gepriesen, wir können endlich zurück.«

Mirijam lächelte. »Schön, dass du wieder daheim bist.«

»Daheim? Oh nein«, rief Cornelisz, packte Mirijam und hielt sie fest. »Oh nein, hörst du denn nicht? Alles ist wie früher. Der Spuk ist vorüber, wir können zurückgehen!«

Welche Erleichterung aus den Worten des Freundes sprach. Sie hatte es sich zwar bereits gedacht, dennoch fragte sie nach: »Du willst zurück? Hast du keine Bedenken, weil du so lange Zeit bei den Sa'adiern verbracht hast?«

»Natürlich will ich zurück, du etwa nicht? Ich werde einfach sagen, sie hätten mich gefangen gehalten, das wird man mir schon glauben.«

»Es wäre aber nicht die Wahrheit!«

»Stimmt, das ist es nicht. Aber ich bin eben kein Mann der Wüste, und das werde ich auch niemals sein. Also kehre ich zurück zu den europäisch denkenden Menschen. Dort kenne ich mich aus, bei ihnen zähle ich etwas, auch, oder besser gesagt, besonders durch meine Arbeit. Ich für mein Teil werde versuchen, genau dort weiterzumachen, wo ich aufhören musste: dem Porträt des Gouverneurs. Was ist mit dir? Möchtest du mit mir gehen?« Seine Augen blitzten unternehmungslustig.

Mirijam betrachtete den schönen jungen Mann, als sähe sie ihn zum ersten Mal.

8. TEIL

Miguels Rache 1527 – 1528

69

Ein Lächeln lag auf dem Gesicht des Kapitäns, während seine Augen über Schiff und Segel, Wellen und Horizont glitten und den Kurs überprüften. Tief sog er die Salzluft in seine Lunge. Was für harmonische Bewegungen sein Schiff vollführte, und wie sanft es über die Wellen glitt! Alles lief bestens. Zufrieden rieb er die Hände, dann hob sich sein Blick zur portugiesischen Küste. Kleine Häuser mit roten Dächern, ein paar auffällige Prunkbauten und eine neue, himmelstürmende Kathedrale schmiegten sich an die staubig braunen Hänge. Die kahlen, baumlosen Erhebungen rund um die alte Fischerstadt wirkten von hier aus beinahe genau so unwirtlich und öde wie die der marokkanischen Küste.

Zum ersten Mal, seit er vor vielen Jahren als abenteuerlustiger, junger Spund zur See gegangen war, würde er heute wieder einen portugiesischen Hafen anlaufen. Damals hatte er nichts vorzuweisen gehabt als Tatendurst und Entdeckerfreude, heute hingegen kam er als gemachter Mann mit seinem eigenen Schiff in die alte Heimat zurück. Am liebsten wäre er unter Fanfarenklängen und rauschenden Segeln in den Hafen eingelaufen. Alle sollten sehen, er hatte es geschafft!

Stattdessen befahl er jedoch die übliche Vorgehensweise: Signalflaggen wurden gesetzt, die Segel eingeholt und behutsam die Mole umrundet, bis er das Hafenbecken vor sich hatte und einen Ankerplatz suchen konnte.

Überrascht stellte er fest, dass sie dazu keineswegs lange suchen mussten. Bis auf ein paar alte Fischerboote war das Hafenbecken leer, man sah weder Fracht- noch Handelsschiffe. Beim Näherkommen bemerkte er, dass selbst die Lagerhäuser ihre Tore weit geöffnet hatten und der Wind frei durch ihr blank gefegtes, leeres Innere wehte. Nur an der westlichen Seite, wo von einer Werft Hämmern herüberklang, herrschte reges Treiben.

Miguel ließ sich an Land rudern, um den Hafenmeister aufzusuchen, doch schon nach wenigen Schritten verharrte er. Buchstäblich an jeder Ecke lungerte Bettelvolk herum, in engen Gassen und Winkeln stanken Berge von Unrat vor sich hin, und hinter einer Hafenkneipe balgten sich abgemagerte Kinder mit Straßenkötern um schimmelige Essensreste.

Vorsichtig umrundete er den gröbsten Schmutz. Was für ein Dreck! Wenigstens wehte eine aufkommende Brise den üblen Gestank weg. Er erreichte den Platz vor einer blendend weißen Kathedrale und sah sich um. Nach all dem Elend wirkten die prunkvollen, neu erbauten Patrizierhäuser mit ihren verzierten Fassaden und besonders die hoch aufragende Kathedrale übertrieben, geradezu protzig. Was passierte bloß in dieser Stadt? Der Gegensatz zwischen Glanz und Reichtum einerseits und großer Not andererseits war nicht zu übersehen.

Filipe Rouxinol, der Hafenmeister, der auf das Einlaufen eines Schiffes von der afrikanischen Küste zunächst hocherfreut reagiert hatte, nickte lediglich resigniert, als er erfuhr, das die Santa Anna kein Getreide an Bord hatte. »Immer das Gleiche! Gold und Silber haben wir genug«, stöhnte er. »Was wir dringend bräuchten, ist etwas zwischen die Zähne! Getreide zum Brotbacken, versteht Ihr?«

Er schien ein vernünftiger Mann zu sein, genau der Richtige, um Miguels Fragen zu beantworten. Doch im Moment standen die beiden schweigend nebeneinander und starrten auf das nahezu leere Hafenbecken. Der einstmals geschäftige Hafen wirkte trostlos.

»Gibt es denn in Sizilien kein Korn mehr?«, brach Miguel schließlich das Schweigen. »Früher kam es doch immer von dort oder aus der Normandie. Und was ist mit den alten Handelsverbindungen in die Levante oder mit denen nach Norden, zur Hanse?«

»Ihr wart tatsächlich lange nicht mehr im Lande, Capitão«, schnaubte der Hafenmeister. Er hob die Hände und zählte die einzelnen Punkte an den Fingern ab. »Schon mal von Missernten gehört? Von Ungeziefern wie Ratten und Mäusen, von wochenlangem Regen und Kälte, die ganze Ernten vernichten? Zu den geringen Erträgen kommen im Norden noch üble Krankheiten hinzu, Senhor, namentlich der Schwarze Tod, der eine Schneise der Verwüstung durch das Land zieht. Drittens«, fuhr er fort, den Mittelfinger umklammernd, »gibt es allenthalben Aufstände unter hungrigen Bauern und anderem Gesindel, die den Handel mit lebensnotwendigem Getreide unterbinden. Außerdem, und davon wenigstens werdet Ihr doch wohl gehört haben«, er wackelte mit dem Zeigefinger, »außerdem spielt die unsichere Lage an den Barbareskenküsten eine wichtige Rolle. Der Handel von dort ist gänzlich zum Erliegen gekommen.« Er wartete Miguels Reaktion nicht ab und hob den Daumen in die Höhe. »Aber selbst die geschilderten Gründe zusammen genommen beschreiben nicht unser Hauptproblem. Gehen wir ein paar Schritte?«

Langsam gingen sie die Hafenmauer entlang. »Unser König ist ein rechter Krämer geworden!«, brach es aus dem Hafenmeister heraus. »Nur zwei Dinge interessieren ihn: der Handel mit Pfeffer und Spezereien aus Calicut in Indien einerseits und das Horten von Gold aus der Neuen Welt andererseits!« Er riss sich die Kappe vom Kopf und schlug damit auf seinen Oberschenkel.

»Was ist denn daran verkehrt?«, fragte Miguel.

»Ha!«, schnaubte Rouxinol, »Alles! Was, wenn kein einziges Schiff Getreide aus Alexandrien oder Syrakus herbeischafft? Wenn alles, was schwimmt, nur noch Pfeffer, Kaneel und Muskat oder aber Gold und andere Edelmetalle geladen hat?« Er deutete auf die leeren Lagerhäuser. »Oder seht Ihr dort vielleicht irgendwo noch ein winziges Körnchen, aus dem man Brot backen könnte?«

Deshalb also standen die Tore der Lagerhäuser sperrangelweit offen.

Der Hafenmeister versuchte sich zu beruhigen. »Ich will es Euch erklären, Capitão. Es ist nämlich folgendermaßen: Mit Hilfe ausländischer Kontore und Handelshäuser hat König Manuel ein umfassendes Handelsnetz aufgebaut, und zwar nicht zuletzt durch weitreichende Privilegien, wie zum Beispiel der Zollbefreiung für den Gewürzhandel«, erläuterte er und vergewisserte sich, dass Miguel aufmerksam zuhörte. »All unsere Schiffe, Capitão de Alvaréz, ausnahmslos alle, kennen nun natürlich nur noch zwei Richtungen: entweder um Afrika herum zur indischen Küste oder über den großen Ozean zu den neuen Kolonien. Es ist wie ein teuflisches Fieber, ein Sog, der von den Dukaten und dem Gold ausgeht! Für das Land ist es ein Fluch, das sage ich Euch.«

Er schnaubte. »Unsere fähigsten Navigatoren und Kartographen, eine Armada unserer besten und größten Schiffe und unsere erfahrensten Kapitäne segeln für den König und seine reichen Freunde in der Fremde. Und alle kennen sie nur noch diese Ziele. Ganz klar, denn jeder will natürlich möglichst schnell möglichst viele Reichtümer ansammeln!«

Allmählich verstand Miguel. »Das ist wahr, auch mir wurde zugetragen, in der Neuen Welt läge das Gold gleichsam auf der Straße.« Sogar ihn hatte es schon gejuckt, über den großen Ozean zu segeln und sich an den Eroberungen zu beteiligen. Oder aber den Spuren Vasco da Gamas zu folgen und um Afrika herum gen Indien zu fahren, um beim Gewürzhandel mitzumischen. Doch beides hätte sich nur dann gelohnt, wenn er mit seiner Santa Anna im Konvoi einer größeren Flotte mitgesegelt wäre. Das aber hätte eine weitgehende Aufgabe seiner Selbstständigkeit zur Folge gehabt, wozu er nicht bereit war. Und dann war da ja auch noch der gefahrvolle Weg um das Kap an der Südspitze Afrikas herum. Wer konnte bei den unberechenbaren Strömungen und Winden das Risiko schon ehrlich einschätzen? Er jedenfalls liebte das Leben zu sehr, um es mutwillig aufs Spiel zu setzen. Nein, mit einer solchen Reise waren zu viele Unwägbarkeiten verbunden, da blieb er doch lieber in seinem Mittelmeer und an der afrikanischen Küste, noch dazu, wo er mittlerweile eine Familie hatte.

Der Hafenmeister riss sich erneut seine federgeschmückte Kappe vom Kopf. Er schien innerlich geradezu zu kochen. »Unsere Schiffe haben mehr Schätze aus der Neuen Welt an Bord, als man sich vorstellen kann, Juwelen, schwere Ketten aus purem Gold und Götzenbilder der Wilden und andere Kostbarkeiten. All das schaffen sie herbei, zur Ehre Gottes, zur Ehre seiner Heiligen und der Kirche, und natürlich für des Königs Schatzkammer. Pah! Habt Ihr schon einmal von einem gehört, der Gold und Silber aussät, erntet und zu Mehl für das Brot vermahlt?«

Die Berichte über märchenhafte, unerschöpfliche Silberminen und Goldfunde aller Art, über den stetig wachsenden Reichtum der portugiesischen Granden und der Krone machten schon seit Jahren in jedem Hafen des Mittelmeeres die Runde. Über die katastrophalen Folgen für die Versorgung der Bevölkerung mit Nahrungsmitteln aber hatte Miguel noch niemals ein Wort vernommen.

Landwirtschaft war in seiner alten Heimat seit langem nur begrenzt möglich, es gab einfach zu wenig fruchtbaren Boden. Deshalb kam schon lange beinahe das gesamte Getreide über den Seeweg, ein Wegfall von Transportschiffen bedeutete demnach zwangsläufig Mangel oder gar Hunger, wie man nun sehen konnte.

Was, schoss ihm ein Gedanke durch den Kopf, was wäre, wenn er sich zukünftig mehr mit dem Getreidehandel befasste? An den Küsten rund um das Mittelmeer gab es weiß Gott genug Korn, außerdem besaß er viele nützliche Kontakte, das sollte also kein Problem darstellen. Vielleicht tat sich hier ein neuer Geschäftszweig für ihn auf? Zunächst müsste man allerdings die Santa Anna ein wenig umrüsten, aber das wäre machbar. Oder aber man müsste ein neues Schiff von vornherein für diesen Zweck bauen lassen.

Zunächst sollte er allerdings die Angelegenheit in Antwerpen erledigt haben. Niemand konnte sagen, wie es dort laufen würde. Und danach? Nun, man würde sehen. Miguel verschränkte erneut die Hände unter den Schößen seines Wamses und lauschte geduldig den fortdauernden Klagen des Hafenmeisters.

Mittlerweile saßen sie in einer der Hafenkneipen bei dem zweiten Krug Wein, und Rouxinol lamentierte immer noch vor sich hin. Miguel steuerte behutsam auf die Fragen, die ihm auf den Nägeln brannten, zu.

»Ich jedenfalls gehe nicht nach Übersee, ich bleibe in meinem angestammten Mittelmeer«, bemerkte er. »Und das guten Gewissens. Für Getreide ist meine kleine Santa Anna allerdings nicht geeignet, ich bringe in ihren Laderäumen ja gerade mal ein paar Stoffballen und ein bisschen Salz und Wein unter. In diesem Zusammenhang, verehrter Senhor Rouxinol: Was könnt Ihr mir Aktuelles über die geschäftlichen Gepflogenheiten in Antwerpen sagen? Ihr seid doch ein weltläufiger und erfahrener Mann und hört so einiges. Bestehen die Stadtväter dort bei fremden Kaufleuten nach wie vor auf ihrem Stapelrecht? Oder habt Ihr von Möglichkeiten gehört, wie man dort direkten Handel treiben kann? Wie hoch sind die Zölle? Wie Ihr wisst, bin ich auf dem Weg dorthin, aber leider kenne ich mich dort nur wenig aus.«

»Antwerpen? Richtig, das sagtet Ihr bereits. Dann geht's wohl zu den Messen von Brabant, wo Ihr Eure Waren mit den angesehenen englischen Tuchen vergleichen wollt? Ich selbst kenne mich dort leider ebenfalls nicht gut aus, dennoch weiß ich glücklicherweise Rat. Zufällig, verehrter Capitão, weilt derzeit nämlich ein gebürtiger Antwerpener in der Stadt, der auf dem Weg in seine Heimat hier gestrandet ist. Vielleicht könntet Ihr ihn an Bord Eures Schiffes mitnehmen?«

Rouxinol warf ihm einen schnellen Blick von der Seite zu, während er angelegentlich an einem Fleck auf der Tischplatte herumwischte wie ein Junge, der etwas zu verbergen hatte. Miguel schwieg abwartend und behielt seinen unbeteiligten Gesichtsausdruck. Insgeheim jedoch frohlockte er über diesen Glücksfall.

»Na ja, ich sage lieber gleich, wie es ist«, seufzte der Hafenmeister nach einer kleinen Weile. »Der Mensch hat nämlich kein Geld, er wurde bis aufs Hemd ausgeraubt. Außerdem kann er noch nicht einmal einen Tampen halten, geschweige denn einen Kompass ablesen, und zum Segelsetzen ist er schon gar nicht zu gebrauchen. Er kann also für seine Überfahrt nicht arbeiten. Außerdem wird er auf dem Wasser sofort sterbenskrank.«

Rouxinol beugte sich vertraulich über den Tisch und nahm einen tiefen Zug aus seinem Becher, bevor er weitersprach. »Sein Handelsherr scheint ein harter Kerl zu sein. Ausgerechnet diesen Mann zur Inspektion irgendwelcher Niederlassungen bis in die äußersten Winkel der Levante zu entsenden, und zwar überwiegend per Schiff, das zeugt für mich von grober Rücksichtslosigkeit. Der letzte Kapitän ließ ihn jedenfalls lieber hier bei mir zurück. Er wollte auf der Rückreise keinen Toten an Bord haben.«

Miguels Augenbrauen hoben sich fragend. »Und warum sollte ausgerechnet ich dieses Ungemach auf mich nehmen wollen?«

»Joost Medern, so heißt der Mann, ist zwar ein durch und durch ungeschickter Mensch, der nichts kann als rechnen und schreiben, aber er ist ein Kontorist, wie er im Buche steht, und kennt sich demzufolge in sämtlichen Handelsfragen aus. Wenn Ihr ihn nach Antwerpen mitnehmt, so tut Ihr nicht nur ein gottgefälliges Werk, sondern habt selbst einen Nutzen davon.«

»Verstehe. Wisst Ihr den Namen seines Handelshauses?«

»Tut mir leid. Ihr kennt das sicher selbst, diese fremdländischen Namen wollen einem einfach nicht im Gedächtnis haften bleiben.«

70

Als sie zwei Tage später die Segel setzten, hatte sich Miguel zu einer Änderung der Route entschlossen. Eigentlich drängte es ihn zur Eile, denn er wollte unbedingt zur Geburt seines Sohnes zurück in Mogador sein. Dennoch würde die Santa Anna nun, anstatt in einem weiten Bogen durch die stürmische Biscaya gen Norden zu segeln, wie es eigentlich üblich war, stets in Küstennähe bleiben, des Nachts ankern oder sogar einen geschützten Hafen aufsuchen. Unter Deck, leidend in seiner Koje, befand sich nämlich der Antwerpener Schreiber Joost Medern, der zum Handelshaus van de Meulen gehörte.

Zufrieden verschränkte Miguel die Hände hinter dem Rücken und schritt das Deck ab. Einfach wunderbar, dachte er entzückt, dieser Mann war ihm von der Heiligen Mutter Gottes höchstpersönlich gesandt worden. Bis jetzt hatte er weder eine konkrete Idee geschweige denn einen Plan gehabt, wie er an den Advocaten herankommen könnte. Lediglich das Ziel stand fest: Licht in das Dunkel um die Piratenüberfälle und den Tod von Mirijams Schwester zu bekommen sowie Mirijams Erbe zurückgewinnen, koste es, was es wolle. Und genau zu diesem Zweck hatte ihm nun ein gnädiges Schicksal diesen Mann zu Hilfe gesandt. Zufrieden rieb er die Hände.

Für ihn gab es keinen Zweifel, Mirijams so genannter Onkel war ein Betrüger und Mörder obendrein. Doch würden die Beschreibungen in den Briefen von Mirijams Mutter, die längst unter der Erde lag und nicht mehr selbst Zeugnis ablegen konnte, ausreichen, diesen gerissenen Menschen zu überführen? Er hatte die Briefe zwar mit auf die Reise genommen, denn man wusste schließlich nie, aber durfte man sich wirklich etwas davon versprechen? Mit diesem Medern an Bord sah die Angelegenheit jedoch um einiges besser aus. Er konnte den Mann aushorchen, sich über die Antwerpener Verhältnisse aufklären lassen und in Ruhe einen Plan ausarbeiten. So gesehen war die langsame Schleichfahrt nicht nur erträglich, sie war sogar ausgesprochen nützlich.

Joost Medern, ein freundlicher, kleiner Mann mit einem gutmütigen Gesicht, das von einer dicken Warze im Nasenwinkel verunziert wurde, litt tatsächlich ungemein, sobald das Schiff Fahrt aufnahm. Noch nie hatte Miguel jemanden derart anfällig für die Seekrankheit erlebt. Abends jedoch, wenn sie in einer ruhigen Bucht ankerten, kam er an Deck, um Luft zu schöpfen und ein wenig mit dem Kapitän zu plaudern. Aber selbst dabei hielt er sich stets in der Mitte des Schiffes auf, in der beruhigenden Nähe des Mastes, als habe er Sorge, sogar bei sanfter Dünung über Bord zu fallen.

»Ich bin Euch von Herzen dankbar, Kapitän, dass Ihr Euch meiner angenommen habt«, erklärte er zum wiederholten Male, während er mit beiden Händen das Holz des Mittelganges umklammerte. »Mein Herr, der Advocat, hält mich ja für weichlich und feige, dabei habe ich auf dieser Reise schon so mancher Gefahr getrotzt, oh ja! Gefahren, von denen Ihr Euch wahrscheinlich keine Vorstellung macht!« Er warf sich in die Brust. »Weichlich und feige, pah! Wenigstens bin ich jederzeit ehrlich geblieben, was man wahrlich nicht von allen behaupten kann.« Er schwankte gehörig, obgleich das Meer unter ihnen im sanften Abendlicht wie eine glatte, polierte Tischplatte glänzte.

Mit hereinbrechender Dämmerung hatte die Santa Anna in einer Bucht vor der französischen Küste Anker geworfen, und die meisten Besatzungsmitglieder befanden sich an Land, wo ein helles Feuer brannte. Eigentlich, dachte Miguel, eigentlich kroch sein schönes Schiff dahin wie ein geprügelter Hund mit eingezogenem Schwanz. Seine Männer langweilten sich zu Tode und schüttelten von Tag zu Tag mehr die Köpfe über ihn, von dieser Seite kannten sie ihren Kapitän schließlich nicht. Sei's drum, überlegte er mit einem schiefen Lächeln, Hauptsache, er bekam, was er wollte.

»Sechs Jahre geht das nun bereits so, Kapitän«, fuhr der Schreiber fort, »sechs lange Jahre, in denen ich arbeite und gehorche, alle Anweisungen getreulich befolge und fleißig meinem Herrn diene. Wohlgemerkt, ohne ein Wort der Anerkennung und für einen eher kargen Lohn, und dabei stand ich sogar immer mal wieder für ihn mit einem Fuß im Gefängnis. Nachweisen konnten sie ihm bisher zwar nie etwas. Diesmal jedoch ... Ach, wenn ich nicht für Frau und Kind sorgen müsste, ich wüsste, was ich täte!« Medern verstummte. Er seufzte. Eine Hand umklammerte ein dickes Tau, die andere zupfte an einem Loch in seinem Wams herum.

Am Zustand seiner abgerissenen Kleidung konnte man leicht ablesen, dass dieser Mann tatsächlich einiges durchgemacht hatte, dachte Miguel, aber irgendwie hatte er auch Courage. Wie Rouxinol berichtet hatte, war der arme Hund unterwegs ausgeraubt worden und besaß nur noch das, was er am Leibe trug. In seiner eigenen Kleiderkiste würde sich bestimmt das eine und andere für ihn finden, überlegte Miguel, so heruntergekommen wie jetzt wollte er jedenfalls nicht mit ihm in Antwerpen einlaufen. Viel wichtiger als seine Erscheinung aber war, dass dem Kontoristen offenbar die Zunge locker saß. Mit ein wenig Glück konnte er ihn aushorchen und kam an ein paar saftige Informationen.

»Gefängnis? Na, na, das sind mir ja schöne Geschichten, Senhor Medern! Was genau würdet Ihr denn tun, wenn Ihr könntet, wie Ihr wolltet?«, erkundigte er sich.

Joost Medern hatte sich anscheinend jedoch besonnen und schwieg. Er starrte auf seine Füße, während die Hand unentwegt über den zerfetzten Rock strich.

Miguel versuchte, seine Ungeduld zu zügeln. Schließlich, und dieser Glücksfall kam ihm tatsächlich wie ein Zeichen göttlichen Weitblicks vor, arbeitete Joost Medern für den Advocaten. Wenn der Dreck am Stecken hatte, und das war so sicher wie das Amen in der Kirche, dann musste Medern Kenntnis davon haben. Wie aber brachte er den Mann zum Reden? Loyalität zu seinem Herrn verschloss ihm jedenfalls wohl nicht den Mund, eher schon Angst.

»Früher einmal«, meinte Miguel wie beiläufig, »früher einmal hatte das Haus van de Meulen einen ausgezeichneten Ruf, meine ich mich zu erinnern. Stand der Name nicht im gesamten Mittelmeerraum für Seriosität und Gediegenheit? Und nun sprecht Ihr von Gefängnis?« Miguel schüttelte den Kopf.

»Allerdings«, setzte er gleich darauf hinzu, als sei ihm das gerade erst eingefallen, »hörte ich irgendwann tatsächlich, wie ein englischer Kapitän einmal sogar vom Landesverrat Eures Herrn sprach. Was hat es denn damit auf sich?«

»Nichts, nichts, ein paar Ungereimtheiten hier und ein paar Missverständnisse da, nichts Besonderes. Geschäfte eben«, antwortete der Kontorist ausweichend. Mit einer Hand umklammerte er ein Halteseil, mit der anderen kratzte er sich unter seinem fleckigen, abgetragenen Kragen.

Miguel zog spöttisch die Augenbrauen in die Höhe. »Nun, einer wie ich kommt viel herum, wie Ihr wisst. Ich sollte Euch also ehrlich sagen, mein lieber Medern, dass man sich so einiges über Euer Haus erzählt, versteht Ihr?«

Alarmiert blickte der Antwerpener zu Miguel auf.

Das Eisen muss man schmieden, solange es heiß ist, dachte Miguel und beschloss, ein Gerücht, das er irgendwo aufgeschnappt hatte, als Tatsache hinzustellen. »Zum Beispiel«, sagte er, »wundert man sich, dass Euer Haus bereits seit Jahren keinem der an Flüssen oder Küsten anerkannten Schiffsmeister und Frachtkapitäne mehr einen Auftrag gegeben hat.« Vielsagend zog Miguel erneut die Brauen in die Höhe. Er dehnte die Pause aus.

»Was aber soll man davon halten, wenn jemand zum Beispiel all sein Kupfer und Zinnerz auf, nennen wir es einmal vorsichtig, unbekannten Wegen über Land transportieren lässt?«, legte er schließlich nach. »Und wohin mag es auf ebendiesen Wegen wohl geliefert werden, wer könnte der Empfänger sein? Auch so etwas fragt man sich natürlich.«

»Ihr wisst davon?« Das freundliche Gesicht des Mannes verfärbte sich rot, lediglich die Warze neben der Nase leuchtete hell hervor.

»Nicht nur ich. Man hört so dieses und jenes«, nickte Miguel. »In jeder Taverne, in jedem Hafen redet man über verbrecherische Geschäfte und allgemein über unlauteres Gebaren im Hause van de Meulen.« Starker Tobak und durch nichts bewiesen, dachte Miguel, aber das brauchte er dem Schreiber ja nicht auf die Nase zu binden.

Medern stotterte: »Ich habe mit alledem nichts zu schaffen, das müsst Ihr mir glauben! Sint Maarten ist mein Zeuge!«

Miguel schwieg und wartete mit hochgezogenen Augenbrauen.

Schließlich gab sich der kleine Antwerpener einen Ruck. »Erinnert Ihr Euch an das große Geschrei vor ein paar Jahren, als man im Böhmischen allerlei Schätze wie Silber und verschiedene Erze in den Bergen entdeckt hatte?«

Miguel hatte zwar keine Ahnung, dennoch nickte er.

»Gleich darauf wurde es auffallend still um diese Lagerstätten. Von heute auf morgen hörte niemand mehr etwas über Schürffunde, über Eisenerze, Hammerwerke oder dergleichen. Nun, die Erklärung für das ungewöhnliche Schweigen seinerzeit ist denkbar einfach.« Kaum ins Reden gekommen, kostete der Kontorist das offenkundige Interesse des Kapitäns sichtlich aus. »Die ertragreichsten Bergwerke gehören mittlerweile uns, ich meine, meinem Herrn. Er lässt dort Blei, Zinn und sogar Silber aus der Erde holen und von verschwiegenen Leuten auf Flüssen oder dem Landweg nach Osten bringen, genau wie Ihr es sagtet. Nicht selten werden dabei engste Saumpfade, besonders gern durch menschenleere Gebiete oder geheime Schmugglerwege benutzt, davon habe ich mich erst kürzlich selbst überzeugt.« Er legte eine bedeutungsvolle Pause ein, bevor er erneut ansetzte: »Neben diversen Zollstationen, die man auf diese Weise vermeidet, entgeht man natürlich auch der Überwachung durch die jeweiligen Landesherren. Denn geht es allein um das Einsparen von Zöllen? Ich frage Euch, Kapitän, warum diese Mühen mit dem Transport und warum ausgerechnet, noch dazu in dieser Heimlichkeit, nach Osten? Na, was meint Ihr? Welche zahlungskräftigen Abnehmer könnte man dort Eurer Meinung nach wohl finden?«

Miguel überlegte nur kurz. Dann nickte er bedächtig, er hatte verstanden. »Ich ahne, Meister Joost, worauf Ihr hinauswollt. Ihr meint die Osmanen, den türkischen Sultan, habe ich recht?«

Joost Medern wedelte abwehrend mit den Händen. »Von mir habt Ihr das nicht! Aber ganz im Vertrauen, es ist tatsächlich mehr als ein bloßes Gerücht. Immerhin habe ich die Gegend selbst bereist, habe mit Leuten geredet und Bücher geprüft. Eine Schande ist das, eine Schande! Doch nicht nur, dass er dem Osmanen Rohstoffe verkauft, aus dem Kanonen und andere Waffen hergestellt werden, die sich natürlich irgendwann gegen unsere Soldaten richten werden, nein, es kommt noch schlimmer!«

»Noch schlimmer? Mann, Ihr wisst nicht, was Ihr sagt!«

»Oh doch, Kapitän Alvaréz, das weiß ich sogar sehr gut! Wie würdet Ihr es denn nennen, wenn jemand in einer versteckten Münze ungute Geldstücke schlagen lässt? Hecktaler, gekippte Silberstücke mit beschnittenen Rändern, wohlgemerkt?« Dazu ahmte er mit den Fingern das Ritschratsch einer Schere nach. »Ihr als Kaufmann werdet ja wohl wissen, was das bedeutet.«

Das wusste Miguel in der Tat. Nicht nur dass man allerorten mit der Umrechnung der verschiedensten Münzen seine Last hatte, zusätzlich tauchten auch immer wieder falsche Florins, Silbertaler und sogar Dukaten mit zu geringen Gewichten auf. Dabei handelte es sich um sogenannte Kippermünzen, deren Umfang unauffällig verkleinert war oder die lediglich aus einem Eisenkern mit dünnerem Gold- oder Silberüberzug bestanden. Gefälschte venezianische Goldukaten, die ihm ein levantinischer Zwischenhändler für eine Ladung Salz gezahlt hatte und die er bald darauf in gutem Glauben wieder in Umlauf gebracht hatte, hätten ihn selbst einmal beinahe sein Schiff gekostet! Damals stand er mit einem Bein im Loch. Münzfälscher, das war jedenfalls seine Meinung, verdienten den Tod. Wenn er dem Advocaten Münzbetrug nachweisen könnte, dann hätte er ihn am Haken. Allerdings, ein wenig Vorsicht war bei solchen Anschuldigungen immer angebracht.

»Guter Mann«, lächelte er deshalb nachsichtig und tätschelte die Schulter des kleinen Kontoristen, »wie wollt Ihr denn so etwas beweisen?«

»Ganz einfach, Kapitän.« Das Gesicht des Antwerpeners verzog sich zu einem Siegeslächeln. »Joost Medern mag vielen als weichlich, feige oder gar dumm erscheinen, als jemand, den man nicht für voll zu nehmen braucht, weil er nichts als seine Listen, Gänsekiele und Tintenfässchen im Sinn hat. In Wahrheit ist er jedoch aufmerksam, gründlich und vorausschauend. Ich habe Beweise gesammelt.«

Vielsagend klopfte er auf den Saum seines Wamses und erfreute sich an Miguels Mienenspiel, das von langsamem Begreifen über staunend hochgezogene Augenbrauen zu anerkennendem Nicken wechselte. »Ihr habt derartige Münzen bei Euch?«

»Nicht nur das, Kapitän, nicht nur das.« Der kleine Medern klopfte erneut auf den unteren Saum seines Rockes. »Hier habe ich außerdem einen Prägestock eingenäht. Es handelt sich zwar nur um einen kleinen, für Münzen mit geringerem Wert, aber als Muster ist er dennoch ausreichend. Außerdem besitze ich ein unterzeichnetes Protokoll der betreffenden Münze, gestempelt und gesiegelt vom Münzmeister, der sich dadurch absichern wollte. Eindeutiger geht es ja wohl nicht, oder?« Damit warf er sich in die Brust und strahlte Miguel an.

»*Que diabos*, Medern, Ihr seid wahrhaftig ein Teufelskerl!« Vor dem innerem Auge des Kapitäns stand eine Szene, wie sie befriedigender kaum sein konnte: Er, Miguel de Alvaréz, erhob vor dem Hohen Rat der Stadt Antwerpen Anklage wegen Falschmünzerei gegen den Advocaten und legte

County Beweisstücke vor, was den Betrüger natürlich sofort ins Verlies und an den Galgen bringen würde.

»Ihr wollt dem Herrn das Handwerk legen, Euch und Eure Familie aber nicht gefährden?«, wandte er sich an Joost Medern. »Auf mich könnt Ihr zählen, da bin ich dabei, mein lieber Medern, nichts lieber als das! Überlasst einfach mir die Münzen, und ich werde mit Freuden dafür sorgen, dass der Elende seine gerechte Strafe erhält! Na, ist das eine Aussicht?«

Miguel legte dem Antwerpener vertraulich die Hand auf die Schulter. Vor seinen Augen mauserte sich dieser arme Hund soeben von einem jämmerlichen Nichts zu einer scharfen Klinge, fähig, gegen den Advocaten gerichtet zu werden.

»Ihr? Aber aus welchem Grund? Was habt Ihr denn damit zu schaffen?« Misstrauisch fixierte der Antwerpener den Kapitän.

»Wegen ... Na ja, sagen wir es einmal so: wegen älterer Rechte.« Miguel räusperte sich.

Fragend blickte Medern den Kapitän an, der jedoch schwieg.

»Ich weiß nicht, Kapitän, bei so etwas gibt es vieles zu bedenken.« Medern wirkte verunsichert.

»Ach was, bedenken! Sagtet Ihr nicht soeben selbst, alles sei ganz eindeutig?«

Hörbar seufzte die Santa Anna an ihrer Ankerkette, die von der Dünung gespannt war. Sogleich krallte sich Joost Medern an Miguels Ärmel fest. »Was geschieht?«, ächzte er.

»Nur die Ruhe«, besänftigte Miguel. »Das ist lediglich der Abendwind, der uns ein wenig wiegt.«

71

Die See war ruhig, und Miguel begab sich zurück in seine Kajüte. Lediglich eine Wache, der Rudergänger, er selbst und natürlich der Antwerpener, der seinen Fuß nie im Leben in ein wackliges Ruderboot gesetzt hätte, befanden sich an Bord. Heute Nacht blieb ihm nichts anderes übrig, als sich endlich ernsthaft mit den Frachtlisten zu befassen. Höchste Zeit, wenn er sich bis Antwerpen wenigstens eine Übersicht verschaffen wollte, dachte er und besah seufzend die Unordnung auf seinem Tisch.

Kaum hatte er sich jedoch niedergelassen und das erste Schriftstück zur Hand genommen, da klopfte es leise, und Joost Medern steckte den Kopf zur Tür herein. »Kapitän, ich habe mir überlegt ...« Er unterbrach sich und machte große Augen, als er Miguel mit Stößen von beschriebenem Papier kämpfen sah.

»Nur herein mit Euch, mein Lieber, jede Unterbrechung ist mir willkommen. Wie Ihr seht, raufe ich mir gerade die Haare über all dem Geschreibsel!«

County Naselloher weiteten sich, als nähme er Witterung auf. Und was immer der Grund seines Besuches ursprünglich auch gewesen sein mochte, er hatte ihn beim Anblick des mit Listen, Verzeichnissen und Aufstellungen bedeckten Tisches offenbar sofort vergessen.

»Könnt Ihr mit diesem Mist vielleicht etwas anfangen?«, fragte Miguel, erfüllt von plötzlicher Hoffnung. »Falls ja, so soll es Euer Schaden nicht sein, bei allem, was mir heilig ist!«

Nicht lange und Medern saß an Miguels Stelle tief über dessen Unterlagen gebeugt und konzentrierte sich auf seine neue Aufgabe. Er sortierte und entwirrte, verglich Art der Waren und ihre Menge, ordnete nach Wert und Güte oder sonstigen Kennzeichen, und nur selten stellte er Miguel eine Frage, bevor er entschied, welchem Stapel das jeweilige Schreiben zuzuordnen sei. Als er Miguels zerzauste alte Feder sah, konnte er ein missbilligendes Kopfschütteln nicht unterdrücken. Schweigend schnitt er die Feder zurecht, tunkte sie in das Tintenfass und fertigte Tabellen, Listen und Übersichten an.

Über die Münzen und die anderen Dinge in seinen Rocknähten wurde nicht mehr gesprochen. Die Reise dauerte jedoch nur noch wenige Tage. Bis zur Ankunft in Antwerpen musste es Miguel also gelingen, Medern irgendwie zur Herausgabe dieser Zeugnisse zu überreden. Und zwar, überlegte er, ohne allzu viel seiner Motive preiszugeben, so gut kannte er den Schreiber schließlich auch nicht. Verschwiegenheit war allemal besser, man wusste nie, was die Leute mit ihrem Wissen anstellten. Aber das musste warten, entschied er, er würde den Teufel tun und den Schreiber ausgerechnet jetzt von seiner Arbeit ablenken.

Das Kohlebecken verströmte angenehme Wärme, die Santa Anna wiegte sich sacht auf dem Wasser, und die Öllampe über dem Tisch knisterte leise vor sich hin. Hin und wieder hörte man das Kratzen der Feder oder das Gemurmel des Schreibers, manchmal erklang auch ein leises Seufzen. Miguels Kopf sank irgendwann auf die Tischplatte, und seine tiefen Atemzüge kündeten von ruhigem Schlaf.

So bekam er nicht mit, dass der Schreiber plötzlich mit einem Ausruf des Erstaunens die Feder sinken ließ und eine der Listen genauer kontrollierte. Er bemerkte nicht, wie Medern auf eine Eintragung stieß, die ihn offenbar nachdenklich werden ließ, und wie er einen anderen Vermerk ein zweites und ein drittes Mal prüfte, sodann zurückblätterte und die Listen nebeneinanderlegte. Er sah nicht, dass der Schreiber weitere Schriftstücke zum Vergleich heranzog, das Gelesene gründlich überdachte, und erst nach einer ganzen Weile mit der Arbeit fortfuhr.

Am nächsten Morgen übergab Miguel dem Schreiber einen Beutel voller Münzen. Hocherfreut, seine Mühe derart großzügig honoriert zu sehen, meinte Medern bescheiden: »Jeder Kontorist hätte das tun können, denn im Gegensatz zu Euren Unterlagen sind Eure Geschäfte erfreulich übersichtlich, Kapitän. Dennoch sage ich Euch Dank. Auf diese Weise komme ich zwar abgerissen und malad, aber wenigstens nicht mit ganz und gar leeren Taschen nach Hause.« Geradezu gönnerhaft jedoch klang seine abschließende Mahnung. »Ich rate Euch, in Antwerpen Eure Bücher in Ordnung zu halten, gerade als unbekannter Fernhändler. Unsere Zunftleute und Gildevorsteher nehmen es mit fremden Kaufleuten nämlich recht genau. Notfalls wendet Euch an mich, für ein bescheidenes Entgelt werde ich Euch helfen. Ihr werdet sehen, dass ich ausgesprochen findig bin. Sogar äußerst findig, geradezu ungewöhnlich, möchte ich sagen.« Dazu verzog er sein Gesicht zu einer bedeutungsvollen Miene.

Nichts, was Miguel lieber hörte. Gleich darauf jedoch, als sich das Schiff ein wenig auf den Wellen hob, erblasste der Mann, und Miguel geleitete ihn rasch zu seiner Koje. »Legt Euch nieder, dann geht es Euch bald besser.«

Als sich der kleine Schreiber hingelegt hatte, zog sich Miguel einen Schemel heran. »Das mit Eurer Findigkeit glaube ich Euch übrigens unbesehen, *mestre* Joost, ich bin überzeugt, Ihr habt einen hellen Kopf. Ich frage mich nur, ob Ihr vielleicht diesen Punkt absichtlich betont habt? Wolltet Ihr womöglich etwas Bestimmtes andeuten?«

Medern sammelte sich einen Augenblick, bevor er antwortete. »Nun, Kapitän, in der Tat, so ist es. Etwas ist mir letzte Nacht klar geworden: Es gibt ein Maß an Verderbtheit, das ich nicht mit meinem Gewissen vereinbaren kann, selbst um den Preis, dass mein Kind hungern müsste. Lasst mich aber ein wenig ausholen«, begann der Schreiber. »Es war nämlich so: Als ich damals meine Arbeit für das Haus van de Meulen, das heißt für den Advocaten Cohn aufnahm, gab es niemanden, den ich hätte fragen können, weder einen Schreiber noch Kaufmannsgehilfen oder auch nur einen Lehrburschen. Haus, Warenlager und auch das Kontor waren vollkommen leer. Im Kontor gab es nichts als einen alten Ofen, einige verstaubte Regale und mein Schreibpult. Die Räume des Hauses waren unbenutzt bis auf zwei Zimmer im unteren Stockwerk. Dort lebte der Herr, allein, wohlgemerkt, und ließ sich vom benachbarten Wirtshaus versorgen. Unheimlich, nicht wahr? Könnt Ihr Euch das vorstellen?« Der Antwerpener schüttelte sich. »Das große, herrschaftliche Haus – vollkommen leer. Und still, zum Fürchten still, sage ich Euch, so still, dass ich manchmal sogar die Mäuse herumlaufen hörte. Nun ja«, Medern zuckte mit den Schultern, »das ist seine Sache, dachte ich. Aber, und das war nun wieder meine ureigenste Sache, seltsamerweise gab es nirgendwo Listen oder Bücher, versteht Ihr? Keine Geschäftsbücher, die ich hätte weiterführen können, nichts, nirgendwo! Zudem war der Herr noch am Tag meines Arbeitsantritts plötzlich weggerufen worden, wohin, das wusste ich nicht. Ich hatte also vor mir auf dem Pult einen ansehnlichen Stapel von Aufträgen, Zahlungsanweisungen und Wechseln, von Lieferscheinen und Kaufverträgen, alles hübsch durcheinander, natürlich, aber kein Buch, noch nicht einmal lose Blätter oder ein Heft, in das ich die entsprechenden Angaben ordentlich hätte eintragen können.«

Merkwürdig, staunte Miguel, noch im Nachhinein schien sich Medern über eine Bagatelle wie diese erregen zu können. Ihn hingegen langweilte das Gespräch über kleinliche Schreibernöte bereits ein wenig. Um den Mann jedoch nicht vor den Kopf zu stoßen meinte er: »Was Ihr nicht sagt! Und wie habt Ihr Euch in dieser misslichen Lage beholfen?«

»Gesucht habe ich«, entgegnete der Kontorist. »Im gesamten Haus, vom Keller bis zum Dachboden, habe ich nach den Geschäftsbüchern gesucht. Sie mussten ja irgendwo stecken, nicht? Leider konnte ich nichts finden. Der Herr war wohl noch nicht dazu gekommen, neue Bücher anzuschaffen, dachte ich. Aber wenigstens die älteren müssten sich doch irgendwo auftreiben lassen, versteht Ihr?«

»Ehrlich gesagt, nicht so ganz.« Miguel zuckte hilflos mit den Schultern. »Wie hätten Euch denn alte Kontorbücher weiterhelfen sollen?«

»Nun, Kapitän, wie Ihr selbst wissen dürftet, beginnt man jedes Geschäftsjahr mit einem neuen Buch. So ist es schließlich, wie jedermann weiß, allgemeiner Geschäftsbrauch«, erklärte der Schreiber geduldig. »Und natürlich verbleiben deshalb am Ende des Jahres oftmals eine Menge leerer Seiten im Buch.«

Ja und?, dachte Miguel.

»Versteht doch, ich wollte feststellen, nach welchem System in diesem Hause gearbeitet wird, was es über den Umgang mit Zins und Wechsel oder über die Schuldnerkontrolle zu wissen gibt, und so weiter. Außerdem hätte ich mit Hilfe der leeren, letzten Seiten aus einem alten Buch doch wenigstens schon mal ein wenig Ordnung in diese Zettelwirtschaft bringen können, versteht Ihr? Später, wenn mein Herr dann von seiner Reise zurückkam, würde ich ihm das Problem in aller Ruhe schildern, und er könnte mir neue Bücher besorgen.«

»Aber dann hättet Ihr doch alles noch einmal schreiben müssen. Ich meine, alles von dem alten in ein neues Buch übertragen. Doppelte Arbeit sozusagen.« Miguel stand angesichts dieser für ihn furchterregenden Möglichkeit der Schreck deutlich ins Gesicht geschrieben.

»Gewiss, das schon. Aber seht, Kapitän, saubere und geordnete Listen zu übertragen ist ein Kinderspiel im Vergleich zu einem derartig wüsten Durcheinander, wie ich es vorgefunden hatte, nicht wahr? Das kennt Ihr doch sicher auch.« Ein feines Lächeln umspielte seine Mundwinkel.

Miguel strich unsicher über seinen Bart.

»Wie dem auch sei«, fuhr der Kontorist, der nun richtig in Schwung gekommen war, fort, »ich sagte ja bereits, dass ich sehr findig bin, wie Ihr Euch gewiss erinnert, sogar im wörtlichen Sinne. Ich habe also weitergesucht. Doch erst im Garten, unter einem Haufen von Laub und dürrem Erbsenstroh, dass man wohl zum Verbrennen dort aufgehäuft hatte, wurde ich schließlich fündig.« Joost Medern richtete sich auf seinem Lager auf, er loderte vor Empörung. »Stellt Euch vor, Kapitän, unter Erbsenstroh! Zum Verbrennen!«

Neugierig ist dieser Tintenkleckser ja wohl überhaupt nicht, amüsierte sich Miguel im Stillen, zuerst jeden Stein im Haus umdrehen und dann noch die Misthaufen im Garten durchwühlen. Aber gut zu wissen, dass ihm so leicht nichts entging. »Aha«, meinte er jedoch lediglich. »Und was lag nun unter diesem alten Grünkram?«

»Die Bücher vom alten Andrees, Ihr wisst schon, vom alten Mijnheer van de Meulen, dem Vorbesitzer!«, triumphierte der Antwerpener, legte sich zurück auf sein Kissen und erfreute sich an Miguels Überraschung. »Ein Glücksfall, nicht wahr? Ganze Jahrgänge lagen dort, nahezu vollständig erhalten, allesamt in gutes, dickes Leder eingebunden. Nur ein einziger Band hatte schon im Feuer gelegen, oder wenigstens nahe daran. Die anderen waren Gott sei Dank lediglich ein wenig feucht geworden. Noch dazu hatten meine Vorgänger äußerst akkurat gearbeitet, so dass ich sämtliche Vorgänge der letzten Jahre gut nachvollziehen konnte.«.

Miguel hätte den kleinen Mann am liebsten an seine Brust gezogen, zügelte sich jedoch. Er wusste weder, ob die Bücher nach wie vor existierten, noch, was sie genau enthielten. Mit ein wenig Glück aber konnte er anhand dieser Unterlagen Mirijams Ansprüche belegen, konnte Ereignisse aus der Vergangenheit rekonstruieren und …

Miguel bemühte sich um einen neutralen Gesichtsausdruck. Er räusperte sich. »Und was ist aus ihnen geworden? Aus den Büchern, meine ich. Immerhin sollten sie doch schon längst in Rauch aufgegangen sein.«

Miguel hielt die Luft an, während er auf die Antwort wartete. Heilige Santa Anna, heilige Maria, steht mir bei, flehte er stumm, ich bitte Euch! Die dicksten Kerzen will ich Euch widmen. Lasst den Kontoristen jetzt bloß das Richtige antworten!

»Nun, findige Menschen entdecken immer irgendwo einen abgelegenen, trockenen Raum, in dem sie alles Mögliche aufbewahren können, das man vielleicht später noch einmal gebrauchen kann, nicht wahr?«

72

Nebelschwaden erschwerten die Sicht. Doch verschiedene Anhaltspunkte, wie kürzere Wellen, ein treibendes Gras- oder Schilfbüschel und der veränderte Geruch in der Luft sagten ihm, dass sie dicht unter Land segelten. Jetzt hieß es aufpassen, dass sie in dem berüchtigt unübersichtlichen Mündungsgebiet der Schelde mit ihren zahlreichen Wasserwegen nicht die Einfahrt nach Antwerpen verpassten.

»Mehr abfallen«, befahl Miguel dem Rudergast. »Und refft das Segel.« Er konnte darauf verzichten, im dicken Nebel auf einer Untiefe festzustecken oder in den falschen Kanal einzulaufen. Besser, man hielt die Augen offen.

Aufmerksam verfolgte er eine Weile den Kurs der Santa Anna und prüfte Wind und Wellen. »Pireiho, ab jetzt übernehmt Ihr«, wandte er sich schließlich an den Navigator. »Nehmt regelmäßig Wasserproben, ich will wissen, wenn es süß wird. Und von hier an bis in den Hafen soll jemand im Bug das Lot fällen. Behaltet mir ja den Tiefgang im Blick! Das ist kein schöner, weiter Ozean, das ist bloß ein verdammter Fluss.« Zum Glück hatten sie zusätzlich zur Flut, die sie ein schönes Stück den Fluss hinauftragen würde, einen guten Wind, dennoch hieß es aufpassen und langsam fahren. In Pireihos Händen allerdings war die Santa Anna genau so sicher wie in seinen eigenen.

Bereits seit drei Tagen war es kalt geworden, eine Ahnung von

Winter lag in der Luft, und der feine Sprühregen, der jederzeit in Schnee übergehen konnte, brachte alle an Deck zum Frösteln. Besonders die an Sonne gewöhnten Mauren zitterten und hatten sich bis zu den Nasenspitzen in ihre wollenen Burnusse aus dicht gewebtem Kamelhaar gehüllt.

Während der Mann im Bug Wassertiefen aussang und die Santa Anna ruhig dahinglitt, überdachte Miguel seine Lage. Je länger er sich mit dem Advocaten befasste, desto ungeheuerlicher erschienen ihm dessen Verbrechen. Wenn er allein die Menge und die Verschiedenartigkeit der Untaten bedachte ... Von Betrug über Mord bis Landesverrat war offenbar alles dabei! Dieser Mann scherte sich weder um irdische noch himmlische Mächte, und er hatte nicht die Spur eines Gewissens. Da ging es einmal um die hinterzogenen Zölle, dann um den verdammenswerten Verkauf von waffentauglichem Erz und anderen Schätzen der Erde an die feindlichen Osmanen. Wenn das nicht Hochverrat war! Dieser Punkt musste für die Generäle des Kaisers ein gefundenes Fressen sein, überlegte er, doch wie an solch hohe Herren herankommen? Aber schon die Prägung falscher Münzen allein könnte für eine Anklage ausreichen. Das war derart ruchlos, dass ihn dafür sämtliche Kaufleute Antwerpens steinigen sollten. Dieses Verbrechens würde man den Kerl auf jeden Fall überführen können, schließlich befanden sich die falschen Münzen mitsamt dem Prägestock dazu in County Gewand. Doch genau dies war zugleich der Haken an der Sache.

Er selbst hatte nichts in der Hand, kein einziges ordentliches Beweisstück. Außerdem hatte er dem Schreiber noch nichts davon berichtet, worin sein eigenes Interesse eigentlich genau bestand. Medern war in Miguels Unterlagen auf Mirijams Namen gestoßen. Wie er ihm daraufhin erklärt hatte, waren die Verluste, die der Überfall der Piraten über das Handelshaus gebracht hatte, in den Büchern verzeichnet, und zwar am gleichen Tag, an dem man Andrees van de Meulen zur letzten Ruhe trug. Außerdem gab es die Nachricht über den Tod der beiden Erbinnen. Ohne Joost County Mederns Hilfe aber konnte er seinen Feldzug vergessen.

Derzeit dachte Medern allerdings trotz seines Abscheus wieder mehr an die Sicherheit seiner Familie als daran, seinen Herrn anzuklagen. Wie also konnte Miguel den Mann dazu bringen, ihm die falschen Münzen zu überlassen? Oder sollte er an seine Gesetzestreue appellieren und ihn einweihen, ihm gar Mirijams Geschichte erzählen? Was aber, wenn er trotzdem loyal zu dem Advocaten stand?

Der Kontorist hatte ihm seine Hilfe bei allem Schriftkram zugesichert, und falls es Schwierigkeiten mit den hiesigen Amtsleuten geben sollte. Er würde ihn jeden Tag besuchen, hatte der kleine Mann voll Eifer gemeint, und nach dem Rechten schauen. Vielleicht konnte man hier ansetzen und ein wenig nachhelfen, zum Beispiel mit einem Angebot, das Medern nicht ausschlagen konnte? Medern war eindeutig ein Glücksfall und bedeutend mehr wert als jeder andere Kontorschreiber, wie gut immer der sein Metier auch beherrschen mochte. Was wäre, wenn er ihm eine sichere Stellung in Santa Cruz oder Mogador antrug?

Sofort erwärmte sich Miguel für diesen Gedanken, einen wahrhaft genialen Einfall. Die Vorteile für beide Seiten lagen auf der Hand: Medern könnte seine sowie Mirijams Schreibarbeiten übernehmen und im Gegenzug ein würdiges, ruhiges Leben mitsamt seiner Familie in einem eigenen Hause führen. Damit hätte nicht nur er, Miguel, den gesamten Kontorkram vom Hals, auch Mirijam konnte sich zukünftig mehr ihm und dem Kind widmen. Medern hingegen hätte sein gutes Auskommen. Gold, Anerkennung und Sicherheit, das musste ihn doch locken, nachdem er von seinem bisherigen Herrn nur mit Füßen getreten wurde?

Sobald Miguel an den Advocaten dachte, juckte es ihn bereits in den Fäusten. Er jedenfalls hätte keine Skrupel, sich an einem wie ihm die Hände schmutzig zu machen, im Gegenteil. Es dürstete ihn geradezu danach, seine Finger um den Hals des Verbrechers zu legen und zuzudrücken.

Wie erst würde er vor Mirijam dastehen, was für ein Glanz würde über ihr Antlitz gehen, welch ein Strahlen, wenn er ihr nach vollbrachter Tat ihren Erbteil zu Füßen legen konnte! Sie schenkte ihm den Sohn, und er gab ihr Vergangenheit und Erbe zurück. Er sah die Szene schon vor sich, sie mit dem Kind im Arm und er mit wohlgefüllten Truhen, die er ihr überbrachte ... Rasch wischte er sich den verräterischen Schimmer aus den Augen.

Gegen Mittag erschien Joost Medern an Deck. Er trug einen reinen Kittel aus Miguels Kleiderkiste und darüber sein eigenes Wams, das er so gut es ging mit Nadel und Faden in Ordnung gebracht hatte. Während der Schreiber erwartungsvoll seiner Heimatstadt entgegenschaute, vergewisserte sich Miguel, dass der Saum des schmuddeligen Gewandes, wo Medern offenbar die Münzen eingenäht hatte, nach wie vor prall gefüllt wirkte.

Obwohl es ein wenig schaukelte, hielt Medern diesmal an Deck aus, und als die Santa Anna im Antwerpener Hafen anlegte, erklangen die Kirchenglocken in der Stadt.

»Horcht!«, forderte der Schreiber, und ein Lächeln erhellte sein blasses Gesicht. »Hört Ihr das Betzeitläuten vom Turm der Kathedrale, Kapitän? Nirgends auf der Welt klingt es so wundervoll! Ich heiße Euch willkommen in meiner Stadt!

Und ich sage Euch von Herzen Dank, dass Ihr es mir ermöglicht habt, diese heiligen Glocken wieder zu hören. Niemals werde ich Euch genug danken können. Ich stehe tief in Eurer Schuld!«

»Lasst es gut sein, Meister Joost. Vergesst nicht, ich benötige vielleicht schon bald Eure Hilfe. Ihr wisst schon, bei etlichen Kaufleuten, Gildemeistern und so weiter. Wir sehen uns also in Kürze wieder. Jetzt allerdings werdet Ihr es eilig haben, schließlich hat Eure Reise weiß Gott lange genug gedauert. Zeigt mir zuvor nur noch rasch den Weg zum Hafenmeister sowie zu einem ordentlichen Gasthaus, und dann fort mit Euch.«

Medern schaute mit glänzenden Augen über den Platz und die prächtigen Häuser mit ihren schmucken Fassaden, die ihn säumten. »In dem Haus dort drüben«, er deutete auf ein schmales, hohes Gebäude, »findet Ihr das Hafenamt, Kapitän. Fragt nach Mijnheer Brouwer, der wird Euch gern ein Quartier empfehlen.«

Er hatte es nun sichtlich eilig, stand bereits an der Laufplanke und umklammerte beide Halteseile. Er schien wirklich froh, das Schiff verlassen zu können. Doch dann drehte er sich noch einmal zu Miguel um und zwinkerte vertraulich.

»Er wird Euch vermutlich den Roode Hoed oder die Zwarte Gans empfehlen. Der Hafenmeister hat eine große Familie, und von diesen Wirten bekommt er eine kleine Vermittlungsgebühr. Aber keine Sorge, in beiden Häusern seid Ihr gleichermaßen gut aufgehoben. Sie verfügen über Kammern, die man verschließen kann, und über eine gute Küche, wie ich sagen hörte. Morgen komme ich nachsehen, ob Ihr gut untergebracht seid. Dann können wir auch alles Weitere besprechen.«

Damit verließ der Kontorist die Santa Anna, überquerte

den Platz und entschwand alsbald Miguels Blick. Der Kapitän seinerseits kleidete sich stadtgemäß in sein bestes, pelzverbrämtes Wams, kämmte Haar und Bart, ließ die Männer als Wache an Bord zurück und machte sich auf den Weg zum Hafenamt der Stadt Antwerpen.

Wieder zurück an Bord der Santa Anna packte Miguel zu später Stunde ein paar Kleider für seinen Landaufenthalt in seine Seekiste. Das Gespräch mit dem Hafenmeister hatte länger gedauert als gedacht, dennoch wollte Miguel noch heute sein neues Quartier beziehen. Er liebte es, am Abend in einer warmen Wirtsstube zu sitzen, den Gesprächen zu lauschen und sich ganz allgemein im Getriebe eines fremden Hafens umzutun. Nach dieser ereignislosen Reise freute er sich darauf besonders.

Die Deckswache hatte gerade die erste Nachtstunde ausgesungen, als Miguel einen lauten Warnruf vernahm. »Halt! Wohin wollt Ihr, zum Henker? Ihr könnt doch nicht einfach ... Halt, sage ich!«

Alarmiert richtete sich Miguel auf. Er hörte schnelle Schritte auf der Treppe, und gleich darauf platzte ein verstört wirkender Medern in die Kajüte. »Euer Messer! Gebt mir Euer Messer«, stammelte Joost Medern. Er zerrte am Saum seines erst heute Morgen mühsam geflickten Gewandes. »Schnell, ich bitte Euch!« Die Augen glänzten fiebrig, und sein fleckigweißes Gesicht war tränenverschmiert.

»Meister Joost? Immer mit der Ruhe. Was ist denn passiert?«, fragte Miguel besorgt.

Der Mann war völlig außer Atem und konnte schon deshalb kaum sprechen. Dazu kämpfte er schluchzend mit den Tränen und schien völlig verzweifelt zu sein. »Das Messer, gebt mir Euer Messer!«, stammelte er in einem fort.

Eilig füllte Miguel einen Becher mit Wein. »Hier, runter damit. So ist es gut. Und nun sagt mir, was geschehen ist. Wozu benötigt Ihr mein Messer?«

»Greta, sie ist ... Und Maarten, mein armer, lieber Maarten ... Er war doch noch so klein. Dabei hatte er mir versprochen ...« Medern heulte auf. »Um sie kümmern wollte er sich! Er wollte sogar den Arzt zu ihnen schicken, und ich solle mir keine Sorgen machen, das hat er gesagt. Seine Worte, ich schwöre es. Sie hatten beide diesen schlimmen Husten, als ich fortmusste, und nun ...« Der Becher entfiel seinen Händen, und erneut riss Medern wütend am Saum seines löchrigen Wamses. Endlich gab die Naht nach, und mit zitternden Fingern brachte der Kontorist etliche Münzen, einen kurzen Eisenstab sowie mehrere vielfach gefaltete Blätter zum Vorschein. Er warf alles auf den Tisch.

»Das soll er mir büßen!«, schluchzte er. Dabei fuhrwerkten seine Hände zwischen den Schriftstücken herum. Zitternd entfaltete und glättete er eines nach dem anderen. Sie waren alle gleichermaßen mit Zahlen und Worten beschrieben, er schien jedoch ein bestimmtes Schreiben zu suchen. Als er es schließlich gefunden hatte, verhärtete sich seine Miene.

»Das hier wird ihm den Hals brechen!« Er pochte auf das Papier. »Alles habe ich erduldet, alles, doch was habe ich jetzt noch zu verlieren? Es ist mir gleich, was mit mir geschieht. Hiermit werde ich ihn zur Hölle schicken, den Verräter, und wenn es das Letzte ist, was ich auf dieser Welt tue!« Er breitete das Blatt auf dem Tisch aus, strich über die Knicke und Falten und ließ die Augen über das Geschriebene gleiten. Voller Verachtung spuckte er auf den Brief, dann brach er vollends zusammen.

Mitleidig klopfte Miguel dem weinenden Mann auf die

Schulter. Er nahm eine der Münzen vom Tisch und drehte sie in den Händen. Soweit er sehen konnte, waren sie gut gemacht, auf den ersten Blick war ein Betrug jedenfalls nicht zu erkennen.

Er hob den Becher vom Boden, füllte ihn erneut mit Wein und drückte ihn Medern in die Hand. »Fangt Euch, mein Guter, und nehmt einen ordentlichen Schluck. Greta und Maarten, das ist wohl Eure Familie?«

Mit dem Ärmel wischte Medern über Augen und Nase und nickte. »Tot«, sagte er tonlos, »alle beide tot. Als ich abreiste, reichte mir der kleine Maarten gerade bis hierher.« Damit deutete er auf seine Hüfte. »Ich habe ihn nach meinem Vater benannt, er war ein guter Mensch. Und nun kann ich sie nicht einmal an ihrem Grab besuchen! Auf dem Schindanger hat man sie verscharrt, zusammen mit Dutzenden anderer Leute, die in dem Winter ebenfalls an der Auszehrung starben. Kein Mensch weiß, wo sie liegen. Die Nachbarn sagen, niemand sei gekommen und habe geholfen, kein Bader und schon gar kein Arzt. Das soll er mir büßen!«

Medern stürzte den Becher hinunter und reichte ihn Miguel zum Nachfüllen. Dann straffte er sich und blickte Miguel prüfend an. Mit den rot geränderten Augen und dem verschmierten Gesicht sah er aus wie der personifizierte Kummer. An seinen zusammengepressten Lippen und dem gespannten Kinn bemerkte Miguel jedoch eine wilde Entschlossenheit.

»Kapitän, Ihr seid dem Advocaten auf den Fersen, habe ich recht? Es ist wegen Mirijam van de Meulen, stimmt's?«, fragte Medern.

»Was? Wer behauptet denn so etwas?« Miguel bemühte sich um Gleichmut in der Stimme.

»Ich kann eins und eins zusammenzählen. Vergesst nicht,

Kapitän, ich habe Eure Bücher auf den neuesten Stand gebracht.«

»Also gut, Ihr habt recht, *mestre* Joost, Euch kann man eben nichts vormachen. So wisst denn, Mirijam van de Meulen hat nicht nur den Überfall der Piraten überlebt, seit kurzem ist sie zudem mein Eheweib.«

Medern nickte, als sei Miguels Mitteilung von untergeordneter Bedeutung. Sein Blick wanderte über den Tisch. Er glitt über die falschen Münzen, die darauf verstreut lagen, über Prägestock und gesiegelte Schreiben und folgte schließlich seiner eigenen, weit gespreizten Hand. Auch Miguels Augen folgten der Hand.

Sie legte sich auf ein dicht beschriebenes, mit schwunghaften Schnörkeln und einem geheimnisvollen, fremden Siegel versehenes Papier. Es handelte sich um den Brief, den Medern mit solcher Verachtung betrachtet hatte.

»Dieses Schreiben hier ist der endgültige Beweis. Es ist an den Advocaten gerichtet«, erklärte Medern endlich mit zitternder Stimme. »In Genua wurde es mir von einem Kapitän Natoli übergeben, als er erfuhr, dass ich Schreiber des Hauses van de Meulen war und mich auf dem Heimweg befand. Kapitän Natoli sollte es ursprünglich eigenhändig nach Antwerpen befördern, hat sich aber dann für den wesentlich unaufwendigeren Weg entschieden. Einen Gulden für meine Mühe gegen zig Gulden, die er dadurch einsparen konnte.« Medern sprach wie zu sich selbst. »Nie im Leben hätte ich so etwas für möglich gehalten. Er hat sie einfach krepieren lassen! Was ist das nur für ein Mensch. Armengrab, auf dem Schindanger verscharrt, dabei habe ich Anspruch auf den Lohn vieler Monate. Aber hiermit schicke ich ihn geradewegs in die Hölle!« Er pochte auf den Brief und nickte.

Miguel schenkte den Becher noch einmal voll. Medern

wollte also an seinem Herrn Vergeltung üben, Auge um Auge, Zahn um Zahn, das waren offenbar Föderns vorherrschende Gedanken. Aber wie, bei allen Heiligen, sollte dieser Brief dazu nützlich sein?

Miguel schob den Wein über den Tisch in Föderns Reichweite und räusperte sich. »Ich sage Euch etwas, mein lieber Medern: Wir werden ein paar Messen lesen lassen für das Seelenheil Eurer Familie. Dieses Schreiben«, begann er vorsichtig, »dieses Schreiben ist also an Cohn gerichtet? Wer ist denn der Verfasser? Wollt Ihr mir nicht sagen, was darin steht?«

Immer noch nickte Medern, als habe sich sein Kopf selbstständig gemacht. Seine Lippen bewegten sich, die Hände öffneten und schlossen sich, und seine Augen fuhren rastlos hin und her. Alles Mögliche schien in ihm vorzugehen. Hatte er Miguels Worte nicht vernommen?

Endlich hob Medern den Blick. »Natürlich will ich das, schließlich steht Eure Ehefrau, und damit Ihr, Kapitän, am Anfang einer langen, womöglich sogar sehr langen Liste. Mittlerweile traue ich ihm alles zu! Also, dieses Schreiben ist in einer Mischung aus Italienisch und Spanisch verfasst, doch ich habe es zweifelsfrei entziffert, Zeit genug hatte ich ja während der langen Rückreise. Sicher sagt Euch der Name Chair-ed-Din etwas, Kapitän?«

Miguel nickte.

Medern fuhr fort: »Es geht um ausführliche Informationen über Ladung und Route eines bestimmten Konvois, den der Advocat zu Chair-ed-Din geschickt hat. Außerdem …, ja, richtig, hier steht es«, er fuhr mit dem Zeigefinger über das Schreiben, »außerdem lobt er die zuverlässigen Lieferungen an die osmanischen Aufkäufer. Vermutlich bezieht er sich dabei auf die Erzlieferungen, über die wir bereits gesprochen haben. Gleichzeitig fordert er jedoch wesentlich verbesserte Konditionen für seinen verdeckten Handel hier in Antwerpen, widrigenfalls droht er recht unverblümt mit der Preisgabe eines alten Geheimnisses. Das steht hier.« Sein Finger lag auf der betreffenden Zeile. »Habt Ihr noch einen kleinen Schluck von Eurem Wein? Vergelt's Gott, Kapitän. Ach ja, und dann noch dieses, das Euch unmittelbar betrifft. Wo war es denn nur?«

Mittlerweile sprach Joost Medern bereits recht undeutlich, so viel Wein war er nicht gewöhnt. Er musste einen Moment suchen, bis die gewünschte Stelle gefunden war. Dann jedoch schoss sein Finger auf das Blatt herunter. »Da haben wir es, seht Ihr? Hier stehen nämlich zwei Namen. Hah, damit sitzt der Schurke in der Falle, er kann sich drehen, wie er will!«

»Namen, Meister Joost? Himmel noch mal, nun sagt schon, wessen Namen?«

»Lest selbst! Hier steht es: Lucia und Mirijam, Töchter und Erbinnen des Andrees van de Meulen aus Antwerpen, in Eurem Auftrag gefangen genommen und zum Tode befördert ...«

Miguel gefror das Gesicht. Volltreffer, dachte er, damit konnte er den Advocaten ans Kreuz nageln.

73

Gleich darauf stellte Medern die entscheidende Frage. Er deutete auf die Briefe und Münzen auf dem Tisch: »Wollt Ihr allen Ernstes bis zum Gerichtstag warten und auf die Ratsherren, die Schöffen und ihre Büttel hoffen? Und darauf, dass diese Beweisstücke in den langen Wochen, die bis zu einer Verhandlung ins Land gehen, nicht auf unerklärliche Weise verschwinden?«

»Geschieht denn so etwas?«

»Auf Falschmünzerei steht Tod durch Erhängen, für Hochverrat wird man gepfählt«, erwiderte der Kontorist trocken. »Beides Todesarten, für deren Vermeidung jeder etwas springen lässt, denkt Ihr nicht auch? Nein, wir müssen es schlauer angehen.«

»Wir sollen die Sache selbst in die Hand nehmen? Das gefällt mir! Aber hier, in Antwerpen? Ist das nicht riskant?«

»Wenn Ihr Euch gleichzeitig das Recht am Erbe Eurer Gemahlin erhalten wollt, sogar sehr. Aber mir wird etwas einfallen, gebt mir nur ein paar Tage Zeit. Und einen gut gefüllten Beutel, denn wie Ihr wisst, Gold bewirkt Wunder. Ich werde auf den letzten Heller abrechnen, darauf könnt Ihr Euch verlassen.«

708Mederns Augen glänzten wie im Fieber. »Ihr aber, Kapitän«, beschwor ihn der Schreiber, »Ihr solltet derweil Eure Honneurs machen, Euch vorstellen und Kontakte knüpfen, wie man es von einem fremden Fernhändler erwartet. Niemand darf Wind davon bekommen, dass Ihr an dem Advocaten interessiert seid, hört Ihr? Ich befürchte nämlich, dass uns der Lump sonst vielleicht durch die Lappen geht.«

Daran war viel Wahres. Der kleine Schreiber versetzte ihn, seitdem er festen Boden unter den Füßen hatte, sowieso in Erstaunen. Er hatte nichts mehr von der Jammergestalt, die sich vor wenigen Tagen noch die Seele aus dem Leib gekotzt hatte.

Vor dem schlanken, vierstöckigen Haus am Koornmarkt blieb Miguel stehen, verschränkte die Hände hinterm Rücken und ließ seinen Blick die prachtvolle Fassade emporklettern. Kannelierte Säulen und himmelwärts strebende Fenster, filigrane Bögen und Maßwerk über Erkern – bisher hatte er gedacht, derartige Baukunst sei Kathedralen oder kirchlichen Palästen vorbehalten. In dieser Stadt aber zeugten selbst die Fassaden der Bürgerhäuser vom Reichtum ihrer Bewohner und wiesen alle Welt unübersehbar auf deren Bedeutung hin. Das van-de-Meulen-Haus machte da keine Ausnahme.

Das Anwesen wirkte unbewohnt, nicht zuletzt wegen der verriegelten und zugewucherten Toreinfahrt und der Buntglasfenster in den oberen Stockwerken, die nicht mehr glänzten, sondern blind waren von Staub. Dennoch erweckte das Haus – ebenso wie seine Nachbarn – einen stolzen, machtvollen Eindruck. Im Vergleich dazu schienen die Häuser von Mogador und auch sein eigenes Haus in Santa Cruz geradezu bescheiden, überlegte Miguel.

Hier also war Mirijam aufgewachsen. Er versuchte sich vorzustellen, wie es sich in einem solchen Haus wohl lebte. Mirijam hatte ihm von vertäfelten Wänden und geschnitzten Decken erzählt, von einer geschwungenen Treppe und

Schränken voll funkelndem Kristall. Eines Tages, und mit Gottes Hilfe vielleicht sogar schon recht bald, würde er die Schlüssel zu diesem prachtvollen Gebäude in Händen halten und Mirijam übergeben.

Hinter einem der Fenster im Erdgeschoss regte sich etwas. Gleich darauf öffnete sich ein Flügel der Haustür, und ein großer, dunkel gekleideter Mann trat heraus. Gesenkten Hauptes und mit hochgezogenen Schultern, als wolle er nicht erkannt werden, eilte er die wenigen Stufen hinab, bog um die nächste Ecke und verschwand alsbald in dem Gassengewirr, das zu den Kais führte. Sollte das der Advocat gewesen sein?

Hinter einem Stapel morscher Holzkisten am Rande des Platzes sah er eine alte Frau stehen, den Blick ebenfalls unverwandt auf das van-de-Meulen-Haus gerichtet. Sie war einfach gekleidet und stützte sich auf einen Gehstock.

»Gott zum Gruße, gute Frau«, sagte Miguel und trat näher. »Ich bin fremd in der Stadt und bitte Euch um eine Auskunft. Sagt mir doch, wer war der Mann, der soeben aus jenem Hause dort trat?«

Ihr schmaler Mund wurde zum Strich, und die Schatten um ihre Augen verdunkelten sich. »Das? Der Advocat, wer sonst?« Man sah ihr an, dass sie am liebsten vor Verachtung ausgespuckt hätte. »Ihr tut doch nur so, als kennt Ihr ihn nicht! Weil jetzt endlich die Wahrheit ans Licht kommt, oder? Ihr macht doch gewiss ebenfalls Eure gotteslästerlichen Geschäfte mit ihm. Gesindel, alle miteinander!« Die alte Frau fixierte ihn mit strengem Blick.

»Ihr irrt Euch.« Miguel lächelte gewinnend und trat einen Schritt näher. »Ich mache keine Geschäfte mit einem wie ihm.« Er deutete mit dem Kopf zum Haus hinüber. »Mein

Name ist Kapitän de Alvaréz, und ich bin zum ersten Mal in Antwerpen. Und was meint Ihr mit ›Wahrheit ans Licht kommen‹? Der Wahrheit bin ich ebenfalls auf der Spur. Aber sagt mir doch, was wisst denn Ihr davon?«

»Arme Leute haben nichts zu verlieren, sie halten zusammen und helfen einander. Uneigennützig, versteht Ihr? Wenn wir unser Wort geben, dann halten wir uns auch daran und lassen niemanden elendig verrecken. Aber so etwas ist bei Euch Reichen wohl nicht üblich.«

Bei dieser Rede fühlte sich Miguel auf einmal wie ein gescholtenes Kind, unterdrückte aber den Impuls, sich vor der Alten zu rechtfertigen.

»Ja, kennt Ihr denn Joost Medern und habt von seinem Schicksal gehört? Er kam an Bord meines Schiffes zurück nach Antwerpen.« Ein phantastischer Gedanke tauchte plötzlich in ihm auf. »Steht Ihr häufiger vor diesem schönen Haus?«

Die Alte antwortete nicht, doch sie schaute nicht mehr ganz so grimmig wie noch vor einem Moment. Sie nickte, rückte ihre Haube zurecht und wandte sich zum Gehen.

»Wartet«, bat Miguel. »Früher einmal wohnte hier jemand, den ich gut kenne. Ich komme übrigens von weither, von der afrikanischen Küste.«

Die Alte verhielt ihren Schritt und drehte sich zögernd zu ihm um. Ihre Augen bohrten sich in die seinen. »In diesem Hause gewohnt, sagt Ihr? So, so. Und wer soll das gewesen sein?«

»Meine junge Ehefrau stammt aus dieser Stadt, sie hat als Kind in ebendiesem Haus gelebt. Ich frage mich, ob Ihr Euch möglicherweise an sie erinnern könnt? Ihr Name ist Mirijam.«

Die alte Frau schwankte und wäre beinahe gestürzt. Miguel sprang schnell zu ihr und stützte sie. »Du liebe Güte, was ist mit Euch? Kennt Ihr sie etwa?«

»Sie, und ihre liebe Schwester auch. Ich habe sie beide aufgezogen!«

»*Meu Deus!* Dann seid Ihr … Nennt man Euch vielleicht Muhme Gesa? Ich ahnte es!«

Das Bier floss reichlich. In der Wirtsstube der Zwarte Gans herrschte Hochbetrieb, und an den dicht besetzten Tischen brandete immer wieder Gelächter auf. Vor vier Tagen hatte Miguel in diesem ehrbaren Gasthaus Quartier genommen. Natürlich hätte er ebenso gut an Bord der Santa Anna bleiben können, aber als unbekannter Fernhändler, darüber war er sich im Klaren, musste er unter die Leute. Außerdem wusste er, Klatsch und Neuigkeiten wurden am zuverlässigsten durch die Handwerker und einfachen Bürger einer Stadt verbreitet, besonders, wenn die Kehle gut gespült war. Man ließ wie zufällig ein paar Bemerkungen fallen, und wenn man gut zuhörte, war man stets bestens unterrichtet. Reiche Kaufleute oder gar Männer aus Klerus und Adel traf man in der Zwarte Gans nicht an, ebenso wenig einfache Seeleute und Hafenarbeiter. Wollte man die einen treffen, ging man in die Ratsstuben, die anderen hingegen saßen in den Kaschemmen in der Nähe der Kais. Die Zwarte Gans lag passenderweise in jeder Hinsicht dazwischen.

Gerade hatte der Kapitän ein üppiges Abendmahl zu sich genommen und lehnte entspannt in der Nische neben der Treppe. Der Schankbursche brachte einen Krug Bier. Miguel wartete. Medern müsste jetzt bald auftauchen, das Abendläuten war schon vor einer Weile verklungen. Der Lärm ringsum war ihm nur recht, so würde niemand belauschen können, was er mit dem Kontoristen zu bereden hatte.

Soeben betrat Pireiho, der Navigator, die Schankstube. Er klopfte sich die Nässe des Nieselregens, der seit ihrer Ankunft ständig herniederging, von seinem Umhang und blickte suchend umher. Als er Miguels ansichtig wurde, kam er näher.

»Senhor Capitão!« Er grüßte und setzte sich. »Habt Ihr wohl einen Schluck für mich übrig?« Damit deutete er auf Miguels Bierkrug.

»Bedient Euch.« Er schob ihm Becher und Krug hinüber. »Was führt Euch her? Gibt es was Neues?« Miguel sprach so leise wie möglich.

»Der Seekranke kommt nicht. Er will Euch um Mitternacht an Bord treffen, soll ich ausrichten. Es sei wichtig.« Er hob den Becher in Miguels Richtung. »Auf Euer Wohl, Capitão«, sagte er und leerte den Becher.

»Warum kommt er denn nicht?«

Pireiho zuckte mit den Schultern. »Hat er nicht gesagt. Capitão, benötigt Ihr vielleicht Hilfe? Sollen wir jemanden kreuzlahm schlagen, ins Hafenwasser schmeißen?« Er blickte auf seine breiten Hände.

»Wir werden sehen, aber danke.« Miguel packte den Bierkrug. »Und nun macht, dass Ihr verschwindet, oder kauft Euch selbst ein Bier.«

In seinem ganzen Leben wäre Miguel nicht auf eine derartige Idee verfallen, nicht einmal in der allergrößten Not! »Was redet Ihr denn da? Flugschriften, Denunziationen, öffentliches Brandmarken? Das kitzelt ihn doch höchstens. Der schüttelt sich wie ein nasser Hund und geht ungerührt seiner Wege!«

Medern jedoch war sich seiner Sache sicher. »Denkt Ihr! Doch so ein fliegendes Blatt ist viel mehr als bloß ein beschriebener Zettel. Es ist ein scharfes Schwert. Damit zeigen wir aller Welt, was für ein gemeiner und gieriger Verbrecher er in Wahrheit ist.«

»Erklärt mir noch einmal, wie das vor sich gehen soll. Bedenkt, noch habt Ihr meine Einwilligung nicht in der Tasche.«

»Ich kenne die Antwerpener«, begann Medern. »Bei denen bestimmen die Dukaten, woher der Wind weht. Nach außen hin werden zwar Aufrichtigkeit, christliche Nächstenliebe, Edelmut, Sittsamkeit und alle sonstigen Tugenden, die Ihr Euch nur denken könnt, hochgehalten. Ehre und Ansehen gelten als höchstes Gut.« Medern zog eine spöttische Grimasse. »In Wahrheit jedoch geben sich die meisten mit dem bloßen Anschein von Wohlanständigkeit zufrieden. Wichtig ist allein die Fassade! Solange die erhalten bleibt, ist alles gut.«

Unwillig zuckte Miguel mit den Schultern. So war es doch überall, der schöne Schein hatte nur selten etwas mit der Wirklichkeit gemein. Er stand mit dem Rücken zum Tisch und starrte durch das kleine Fenster der Kajüte auf die Stadtsilhouette. Beschuldigungen auf Papier? Sein Weg war das wahrhaftig nicht.

»Was aber geschieht«, fuhr der kleine Kontorist eifrig fort, »wenn diese Fassade einstürzt? Wenn jemand einem dieser angesehenen Bürger einen Schlag versetzt, mit Anschuldigungen, die er beweisen kann? Ich sage es Euch: Diesem Mann fällt nicht nur die Fassade zusammen, dem bricht dazu das ganze Fundament weg. Der steht am Pranger, und niemand wird es wagen, sich zu seinem Fürsprecher aufzuschwingen. In Antwerpen ist so jemand fertig, unweigerlich. Den Rest erledigen die Büttel, und zwar im Handumdrehen!« Medern triumphierte.

Miguel war sich jedoch nach wie vor unsicher. Sollte so

seine Rache aussehen, fragte er sich? Würde er sich damit zufriedengeben können, Cohn am Pranger zu sehen, damit ihn die Leute mit faulem Fisch bewarfen? Eigentlich war ihm nach einem echten Kampf zumute. Seitdem er mit eigenen Augen im Brief des verdammten Piratenanführers Mirijams Namen gelesen hatte, wollte er Blut sehen, Cohns Blut. Wenn er es jedoch richtig anpackte, schloss das eine das andere vielleicht nicht aus.

Der Schreiber bemühte sich weiterhin, Miguels Zweifel zu zerstreuen. »Bisher lief es immer so. Wie muss es da erst unserem Kandidaten ergehen, angesichts der überdeutlichen Worte in dem Brief Chair-ed-Dins? Vergesst nicht, Kapitän, beinahe jede Familie in der Stadt hat im Laufe der Jahre schon Ladung und Vermögen, wenn nicht sogar Angehörige an die Piraten verloren. Wie werden sie reagieren, wenn sie erfahren, dass der Verantwortliche mitten unter ihnen lebt? Jakob Cohn, du kaufst dir besser heute schon einen Strick!«

Medern rieb sich die Hände.

In der folgenden Nacht übertrug ein verschuldeter Knecht des Druckereibesitzers Matt van Dijk – gegen Übernahme sämtlicher Außenstände sowie einer zusätzlichen ansehnlichen Summe, versteht sich – den Text des verräterischen Briefs klammheimlich auf Lettern. Zusätzlich fügte er das in Holz geschnittene Bildnis eines furchterregenden Piraten mit Krummsäbel hinzu. Unter der schreienden Überschrift »Verstöße eines geachteten Antwerpener Kaufherrn gegen des Heiligen Gottes fünftes Gebot: Du sollst nicht töten, gegen das siebente Gebot: Du sollst nicht stehlen, sowie gegen das zehnte Gebot: Du sollst nicht begehren deines nächsten Hab und Gut!« fertigte der begabte Druckergeselle sodann in weiteren nächtlichen Arbeitsstunden auf den Maschinen seines Herrn, der nie etwas davon erfahren sollte, mehrere Dutzend fliegende Blätter an.

Die Druckerschwärze war noch nicht ganz getrocknet, da übernahm Medern schon die Verteilung der Blätter an Marktschreier und Händler.

Überall, an buchstäblich jeder Ecke und auf jedem Markt der Stadt, wurde kurz darauf die Schrift ausgerufen und vorgelesen, erörtert, zerlegt, kommentiert und weitergegeben. Leseunkundige umdrängten diejenigen, die ihnen die Worte vortrugen, andere Blätter wurden weitergereicht, wieder andere klebten plötzlich an Hauswänden. Noch vor dem Mittagsläuten schwirrte die Stadt vor Aufregung. In den Wirtshäusern und am Hafen, in allen Gassen und auf allen Plätzen standen die Menschen in Trauben beisammen. Sie tuschelten und stritten, Flüche wurden laut, und die ersten Fäuste reckten sich. Bald darauf hörte man Rufe nach Vergeltung in den Straßen. Binnen weniger Stunden war die altehrwürdige Stadt Antwerpen von den verabscheuungswürdigen Verbrechen ihres Bürgers Advocat Cohn in Kenntnis gesetzt.

Gleichzeitig erschien ein Bote von der Santa Anna im Stadthius und gab ein Bündel von Urkunden ab. Es enthielt die mit Zeugenaussagen, Unterschriften und prächtigen Siegeln des portugiesischen Gouverneurs von Santa Cruz versehenen Beweise für das Leben und die Verheiratung der Mirijam van de Meulen, der verschollenen Tochter dieser Stadt. Außerdem lag eine sorgfältige Abschrift des Piratenbriefes aus County aus County aus Hand bei.

Und noch während die Mitglieder des Rates ins Stadthius eilten, um über die ungeheuerlichen Anschuldigungen zu beraten, verließen fünf Männer die Santa Anna und postierten sich unauffällig rund um ein Haus am Koornmarkt.

74

Tagsüber tat Kapitän Miguel de Alvaréz währenddessen das, was alle Händler anlässlich ihres ersten Besuchs in der Stadt taten: Er machte seine förmliche Aufwartung bei verschiedenen Zunftmeistern und Händlern und sprach mit ihnen über den Handel im Allgemeinen und über sich selbst als unabhängigen Fernhändler und die Qualität seiner Waren im Besonderen. So waren die Gepflogenheiten.

Die Antwerpener ihrerseits verhielten sich ebenso. Man empfing ihn mit wohlwollendem Interesse, bewirtete ihn mit Wein und lauschte höflich seinen Ausführungen. Die Santa Anna lag mittlerweile entladen am Kai unterhalb der wuchtigen Festung, und ihre Waren stapelten sich zur Begutachtung in der Handelsbeurs, der großen Lagerhalle. So hatte alles seine Ordnung.

Die Sache mit den fliegenden Blättern war ja recht nett, dachte Miguel, aber ob sie auch tatsächlich wirkte? Für seine Rechtsgeschäfte genügten solche gedruckten Zettel allein sowieso nicht, und so bemühte er sich inzwischen auch offiziell um die Rückgabe von Mirijams Erbe. Deshalb lagen seine Urkunden im Stadthius vor. Dokumente, Beglaubigungen und Papiere, voll mit Wörtern und Stempeln. Sie würden den Pedanten und pinseligen Federfuchsern der Stadt reichlich zu tun geben, und letzten Endes würden sie natürlich eindeutig beweisen, wer in Wahrheit rechtmäßiger

Nachfolger vom alten van de Meulen war. Miguels Ansprüche, die er in Mirijams Namen vortrug, waren schließlich hieb- und stichfest!

Unwillkürlich tastete er nach dem Messer. Heute Morgen erst hatte er beide Schneiden neu geschliffen und dabei besonders sorgfältig die Blutrinne sowie die Spitze bearbeitet. Mit jedem Abziehen und mit jedem Wassertropfen, der den Stein befeuchtete, war seine Empörung gewachsen. Und je schärfer und blanker die Klinge wurde, desto mehr steigerte sich seine Wut auf diesen Cohn, bis sie ihm schließlich fast ein Loch in die Eingeweide brannte. Dabei ging es nicht allein um Mirijam und ihre Schwester Lucia. Wie er wusste, hatte der Gauner schon Jahre zuvor in Spanien, als angeblicher Fluchthelfer, für Gold gemordet. Vermutlich kannte niemand alle Verbrechen, die der Kerl auf dem Gewissen hatte!

Und so hatte Miguel die Klinge für jeden Mord und für jede falsche Münze, für jedes Schiff, das Cohn an die Piraten ausgeliefert hatte, einmal extra über den Schleifstein gezogen. Und das mit Genuss. Ging es nach ihm, gab es für diesen Mann nur eine Art von Strafe: Blut für Blut.

Gemächlich überquerte Miguel den Grote Markt. Es hatte erneut leicht zu regnen begonnen, und obwohl er seine wärmsten Kleider trug, fror er erbärmlich. Anmerken ließ er sich das jedoch nicht.

Der Marktplatz war verlassen bis auf drei Gestalten, die einige Schritte vor ihm soeben um die Ecke bogen. Es waren seine Leute, Matrosen der Santa Anna. Seine Männer würden für ihn notfalls durchs Feuer gehen, das wusste er genau.

An einer Hauswand lehnte Lúis, der leicht erregbare Bootsmann. Er nickte ihm unauffällig zu, lüftete kurz seinen Umhang und gewährte Miguel einen Blick auf den soliden Knüppel, den er darunter verbarg. Ein Stück weiter, an einem Durchgang neben dem van-de-Meulen-Haus, versteckte sich der maurische Rudermaat, gerüstet mit Messer und Stricken, die er um den Leib gewickelt hatte. Jorge, der Schiffszimmermann, drückte sich mit zwei seiner Matrosen unter die Arkaden des Nachbarhauses. Aus dieser Falle konnte nicht einmal eine Ratte entkommen.

Es war so weit, jetzt war der Advocat dran. Miguel hatte plötzlich einen trockenen Mund. Er konnte es kaum erwarten, den Betrüger unter seinem blanken, scharfen Messer winseln zu sehen. Er hob gerade die Hand zu dem schweren Türklopfer, als die Tür aufschwang.

Medern stand vor ihm, blass und übernächtigt. »Ich habe Euch durchs Fenster gesehen und ... Warum ...? Ich meine, ist etwas geschehen?« An Miguel vorbei spähte er auf die Straße. »Oder habt Ihr bereits die Büttel mitgebracht?« Er flüsterte und schaute immer wieder unruhig zurück über die Schulter ins Dunkel des Hauses.

Miguel schüttelte den Kopf. »Was zum Teufel hält Euch eigentlich immer noch in diesem Haus?« Unwillkürlich hatte auch er die Stimme gesenkt.

»Ich passe auf, dass er sich nicht davonmacht. Außerdem will ich dabei sein, wenn er abgeholt wird.« Erneut warf Medern einen Blick ins Hausinnere.

Miguel vergewisserte sich noch einmal, dass seine Männer auf ihren Posten standen. Dann straffte er seine Schultern und sagte laut zu dem Schreiber: »Habt die Güte, mich Eurem Herrn zu melden.«

Medern führte ihn durch eine muffig riechende Halle. »Der ahnt nichts, war seit gestern nicht mehr aus dem Haus!«, raunte Medern ihm noch zu.

Miguel nickte, das klang ganz nach einer gelungenen Überraschung. Innerlich rieb er sich bereits die Hände. Weiter ging es in das Kontor. Der Raum war spärlich möbliert, und der Kamin qualmte. An einem Pult in der Nähe der Fenster hatte Medern offensichtlich bis eben gearbeitet, und im rückwärtigen der beiden Räume erhob sich hinter einem Schreibtisch eine hagere Gestalt. Es war der Mann, den er beim Verlassen des Hauses gesehen hatte, Advocat Jakob Cohn.

Alles an ihm war schwarz, Gewand, Haare und Augen, alles schwarz. Lediglich der weiße Streifen einer schmalen Halskrause hellte das gefurchte Gesicht mit dem grauen Kinnbart auf. Einige Ringe von beträchtlicher Größe, die er an den Händen trug, brachten ein wenig Farbe in die düstere Erscheinung, namentlich ein auffällig großer gelber Diamant. Er war älter, als Miguel gedacht hatte, Anfang bis Mitte sechzig, schätzte er. Seine dunklen Augen schossen einen wütenden Blick in County Mederns Richtung, bevor er sich Miguel zuwandte.

»Wurdet Ihr erwartet?«

»Nein, da bin ich mir ganz sicher.«

»Ihr solltet Euch angewöhnen, Eure Besuche anzumelden. Seid also so gut und erklärt Euch rasch.«

»Mit Wonne«, antwortete Miguel. Er deutete eine knappe Verbeugung an und öffnete den Riegel am Kragen des Umhangs. Sein Gegenüber ließ er dabei nicht aus den Augen. »Mein Name ist Kapitän Miguel de Alvaréz. Und Ihr seid Advocat Jakob Cohn, Notar des Handelsherrn Andrees van de Meulen, nicht wahr?«

Der schmallippige Mund verzog sich ein wenig. Sollte das ein Lächeln gewesen sein?

»Ich kenne Euren Arbeitgeber«, ergänzte Miguel.

»Ihr kanntet ihn, wollt Ihr wohl sagen«, entgegnete Cohn. »Van de Meulen ist seit Jahren tot.«

»Hatte er nicht zwei Töchter?«

»Die sind ebenfalls tot. Und nun kommt endlich zur Sache.«

Miguel spielte den Überraschten. »Tot? Wie das? Krankheit? Ein Unfall?«

»So könnte man es nennen.« Der Advocat durchbohrte Miguel mit Blicken, doch der schaute weiter nur neugierig drein. »Sie fielen Korsaren in die Hände und starben.«

»Was Ihr nicht sagt! Und wie überaus nützlich. So brauchtet Ihr weder Lösegeld zu zahlen noch selbst Hand anzulegen.«

»Was soll das heißen?«, zischte der Advocat. Auf seinen bleichen Wangen hatten sich feuerrote Kreise gebildet, und seine Augen schossen Blitze. »Verlasst augenblicklich mein Haus!«

»Immer mit der Ruhe.« Miguel griff unter seinen Umhang und brachte ein Stück eines zerrissenen blauen Seidenkleids zum Vorschein. Ein Rest vergilbter Spitze hing immer noch daran. Zum Glück hatte sich die alte Gesa vorübergehend davon trennen können und es ihm überlassen. Miguel warf die Stofffetzen auf den Schreibtisch.

Bestürzt blickte der Mann auf die verschossene, alte Seide. »Woher habt Ihr das?« Cohn wies auf das Kleid. Es fehlte nicht viel, und es hätte ihm die Stimme versagt.

Miguel warf den Umhang ab, umrundete mit zwei Sätzen den Schreibtisch und stand mit gezücktem Messer hinter Cohn, bevor dieser sich von seiner Überraschung erholt hatte.

»Ihr erkennt ihn also wieder, diesen Stoff? Sah das Kleid nicht einmal sehr hübsch aus an der jungen Lucia?«

»Was soll das? Ich weiß weder, wer Ihr seid, noch was Ihr von mir wollt. Wie ich schon sagte, die Schwestern sind beide tot, umgebracht von heidnischen Korsaren.«

Der Mann hatte sich wahrlich schnell wieder gefangen, leicht zu erschüttern war der nicht, stellte Miguel fest. »Wie bitter für Euch!«, höhnte er.

»So ist es, immerhin war die jüngere der beiden eine leibliche Verwandte.«

»Also deswegen tragt Ihr auch noch nach all den Jahren Trauerkleidung, Senhor Joaqim Valverde? Schade nur, dass Euer Kumpan, der Barbareskenführer Chair-ed-Din, gern ausführliche Briefe schreibt. Einer davon liegt zurzeit sogar im Stadthius vor. Er wird noch in dieser Stunde Euer Lügengebäude zum Einsturz bringen.«

Der Advocat zuckte zusammen. Doch er fing sich sofort wieder und verharrte reglos auf der Stelle.

Langsam wanderte Miguels Messer seinen Nacken hinauf. »Es ist klug von Euch, Euch nicht zu rühren. Lasst Euch gesagt sein, sobald Ihr Euch bewegt, seid Ihr ein toter Mann.«

Miguels Messerspitze fand sofort den Punkt am Hinterkopf, durch den alle Kraftleitungen eines Menschen verliefen. Hier ein beherzter Stich, und es war vorbei. Erst kürzlich hatte Mirijam ihm dieses *foramen magnum* gezeigt, und er war stolz, dass er sich sogar den fremden Namen dafür gemerkt hatte.

Doch jetzt wollte er dem Mann in die Augen sehen, wenn er ihm seine Untaten aufzählte. Über Cohns Schultern hinweg entdeckte er Medern, der wie angenagelt im vorderen Kontor stand und mit weit aufgerissenen Augen die Szene beobachtete. Was stand er dort rum? Er konnte keinen Zeugen gebrauchen.

Weg, bedeutete ihm Miguel mit dem Kopf, verschwindet! Und Medern verschwand aus seinem Blickfeld.

Miguel packte Cohn bei der Schulter und bedeutete ihm, sich zu drehen. Das Messer wanderte den Hals entlang, bis es direkt über der Kehle des Advocaten lag. Die Augen des Mannes glitten nervös umher, die Hände hielt er geöffnet in halber Höhe vor der Brust.

Miguel drückte die Klinge des Messers gegen die Haut. Einige Tropfen Blut quollen langsam hervor. Sie rannen die Kehle hinunter, verfingen sich in den Furchen des Halses und versickerten schließlich in den gestärkten Falten der weißen Halskrause. Gebannt verfolgte Miguel den Weg der kleinen Tropfen.

Ganz plötzlich wallte die Wut in ihm auf, und ihm wurde heiß. Zustechen, schrie es in ihm, los, worauf wartest du! Schneid ihm die Kehle durch, und mach dem Ganzen ein Ende, ein für alle Mal! Das Blut in seinen Ohren rauschte, Schweiß brach ihm aus. Wilde Mordlust hatte ihn gepackt, und ihm war, als führe jemand seine Hand.

Madre de Deus, durchzuckte es ihn im gleichen Atemzug, das wäre glatter Mord! Er wäre keinen Deut besser als dieser schlechte Mensch, stünde auf gleicher Stufe mit ihm ...

Miguel atmete tief aus. Seine Hand zitterte, als er den Druck der Klinge lockerte.

Die Lider des Advocaten flatterten. Hatte er bemerkt, dass er nur einen Herzschlag vom Grab entfernt gestanden hatte? Noch einmal holte Miguel tief Luft. Dann räusperte er sich.

»Ihr werdet wohl kaum vergessen haben«, Miguel zwang sich zur Ruhe, »dass Ihr keineswegs mit Mirijam van de Meulen verwandt seid, Joaqim Valverde. Oder wollt Ihr etwa leugnen, den wirklichen Onkel der kleinen Lea, ihrer Mutter, umgebracht zu haben? Ihr wisst, wen ich meine? Ganz recht, den freundlichen Mann mit dem dunklen Mal im Gesicht.«

Die Blicke des Advocaten hatten sich an Miguels Gesicht festgesaugt.

»Ihr habt die Drahtschlinge um Jakob Cohns Hals gelegt

und ihn erwürgt, war es nicht so? Und danach seid Ihr mit dem Vermögen der Familie, mit Beuteln voller Gold und Edelsteine, verschwunden. Ja, so war es. Es gab dafür Zeugen, Senhor Valverde. Später habt Ihr die Identität Eures Mordopfers angenommen und tut seitdem, als wärt Ihr der angesehene Jakob Cohn.« Angewidert schüttelte Miguel den Kopf. »Aber das war, jedenfalls soweit ich weiß, lediglich der Anfang. Die vollständige Aufzählung Eurer Missetaten würde Stunden dauern. Mit was für einem Sündenregister Ihr vor Euren Schöpfer treten werdet!«

»Wer ist denn dieser Joaqim? Ihr verwechselt mich. Und was gehen Euch diese alten Geschichten aus Granada eigentlich an?«

»Ha!« Miguel triumphierte. »*Alte Geschichten aus Granada?* Damit habt Ihr Euch verraten!«

»Was redet Ihr denn da! Habt Ihr Wahnvorstellungen? Ihr solltet dringend einen Aderlass vornehmen lassen.«

»Das ist kein Wahn. Mit Freuden teile ich Euch mit, Mirijam van de Meulen ist nicht tot, gottlob. Sie ist vielmehr gesund und lebt herrlich und in Freuden als meine vor Gott und den Menschen offiziell angetraute Ehefrau.«

»Ihr lügt!« Cohn sprangen beinahe die Augen heraus. Was für eine Genugtuung dieses vor Wut und Verzweiflung verzerrte Gesicht doch war. Miguel lächelte zufrieden. Ja, dachte er, genau so sollte Rache aussehen!

Dabei übersah er, wie Cohns Rechte sich hob, wie der Diamantring aufklappte und einen Dorn freigab. Als der Hieb kam und er den Dorn an seiner Wange spürte, wusste er, dass er vergiftet wurde. Starr vor Schreck ließ er das Messer sinken. Gift! Das sah ihm ähnlich, diesem feigen Mordgesellen!

Der Advocat nutzte seine Chance. Mit einem Satz war er

an einer in der Wandvertäfelung versteckten Tür, riss sie auf und sprang hinaus.

»*Atenção! Que diabos,* er entwischt!« Dieser Ruf war das Einzige, wozu er imstande war.

Als habe die eigene Stimme ihn aus der Starre geweckt, die ihn plötzlich überfallen hatte, setzte er dem Mann durch die Tür in die dunkle Gasse zwischen den Häusern nach. Ein Pfiff, ein Ruf, jemand brüllte, ein Fluch, das dumpfe Geräusch eines Fausthiebs, leises Röcheln. Und dann Stille.

Miguel fühlte seine Beine schwach werden. Er musste sich an der Wand abstützen und ließ das Messer fallen. Das verdammte Gift!, dachte er, doch er zwang sich vorwärts.

Als er endlich zum Schauplatz des Kampfes kam, erhoben sich drei Matrosen der Santa Anna und gaben den Blick frei auf einen Körper, der mit ausgebreiteten Armen am Boden lag. Wams und Hose waren zerfetzt, der Kopf unnatürlich verdreht, die Arme ausgestreckt.

Es war der Advocat, der mit einem Messer in der Brust in seinem Blute lag.

In Miguels Ohren rauschte es, und als er neben dem Advocaten zusammenbrach, sah er dessen schwarze Augen blicklos in den Himmel über Antwerpen starren.

75

SANTA CRUZ DE AGUÈR APRIL 1528

Im letzten Tageslicht kreuzte die Santa Anna vor der Hafeneinfahrt. »Was ist los? Warum zögert Ihr?«, fuhr der Kapitän, der sich nur mit Krücken auf den Beinen halten konnte, den Rudergänger an.

»Ihr habt doch Mogador selbst gesehen, Kapitän. Was, wenn die Portugiesen hier das Feld nun doch räumen mussten? Man weiß es schließlich nicht sicher.«

»Unsinn! Schaut gefälligst genau hin. Dort hinüber, zum Donnerwetter, zur Festung! Bin ich denn von lauter Blinden umgeben?« Er schnaubte.

»Habt Ihr vergessen, was Ihr mir versprochen habt?«, sagte eine strenge Stimme hinter ihm.

Der Kapitän drehte den Kopf. Da stand sie im Niedergang, die Alte, die ebenso unnachgiebig wie gewissenhaft seit vielen Wochen über ihn und seine Genesung wachte. Hoch und heilig hatte er ihr versprechen müssen, sich nicht aufzuregen, nur deswegen durfte er sich überhaupt während der Einfahrt an Deck aufhalten.

Pah, sich nicht aufregen – und wie, bitte schön, sollte das gehen, so kurz vor dem Ziel? Seit ihrem überhasteten Ablegen gestern Abend in Mogador hatte er keine ruhige Minute mehr gehabt. Was für ein Schock! Zerstörte Häuser, eine wie gelähmt wirkende Stadt, Trupps bis an die Zähne bewaffneter Soldaten auf Patrouille in den Gassen, einfache Arbeiter, die ihn hinter seinem Rücken verfluchten und ausspuckten, weil auch er Portugiese war. Und das, obwohl der Aufstand schon vor Wochen niedergeschlagen worden war. So schnell es seine Verfassung erlaubte, war er zu Sherif Alîs Haus geeilt. Noch nie, nie hatte sein Herz so schnell geschlagen!

Das Haus war leer, die Zimmer ausgeräumt, und nur der hinkende Mohammed hielt Wache und kümmerte sich um die Pflanzen im kleinen Innenhof. Keine Mirijam!

Mohammed war es gewesen, der sofort nach Hassan geschickt hatte. Und der hatte ihm, *graças a Deus,* endlich von Mirijams rechtzeitiger Flucht und glücklicher Rettung berichten können. Was für ein Stein ihm vom Herzen gefallen war! »Man sagt, sie lebt in Santa Cruz, Kapitän.« Hassan hatte mit den Schultern gezuckt. »Aber das ist vielleicht nur ein Gerücht. Ich weiß es nicht genau. Ich weiß nur eines: Es ist nicht gut, dass die Kalköfen und die Teppichmanufaktur zerstört sind, überhaupt nicht gut, für niemanden.« Nichts, was ihm im Augenblick gleichgültiger gewesen wäre, solange nur Mirijam in Sicherheit war.

Bei der Erinnerung an seine Sorge um sie brach ihm erneut der Schweiß aus. Miguel wischte sich über die Stirn, und prompt erklang Muhme Gesas mahnendes Räuspern. Widerstand war zwecklos, er hatte ihr nun einmal versprochen, sich unter allen Umständen zu schonen. Also setzte er sich in den Sessel, der schon seit Stunden für ihn an Deck stand, streckte die Beine aus und bemühte sich, gelassen auszusehen.

Immerhin hatte er es einzig Gesas Hingabe und Geduld sowie natürlich den medizinischen Kenntnissen der Antwerpener Beginen zu verdanken, dass er nach dem niederträchtigen Giftanschlag des Advocaten, dieses Mordbuben, überhaupt noch am Leben war. Aber diese Gesa Beeke war schlimmer als jeder Gefängniswärter!

Kein Härchen wagte es, sich unter der gestärkten Haube hervorzuringeln, genau wie sich kein Matrose getraut hätte, in ihrer Gegenwart zu fluchen. Die Männer wuschen sich vor dem Essen sogar ihre Dreckpfoten, weil sie es von ihnen verlangte! Er grinste, als ihm einfiel, dass auch er sich schon so manchen Fluch verkniffen hatte, wenn Gesa in Hörweite war.

Der ewig seekranke Kontorist Joost Medern hingegen liebte die Alte. Mehrmals täglich schaute sie nach ihm, verabreichte ihm magenberuhigende Tees und leichte Suppen und machte ihm die Reise ein wenig erträglicher. Ausgezeichnet, dachte er, denn dann würde Medern schon bald wieder bei Kräften sein und seinen gesamten Schreibkram übernehmen können. Darüber war er heilfroh, auch wenn es ihn einiges an Überredung und einen schweren Beutel gekostet hatte. Nein, schon allein Mederns wegen war diese Frau Gold wert!

Und ehrlich gesagt, was hätte auch er ohne sie während der langen Rückreise getan? Sie hatte ihn gepflegt, sogar gefüttert, hatte ihn ermuntert und sich lange mit ihm unterhalten. Sie war ein wahrer Schatz, auch wenn man das auf den ersten Blick kaum glauben konnte.

»Die Fahne Portugals!«, brüllte der Ausguck in diesem Moment. »Ich kann es sehen, über der Festung wehen die portugiesischen Farben.«

Miguel seufzte erleichtert. »Na also, habe ich's doch gleich gesagt. Nun aber Tempo, ihr faulen Hunde, damit wir endlich in den Hafen kommen.«

Während die Santa Anna in den Hafen gesteuert wurde, stand die alte Gesa wie schon seit dem Tag, als die afrikanische Küste erstmals aus dem Dunst aufgetaucht war, an der Reling, die Augen unverwandt auf die Stadt und die fremde Landschaft gerichtet. Ihr Gesicht war ruhig, das Herz aber klopfte aufgeregt und ungeduldig wie das einer jungen Frau. Endlich war sie hier, und endlich würde sie Mirijam wiedersehen.

Keinen Augenblick hatte sie gezögert, als der Kapitän gefragt hatte, ob sie nicht mit ihm reisen wolle. Mit Freuden hatte sie ja gesagt und Gott auf den Knien für diese große Gnade gedankt. Ihre Augen verzehrten sich nach dem Anblick ihrer Kleinen, wie auch die Hände sich danach sehnten, ihr die Haare zu richten, ihr beim Ankleiden zu helfen, Essen für sie zu kochen. Und wie früher würde sie über sie wachen und sie behüten. Wie lange hatte sie ohne ihre Mädchen auskommen müssen!

Die Segel knallten gegen den Mast und rissen Gesa in die Wirklichkeit zurück. Sie tastete rasch nach einem Halt. Sie durfte nicht vergessen, dass Mirijam jetzt eine erwachsene Frau war. Und dass sie ihre hübsche, liebliche Lucia nicht wiedersehen würde. Was ihr dieser ungestüme, im Kern aber herzensgute Mann nicht alles über ihre Mädchen erzählt hatte – nicht zu glauben! Schrecklich, unfassbar! Unwillkürlich schlug sie das Kreuz vor ihrer Brust.

Ohne ihre Betreuung hätte der Kapitän noch eine geraume Weile nicht an Rückfahrt denken können. Das Gift hatte sich schon weit in seinem Körper ausgebreitet, als man sie endlich zu ihm gelassen hatte. Dabei war sie sofort zur Stelle gewesen, als der teuflische Advocat seinen letzten Atemzug ausgehaucht hatte. Hoffentlich schmorte er inzwischen in der schlimmsten Höllenglut!

»Nun, gute Gesa, zufrieden? Hab ich's nicht gesagt, *não tem problema?* Du wirst sehen, jetzt wird alles gut. In meinem Haus ist Mirijam in Sicherheit, und mit Gottes Hilfe komme ich vielleicht rechtzeitig, um meinen Sohn auf Erden bewillkommnen zu können«, sagte der Kapitän mit rauer Stimme.

Die kleine Mirijam mit den wilden Locken sollte Mutter werden? Sie wusste es zwar, natürlich, der Kapitän hatte schließlich während der gesamten Reise kaum von etwas anderem gesprochen, aber begreifen konnte sie es trotzdem nicht.

Beide seufzten gleichzeitig tief auf. Sie sahen sich an wie zwei Verschwörer, und ausnahmsweise ließ Gesa es gerne zu, dass der Kapitän den Arm um ihre Schultern legte und sie einen Moment lang fest an sich drückte.

Die Ankunft der Santa Anna zu dieser späten Stunde scheuchte die Hafenarbeiter aus ihrer Feierabendruhe auf. Sie sprangen herbei und vertäuten in Windeseile das Schiff. Lachen und Rufe gingen hin und her, und noch bevor die Bohlen für den Landgang ausgelegt und festgemacht waren, hatte die gute Nachricht die Reling der Santa Anna bereits überwunden. Lúis, der Bootsmann, nahm seine Mütze ab, spuckte ins Wasser und meldete voller Stolz: »Willkommen daheim, Capitão, Gottes Segen liegt offenbar auf unserer Heimkehr. Euer Eheweib befindet sich wohlbehalten und gesund in Eurem Haus hier in Santa Cruz.«

»Ihr solltet jetzt aber wirklich Schluss machen«, mahnte Cadidja. »Ich könnte Euch Rücken und Beine massieren. Oder möchtet Ihr lieber baden, bevor Ihr Euch zur Ruhe legt?«

Mirijam hob die Näharbeit in die Höhe, und ein Lächeln ging über ihr Gesicht. Aus feinster Baumwolle war unter ihren Händen ein weiteres winziges Leibchen entstanden, mit feinen Nähten, die die Haut eines neugeborenen Kindes nicht aufscheuern konnten. »Baden? Ja, gleich.« Doch anstatt aufzustehen und den Hamam aufzusuchen, ließ sie sich in die Kissen zurücksinken. Selbst die Aussicht auf warmes Wasser und duftende Seife brachte sie nicht hoch. Stattdessen schloss sie die Augen.

Die Damaszener Rose im winzigen Innenhof stand in voller Blüte und erfüllte alle Räume mit ihrem betörenden Duft. Ein Sehnsuchtsduft, denn ein wenig roch es wie in Mogador. Aber Mogador war weit, sehr viel weiter als die Tagesetappe, die Santa Cruz und ihre frühere Heimat eigentlich voneinander trennten.

Die Enttäuschung darüber, dass niemand sie vor dem Angriff der Sa'adier gewarnt hatte, weder die Nachbarn noch ihre Arbeiter, wirkte immer noch nach. Sie verstand es nicht, sie hatte sich ihnen doch zugehörig, wie eine der ihren gefühlt! Wie es dort wohl jetzt aussah? Ob ihr Haus noch stand, und die Teppichweberei mit dem Turm, von dem man diesen wunderbaren Blick hatte? Irgendwann musste sie dorthin zurück und nach ihren Manufakturen und den Arbeitern sehen. Irgendwann, dachte sie, sicher, aber noch nicht so bald.

Sie setzte sich bequemer zurecht. Wie schwer es ihr doch zurzeit fiel, selbst die einfachsten Entschlüsse zu fassen, überlegte sie. Jede noch so geringe Anstrengung war ihr zu viel. Dabei hatte sie sich eigentlich vorgenommen, das ganze Haus umzukrempeln und nach ihren Bedürfnissen einzurichten. Was aber tat sie stattdessen? Tag um Tag ließ sie ungenutzt verstreichen. Nicht einmal ihre Kisten hatte sie vollständig ausgepackt. Die Bücher des Abu mussten aufgestellt, seine Dokumente gesichtet und viele andere Dinge erledigt werden, bevor das Kind kam.

Zumindest hatte sie den kleinen Hamam einbauen lassen, aber darüber hinaus hatte sie alles in Miguels Haus beim Alten belassen. Fast, als würde sie sonst sein Leben gefährden.

Mirijam seufzte. Stündlich sehnte sie sich mehr nach ihm! Ein Ziehen ging durch ihren Bauch. »Schsch, sei nicht aufgeregt«, murmelte sie leise. Wenn sie allein war, redete sie manchmal mit ihrem Kind. »Du bist wohl ungeduldig? Warte nur noch ein wenig, bald schon wird deine Zeit kommen.«

Doch auch sie wartete. Sie wartete, und sie hoffte. Zufrieden in ihrer Abgeschiedenheit und Ruhe lebte sie mit Cadidja, mit Moktar und seiner Frau Budur am Fuße der Kasbah. Manchmal brandete das Gewimmel der Hafenstadt zwar an ihre Mauern, und sie hörte ratternde Fuhrwerke, Musik und allerlei Getöse, doch nichts davon reizte sie zu irgendwelchen Erkundungen. Wieder ging ein Ziehen durch ihren gewölbten Leib, und wieder legte Mirijam beruhigend ihre Hand auf den Bauch. Vielleicht war es nun bald so weit?

Leider hatte sie zu der Hebamme des Quartiers kein Zutrauen, allzu furchtbar hatte es dort nach dem Fleisch gestunken, das im Hof auf Leinen in der Sonne trocknete, als sie ihr einen Besuch abgestattet hatte. Vielleicht war ihre Nase empfindlicher geworden, oder war es der Ekel, als sie die dichten, schwarzen Fliegenschwärme auf den Fleischstücken entdeckt hatte? Was es auch war, wegen ihres heftigen Brechreizes hatte sie auf dem Absatz kehrtmachen müssen. Jedenfalls sollte sie sich schleunigst um eine andere Hebamme kümmern, sonst stand sie womöglich an dem Tag der Geburt mit Cadidja und Budur allein da. Sie lauschte auf die Geräusche des Hauses. Viel gab es allerdings nicht zu hören. Der alte Moktar wässerte offenbar wie jeden Abend den kleinen Garten, und Budur stapelte Brennmaterial neben der Feuerstelle in der Küche. Cadidja klapperte mit dem Eisenkessel, in dem sie das Wasser erhitzte und unterhielt sich dabei mit der Alten. Was die beiden nur immer zu reden hatten?

Schließlich erhob sie sich und legte das neue Hemdchen in die Truhe zu den Decken, Kissen und anderen Dingen, die sie bereits für das Kind angefertigt hatte. Zärtlich strich sie es glatt, bevor sie den Deckel schloss und den Baderaum aufsuchte.

Mirijam ließ sich von Cadidja beim Auskleiden helfen. Ihr winziger Hamam gefiel ihr gut, obwohl es darin weder Mosaikböden noch verschiedene Wasserbecken für warmes und kaltes Wasser gab, sondern nur einige Tonkrüge und silberne Wasserschalen. Statt angewärmter Sitzbänke stand ein kleiner Hocker bereit, auf dem sie sich nun niederließ.

Cadidja bürstete zunächst gründlich ihr Haar, bevor sie behutsam angewärmtes Wasser über Kopf und Rücken goss. Unwillkürlich seufzte Mirijam vor Behagen tief auf.

Wie klug, dass sie den Baderaum sofort nach ihrem Einzug hatte einbauen lassen. Bei ihrem Besuch im öffentlichen Hamam des Viertels hatte das Badehaus förmlich gezittert von dem Geschnatter der Frauen, denn natürlich hatte das Erscheinen von Kapitän Alvaréz' Ehefrau für Aufsehen in der Nachbarschaft gesorgt. Seitdem hatte sie keine Lust mehr, sich unter Fremde zu begeben. Vielleicht war sie ja menschenscheu geworden. Ein Wunder wäre es jedenfalls nicht, nach dem, was sie erlebt hatte.

»Fühlt Ihr Euch nicht gut?«, fragte Cadidja besorgt.

»Mir geht es gut. Ich dachte bloß gerade, was der Kapitän wohl dazu sagen würde?«

»Zu Sherif Alîs Tod? Oder zum Verrat der Leute von Mogador und zu den Kämpfen?«

Das auch, dachte Mirijam. Aber mehr noch zu der Entscheidung, die sie getroffen hatte, auch wenn er gar nichts von ihrem Zwiespalt wusste und niemals wissen durfte. Einer Sache war sie sich nämlich sicher geworden: Der Traum von Cornelisz war ein Mädchentraum, eine Illusion, eine *fata morgana*, und hatte rein gar nichts mehr mit ihr und dem Leben, das sie inzwischen führte, zu tun.

Mirijam seufzte, dann griff sie entschlossen nach der Seife. »Zu allem, was in den letzten Monaten geschehen ist. Insbesondere dazu, dass ich sein Haus um einen Hamam erweitert habe, ohne ihn um Erlaubnis zu fragen. Hol mir noch mehr warmes Wasser, bitte.«

Wo er nur blieb, schoss es ihr wieder einmal durch den Kopf. Zur Rosenblüte würde er da sein, hatten sie ausgemacht ... Die Rosen aber blühten schon lange in voller Pracht.

Hatten Stürme dem Schiff zugesetzt, oder war ihm selbst etwas zugestoßen? Was er wohl in Antwerpen vorgefunden hatte? Ob er Erfolg in der Auseinandersetzung mit dem Advocaten gehabt hatte? Vielleicht hatte er ja sogar etwas wegen ihres Erbes erreicht. Ach, das Wichtigste war, dass er endlich zurückkam.

Rundherum hatte sich längst alles wieder beruhigt. Die Aufstände waren niedergeschlagen, die Sa'adier hatten sich ins Gebirge und in die Wüste zurückgezogen, und die Portugiesen waren auf ganzer Linie als Sieger hervorgegangen. So, als wäre nie etwas geschehen, verwalteten und regelten sie ihre Besitzungen entlang der Küste, zogen Steuern und

Zölle von den Bauern und Händlern ein und hoben Soldaten aus. Alles wie eh und je.

Eines aber wusste sie gewiss, das hatten sie die letzten Monate gelehrt: Für sie war nichts mehr wie eh und je.

Nicht nur war ihr geliebter Abu gestorben, von dieser schlimmen Erfahrung abgesehen gehörten auch die Träume und Sehnsüchte ihrer Kindheit endgültig der Vergangenheit an. Sie war mittlerweile eine erwachsene Frau, die bald Verantwortung für ein eigenes Kind zu tragen haben würde. Dieses Kind würde ihr Leben, aber sicher auch ihr Zusammenleben mit Miguel verändern.

Wenn er nur zurückkäme! Sie sehnte sich so sehr nach ihm, nach seinen lustigen Augen und starken Armen … Sorgfältig spülte sie die Seife von ihrer Haut.

Als sie erneut die silberne Wasserschale füllte, durchfuhr es sie wie ein Messer, und unwillkürlich schrie sie auf. Die Schale entglitt ihren Händen und polterte zu Boden. Ihr Bauch war plötzlich hart, als sei er aus Holz, und an ihren Schenkeln rann warmes Wasser herunter, das sich zu ihren Füßen in einer Pfütze sammelte.

Das Kind!

Sie wollte Cadidja zu Hilfe rufen, doch schon wallte ein neuer heftiger Schmerz auf. Er kam aus ihrem tiefsten Inneren und nahm ihr die Luft. Mirijam keuchte und krümmte sich, die Finger krallten sich um den Türholm, dennoch konnte sie sich kaum auf den Beinen halten. Sie stöhnte.

Langsam aber verging der Schmerz wieder, und vorsichtig richtete sich Mirijam auf. Das Kind, wollte es etwa jetzt geboren werden? Oh, wenn doch Aisha bei ihr wäre!

»Cadidja!«, rief sie. »Komm, hilf mir!«

Mirijam zitterte. Sie stand in der Tür des Hamam und stützte mit den Händen ihren schweren Leib. Was war nun zu tun? Sollte sie sich nicht irgendwo niederlegen? Was würde geschehen?

»Sofort, ich bin gleich bei Euch.«

Cadidjas Stimme drang kaum zu ihr durch, denn gleichzeitig gab es am Tor einen Tumult. Offenbar schlug jemand mit kräftiger Faust dagegen, rief und brüllte. Was war da los?

»Öffnet das Tor!«, verstand sie plötzlich.

Ihr Herz setzte ein paar Schläge aus.

»Moktar, du tauber Kerl, mach auf. Budur, zum Donnerwetter! Hört denn keiner?«

Miguel! Das war doch Miguels Stimme!

»Der Kapitän ist zurück und will zu seiner Frau!«

»Miguel«, rief sie, »Miguel, endlich. Unser Kind kommt!« Sie lachte. »Miguel!« Rasch wickelte sie sich in ein großes Tuch und wollte ihm entgegeneilen. Aber wenn nun eine neue Schmerzwelle sie packte? Besser sie blieb, wo sie war.

Miguel war zurück! Jetzt würde alles gut werden, alles. Woher diese Gewissheit kam, wusste sie selbst nicht, dennoch war sie erfüllt von Zuversicht. Sie hörte seine Schritte und sein Rufen näher kommen.

»Mirijam, wo steckst du? Antworte, so antworte doch!«

»Hier! Ich bin hier!« Sie weinte und lachte zugleich und wäre am liebsten in seine Arme geflogen.

Dann war er plötzlich da. Langsam kam er den Gang entlang. Als er sie jedoch erblickte, ließ er seine Krücken fallen und humpelte rasch zu ihr. Und endlich lagen sie sich in den Armen. Mirijam schmiegte sich an ihn.

»Oh Miguel, wie habe ich auf dich gewartet! Wo warst du nur so lange? Wieso gehst du an Krücken? Bist du verletzt?«

Im nächsten Augenblick aber schrie sie laut auf und riss sich aus seinen Armen. Wie schon zuvor zwangen sie unerträgliche Schmerzen, sich zusammenzukrümmen.

»Was ist? Was hast du? Bist du krank?«, brüllte Miguel. Er war kreidebleich geworden. »So sag doch etwas!«

Mirijam aber rang nach Luft und wimmerte. Mit einer Hand winkte sie ab, mit der anderen stützte sie sich auf den Hocker. Sie konnte nicht sprechen. Der Schmerz war schlimmer als das Mal zuvor. Er strahlte nach allen Seiten, und ein Stöhnen entrang sich ihrer Kehle. Miguel fasste nach ihrem Arm, um sie wieder an sich zu ziehen.

»Lasst mich das machen, Kapitän. Das ist Frauensache.«

Eine alte Frau mit gestärkter Haube zwängte sich am Kapitän vorbei und umfasste Mirijams Schultern mit festem Griff. Sie stützte sie und gab ihr Halt.

Zunächst erkannte Mirijam die graue Frau nicht, die sich einfach an Miguel vorbeigedrängt hatte. Als aber der Schmerz langsam abflaute, so dass sie wieder zu Sinnen kam, wusste sie es sofort. Ihre Knie zitterten, nicht nur von der ausgestandenen Anstrengung. Fragend sah sie der alten Frau ins Gesicht und lächelte unsicher.

»Bist du es wirklich, Muhme Gesa? Oder bist du ein Traumbild?«

»Mein liebes Mädchen, jetzt ist wohl kaum der richtige Moment zum Träumen! Kann mir jemand sagen, wo dein Bett steht? Und man soll Wasser erhitzen, und zwar reichlich. Außerdem benötige ich saubere Tücher. Kapitän, seid so gut und geht aus dem Weg. Eure Frau bekommt soeben ein Kind.«

Erst mitten in der tiefsten Nacht, als die Sterne bereits die Hälfte ihres Weges zurückgelegt hatten, trat Gesa Beeke zu Miguel in den Garten hinaus.

»Alles ist gut gegangen. Ihr dürft nun zu Eurer Frau. Ich gratuliere Euch von ganzem Herzen, Kapitän. Gott, der Herr, hat Euch mit einer wunderschönen, gesunden Tochter gesegnet. Wie mir Eure liebe Frau sagte, soll sie den Namen Sarah-Lucia erhalten.«

Diese letzten Worte aber verhallten ungehört in der Nacht. Miguel war schon längst an Gesa vorbei ans Bett seiner Frau geeilt.

GLOSSAR

ARABISCHE UND BERBERISCHE BEGRIFFE IN VEREINFACHTER SCHREIBWEISE

Abu	Vater
alf leila wa'leila	*1001 Nacht*, arabische Geschichtensammlung
al-hamdullillah	Gott sei Dank
Allah u aqbar	Gott ist groß
as salâm u aleikum	Friede sei mit dir (Begrüßung)
bagno	franz./span.: Verlies, Gefängnis
Banu Wattas	Berbervolk
baraka	Segen
baraka Allah u fiq	Gott segne dich
ben, beni	Sohn, Söhne (auch als Teil eines Stammesnamens, z. B. Beni Wattas)
Beni Yenni	Berberstämme
bint, binti	Tochter, Töchterchen
bismillah	Im Namen Gottes (zu Beginn einer Handlung)
caïd	Vorsteher, Bürgermeister
chêche	Kopfwickel, einem Turban(-tuch) ähnlich
converso	(zwangs-)getaufter Jude
Couscous	traditionelles arabisches Gericht, Grieß
diwan	Staatsrat, Ministerrat

djebel	Berg
djellabah	Übergewand mit Kapuze
Dschinn	Geist, Dämon
funduk	Raststation (siehe Karawanserei)
gandourah	weites Hemdgewand für Männer
gerba	Ziegenbalg für Wasser oder zum Buttern
gnaoua	Musiker, Mystiker
grand erg	Große Düne, Sandwüste
gris-gris	Amulett
Hakim	Arzt, Heilkundiger
Hamam	Badehaus
homar	Esel
Imam	Vorbeter
Imazigh/-en	Freie Menschen (berberische Eigenbezeichnung)
insha'allah	So Gott will
jahuda/jahudije	Jude/Jüdin
kadi	arab.: Schlichter, Friedensrichter, Notar
Kaftan	weites Hemdgewand für Frauen
Karawanserei	Raststation
Kasbah	Burg aus Lehmziegeln und Stampflehm in Marokko
kif	Rauschmittel, Marihuana
khol	Schminke für die Augen
Ksar	(Wehr-)Dorf, befestigt
la	nein
la illah illalah	Gottes Wille geschieht
Lâlla	Frau (respektvoll)
leff	Bündnis der Berberstämme, auch militärisch

lila	Beschwörungszeremonie der *gnaoua*
Ma'qil	Berbervolk aus dem Sous-Tal
marabout	heiliger Mann, auch seine Grabstätte
mehari	Rennkamel
moussem	Fest (zu Ehren eines Heiligen)
Muezzin	Vorbeter in der Moschee
nasrani	abwertend: Christen
neofiti	abwertend: zum Christentum konvertierte Juden
ouacha	Ja/so ist es/ganz recht
oued	Fluss
Quran	Koran
Sa'adier	Berbervolk im Südosten Marokkos
salâm u aleikum	Friede sei mit dir
samum	Sand-, Wüstensturm
shatranj	arab. Schachspiel
Sheïk/-a	Scheich, Stammesführer (auch weibliche Form)
sheitan	Satan, Teufel
sherbet	Fruchtsaft
Sherif/-a	Adeliger, adelige Frau
shukran	Danke
shuwya	Geduld
Sîdi	Herr (respektvoll)
Souq	Markt
tabal	große Trommel
wa aleikum as salâm	Friede sei auch mit dir (Entgegnung auf eine Begrüßung)
yallah	Los geht's!
zelliges	Fliesen, auch Mosaik
Zennata	Berbervolk im Süden Marokko

ORTE

Al-Djesaïr	Algier, Algerien
Al-Maghrebija	Marokko
Al-Qairawan	Kairouan, Tunesien
Al-Qahira	Kairo, Ägypten
Canarias	Kanarische Inseln
Dimaschq	Damaskus, Syrien
Halab	Alleppo, Syrien
Kathai	China, zu Zeiten Marco Polos verwendet
Mogador, Mogdura Bereber Amogdul	Essaouira, Südmarokko
Santa Cruz de Aguér/Santa Cruz	Agadir, Südmarokko
Sebkha-Oasen	algerische Oase
Tombouctou	Timbuktu, Mali
Wahran	Oran, Algerien
Oued Sous, Oued Ziz	Flüsse in Südmarokko
Djebel El-Moun	Berg bei Agadir, Südmarokko

PORTUGIESISCHE AUSDRÜCKE

assim	so, also
atenção	Achtung!
bom	gut, guter, gutes
bonito/bonita	hübsch, hübsche
Capitão	Hauptmann
castelo	Burg, Festung
claro	klar, sicher, gewiss
desculpe	Entschuldigung
Deus	Gott
diabos	Teufel

difícil	Schwierigkeit, schwierig
eu	ich
favorita	Liebling
garota	Mädchen
Governador	Gouverneur
graças a Deus	Gott sei Dank
incrível	unglaublich
Mãe de Deus	Mutter Gottes!
maldito	verdammt
maravilhoso	großartig
mestre	Meister
Meu Deus	Mein Gott!
moço	Junge, Bursche
não	nein
não tem problema	kein Problem
ninguém	niemand
nunca na vida	Nie im Leben!
que diabos	Zum Teufel!
querido(a)	Liebster/Liebste
rápido	zügig, sofort
safado	Schurke
Senhor	Herr (Anrede)
Senhora	Dame (Anrede)
silêncio	Ruhe
sim	ja
substituto	Stellvertreter
por que não?	Warum nicht?

ALLGEMEINE, WISSENSCHAFTLICHE UND SEEMÄNNISCHE BEGRIFFE, MASSE UND GEWICHTE

argousin	Lade-, Zahlmeister an Bord eines Schiffes
Astrolab	astronom. Instrument
Autodafé	span. öffentl. Urteilsvollstreckung d. Inquisition
Barbaresken	Piraten der Berber
Bilgewasser	Leckwasser, im Kielraum eines Schiffs (der Bilge)
Brigantine	hist. Segelschiff
Converso	span.: Konvertit
Dinar	hist. Münze
Dukat	hist. Münze
Ephemeriden	Tabelle mit den Positionen der Sterne und Planeten
Florin	hist. Münze
Fuß	hist. Längenmaß, 1 Fuß = ca. 0,30 cm
Galeone	hist. Segelschiff
garotte	Drahtschlinge oder Eisen zum Erdrosseln
Guldiner	hist. Münze
Hecktaler	Münzfälschungen im 16. u. 17. Jhdt., der Materialwert entsprach nicht dem Nennwert der Münze
Jakobsstab	astronom. Instrument zur Winkelmessung
Kippermünzen	(auch Wippermünzen), von »wippen«: Manipulationen
Korsaren	nordafrik. Piraten, siehe Barbaresken

Küpe	Färbekessel oder zweite Farbstofflösung zum Färben
Malter	hist. Hohlmaß
Oktant	naut. Gerät zur Messung von Winkeln
Quadrant	Gerät zur Bestimmung der Höhe von Gestirnen
Schanzkleid	oberer Teil der Schiffswand
Schaube	offener, weiter Umhang mit Ärmeln
Tampen	seemännisch: Seil, dickes Tau

DANK

an meine überaus geduldigen Probeleser Anne und Roland, Marianne und Mabel, und besonders an Werner, dem ich Grundlegendes zu Geographie, Meteorologie und allerlei Naturgesetzen verdanke. Danke an Eva, an Monika Eibl und an meine Mutter, die begeistert und stolz ist. Sie alle haben dieses Buch von den ersten Abschnitten bis zur Veröffentlichung begleitet, dafür gebührt ihnen größte Bewunderung.

Dank auch an Dr. Hannes Junge und Dr. Charlotte Steiner für die Beratung in medizinischen Fragen, an Vincenco Ferrara für die Überprüfung des Portugiesischen und an Silke Betzold für ihre wichtigen logopädischen Hinweise. Fehlerhafte Darstellungen, die sich trotz der Unterstützung dieser Fachleute eingeschlichen haben, gehen allein zu meinen Lasten.

Von Herzen danken möchte ich meinen marokkanischen Freunden im Draa-Tal und in Essaouira, und natürlich meiner strengen, dabei geduldigen Mentorin und Lektorin Petra Lingsminat. Ohne diese Menschen wäre weder meine Liebe für Marokko entstanden, noch gäbe es Mirijams Geschichte.

Ohne meine Agentin Julia Krischak aber, die vom ersten Moment an die Geschichte geglaubt hat, und besonders ohne meine Lektorin Eléonore Delair und die Redakteurin Andrea Stumpf, wären daraus niemals *Leuchtende Purpurinseln* geworden. Ihnen danke ich ganz besonders.

Doris Cramer, November 2011